Taschenbibliothek der Weltliteratur

Stefan Zweig

Leporella
Novellen

Aufbau-Verlag 1988

Mit einem Nachwort von Manfred Wolter

2. Auflage 1988
© Aufbau-Verlag Berlin und Weimar (für diese Auswahl)
Lizenzausgabe für den Aufbau-Verlag
mit Genehmigung der S. Fischer Verlag GmbH, Frankfurt (Main)
Einbandgestaltung Heinz Hellmis
Lichtsatz Karl-Marx-Werk, Graphischer Großbetrieb, Pößneck V 15/30
Druck und Binden
III/9/1 Grafischer Großbetrieb Völkerfreundschaft Dresden
Printed in the German Democratic Republic
Lizenznummer 301. 120/154/88
Bestellnummer 611 923 4
00450

ISBN 3-351-00960-7

Der Amokläufer

Im März des Jahres 1912 ereignete sich im Hafen von Neapel bei dem Ausladen eines großen Überseedampfers ein merkwürdiger Unfall, über den die Zeitungen umfangreiche, aber sehr phantastisch ausgeschmückte Berichte brachten. Obzwar Passagier der „Oceania", war es mir ebensowenig wie den andern möglich, Zeuge jenes seltsamen Vorfalles zu sein, weil er sich zur Nachtzeit während des Kohlenladens und der Löschung der Fracht abspielte, wir aber, um dem Lärm zu entgehen, alle an Land gegangen waren und dort in Kaffeehäusern oder Theatern die Zeit verbrachten. Immerhin meine ich persönlich, daß manche Vermutungen, die ich damals nicht öffentlich äußerte, die wirkliche Aufklärung jener erregenden Szene in sich tragen, und die Ferne der Jahre erlaubt mir wohl, das Vertrauen eines Gespräches zu nutzen, das jener seltsamen Episode unmittelbar vorausging.

Als ich in der Schiffsagentur von Kalkutta einen Platz für die Rückreise nach Europa auf der „Oceania" bestellen wollte, zuckte der Clerk bedauernd die Schultern. Er wisse noch nicht, ob es möglich sei, mir eine Kabine zu sichern, das Schiff wäre jetzt knapp vor dem Einbruch der Regenzeit immer schon von Australien her ausverkauft, er müsse erst das Telegramm von Singapore abwarten. Am nächsten Tage teilte er mir erfreulicherweise mit, er könne mir noch einen Platz vormerken, freilich sei es nur eine wenig komfortable Kabine unter Deck und in der Mitte des Schiffes. Ich war schon ungeduldig, heimzukehren: so zögerte ich nicht lange und ließ mir den Platz zuschreiben.
Der Clerk hatte mich richtig informiert. Das Schiff war überfüllt und die Kabine schlecht, ein kleiner gepreßter,

reckteckiger Winkel in der Nähe der Dampfmaschine, einzig vom trüben Blick der kreisrunden Glasscheibe erhellt. Die stockende, verdickte Luft roch nach Öl und Moder: nicht für einen Augenblick konnte man dem elektrischen Ventilator entgehen, die wie eine toll gewordene stählerne Fledermaus einem surrend über der Stirne kreiste. Von unten her ratterte und stöhnte wie ein Kohlenträger, der unablässig dieselbe Treppe hinaufkeucht, die Maschine, von oben hörte man unaufhörlich das schlurfende Hin und Her der Schritte vom Promenadendeck. So flüchtete ich, kaum daß ich den Koffer in das muffige Grab aus grauen Traversen verstaut hatte, wieder zurück auf Deck, und wie Ambra trank ich, aufsteigend aus der Tiefe, den süßlichen weichen Wind, der vom Lande her über die Wellen wehte.

Aber auch das Promenadendeck war voll Enge und Unruhe: es flatterte und flirrte von Menschen, die mit der flackernden Nervosität eingesperrter Untätigkeit unausgesetzt plaudernd auf und nieder gingen. Das zwitschernde Geschäker der Frauen, das rastlos kreisende Wandern auf dem Engpaß des Decks, wo vor den Stühlen der Schwarm in schwatzhafter Unruhe vorbeiwogte, um sich unablässig zu begegnen, tat mir irgendwie weh. Ich hatte eine neue Welt gesehen, rasch ineinanderstürzende Bilder in rasender Jagd in mich eingetrunken. Nun wollte ich mir's übersinnen, zerteilen, ordnen, nachbildend das heiß in den Blick Gedrängte gestalten, aber hier auf dem gedrängten Boulevard gab es nicht eine Minute Ruhe und Rast. Die Zeilen in einem Buch zerrannen vor den flüchtigen Schatten der Vorüberplaudernden. Es war unmöglich, mit sich selbst auf dieser schattenlosen wandernden Schiffsgasse allein zu sein.

Drei Tage lang versuchte ich's, sah resigniert auf die Menschen, auf das Meer, aber das Meer blieb immer dasselbe, blau und leer, nur im Sonnenuntergang plötzlich mit allen Farben jäh übergossen. Und die Menschen, sie kannte ich auswendig nach dreimal vierundzwanzig Stunden. Jedes Gesicht war mir vertraut bis zum Überdruß, das scharfe Lachen der Frauen reizte, das polternde Streiten zweier nachbarlicher holländischer Offiziere ärgerte nicht mehr. So blieb nur Flucht: aber die Kabine war heiß und dunstig, im Salon produzierten unablässig englische Mädchen ihr schlechtes Klavierspiel bei abgehackten Walzern. Schließlich drehte ich entschlossen die Zeitordnung um, tauchte in die Kabine schon nachmittags hinab, nachdem ich mich zuvor mit ein paar Gläsern Bier betäubt, um das Souper und den Tanzabend zu überschlafen.

Als ich aufwachte, war es ganz dunkel und dumpf in dem kleinen Sarg der Kabine. Den Ventilator hatte ich abgestellt, so schwelte die Luft fettig und feucht an die Schläfen. Meine Sinne waren irgendwie betäubt: ich brauchte Minuten, um mich an Zeit und Ort zurückzufinden. Mitternacht mußte jedenfalls schon vorbei sein, denn ich hörte weder Musik noch den rastlosen Schlurf der Schritte: nur die Maschine, das atmende Herz des Leviathans, stieß keuchend den knisternden Leib des Schiffes fort ins Unsichtbare.

Ich tastete empor auf Deck. Es war leer. Und wie ich den Blick aufhob über den dünstenden Turm des Schornsteins und die geisterhaft glänzenden Spieren, drang mit einmal magische Helle mir in die Augen. Der Himmel strahlte. Er war dunkel gegen die Sterne, die ihn weiß durchwirbelten, aber doch: er strahlte; es war, als verhüllte dort ein samtener Vorhang ungeheures Licht, als wären die sprühenden Sterne nur Luken und Ritzen, durch die jenes unbeschreiblich Helle vorglänzte. Nie hatte ich den Himmel gesehen wie in jener Nacht, so strahlend, so stahlblau hart und doch funkelnd, triefend, rauschend, quellend von Licht, das vom Mond verhangen niederschwoll und von den Sternen und das irgendwie aus einem geheimnisvollen Innen zu brennen schien. Weißer Lack, flimmerten im Monde alle Randlinien des Schiffes grell gegen das samtdunkle Meer, die Taue, die Rahen, alles Schmale, alle Konturen waren aufgelöst in diesem flutenden Glanz: gleichsam im Leeren schienen die Lichter auf den Masten und darüber das runde Auge des Ausgucks zu hängen, irdische gelbe Sterne zwischen den strahlenden des Himmels.

Gerade aber zu Häupten stand mir das magische Sternbild, das Südkreuz, mit flimmernden diamantenen Nägeln ins Unsichtbare gehämmert, schwebend scheinbar, indes nur das Schiff Bewegung schuf, das leise bebend sich mit atmender Brust nieder und auf, nieder und auf, ein gigantischer Schwimmer, durch die dunklen Wogen stieß. Ich stand und sah empor: mir war wie in einem Bade, wo Wasser warm von oben fällt, nur daß dies Licht war, das mir weiß und auch lau die Hände überspülte, die Schultern, das Haupt mild umgoß und irgendwie nach innen zu dringen schien, denn alles Dumpfe in mir war plötzlich aufgehellt. Ich atmete befreit, rein, und jäh beseligt spürte ich auf den Lippen wie ein klares Getränk die Luft, die weiche, gegorene, leicht trunken machende Luft, in der Atem von Früchten, Duft von fernen Inseln war. Nun, nun zum ersten Male, seit ich die Planken betreten, überkam mich die heilige Lust des Träumens und jene andere, sinnlichere, meinen Körper weibisch hinzugeben an dieses Weiche, das mich umdrängte. Ich wollte mich hinlegen, den Blick hinauf zu den weißen Hieroglyphen. Aber die Ruhesessel, die Deckchairs, waren verräumt, nirgends fand sich auf dem leeren Promenadendeck ein Platz zu träumerischer Rast.

So tastete ich weiter, allmählich dem Vorderteil des Schiffes zu, ganz geblendet vom Licht, das immer heftiger aus den Gegenständen auf mich zu dringen schien. Fast tat es schon weh, dies kalkweiße, grell brennende Sternenlicht, ich aber hatte Verlangen, mich irgendwo im Schatten zu vergraben, hingestreckt auf eine Matte, den Glanz nicht an mir zu fühlen, sondern nur über mir, an den Dingen gespiegelt, so wie man eine Landschaft sieht aus verdunkeltem Zimmer. Endlich kam ich, über Taue stolpernd und vorbei an den eisernen Gewinden, bis an den Kiel und sah hinab, wie der Bug in das Schwarze stieß und geschmolzenes Mondlicht schäumend zu beiden Seiten der Schneide aufsprühte. Immer wieder hob, immer wieder senkte sich der Pflug in die schwarzflutende Scholle, und ich fühlte alle Qual des besiegten Elements, fühlte alle Lust der irdischen Kraft in diesem funkelnden Spiel. Und im Schauen verlor ich die Zeit. War es eine Stunde, daß ich so stand, oder waren es nur Minuten: im Auf und Nieder schaukelte mich die ungeheure Wiege des Schiffes über die Zeit hinaus. Ich fühlte nur, daß in mich Müdigkeit kam, die wie eine Wollust war. Ich wollte schlafen, träumen und doch nicht weg aus dieser Magie, nicht hinab in meinen Sarg. Unwillkürlich ertastete ich mit meinem Fuß unter mir ein Bündel Taue. Ich setzte mich hin, die Augen geschlossen und doch nicht Dunkels voll, denn über sie, über mich strömte der silberne Glanz. Unten fühlte ich die Wasser leise rauschen, über mir mit unhörbarem Klang den weißen Strom dieser Welt. Und all-

mählich schwoll dies Rauschen mir ins Blut: ich fühlte mich
selbst nicht mehr, wußte nicht, ob dies Atmen mein eigenes
war oder des Schiffes fern pochendes Herz, ich strömte,
verströmte in diesem ruhelosen Rauschen der mitternächtli-
chen Welt.

Ein leises, trockenes Husten hart neben mir ließ mich auf-
fahren. Ich schrak aus meiner fast schon trunkenen Träumerei. Meine Augen, geblendet vom weißen Geleucht über
den bislang geschlossenen Lidern, tasteten auf: mir knapp
gegenüber im Schatten der Bordwand glänzte etwas wie der
Reflex einer Brille, und jetzt glühte ein dicker, runder
Funke auf, die Glut einer Pfeife. Ich hatte, als ich mich hin-
setzte, einzig niederblickend in die schaumige Bugschneide
und empor zum Südkreuz, offenbar diesen Nachbarn nicht
bemerkt, der regungslos hier die ganze Zeit gesessen haben
mußte. Unwillkürlich, noch dumpf in den Sinnen, sagte ich
auf deutsch: „Verzeihung!" – „Oh, bitte . . .", antwortete die
Stimme deutsch aus dem Dunkel.

Ich kann nicht sagen, wie seltsam und schaurig das war, dies
stumme Nebeneinandersitzen im Dunkeln, knapp neben
einem, den man nicht sah. Unwillkürlich hatte ich das Gefühl, als starre dieser Mensch auf mich, genau wie ich auf
ihn starrte: aber so stark war das Licht über uns, das weiß-
flimmernd flutende, daß keiner von keinem mehr sehen
konnte als den Umriß im Schatten. Nur den Atem meinte
ich zu hören und das fauchende Saugen an der Pfeife.

Das Schweigen war unerträglich. Ich wäre am liebsten weg-
gegangen, aber das schien doch zu brüsk, zu plötzlich. Aus
Verlegenheit nahm ich mir eine Zigarette heraus. Das
Zündholz zischte auf, eine Sekunde lang zuckte Licht über
den engen Raum. Ich sah hinter Brillengläsern ein fremdes
Gesicht, das ich nie an Bord gesehen, bei keiner Mahlzeit,
bei keinem Gang, und sei es, daß die plötzliche Flamme
den Augen weh tat, oder war es eine Halluzination: es
schien grauenhaft verzerrt, finster und koboldhaft. Aber
ehe ich Einzelheiten deutlich wahrnahm, schluckte das
Dunkel wieder die flüchtig erhellten Linien fort, nur den
Umriß sah ich einer Gestalt, dunkel ins Dunkel gedrückt,
und manchmal den kreisrunden roten Feuerring der Pfeife
im Leeren. Keiner sprach, und dies Schweigen war schwül
und drückend wie die tropische Luft.

9

Endlich ertrug ich's nicht mehr. Ich stand auf und sagte höflich „Gute Nacht".

„Gute Nacht", antwortete es aus dem Dunkel, eine heisere, harte, eingerostete Stimme.

Ich stolperte mühsam vorwärts durch das Takelwerk an den Pfosten vorbei. Da klang ein Schritt hinter mir her, hastig und unsicher. Es war der Nachbar von vordem. Unwillkürlich blieb ich stehen. Er kam nicht ganz nah heran, durch das Dunkel fühlte ich ein Irgendetwas von Angst und Bedrücktheit in der Art seines Schrittes.

„Verzeihen Sie", sagte er dann hastig, „wenn ich eine Bitte an Sie richte. Ich ... ich ..." – er stotterte und konnte nicht gleich weitersprechen vor Verlegenheit – „ich ... ich habe private ... ganz private Gründe, mich hier zurückzuziehen ... ein Trauerfall ... ich meide die Gesellschaft an Bord ... Ich meine nicht Sie ... nein, nein ... Ich möchte nur bitten ... Sie würden mich sehr verpflichten, wenn Sie zu niemandem an Bord davon sprechen würden, daß Sie mich hier gesehen haben ... Es sind ... sozusagen private Gründe, die mich jetzt hindern, unter die Leute zu gehen ... ja ... nun ... es wäre mir peinlich, wenn Sie davon Erwähnung täten, daß jemand hier nachts ... daß ich ..." Das Wort blieb ihm wieder stecken. Ich beseitigte rasch seine Verwirrung, indem ich ihm eiligst zusicherte, seinen Wunsch zu erfüllen. Wir reichten einander die Hände. Dann ging ich in meine Kabine zurück und schlief einen dumpfen, merkwürdig verwühlten und von Bildern verwirrten Schlaf.

Ich hielt mein Versprechen und erzählte niemandem an Bord von der seltsamen Begegnung, obzwar die Versuchung keine geringe war. Denn auf einer Seereise wird das Kleinste zum Geschehnis, ein Segel am Horizont, ein Delphin, der aufspringt, ein neuentdeckter Flirt, ein flüchtiger Scherz. Dabei quälte mich die Neugier, mehr von diesem ungewöhnlichen Passagier zu wissen: ich durchforschte die Schiffsliste nach einem Namen, der ihm zugehören konnte, ich musterte die Leute, ob sie zu ihm in Beziehung stehen könnten: den ganzen Tag bemächtigte sich meiner eine nervöse Ungeduld, und ich wartete eigentlich nur auf den Abend, ob ich ihm wieder begegnen würde. Rätselhafte psychologische Dinge haben über mich eine geradezu beunruhigende Macht, es reizt mich bis ins Blut, Zusammenhänge aufzuspüren, und sonderbare Menschen können mich durch ihre bloße Gegenwart zu einer Leidenschaft des Erkennenwollens entzünden, die nicht viel geringer ist als jene des Besitzenwollens bei einer Frau. Der Tag wurde mir lang und zerbröckelte leer zwischen den Fingern. Ich legte mich früh ins Bett: ich wußte, ich würde um Mitternacht aufwachen, es würde mich erwecken.

Und wirklich: ich erwachte um die gleiche Stunde wie gestern. Auf dem Radiumzifferblatt der Uhr deckten sich die beiden Zeiger in einem leuchtenden Strich. Hastig stieg ich aus der schwülen Kabine in die noch schwülere Nacht.

Die Sterne strahlten wie gestern und schütteten ein diffuses Licht über das zitternde Schiff, hoch oben flammte das Kreuz des Südens. Alles war wie gestern – in den Tropen sind die Tage, die Nächte zwillingshafter als in unseren Sphären –, nur in mir war nicht dies weiche, flutende, träumerische Gewiegtsein wie gestern. Irgend etwas zog mich, verwirrte mich, und ich wußte, wohin es mich zog: hin zu dem schwarzen Gewind am Kiel, ob er wieder dort starr sitze, der Geheimnisvolle. Von oben her schlug die Schiffsglocke. Dies riß mich fort. Schritt für Schritt, widerwillig und doch gezogen, gab ich mir nach. Noch war ich nicht am Steven, da zuckte plötzlich dort etwas auf wie ein rotes Auge: die Pfeife. Er saß also dort.

Unwillkürlich schreckte ich zurück und blieb stehen. Im nächsten Augenblick wäre ich gegangen. Da regte es sich drüben im Dunkel, etwas stand auf, tat zwei Schritte, und plötzlich hörte ich knapp vor mir seine Stimme, höflich und gedrückt.

„Verzeihen Sie", sagte er, „Sie wollen offenbar wieder an Ihren Platz, und ich habe das Gefühl, Sie flüchteten zurück, als Sie mich sahen. Bitte, setzen Sie sich nur hin, ich gehe schon wieder."

Ich eilte, ihm meinerseits zu sagen, daß er nur bleiben solle, ich sei bloß zurückgetreten, um ihn nicht zu stören. „Mich stören Sie nicht", sagte er mit einer gewissen Bitterkeit, „im Gegenteil, ich bin froh, einmal nicht allein zu sein. Seit zehn Tagen habe ich kein Wort gesprochen . . . eigentlich seit Jahren nicht . . . und da geht es so schwer, eben viel-

11

leicht weil man schon erstickt daran, alles in sich hineinzu-
würgen ... Ich kann nicht mehr in der Kabine sitzen, in
diesem ... diesem Sarg ... ich kann nicht mehr ... und die
Menschen ertrage ich wieder nicht, weil sie den ganzen Tag
lachen ... Das kann ich nicht ertragen jetzt ... ich höre es
hinein bis in die Kabine und stopfe mir die Ohren zu ...
freilich, sie wissen ja nicht, daß ... nun, sie wissen's eben
nicht, und dann, was geht das die Fremden an ..."
Er stockte wieder. Und sagte dann ganz plötzlich und hastig: „Aber ich will Sie nicht belästigen ... verzeihen Sie
meine Geschwätzigkeit."
Er verbeugte sich und wollte fort. Aber ich widersprach
ihm dringlich. „Sie belästigen mich durchaus nicht. Auch
ich bin froh, hier ein paar stille Worte zu haben ... Nehmen Sie eine Zigarette?"
Er nahm eine. Ich zündete an. Wieder riß sich das Gesicht
flackernd vom schwarzen Bordrand los, aber jetzt voll mir
zugewandt: die Augen hinter der Brille forschten in meinem Gesicht, gierig und mit einer irren Gewalt. Ein Grauen
überlief mich. Ich spürte, daß dieser Mensch sprechen
wollte, sprechen mußte. Und ich wußte, daß ich schweigen
müsse, um ihm zu helfen.
Wir setzten uns wieder. Er hatte einen zweiten Deckchair
dort, den er mir anbot. Unsere Zigaretten funkelten, und an
der Art, wie der Lichtring der seinen unruhig im Dunkel
zitterte, sah ich, daß seine Hand bebte. Aber ich schwieg,
und er schwieg. Dann fragte plötzlich seine Stimme leise:
„Sind Sie sehr müde?"
„Nein, durchaus nicht."
Die Stimme aus dem Dunkel zögerte wieder. „Ich möchte
Sie gerne etwas fragen ... das heißt, ich möchte Ihnen etwas erzählen. Ich weiß, ich weiß genau, wie absurd das ist,
mich an den ersten zu wenden, der mir begegnet, aber ...
ich bin ... ich bin in einer furchtbaren psychischen Verfassung ... ich bin an einem Punkt, wo ich unbedingt mit jemandem sprechen muß ... ich gehe sonst zugrunde ... Sie
werden das schon verstehen, wenn ich ... ja, wenn ich
Ihnen eben erzähle ... Ich weiß, daß Sie mir nicht werden
helfen können ... aber ich bin irgendwie krank von diesem
Schweigen ... und ein Kranker ist immer lächerlich für die
andern ..."

12

Ich unterbrach ihn und bat ihn, sich doch nicht zu quälen. Er möge mir nur erzählen ... ich könne ihm natürlich nichts versprechen, aber man habe doch die Pflicht, seine Bereitwilligkeit anzubieten. Wenn man jemanden in einer Bedrängnis sehe, da ergebe sich doch natürlich die Pflicht zu helfen ...

„Die Pflicht ... seine Bereitwilligkeit anzubieten ... die Pflicht, den Versuch zu machen ... Sie meinen also auch, Sie auch, man habe die Pflicht ... die Pflicht, seine Bereitwilligkeit anzubieten."

Dreimal wiederholte er den Satz. Mir graute vor dieser stumpfen, verbissenen Art des Wiederholens. War dieser Mensch wahnsinnig? War er betrunken?

Aber als ob ich die Vermutung laut mit den Lippen ausgesprochen hätte, sagte er plötzlich mit einer ganz andern Stimme: „Sie werden mich vielleicht für irr halten oder für betrunken. Nein, das bin ich nicht – noch nicht. Nur das Wort, das Sie sagten, hat mich so merkwürdig berührt ... so merkwürdig, weil es gerade das ist, was mich jetzt quält, nämlich ob man die Pflicht hat ... die Pflicht ..."

Er begann wieder zu stottern. Dann brach er kurz ab und begann mit einem neuen Ruck.

„Ich bin nämlich Arzt. Und da gibt es oft solche Fälle, solche verhängnisvolle ... ja, sagen wir Grenzfälle, wo man nicht weiß, ob man die Pflicht hat ... nämlich, es gibt ja nicht nur eine Pflicht, die gegen den andern, sondern eine für sich selbst und eine für den Staat und eine für die Wissenschaft ... Man soll helfen, natürlich, dazu ist man doch da ... aber solche Maximen sind immer nur theoretisch ... Wie weit soll man denn helfen? ... Da sind Sie, ein fremder Mensch, und ich bin Ihnen fremd, und ich bitte Sie, zu schweigen darüber, daß Sie mich gesehen haben ... gut, Sie schweigen, Sie erfüllen diese Pflicht ... Ich bitte Sie, mit mir zu sprechen, weil ich krepiere an meinem Schweigen ... Sie sind bereit, mir zuzuhören ... gut ... Aber das ist ja leicht ... Wenn ich Sie aber bitten würde, mich zu packen und über Bord zu werfen ... da hört sich doch die Gefälligkeit, die Hilfsbereitschaft auf. Irgendwo endet's doch ... dort, wo man anfängt mit seinem eigenen Leben, seiner eigenen Verantwortung ... irgendwo muß es doch enden ... irgendwo muß diese Pflicht doch aufhören ...

13

Oder vielleicht soll sie gerade beim Arzt nicht aufhören dürfen? Muß der ein Heiland, ein Allerweltshelfer sein, bloß weil er ein Diplom mit lateinischen Worten hat, muß der wirklich sein Leben hinwerfen und sich Wasser ins Blut schütten, wenn irgendeine ... irgendeiner kommt und will, daß er edel sei, hilfreich und gut? Ja, irgendwo hört die Pflicht auf ... dort, wo man nicht mehr kann, gerade dort ..."

Er hielt wieder inne und riß sich auf.

„Verzeihen Sie ... ich rede gleich so erregt ... aber ich bin nicht betrunken ... noch nicht betrunken ... auch das kommt jetzt oft bei mir vor, ich gestehe es Ihnen ruhig ein, in dieser höllischen Einsamkeit ... Bedenken Sie, ich habe sieben Jahre fast nur zwischen Eingeborenen und Tieren gelebt ... da verlernt man das ruhige Reden. Wenn man sich dann auftut, flutet's gleich über ... Aber warten Sie ... ja, ich weiß schon ... ich wollte Sie fragen, wollte Ihnen so einen Fall vorlegen, ob man die Pflicht habe zu helfen ... so ganz engelhaft rein zu helfen, ob man ... Übrigens, ich fürchte, es wird lang werden. Sind Sie wirklich nicht müde?

„Nein, durchaus nicht."

„Ich ... ich danke Ihnen ... Nehmen Sie nicht?"

Er hatte irgendwo hinter sich ins Dunkel getappt. Etwas klirrte gegeneinander, zwei, drei, jedenfalls mehrere Flaschen, die er neben sich gestellt. Er bot mir ein Glas Whisky, an dem ich flüchtig nippte, während er mit einem Ruck das seine hinabgoß. Einen Augenblick stand Schweigen zwischen uns. Da schlug die Glocke: halb eins.

„Also ... ich möchte Ihnen einen Fall erzählen. Nehmen Sie an, ein Arzt in einer ... einer kleineren Stadt ... oder eigentlich auf dem Lande ... ein Arzt, der ... ein Arzt, der ..."

Er stockte wieder. Dann riß er sich plötzlich den Sessel heran zu mir.

„So geht es nicht. Ich muß Ihnen alles direkt erzählen, von Anfang an, sonst verstehen Sie es nicht ... Das, das läßt sich nicht als Exempel, als Theorie entwickeln ... ich muß Ihnen meinen Fall erzählen. Da gibt es keine Scham, kein Verstecken ... vor mir ziehen sich auch die Leute nackt

aus und zeigen mir ihren Grind, ihren Harn und ihre Ex-
kremente... wenn man geholfen haben will, darf man
nicht herumreden und nichts verschweigen... Also ich
werde Ihnen keinen Fall erzählen von einem sagenhaften
Arzt... ich ziehe mich nackt aus und sage: ich... das Schämen habe ich verlernt in dieser dreckigen Einsamkeit, in
diesem verfluchten Land, das einem die Seele ausfrißt und
das Mark aus den Lenden saugt."
Ich mußte irgendeine Bewegung gemacht haben, denn er
unterbrach sich.
„Ach, Sie protestieren... ich verstehe, Sie sind begeistert
von Indien, von den Tempeln und den Palmenbäumen, von
der ganzen Romantik einer Zweimonatsreise. Ja, so sind sie
zauberhaft, die Tropen, wenn man sie in der Eisenbahn, im
Auto, in der Rikscha durchstreift: ich habe das auch nicht
anders gefühlt, als ich zum erstenmal herüberkam vor sieben Jahren. Was träumte ich da nicht alles, die Sprachen
wollte ich lernen und die heiligen Bücher im Urtext lesen,
die Krankheiten studieren, wissenschaftlich arbeiten, die
Psyche der Eingeborenen ergründen – so sagt man ja im europäischen Jargon –, ein Missionar der Menschlichkeit, der
Zivilisation werden. Alle, die kommen, träumen denselben
Traum. Aber in diesem unsichtbaren Glashaus dort geht
einem die Kraft aus, das Fieber – man kriegt's ja doch, mag
man noch soviel Chinin in sich fressen – greift einem ans
Mark, man wird schlapp und faul, wird weich, eine Qualle.
Irgendwie ist man als Europäer von seinem wahren Wesen
abgeschnitten, wenn man aus den großen Städten weg in so
eine verfluchte Sumpfstation kommt: auf kurz oder lang hat
jeder seinen Knacks weg, die einen saufen, die andern rauchen Opium, die dritten prügeln und werden Bestien –
irgendeinen Schuß Narrheit kriegt jeder ab. Man sehnt sich
nach Europa, träumt davon, wieder einen Tag auf einer
Straße zu gehen, in einem hellen steinernen Zimmer unter
weißen Menschen zu sitzen. Jahr um Jahr träumt man davon, und kommt dann die Zeit, wo man Urlaub hätte, so ist
man schon zu träge, um zu gehen. Man weiß, drüben ist man
vergessen, fremd, eine Muschel in diesem Meer, auf die
jeder tritt. So bleibt man und versumpft und verkommt in
diesen heißen, nassen Wäldern. Es war ein verfluchter Tag,
an dem ich mich in dieses Drecknest verkauft habe...

15

Übrigens: ganz so freiwillig war das ja auch nicht. Ich hatte in Deutschland studiert, war recte Mediziner geworden, ein guter Arzt sogar, mit einer Anstellung an der Leipziger Klinik; irgendwo in einem verschollenen Jahrgang der ,Medizinischen Blätter' haben sie damals viel Aufhebens gemacht von einer neuen Injektion, die ich als erster praktiziert hatte. Da kam eine Weibergeschichte, eine Person, die ich im Krankenhaus kennenlernte: sie hatte ihren Geliebten so toll gemacht, daß er sie mit dem Revolver anschoß, und bald war ich ebenso toll wie er. Sie hatte eine Art, hochmütig und kalt zu sein, die mich rasend machte – mich hatten immer schon Frauen in der Faust, die herrisch und frech waren, aber diese bog mich zusammen, daß mir die Knochen brachen. Ich tat, was sie wollte, ich – nun, warum soll's ich sagen, es sind acht Jahre her –, ich tat für sie einen Griff in die Spitalskasse, und als die Sache aufflog, war der Teufel los. Ein Onkel deckte noch den Abgang, aber mit der Karriere war es vorbei. Damals hörte ich gerade, die holländische Regierung werbe Ärzte an für die Kolonien und biete ein Handgeld. Nun, ich dachte gleich, es müßte ein sauberes Ding sein, für das man Handgeld biete, ich wußte, daß die Grabkreuze auf diesen Fieberplantagen dreimal so schnell wachsen als bei uns, aber wenn man jung ist, glaubt man, das Fieber und der Tod springt immer nur auf die andern. Nun, ich hatte da nicht viel Wahl, ich fuhr nach Rotterdam, verschrieb mich auf zehn Jahre, bekam ein ganz nettes Bündel Banknoten, die Hälfte schickte ich nach Hause an den Onkel, die andere Hälfte jagte mir eine Person dort im Hafenviertel ab, die alles von mir herauskriegte, nur weil sie jener verfluchten Katze so ähnlich war. Ohne Geld, ohne Uhr, ohne Illusion bin ich damals abgesegelt von Europa und war nicht sonderlich traurig, als wir aus dem Hafen steuerten. Und dann saß ich so auf Deck wie Sie, wie alle saßen, und sah das Südkreuz und die Palmen, das Herz ging mir auf – ah, Wälder, Einsamkeit, Stille, träumte ich! Nun – an Einsamkeit bekam ich gerade genug. Man setzte mich nicht nach Batavia oder Surabaya, in eine Stadt, wo es Menschen gibt und Klubs und Golf und Bücher und Zeitungen, sondern – nun, der Name tut ja nichts zur Sache – in irgendeine der Distriktstationen, zwei Tagesreisen von der nächsten Stadt. Ein paar langweilige, verdorrte Beamte, ein paar Halfcaste, das war meine ganze Gesellschaft, sonst weit und breit nur Wald, Plantagen, Dickicht und Sumpf.

Im Anfang war's noch erträglich. Ich trieb allerhand Studien; einmal, als der Vizeresident auf der Inspektionsreise mit dem Automobil umgeworfen und sich ein Bein zerschmettert hatte, machte ich ohne Gehilfen eine Operation, über die viel geredet wurde, ich sammelte Gifte und Waffen der Eingeborenen, ich beschäftigte mich mit hundert kleinen Dingen, um mich wach zu halten. Aber all dies ging nur, solang die Kraft von Europa her in mir noch funktionierte: dann trocknete ich ein. Die paar Europäer langweilten mich, ich brach den Verkehr ab, trank und träumte in mich hinein. Ich hatte ja nur noch zwei Jahre, dann war ich frei mit Pension, konnte nach Europa zurückkehren, noch einmal ein Leben anfangen. Eigentlich tat ich nichts mehr als warten, stilliegen und warten. Und so säße ich heute noch, wenn nicht sie ... wenn das nicht gekommen wäre."

Die Stimme im Dunkeln hielt inne. Auch die Pfeife glimmte nicht mehr. So still war es, daß ich mit einem Male wieder das Wasser hörte, das sich schäumend am Kiel brach, und den fernen, dumpfen Herzstoß der Maschine. Ich hätte mir gern eine Zigarette angezündet, aber ich hatte Furcht vor dem grellen Aufschlag des Zündholzes und dem Reflex in seinem Gesicht. Er schwieg und schwieg. Ich wußte nicht, ob er zu Ende sei, ob er duselte, ob er schlief, so tot war sein Schweigen.

Da schlug die Schiffsglocke einen geraden, kräftigen Schlag: ein Uhr. Er fuhr auf: ich hörte wieder das Glas klingen. Offenbar tastete die Hand suchend zum Whisky hinab. Ein Schluck gluckste leise – dann plötzlich begann die Stimme wieder, aber jetzt gleichsam gespannter, leidenschaftlicher.

„Ja also ... warten Sie ... ja also, das war so. Ich sitze da droben in meinem verfluchten Nest, sitze wie die Spinne im Netz regungslos seit Monaten schon. Es war gerade nach der Regenzeit, Wochen und Wochen hatte es auf das Dach geplätschert, kein Mensch war gekommen, kein Europäer, täglich, täglich hatte ich dagesessen mit meinen gelben Weibern im Haus und meinem guten Whisky. Ich war damals ge-

rade ganz ‚down‘, ganz europakrank: wenn ich irgendeinen
Roman las von hellen Straßen und weißen Frauen, begannen
mir die Finger zu zittern. Ich kann Ihnen den Zustand
nicht ganz schildern, es ist eine Art Tropenkrankheit, eine
wütige, fiebrige und doch kraftlose Nostalgie, die einen
manchmal packt. So saß ich damals, ich glaube, über einem
Atlas, und träumte mir Reisen aus. Da klopft es aufgeregt
an die Tür, der Boy steht draußen und eines von den Weibern,
beide haben die Augen ganz aufgerissen vor Erstaunen.
Sie machen große Gebärden: eine Dame sei hier, eine
Lady, eine weiße Frau.
Ich fahre auf. Ich habe keinen Wagen kommen gehört, kein
Automobil. Eine weiße Frau hier in dieser Wildnis?
Ich will die Treppe hinab, reiße mich aber noch zurück. Ein
Blick in den Spiegel, hastig richte ich mich ein wenig zurecht.
Ich bin nervös, unruhig, irgendwie gequält von unangenehmem
Vorgefühl, denn ich weiß niemanden auf der
Welt, der aus Freundschaft zu mir käme. Endlich gehe ich
hinunter.
Im Vorraum wartet die Dame und kommt mir hastig entgegen.
Ein dicker Automobilschleier verhüllt ihr Gesicht. Ich
will sie begrüßen, aber sie fängt mir rasch das Wort ab. ‚Guten
Tag, Doktor‘, sagte sie auf englisch in einer fließenden
(etwas zu leicht fließenden und wie im voraus eingelernten)
Art. ‚Verzeihen Sie, daß ich Sie überfalle. Aber wir waren
gerade in der Station, unser Auto hält drüben‘ – warum
fährt sie nicht bis vors Haus, schießt es mir blitzschnell
durch den Kopf –, ‚da erinnerte ich mich, daß Sie hier wohnen.
Ich habe schon so viel von Ihnen gehört. Sie haben ja
eine wirkliche Zauberei mit dem Vizeresidenten gemacht,
sein Bein ist wieder tadellos alright, er spielt Golf wie früher.
Ah, ja, alles spricht noch davon drunten bei uns, und
wir wollten alle unseren brummigen Surgeon und noch die
zwei andern hergeben, wenn Sie zu uns kämen. Überhaupt,
warum sieht man Sie nie drunten, Sie leben ja wie ein
Jogi . . .‘
Und so plappert sie weiter, hastig und immer hastiger, ohne
mich zu Worte kommen zu lassen. Etwas Nervöses und
Fahriges ist in diesem talkigen Geschwätz, und ich werde
selbst unruhig davon. Warum spricht sie so viel, frage ich
mich innerlich, warum stellt sie sich nicht vor, warum

18

nimmt sie den Schleier nicht ab? Hat sie Fieber? Ist sie krank? Ist sie toll? Ich werde immer nervöser, weil ich die Lächerlichkeit empfinde, so stumm vor ihr zu stehen, übergossen von ihrer prasselnden Geschwätzigkeit. Endlich stoppt sie ein wenig, und ich kann sie hinaufbitten. Sie macht dem Boy eine Bewegung, zurückzubleiben, und geht vor mir die Treppe empor.

,Nett haben Sie es hier', sagt sie, in meinem Zimmer sich umsehend. ,Ah, die schönen Bücher! die möchte ich alle lesen!' Sie tritt an das Regal und mustert die Büchertitel. Zum erstenmal, seit ich ihr entgegengetreten, schweigt sie für eine Minute.

,Darf ich Ihnen einen Tee anbieten?' fragte ich.

Sie wendet sich nicht um und sieht nur auf die Büchertitel. ,Nein, danke, Doktor... wir müssen gleich wieder weiter... ich habe nicht viel Zeit... war ja nur ein kleiner Ausflug... Ach, da haben Sie ja auch den Flaubert, den liebe ich so sehr... wundervoll, ganz wundervoll, die »Éducation sentimentale«... ich sehe, Sie lesen auch französisch... Was Sie alles können!... Ja, die Deutschen, die lernen alles auf der Schule... Wirklich großartig, so viel Sprachen zu können!... Der Vizeresident schwört auf Sie, sagt immer, Sie seien der einzige, dem er unter das Messer ginge... unser guter Surgeon drüben taugt gerade zum Bridgespiel... Übrigens, wissen Sie' – sie wendete sich noch immer nicht um –, ,heute kam's mir selbst in den Sinn, ich sollte Sie einmal konsultieren... und weil wir eben vorüberfuhren, dachte ich... nun, Sie haben jetzt wohl zu tun... ich komme lieber ein andermal.'

Deckst du endlich die Karten auf! dachte ich mir sofort. Aber ich ließ nichts merken, sondern versicherte ihr, es würde mir nur eine Ehre sein, jetzt und wann immer sie wolle, ihr zu dienen.

,Es ist nichts Ernstes', sagte sie, sich halb umwendend und gleichzeitig in einem Buch blätternd, das sie vom Regal genommen hatte, ,nichts Ernstes... Kleinigkeiten... Weibersachen... Schwindel, Ohnmachten. Heute früh schlug ich, als wir eine Kurve machten, plötzlich hin, raide morte... der Boy mußte mich aufrichten im Auto und Wasser holen... nun, vielleicht ist der Chauffeur zu rasch gefahren... meinen Sie nicht, Doktor?'

‚Ich kann das so nicht beurteilen. Haben Sie öfter derlei Ohnmachten?'

‚Nein . . ., das heißt, ja . . . in der letzten Zeit . . . gerade in der allerletzten Zeit . . . ja . . . solche Ohnmachten und Übelkeiten.'

Sie steht schon wieder vor dem Bücherschrank, tut das Buch hinein, nimmt ein anderes heraus und blättert darin. Merkwürdig, warum blättert sie immer so . . . so nervös, warum schaut sie unter dem Schleier nicht auf? Ich sage mit Absicht nichts. Es reizt mich, sie warten zu lassen. Endlich fängt sie wieder an in ihrer nonchalanten, plapperigen Art.

‚Nicht wahr, Doktor, nichts Bedenkliches das? Keine Tropensache . . . nichts Gefährliches . . .'

‚Ich müßte erst sehen, ob Sie Fieber haben. Darf ich um Ihren Puls bitten . . .'

Ich gehe auf sie zu. Sie weicht leicht zur Seite.

‚Nein, nein, ich habe kein Fieber . . . gewiß, ganz gewiß nicht . . , ich habe selbst gemessen jeden Tag, seit . . . seit diese Ohnmachten kamen. Nie Fieber, immer tadellos 36,4 auf den Strich. Auch mein Magen ist gesund.'

Ich zögere einen Augenblick. Die ganze Zeit schon prickelt in mir ein Argwohn: ich spüre, diese Frau will etwas von mir, man kommt nicht in eine Wildnis, um über Flaubert zu sprechen. Eine, zwei Minuten lasse ich sie warten. ‚Verzeihen Sie', sage ich dann geradewegs, ‚darf ich einige Fragen ganz frei stellen?'

‚Gewiß, Doktor! Sie sind doch Arzt', antwortet sie, aber schon wendet sie mir wieder den Rücken und spielt mit den Büchern.

‚Haben Sie Kinder gehabt?'

‚Ja, einen Sohn.'

‚Und haben Sie . . . haben Sie vorher . . . ich meine damals . . . haben Sie da ähnliche Zustände gehabt?'

‚Ja.'

Ihre Stimme ist jetzt ganz anders. Ganz klar, ganz bestimmt, gar nicht mehr plapprig, gar nicht mehr nervös.

‚Und wäre es möglich, daß Sie . . . verzeihen Sie die Frage . . . daß Sie jetzt in einem ähnlichen Zustande sind?'

‚Ja.'

20

Wie ein Messer scharf und schneidend läßt sie das Wort fallen. In ihrem abgewandten Kopf zuckt nicht eine Linie.
,Vielleicht wäre es da am besten, gnädige Frau, ich nehme eine allgemeine Untersuchung vor ... darf ich Sie vielleicht bitten, sich ... sich in das andere Zimmer hinüber zu bemühen?'
Da wendet sie sich plötzlich um. Durch den Schleier fühle ich einen kalten, entschlossenen Blick mir gerade entgegen.
,Nein ... das ist nicht nötig ... ich habe volle Gewißheit über meinen Zustand.'"

Die Stimme zögert einen Augenblick. Wieder blinkert im Dunkel das gefüllte Glas.
„Also hören Sie ... aber versuchen Sie zuerst einen Augenblick, sich das zu überdenken. Da drängt sich zu einem, der in seiner Einsamkeit vergeht, eine Frau herein, seit Jahren betritt die erste weiße Frau das Zimmer ... und plötzlich spüre ich's, es ist etwas Böses im Zimmer, eine Gefahr. Irgendwie überlief's mich: mir graute vor der stählernen Entschlossenheit dieses Weibes, die da mit plapprigen Reden hereingekommen war und dann mit einemmal ihre Forderung zückt, wie ein Messer. Denn was sie von mir wollte, wußte ich ja, wußte ich sofort – es war nicht das erstemal, daß Frauen so etwas von mir verlangten, aber sie kamen anders, kamen verschämt oder flehend, kamen mit Tränen und Beschwörungen. Hier aber war eine ... ja, eine stählerne, eine männliche Entschlossenheit ... von der ersten Sekunde spürte ich's, daß diese Frau stärker war als ich ... daß sie mich in ihren Willen zwingen konnte, wie sie wollte ... Aber ... aber ... es war auch etwas Böses in mir ... der Mann, der sich wehrte, irgendeine Erbitterung, denn ... ich sagte es ja schon ... von der ersten Sekunde, ja, noch ehe ich sie gesehen, empfand ich diese Frau als Feind.
Ich schwieg zunächst. Schwieg hartnäckig und erbittert. Ich spürte, daß sie mich unter dem Schleier ansah – gerade und fordernd ansah, daß sie mich zwingen wollte zu sprechen. Aber ich gab nicht so leicht nach. Ich begann zu sprechen, aber ... ausweichend ... ja unbewußt ahmte ich ihre plapprige, gleichgültige Art nach. Ich tat, als ob ich sie nicht verstünde, denn – ich weiß nicht, ob Sie das nachfühlen kön-

nen – ich wollte sie zwingen, deutlich zu werden, ich wollte nicht anbieten, sondern ... gebeten sein ... gerade von ihr, weil sie so herrisch kam ... und weil ich wußte, daß ich bei Frauen nichts so unterliege als dieser hochmütigen kalten Art.

Ich redete also herum, dies sei ganz unbedenklich, solche Ohnmachten gehörten zum regulären Lauf der Dinge, im Gegenteil, sie verbürgten beinahe eine gute Entwicklung. Ich zitierte Fälle aus den klinischen Zeitungen ... ich sprach, ich sprach, lässig und leicht, immer die Angelegenheit ganz wie eine Banalität betrachtend, und ... wartete immer, daß sie mich unterbrechen würde. Denn ich wußte, sie würde es nicht ertragen.

Da fuhr sie schon scharf dazwischen, mit einer Handbewegung gleichsam das ganze beruhigende Gerede wegstreifend.

‚Das ist es nicht, Doktor, was mich unsicher macht. Damals, als ich meinen Buben bekam, war ich in besserer Verfassung ... aber jetzt bin ich nicht mehr alright ... ich habe Herzzustände ...‘

‚Ach, Herzzustände‘, wiederholte ich, scheinbar beunruhigt, ‚da will ich doch gleich nachsehen.‘ Und ich machte eine Bewegung, als ob ich aufstehen und das Hörrohr holen wollte.

Aber schon fuhr sie dazwischen. Die Stimme war jetzt ganz scharf und bestimmt – wie am Kommandoplatz.

‚Ich *habe* Herzzustände, Doktor, und ich muß Sie bitten, zu glauben, was ich Ihnen sage. Ich möchte nicht viel Zeit mit Untersuchungen verlieren – Sie könnten mir, meine ich, etwas mehr Vertrauen entgegenbringen. Ich wenigstens habe mein Vertrauen zu Ihnen genug bezeugt.‘

Jetzt war es schon Kampf, offene Herausforderung. Und ich nahm sie an.

‚Zum Vertrauen gehört Offenheit, rückhaltlose Offenheit. Reden Sie klar, ich bin Arzt. Und vor allem, nehmen Sie den Schleier ab, setzen Sie sich her, lassen Sie die Bücher und die Umwege. Man kommt nicht zum Arzt im Schleier.‘

Sie sah mich an, aufrecht und stolz. Einen Augenblick zögerte sie. Dann setzte sie sich nieder, zog den Schleier hoch. Ich sah ein Gesicht, ganz so, wie ich es – gefürchtet hatte, ein undurchdringliches Gesicht, hart, beherrscht, von

22

einer alterslosen Schönheit, ein Gesicht mit grauen englischen Augen, in denen alles Ruhe schien und hinter die man doch alles Leidenschaftliche träumen konnte. Dieser schmale, verpreßte Mund gab kein Geheimnis her, wenn er nicht wollte. Eine Minute lang sahen wir einander an – sie befehlend und fragend zugleich, mit einer so kalten, stählernen Grausamkeit, daß ich es nicht ertrug und unwillkürlich zur Seite blickte.

Sie klopfte leicht mit dem Knöchel auf den Tisch. Also auch in ihr war Nervosität. Dann sagte sie plötzlich rasch: ‚Wissen Sie, Doktor, was ich von Ihnen will, oder wissen Sie es nicht?‘

‚Ich glaube es zu wissen. Aber seien wir lieber ganz deutlich. Sie wollen Ihrem Zustand ein Ende bereiten . . . Sie wollen, daß ich Sie von Ihrer Ohnmacht, Ihren Übelkeiten befreie, indem ich . . . indem ich die Ursache beseitige. Ist es das?‘

‚Ja.‘

Wie ein Fallbeil zuckte das Wort.

‚Wissen Sie auch, daß solche Versuche gefährlich sind . . . für beide Teile . . .?‘

‚Ja.‘

‚Daß es gesetzlich mir untersagt ist?‘

‚Es gibt Möglichkeiten, wo es nicht untersagt, sondern sogar geboten ist.‘

‚Aber diese erfordern eine ärztliche Indikation.‘

‚So werden Sie diese Indikation finden, Sie sind Arzt.‘

Klar, starr, ohne zu zucken, blickten mich ihre Augen dabei an. Es war ein Befehl, und ich Schwächling bebte in Bewunderung vor der dämonischen Herrischkeit ihres Willens. Aber ich krümmte mich noch, ich wollte nicht zeigen, daß ich schon zertreten war. – Nur nicht zu rasch! Umstände machen! Sie zur Bitte zwingen, funkelte in mir irgendein Gelüst.

‚Das liegt nicht immer im Willen eines Arztes. Aber ich bin bereit, mit einem Kollegen im Krankenhaus . . .‘

‚Ich will Ihren Kollegen nicht . . . ich bin zu Ihnen gekommen.‘

‚Darf ich fragen, warum gerade zu mir?‘

Sie sah mich kalt an.

‚Ich habe keine Bedenken, es Ihnen zu sagen. Weil Sie abseits wohnen, weil Sie mich nicht kennen – weil Sie ein guter Arzt sind und weil Sie ...' – jetzt zögerte sie zum ersten Male – ,wohl nicht mehr lange in dieser Gegend bleiben werden, besonders wenn Sie ... wenn Sie eine größere Summe nach Hause bringen können.'

Mich überlief's kalt. Diese eherne, diese Merchant-, diese Kaufmannsklarheit der Berechnung betäubte mich. Bisher hatte sie ihre Lippen noch nicht zur Bitte aufgetan – aber alles längst auskalkuliert, mich erst umlauert und dann aufgespürt. Ich spürte, wie das Dämonische ihres Willens in mich eindrang, aber ich wehrte mich mit all meiner Erbitterung. Noch einmal zwang ich mich, sachlich – ja fast ironisch zu sein.

,Und diese größere Summe würden Sie ... würden Sie mir zur Verfügung stellen?'

,Für Ihre Hilfe und sofortige Abreise.'

,Wissen Sie, daß ich dadurch meine Pension verliere?'

,Ich werde sie Ihnen entschädigen.'

,Sie sind sehr deutlich ... Aber ich will noch mehr Deutlichkeit. Welche Summe haben Sie als Honorar in Aussicht genommen?'

,Zwölftausend Gulden, zahlbar auf Scheck in Amsterdam.'

Ich ... zitterte ... ich zitterte vor Zorn und ... ja auch vor Bewunderung. Alles hatte sie berechnet, die Summe und die Art der Zahlung, durch die ich zur Abreise genötigt war, sie hatte mich eingeschätzt und gekauft, ohne mich zu kennen, hatte über mich verfügt im Vorgefühl ihres Willens. Am liebsten hätte ich ihr ins Gesicht geschlagen ... Aber wie ich zitternd aufstand – auch sie war aufgestanden – und ihr gerade ins Auge starrte, da überkam mich plötzlich bei dem Blick auf diesen verschlossenen Mund, der nicht bitten, auf ihre hochmütige Stirn, die sich nicht beugen wollte ... eine ... eine Art gewalttätiger Gier. Sie mußte irgend etwas davon fühlen, denn sie spannte ihre Augenbrauen hoch, wie wenn man jemand Lästigen wegweisen will: der Haß zwischen uns war plötzlich nackt. Ich wußte, sie haßte mich, weil sie mich brauchte, und ich haßte sie, weil ... weil sie nicht bitten wollte. Diese eine, diese eine Sekunde Schweigen sprachen wir zum erstenmal ganz aufrichtig zueinander. Dann biß sich plötzlich wie ein

24

Reptil mir ein Gedanke ein, und ich sagte ihr ... ich sagte ihr ...

Aber warten Sie, so würden Sie es falsch verstehen, was ich tat ... was ich sagte ... ich muß Ihnen erst erklären, wie ... wieso dieser wahnsinnige Gedanke in mich kam ..."

Wieder klirrte leise im Dunkel das Glas. Und die Stimme wurde erregter.

„Nicht daß ich mich entschuldigen will, mich rechtfertigen, mich reinwaschen ... Aber Sie verstehen es sonst nicht ... Ich weiß nicht, ob ich je so etwas wie ein guter Mensch gewesen bin, aber ... ich glaube, hilfreich war ich immer ... In dem dreckigen Leben da drüben war das ja die einzige Freude, die man hatte, mit der Handvoll Wissenschaft, die man sich ins Hirn gepreßt, irgendeinem Stück Leben den Atem erhalten zu können ... so eine Art Herrgottsfreude ... Wirklich, es waren meine schönsten Augenblicke, wenn so ein gelber Bursch kam, blauweiß vor Schrecken, einen Schlangenbiß im hochgeschwollenen Fuß, und schon heulte, man solle ihm das Bein nicht abschneiden, und ich kriegte es noch fertig, ihn zu retten. Stundenweit bin ich gefahren, wenn irgendein Weib im Fieber lag – auch so, wie diese es wollte, habe ich geholfen, schon in Europa drüben an der Klinik. Aber da spürte man's wenigstens, daß dieser Mensch einen *brauchte*, da wußte man's, daß man jemand vom Tode rettete oder vor der Verzweiflung – und das braucht man eben selbst zum Helfen, dies Gefühl, daß der andere einen braucht.

Aber diese Frau – ich weiß nicht, ob ich es Ihnen schildern kann –, sie regte mich auf, reizte mich von dem Augenblick, da sie scheinbar promenierend hereinkam, durch ihren Hochmut zu einem Widerstand, sie reizte alles ... – wie soll ich's sagen –, sie reizte alles Gedrückte, alles Versteckte, alles Böse in mir zur Gegenwehr. Daß sie Lady spielte, unnahbar kühl ein Geschäft entrierte, wo es um Tod und Leben ging, das machte mich toll ... Und dann ... dann ... schließlich wird man doch nicht schwanger vom Golfspielen ... Ich wußte ... das heißt, ich mußte plötzlich mit einer ... – und das war jener Gedanke –, mit einer entsetzlichen Deutlichkeit mich daran erinnern, daß diese

Kühle, diese Hochmütige, diese Kalte, die steil die Augenbrauen über ihre stählernen Augen hochzog, als ich sie nur abwehrend ... ja fast wegstoßend anblickte, daß die sich zwei oder drei Monate vorher heiß im Bett mit einem Mann gewälzt hatte, nackt wie ein Tier und vielleicht stöhnend vor Lust, die Körper ineinander verbissen wie zwei Lippen ... Das, das war der brennende Gedanke, der mich überfiel, als sie mich so hochmütig, so unnahbar kühl, ganz wie ein englischer Offizier anblickte ... und da, da spannte sich alles in mir ... ich war besessen von der Idee, sie zu erniedrigen ... von dieser Sekunde sah ich durch das Kleid ihren Körper nackt ... von dieser Sekunde an lebte ich nur im Gedanken, sie zu besitzen, ein Stöhnen aus ihren harten Lippen zu pressen, diese Kalte, diese Hochmütige in Wollust zu fühlen so wie jener, jener andere, den ich nicht kannte. Das ... das wollte ich Ihnen erklären ... Ich habe nie, so verkommen ich war, sonst als Arzt die Situation zu nutzen gesucht ... Aber diesmal war es ja nicht Geilheit, nicht Brunst, nichts Sexuelles, wahrhaftig nicht ... ich würde es ja eingestehen ... nur die Gier, eines Hochmuts Herr zu werden ... Herr als Mann ... Ich sagte es Ihnen, glaube ich, schon, daß hochmütige, scheinbar kühle Frauen von je über mich Macht hatten ... aber jetzt, jetzt kam noch dies dazu, daß ich sieben Jahre hier lebte, ohne eine weiße Frau gehabt zu haben, daß ich Widerstand nicht kannte ... Denn diese Mädchen hier, diese zwitschernden kleinen zierlichen Tierchen, die zittern ja vor Ehrfurcht, wenn ein Weißer, ein ,Herr', sie nimmt ... sie löschen aus in Demut, immer sind sie einem offen, immer bereit, mit ihrem leisen, glucksenden Lachen einem zu dienen ... aber gerade diese Unterwürfigkeit, dieses Sklavische verschweint einem den Genuß ... Verstehen Sie jetzt, verstehen Sie es, wie das dann auf mich hinschmetternd wirkte, wenn da plötzlich eine Frau kam, voll von Hochmut und Haß, verschlossen bis an die Fingerspitzen, zugleich funkelnd von Geheimnis und beladen mit früherer Leidenschaft ... wenn eine solche Frau in den Käfig eines solchen Mannes, einer so vereinsamten, verhungerten, abgesperrten Menschenbestie frech eintritt ... Das ... das wollte ich nur sagen, damit Sie das andere verstehen ... das, was jetzt kam. Also ... voll von irgendeiner bösen Gier, vergiftet von dem Gedanken an sie, nackt, sinnlich, hingegeben, ballte ich mich gleichsam zusammen und täuschte Gleichgültigkeit vor. Ich sagte kühl: ‚Zwölftausend Gulden? . . . Nein, dafür werde ich es nicht tun.‘

Sie sah mich an, ein wenig blaß. Sie spürte wohl schon, daß in diesem Widerstand nicht Geldgier war. Aber doch sagte sie: ‚Was verlangen Sie also?‘

Ich ging auf den kühlen Ton nicht mehr ein. ‚Spielen wir mit offenen Karten. Ich bin kein Geschäftsmann . . . ich bin nicht der arme Apotheker aus »Romeo und Julia«, der für »corrupted gold« sein Gift verkauft . . . ich bin vielleicht das Gegenteil eines Geschäftsmannes . . . auf diesem Wege werden Sie Ihren Wunsch nicht erfüllt sehen.‘

‚Sie wollen es also nicht tun?‘

‚Nicht für Geld.‘

Es wurde ganz still für eine Sekunde zwischen uns. So still, daß ich sie zum erstenmal atmen hörte.

‚Was können Sie denn sonst wünschen?‘

Jetzt hielt ich mich nicht mehr.

‚Ich wünsche zuerst, daß Sie . . . daß Sie zu mir nicht wie zu einem Krämer reden, sondern wie zu einem Menschen. Daß Sie, wenn Sie Hilfe brauchen, nicht . . . nicht gleich mit Ihrem schändlichen Geld kommen . . . sondern bitten . . . mich, den Menschen, bitten, Ihnen, dem Menschen, zu helfen . . . Ich bin nicht nur Arzt, ich habe nicht nur Sprechstunden . . . ich habe auch andere Stunden . . . vielleicht sind Sie in eine solche Stunde gekommen . . .‘

Sie schweigt einen Augenblick. Dann krümmt sich ihr Mund ganz leicht, zittert und sagt rasch: ‚Also, wenn ich Sie bitten würde . . . dann würden Sie es tun?‘

‚Sie wollen schon wieder ein Geschäft machen – Sie wollen nur bitten, wenn ich erst verspreche. Erst müssen Sie mich bitten – dann werde ich Ihnen antworten.‘

Sie wirft den Kopf hoch wie ein trotziges Pferd. Zornig sieht sie mich an.

‚Nein – ich werde Sie nicht bitten. Lieber zugrunde gehen!‘

Da packt mich der Zorn, der rote, sinnlose Zorn.

‚Dann werde ich fordern, wenn Sie nicht bitten wollen. Ich glaube, ich muß nicht erst deutlich sein – Sie wissen, was ich von Ihnen begehre. Dann – dann werde ich Ihnen helfen.‘

Einen Augenblick starrte sie mich an. Dann – o ich kann, ich kann nicht sagen, wie entsetzlich das war –, dann spannten sich ihre Züge, und dann ... dann *lachte* sie mit einem Male ... lachte sie mir mit einer unsagbaren Verächtlichkeit ins Gesicht ... mit einer Verächtlichkeit, die mich zerstäubte ... und die mich berauschte zugleich ... Es war wie eine Explosion, so plötzlich, so aufspringend, so mächtig losgesprengt von einer ungeheuren Kraft, dieses Lachen der Verächtlichkeit, daß ich ... ja, daß ich hätte zu Boden sinken können und ihr die Füße küssen. Eine Sekunde dauerte es nur ... es war wie ein Blitz, und ich hatte das Feuer im ganzen Körper ... da wandte sie sich schon und ging hastig auf die Tür zu.

Unwillkürlich wollte ich ihr nach ... mich entschuldigen ... sie anflehen ... meine Kraft war ja ganz zerbrochen ... da kehrte sie sich noch einmal um und sagte ... nein, sie *befahl*: ,Unterstehen Sie sich nicht, mir zu folgen oder nachzuspüren ... Sie würden es bereuen.'

Und schon krachte hinter ihr die Türe zu."

Wieder ein Zögern. Wieder ein Schweigen ... Wieder nur dies Rauschen, als ob das Mondlicht strömte. Und dann endlich wieder die Stimme.

„Die Tür schlug zu ... aber ich stand unbeweglich an der Stelle ... ich war gleichsam hypnotisiert von dem Befehl ... ich hörte sie die Treppe hinabsteigen, die Haustür zumachen ... ich hörte alles, und mein ganzer Wille drängte ihr nach ... sie ... ich weiß nicht, was ... sie zurückzurufen oder zu schlagen oder zu erdrosseln ... aber ihr nach ... ihr nach ... Und doch konnte ich nicht. Meine Glieder waren gleichsam gelähmt, wie von einem elektrischen Schlag ... ich war eben getroffen, getroffen bis ins Mark hinein von dem herrischen Blitz dieses Blickes ... Ich weiß, das ist nicht zu erklären, nicht zu erzählen ... es mag lächerlich klingen, aber ich stand und stand ... ich brauchte Minuten, vielleicht fünf, vielleicht zehn Minuten, ehe ich einen Fuß wegreißen konnte von der Erde ...

Aber kaum daß ich einen Fuß gerührt, war ich schon heiß, war ich schon rasch ... im Nu eilte ich die Treppe hinab ... Sie konnte ja nur die Straße hinabgegangen sein zur Zivilstation ... ich stürze in den Schuppen, das Rad zu holen, sehe, daß ich den Schlüssel vergessen habe, reiße den Verschlag auf, daß der Bambus splittert und kracht ... und schon schwinge ich mich auf das Rad und sause ihr nach ... ich muß sie ... ich muß sie erreichen, ehe sie zu ihrem Automobil gelangt ... ich muß sie sprechen ...

Die Straße staubt an mir vorbei ... jetzt merke ich erst, wie lange ich oben starr gestanden haben mußte ... da ... auf der Kurve im Wald, knapp vor der Station, sehe ich sie, wie sie hastig mit steifem geradem Schritt hineilt, begleitet von dem Boy ... Aber auch sie muß mich gesehen haben, denn sie spricht jetzt mit dem Boy, der zurückbleibt, und geht allein weiter ... Was will sie tun? Warum will sie allein sein? ... Will sie mit mir sprechen, ohne daß er es hört? ... Blindwütig trete ich in die Pedale hinein ... Da springt mir plötzlich quer von der Seite etwas über den Weg ... der Boy ... ich kann gerade noch das Rad zur Seite reißen und krache hin ...

Ich stehe fluchend auf ... unwillkürlich hebe ich die Faust, um dem Tölpel eins hinzuknallen, aber er springt zur Seite ... Ich rüttle mein Fahrrad hoch, um wieder aufzusteigen ... Aber da springt der Halunke vor, faßt das Rad und sagt in seinem erbärmlichen Englisch: ‚You remain here.‘

Sie haben nicht in den Tropen gelebt ... Sie wissen nicht, was das für eine Frechheit ist, wenn ein solcher gelber Halunke einem weißen ‚Herrn‘ das Rad faßt und ihm, dem ‚Herrn‘, befiehlt, dazubleiben. Statt aller Antwort schlage ich ihm die Faust ins Gesicht ... er taumelt, aber er hält das Rad fest ... seine Augen, seine engen, feigen Augen sind weit aufgerissen in sklavischer Angst ... aber er hält die Stange, hält sie teuflisch fest ... ‚You remain here‘, stammelt er noch einmal. Zum Glück hatte ich keinen Revolver bei mir. Ich hätte ihn sonst niedergeknallt. ‚Weg, Kanaille!‘ sage ich nur. Er starrt mich geduckt an, läßt aber die Stange nicht los. Ich schlage ihm noch einmal auf den Schädel, er läßt noch immer nicht. Da faßt mich die Wut ... ich sehe, daß sie schon fort, vielleicht schon entkommen ist ... und versetze ihm einen regelrechten Boxerschlag unters Kinn, daß er hinwirbelt. Jetzt habe ich wieder mein Rad ... aber wie ich aufspringe, stockt der Lauf ... bei dem gewaltsamen

Zerren hat sich eine Speiche verbogen . . . Ich versuche mit fiebernden Händen sie geradezudrehen . . . Es geht nicht . . . so schmeiße ich das Rad quer auf den Weg neben den Halunken hin, der blutend aufsteht und zur Seite weicht . . . Und dann – nein, Sie können nicht fühlen, wie lächerlich das dort vor allen Menschen ist, wenn ein Europäer . . . nun, ich wußte nicht mehr, was ich tat . . . ich hatte nur den einen Gedanken: ihr nach, sie erreichen . . . und so *lief* ich, lief wie ein Rasender die Landstraße entlang, vorbei an den Hütten, wo das gelbe Gesindel staunend sich vordrängte, einen weißen Mann, den Doktor, *laufen* zu sehen.

Schweißtriefend kam ich in der Station an . . . Meine erste Frage: ‚Wo ist das Auto?‘ . . . ‚Eben weggefahren.‘ . . . Verwundert sehen mich die Leute an: als Rasender muß ich ihnen erscheinen, wie ich da naß und schmierig ankam, die Frage voranschreiend, ehe ich noch stand . . . Unten an der Straße sehe ich weiß den Qualm des Autos wirbeln . . . es ist ihr gelungen . . . gelungen, wie alles ihrer harten, grausam harten Berechnung gelingen muß.

Aber die Flucht hilft ihr nichts . . . In den Tropen gibt es kein Geheimnis unter den Europäern . . . einer kennt den andern, alles wird zum Ereignis . . . Nicht umsonst ist ihr Chauffeur eine Stunde im Bungalow der Regierung gestanden . . . in einigen Minuten weiß ich alles . . . Weiß, wer sie ist . . . daß sie unten in – nun, in der Regierungsstadt wohnt, acht Eisenbahnstunden von hier . . . daß sie – nun, sagen wir, die Frau eines Großkaufmannes ist, rasend reich, vornehm, eine Engländerin . . . ich weiß, daß ihr Mann jetzt fünf Monate in Amerika war und nächster Tage eintreffen soll, um sie mit nach Europa zu nehmen . . .

Sie aber – wie Gift brennt sich mir der Gedanke in die Adern hinein –, sie kann höchstens zwei oder drei Monate in andern Umständen sein . . .“

„Bisher konnte ich Ihnen noch alles begreiflich machen . . . vielleicht nur deshalb, weil ich bis zu diesem Augenblicke mich noch selbst verstand . . . mir als Arzt immer die Diagnose meines Zustandes selbst stellte. Aber von da an begann es wie ein Fieber in mir . . . ich verlor die Kontrolle über mich . . . das heißt, ich wußte genau, wie sinnlos alles war, was ich tat; aber ich hatte keine Macht mehr über mich . . . ich verstand mich selbst nicht mehr . . . ich lief nur in der Besessenheit meines Ziels vorwärts . . . Übrigens, warten Sie . . . vielleicht kann ich es Ihnen doch begreiflich machen . . . Wissen Sie, was Amok ist?"

„Amok? . . . ich glaube mich zu erinnern . . . eine Art Trunkenheit bei den Malaien . . ."

„Es ist mehr als Trunkenheit . . . es ist Tollheit, eine Art menschlicher Hundswut . . . ein Anfall mörderischer, sinnloser Monomanie, der sich mit keiner andern alkoholischen Vergiftung vergleichen läßt . . . ich habe selbst während meines Aufenthaltes einige Fälle studiert – für andere ist man ja immer sehr klug und sehr sachlich –, ohne aber je das furchtbare Geheimnis ihres Ursprungs freilegen zu können . . . Irgendwie hängt es mit dem Klima zusammen, mit dieser schwülen, geballten Atmosphäre, die auf die Nerven wie ein Gewitter drückt, bis sie einmal losspringen . . . Also Amok . . . ja, Amok, das ist so: Ein Malaie, irgendein ganz einfacher, ganz gutmütiger Mensch, trinkt sein Gebräu in sich hinein . . . er sitzt da, stumpf, gleichgültig, matt . . . so wie ich in meinem Zimmer saß . . . und plötzlich springt er auf, faßt den Dolch und rennt auf die Straße . . . rennt geradeaus, immer nur geradeaus . . . ohne zu wissen, wohin . . . Was ihm in den Weg tritt, Mensch oder Tier, das stößt er nieder mit seinem Kris, und der Blutrausch macht ihn nur noch hitziger . . . Schaum tritt dem Laufenden vor die Lippen, er heult wie ein Rasender . . . aber er rennt, rennt, rennt, sieht nicht mehr nach rechts, sieht nicht nach links, rennt nur mit seinem gellen Schrei, seinem blutigen Kris in dieses entsetzliche Geradeaus . . . Die Leute in den Dörfern wissen, daß keine Macht einen Amokläufer aufhalten kann . . . so brüllen sie warnend voraus, wenn er kommt: ‚Amok! Amok!', und alles flüchtet . . . er aber rennt, ohne zu hören, rennt, ohne zu sehen, stößt nieder, was ihm begegnet . . . bis man ihn totschießt wie einen tollen Hund oder er selbst schäumend zusammenbricht . . .

Einmal habe ich das gesehen, vom Fenster meines Bungalow aus . . . es war grauenhaft . . . aber nur dadurch, daß ich's gesehen habe, begreife ich mich selbst in jenen Tagen . . . denn so, genau so, mit diesem furchtbaren Blick geradeaus, ohne nach rechts oder links zu sehen, mit dieser

Besessenheit stürmte ich los ... dieser Frau nach ... Ich weiß nicht mehr, wie ich alles tat, in so rasendem Lauf, in so unsinniger Geschwindigkeit flog es vorbei ... Zehn Minuten, nein, fünf, nein, zwei ... nachdem ich alles von dieser Frau wußte, ihren Namen, ihr Haus, ihr Schicksal, jagte ich schon auf einem rasch geborgten Rad in mein Haus zurück, warf einen Anzug in den Koffer, steckte Geld zu mir und fuhr zur Station der Eisenbahn mit meinem Wagen ... fuhr, ohne mich abzumelden beim Distriktsbeamten ... ohne einen Vertreter zu ernennen, ließ das Haus offen stehen und liegen, wie es war ... Um mich standen Diener, die Weiber staunten und fragten, ich antwortete nicht, wandte mich nicht um ... fuhr zur Eisenbahn und mit dem nächsten Zug hinab in die Stadt ... Eine Stunde im ganzen, nachdem diese Frau in mein Zimmer getreten, hatte ich meine Existenz hinter mich geworfen und rannte Amok ins Leere hinein ...

Geradeaus rannte ich, mit dem Kopf gegen die Wand ... um sechs Uhr abends war ich angekommen ... um sechs Uhr zehn war ich in ihrem Haus und ließ mich melden ... Es war ... Sie werden es verstehen ... das Sinnloseste, das Stupideste, was ich tun konnte ... aber der Amokläufer rennt ja mit leeren Augen, er sieht nicht, wohin er rennt ... Nach einigen Minuten kam der Diener zurück ... höflich und kühl ... die gnädige Frau sei nicht wohl und könne nicht empfangen.

Ich taumelte die Türe hinaus ... Eine Stunde schlich ich noch um das Haus herum, besessen von der wahnwitzigen Hoffnung, sie würde vielleicht nach mir suchen ... dann nahm ich mir erst ein Zimmer im Strandhotel und zwei Flaschen Whisky auf das Zimmer ... die und eine doppelte Dosis Veronal halfen mir ... ich schlief endlich ein ... und dieser dumpfe, schlammige Schlaf war die einzige Pause in diesem Rennen zwischen Leben und Tod.«

Die Schiffsglocke klang. Zwei harte, volle Schläge, die noch im weichen Teich der fast reglosen Luft zitternd weiterschwangen und dann verebbten in das leise, unaufhörliche Rauschen, das unter dem Kiele und zwischen der leidenschaftlichen Rede beharrlich mitlief. Der Mensch im Dunkeln mir gegenüber mußte erschreckt aufgefahren sein, seine Rede stockte. Wieder hörte ich die Hand hinab zur Flasche fingern, wieder das leise Glucksen. Dann begann er, gleichsam beruhigt, mit einer festeren Stimme.

„Die Stunden von diesem Augenblick an kann ich Ihnen kaum erzählen. Ich glaube heute, daß ich damals Fieber hatte, jedenfalls war ich in einer Art Überreiztheit, die an Tollheit grenzte – ein Amokläufer, wie ich Ihnen sagte. Aber vergessen Sie nicht, es war Dienstag nachts, als ich ankam, Samstag aber sollte – dies hatte ich inzwischen erfahren – ihr Gatte mit dem P. & O.-Dampfer von Yokohama eintreffen, es blieben also nur drei Tage, drei knappe Tage für den Entschluß und für die Hilfe. Verstehen Sie das: ich wußte, daß ich ihr sofort helfen mußte, und konnte doch kein Wort zu ihr sprechen. Und gerade dieses Bedürfnis, mein lächerliches, mein tollwütiges Benehmen zu entschuldigen, das hetzte mich weiter. Ich wußte um die Kostbarkeit jedes Augenblickes, ich wußte, daß es für sie um Leben und Tod ginge, und hatte doch keine Möglichkeit, mich nur mit einem Flüstern, mit einem Zeichen ihr zu nähern, denn gerade das Stürmische, das Tölpische meines Nachrennens hatte sie erschreckt. Es war . . . ja, warten Sie . . . es war, wie wenn einer einem nachrennt, um ihn zu warnen vor einem Mörder, und der andere hält ihn selbst für den Mörder, und so rennt er weiter in sein Verderben . . . Sie sah nur den Amokläufer in mir, der sie verfolgte, um sie zu demütigen, aber ich . . . das war ja der entsetzliche Widersinn . . . ich dachte gar nicht mehr an das . . . ich war ja schon ganz vernichtet, ich wollte ihr nur helfen, ihr nur dienen . . . einen Mord hätte ich getan, ein Verbrechen, um ihr zu helfen. Aber sie, sie verstand es nicht. Als ich morgens aufwachte und gleich wieder hinlief zu ihrem Haus, stand der Boy vor der Tür, derselbe Boy, den ich ins Gesicht geschlagen, und wie er mich von ferne sah – er mußte auf mich gewartet haben –, huschte er hinein in die Tür. Vielleicht tat er es nur, um mich im geheimen anzumelden . . . vielleicht . . . ah, diese Ungewißheit, wie peinigt sie mich jetzt . . . vielleicht war schon alles bereit, mich zu empfangen . . . aber da, wie ich ihn sah, mich erinnerte an meine Schmach, da war ich es wieder, der nicht wagte, noch einmal den Besuch zu wiederholen . . . Die Knie zitterten mir. Knapp vor der Schwelle drehte ich mich um und ging wieder fort . . . ging fort, während sie vielleicht in ähnlicher Qual auf mich wartete.

Ich wußte jetzt nicht mehr, was tun in der fremden Stadt, die an meinen Fersen wie Feuer glühte . . . Plötzlich fiel mir etwas ein, schon rief ich einen Wagen und fuhr zum Vizeresidenten, zu demselben, dem ich damals in meiner Station geholfen, und ließ mich melden . . . Irgend etwas muß schon in meinem äußern Wesen befremdend gewesen sein, denn er sah mich mit einem gleichsam erschreckten Blick an, und seine Höflichkeit hatte etwas Beunruhigtes . . . vielleicht erkannte er schon den Amokläufer in mir . . . Ich sagte ihm kurz entschlossen, ich erbäte meine Versetzung in die Stadt, ich könne auf meinem Posten nicht mehr länger existieren . . . ich müsse sofort übersiedeln . . . Er sah mich . . . ich kann Ihnen nicht sagen, wie er mich ansah . . . so wie eben ein Arzt einen Kranken ansieht . . . ‚Ein Nervenzusammenbruch, lieber Doktor‘, sagte er dann, ‚ich verstehe das nur zu gut. Nun, es wird sich schon richten lassen; aber warten Sie . . . sagen wir vier Wochen . . . ich muß erst einen Ersatz finden.‘ – ‚Ich kann nicht warten, nicht einen Tag‘, antwortete ich. Wieder kam dieser merkwürdige Blick. ‚Es muß gehen, Doktor‘, sagte er ernst, ‚wir dürfen die Station nicht ohne Arzt lassen. Aber ich verspreche Ihnen, daß ich noch heute alles einleite.‘ Ich blieb stehen, mit verbissenen Zähnen: zum erstenmal spürte ich deutlich, daß ich ein verkaufter Mensch, ein Sklave sei. Schon ballte sich alles zu einem Trotz zusammen, aber er, der Geschmeidige, kam mir zuvor: ‚Sie sind menschenentwöhnt, Doktor, und das wird schließlich eine Krankheit. Wir haben uns alle gewundert, daß Sie nie herkamen, nie Urlaub nahmen. Sie brauchen mehr Geselligkeit, mehr Anregung. Kommen Sie doch wenigstens diesen Abend, wir haben heute Empfang bei der Regierung, Sie finden die ganze Kolonie, und manche möchten Sie längst kennenlernen, haben oft nach Ihnen gefragt und Sie hierhergewünscht.‘

Das letzte Wort riß mich auf. Nach mir gefragt? Sollte sie es gewesen sein? Ich war plötzlich ein anderer: sofort dankte ich ihm höflichst für seine Einladung und sicherte mein Kommen pünktlich zu. Und ich war auch pünktlich, viel zu pünktlich. Muß ich Ihnen erst sagen, daß ich, von meiner

Ungeduld gejagt, der erste in dem großen Saale des Regierungsgebäudes war, schweigend umgeben von den gelben Dienern, die mit ihren nackten Sohlen wippend hin und her eilten und mich – wie mir in meinem verwirrten Bewußtsein dünkte – hinterrücks belächelten. Eine Viertelstunde war ich der einzige Europäer inmitten all der geräuschlosen Vorbereitungen und so allein mit mir, daß ich das Ticken der Uhr in meiner Westentasche hörte. Dann kamen endlich ein paar Regierungsbeamte mit ihren Familien, schließlich auch der Gouverneur, der mich in ein längeres Gespräch zog, in dem ich beflissen und, wie ich glaube, geschickt antwortete, bis... bis ich plötzlich, von einer geheimnisvollen Nervosität befallen, alle Geschmeidigkeit verlor und zu stammeln begann. Obzwar mit dem Rücken gegen die Saaltür gelehnt, spürte ich mit einem Male, daß sie eingetreten, daß sie anwesend sein müßte: ich könnte Ihnen nicht sagen, wieso mich diese plötzliche Gewißheit verwirrend faßte, aber noch während ich mit dem Gouverneur sprach, den Klang seiner Worte im Ohr, spürte ich im Rücken irgendwo ihre Gegenwart. Glücklicherweise endete der Gouverneur bald das Gespräch – ich glaube, ich hätte mich sonst plötzlich brüsk umgewandt, so stark war dieses geheimnisvolle Ziehen in meinen Nerven, so brennend gereizt meine Begier. Und wirklich, kaum daß ich mich umwandte, sah ich sie schon ganz genau an jener Stelle, wo unbewußt mein Gefühl geahnt. Sie stand in einem gelben Ballkleid, das ihre schmalen, reinen Schultern wie mattes Elfenbein vorleuchten ließ, plaudernd inmitten einer Gruppe. Sie lächelte, aber doch, mir war, als hätte ihr Gesicht einen gespannten Zug. Ich trat näher – sie konnte mich nicht sehen – und blickte in dieses Lächeln, das gefällig und höflich um die schmalen Lippen zitterte. Und dieses Lächeln berauschte mich von neuem, weil es... nun, weil ich wußte, daß es Lüge war, Kunst oder Technik, Meisterschaft der Verstellung. Mittwoch ist heute, fuhr mir durch den Kopf, Samstag kommt das Schiff mit dem Gatten... wie kann sie so lächeln, so... so sicher, so sorglos lächeln und den Fächer lässig in der Hand spielen lassen, statt ihn zu zerkrampfen in Angst? Ich... ich, der Fremde... ich zitterte seit zwei Tagen vor jener Stunde... ich, der Fremde, lebte ihre Angst, ihr Entsetzen mit allen

Exzessen des Gefühls mit ... und sie ging auf den Ball und lächelte, lächelte, lächelte ...

Rückwärts setzte die Musik ein. Der Tanz begann. Ein älterer Offizier hatte sie aufgefordert, sie ließ mit einer Entschuldigung den plaudernden Kreis und schritt an seinem Arm gegen den andern Saal zu, an mir vorbei. Wie sie mich erblickte, spannte sich plötzlich ihr Gesicht gewaltsam zusammen – aber nur eine Sekunde lang, dann nickte sie mir mit einem höflichen Erkennen (ehe ich mich noch zu Grüßen oder Nichtgrüßen entschlossen hatte) wie einem zufälligen Bekannten zu: ‚Guten Abend, Doktor‘, und war schon vorbei. Niemand hätte ahnen können, was in diesem graugrünen Blick verborgen war, und ich, ich selbst wußte es nicht. Warum grüßte sie ... warum erkannte sie mich nun mit einem mal an? ... War das Abwehr, war es Annäherung, war es nur die Verlegenheit der Überraschung? Ich kann Ihnen nicht schildern, in welcher Erregtheit ich zurückblieb, alles war aufgewühlt, war explosiv in mir zusammengepreßt, und wie ich sie so sah, lässig walzend am Arme des Offiziers, auf der Stirne den kühlen Glanz der Sorglosigkeit, indes ich doch wußte, daß sie ... daß sie, so wie ich, nur *daran* ... daran dachte ... daß wir zwei hier allein ein furchtbares Geheimnis gemeinsam hatten ... und sie walzte ... in diesen Sekunden wurde meine Angst, meine Gier und meine Bewunderung noch mehr Leidenschaft als jemals. Ich weiß nicht, ob mich jemand beobachtet hat, aber gewiß verriet ich mich in meinem Verhalten noch viel mehr, als sie sich verbarg – ich konnte eben nicht in eine andere Richtung schauen, ich mußte ... ja, ich mußte sie ansehen, ich sog, ja ich zerrte von ferne an ihrem verschlossenen Gesicht, ob die Maske nicht für eine Sekunde fallen wollte. Und sie mußte diesen starren Blick unangenehm empfunden haben. Als sie am Arme ihres Tänzers zurückschritt, sah sie mich im Blitzlicht einer Sekunde an, scharf befehlend, wie wegweisend: wieder spannte sich jene kleine Falte des hochmütigen Zornes, die ich schon von damals kannte, böse über ihrer Stirn.

Aber ... aber ... ich sagte es Ihnen ja ... ich lief Amok, ich sah nicht nach rechts und nicht nach links. Ich verstand sie sofort – dieser Blick hieß: sei nicht auffällig! bezähme dich! –, ich wußte, daß sie ... wie soll ich es sagen? ... daß sie Diskretion des Benehmens hier im offenen Saal von mir wollte ... ich verstand, daß, wenn ich jetzt heimginge, ich morgen gewiß sein könne, von ihr empfangen zu werden ... daß sie es nur jetzt, nur jetzt vermeiden wollte, meiner auffälligen Vertraulichkeit ausgesetzt zu sein, daß sie – und wie sehr mit Recht – von meinem Ungeschick eine Szene fürchtete ... Sie sehen ... ich wußte alles, ich verstand diesen befehlenden grauen Blick, aber ... aber es war zu stark in mir, ich mußte sie sprechen. Und so schwankte ich hin zu der Gruppe, in der sie plaudernd stand, schob mich – obwohl ich nur einige der Anwesenden kannte – ganz an den lockeren Kreis heran, nur aus Begier, sie sprechen zu hören, und doch immer scheu mich duckend wie ein geprügelter Hund vor ihrem Blick, wenn er kalt an mir vorbeistreifte, als sei ich eine der Leinenportieren, an der ich lehnte, oder die Luft, die sie leicht bewegte. Aber ich stand, durstig nach einem Wort, das sie zu mir sprechen sollte, nach einem Zeichen des Einverständnisses, stand und stand starren Blickes inmitten des Geplauders wie ein Block. Unbedingt mußte es schon auffällig geworden sein, unbedingt, denn keiner richtete ein Wort an mich, und sie mußte leiden unter meiner lächerlichen Gegenwart.

Wie lange ich so gestanden hätte, ich weiß es nicht ... eine Ewigkeit vielleicht ... ich *konnte* ja nicht fort aus dieser Bezauberung des Willens. Gerade die Hartnäckigkeit meiner Wut lähmte mich ... Aber sie ertrug es nicht länger ... plötzlich wandte sie sich mit der prachtvollen Leichtigkeit ihres Wesens gegen die Herren und sagte: ‚Ich bin ein wenig müde ... Ich will heute einmal früher zu Bett gehen ... Gute Nacht!‘ ... und schon streifte sie mit einem gesellschaftlich fremden Kopfnicken an mir vorbei ... ich sah noch die hochgezogene Falte auf der Stirn und dann nur mehr den Rücken, den weißen, kühlen, nackten Rücken. Eine Sekunde lang dauerte es, bevor ich begriff, daß sie fortging ... daß ich sie nicht mehr sehen, nicht mehr sprechen könnte diesen Abend, diesen letzten Abend der Rettung ... einen Augenblick lang also stand ich noch starr, bis ich's begriff ... dann ... dann ...

Aber warten Sie ... warten Sie ... Sie werden sonst das Sinnlose, das Stupide meiner Tat nicht verstehen ... ich muß Ihnen erst den ganzen Raum schildern ... Es war der große Saal des Regierungsgebäudes, ganz von Lichtern erhellt und fast leer, der ungeheure Saal ... die Paare waren zum Tanz gegangen, die Herren zum Spiel ... nur an den Ecken plauderten einige Gruppen ... der Saal war also leer, jede Bewegung auffällig und im grellen Licht sichtbar ... und diesen großen weiten Saal schritt sie langsam und leicht mit ihren hohen Schultern durch, ab und zu einen Gruß mit ihrer unbeschreiblichen Haltung erwidernd ... mit dieser herrlichen erfrorenen hoheitlichen Ruhe, die mich an ihr so entzückte ... Ich ... ich war zurückgeblieben, ich sagte es Ihnen ja, ich war gleichsam gelähmt, bevor ich es begriff, daß sie fortging ... und da, als ich es begriff, war sie schon am andern Ende des Saals, knapp vor der Türe ... Da ... oh, ich schäme mich jetzt noch, es zu denken ... da packte es mich plötzlich an, und ich *lief* – hören Sie: ich lief ... ich ging nicht, ich *lief* mit polternden Schuhen, die laut widerhallten, quer durch den Saal ihr nach ... Ich hörte meine Schritte, ich sah alle Blicke erstaunt auf mich gerichtet ... ich hätte vergehen können vor Scham ... noch während ich lief, war mir schon der Wahnsinn bewußt ... aber ich konnte ... ich konnte nicht mehr zurück ... Bei der Tür holte ich sie ein ... Sie wandte sich um ... ihre Augen stießen wie ein grauer Stahl in mich hinein, ihre Nasenflügel zitterten vor Zorn ... ich wollte eben zu stammeln anfangen ... da ... da ... *lachte* sie plötzlich hellauf ... ein helles, unbesorgtes, herzliches Lachen, und sagte laut ... so laut, daß es alle hören konnten: ‚Ach, Doktor, jetzt fällt Ihnen erst das Rezept für meinen Buben ein ... ja, die Herren der Wissenschaft ...‘ Ein paar, die in der Nähe standen, lachten gutmütig mit ... ich begriff, ich taumelte unter der Meisterschaft, mit der sie die Situation gerettet hatte ... griff in die Brieftasche und riß ein leeres Blatt vom Block, das sie lässig nahm, ehe sie ... noch einmal mit einem kalten, dankenden Lächeln ... ging ... Mir war leicht in der ersten Sekunde ... ich sah, daß mein Irrsinn durch ihre Meisterschaft gutgemacht, die Situation gewonnen ... aber ich wußte auch sofort, daß alles für mich verloren sei, daß diese Frau mich um meiner hitzigen Narrheit haßte ... haßte mehr als den Tod ... daß ich nun hundertmal und hundertmal vor ihre Tür kommen könnte und sie mich wegweisen würde wie einen Hund.

Ich taumelte durch den Saal ... ich merkte, daß die Leute

auf mich blickten ... ich muß irgendwie sonderbar ausgesehen haben ... Ich ging zum Büfett, trank zwei, drei, vier Gläser Kognak hintereinander ... das rettete mich vor dem Umsinken ... meine Nerven konnten schon nicht mehr, sie waren wie durchgerissen ... Dann schlich ich bei einer Nebentür hinaus, heimlich wie ein Verbrecher ... Um kein Fürstentum der Welt hätte ich jenen Saal nochmals durchschreiten können, wo ihr Lachen noch gell an den Wänden klebte ... ich ging ... genau weiß ich's nicht mehr zu sagen, wohin ich ging ... in ein paar Kneipen und soff mich an ... soff mich an wie einer, der sich alles Wache wegsaufen will ... aber ... es ward mir nicht dumpf in den Sinnen ... das Lachen stak in mir, schrill und böse ... das Lachen, dieses verfluchte Lachen konnte ich nicht betäuben ... Ich irrte dann noch am Hafen herum ... meinen Revolver hatte ich zu Hause gelassen, sonst hätte ich mich erschossen. Ich dachte an nichts anderes, und mit diesem Gedanken ging ich auch heim ... nur mit diesem Gedanken an das Schubfach links im Kasten, wo mein Revolver lag ... nur mit diesem einen Gedanken.

Daß ich mich dann nicht erschoß ... ich schwöre Ihnen, das war nicht Feigheit ... es wäre für mich eine Erlösung gewesen, den schon gespannten kalten Hahn abzudrücken ... aber wie soll ich es Ihnen erklären ... ich fühlte noch eine Pflicht in mir ... ja, jene Pflicht, zu helfen, jene verfluchte Pflicht ... mich machte der Gedanke wahnsinnig, daß sie mich brauchen könnte, daß sie mich brauchte ... es war ja schon Donnerstag morgens, als ich heimkam, und Samstag ... ich sagte es Ihnen ja ... Samstag kam das Schiff, und daß *diese* Frau, diese hochmütige, stolze Frau die Schande vor ihrem Gatten, vor der Welt nicht überleben würde, das wußte ich ... Ah, wie mich solche Gedanken gemartert haben an die sinnlos vertane kostbare Zeit, an meine irrwitzige Übereilung, die jede rechtzeitige Hilfe vereitelt hatte ... stundenlang, ja stundenlang, ich schwöre es Ihnen, bin ich im Zimmer niedergegangen, auf und ab, und habe mir das Hirn zermartert, wie ich mich ihr nähern, wie ich alles gutmachen, wie ich ihr helfen könnte ... denn daß sie mich nicht mehr vorlassen würde in ihrem Haus, das war mir gewiß ... ich hatte das Lachen noch in allen Nerven und das Zucken des Zornes um ihre

Nasenflügel ... stundenlang, wirklich stundenlang bin ich so die drei Meter des schmalen Zimmers auf und ab gerannt ... es war schon Tag, es war schon Vormittag ...

Und plötzlich schmiß es mich hin zu dem Tisch ... ich riß ein Bündel Briefblätter heraus und begann ihr zu schreiben ... alles zu schreiben ... einen hündisch winselnden Brief, in dem ich sie um Vergebung bat, in dem ich mich einen Wahnsinnigen, einen Verbrecher nannte ... in dem ich sie beschwor, sich mir anzuvertrauen ... Ich schwor, in der nächsten Stunde zu verschwinden, aus der Stadt, aus der Kolonie, wenn sie wollte: aus der Welt ... nur verzeihen sollte sie mir und mir vertrauen, sich helfen lassen in der letzten, der allerletzten Stunde ... Zwanzig Seiten fieberte ich so hinunter ... es muß ein toller, ein unbeschreiblicher Brief wie aus einem Delirium gewesen sein, denn als ich aufstand vom Tisch, war ich in Schweiß gebadet ... das Zimmer schwankte, ich mußte ein Glas Wasser trinken ... Dann erst versuchte ich den Brief noch einmal zu überlesen, aber mir graute nach den ersten Worten ... zitternd faltete ich ihn zusammen, faßte schon ein Kuvert ... Da plötzlich fuhr's mich durch. Mit einem Male wußte ich das wahre, das entscheidende Wort. Und ich riß noch einmal die Feder zwischen die Finger und schrieb auf das letzte Blatt: ,Ich warte hier im Strandhotel auf ein Wort der Verzeihung. Wenn ich bis sieben Uhr keine Antwort habe, erschieße ich mich.'

Dann nahm ich den Brief, schellte einem Boy und hieß ihn das Schreiben sofort überbringen. Endlich war alles gesagt – alles!"

Etwas klirrte und kollerte neben uns. Mit einer heftigen Bewegung hatte er die Whiskyflasche umgestoßen; ich hörte, wie seine Hand ihr suchend am Boden nachtastete und sie dann mit einem plötzlichen Schwung faßte: in weitem Bogen warf er die geleerte Flasche über Bord. Einige Minuten schwieg die Stimme, dann fieberte er wieder fort, noch erregter und hastiger als zuvor.

„Ich bin kein gläubiger Christ mehr ... für mich gibt es keinen Himmel und keine Hölle ... und wenn es eine gibt, so fürchte ich sie nicht, denn sie kann nicht ärger sein als jene Stunden, die ich von vormittags bis abends erlebte ... Denken Sie sich ein kleines Zimmer, heiß in der Sonne, immer glühender im Mittagsbrand ... ein kleines Zimmer, nur Tisch und Stuhl und Bett ... Und auf diesem Tisch nichts als eine Uhr und einen Revolver und vor dem Tisch einen Menschen ... einen Menschen, der nichts tut als immer auf diesen Tisch, auf den Sekundenzeiger der Uhr starren ... einen Menschen, der nicht ißt und nicht trinkt und nicht raucht und sich nicht regt ... der immer nur ... hören Sie: immer nur, drei Stunden lang ... auf den weißen Kreis des Zifferblattes starrt und auf den Zeiger, der tickend den Kreis umläuft ... So ... so ... habe ich diesen Tag verbracht, nur gewartet, gewartet, gewartet ... aber gewartet wie ... wie eben ein Amokläufer etwas tut, sinnlos, tierisch, mit dieser rasenden, geradlinigen Beharrlichkeit.

Nun ... ich werde Ihnen diese Stunden nicht schildern ... das läßt sich nicht schildern ... ich verstehe ja selbst nicht mehr, wie man das erleben kann, ohne ... ohne wahnsinnig zu werden ... Also ... um drei Uhr zweiundzwanzig Minuten ... ich weiß es genau, ich starrte ja auf die Uhr ... klopft es plötzlich an die Tür ... Ich springe auf ... springe, wie ein Tiger auf seine Beute springt, mit einem Ruck durch das ganze Zimmer zur Tür, reiße sie auf ... ein ängstlicher kleiner Chinesenjunge steht draußen, einen zusammengefalteten Zettel in der Hand, und während ich gierig danach greife, huscht er schon weg und ist verschwunden.

Ich reiße den Zettel auf, will ihn lesen ... und kann ihn nicht lesen ... Mir schwankt es rot vor den Augen ... denken Sie die Qual, ich habe endlich, habe endlich das Wort von ihr ... und nun zittert und tanzt es mir vor den Pupillen ... Ich tauche den Kopf ins Wasser ... nun wird's mir klarer ... Nochmals nehme ich den Zettel und lese: ‚Zu spät! Aber warten Sie zu Hause. Vielleicht rufe ich Sie noch.'

Keine Unterschrift auf dem zerknüllten Papier, das von irgendeinem alten Prospekt abgefetzt war ... hastige, verworrene Bleistiftzüge einer sonst sicheren Schrift ... ich weiß nicht, warum mich das Blatt so erschütterte ... Irgend etwas von Grauen, von Geheimnis haftete ihm an, es war wie auf einer Flucht geschrieben, stehend an einer Fensternische oder in einem fahrenden Wagen ... Etwas Unbe-

schreibliches von Angst, von Hast, von Entsetzen schlug
kalt von diesem heimlichen Zettel mir in die Seele ... und
doch ... und doch, ich war glücklich: sie hatte mir geschrieben, ich mußte noch nicht sterben, ich durfte ihr helfen ...
vielleicht ... ich durfte ... oh, ich verlor mich ganz in den
wahnwitzigsten Konjekturen und Hoffnungen ... Hunderte Mal, Tausende Mal habe ich den kleinen Zettel gelesen, ihn geküßt ... ihn durchforscht nach irgendeinem ver-
gessenen, übersehenen Wort ... immer tiefer, immer ver-
worrener wurde meine Träumerei, ein phantastischer
Zustand von Schlaf mit offenen Augen ... eine Art Läh-
mung, irgend etwas ganz Dumpfes und doch Bewegtes zwischen Schlaf und Wachsein, das vielleicht Viertelstunden
dauerte, vielleicht Stunden ...
Plötzlich schreckte ich auf ... Hatte es nicht geklopft? ...
Ich hielt den Atem an ... eine Minute, zwei Minuten reglose Stille ... Und dann wieder ganz leise, so wie eine Maus
knabbert, ein leises, aber heftiges Pochen ... Ich sprang
auf, noch ganz taumelig, riß die Tür auf – draußen stand
der Boy, ihr Boy, derselbe, dem ich den Mund damals mit
der Faust zerschlagen ... sein braunes Gesicht war asch-
fahl, sein verwirrter Blick sagte Unglück ... Sofort spürte
ich Grauen ... ,Was ... was ist geschehen?‘ konnte ich noch
stammeln. ,Come quickly‘, sagte er ... sonst nichts ... Sofort raste ich die Treppe herunter, er mir nach ... Ein Sado,
so ein kleiner Wagen, stand bereit, wir stiegen ein ... ,Was
ist geschehen?‘ fragte ich ihn ... Er sah mich zitternd an
und schwieg mit verbissenen Lippen ... Ich fragte nochmals – er schwieg und schwieg ... Ich hätte ihm am liebsten wieder ins Gesicht geschlagen mit der Faust, aber ...
gerade seine hündische Treue zu ihr rührte mich ... so
fragte ich nicht mehr ... Das Wägelchen trabte so hastig
durch das Gewirr, daß die Menschen fluchend auseinan-
derstoben, lief aus dem Europäerviertel am Strand in die
niedere Stadt und weiter, weiter ins schreiende Gewirr der
Chinesenstadt ... Endlich kamen wir in eine enge Gasse,
ganz abseits lag sie ... vor einem niedern Haus hielt er
an ... Es war schmutzig und wie in sich zusammengekro-
chen, vorn ein kleiner Laden mit einem Talglicht ...
irgendeine dieser Buden, in die sich die Opiumhäuser oder
Bordelle verstecken, ein Diebsnest oder ein Hehlerkel-

ler . . . Hastig klopfte der Boy an . . . Hinter dem Türspalt zischelte eine Stimme, fragte und fragte . . . Ich konnte es nicht mehr ertragen, sprang vom Sitz, stieß die angelehnte Tür auf . . . ein altes chinesisches Weib flüchtete mit einem kleinen Schrei zurück . . . hinter mir kam der Boy, führte mich durch den Gang . . . klinkte eine andere Tür auf . . . eine andere Türe in einen dunklen Raum, der übel roch von Branntwein und gestocktem Blut . . . Irgend etwas stöhnte darin . . . ich tappte hin . . ."

Wieder stockte die Stimme. Und was dann ausbrach, war mehr ein Schluchzen als ein Sprechen.

„Ich . . . ich tappte hin . . . und dort . . . dort lag auf einer schmutzigen Matte . . . verkrümmt vor Schmerz . . . ein stöhnendes Stück Mensch . . . dort lag sie . . .

Ich konnte ihr Gesicht nicht sehen im Dunkel . . . Meine Augen waren noch nicht gewöhnt . . . so tastete ich nur hin . . . ihre Hand . . . heiß . . . brennend heiß . . . Fieber, hohes Fieber . . . und ich schauerte . . . ich wußte sofort alles . . . sie war hierher geflüchtet vor mir . . . hatte sich verstümmeln lassen von irgendeiner schmutzigen Chinesin, nur weil sie hier mehr Schweigsamkeit erhoffte . . . hatte sich morden lassen von irgendeiner teuflischen Hexe, lieber, als mir zu vertrauen . . . nur weil ich Wahnsinniger . . . weil ich ihren Stolz nicht geschont, ihr nicht gleich geholfen hatte . . . weil sie den Tod weniger fürchtete als mich . . .

Ich schrie nach Licht. Der Boy sprang: die abscheuliche Chinesin brachte mit zitternden Händen eine rußende Petroleumlampe . . . ich mußte mich halten, um der gelben Kanaille nicht an die Gurgel zu springen . . . sie stellten die Lampe auf den Tisch . . . der Lichtschein fiel gelb und hell über den gemarterten Leib . . . Und plötzlich . . . plötzlich war alles weg von mir, alle Dumpfheit, aller Zorn, all diese unreine Jauche von aufgehäufter Leidenschaft . . . ich war nur mehr Arzt, helfender, spürender, wissender Mensch . . . ich hatte mich vergessen . . . ich kämpfte mit wachen, klaren Sinnen gegen das Entsetzliche . . . Ich fühlte den nackten Leib, den ich in meinen Träumen begehrt, nur mehr als . . . wie soll ich es sagen . . . als Materie, als Organismus . . . ich spürte nicht mehr sie, sondern nur das Leben, das sich ge-

gen den Tod wehrte, den Menschen, der sich krümmte in
mörderischer Qual... Ihr Blut, ihr heißes, heiliges Blut
überströmte meine Hände, aber ich spürte es nicht in Lust
und nicht in Grauen... ich war nur Arzt... ich sah nur das
Leiden... und sah...

Und sah sofort, daß alles verloren war, wenn nicht ein Wunder geschehe... sie war verletzt und halb verblutet unter
der verbrecherisch ungeschickten Hand... und ich hatte
nichts, um das Blut zu stillen in dieser stinkenden Höhle,
nicht einmal reines Wasser... alles, was ich anrührte,
starrte von Schmutz.

‚Wir müssen sofort ins Spital‘, sagte ich. Aber kaum daß
ich's gesagt, bäumte sich krampfig der gemarterte Leib auf.
‚Nein... nein... lieber sterben... niemand es erfahren... niemand es erfahren... nach Hause... nach
Hause...‘

Ich verstand... nur mehr um das Geheimnis, um ihre Ehre
rang sie... nicht um ihr Leben... Und – ich gehorchte...
Der Boy brachte eine Sänfte... wir betteten sie hinein...
und so... wie eine Leiche schon, matt und fiebernd...
trugen wir sie durch die Nacht... nach Hause... die fragende, erschreckte Dienerschaft abwehrend... wie Diebe
trugen wir sie hinein in ihr Zimmer und sperrten die Türen... Und dann... dann begann der Kampf, der lange
Kampf gegen den Tod...“

Plötzlich krampfte sich eine Hand in meinen Arm, daß ich
fast aufschrie vor Schreck und Schmerz. Im Dunkeln war
mir das Gesicht mit einemmal fratzenhaft nah, ich sah die
weißen Zähne, wie sie sich bleckten in plötzlichem Ausbruch, sah die Augengläser im fahlen Reflex des Mond-
lichts wie zwei riesige Katzenaugen glimmen. Und jetzt
sprach er nicht mehr – er schrie, geschüttelt von einem
heulenden Zorn:

„Wissen Sie denn, Sie fremder Mensch, der Sie hier lässig
auf einem Deckstuhl sitzen, ein Spazierfahrer durch die
Welt, wissen Sie, wie das ist, wenn ein Mensch stirbt? Sind
Sie schon einmal dabeigewesen, haben Sie es gesehen, wie
der Leib sich aufkrümmt, die blauen Nägel ins Leere kral-
len, wie die Kehle röchelt, jedes Glied sich wehrt, jeder Finger sich stemmt gegen das Entsetzliche, und wie das Auge
aufspringt in einem Grauen, für das es keine Worte gibt?

Haben Sie das schon einmal erlebt, Sie Müßiggänger, Sie Weltfahrer, Sie, der Sie vom Helfen reden als von einer Pflicht? Ich habe es oft gesehen als Arzt, habe es gesehen als ... als klinischen Fall, als Tatsache ... habe es sozusagen studiert – aber *erlebt* habe ich's nur einmal, miterlebt, mitgestorben bin ich nur damals in jener Nacht ... in jener entsetzlichen Nacht, wo ich saß und mir das Hirn zerpreßte, um etwas zu wissen, etwas zu finden, zu erfinden gegen das Blut, das rann und rann und rann, gegen das Fieber, das sie vor meinen Augen verbrannte ... gegen den Tod, der immer näher kam und den ich nicht wegdrängen konnte vom Bett. Verstehen Sie, was das heißt, Arzt zu sein, alles wissen gegen alle Krankheiten – die Pflicht haben, zu helfen, wie Sie so weise sagen – und doch ohnmächtig bei einer Sterbenden zu sitzen, wissend und doch ohne Macht ... nur dies eine, das Entsetzliche wissend, daß man nicht helfen kann, ob man sich auch jede Ader in seinem Körper aufreißen möchte ... einen geliebten Körper zu sehen, wie er elend verblutet, gemartert vor Schmerzen, einen Puls zu fühlen, der fliegt und zugleich verlischt ... der einem wegfließt unter den Fingern ... Arzt zu sein und nichts zu wissen, nichts, nichts, nichts ... nur dazusitzen und irgendein Gebet stammeln wie ein Hutzelweib in der Kirche, und dann wieder die Fäuste ballen gegen einen erbärmlichen Gott, von dem man weiß, daß es ihn nicht gibt ... Verstehen Sie das? Verstehen Sie das? ... Ich ... ich verstehe nur eines nicht, wie ... wie man es macht, daß man nicht mitstirbt in solchen Sekunden ... daß man dann noch am nächsten Morgen von einem Schlaf aufsteht und sich die Zähne putzt und eine Krawatte umbindet ... daß man noch leben kann, wenn man das miterlebte, was ich fühlte, wie dieser Atem, dieser erste Mensch, um den ich rang und kämpfte, den ich halten wollte mit allen Kräften meiner Seele ... wie der wegglitt unter mir ... irgendwohin, immer rascher wegglitt, Minute um Minute, und ich nichts wußte in meinem fiebernden Gehirn, um diesen, diesen einen Menschen festzuhalten ...

Und dazu, um teuflisch noch meine Qual zu verdoppeln, dazu noch dies ... Während ich an ihrem Bett saß – ich hatte ihr Morphium eingegeben, um die Schmerzen zu lindern, und sah sie liegen, mit heißen Wangen, heiß und fahl

– ja . . . während ich so saß, spürte ich vom Rücken her immer zwei Augen auf mich gerichtet mit einem fürchterlichen Ausdruck der Spannung . . . Der Boy saß dort auf den Boden gekauert und murmelte leise irgendwelche Gebete . . . Wenn mein Blick den seinen traf, so . . . nein, ich kann es nicht schildern . . . so kam etwas so Flehendes, so . . . so Dankbares in seinen hündischen Blick, und gleichzeitig hob er die Hände zu mir, als wollte er mich beschwören, sie zu retten . . . verstehen Sie: zu mir, zu mir hob er die Hände wie zu einem Gott . . . zu mir . . . dem ohnmächtigen Schwächling, der wußte, das alles verloren . . . daß ich hier so unnötig sei wie eine Ameise, die am Boden raschelt . . . Ah, dieser Blick, wie er mich quälte, diese fanatische, diese tierische Hoffnung auf meine Kunst . . . ich hätte ihn anschreien können und mit dem Fuß treten, so weh tat er mir . . . und doch, ich spürte, wie wir beide zusammenhingen durch unsere Liebe zu ihr . . . durch das Geheimnis . . . Ein lauerndes Tier, ein dumpfes Knäuel, saß er zusammengeballt knapp hinter mir . . . kaum daß ich etwas verlangte, sprang er auf mit seinen nackten lautlosen Sohlen und reichte es zitternd . . . erwartungsvoll her, als sei das die Hilfe . . . die Rettung . . . Ich weiß, er hätte sich die Adern aufgeschnitten, um ihr zu helfen . . . so war diese Frau, solche Macht hatte sie über Menschen . . . und ich . . . ich hatte nicht Macht, ein Quentchen Blut zu retten . . . O diese Nacht, diese entsetzliche Nacht, diese unendliche Nacht zwischen Leben und Tod!

Gegen Morgen ward sie noch einmal wach . . . sie schlug die Augen auf . . . jetzt waren sie nicht mehr hochmütig und kalt . . . ein Fieber glitzerte feucht darin, als sie, gleichsam fremd, das Zimmer abtasteten . . . Dann sah sie mich an: sie schien nachzudenken, sich erinnern zu wollen an mein Gesicht . . . und plötzlich . . . ich sah es . . . erinnerte sie sich . . . denn irgendein Schreck, eine Abwehr . . . etwas . . . etwas Feindliches, Entsetztes spannte ihr Gesicht . . . sie arbeitete mit den Armen, als wollte sie flüchten . . . weg, weg, weg von mir . . . ich sah, sie dachte an *das* . . . an die Stunde von damals . . . Aber dann kam ein Besinnen . . . sie sah mich ruhiger an, atmete schwer . . . ich fühlte, sie wollte sprechen, etwas sagen . . . Wieder begannen die Hände sich zu spannen . . . sie wollte sich aufheben, aber sie war zu

schwach ... Ich beruhigte sie, beugte mich nieder ... da
sah sie mich an mit einem langen, gequälten Blick ... ihre
Lippen regten sich leise ... es war nur ein letzter erlöschen-
der Laut, wie sie sagte:
‚Wird es niemand erfahren? ... Niemand?‘
‚Niemand‘, sagte ich mit aller Kraft der Überzeugung, ‚ich
verspreche es Ihnen.‘
Aber ihr Auge war noch unruhig ... Mit fiebriger Lippe,
ganz undeutlich arbeitete sie's heraus.
‚Schwören Sie mir ... niemand erfahren ... schwören.‘
Ich hob die Finger wie zum Eid. Sie sah mich an ... mit
einem ... einem unbeschreiblichen Blick ... weich war er,
warm, dankbar ... ja, wirklich, wirklich dankbar ... Sie
wollte noch etwas sprechen, aber es ward ihr zu schwer.
Lang lag sie, ganz matt von der Anstrengung, mit geschlossenen Augen. Dann begann das Entsetzliche ... das Entsetzliche ... eine ganze schwere Stunde kämpfte sie noch:
erst morgens war es zu Ende ...“
Er schwieg lange. Ich merkte es nicht eher, als vom Mittel-
deck die Glocke in die Stille schlug, ein, zwei, drei harte
Schläge – drei Uhr. Das Mondlicht war matter geworden,
aber irgendeine andere gelbe Helle zitterte schon unsicher
in der Luft, und Wind flog manchmal leicht wie eine Brise
her. Eine halbe, eine Stunde mehr, und dann war es Tag,
war dies Grauen ausgelöscht im klaren Licht. Ich sah seine
Züge jetzt deutlicher, da die Schatten nicht mehr so dicht
und schwarz in unsern Winkel fielen – er hatte die Kappe
abgenommen, und unter dem blanken Schädel schien sein
verquältes Gesicht noch schreckhafter. Aber schon wandten
sich die glitzernden Brillengläser wieder mir zu, er straffte
sich zusammen, und seine Stimme hatte einen höhnischen,
scharfen Ton.
„Mit ihr war's nun zu Ende – aber nicht mit mir. Ich war allein mit der Leiche – aber allein in einem fremden Haus, allein in einer Stadt, die kein Geheimnis duldete, und ich ...
ich hatte das Geheimnis zu hüten ... Ja, denken Sie sich
das nur aus, die ganze Situation: eine Frau aus der besten
Gesellschaft der Kolonie, vollkommen gesund, die noch
abends zuvor auf dem Regierungsball getanzt hat, liegt
plötzlich tot in ihrem Bett ... ein fremder Arzt ist bei ihr,
den angeblich ihr Diener gerufen ... niemand im Haus hat

gesehen, wann und woher er kam ... man hat sie nachts auf
einer Sänfte hereingetragen und dann die Türen geschlossen ... und morgens ist sie tot ... dann erst hat man die
Diener gerufen, und plötzlich gellt das Haus von Ge-
schrei ... im Nu wissen es die Nachbarn, die ganze
Stadt ... und nur einer ist da, der das alles erklären soll ...
ich, der fremde Mensch, der Arzt aus einer entlegenen Station ... Eine erfreuliche Situation, nicht wahr? ...
Ich wußte, was mir bevorstand. Glücklicherweise war der
Boy bei mir, der brave Bursche, der mir jeden Wink von
den Augen las – auch dieses gelbe dumpfe Tier verstand,
daß hier noch ein Kampf ausgetragen werden müsse. Ich
hatte ihm nur gesagt: ,Die Frau will, daß niemand erfährt,
was geschehen ist.' Er sah mir in die Augen mit seinem
hündisch feuchten und doch entschlossenen Blick: ,Yes,
Sir', mehr sagte er nicht. Aber er wusch die Blutspuren vom
Boden, richtete alles in beste Ordnung – und gerade seine
Entschlossenheit gab mir die meine wieder.
Nie im Leben, das weiß ich, habe ich eine ähnlich zusam-
mengeballte Energie gehabt, nie werde ich sie wieder haben. Wenn man alles verloren hat, dann kämpft man um das
Letzte wie ein Verzweifelter – und das Letzte war ihr Vermächtnis, das Geheimnis. Ich empfing voll Ruhe die Leute,
erzählte ihnen allen die gleiche erdichtete Geschichte, wie
der Boy, den sie um den Arzt gesandt hatte, mich zufällig
auf dem Wege traf. Aber während ich scheinbar ruhig redete, wartete ... wartete ich immer auf das Entscheidende ... auf den Totenbeschauer, der erst kommen
mußte, ehe wir sie in den Sarg verschließen konnten und
das Geheimnis mit ihr ... Es war, vergessen Sie nicht, Donnerstag, und Samstag kam ihr Gatte ...
Um neun Uhr hörte ich endlich, wie man den Amtsarzt an-
meldete. Ich hatte ihn rufen lassen – er war mein Vorgesetzter im Rang und gleichzeitig mein Konkurrent, derselbe
Arzt, von dem sie seinerzeit so verächtlich gesprochen und
der offenbar meinen Wunsch nach Versetzung bereits erfahren hatte. Bei seinem ersten Blick spürte ich's schon: er
war mir feind. Aber gerade das straffte meine Kraft.
Im Vorzimmer fragte er schon: ,Wann ist Frau ...' – er
nannte ihren Namen – ,gestorben?'
,Um sechs Uhr morgens.'

‚Wann sandte sie zu Ihnen?‘

‚Um elf Uhr abends.‘

‚Wußten Sie, daß ich ihr Arzt war?‘

‚Ja, aber es tat Eile not ... und dann ... die Verstorbene hatte ausdrücklich mich verlangt. Sie hatte verboten, einen andern Arzt rufen zu lassen.‘

Er starrte mich an: in seinem bleichen, etwas verfetteten Gesicht flog eine Röte hoch, ich spürte, daß er erbittert war. Aber gerade das brauchte ich – alle meine Energien drängten sich zu rascher Entscheidung, denn ich spürte, lange hielten es meine Nerven nicht mehr aus. Er wollte etwas Feindliches erwidern, dann sagte er lässig: ‚Wenn Sie schon meinen, mich entbehren zu können, so ist es doch meine amtliche Pflicht, den Tod zu konstatieren und ... wie er eingetreten ist.‘

Ich antwortete nicht und ließ ihn vorangehen. Dann trat ich zurück, schloß die Tür und legte den Schlüssel auf den Tisch. Überrascht zog er die Augenbrauen hoch: ‚Was bedeutet das?‘

Ich stellte mich ruhig ihm gegenüber. ‚Es handelt sich hier nicht darum, die Todesursache festzustellen, sondern – eine andere zu finden. Diese Frau hat mich gerufen, um sie nach ... nach den Folgen eines verunglückten Eingriffes zu behandeln ... ich konnte sie nicht mehr retten, aber ich habe ihr versprochen, ihre Ehre zu retten, und das werde ich tun. Und ich bitte Sie darum, mir zu helfen!‘

Seine Augen waren ganz weit geworden vor Erstaunen. ‚Sie wollen doch nicht etwa sagen‘, stammelte er dann, ‚daß ich, der Amtsarzt, hier ein Verbrechen decken soll?‘

‚Ja, das will ich, das muß ich wollen.‘

‚Für Ihr Verbrechen soll ich ...‘

‚Ich habe Ihnen gesagt, daß ich diese Frau nicht berührt habe, sonst ... sonst stünde ich nicht vor Ihnen, sonst hätte ich längst mit mir Schluß gemacht. Sie hat ihr Vergehen – wenn Sie es so nennen wollen – gebüßt, die Welt braucht davon nichts zu wissen. Und ich werde es nicht dulden, daß die Ehre dieser Frau jetzt noch unnötig beschmutzt wird.‘

Mein entschlossener Ton reizte ihn nur noch mehr auf. ‚Sie werden nicht dulden ... so ... nun, Sie sind ja mein Vorgesetzter ... oder glauben es wenigstens schon zu sein ...

Versuchen Sie nur, mir zu befehlen ... ich habe mir's gleich gedacht, da ist Schmutziges im Spiel, wenn man Sie aus Ihrem Winkel herruft ... eine saubere Praxis, die Sie da anfangen, ein sauberes Probestück ... Aber jetzt werde *ich* untersuchen, *ich*, und Sie können sich darauf verlassen, daß ein Protokoll, unter dem mein Name steht, richtig sein wird. Ich werde keine Lüge unterschreiben.'
Ich war ganz ruhig.
,Ja – das müssen Sie diesmal doch. Denn früher werden Sie das Zimmer nicht verlassen.'
Ich griff dabei in die Tasche – meinen Revolver hatte ich nicht bei mir. Aber er zuckte zusammen. Ich trat einen Schritt auf ihn zu und sah ihn an.
,Hören Sie, ich werde Ihnen etwas sagen ... damit es nicht zum Äußersten kommt. Mir liegt an meinem Leben nichts ... nichts an dem eines andern – ich bin nun schon einmal soweit ... mir liegt einzig daran, mein Versprechen einzulösen, daß die Art dieses Todes geheim bleibt ... Hören Sie: ich gebe Ihnen mein Ehrenwort, daß, wenn Sie das Zertifikat unterfertigen, diese Frau sei an ... nun, an einer Zufälligkeit gestorben, daß ich dann noch im Laufe dieser Woche die Stadt und Indien verlasse ... daß ich, wenn Sie es verlangen, meinen Revolver nehme und mich niederschieße, sobald der Sarg in der Erde ist und ich sicher sein kann, daß niemand ... Sie verstehen: *niemand* – mehr nachforschen kann. Das wird Ihnen wohl genügen – das *muß* Ihnen genügen.'
Es muß etwas Drohendes, etwas Gefährliches in meiner Stimme gewesen sein, denn wie ich unwillkürlich nähertrat, wich er zurück mit jenem aufgerissenen Entsetzen, wie ... wie eben Menschen vor dem Amokläufer flüchten, wenn er rasend hinrennt mit geschwungenem Kris ... Und mit einemmal war er anders ... irgendwie geduckt und gelähmt ... seine harte Haltung brach ein. Er murmelte mit einem letzten, ganz weichen Widerstand: ,Es wäre das erste Mal in meinem Leben, daß ich ein falsches Zertifikat unterzeichnete ... immerhin, es wird sich schon eine Form finden lassen ... man weiß ja auch, was vorkommt ... Aber ich durfte doch nicht so ohne weiteres ...'
,Gewiß durften Sie nicht', half ich ihm, um ihn zu bestärken – (Nur rasch! nur rasch! tickte es mir in den Schläfen) ...,

,aber jetzt, da Sie wissen, daß Sie nur einen Lebenden kränken würden und einer Toten ein Entsetzliches täten, werden Sie doch gewiß nicht zögern.'

Er nickte. Wir traten zum Tisch. Nach einigen Minuten war das Attest fertig (das dann auch in der Zeitung veröffentlicht wurde und glaubhaft eine Herzlähmung schilderte). Dann stand er auf, sah mich an. ,Sie reisen noch diese Woche, nicht wahr?'

,Mein Ehrenwort.'

Er sah mich wieder an. Ich merkte, er wollte streng, wollte sachlich erscheinen. ,Ich besorge sofort einen Sarg', sagte er, um seine Verlegenheit zu decken. Aber was war das in mir, das mich so ... so furchtbar ... so gequält machte – plötzlich streckte er mir die Hand hin und schüttelte sie mit einer aufspringenden Herzlichkeit. ,Überstehen Sie's gut', sagte er – ich wußte nicht, was er meinte. War ich krank? War ich ... wahnsinnig? Ich begleitete ihn zur Tür, schloß auf – aber das war meine letzte Kraft, die hinter ihm die Tür schloß. Dann kam dies Ticken wieder in die Schläfen, alles schwankte und kreiste: und gerade vor ihrem Bett fiel ich zusammen ... so ... so wie der Amokläufer am Ende seines Laufs sinnlos niederfällt mit zersprengten Nerven."

Wieder hielt er inne. Irgendwie fröstelte mich's: war das erster Schauer des Morgenwinds, der jetzt leise sausend über das Schiff lief? Aber das gequälte Gesicht – nun schon halb erhellt vom Widerschein der Frühe – spannte sich wieder zusammen: "Wie lang ich so auf der Matte gelegen hatte, weiß ich nicht. Da rührte mich's an. Ich fuhr auf. Es war der Boy, der zaghaft mit seiner devoten Geste vor mir stand und mir unruhig in den Blick sah.

,Es will jemand herein ... will sie sehen ...'

,Niemand darf herein.'

,Ja ... aber ...'

Seine Augen waren erschreckt. Er wollte etwas sagen und wagte es doch nicht. Das treue Tier litt irgendwie eine Qual.

,Wer ist es?'

Er sah mich zitternd an wie in Furcht vor einem Schlag. Und dann sagte er – er nannte keinen Namen ... woher ist in solch einem niedern Wesen mit einmal so viel Wissen,

wie kommt es, daß in manchen Sekunden ein unbeschreib-
liches Zartgefühl derlei ganz dumpfe Menschen beseelt? –,
dann sagte er ... ganz, ganz ängstlich:
‚*Er* ist es.‘
Ich fuhr auf, verstand sofort und war sofort ganz Gier, ganz
Ungeduld nach diesem Unbekannten. Denn sehen Sie, wie
sonderbar ... inmitten all dieser Qual, in diesem Fieber
von Verlangen, von Angst und Hast hatte ich ganz ‚ihn‘ vergessen ... vergessen, daß da noch ein Mann im Spiele
war ... der Mann, den diese Frau geliebt, dem sie leidenschaftlich das gegeben, was sie mir verweigert ... Vor
zwölf, vor vierundzwanzig Stunden hätte ich diesen Mann
noch gehaßt, ihn noch zerfleischen können ... Jetzt ... ich
kann, ich kann Ihnen nicht schildern, wie es mich jagte, ihn
zu sehen ... ihn ... zu lieben, weil sie ihn geliebt.
Mit einem Ruck war ich bei der Tür. Ein junger, ganz junger blonder Offizier stand dort, sehr linkisch, sehr schmal,
sehr blaß. Wie ein Kind sah er aus, so ... so rührend
jung ... und unsäglich erschütterte mich's gleich, wie er
sich mühte, Mann zu sein, Haltung zu zeigen ... seine Erregung zu verbergen ... Ich sah sofort, daß seine Hände zitterten, als er zur Mütze fuhr ... Am liebsten hätte ich ihn
umarmt ... weil er ganz so war, wie ich mir's wünschte, daß
der Mann sein sollte, der diese Frau besessen ... kein Ver-
führer, kein Hochmütiger ... nein, ein halbes Kind, ein reines, zärtliches Wesen, dem sie sich geschenkt.
Ganz befangen stand der junge Mensch vor mir. Mein gieriger Blick, mein leidenschaftlicher Aufsprung machten ihn
noch mehr verwirrt. Das kleine Schnurrbärtchen über der
Lippe zuckte verräterisch ... dieser junge Offizier, dies
Kind mußte sich bezwingen, um nicht herauszuschluch-
zen.
‚Verzeihen Sie‘, sagte er dann endlich, ‚ich hätte gerne
Frau ... gerne noch ... gesehen.‘
Unbewußt, ganz ohne es zu wollen, legte ich ihm, dem
Fremden, meinen Arm um die Schulter, führte ihn, wie
man einen Kranken führt. Er sah mich erstaunt an mit
einem unendlich warmen und dankbaren Blick ... irgend-
ein Verstehen unserer Gemeinschaft war schon in dieser
Sekunde zwischen uns beiden ... Wir gingen zu der To-
ten ... Sie lag da, weiß, in den weißen Linnen – ich spürte,

daß meine Nähe, ihn noch bedrückte . . . so trat ich zurück, um ihn allein zu lassen mit ihr. Er ging langsam näher mit . . . mit so zuckenden, ziehenden Schritten . . . an seinen Schultern sah ich's, wie es in ihm wühlte und riß . . . er ging so wie . . . wie einer, der gegen einen ungeheuren Sturm geht . . . Und plötzlich brach er vor dem Bett in die Knie . . . genau so, wie ich hingebrochen war.

Ich sprang sofort vor, hob ihn empor und führte ihn zu einem Sessel. Er schämte sich nicht mehr, sondern schluchzte seine Qual heraus. Ich vermochte nichts zu sagen – nur mit der Hand strich ich ihm unbewußt über sein blondes, kindlich weiches Haar. Er griff nach meiner Hand . . . ganz lind und doch ängstlich . . . und mit einemmal fühlte ich seinen Blick an mir hängen . . .

‚Sagen Sie mir die Wahrheit, Doktor‘, stammelte er, ‚hat sie selbst Hand an sich gelegt?‘

‚Nein‘, sagte ich.

‚Und ist . . . ich meine . . . ist irgend . . . irgend jemand schuld an ihrem Tode?‘

‚Nein‘, sagte ich wieder, obwohl mir's aufquoll in der Kehle, ihm entgegenzuschreien: Ich! Ich! Ich! . . . Und du! . . . Wir beide! Und ihr Trotz, ihr unseliger Trotz! Aber ich hielt mich zurück. Ich wiederholte noch einmal: ‚Nein . . . niemand hat schuld daran . . . es war ein Verhängnis!‘

‚Ich kann es nicht glauben‘, stöhnte er, ‚ich kann es nicht glauben. Sie war noch vorgestern auf dem Balle, sie lächelte, sie winkte mir zu. Wie ist das möglich, wie konnte das geschehen?‘

Ich erzählte eine lange Lüge. Auch ihm verriet ich ihr Geheimnis nicht. Wie zwei Brüder sprachen wir zusammen alle diese Tage, gleichsam überstrahlt von dem Gefühl, das uns verband . . . und das wir einander nicht anvertrauten, aber wir spürten einer vom andern, daß unser ganzes Leben an dieser Frau hing . . . Manchmal drängte sich's mir würgend an die Lippen, aber dann biß ich die Zähne zusammen – nie hat er erfahren, daß sie ein Kind von ihm trug . . . daß ich das Kind, sein Kind, hätte töten sollen und daß sie es mit sich selbst in den Abgrund gerissen. Und doch sprachen wir nur von ihr in diesen Tagen, während derer ich mich bei ihm verbarg . . . denn – das hatte ich vergessen,

Ihnen zu sagen – man suchte nach mir . . . Ihr Mann war gekommen, als der Sarg schon geschlossen war . . . er wollte
den Befund nicht glauben . . . die Leute munkelten allerlei . . . und er suchte mich . . . Aber ich konnte es nicht ertragen, ihn zu sehen, ihn, von dem ich wußte, daß sie unter
ihm gelitten . . . ich verbarg mich . . . vier Tage ging ich
nicht aus dem Hause, gingen wir beide nicht aus der Wohnung . . . ihr Geliebter hatte mir unter einem falschen Namen einen Schiffsplatz genommen, damit ich flüchten
könne . . . wie ein Dieb bin ich nachts auf das Deck geschli-
chen, daß niemand mich erkennt . . . Alles habe ich zurück-
gelassen, was ich besitze . . . mein Haus mit der ganzen Arbeit dieser sieben Jahre, mein Hab und Gut, alles steht offen für jeden, der es haben will . . . und die Herren von der
Regierung haben mich wohl schon gestrichen, weil ich
ohne Urlaub meinen Posten verließ . . . Aber ich konnte
nicht leben mehr in diesem Haus, in dieser Stadt . . . in dieser Welt, wo alles mich an sie erinnert . . . wie ein Dieb bin
ich geflohen in der Nacht . . . nur ihr zu entrinnen . . . nur
zu vergessen . . .

Aber . . . wie ich an Bord kam . . . nachts . . . mitternachts . . . mein Freund war mit mir . . . da . . . da . . . zogen
sie gerade am Kran etwas herauf . . . rechteckig, schwarz . . .
ihren Sarg . . . hören Sie: ihren Sarg . . . sie hat mich hierher
verfolgt, wie ich sie verfolgte . . . und ich mußte dabeiste-
hen, mich fremd stellen, denn er, ihr Mann, war mit . . . er
begleitet ihn nach England . . . . vielleicht will er dort eine
Autopsie machen lassen . . . er hat sie an sich gerissen . . .
jetzt gehört sie wieder ihm . . . nicht uns mehr, uns . . . uns
beiden . . . Aber ich bin noch da . . . ich gehe mit bis zur
letzten Stunde . . . er wird, er darf es nie erfahren . . . ich
werde ihr Geheimnis zu verteidigen wissen gegen jeden
Versuch . . . gegen diesen Schurken, vor dem sie in den Tod
gegangen ist . . . Nichts, nichts wird er erfahren . . . ihr Geheimnis gehört mir, nur mir allein . . .

Verstehen Sie jetzt . . . verstehen Sie jetzt . . . warum ich
die Menschen nicht sehen kann . . . ihr Gelächter nicht hören . . . wenn sie flirten und sich paaren . . . denn da drunten . . . drunten im Lagerraum zwischen Teeballen und Pa-
ranüssen steht der Sarg verstaut . . . Ich kann nicht hin, der
Raum ist versperrt . . . aber ich weiß es mit allen meinen

Sinnen, weiß es in jeder Sekunde ... auch wenn sie hier Walzer spielen und Tango ... es ist ja dumm, das Meer da schwemmt über Millionen Tote, auf jedem Fußbreit Erde, den man tritt, fault eine Leiche ... aber doch, ich kann es nicht ertragen, ich kann es nicht ertragen, wenn sie Maskenbälle geben und so geil lachen ... diese Tote, ich spüre sie, und ich weiß, was sie von mir will ... ich weiß es, ich habe noch eine Pflicht ... ich bin noch nicht zu Ende ... noch ist ihr Geheimnis nicht gerettet ... sie gibt mich noch nicht frei ..."

Vom Mittelschiff kamen schlurfende Schritte, klatschende Laute: Matrosen begannen das Deck zu scheuern. Er fuhr auf wie ertappt: sein zerspanntes Gesicht bekam einen ängstlichen Zug. Er stand auf und murmelte: „Ich gehe schon ... ich gehe schon."

Es war eine Qual, ihn anzuschauen: seinen verwüsteten Blick, die gedunsenen Augen, rot von Trinken oder Tränen. Er wich meiner Anteilnahme aus: ich spürte aus seinem geduckten Wesen Scham, unendliche Scham, sich verraten zu haben an mich, an diese Nacht. Unwillkürlich sagte ich: „Darf ich vielleicht nachmittags zu Ihnen in die Kabine kommen ..."

Er sah mich an – ein höhnischer, harter, zynischer Zug zerrte an seinen Lippen, etwas Böses stieß und verkrümmte jedes Wort.

„Aha ... Ihre famose Pflicht, zu helfen ... aha ... Mit der Maxime haben Sie mich ja glücklich zum Schwatzen gebracht. Aber nein, mein Herr, ich danke. Glauben Sie ja nicht, daß mir jetzt leichter sei, seit ich mir die Eingeweide vor Ihnen aufgerissen habe bis zum Kot in meinen Därmen. Mein verpfuschtes Leben kann mir keiner mehr zusammenflicken ... ich habe eben umsonst der verehrlichen holländischen Regierung gedient ... die Pension ist futsch, ich komme als armer Hund nach Europa zurück ... ein Hund, der hinter einem Sarg herwinselt ... man läuft nicht lange ungestraft Amok, am Ende schlägt's einen doch nieder, und ich hoffe, ich bin bald am Ende ... Nein, danke mein Herr, für Ihren gütigen Besuch ... ich habe schon in der Kabine meine Gefährten ... ein paar gute alte Flaschen Whisky, die trösten mich manchmal, und dann meinen Freund von damals, an den ich mich leider nicht rechtzeitig gewandt habe, meinen braven Browning . . . der hilft schließlich besser als alles Geschwätz . . . Bitte, bemühen Sie sich nicht . . . das einzige Menschenrecht, das einem bleibt, ist doch: zu krepieren, wie man will . . . und dabei ungeschoren zu bleiben von fremder Hilfe."

Er sah mich noch einmal höhnisch . . . ja herausfordernd an, aber ich spürte: es war nur Scham, grenzenlose Scham. Dann duckte er die Schultern, wandte sich um, ohne zu grüßen, und ging merkwürdig schief und schlurfend über das schon helle Verdeck den Kabinen zu. Ich habe ihn nicht mehr gesehen. Vergebens suchte ich ihn nachts und die nächste Nacht an der gewohnten Stelle. Er blieb verschwunden, und ich hätte an einen Traum geglaubt oder an eine phantastische Erscheinung, wäre mir nicht inzwischen unter den Passagieren ein anderer aufgefallen mit einem Trauerflor um den Arm, ein holländischer Großkaufmann, der, wie man mir bestätigte, eben seine Frau an einer Tropenkrankheit verloren hatte. Ich sah ihn ernst und gequält abseits von den andern auf und ab gehen, und der Gedanke, daß ich um seine geheimste Sorge wußte, gab mir eine geheimnisvolle Scheu: ich bog immer zur Seite, wenn er vorüberkam, um nicht mit einem Blick zu verraten, daß ich mehr von seinem Schicksal wußte als er selbst.

Im Hafen von Neapel ereignete sich dann jener merkwürdige Unfall, dessen Deutung ich in der Erzählung des Fremden zu finden glaube. Die meisten Passagiere waren abends von Bord gegangen, ich selbst in die Oper und dann noch in eines der hellen Cafés an der Via Roma. Als wir mit einem Ruderboot zu dem Dampfer zurückkehrten, fiel mir schon auf, daß einige Boote mit Fackeln und Azetylenlampen das Schiff suchend umkreisten, und oben am dunklen Bord war ein geheimnisvolles Gehen und Kommen von Karabinieris und Gendarmerie. Ich fragte einen Matrosen, was geschehen sei. Er wich in einer Weise aus, die sofort zeigte, daß Auftrag zum Schweigen gegeben sei, und auch am nächsten Tage, als das Schiff wieder friedfertig und ohne Spur eines Zwischenfalles nach Genua weiterfuhr, war nichts an Bord zu erfahren. Erst in den italienischen Zeitungen las ich dann, romantisch ausgeschmückt, von jenem angeblichen Unfall im Hafen von Neapel. In jener Nacht sollte, so schrieben sie, in unbelebter Stunde, um die Passagiere nicht durch den Anblick zu beunruhigen, der Sarg einer vornehmen Dame aus den holländischen Kolonien von Bord des Schiffes auf ein Boot gebracht werden, und man ließ ihn eben in Gegenwart des Gatten die Strickleiter herab, als irgend etwas Schweres vom hohen Bord niederstürzte und den Sarg mit den Trägern und dem Gatten, die ihn gemeinsam niederhißten, mit sich in die Tiefe riß. Eine Zeitung behauptete, es sei ein Irrsinniger gewesen, der sich die Treppe hinab auf die Strickleiter gestürzt habe, eine andere beschönigte, die Leiter sei von selbst unter dem übergroßen Gewicht gerissen: jedenfalls schien die Schiffahrtsgesellschaft alles getan zu haben, um den genauen Sachverhalt zu verschleiern. Man rettete nicht ohne Mühe die Träger und den Gatten der Verstorbenen mit Booten aus dem Wasser, der Bleisarg aber ging sofort in die Tiefe und konnte nicht mehr geborgen werden. Daß gleichzeitig in einer anderen Notiz kurz erwähnt wurde, es sei die Leiche eines etwa vierzigjährigen Mannes im Hafen angeschwemmt worden, schien für die Öffentlichkeit in keinem Zusammenhang mit dem romantisch reportierten Unfall zu stehen; mir aber war, kaum daß ich die flüchtige Zeile gelesen, als starre plötzlich hinter dem papierenen Blatt das mondweiße Antlitz mit den glitzernden Brillengläsern mir noch einmal gespenstisch entgegen.

Vierundzwanzig Stunden aus dem Leben einer Frau

In der kleinen Pension an der Riviera, wo ich damals, zehn Jahre vor dem Kriege, wohnte, war eine heftige Diskussion an unserem Tische ausgebrochen, die unvermutet zu rabiater Auseinandersetzung, ja sogar zu Gehässigkeit und Beleidigung auszuarten drohte. Die meisten Menschen sind von stumpfer Phantasie. Was sie nicht unmittelbar anrührt, nicht aufdringlich spitzen Keil bis hart an ihre Sinne treibt, vermag sie kaum zu entfachen; geschieht aber einmal knapp vor ihren Augen, in unmittelbarer Tastnähe des Gefühls auch nur ein Geringes, sogleich regt es in ihnen übermäßige Leidenschaft. Sie ersetzen dann gewissermaßen die Seltenheit ihrer Anteilnahme durch eine unangebrachte und übertriebene Vehemenz.

So auch diesmal in unserer durchaus bürgerlichen Tischgesellschaft, die sonst friedlich small talk und untiefe, kleine Späßchen untereinander übte und meist gleich nach aufgehobener Mahlzeit auseinanderbröckelte: das deutsche Ehepaar zu Ausflügen und Amateurphotographieren, der behäbige Däne zu langweiligem Fischfang, die vornehme englische Dame zu ihren Büchern, das italienische Ehepaar zu Eskapaden nach Monte Carlo und ich zu Faulenzerei im Gartenstuhl oder Arbeit. Diesmal aber blieben wir alle durch die erbitterte Diskussion vollkommen ineinander verhakt; und wenn einer von uns plötzlich aufsprang, so geschah es nicht, wie sonst, zu höflichem Abschied, sondern in hitzköpfiger Erbitterung, die, wie ich bereits vorwegerzählte, geradezu rabiate Formen annahm.

Das Begebnis nun, das dermaßen unsere kleine Tafelrunde aufgezäumt hatte, war allerdings sonderbar genug. Die Pension, in der wir sieben wohnten, bot sich nach außen hin zwar als abgesonderte Villa dar – ach, wie wunderbar ging der Blick von den Fenstern auf den felsenzerzackten Strand! –, aber eigentlich war sie nichts als die wohlfeilere Dependance des großen Palace Hotels und ihm durch den Garten unmittelbar verbunden, so daß wir Nebenwohner doch mit seinen Gästen in ständigem Zusammenhang lebten. Dieses Hotel nun hatte am vorhergegangenen Tage einen tadellosen Skandal zu verzeichnen gehabt. Es war nämlich mit dem Mittagszuge um 12 Uhr 20 Minuten (ich kann nicht umhin, die Zeit so genau wiederzugeben, weil sie ebenso für diese Episode wie als Thema jener erregten Unterhaltung wichtig ist) ein junger Franzose angekommen und hatte ein Strandzimmer mit Ausblick nach dem Meer gemietet: das deutete an sich schon auf eine gewisse Behäbigkeit der Verhältnisse. Aber nicht nur seine diskrete Eleganz machte ihn angenehm auffällig, sondern vor allem seine außerordentliche und durchaus sympathische Schönheit: inmitten eines schmalen Mädchengesichtes umschmeichelte ein seidigblonder Schnurrbart sinnlich warme Lippen, über die weiße Stirn lockte sich weiches, braungewelltes Haar, weiche Augen liebkosten mit jedem Blick – alles war weich, schmeichlerisch, liebenswürdig in seinem Wesen, aber doch ohne alle Künstlichkeit und Geziertheit. Erinnerte er auch von fern zuvörderst ein wenig an jene rosafarbenen, eitel hingelehnten Wachsfiguren, wie sie in den Auslagen großer Modegeschäfte mit dem Zierstock in der Hand das Ideal männlicher Schönheit darstellen, so schwand doch bei näherem Zusehen jeder geckige Eindruck, denn hier war (seltenster Fall!) die Liebenswürdigkeit eine natürlich angeborene, gleichsam aus der Haut gewachsene. Er grüßte vorübergehend jeden einzelnen in einer gleichzeitig bescheidenen und herzlichen Weise, und es war wirklich angenehm, zu beobachten, wie seine immer sprungbereite Grazie sich bei jedem Anlaß ungezwungen offenbarte. Er eilte auf, wenn eine Dame zur Garderobe ging, ihren Mantel zu holen, hatte für jedes Kind einen freundlichen Blick oder ein Scherzwort, erwies sich umgänglich und diskret zugleich – kurz, er schien einer jener gesegneten Menschen, die aus dem erprobten Gefühl heraus, andern Menschen durch ihr helles Gesicht und ihren jugendlichen Charme angenehm zu sein, diese Sicherheit neuerlich in Anmut verwandeln. Unter den meist älteren und kränklichen Gästen des Hotels wirkte seine Gegenwart wie eine Wohltat, und mit jenem sieghaften Schritt der Jugend, jenem Sturm von Leichtfertigkeit und Lebensfrische, wie sie Anmut so herrlich manchem Menschen zuteilt, war er unwiderstehlich in die Sympathie aller vorgedrungen. Zwei Stunden nach seiner Ankunft spielte er bereits Tennis mit den beiden Töchtern des breiten, behäbigen Fabrikanten aus Lyon, der zwölfjährigen Annette und der dreizehnjährigen Blanche, und ihre Mutter, die feine, zarte und ganz in sich zurückhaltende Madame Henriette, sah leise lächelnd zu, wie unbewußt kokett die beiden unflüggen Töchterchen mit dem jungen Fremden flirteten. Am Abend kiebitzte er uns eine Stunde am Schachtisch, erzählte zwischendurch in unaufdringlicher Weise ein paar nette Anekdoten, ging neuerdings mit Madame Henriette, während ihr Gatte wie immer mit einem Geschäftsfreunde Domino spielte, auf der Terrasse lange auf und ab, spätabends beobachtete ich ihn dann noch mit der Sekretärin des Hotels im Schatten des Bureaus in verdächtig vertrautem Gespräch. Am nächsten Morgen begleitete er meinen dänischen Partner zum Fischfang, zeigte dabei erstaunliche Kenntnis, unterhielt sich nachher lange mit dem Fabrikanten aus Lyon über Politik, wobei er gleichfalls als guter Unterhalter sich erwies, denn man hörte das breite Lachen des dicken Herrn über die Brandung herübertönen. Nach Tisch – es ist durchaus für das Verständnis der Situation nötig, daß ich alle diese Phasen seiner Zeiteinteilung so genau berichte – saß er nochmals mit Madame Henriette beim schwarzen Kaffee eine Stunde allein im Garten, spielte wiederum Tennis mit ihren Töchtern, konversierte mit dem deutschen Ehepaar in der Halle. Um sechs Uhr traf ich ihn dann, als ich einen Brief aufzugeben ging, an der Bahn. Er kam mir eilig entgegen und erzählte, als müsse er sich entschuldigen, man habe ihn plötzlich abberufen, aber er kehre in zwei Tagen zurück. Abends fehlte er tatsächlich im Speisesaale, aber nur mit seiner Person, denn an allen Tischen sprach man einzig von ihm und rühmte seine angenehme, heitere Lebensart.

Nachts, es mochte gegen elf Uhr sein, saß ich in meinem Zimmer, um ein Buch zu Ende zu lesen, als ich plötzlich durch das offene Fenster im Garten unruhiges Schreien und Rufen hörte und sich drüben im Hotel eine sichtliche Bewegung kundgab. Eher beunruhigt als neugierig, eilte ich sofort die fünfzig Schritte hinüber und fand Gäste und Personal in durcheinanderstürmender Erregung. Frau Henriette war, während ihr Mann in gewohnter Pünktlichkeit mit seinem Freunde aus Namur Domino spielte, von ihrem allabendlichen Spaziergang an der Strandterrasse nicht zurückgekehrt, so daß man einen Unglücksfall befürchtete. Wie ein Stier rannte der sonst so behäbige schwerfällige Mann immer wieder gegen den Strand, und wenn er mit seiner vor Erregung verzerrten Stimme „Henriette! Henriette!" in die Nacht hinausschrie, so hatte dieser Laut etwas von dem Schreckhaften und Urweltlichen eines zu Tode getroffenen riesigen Tieres. Kellner und Boys hetzten aufgeregt treppauf, treppab, man weckte alle Gäste und telephonierte an die Gendarmerie. Mitten hindurch aber stolperte und stampfte immer dieser dicke Mann mit offener Weste, ganz sinnlos den Namen „Henriette! Henriette!" in die Nacht hinaus schluchzend und schreiend. Inzwischen waren oben die Kinder wach geworden und riefen in ihren Nachtkleidern vom Fenster herunter nach der Mutter; der Vater eilte nun wieder zu ihnen hinauf, sie zu beruhigen.

Und dann geschah etwas so Furchtbares, daß es kaum wiederzuerzählen ist, weil die gewaltsam aufgespannte Natur in den Augenblicken des Übermaßes der Haltung des Menschen oft einen dermaßen tragischen Ausdruck gibt, daß ihn weder ein Bild noch ein Wort mit der gleichen blitzhaft einschlagenden Macht wiederzugeben vermag. Plötzlich kam der schwere, breite Mann die ächzenden Stufen herab mit einem veränderten, ganz müden und doch grimmigen Gesicht. Er hatte einen Brief in der Hand. „Rufen Sie alle zurück!" sagte er mit gerade noch verständlicher Stimme zu dem Chef des Personals: „Rufen Sie alle Leute zurück, es ist nicht nötig. Meine Frau hat mich verlassen."

Es war Haltung in dem Wesen dieses tödlich getroffenen Mannes, eine übermenschlich gespannte Haltung vor all diesen Leuten ringsum, die neugierig gedrängt auf ihn sahen und jetzt plötzlich, jeder erschreckt, beschämt, verwirrt, sich von ihm abwandten. Gerade genug Kraft blieb ihm noch, an uns vorbeizuwanken, ohne einen einzigen anzusehen, und im Lesezimmer das Licht abzudrehen; dann hörte man, wie sein schwerer, massiger Körper dumpf in einen Fauteuil fiel, und hörte ein wildes, tierisches Schluchzen, wie nur ein Mann weinen kann, der noch nie geweint hat. Und dieser elementare Schmerz hatte über jeden von uns, auch den Geringsten, eine Art betäubender Gewalt. Keiner der Kellner, keiner der aus Neugierde herbeigeschlichenen Gäste wagte ein Lächeln oder anderseits ein Wort des Bedauerns. Wortlos, einer nach dem andern, wie beschämt von dieser zerschmetternden Explosion des Gefühls, schlichen wir in unsere Zimmer zurück, und nur drinnen in dem dunklen Raume zuckte und schluchzte dieses hingeschlagene Stück Mensch mit sich urallein in dem langsam auslöschenden, flüsternden, zischelnden, leise raunenden und wispernden Hause.

Man wird verstehen, daß ein solches blitzschlaghaftes, knapp vor unseren Augen und Sinnen niedergefahrenes Ereignis wohl geeignet war, die sonst nur an Langeweile und sorglosen Zeitvertreib gewöhnten Menschen mächtig zu erregen. Aber jene Diskussion, die dann so vehement an unserem Tische ausbrach und knapp bis an die Grenze der Tätlichkeiten emporstürmte, hatte zwar diesen erstaunlichen Zwischenfall zum Ausgangspunkt, war aber im Wesen eher eine grundsätzliche Erörterung, ein zorniges Gegeneinander feindlicher Lebensauffassungen. Durch die Indiskretion eines Dienstmädchens, das jenen Brief gelesen – der ganz in sich zusammengestürzte Gatte hatte ihn irgendwohin auf den Boden in ohnmächtigem Zorn hingeknüllt –, war nämlich rasch bekannt geworden, daß sich Frau Henriette nicht allein, sondern einverständlich mit dem jungen Franzosen entfernt hatte (für den die Sympathie der meisten nun rapid zu schwinden begann). Nun, das wäre auf den ersten Blick hin vollkommen verständlich gewesen, daß diese kleine Madame Bovary ihren behäbigen, provinzlerischen Gatten für einen eleganten, jungen Hübschling eintauschte. Aber was alle am Hause dermaßen erregte, war der Umstand, daß weder der Fabrikant noch seine Töchter noch auch Frau Henriette jemals diesen Lovelace vordem gesehen, daß also jenes zweistündige abendliche Gespräch auf der Terrasse und jener einstündige schwarze Kaffee im Garten genügt haben sollten, um eine etwa dreiunddreißigjährige, untadelige Frau zu bewegen, ihren Mann und ihre zwei Kinder über Nacht zu verlassen und einem wildfremden jungen Elegant auf das Geratewohl zu folgen. Diesen scheinbar offenkundigen Tatbestand lehnte nun unsere Tischrunde einhellig als perfide Täuschung und listiges Manöver des Liebespaares ab: selbstverständlich sei Frau Henriette längst mit dem jungen Mann in heimlichen Beziehungen gestanden und der Rattenfänger nur noch hierhergekommen, um die letzten Einzelheiten der Flucht zu bestimmen, denn – so folgerten sie – es sei vollkommen unmöglich, daß eine anständige Frau, nach bloß zweistündiger Bekanntschaft, einfach auf den ersten Pfiff davonlaufe. Nun machte es mir Spaß, anderer Ansicht zu sein, und ich verteidigte energisch derartige Möglichkeit, ja sogar Wahrscheinlichkeit bei einer Frau, die durch eine jahrelang enttäuschende langweilige Ehe jedem energischen Zugriff innerlich zubereitet war. Durch meine unerwartete Opposition wurde die Diskussion rasch allgemein und vor allem dadurch erregt, daß die beiden Ehepaare, das deutsche sowohl als das italienische, die Existenz des coup de foudre als eine Narrheit und abgeschmackte Romanphantasie mit geradezu beleidigender Verächtlichkeit ablehnten.

Nun, es ist ja hier ohne Belang, den stürmischen Ablauf eines Streits zwischen Suppe und Pudding in allen Einzelheiten nachzukäuen: nur Professionals der Table d'hôte sind geistreich, und Argumente, zu denen man in der Hitzigkeit eines zufälligen Tischstreites greift, meist banal, weil bloß eilig mit der linken Hand aufgerafft. Schwer auch zu erklären, wieso unsere Diskussion dermaßen rasch beleidigende Formen annahm: die Gereiztheit, glaube ich, begann damit, daß unwillkürlich beide Ehemänner ihre eigenen Frauen von der Möglichkeit solcher Untiefen und Fährlichkeiten ausgenommen wissen wollten. Leider fanden sie dafür keine glücklichere Form, als mir entgegenzuhalten, so könne nur jemand reden, der die weibliche Psyche nach den zufälligen und allzu billigen Eroberungen von Junggesellen beurteile: das reizte mich schon einigermaßen, und als dann noch die deutsche Dame diese Lektion mit dem lehrhaften Senf bestrich, es gäbe einerseits wirkliche Frauen und anderseits „Dirnennaturen", deren ihrer Ansicht nach Frau Henriette eine gewesen sein mußte, da riß mir die Geduld vollends, ich wurde meinerseits aggressiv.

All dies Abwehren der offenbaren Tatsache, daß eine Frau in manchen Stunden ihres Lebens jenseits ihres Willens und Wissens geheimnisvollen Mächten ausgeliefert sei, verberge nur Furcht vor dem eigenen Instinkt, vor dem Dämonischen unserer Natur, und es scheine eben manchen Menschen Vergnügen zu machen, sich stärker, sittlicher und reinlicher zu empfinden als die „leicht Verführbaren". Ich persönlich wieder fände es ehrlicher, wenn eine Frau ihrem Instinkt frei und leidenschaftlich folge, statt, wie allgemein üblich, ihren Mann in seinen eigenen Armen mit geschlossenen Augen zu betrügen. So sagte ich ungefähr, und je mehr in dem nun aufknisternden Gespräch die andern die arme Frau Henriette angriffen, um so leidenschaftlicher verteidigte ich sie (in Wahrheit weit über mein inneres Gefühl hinaus). Diese Begeisterung war nun – wie man in der Studentensprache sagt – Tusch für die beiden Ehepaare, und sie fuhren, ein wenig harmonisches Quartett, derart solidarisch erbittert auf mich los, daß der alte Däne, der mit jovialem Gesicht und gleichsam, die Stoppuhr in der Hand wie bei einem Fußballmatch, als Schiedsrichter dasaß, ab und zu mit dem Knöchel mahnend auf den Tisch klopfen mußte: „Gentlemen, please." Aber das half immer nur für einen Augenblick. Dreimal bereits war der eine Herr vom Tisch mit rotem Kopf aufgesprungen und nur mühsam von seiner Frau beschwichtigt worden – kurz, ein Dutzend Minuten noch, und unsere Diskussion hätte in Tätlichkeiten geendet, wenn nicht plötzlich Mrs. C. wie ein mildes Öl die aufschäumenden Wogen des Gesprächs geglättet hätte.

Mrs. C., die weißhaarige, vornehme, alte englische Dame, war die ungewählte Ehrenpräsidentin unseres Tisches. Aufrecht sitzend an ihrem Platze, in immer gleichmäßiger Freundlichkeit jedem zugewandt, schweigsam und dabei von angenehmster Interessiertheit des Zuhörens, bot sie rein physisch schon einen wohltätigen Anblick: eine wunderbare Zusammengefaßtheit und Ruhe strahlte von ihrem aristokratisch verhaltenen Wesen. Sie hielt sich jedem einzelnen fern bis zu einem gewissen Grade, obwohl sie jedem mit feinem Takt eine besondere Freundlichkeit zu erweisen wußte: meist saß sie mit Büchern im Garten, manchmal spielte sie Klavier, selten nur sah man sie in Gesellschaft oder in intensivem Gespräch. Man bemerkte sie kaum, und doch hatte sie eine sonderbare Macht über uns alle. Denn kaum daß sie jetzt zum erstenmal in unser Gespräch eingriff, überkam uns einhellig das peinliche Gefühl, allzu laut und unbeherrscht gewesen zu sein.

Mrs. C. hatte die ärgerliche Pause benützt, die durch das brüske Aufspringen und Wieder-sachte-an-den-Tisch-Zurückgeführtsein des deutschen Herrn entstanden war. Unvermutet hob sie ihr klares, graues Auge, sah mich einen Augenblick unentschlossen an, um dann mit beinahe sachlicher Deutlichkeit das Thema in ihrem Sinne aufzunehmen.

„Sie glauben also, wenn ich Sie recht verstanden habe, daß Frau Henriette, daß eine Frau unschuldig in ein plötzliches Abenteuer geworfen werden kann, daß es Handlungen gibt, die eine solche Frau eine Stunde vorher selbst für unmöglich gehalten hätte und für die sie kaum verantwortlich gemacht werden kann?"

„Ich glaube unbedingt daran, gnädige Frau."

„Damit wäre doch jedes moralische Urteil vollkommen sinnlos und jede Überschreitung im Sittlichen gerechtfertigt. Wenn Sie wirklich annehmen, daß das crime passionell, wie es die Franzosen nennen, kein crime ist, wozu noch eine staatliche Justiz überhaupt? Es gehört ja nicht viel guter Wille dazu – und Sie haben erstaunlich viel guten Willen", fügte sie leicht lächelnd hinzu, „um dann in jedem Verbrechen eine Leidenschaft zu finden und dank dieser Leidenschaft zu entschuldigen."

Der klare und zugleich fast heitere Ton ihrer Worte berührte mich ungemein wohltätig, und unwillkürlich ihre sachliche Art nachahmend, antwortete ich gleichfalls halb im Scherz und halb im Ernst: „Die staatliche Justiz entscheidet über diese Dinge sicherlich strenger als ich; ihr obliegt die Pflicht, mitleidslos die allgemeine Sitte und Konvention zu schützen: das nötigt sie, zu verurteilen statt zu entschuldigen. Ich als Privatperson aber sehe nicht ein, warum ich freiwillig die Rolle des Staatsanwaltes übernehmen sollte: ich ziehe es vor, Verteidiger von Beruf zu sein. Mir persönlich macht es mehr Freude, Menschen zu verstehen, als sie zu richten."

Mrs. C sah mich eine Zeitlang senkrecht mit ihren klaren, grauen Augen an und zögerte. Schon fürchtete ich, sie hätte mich nicht recht verstanden, und bereitete mich vor, ihr nun auf englisch das Gesagte zu wiederholen. Aber mit einem merkwürdigen Ernst, gleichsam wie bei einer Prüfung, stellte sie weiter ihre Fragen.

„Finden Sie es nicht doch verächtlich oder häßlich, daß eine Frau ihren Mann und ihre zwei Kinder verläßt, um irgendeinem Menschen zu folgen, von dem sie noch gar nicht wissen kann, ob er ihrer Liebe wert ist? Können Sie wirklich ein so fahrlässiges und leichtfertiges Verhalten bei einer Frau entschuldigen, die doch immerhin nicht zu den Jüngsten zählt und sich zur Selbstachtung schon um ihrer Kinder willen erzogen haben müßte?"

„Ich wiederhole Ihnen, gnädige Frau", beharrte ich, „daß ich mich weigere, in diesem Falle zu urteilen oder zu verurteilen. Vor Ihnen kann ich es ruhig bekennen, daß ich vorhin ein wenig übertrieben habe – diese arme Frau Henriette ist gewiß keine Heldin, nicht einmal eine Abenteurernatur und am wenigsten eine grande amoureuse. Sie scheint mir, so wie ich sie kenne, nichts als eine mittelmäßige, schwache Frau, für die ich ein wenig Respekt habe, weil sie mutig ihrem Willen gefolgt ist, aber noch mehr Bedauern, weil sie gewiß morgen, wenn nicht schon heute, tief unglücklich sein wird. Dumm vielleicht, gewiß übereilt mag sie gehandelt haben, aber keineswegs niedrig und gemein, und nach wie vor bestreite ich jedermann das Recht, diese arme unglückliche Frau zu verachten."

„Und Sie selbst, haben Sie noch genau denselben Respekt und dieselbe Achtung für sie? Machen Sie gar keinen Unterschied zwischen der Frau, mit der Sie vorgestern als einer ehrbaren Frau beisammen waren, und jener andern, die gestern mit einem wildfremden Menschen davongelaufen ist?"

„Gar keinen. Nicht den geringsten, nicht den allergeringsten."

„Is that so?" Unwillkürlich sprach sie englisch: das ganze Gespräch schien sie merkwürdig zu beschäftigen. Und nach einem kurzen Augenblick des Nachdenkens hob sich ihr klarer Blick mir nochmals fragend entgegen.

„Und wenn Sie morgen Madame Henriette, sagen wir in Nizza, begegnen würden, am Arme dieses jungen Mannes, würden Sie sie noch grüßen?"

„Selbstverständlich."

„Und mit ihr sprechen?"

„Selbstverständlich."

„Würden Sie – wennn Sie . . . wenn Sie verheiratet wären, eine solche Frau Ihrer Frau vorstellen, genau so, als ob nichts vorgefallen wäre?"

„Selbstverständlich."

„Would you really?" sagte sie wiederum englisch, voll ungläubigen, verwunderten Erstaunens.

„Surely I would", antwortete ich unbewußt gleichfalls auf englisch.

Mrs. C. schwieg. Sie schien noch immer angestrengt nachzudenken, und plötzlich sagte sie, während sie mich, gleichsam über ihren eigenen Mut erstaunt, ansah: „I don't know, if I would. Perhaps I might do it also." Und mit jener unbeschreiblichen Sicherheit, wie nur Engländer ein Gespräch endgültig und doch ohne grobe Brüskerie abzuschließen wissen, stand sie auf und bot mir freundlich die Hand. Durch ihre Einwirkung war die Ruhe wieder eingekehrt, und wir dankten ihr innerlich alle, daß wir, eben noch Gegner, nun mit leidlicher Höflichkeit einander grüßten und die schon gefährlich gespannte Atmosphäre sich an ein paar leichten Scherzworten wieder auflockerte.

Obwohl unsere Diskussion schließlich in ritterlicher Weise ausgetragen schien, blieb von jener aufgereizten Erbitterung dennoch eine leichte Entfremdung zwischen meinen Widerpartnern und mir zurück. Das deutsche Ehepaar verhielt sich reserviert, während sich das italienische darin gefiel, mich in den nächsten Tagen immer wieder spöttelnd zu fragen, ob ich etwas von der „cara signora Henrietta" gehört hätte. So urban unsere Formen auch schienen, irgend etwas von der loyalen und unbetonten Geselligkeit unseres Tisches war doch unwiderruflich zerstört.

Um so auffälliger wurde für mich aber die ironische Kühle meiner damaligen Gegner durch die ganz besondere Freundlichkeit, die mir seit jener Diskussion Mrs. C. erwies. Sonst doch von äußerster Zurückhaltung und kaum je außerhalb der Mahlzeiten zu einem Gespräch mit den Tischgenossen geneigt, fand sie nun mehreremal Gelegenheit, mich im Garten anzusprechen und – fast möchte ich sagen: auszuzeichnen, denn ihre vornehm zurückhaltende Art ließ ein privates Gespräch schon als besondere Gunst erscheinen. Ja, um aufrichtig zu sein, muß ich berichten, daß sie mich geradezu suchte und jeden Anlaß benützte, um mit mir ins Gespräch zu kommen, und dies in einer so unverkennbaren Weise, daß ich auf eitle und seltsame Gedanken hätte kommen können, wäre sie nicht eine alte weißhaarige Frau gewesen. Plauderten wir aber dann zusammen, so kehrte unsere Unterhaltung unvermeidlich und unablenkbar zu jenem Ausgangspunkt zurück, zu Madame Henriette: es schien ihr ein ganz geheimnisvolles Vergnügen zu bereiten, die Pflichtvergessene einer seelischen Haltlosigkeit und Unzuverlässigkeit zu beschuldigen. Aber gleichzeitig schien sie sich der Unerschütterlichkeit zu freuen, mit der meine Sympathien auf der Seite dieser zarten, feinen Frau verblieben, und daß nichts mich jemals bestimmen konnte, diese Sympathie zu verleugnen. Immer wieder lenkte sie unsere Gespräche in dieser Richtung, schließlich wußte ich nicht mehr, was ich von dieser sonderbaren, beinahe spleenigen Beharrlichkeit denken sollte.

Das ging so einige Tage, fünf oder sechs, ohne daß sie mit einem Wort verraten hätte, warum diese Art des Gesprächs für sie eine gewisse Wichtigkeit gewonnen hätte. Daß dem aber so war, wurde mir unverkennbar, als ich bei einem Spaziergang gelegentlich erwähnte, meine Zeit sei hier zu Ende und ich gedächte, übermorgen abzureisen. Da bekam ihr sonst so wellenloses Gesicht plötzlich einen merkwürdig gespannten Ausdruck, wie Wolkenschatten flog es über ihre meergrauen Augen hin. „Wie schade! Ich hätte noch so viel mit Ihnen zu besprechen." Und von diesem Augenblick an verriet eine gewisse Fahrigkeit und Unruhe, daß sie während ihrer Worte an etwas anderes dachte, das sie gewaltsam beschäftigte und ablenkte. Schließlich schien diese Abgelenktheit sie selbst zu stören, denn quer über ein plötzlich eingetretenes Schweigen hinweg bot sie mir unvermutet die Hand: „Ich sehe, ich kann nicht klar aussprechen, was ich Ihnen eigentlich sagen möchte. Ich will Ihnen lieber schreiben." Und rascheren Schrittes, als ich es sonst an ihr gewöhnt war, ging sie gegen das Haus zu.

Tatsächlich fand ich am Abend, knapp vor dem Dinner, in

meinem Zimmer einen Brief in ihrer energischen, offenen
Handschrift. Nun bin ich leider mit den schriftlichen Doku-
menten meiner Jugendjahre ziemlich leichtfertig umgegan-
gen, so daß ich nicht den Wortlaut wiedergeben und nur
das Tatsächliche ihrer Anfrage, ob sie mir aus ihrem Leben
etwas erzählen dürfte, im ungefähren Inhalt andeuten kann.
Jene Episode liege so weit zurück, schrieb sie, daß sie
eigentlich kaum mehr zu ihrem gegenwärtigen Leben ge-
höre, und daß ich übermorgen schon abreise, mache ihr
leichter, über etwas zu sprechen, was sie seit mehr als zwanzig Jahren innerlich quäle und beschäftige. Falls ich also solches Gespräch nicht als Zudringlichkeit empfände, so
würde sie mich gern um diese Stunde bitten.
Der Brief, von dem ich hier nur das rein Inhaltliche auf-
zeichne, faszinierte mich ungemein: das Englische allein
gab ihm einen hohen Grad von Klarheit und Entschlossenheit. Dennoch wurde mir die Antwort nicht ganz leicht, ich
zerriß drei Entwürfe, ehe ich antwortete:
„Es ist mir eine Ehre, daß Sie mir so viel Vertrauen schenken, und ich verspreche Ihnen, ehrlich zu antworten, falls
Sie dies von mir fordern. Ich darf Sie natürlich nicht bitten,
mir mehr zu erzählen, als Sie innerlich wollen. Aber was Sie
erzählen, erzählen Sie sich und mir ganz wahr. Bitte, glauben Sie mir, daß ich Ihr Vertrauen als eine besondere Ehre
empfinde."
Der Zettel wanderte abends in ihr Zimmer, am nächsten
Morgen fand ich die Antwort:
„Sie haben vollkommen recht: die halbe Wahrheit ist nichts
wert, immer nur die ganze. Ich werde alle Kraft zusammen-
nehmen, um nichts gegen mich selbst oder gegen Sie zu
verschweigen. Kommen Sie nach dem Dinner in mein Zimmer – mit siebenundsechzig Jahren habe ich keine Mißdeu-
tung zu fürchten. Denn im Garten oder in der Nähe von
Menschen kann ich nicht sprechen. Sie dürfen mir glauben,
es war nicht leicht, mich überhaupt zu entschließen."
Bei Tag trafen wir uns noch bei Tisch und konversierten artig über gleichgültige Dinge. Aber im Garten schon wich
sie, mir begegnend, mit sichtlicher Verwirrung aus, und ich
empfand es als peinlich und rührend zugleich, wie diese
alte weißhaarige Dame mädchenscheu in eine Pinienallee
vor mir flüchtete.

Am Abend, zur vereinbarten Stunde, klopfte ich an, mir wurde sofort aufgetan: das Zimmer lag in einem matten Zwielicht, nur die kleine Leselampe auf dem Tisch warf einen gelben Kegel in den sonst dämmerhaft dunklen Raum. Ganz ohne Befangen trat Mrs. C. auf mich zu, bot mir einen Fauteuil und setzte sich mir gegenüber: jede dieser Bewegungen, spürte ich, war innerlich bereitgestellt, aber doch kam eine Pause, offenbar wider ihren Willen, eine Pause des schweren Entschlusses, die lange und immer länger wurde, die ich aber nicht wagte mit einem Wort zu brechen, weil ich spürte, daß hier ein starker Wille gewaltsam mit einem starken Widerstand rang. Vom Konversationszimmer unten kreiselten manchmal matt die abgerissenen Töne eines Walzers herauf, ich hörte angespannt hin, gleichsam um dem Stillesein etwas von seinem lastenden Druck zu nehmen. Auch sie schien das unnatürlich Gespannte dieses Schweigens schon peinlich zu empfinden, denn plötzlich raffte sie sich zum Absprung und begann:

„Nur das erste Wort ist schwer. Ich habe mich seit zwei Tagen darauf vorbereitet, ganz klar und wahr zu sein: hoffentlich wird es mir gelingen. Vielleicht verstehen Sie jetzt noch nicht, daß ich Ihnen, einem Fremden, all dies erzähle, aber es vergeht kein Tag, kaum eine einzige Stunde, wo ich nicht an dieses bestimmte Geschehnis denke, und Sie können mir alten Frau glauben, daß es unerträglich ist, sein ganzes Leben lang auf einen einzigen Punkt seines Lebens zu starren, auf einen einzigen Tag. Denn alles, was ich Ihnen erzählen will, umspannt einen Zeitraum von bloß vierundzwanzig Stunden innerhalb von siebenundsechzig Jahren, und ich habe mir selbst bis zum Irrsinn oft gesagt, was bedeutet's, wenn man da einmal einen Augenblick unsinnig gehandelt hätte. Aber man wird das nicht los, was wir mit einem sehr unsicheren Ausdruck Gewissen nennen, und ich habe mir damals, als ich Sie so sachlich über den Fall Henriette reden hörte, gedacht, vielleicht würde dieses sinnlose Zurückdenken und unablässige Sich-selbst-Anklagen ein Ende haben, könnte ich mich einmal entschließen, vor irgendeinem Menschen frei über diesen einen Tag meines Lebens zu sprechen. Wäre ich nicht anglikanischer Konfession, sondern Katholikin, so hätte mir längst die Beichte Gelegenheit geboten, dies Verschwiegene im Wort zu erlösen – aber diese Tröstung ist uns versagt, und so mache ich heute diesen sonderbaren Versuch, mich selbst freizusprechen, indem ich zu Ihnen spreche. Ich weiß, das alles ist sehr sonderbar, aber Sie sind ohne Zögern auf meinen Vorschlag eingegangen, und ich danke Ihnen dafür.

Also, ich sagte ja schon, daß ich Ihnen nur einen einzigen Tag aus meinem Leben erzählen möchte – alles übrige scheint mir bedeutungslos und für jeden andern langweilig. Was bis zu meinem zweiundvierzigsten Jahre geschah, geht mit keinem Schritt über das Gewöhnliche hinaus. Meine Eltern waren reiche Landlords in Schottland, wir besaßen große Fabriken und Pachten und lebten nach landesüblicher Adelsart den größten Teil des Jahres auf unseren Gütern, während der Season in London. Mit achtzehn Jahren lernte ich in einer Gesellschaft meinen Mann kennen, er war ein zweiter Sohn aus der bekannten Familie der R . . . und hatte zehn Jahre in Indien bei der Armee gedient. Wir heirateten rasch und führten das sorglose Leben unserer Gesellschaftskreise, ein Vierteljahr in London, ein Vierteljahr auf unsern Gütern, die übrige Zeit hotelabstreifend in Italien, Spanien und Frankreich. Nie hat der leiseste Schatten unsere Ehe getrübt, die beiden Söhne, die uns geboren wurden, sind heute schon erwachsen. Als ich vierzig Jahre alt war, starb plötzlich mein Mann. Er hatte sich von seinen Tropenjahren ein Leberleiden mitgebracht: Ich verlor ihn innerhalb zweier entsetzlicher Wochen. Mein ältester Sohn war damals schon im Dienst, der jüngere im College – so stand ich über Nacht vollkommen im Leeren, und dieses Alleinsein war mir, die ich zärtliche Gemeinschaft gewohnt war, fürchterliche Qual. In dem verlassenen Hause, das mit jedem Gegenstand mich an den tragischen Verlust meines geliebten Mannes erinnerte, auch nur noch einen Tag länger zu bleiben, schien mir unmöglich: so entschloß ich mich, die nächsten Jahre, solange meine Söhne nicht verheiratet waren, viel auf Reisen zu gehen.

Im Grunde betrachtete ich mein Leben von diesem Augenblick an als vollkommen sinnlos und unnütz. Der Mann, mit dem ich durch dreiundzwanzig Jahre jede Stunde und jeden Gedanken geteilt hatte, war tot, meine Kinder brauchten mich nicht, ich fürchtete, ihre Jugend zu verstören mit meiner Verdüsterung und Melancholie – für mich selbst aber wollte ich und begehrte ich nichts mehr. Ich übersiedelte zunächst nach Paris, ging dort aus Langeweile in die Geschäfte und Museen; aber die Stadt und die Dinge standen fremd um mich herum, und Menschen wich ich aus, weil ich ihre höflich bedauernden Blicke auf meine Trauerkleider nicht vertrug. Wie diese Monate stumpfen blicklosen Zigeunerns vergangen sind, wüßte ich nicht mehr zu erzählen: ich weiß nur, ich hatte immer den Wunsch, zu sterben, nur nicht die Kraft, selbst dies schmerzlich Ersehnte zu beschleunigen.

Im zweiten Trauerjahr, also im zweiundvierzigsten meines Lebens, war ich auf dieser uneingestandenen Flucht vor einer wertlos gewordenen und nicht zu erdrückenden Zeit im letzten Märzmonat nach Monte Carlo geraten. Aufrichtig gesagt: es geschah aus Langeweile, aus jener peinigenden, wie eine Übelkeit aufquellenden Leere des Innern, die sich wenigstens mit kleinen äußern Reizmitteln füttern will. Je weniger in mir selbst sich gefühlhaft regte, um so stärker drängte mich's hin, wo der Lebenskreisel sich am geschwindesten dreht: für den Erlebnislosen ist ja leidenschaftliche Unruhe der andern noch ein Nervenerlebnis wie Schauspiel oder Musik.

Darum ging ich auch öfters ins Kasino. Es reizte mich, auf den Gesichtern anderer Menschen Beglückung oder Bestürzung unruhig hin und her wogen zu sehen, indes in mir selbst diese entsetzliche Ebbe lag. Zudem war mein Mann, ohne leichtfertig zu sein, gern gelegentlich Gast des Spielsaals gewesen, und ich lebte mit einer gewissen unabsichtlichen Pietät alle seine früheren Gewohnheiten getreulich weiter. Und dort begannen jene vierundzwanzig Stunden, die erregender waren als alles Spiel und mein Schicksal auf Jahre hinaus verstörten.

Zu Mittag hatte ich mit der Herzogin von M., einer Verwandten meiner Familie, diniert, nach dem Souper fühlte ich mich noch nicht müde genug, um schlafen zu gehen. So trat ich in den Spielsaal, schlenderte, ohne selbst zu spielen, zwischen den Tischen hin und her und sah mir die zusammengemengte Partnerschaft in besonderer Weise an. Ich sage: in besonderer Weise, auf eine nämlich, die mich mein verstorbener Mann einmal gelehrt hatte, als ich, des Zuschauens müde, klagte, es sei mir langweilig, immer dieselben Gesichter anzugaffen, die alten, verhutzelten Frauen, die da stundenlang sitzen auf ihren Sesseln, ehe sie ein Jeton wagen, die abgefeimten Professionals und Kartenspielkokotten, jene ganze fragwürdige, zusammengeschneite Gesellschaft, die, Sie wissen's ja, bedeutend weniger pittoresk und romantisch ist, als sie in den elenden Romanen immer gemalt wird, gleichsam als fleur d'élégance und Aristokratie Europas. Und dabei war ja das Kasino vor zwanzig Jahren, als noch bares sinnlich sichtbares Geld umrollte, die knisternden Noten, die goldenen Napoleons, die patzigen Fünffrankenstücke durcheinanderwirbelten, unendlich anziehender als heute, da in der modisch neugebauten pomphaften Spielburg ein verbürgertes Cook-Reisepublikum seine charakterlosen Spielmarken langweilig verpulvert. Doch schon damals fand ich zu wenig Reiz an diesem Einerlei gleichgültiger Gesichter, bis mir dann einmal mein Mann, dessen private Leidenschaft die Chiromantie, die Händedeutung, war, eine ganz besondere Art des Zusehens zeigte, in der Tat viel interessanter, viel aufregender und spannender als das lässige Herumstehen, nämlich: niemals auf ein Gesicht zu sehen, sondern einzig auf das Viereck des Tisches und dort wieder nur auf die Hände der Menschen, nur auf ihr besonderes Benehmen. Ich weiß nicht, ob Sie zufälligerweise einmal selber bloß die grünen Tische ins Auge gefaßt haben, nur das grüne Karree allein, wo in der Mitte die Kugel wie ein Betrunkener von Zahl zu Zahl taumelt und innerhalb der viereckig abgegrenzten Felder wirbelnde Fetzen von Papier, runde Stücke Silber und Gold hinfallen wie eine Saat, die dann der Rechen des Croupiers sensenscharf mit einem Riß wegmäht oder als Garbe dem Gewinner zuschaufelt. Das einzig Wandelhafte werden bei einer solchen perspektivischen Einstellung dann die Hände – die vielen hellen, bewegten, wartenden Hände rings um den grünen Tisch, alle aus der immer andern Höhle eines Ärmels vorlugend, jede ein Raubtier, zum Sprung bereit, jede anders geformt und gefärbt, manche nackt, andere mit Ringen und klirrenden Ketten aufgezäumt, manche behaart wie wilde Tiere, manche feucht und aalhaft gekrümmt, alle aber angespannt und vibrierend von einer ungeheuren Ungeduld. Unwillkürlich mußte ich dann immer an einen Rennplatz denken, wo im Start die aufgeregten Pferde mit

Mühe zurückgehalten werden, damit sie nicht vorzeitig losprellen: genau so zittern und heben und bäumen sie sich. Alles erkennt man an diesen Händen, an der Art, wie sie warten, wie sie greifen und stocken: den Habsüchtigen an der krallenden, den Verschwender an der lockeren Hand, den Berechnenden am ruhigen, den Verzweifelten am zitternden Gelenk; hundert Charaktere verraten sich blitzhaft schnell in der Geste des Geldanfassens, ob einer es knüllt oder nervös krümelt oder erschöpft, mit müden Handballen, während des Umlaufs liegenläßt. Der Mensch verrät sich im Spiele, ein Dutzendwort, ich weiß; ich aber sage: noch deutlicher verrät ihn während des Spiels seine eigene Hand. Denn alle oder fast alle Hasardeure haben bald gelernt, ihr Gesicht zu bezähmen – oben, über dem Hemdkragen tragen sie die kalte Maske der impassibilité –, sie zwingen die Falten um den Mund herab und stoßen ihre Erregung unter die verbissenen Zähne, sie verweigern ihren eigenen Augen die sichtliche Unruhe, sie glätten die aufspringenden Muskeln des Gesichtes zu einer künstlichen, auf vornehm hin stilisierten Gleichgültigkeit. Aber gerade, weil alle ihre Aufmerksamkeit sich krampfig konzentriert, ihr Gesicht als das Sichtbarste ihres Wesens zu bemeistern, vergessen sie ihre Hände und vergessen, daß es Menschen gibt, die nur diese Hände beobachten und von ihnen alles erraten, was oben die lächelnd gekräuselte Lippe, die absichtlich indifferenten Blicke verschweigen wollen. Aber die Hand tut indes ihr Geheimstes ganz schamlos auf. Denn ein Augenblick kommt unweigerlich, der alle diese mühsam beherrschten, scheinbar schlafenden Finger aus ihrer vornehmen Nachlässigkeit aufreißt: in der prallen Sekunde, wo die Roulettekugel in ihr kleines Becken fällt und die Gewinstzahl aufgerufen wird, da, in dieser Sekunde macht jede dieser hundert oder fünfhundert Hände unwillkürlich eine ganz persönliche, ganz individuelle Bewegung urtümlichen Instinkts. Und wenn man, wie ich, durch jene Liebhaberei meines Gatten besonders belehrt, diese Arena der Hände zu beobachten gewohnt ist, wirkt der immer andre, immer unerwartete Ausbruch der immer andersartigen Temperamente aufregender als Theater oder Musik: ich kann es Ihnen gar nicht schildern, wieviel tausend Spielarten von Händen es gibt, wilde Bestien mit haarigen, gekrümmten Fingern, die spinnenhaft das Geld einkrallen, und nervöse, zittrige, mit blassen Nägeln, die es kaum anzufassen wagen, noble und niedrige, brutale und schüchterne, listige und gleichsam stammelnde – aber jede wirkt anders, denn jedes dieser Händepaare drückt ein besonderes Leben aus, mit Ausnahme jener vier oder fünf der Croupiers. Die sind ganz Maschinen, sie funktionieren mit ihrer sachlichen, geschäftlichen, völlig unbeteiligten Präzision gegenüber den gesteigert lebendigen wie die stählern klappernden Schließen eines Zählapparats. Aber selbst diese nüchternen Hände wirken wiederum erstaunlich durch ihren Gegensatz zwischen ihren jagdhaften und leidenschaftlichen Brüdern: sie stehen, möchte ich sagen, anders uniformiert, wie Polizisten inmitten eines wogenden und begeisterten Volksaufruhrs. Dazu kommt noch der persönliche Anreiz, nach einigen Tagen mit den vielen Gewohnheiten und Leidenschaften einzelner Hände bereits vertraut zu sein; nach ein paar Tagen hatte ich immer schon Bekannte unter ihnen und teilte sie ganz wie Menschen in sympathische und feindselige ein: manche waren mir so widerlich in ihrer Unart und Gier, daß ich immer den Blick von ihnen wegwandte wie von einer Unanständigkeit. Jede neue Hand am Tisch aber war mir Erlebnis und Neugier: oft vergaß ich, das Gesicht darüber anzusehen, das, hoch oben in einen Kragen geschnürt, als kalte gesellschaftliche Maske über einem Smokinghemd oder einem leuchtenden Busen unbewegt aufgepflanzt stand.

Als ich nun an jenem Abend eintrat, an zwei überfüllten Tischen vorbei zu dem dritten hin, und einige Goldstücke schon vorbereitete, hörte ich überrascht in jener ganz wortlosen, ganz gespannten, vom Schweigen gleichsam dröhnenden Pause, die immer eintritt, wenn die Kugel, schon selbst tödlich ermattet, nur noch zwischen zwei Nummern hintorkelt, da hörte ich also ein ganz sonderbares Geräusch gerade gegenüber, ein Krachen und Knacken, wie von brechenden Gelenken. Unwillkürlich staunte ich hinüber. Und da sah ich – wirklich, ich erschrak! – zwei Hände, wie ich sie noch nie gesehen, eine rechte und eine linke, die wie verbissene Tiere ineinandergekrampft waren und in so aufgebäumter Spannung sich ineinander und gegeneinander dehnten und krallten, daß die Fingergelenke krachten mit jenem trockenen Ton einer aufgeknackten Nuß. Es waren Hände von ganz seltener Schönheit, ungewöhnlich lang, ungewöhnlich schmal, und doch von Muskeln straff durchspannt – sehr weiß und die Nägel an ihren Spitzen blaß, mit zart gerundeten perlmutternen Schaufeln. Ich habe sie den ganzen Abend dann noch angesehen – ja angestaunt, diese außerordentlichen, geradewegs einzigen Hände –, was mich aber zunächst so schreckhaft überraschte, war ihre Leidenschaft, ihr irrwitzig passionierter Ausdruck, dies krampfige Ineinanderringen und Sichgegenseitighalten. Hier drängte ein ganzer übervoller Mensch, sofort wußte ich's, seine Leidenschaft in die Fingerspitzen zusammen, um nicht selbst von ihr auseinandergesprengt zu werden. Und jetzt ... in der Sekunde, da die Kugel mit trockenem dürrem Ton in die Schüssel fiel und der Croupier die Zahl ausrief ..., in dieser Sekunde fielen plötzlich die beiden Hände auseinander wie zwei Tiere, die eine einzige Kugel durchschossen. Sie fielen nieder, alle beide, wirklich tot und nicht nur erschöpft, sie fielen nieder mit einem so plastischen Ausdruck von Schlaffheit, von Enttäuschung, von Blitzgetroffenheit, von Zuendesein, wie ich ihn nicht mit Worten ausdrücken kann. Denn noch nie und seitdem niemals mehr habe ich so sprechende Hände gesehen, wo jeder Muskel ein Mund war und die Leidenschaft fühlbar fast aus den Poren brach. Einen Augenblick lang lagen sie beide dann auf dem grünen Tisch wie ausgeworfene Quallen am Wasserrand, flach und tot. Dann begann die eine, die rechte, mühsam wieder sich von den Fingerspitzen her aufzurichten, sie zitterte, zog sich zurück, rotierte um sich selbst, schwankte, kreiselte und griff schließlich nervös nach einem Jeton, das sie zwischen der Spitze des Daumens und des zweiten Fingers unschlüssig rollte wie ein kleines Rad. Und plötzlich beugte sie sich mit einem Katzenbuckel pantherhaft auf und schnellte, ja spie geradezu das Hundertfrancsjeton mitten auf das schwarze Feld. Sofort bemächtigte sich, wie auf ein Signal hin, Erregung auch der untätig schlafenden linken Hand; sie stand auf, schlich, ja kroch heran zu der zitternden, vom Wurfe gleichsam ermüdeten Bruderhand, und beide lagen jetzt schauernd zusammen, beide schlugen mit dem Gelenk, wie Zähne im Frostfieber leicht aneinanderklappern, lautlos an den Tisch –

nein, nie, noch niemals hatte ich Hände mit so ungeheuerlich redendem Ausdruck gesehen, eine derart spasmatische Form von Erregung und Spannung. Alles andere in diesem wölbigen Raum, das Gesurr aus den Sälen, das marktschreierische Rufen der Croupiers, das Hin und Her der Menschen und jenes der Kugel selbst, die jetzt, aus der Höhe geschleudert, in ihrem runden, parkettglatten Käfig besessen sprang – alle diese grell über die Nerven flitzende Vielheit von flirrenden und schwirrenden Impressionen schien mir plötzlich tot und starr neben diesen beiden zitternden, atmenden, keuchenden, wartenden, frierenden, schauernden, neben diesen beiden unerhörten Händen, auf die hinzustarren ich irgendwie verzaubert war.

Aber endlich hielt es mich nicht länger: ich mußte den Menschen, mußte das Gesicht sehen, dem diese magischen Hände zugehörten, und ängstlich – ja, wirklich ängstlich, denn ich fürchtete mich vor diesen Händen! – schraubte mein Blick sich langsam die Ärmel, die schmalen Schultern empor. Und wieder schrak ich zusammen, denn dieses Gesicht sprach dieselbe zügellose, phantastisch überspannte Sprache wie die Hände, es teilte die gleiche entsetzliche Verbissenheit des Ausdrucks mit derselben zarten und fast weibischen Schönheit. Nie hatte ich ein solches Gesicht gesehen, ein dermaßen aus sich herausgebogenes, ganz von sich selbst weggerissenes Gesicht, und mir war volle Gelegenheit geboten, es wie eine Maske, wie eine augenlose Plastik gemächlich zu betrachten: nicht zur Rechten, nicht zur Linken hin wandte sich nur für eine Sekunde dies besessene Auge: starr, schwarz, eine tote Glaskugel, stand die Pupille unter den aufgerissenen Lidern, spiegelnder Widerschein jener andern mahagonifarbenen, die närrisch und übermütig im runden Roulettekästchen kollerte und sprang. Nie, ich muß es noch einmal sagen, hatte ich ein so gespanntes, ein dermaßen faszinierendes Gesicht gesehen. Es gehörte einem jungen, etwa vierundzwanzigjährigen Menschen, war schmal, zart, ein wenig länglich und dadurch so ausdrucksvoll. Genau wie die Hände, wirkte es nicht ganz männlich, sondern eher einem leidenschaftlich spielenden Knaben zugehörig – aber all das bemerkte ich erst später, denn jetzt verging dieses Gesicht vollkommen hinter einem vorbrechenden Ausdruck von Gier und Rase-

rei. Der schmale Mund, lechzend aufgetan, entblößte halb-
wegs die Zähne: im Abstand von zehn Schritten konnte
man sehen, wie sie fieberhaft aneinanderschlugen, indes
die Lippen starr offen blieben. Feucht klebte eine licht-
blonde Haarsträhne sich an die Stirn, vornübergefallen wie
bei einem Stürzenden, und um die Nasenflügel flackerte
ununterbrochenes Zucken hin und her, als wogten dort
kleine Wellen unsichtbar unter der Haut. Und dieser ganze
vorgebeugte Kopf schob sich unbewußt immer mehr nach
vorne, man hatte das Gefühl, er würde mitgerissen in den
Wirbel der kleinen Kugel; und nun verstand ich erst das
krampfige Drücken der Hände: nur durch dieses Gegen-
drücken, nur durch diesen Krampf hielt der aus dem Zen-
trum stürzende Körper sich noch im Gleichgewicht.
Nie hatte ich – ich muß es immer wieder sagen – ein Gesicht gesehen, in dem Leidenschaft dermaßen offen, so tierisch, so schamlos nackt vorbrach, und ich starrte es an, dieses Gesicht..., genau so fasziniert, so festgebannt von seiner Besessenheit, wie jene Blicke vom Sprung und Zucken
der kreisenden Kugel. Von dieser Sekunde an merkte ich
nichts anderes mehr im Saale, alles schien mir matt, dumpf
und verschwommen, dunkel im Vergleich mit dem ausbre-
chenden Feuer dieses Gesichtes, und über alle Menschen
hinweg beobachtete ich vielleicht eine Stunde lang nur diesen einen Menschen und jede seiner Gesten: wie grelles
Licht seine Augen überfunkelte, der krampfige Knäuel der
Hände jetzt gleichsam von einer Explosion aufgerissen
ward und die Finger zitternd wegsprengte, als der Croupier
ihrem gierigen Zugriff jetzt zwanzig Goldstücke zuschob.
In dieser Sekunde wurde das Gesicht plötzlich lichthaft und
ganz jung, die Falten fielen flach auseinander, die Augen
begannen zu erglänzen, der vorgekrampfte Körper stieg
hell und leicht empor – locker wie ein Reiter saß er mit
einemmal da, getragen vom Gefühl des Triumphes, die Finger klimperten eitel und verliebt mit den runden Münzen,
schnippten sie gegeneinander, ließen sie tanzen und spiel-
artig klingeln. Dann wandte er wieder unruhig den Kopf,
überflog den grünen Tisch gleichsam mit schnuppernden
Nüstern eines jungen Jagdhundes, der die richtige Fährte
sucht, um plötzlich mit einem raschen Ruck das ganze Büschel Goldstücke über eines der Vierecke hinzuschütten.

Und sofort begann wieder dieses Lauern, dieses Gespanntsein. Wieder krochen von den Lippen jene elektrisch zuckenden Wellenschläge, wieder verkrampften sich die Hände, das Knabengesicht verschwand hinter lüsterner Erwartung, bis explosiv die zuckende Spannung in einer Enttäuschung auseinanderfiel: das Gesicht, das eben noch knabenhaft erregte, welkte, wurde fahl und alt, die Augen stumpf und ausgebrannt, und alles dies innerhalb einer einzigen Sekunde, im Hinsturz der Kugel auf eine fehlgemeinte Zahl. Er hatte verloren: ein paar Sekunden starrte er hin, beinahe blöden Blickes, als ob er nicht verstanden hätte; sofort aber bei dem ersten aufpeitschenden Ruf des Croupiers krallten die Finger wieder ein paar Goldstücke heran. Aber die Sicherheit war verloren, erst postierte er die Münzen auf das eine Feld, dann, anders besonnen, auf ein zweites, und als die Kugel schon im Rollen war, schleuderte er mit zitternder Hand, einer plötzlichen Neigung folgend, noch zwei zerknüllte Banknoten rasch in das Karree nach.

Dieses zuckende Auf und Ab von Verlust und Gewinn dauerte pausenlos ungefähr eine Stunde, und während dieser Stunde wandte ich nicht einen Atemzug lang meinen faszinierten Blick von diesem fortwährend verwandelten Gesicht, über das alle Leidenschaften strömten und ebbten; ich ließ sie nicht los mit den Augen, diese magischen Hände, die mit jedem Muskel die ganze springbrunnenhaft steigende und stürzende Skala der Gefühle plastisch wiedergaben. Nie im Theater habe ich so angespannt auf das Gesicht eines Schauspielers gesehen, wie in dieses eine Antlitz hinein, über das, wie Licht und Schatten über eine Landschaft, unaufhörlicher Wechsel aller Farben und Empfindungen ruckhaft hinging. Nie war ich mit meinem ganzen Anteil so innen in einem Spiel gewesen als im Widerschein dieser fremden Erregung. Hätte mich jemand in diesem Moment beobachtet, so hätte er mein stählernes Hinstarren für eine Hypnose halten müssen, und irgendwie ähnlich war ja auch mein Zustand vollkommener Benommenheit – ich konnte einfach nicht wegsehen von diesem Mienenspiel, und alles andere, was im Raum an Lichtern, Lachen, Menschen und Blicken durcheinanderging, umschwebte mich nur formlos, ein gelber Rauch, inmitten des-

sen dieses Gesicht stand, Flamme zwischen Flammen. Ich
hörte nichts, ich spürte nichts, ich merkte nicht Menschen
neben mir vordrängen, andere Hände wie Fühler sich plötzlich vorstrecken, Geld hinwerfen oder einkarren; ich sah
die Kugel nicht und nicht die Stimme des Croupiers und
sah doch alles wie im Traum, was geschah, an diesen Händen hohlspiegelhaft übersteigert durch Erregung und Übermaß. Denn ob die Kugel auf Rot fiel oder auf Schwarz,
rollte oder stockte, das zu wissen, mußte ich nicht auf das
Roulette blicken: jede Phase ging, Verlust und Gewinn, Erwartung und Enttäuschung, feurigen Risses durch Nerv
und Geste dieses von Leidenschaft überwogten Gesichts.
Aber dann kam ein furchtbarer Augenblick – ein Augenblick, den ich in mir die ganze Zeit hindurch dumpf schon
gefürchtet hatte, der über meinen gespannten Nerven wie
ein Gewitter hing und plötzlich sie mittendurch riß. Wieder
war die Kugel mit jenem kleinen, klapprigen Knacks in ihre
Rundung zurückgestürzt, wieder zuckte jene Sekunde, wo
zweihundert Lippen den Atem verhielten, bis die Stimme
des Croupiers – diesmal: ‚Zéro‘ – ankündigte, indes schon
sein eilfertiger Rechen von allen Seiten die klirrenden Münzen und das knisternde Papier zusammenscharrte. In diesem Augenblick nun machten die beiden verkrampften
Hände eine besonders schreckhafte Bewegung, sie sprangen
gleichsam auf, um etwas zu haschen, was nicht da war, und
fielen dann, nichts in sich als zurückflutende Schwerkraft,
wie tödlich ermattet, nieder auf den Tisch. Dann aber wurden sie plötzlich noch einmal lebendig, fieberhaft liefen sie
vom Tisch zurück auf den eigenen Leib, kletterten wie
wilde Katzen den Stamm des Körpers entlang, oben, unten,
rechts und links, nervös in alle Taschen fahrend, ob nicht
irgendwo noch ein vergessenes Geldstück sich verkrümelt
habe. Aber immer kamen sie wieder leer zurück, immer hitziger erneuten sie dieses sinnlose, nutzlose Suchen, indes
schon die Roulettescheibe wieder umkreiselte, das Spiel der
andern weiterging, Münzen klirrten, Sessel rückten, und
die kleinen hundertfältig zusammengesetzten Geräusche
surrend den Saal füllten. Ich zitterte, von Grauen geschüttelt: so deutlich mußte ich all das mitfühlen, als wären's
meine eigenen Finger, die da verzweifelt nach irgendeinem
Stück Geld in den Taschen und Wülsten des zerknitterten

Kleides wühlten. Und plötzlich, mit einem einzigen Ruck stand der Mensch mir gegenüber auf – ganz so, wie jemand aufsteht, dem unvermutet unwohl geworden ist, und sich hochwirft, um nicht zu ersticken; hinter ihm polterte der Stuhl krachend zu Boden. Aber ohne es nur zu bemerken, ohne der Nachbarn zu achten, die scheu und erstaunt dem Schwankenden auswichen, tappte er weg von dem Tisch.

Ich war bei diesem Anblick wie versteinert. Denn ich verstand sofort, wohin dieser Mensch ging: in den Tod. Wer so aufstand, ging nicht in einen Gasthof zurück, in eine Weinstube, zu einer Frau, in ein Eisenbahncoupé, in irgendeine Form des Lebens, sondern stürzte geradeaus ins Bodenlose. Selbst der Abgebrühteste in diesem Höllensaale hätte erkennen müssen, daß dieser Mensch nicht noch irgendwo zu Hause oder in der Bank oder bei Verwandten einen Rückhalt hatte, sondern mit seinem letzten Geld, mit seinem Leben als Einsatz hier gesessen hatte und nun hinstolperte, irgendwo anders hin, aber unbedingt aus diesem Leben hinaus. Immer hatte ich gefürchtet, vom ersten Augenblick an magisch gefühlt, daß hier ein Höheres im Spiele sei als Gewinn und Verlust, und doch schlug es nun in mich hinein, ein schwarzer Blitz, als ich sah, wie das Leben aus seinen Augen plötzlich ausrann und der Tod dies eben noch überlebendige Gesicht fahl unterstrich. Unwillkürlich – so ganz war ich durchdrungen von seinen plastischen Gesten – mußte ich mich mit der Hand ankrampfen, während dieser Mensch von seinem Platz sich losrang und taumelte, denn dieses Taumeln drang jetzt in meinen eigenen Körper aus seiner Gebärde hinüber, so wie vordem seine Spannung in Ader und Nerv. Aber dann *riß* es mich fort, ich mußte ihm nach; ohne daß ich es wollte, schob sich mein Fuß. Es geschah vollkommen unbewußt, ich tat es gar nicht selbst, sondern es geschah mit mir, daß ich, ohne auf irgend jemanden zu achten, ohne mich selbst zu fühlen, in den Korridor zum Ausgang hinlief.

Er stand bei der Garderobe, der Diener hatte ihm den Mantel gebracht. Aber die eigenen Arme gehorchten nicht mehr: so half ihm der Beflissene wie einem Gelähmten mühsam in die Ärmel. Ich sah, wie er mechanisch in die Westentasche griff, jenem ein Trinkgeld zu geben, aber die Finger tasteten leer wieder heraus. Da schien er sich plötzlich wieder an alles zu erinnern, stammelte verlegen irgendein Wort dem Diener zu und gab sich genau wie vordem einen plötzlichen Ruck nach vorwärts, ehe er ganz wie ein Trunkener die Stufen des Kasinos hinabstolperte, von dem der Diener mit einem erst verächtlichen und dann erst begreifenden Lächeln ihm noch einen Augenblick lang nachsah.

Diese Geste war so erschütternd, daß mich das Zusehen beschämte. Unwillkürlich wandte ich mich zur Seite, geniert, einer fremden Verzweiflung wie von der Rampe eines Theaters zugeschaut zu haben – dann aber stieß mich plötzlich wieder jene unverständliche Angst von mir fort. Rasch ließ ich mir meine Garderobe reichen, und ohne etwas Bestimmtes zu denken, ganz mechanisch, ganz triebhaft, hastete ich diesem fremden Menschen nach in das Dunkel.«

Mrs. C. unterbrach ihre Erzählung für einen Augenblick. Sie hatte mir unbewegt gegenübergesessen und mit jener ihr eigenen Ruhe und Sachlichkeit fast pausenlos gesprochen, wie eben nur jemand spricht, der sich innerlich vorbereitet und die Geschehnisse sorgfältig geordnet hat. Nun stockte sie zum erstenmal, zögerte und wandte sich dann plötzlich aus ihrer Erzählung heraus direkt mir zu:
»Ich habe Ihnen und mir selbst versprochen«, begann sie etwas unruhig, »alles Tatsächliche mit äußerster Aufrichtigkeit zu erzählen. Aber ich muß nun verlangen, daß Sie dieser meiner Aufrichtigkeit auch vollen Glauben schenken und nicht meiner Handlungsweise verschwiegene Motive unterlegen, deren ich mich vielleicht heute nicht schämen würde, die aber in diesem Falle vollkommen falsch vermutet wären. Ich muß also betonen, daß, wenn ich diesem zusammengebrochenen Spieler auf der Straße nacheilte, ich durchaus nicht etwa verliebt in diesen jungen Menschen war – ich dachte gar nicht an ihn als an einen Mann, und tatsächlich hat für mich, die damals mehr als vierzigjährige Frau, nach dem Tod meines Gemahls niemals mehr ein Blick irgendeinem Manne gegolten. Das war für mich *endgültig* vorbei: ich sage Ihnen das ausdrücklich und muß es Ihnen sagen, weil alles Spätere Ihnen sonst nicht in seiner ganzen Furchtbarkeit verständlich würde. Freilich, es wäre

mir anderseits schwer, das Gefühl deutlich zu benennen, das mich damals so zwanghaft jenem Unglücklichen nachzog: es war Neugier darin, vor allem aber eine entsetzliche Angst oder besser gesagt Angst *vor* etwas Entsetzlichem, das ich unsichtbar von der ersten Sekunde an um diesen jungen Menschen wie eine Wolke gefühlt hatte. Aber solche Empfindungen kann man ja nicht zergliedern und zerlegen, vor allem schon darum nicht, weil sie zu zwanghaft, zu rasch, zu spontan durcheinanderschießen – wahrscheinlich tat ich nichts anderes als die durchaus instinktive Geste der Hilfeleistung, mit der man ein Kind zurückreißt, das auf der Straße in ein Automobil hineinrennen will. Oder läßt es sich vielleicht erklären, daß Menschen, die selbst nicht schwimmen können, von einer Brücke her einem Ertrinkenden nachspringen? Es zieht sie einfach magisch nach, ein Wille stößt sie hinab, ehe sie Zeit haben, sich schlüssig zu werden über die sinnlose Kühnheit ihres Unterfangens; und genau so, ohne zu denken, ohne bewußt wache Überlegung, bin ich damals jenem Unglücklichen aus dem Spielsaal zum Ausgang und vom Ausgang auf die Terrasse nachgegangen.

Und ich bin gewiß, weder Sie noch irgendein mit wachen Augen fühlender Mensch hätte sich dieser angstvollen Neugier entziehen können, denn ein unheimlicherer Anblick war nicht zu denken als jener junge Mann von höchstens vierundzwanzig Jahren, der mühsam wie ein Greis, schlenkernd wie ein Betrunkener, mit abgelösten, zerbrochenen Gelenken von der Treppe zur Straßenterrasse sich weiterschleppte. Dort fiel er plumpig wie ein Sack mit dem Körper auf eine Bank. Wieder spürte ich schaudernd an dieser Bewegung: dieser Mensch war zu Ende. So fällt nur ein Toter hin oder einer, in dem kein Muskel mehr sich ans Leben hält. Der Kopf war, schief gelehnt, zurück über die Lehne gesunken, die Arme hingen schlaff und formlos zu Boden, im Halbdunkel der trübe flackernden Laternen hätte jeder Vorübergehende ihn für einen Erschossenen halten müssen. Und so – ich kann es nicht erklären, wieso diese Vision plötzlich in mir ward, aber plötzlich stand sie da, greifbar plastisch, schauervoll und entsetzlich wahr –, so, als Erschossenen, sah ich ihn vor mir in dieser Sekunde, und unweigerlich war in mir die Gewißheit, daß er einen Revolver in der Tasche trage und man morgen diese Gestalt auf dieser Bank oder irgendeiner andern hingestreckt finden würde, leblos und mit Blut überströmt. Denn sein Niederfallen war durchaus das eines Steines, der in eine Tiefe fällt und nicht früher haltmacht, ehe er seinen Abgrund erreicht hat: nie habe ich einen ähnlichen Ausdruck von Müdigkeit und Verzweiflung in körperlicher Geste ausgedrückt gesehen.

Und nun denken Sie sich meine Situation: ich stand zwanzig oder dreißig Schritte hinter jener Bank mit dem reglosen, zusammengebrochenen Menschen, ahnungslos, was beginnen, vorgetrieben einerseits vom Willen, zu helfen, zurückgedrängt von der anerzogenen, angeerbten Scheu, einen fremden Mann auf der Straße anzusprechen. Die Gaslaternen flackerten trüb in den umwölkten Himmel, ganz selten nur hastete eine Gestalt vorbei, denn es war nahe an Mitternacht und ich fast ganz allein im Park mit dieser selbstmörderischen Gestalt. Fünfmal, zehnmal hatte ich mich schon zusammengerafft und war auf ihn zugegangen, immer riß mich Scham zurück oder vielleicht jener Instinkt tieferer Ahnung, daß Stürzende gern den Helfenden mit sich reißen – und mitten in diesem Hin und Wider fühlte ich selbst deutlich das Sinnlose, das Lächerliche der Situation. Dennoch vermochte ich weder zu sprechen noch wegzugehen, weder etwas zu tun noch ihn zu verlassen. Und ich hoffe, Sie glauben mir, wenn ich Ihnen sage, daß ich vielleicht eine Stunde lang, eine unendliche Stunde, während tausend und tausend kleine Wellenschläge des unsichtbaren Meeres die Zeit zerrissen, auf dieser Terrasse unschlüssig umherwanderte; so sehr erschütterte und hielt mich dies Bild der vollkommenen Zernichtung eines Menschen.

Aber doch, ich fand nicht den Mut eines Worts, einer Tat, und ich hätte die halbe Nacht noch so wartend gestanden, oder vielleicht hätte mich schließlich klügere Selbstsucht bewogen, nach Hause zu gehen, ja ich glaube sogar, daß ich bereits entschlossen war, dieses Bündel Elend in seiner Ohnmacht liegen zu lassen – aber da entschied ein Übermächtiges gegen meine Unentschlossenheit. Es begann nämlich zu regnen. Den ganzen Abend schon hatte der Wind über dem Meer schwere, dampfende Frühlingswolken zusammengeschoben, man spürte mit der Lunge, mit dem Herzen, daß der Himmel ganz tief herabdrückte – plötzlich begann ein Tropfen niederzuklatschen, und schon prasselte in schweren, nassen, vom Wind gejagten Strähnen ein massiger Regen herab. Unwillkürlich flüchtete ich unter den Vorsprung eines Kioskes, und obwohl ich den Schirm aufspannte, schütteten doch die springenden Böen nasse Büschel Wasser an mein Kleid. Bis hinauf ins Gesicht und die Hände spürte ich sprühend den kalten Staub der am Boden knallend zerklatschenden Tropfen.

Aber – und das war ein so entsetzlicher Anblick, daß mir heute noch, nach zwei Jahrzehnten, die Erinnerung die Kehle klemmt – in diesem stürzenden Wolkenbruch blieb der Unglückliche reglos auf seiner Bank sitzen und rührte sich nicht. Von allen Traufen triefte und gluckerte das Wasser, aus der Stadt her hörte man Wagen donnern, rechts und links flüchteten Gestalten mit aufgestülpten Mänteln; was Leben in sich hatte, alles duckte sich scheu, flüchtete, floh, suchte Unterschlupf, überall bei Mensch und Tier spürte man die Angst vor dem stürzenden Element – nur dieses schwarze Knäuel Mensch dort auf der Bank rührte und regte sich nicht. Ich sagte Ihnen schon früher, daß es diesem Menschen magisch gegeben war, jedes seiner Gefühle durch Bewegung und Geste plastisch zu machen; aber nichts, nichts auf Erden konnte Verzweiflung, vollkommene Selbstaufgabe, lebendiges Gestorbensein dermaßen erschütternd ausdrücken, als diese Unbeweglichkeit, dieses reglose, fühllose Dasitzen im prasselnden Regen, dieses Zumüdesein, um sich aufzuheben und die paar Schritte zu gehen bis zum schützenden Dach, diese letzte Gleichgültigkeit gegen das eigene Sein. Kein Bildhauer, kein Dichter, nicht Michelangelo und Dante hat mir jemals die Geste der letzten Verzweiflung, das letzte Elend der Erde so hinreißend fühlsam gemacht wie dieser lebendige Mensch, der sich überschütten ließ vom Element, schon zu lässig, zu müde, durch eine einzige Bewegung sich zu schützen.

Das riß mich weg, ich konnte nicht anders. Mit einem Ruck durchlief ich die nasse Spießrutenreihe des Regens und rüttelte das triefende Bündel Mensch von der Bank. ‚Kommen Sie!‘ Ich packte seinen Arm. Irgend etwas starrte mühsam empor. Irgendeine Bewegung schien langsam aus ihm wachsen zu wollen, aber er verstand nicht. ‚Kommen Sie!" zerrte ich nochmals den nassen Ärmel, nun schon beinahe zornig. Da stand er langsam auf, willenlos und schwankend. ‚Was wollen Sie?' fragte er, und ich hatte darauf keine Antwort, denn ich wußte selbst nicht, wohin mit ihm: nur weg aus dem kalten Guß, aus diesem sinnlosen, selbstmörderischen Dasitzen äußerster Verzweiflung. Ich ließ den Arm nicht los, sondern zog den ganz Willenlosen weiter, bis hin zu dem Verkaufskiosk, wo das schmale vorspringende Dach ihn wenigstens einigermaßen vor dem wütigen Überfall des vom Wind wild geschwenkten Elements schützte. Weiter wußte ich nichts, wollte ich nichts. Nur ins Trockene, nur unter ein Dach diesen Menschen ziehen: weiter hatte ich zunächst nicht gedacht.

Und so standen wir beide nebeneinander in dem schmalen Streifen Trockenheit, hinter uns die verschlossene Wand der Verkaufsbude, über uns einzig das zu kleine Schutzdach, unter dem heimtückisch durchgreifend der unersättliche Regen uns mit plötzlichen Böen immer wieder lose Fetzen nasser Kälte über die Kleider und ins Gesicht schlug. Die Situation wurde unerträglich. Ich konnte doch nicht länger stehenbleiben neben diesem triefenden fremden Menschen. Und anderseits, ich konnte ihn, nachdem ich ihn hierhergezogen, nicht ohne ein Wort einfach stehenlassen. Irgend etwas mußte geschehen; allmählich zwang ich mich zu geradem klarem Denken. Am besten, dachte ich, ihn in einem Wagen nach Hause bringen und dann selbst nach Hause: morgen wird er schon für sich Hilfe wissen. Und so fragte ich den reglos neben mir Stehenden, der starr hinaus in die jagende Nacht blickte: ‚Wo wohnen Sie?'

‚Ich habe keine Wohnung . . . ich bin erst abends von Nizza gekommen . . . zu mir kann man nicht gehen.'

Den letzten Satz verstand ich nicht gleich. Erst später wurde mir klar, daß dieser Mensch mich für . . . für eine Kokotte hielt, für eines der Weiber, wie sie nachts hier massenhaft um das Kasino streichen, weil sie hoffen, glücklichen Spielern oder Betrunkenen noch etwas Geld abzujagen. Schließlich, was sollte er anderes auch denken, denn erst jetzt, da ich es Ihnen wiedererzähle, spüre ich das ganz Unwahrscheinliche, ja Phantastische meiner Situation — was sollte er anderes von mir meinen, war doch die Art, wie ich

ihn von der Bank weggezogen und selbstverständlich mitgeschleppt, wahrhaftig nicht die einer Dame. Aber dieser Gedanke kam mir nicht gleich. Erst später, zu spät schon dämmerte mir das grauenvolle Mißverständnis auf, in dem er
sich über meine Person befand. Denn sonst hätte ich niemals die nächsten Worte gesprochen, die seinen Irrtum nur
bestärken mußten. Ich sagte nämlich: ‚So wird man eben ein
Zimmer in einem Hotel nehmen. Hier dürfen Sie nicht bleiben. Sie müssen jetzt irgendwo unterkommen.‘

Aber sofort wurde ich jetzt seines peinlichen Irrtums gewahr, denn er wandte sich gar nicht mir zu und wehrte nur
mit einem gewissen höhnischen Ausdruck ab: ‚Nein, ich
brauche kein Zimmer, ich brauche gar nichts mehr. Gib dir
keine Mühe, aus mir ist nichts zu holen. Du hast dich an
den Unrichtigen gewandt, ich habe kein Geld.‘

Das war wieder so furchtbar gesagt, mit einer so erschütternden Gleichgültigkeit; und sein Dastehen, dies schlaffe
An-der-Wand-Lehnen eines triefenden, nassen, von innen
her erschöpften Menschen erschütterte mich derart, daß ich
gar nicht Zeit hatte für ein kleines, dummes Beleidigtsein.
Ich empfand nur, was ich vom ersten Augenblick an, da ich
ihn aus dem Saal taumeln sah, und während dieser unwahr-
scheinlichen Stunde ununterbrochen empfunden: daß hier
ein Mensch, ein junger, lebendiger, atmender Mensch,
knapp vor dem Tode stände und daß ich ihn retten *mußte*.
Ich trat näher.

‚Kümmern Sie sich nicht um Geld und kommen Sie! Hier
dürfen Sie nicht bleiben, ich werde Sie schon unterbringen.
Kümmern Sie sich um gar nichts, kommen Sie nur jetzt!‘

Er wandte den Kopf, ich spürte, wie er, indes der Regen
dumpf um uns trommelte und die Traufe klatschendes Wasser zu unseren Füßen hinwarf, wie er da mitten im Dunkel
zum erstenmal sich bemühte, mein Gesicht zu sehen. Auch
der Körper schien langsam aus seiner Lethargie zu erwachen.

‚Nun, wie du willst‘, sagte er nachgebend. ‚Mir ist alles
einerlei ... Schließlich warum nicht? Gehen wir.‘ Ich
spannte den Schirm auf, er trat an meine Seite und faßte
mich unter dem Arm. Diese plötzliche Vertraulichkeit war
mir unangenehm, ja sie entsetzte mich, ich erschrak bis
hinab in das Unterste meines Herzens. Aber ich hatte nicht

den Mut, ihm etwas zu verbieten; denn stieß ich ihn jetzt zurück, so fiel er ins Bodenlose, und alles war vergeblich, was ich bisher versucht. Wir gingen die wenigen Schritte gegen das Kasino zurück. Jetzt fiel mir erst ein, daß ich nicht wußte, was mit ihm anfangen. Am besten, überlegte ich rasch, ihn zu einem Hotel führen, ihm dort Geld in die Hand drücken, daß er übernachten und morgen heimreisen kann: weiter dachte ich nicht. Und wie jetzt die Wagen hastig vor das Kasino vorfuhren, rief ich einen an, wir stiegen ein. Als der Kutscher fragte, wohin, wußte ich zunächst keine Antwort. Aber mich plötzlich erinnernd, daß der gänzlich durchnäßte, triefende Mensch neben mir in keinem der guten Hotels Aufnahme finden könnte – anderseits aber auch als wahrhaft unerfahrene Frau an ein Zweideutiges gar nicht denkend, rief ich dem Kutscher nur zu: ‚In irgendein einfaches Hotel!‘

Der Kutscher, gleichmütig, regenübergossen, trieb die Pferde an. Der fremde Mensch neben mir sprach kein Wort, die Räder rasselten, und der Regen klatschte in wuchtigem Niederschlag gegen die Scheiben: mir war in diesem dunklen, lichtlosen, sarghaften Viereck zumute, als ob ich mit einer Leiche führe. Ich versuchte nachzudenken, irgendein Wort zu finden, um das Sonderbare und Grauenvolle dieses stummen Beisammenseins abzuschwächen, aber mir fiel nichts ein. Nach einigen Minuten hielt der Wagen, ich stieg zuerst aus, entlohnte den Kutscher, indes jener gleichsam schlaftrunken den Schlag zuklinkte. Wir standen jetzt vor der Tür eines kleinen, fremden Hotels, über uns wölbte ein gläsernes Vordach sein winziges Stück geschützten Raumes gegen den Regen, der ringsum mit gräßlicher Monotonie die undurchdringliche Nacht zerfranste.

Der fremde Mensch, seiner Schwere nachgebend, hatte sich unwillkürlich an die Wand gelehnt, es tropfte und triefte von seinem nassen Hut, seinen zerdrückten Kleidern. Wie ein Ertrunkener, den man aus dem Fluß geholt mit noch benommenen Sinnen, so stand er da, und um den kleinen Fleck, wo er lehnte, bildete sich ein Rinnsal von niederrieselndem Wasser. Aber er machte nicht die geringste Anstrengung, sich abzuschütteln, den Hut wegzuschwenken, von dem Tropfen immer wieder über Stirn und Gesicht niederliefen. Er stand vollkommen teilnahmslos, und ich kann

Ihnen nicht sagen, wie diese Zerbrochenheit mich erschütterte.

Aber jetzt mußte etwas geschehen. Ich griff in meine Ta-
sche. ‚Da haben Sie hundert Franken‘, sagte ich, ‚nehmen
Sie sich damit ein Zimmer und fahren Sie morgen nach
Nizza zurück.‘

Er sah erstaunt auf.

‚Ich habe Sie im Spielsaale beobachtet‘, drängte ich, sein
Zögern bemerkend. ‚Ich weiß, daß Sie alles verloren haben,
und fürchte, Sie sind auf dem besten Wege, eine Dummheit
zu machen. Es ist keine Schande, sich helfen zu lassen . . .
Da, nehmen Sie!‘

Aber er schob meine Hand zurück mit einer Energie, die
ich ihm nicht zugetraut hätte. ‚Du bist ein guter Kerl‘, sagte
er, ‚aber vertu dein Geld nicht. Mir ist nicht mehr zu helfen. Ob ich diese Nacht noch schlafe oder nicht, ist vollkommen gleichgültig. Morgen ist ohnehin alles zu Ende.
Mir ist nicht zu helfen.‘

‚Nein, Sie müssen es nehmen‘, drängte ich, ‚morgen werden
Sie anders denken. Gehen Sie jetzt erst einmal hinauf, überschlafen Sie alles. Bei Tag haben die Dinge ein anderes Gesicht.‘

Doch er stieß, da ich ihm neuerdings das Geld aufdrängte,
beinahe heftig meine Hand weg. ‚Laß das‘, wiederholte er
nochmals dumpf, ‚es hat keinen Sinn. Besser, ich tue das
draußen ab, als den Leuten hier ihr Zimmer mit Blut
schmutzig zu machen. Mir ist mit hundert Franken nicht zu
helfen und mit tausend auch nicht. Ich würde doch morgen
wieder mit den letzten paar Franken in den Spielsaal gehen
und nicht früher aufhören, als bis alles weg ist. Wozu nochmals anfangen, ich habe genug.‘

Sie können nicht ermessen, wie mir dieser dumpfe Ton bis
in die Seele drang; aber denken Sie sich das aus: zwei Zoll
von Ihnen steht ein junger, heller, lebendiger, atmender
Mensch, und man weiß, wenn man nicht alle Kräfte aufrafft,
wird dieses denkende, sprechende, atmende Stück Jugend
in zwei Stunden eine Leiche sein. Und nun wurde es für
mich gleichsam eine Wut, ein Zorn, diesen sinnlosen Widerstand zu besiegen. Ich packte seinen Arm. ‚Schluß mit
diesen Dummheiten! Sie werden jetzt hinaufgehen und
sich ein Zimmer nehmen, und morgen früh komme ich

und schaffe Sie an die Bahn. Sie müssen fort von hier. Sie müssen noch morgen nach Hause fahren, und ich werde nicht früher rasten, ehe ich Sie nicht selbst mit der Fahrkarte im Zuge sehe. Man wirft sein Leben nicht weg, wenn man jung ist, nur weil man gerade ein paar hundert oder tausend Franken verloren hat. Das ist Feigheit, eine dumme Hysterie von Zorn und Erbitterung. Morgen werden Sie mir selbst recht geben!'

‚Morgen!' wiederholte er mit sonderbar düsterer und ironischer Betonung. ‚Morgen! Wenn du wüßtest, wo ich morgen bin! Wenn ich selbst es wüßte, ich bin eigentlich schon ein wenig neugierig darauf. Nein, geh nach Hause, mein Kind, gib dir keine Mühe und vertu nicht dein Geld.'

Aber ich ließ nicht mehr nach. Es war wie eine Manie, wie eine Raserei in mir. Gewaltsam packte ich seine Hand und preßte die Banknote hinein. ‚Sie werden das Geld nehmen und sofort hinaufgehen!' Und dabei trat ich entschlossen zur Klingel und läutete an. ‚So, jetzt habe ich angeläutet, der Portier wird gleich kommen, Sie gehen hinauf und legen sich nieder. Morgen neun Uhr warte ich dann vor dem Haus und bringe Sie sofort an die Bahn. Machen Sie sich keine Sorge um alles Weitere, ich werde schon das Nötige veranlassen, daß Sie bis nach Hause kommen. Aber jetzt legen Sie sich nieder, schlafen Sie aus und denken Sie nicht weiter!'

In diesem Augenblick knackte der Schlüssel an der Tür von innen her, der Portier öffnete.

‚Komm!' sagte er da plötzlich mit einer harten, festen, erbitterten Stimme, und eisern fühlte ich mein Handgelenk von seinen Fingern umspannt. Ich erschrak . . . ich erschrak so durch und durch, so gelähmt, so blitzhaft getroffen, daß mir alle Besinnung schwand . . . Ich wollte mich wehren, mich losreißen . . . aber mein Wille war wie gelähmt . . . und ich . . . Sie werden es verstehen . . . ich . . . ich schämte mich, vor dem Portier, der da wartend und ungeduldig stand, mit einem fremden Menschen zu ringen. Und so . . . so stand ich mit einem Male innen im Hotel; ich wollte sprechen, etwas sagen, aber die Kehle stockte mir . . . an meinem Arm lag schwer und gebietend seine Hand . . . ich spürte dumpf, wie sie mich unbewußt eine Treppe hinaufzog . . . ein Schlüssel knackte . . .

Und plötzlich war ich mit diesem fremden Menschen allein in einem fremden Zimmer, in irgendeinem Hotel, dessen Namen ich heute noch nicht weiß."

Mrs. C. hielt wieder inne und stand plötzlich auf. Die Stimme schien ihr nicht mehr zu gehorchen. Sie ging zum Fenster, sah stumm einige Minuten hinaus oder lehnte vielleicht nur die Stirn an die kalte Scheibe: ich hatte nicht den Mut, genau hinzusehen, denn es war mir peinlich, die alte Dame in ihrer Erregung zu beobachten. So saß ich still, ohne Frage, ohne Laut, und wartete, bis sie wieder mit gebändigtem Schritt zurückkam und sich mir gegenübersetzte.

„So – jetzt ist das Schwerste gesagt. Und ich hoffe, Sie glauben mir, wenn ich Ihnen nun nochmals versichere, wenn ich bei allem, was mir heilig ist, bei meiner Ehre und bei meinen Kindern, schwöre, daß mir bis zu jener Sekunde kein Gedanke an eine... eine Verbindung mit diesem fremden Menschen in den Sinn gekommen war, daß ich wirklich ohne jeden wachen Willen, ja ganz ohne Bewußtsein wie durch eine Falltür vom ebenen Weg meiner Existenz plötzlich in diese Situation gestürzt war. Ich habe mir geschworen, zu Ihnen und zu mir wahr zu sein, so wiederhole ich Ihnen nochmals, daß ich nur durch einen fast überreizten Willen zur Hilfe und durch kein anderes, kein persönliches Gefühl, also ganz ohne jeden Wunsch, ohne jede Ahnung in dieses tragische Abenteuer geriet.

Was in jenem Zimmer, was in jener Nacht geschah, ersparen Sie mir zu erzählen; ich selbst habe keine Sekunde dieser Nacht vergessen und will sie auch niemals vergessen. Denn in jener Nacht rang ich mit einem Menschen um sein Leben, denn ich wiederhole: um Leben und Sterben ging dieser Kampf. Zu unverkennbar spürte ich's mit jedem Nerv, daß dieser fremde Mensch, dieser halb schon Verlorene bereits mit aller Gier und Leidenschaft eines tödlich Bedrohten noch um das Letzte griff. Er klammerte sich an mich wie einer, der bereits den Abgrund unter sich fühlt. Ich aber raffte alles aus mir auf, um ihn zu retten mit allem, was mir gegeben war. Solche Stunde erlebt vielleicht ein Mensch nur einmal in seinem Leben, und von Millionen wieder nur einer – auch ich hätte nie geahnt ohne diesen fürchterlichen Zufall, wie glühend, wie verzweifelnd, mit welcher unbändigen Gier sich ein aufgegebener, ein verlorener Mensch noch einmal an jeden roten Tropfen Leben ansaugt, ich hätte, zwanzig Jahre lang fern von allen dämonischen Mächten des Daseins, nie begriffen, wie großartig und phantastisch die Natur manchmal ihr Heiß und Kalt, Tod und Leben, Entzückung und Verzweiflung in ein paar knappe Atemzüge zusammendrängt. Und diese Nacht war so angefüllt mit Kampf und Gespräch, mit Leidenschaft und Zorn und Haß, mit Tränen der Beschwörung und der Trunkenheit, daß sie mir tausend Jahre zu dauern schien und wir zwei Menschen, die verschlungen ihren Abgrund hinabtaumelten, todeswütig der eine, ahnungslos der andere, anders hervorgingen aus diesem tödlichen Tumult, anders, vollkommen verwandelt, mit andern Sinnen, anderem Gefühl.

Aber ich will davon nicht sprechen. Ich kann und will das nicht schildern. Nur diese eine unerhörte Minute meines Erwachens am Morgen muß ich Ihnen doch andeuten. Ich erwachte aus einem bleiernen Schlaf, aus einer Tiefe der Nacht, wie ich sie nie gekannt. Ich brauchte lange, ehe ich die Augen aufschlug, und das erste, was ich sah, war über mir eine Zimmerdecke, und weiter tastend dann ein ganz fremder, unbekannter, häßlicher Raum, von dem ich nicht wußte, wie ich hineingeraten. Zuerst beredete ich mich, noch Traum sei dies, ein hellerer, durchsichtigerer Traum, in den ich aus jenem ganz dumpfen und verworrenen Schlaf emporgetaucht sei – aber vor den Fenstern stand schon schneidend klares, unverkennbar wirkliches Sonnenlicht, Morgenlicht, von unten her dröhnte die Straße mit Wagengerassel, Tramwayklingeln und Menschenlaut –, und nun wußte ich, daß ich nicht mehr träume, sondern wach sei. Unwillkürlich richtete ich mich auf, um mich zu besinnen, und da ... wie ich den Blick seitwärts wandte ... da sah ich – und nie werde ich Ihnen meinen Schrecken schildern können – einen fremden Menschen im breiten Bette neben mir schlafen ... aber fremd, fremd, fremd, ein halbnackter, unbekannter Mensch ...

Nein, dieses Entsetzen, ich weiß es, beschreibt sich nicht: es fiel so furchtbar über mich, daß ich zurücksank ohne Kraft. Aber es war nicht gute Ohnmacht, kein Nichtmehrwissen, im Gegenteil: mit blitzhafter Geschwindigkeit war mir alles ebenso bewußt wie unerklärbar, und ich hatte nur den einen Wunsch, zu sterben vor Ekel und Scham, mich plötzlich mit einem wildfremden Menschen in dem fremden Bett einer wohl verdächtigen Spelunke zu finden. Ich weiß noch deutlich, mein Herzschlag setzte aus, ich hielt den Atem an, als könnte ich mein Leben damit und vor allem das Bewußtsein auslöschen, dieses klare, grauenhaft klare Bewußtsein, das alles begriff und doch nichts verstand.

Ich werde niemals wissen, wie lange ich dann so gelegen habe, eiskalt an allen Gliedern: Tote müssen ähnlich starr im Sarge liegen. Ich weiß nur, ich hatte die Augen geschlossen und betete zu Gott, zu irgendeiner Macht des Himmels, es möge nicht wahr, es möge nicht wirklich sein. Aber meine geschärften Sinne erlaubten nun keinen Betrug mehr, ich hörte im Nachbarzimmer Menschen sprechen, Wasser rauschen, außen schlurften Schritte im Gang, und jedes dieser Zeichen bezeugte unerbittlich das grausam Wache meiner Sinne.

Wie lange dieser gräßliche Zustand gedauert hat, vermag ich nicht zu sagen: solche Sekunden haben andere Zeiten als die gemessenen des Lebens. Aber plötzlich überfiel mich eine andere Angst, die jagende, grauenhafte Angst: dieser fremde Mensch, dessen Namen ich gar nicht kannte, möchte jetzt aufwachen und zu mir sprechen. Und sofort wußte ich, daß es für mich nur eines gäbe: mich anziehen, flüchten, ehe er erwachte. Nicht mehr von ihm gesehen werden, nicht mehr zu ihm sprechen. Sich rechtzeitig retten, fort, fort, fort, zurück in irgendein eigenes Leben, in mein Hotel, und gleich mit dem nächsten Zuge fort von diesem verruchten Ort, aus diesem Land, ihm nie mehr begegnen, nie mehr ins Auge sehen, keinen Zeugen haben, keinen Ankläger und Mitwisser. Der Gedanke riß die Ohnmacht in mir auf: ganz vorsichtig, mit den schleicherischen Bewegungen eines Diebes rückte ich Zoll um Zoll (nur um keinen Lärm zu machen) aus dem Bette und tastete mich zu meinen Kleidern. Ganz vorsichtig zog ich mich an, jede Sekunde zitternd vor seinem Erwachen, und schon war ich fertig, schon war es gelungen. Nur mein Hut lag drüben auf der andern Seite zu Füßen des Bettes, und jetzt, wie ich auf den Zehen hintastete, ihn aufzuheben – in dieser Sekunde *konnte* ich nicht anders: ich mußte noch einen Blick auf das Gesicht dieses fremden Menschen werfen, der in mein Leben wie ein Stein vom Gesims gestürzt war. Nur einen bloßen Blick wollte ich hinwerfen, aber ... es war sonderbar, denn der fremde, junge Mann, der dort schlummernd lag – war *wirklich* ein fremder Mensch für mich: im ersten Augenblick erkannte ich gar nicht das Gesicht von gestern. Denn wie weggelöscht waren die von Leidenschaft vorgetriebenen, krampfig aufgewühlten, gespannten Züge des tödlich Aufgeregten – dieser da hatte ein anderes, ein ganz kindliches, ganz knabenhaftes Gesicht, das geradezu *strahlte* von Reinheit und Heiterkeit. Die Lippen, gestern verbissen und zwischen die Zähne geklemmt, träumten weich auseinander gefaltet, und halb schon zu einem Lächeln gerundet; weich lockten sich die blonden Haare die faltenlose Stirn herab, und linden Wellenspiels ging ruhig der Atem von der Brust über den ruhenden Körper hin.

Sie können sich vielleicht entsinnen, daß ich Ihnen früher erzählte, ich hätte noch nie so stark, in einem so verbrecherisch starken Unmaß den Ausdruck von Gier und Leidenschaft an einem Menschen beobachtet wie bei diesem Fremden am Spieltisch. Und ich sage Ihnen, daß ich nie, selbst bei Kindern nicht, die doch im Säuglingsschlaf manchmal einen engelhaften Schimmer von Heiterkeit um sich haben, jemals einen solchen Ausdruck von reiner Helligkeit, von wahrhaft *seligem* Schlummer gesehen habe. In diesem Gesicht formten sich eben mit einziger Plastik alle Gefühle heraus, nun ein paradiesisches Entspanntsein von aller innerlichen Schwere, ein Gelöstsein, ein Gerettetsein. Bei diesem überraschenden Anblick fiel wie ein schwerer, schwarzer Mantel von mir alle Angst, alles Grauen ab – ich schämte mich nicht mehr, nein, ich war beinahe froh. Das Furchtbare, das Unfaßbare hatte plötzlich für mich Sinn bekommen, ich *freute* mich, ich war *stolz* bei dem Gedanken, daß dieser junge, zarte, schöne Mensch, der hier heiter und still wie eine Blume lag, ohne meine Hingabe zerschellt, blutig, mit einem zerschmetterten Gesicht, leblos, mit kraß aufgerissenen Augen irgendwo an einem Felsenhang aufgefunden worden wäre: ich hatte ihn gerettet, er war gerettet. Und ich sah nun – ich kann es nicht anders sagen – mit meinem *mütterlichen* Blick auf diesen Schlafenden hin, den ich noch einmal – schmerzvoller als meine eigenen Kinder – in das Leben zurückgeboren hatte. Und mitten in diesem verbrauchten, abgeschmutzten Zimmer, in diesem ekligen, schmierigen Gelegenheitshotel, überkam mich – mögen Sie es noch so lächerlich im Worte finden – ein Gefühl wie in einer Kirche, ein Beseligtsein von Wunder und Heiligung. Aus der furchtbarsten Sekunde eines ganzen Lebens wuchs mir schwesterhaft eine zweite, die erstaunlichste und überwältigendste zu.

Hatte ich mich zu laut bewegt? Hatte ich unwillkürlich etwas gesprochen? Ich weiß es nicht. Aber plötzlich schlug der Schlafende die Augen auf. Ich erschrak und fuhr zurück. Er sah erstaunt um sich – genau so wie früher ich selbst, so schien nun er aus ungeheurer Tiefe und Verworrenheit mühselig emporzusteigen. Sein Blick umwanderte angestrengt das fremde, unbekannte Zimmer, dann fiel er staunend auf mich. Aber ehe er noch sprach oder sich ganz besinnen konnte, hatte ich mich gefaßt. Nicht ihn zu Wort kommen lassen, keine Frage, keine Vertraulichkeit gestatten, es durfte nichts erneuert werden, nichts erläutert, nichts besprochen werden von gestern und von dieser Nacht.

‚Ich muß jetzt weggehen‘, bedeutete ich ihm rasch, ‚Sie bleiben hier zurück und ziehen sich an. Um zwölf Uhr treffe ich Sie dann am Eingang des Kasinos: dort werde ich für alles Weitere sorgen.‘

Und ehe er ein Wort entgegnen konnte, flüchtete ich hinaus, nur um das Zimmer nicht mehr zu sehen, und lief, ohne mich umzuwenden, aus dem Hause, dessen Namen ich ebensowenig wußte wie jenen des fremden Mannes, mit dem ich darin eine Nacht verbracht.“

Einen Atemzug lang unterbrach Mrs. C. ihre Erzählung. Aber alles Gespannte und Gequälte war weg aus ihrer Stimme: wie ein Wagen, der schwer den Berg sich hinaufgemüht, dann aber von erreichter Höhe leicht rollend und geschwind die Senke herabrollt, so flügelte jetzt in entlasteter Rede ihr Bericht:

„Also: ich eilte in mein Hotel durch die morgendlich erhellten Straßen, denen der Wettersturz alles Dumpfe vom Himmel so weggerissen, wie mir jetzt das qualhafte Gefühl.

Denn vergessen Sie nicht, was ich Ihnen früher sagte: ich hatte nach dem Tode meines Mannes mein Leben vollkommen aufgegeben. Meine Kinder brauchten mich nicht, ich selber wollte mich nicht, und alles Leben ist Irrtum, das nicht zu einem bestimmten Zweck lebt. Nun war mir zum erstenmal unvermutet eine Aufgabe zugefallen: ich hatte einen Menschen gerettet, ihn aus seiner Vernichtung aufgerissen mit allem Aufgebot meiner Kräfte. Nur ein Kurzes war noch zu überwinden, und diese Aufgabe mußte zu Ende getan sein. Ich lief also in mein Hotel: der erstaunte Blick des Portiers, daß ich erst jetzt um neun Uhr morgens nach Hause kam, glitt an mir ab – nichts mehr von Scham und Ärger über das Geschehnis drückte auf meine Sinne, sondern ein plötzliches Wiederaufgetansein meines Lebenswillens, ein unvermutet neues Gefühl von der Notwendigkeit meines Daseins durchblutete warm die erfüllten Adern. In meinem Zimmer kleidete ich mich rasch um, legte unbewußt (ich habe es erst später bemerkt) das Trauerkleid ab, um es mit einem helleren zu vertauschen, ging in die Bank, mir Geld zu beheben, hastete zum Bahnhof, mich nach der Abfahrt der Züge zu erkundigen; mit einer mir selber erstaunlichen Entschlossenheit bewältigte ich noch außerdem ein paar andere Besorgungen und Verabredungen. Nun war nichts mehr zu tun, als mit dem mir vom Schicksal zugeworfenen Menschen die Abreise und endgültige Rettung zu erledigen.

Freilich, dies erforderte Kraft, ihm nun persönlich gegenüberzutreten. Denn alles Gestrige war im Dunkel geschehen, in einem Wirbel, wie wenn zwei Steine, von einem Sturzbach gerissen, plötzlich zusammengeschlagen werden; wir kannten einander kaum von Angesicht zu Angesicht, ja ich war nicht einmal gewiß, ob jener Fremde mich überhaupt noch erkennen würde. Gestern – das war ein Zufall, ein Rausch, eine Besessenheit zweier verwirrter Menschen gewesen, heute aber tat es not, mich ihm offener preiszugeben als gestern, weil ich jetzt im unbarmherzig klaren Tageslicht mit meiner Person, mit meinem Gesicht, als lebendiger Mensch ihm gegenübertreten mußte.

Aber alles ergab sich leichter, als ich dachte. Kaum hatte ich zu vereinbarter Stunde mich dem Kasino genähert, als ein junger Mensch von einer Bank aufsprang und mir entgegen-

eilte. Es war etwas dermaßen Spontanes, etwas so Kindliches, Absichtsloses und Beglücktes in seinem Über-
raschtsein, wie in jeder seiner sprachmächtigen Bewegungen: er flog nur so her, den Strahl dankbarer und
gleichzeitig ehrerbietiger Freude in den Augen, und schon
senkten sie sich demütig, sobald sie die meinen vor seiner
Gegenwart sich verwirren fühlten. Dankbarkeit, man spürt
sie ja so selten bei Menschen, und gerade die Dankbarsten
finden nicht den Ausdruck dafür, sie schweigen verwirrt,
sie schämen sich und tun manchmal stockig, um ihr Gefühl
zu verbergen. Hier aber in diesem Menschen, dem Gott wie
ein geheimnisvoller Bildhauer alle Gesten der Gefühle sinnlich, schön und plastisch herauszwang, glühte auch die Geste der Dankbarkeit wie eine Leidenschaft strahlend durch
den Kern des Körpers. Er beugte sich über meine Hand,
und die schmale Linie seines Knabenkopfes devot nieder-
gesenkt, verharrte er so eine Minute in respektvollem, die
Finger nur anstreifendem Kusse, dann erst trat er wieder
zurück, fragte nach meinem Befinden, sah mich rührend an,
und so viel Anstand war in jedem seiner Worte, daß in wenigen Minuten die letzte Beängstigung von mir schwand.
Und gleichsam spiegelhaft für die eigene Erhellung des Ge-
fühles, leuchtete ringsum die Landschaft völlig entzaubert:
das Meer, das gestern zornig erregte, lag so unbewegt still
und hell, daß jeder Kiesel unter der kleinen Brandung weiß
bis zu uns herüberglänzte; das Kasino, dieser Höllenpfuhl,
blickte maurisch blank in den ausgefegten, damastenen
Himmel; und jener Kiosk, unter dessen Schutzdach uns gestern der plätschernde Regen gedrängt, war aufgebrochen
zu einem Blumenladen: hingeschüttet lagen dort weiß, rot,
grün und bunt in gesprenkeltem Durcheinander breite Büsche von Blüten und Blumen, die ein junges Mädchen in
buntbrennender Bluse feilbot.
Ich lud ihn ein, zu Mittag in einem kleinen Restaurant zu
speisen; dort erzählte mir der fremde, junge Mensch die
Geschichte seines tragischen Abenteuers. Sie war ganz Be-
stätigung meiner ersten Ahnung, als ich seine zitternden,
nervengeschüttelten Hände auf dem grünen Tisch gesehen.
Er stammte aus einer alten Adelsfamilie des österreichischen Polens, war für die diplomatische Karriere bestimmt,
hatte in Wien studiert und vor einem Monat das erste sei-

ner Examina mit außerordentlichem Erfolge abgelegt. Um diesen Tag zu feiern, hatte ihn sein Onkel, ein höherer Offizier des Generalstabes, bei dem er wohnte, zur Belohnung mit einem Fiaker in den Prater geführt, und sie waren zusammen auf den Rennplatz gegangen. Der Onkel hatte Glück beim Spiel, gewann dreimal hintereinander: mit einem dicken Pack erbeuteter Banknoten soupierten sie dann in einem eleganten Restaurant. Am nächsten Tage nun empfing zur Belohnung für das erfolgreiche Examen der angehende Diplomat von seinem Vater einen Geldbetrag in der Höhe seines Monatsgeldes; zwei Tage vorher wäre ihm diese Summe noch groß erschienen, nun aber, nach der Leichtigkeit jenes Gewinnes, dünkte sie ihm gleichgültig und gering. So fuhr er gleich nach Tisch wieder zum Trabrennen, setzte wild und leidenschaftlich, und sein Glück oder vielmehr sein Unglück wollte, daß er mit dem Dreifachen jener Summe nach dem letzten Rennen den Prater verließ. Und nun war Raserei des Spieles bald beim Rennen, bald in Kaffeehäusern oder in Klubs über ihn gekommen, die ihm Zeit, Studium, Nerven und vor allem sein Geld aufzehrte. Er vermochte nicht mehr zu denken, nicht mehr ruhig zu schlafen und am wenigsten, sich zu beherrschen; einmal in der Nacht, nach Hause gekommen vom Klub, wo er alles verloren hatte, fand er beim Auskleiden noch eine vergessene Banknote zerknüllt in seiner Weste. Es hielt ihn nicht, er zog sich noch einmal an und irrte herum, bis er in irgendeinem Kaffeehause ein paar Dominospieler fand, mit denen er noch bis ins Morgengrauen saß. Einmal half ihm seine verheiratete Schwester aus und zahlte die Schulden an Wucherer, die dem Erben eines großen Adelsnamens voll Bereitschaft kreditierten. Eine Zeitlang deckte ihn wieder das Spielglück – dann aber ging es unaufhaltsam abwärts, und je mehr er verlor, um so gieriger forderten ungedeckte Verpflichtungen und befristete Ehrenworte entscheidend erlösenden Gewinn. Längst hatte er schon seine Uhr, seine Kleider versetzt, und schließlich geschah das Entsetzliche: er stahl der alten Tante zwei große Boutons, die sie selten trug, aus dem Schrank. Den einen versetzte er um einen hohen Betrag, den das Spiel noch am selben Abend vervierfachte. Aber statt ihn nun auszulösen, wagte er das Ganze und verlor. Zur Stunde seiner Abreise war der Diebstahl noch nicht entdeckt, so versetzte er den zweiten Bouton und reiste, einer plötzlichen Eingebung folgend, in einem Zuge nach Monte Carlo, um sich im Roulette das erträumte Vermögen zu holen. Bereits hatte er hier seinen Koffer verkauft, seine Kleider, seinen Schirm, nichts war ihm geblieben als der Revolver mit vier Patronen und ein kleines, mit Edelsteinen besetztes Kreuz seiner Patin, der Fürstin X., von dem er sich nicht trennen wollte. Aber auch dieses Kreuz hatte er um fünfzig Franken nachmittags verkauft, nur um abends noch ein letztes Mal die zuckende Lust des Spiels auf Tod und Leben versuchen zu können.

Das alles erzählte er mir mit jener hinreißenden Anmut seines schöpferisch belebten Wesens. Und ich hörte zu, erschüttert, gepackt, erregt; aber nicht einen Augenblick kam mir der Gedanke, mich zu entrüsten, daß dieser Mensch an meinem Tisch doch eigentlich ein Dieb war. Hätte gestern jemand mir, einer Frau mit tadellos verbrachtem Leben, die in ihrer Gesellschaft strengste, konventionelle Würdigkeit forderte, auch nur angedeutet, ich würde mit einem wildfremden jungen Menschen, kaum älter als mein Sohn und der Perlenboutons gestohlen hatte, vertraulich beisammensitzen – ich hätte ihn für sinnberaubt gehalten. Aber nicht einen Augenblick lang empfand ich bei seiner Erzählung etwas wie Entsetzen, erzählte er doch all dies dermaßen natürlich und mit einer solchen Leidenschaft, daß seine Handlung eher als der Bericht eines Fiebers, einer Krankheit wirkte denn als ein Ärgernis. Und dann: wer selber gleich mir in der vergangenen Nacht etwas so kataraktisch Unerwartetes erfahren, dem hatte das Wort ‚unmöglich‘ mit einem Male seinen Sinn verloren. Ich hatte eben in jenen zehn Stunden unfaßbar mehr an Wirklichkeitswissen erlebt als vordem in vierzig bürgerlich verbrachten Jahren.

Ein anderes aber erschreckte mich dennoch an jener Beichte, und das war der fiebrige Glanz in seinen Augen, der alle Nerven seines Gesichtes elektrisch zucken ließ, wenn er von seiner Spielleidenschaft erzählte. Noch die Wiedergabe regte ihn auf, und mit furchtbarer Deutlichkeit zeichnete sein plastisches Gesicht jede Spannung lusthaft und qualvoll nach. Unwillkürlich begannen seine Hände, diese wundervollen, schmalgelenkigen, nervösen Hände, genau wie am Spieltisch, selbst wieder raubtierhafte, jagende und flüchtende Wesen zu werden: ich sah sie, indes er erzählte, plötzlich von den Gelenken herauf zittern, sich übermächtig krümmen und zusammenballen, dann wieder aufschnellen und neu sich ineinanderknäueln. Und wie er den Diebstahl der Boutons beichtete, da taten sie (ich zuckte unwillkürlich zusammen), blitzhaft vorspringend, den raschen, diebischen Griff: ich *sah* geradezu, wie die Finger toll auf den Schmuck lossprangen und ihn hastig einschluckten in die Höhlung der Faust. Und mit einem namenlosen Erschrecken erkannte ich, daß dieser Mensch vergiftet war von seiner Leidenschaft bis in den letzten Blutstropfen.

Nur das allein war es, was mich an seiner Erzählung so sehr erschütterte und entsetzte, diese erbärmliche Hörigkeit eines jungen, klaren, von eigentlicher Natur her sorglosen Menschen an eine irrwitzige Passion. So hielt ich es für meine erste Pflicht, meinem unvermuteten Schützling freundschaftlich zuzureden, er müsse sofort weg von Monte Carlo, wo die Versuchung am gefährlichsten sei, müsse noch heute zu seiner Familie zurück, ehe das Verschwinden der Boutons bemerkt und seine Zukunft für immer verschüttet sei. Ich versprach ihm Geld für die Reise und die Auslösung des Schmuckes, freilich nur unter der Bedingung, daß er noch heute abreise und mir bei seiner Ehre schwöre, nie mehr eine Karte anzurühren oder sonst Hasard zu spielen.

Nie werde ich vergessen, mit welcher erst demütigen, dann allmählich aufleuchtenden Leidenschaft der Dankbarkeit dieser fremde, verlorene Mensch mir zuhörte, wie er meine Worte *trank*, als ich ihm Hilfe versprach; und plötzlich streckte er beide Hände über den Tisch, die meinen zu fassen mit einer mir unauslöschlichen Gebärde gleichsam der Anbetung und heiligen Gelobens. In seinen hellen, sonst ein wenig wirren Augen standen Tränen, der ganze Körper zitterte nervös vor beglückter Erregung. Wie oft habe ich schon versucht, Ihnen die einzige Ausdrucksfähigkeit seiner Gebärden zu schildern, aber *diese* Geste vermag ich nicht darzustellen, denn es war eine so ekstatische, überirdische Beseligung, wie sie ein menschliches Antlitz uns sonst kaum zuwendet, sondern jenem weißen Schatten nur

100

war sie vergleichbar, wenn man erwachend aus einem Traum das entschwindende Antlitz eines Engels vor sich zu erblicken vermeint.

Warum es verschweigen: ich hielt diesem Blicke nicht stand. Dankbarkeit beglückt, weil man sie so selten sichtbar erlebt, Zartgefühl tut wohl, und mir, dem gemessenen, kühlen Menschen, bedeutete solcher Überschwang ein wohltuendes, ja beglückendes Neues. Und dann: gleichzeitig mit diesem erschütterten, zertretenen Menschen war auch die Landschaft nach dem gestrigen Regen magisch aufgewacht. Herrlich glänzte, als wir aus dem Restaurant traten, das völlig beruhigte Meer, blau bis in den Himmel hinein und nur weiß überschwebt von Möwen dort in anderem, höherem Blau. Sie kennen ja die Rivieralandschaft. Sie wirkt immer schön, aber doch flach wie eine Ansichtskarte hält sie ihre immer satten Farben dem Auge gemächlich hin, eine schlafende, träge Schönheit, die sich gleichmütig von jedem Blicke betasten läßt, orientalisch fast in ihrer ewig üppigen Bereitschaft. Aber manchmal, ganz selten, gibt es hier Tage, da steht diese Schönheit auf, da bricht sie vor, da schreit sie einen gleichsam energisch an mit grellen, fanatisch funkelnden Farben, da schleudert sie einem ihre Blumenbuntheit sieghaft entgegen, da glüht, da brennt sie in Sinnlichkeit. Und ein solcher begeisterter Tag war auch damals aus dem stürmischen Chaos der Wetternacht vorgebrochen, weißgewaschen blinkte die Straße, türkisen der Himmel, und überall zündeten sich Büsche, farbige Fackeln, aus dem saftig durchfeuchteten Grün. Die Berge schienen plötzlich heller herangekommen in der entschwülten, vielsonnigen Luft: sie scharten sich neugierig näher an das blankpolierte glitzernde Städtchen, in jedem Blicke spürte man heraustretend das Fordernde und Aufmunternde der Natur und wie sie unwillkürlich das Herz an sich riß: ‚Nehmen wir einen Wagen‘, sagte ich, ‚und fahren wir die Corniche entlang.‘

Er nickte begeistert: zum erstenmal seit seiner Ankunft schien dieser junge Mensch die Landschaft überhaupt zu sehen und zu bemerken. Bisher hatte er nichts gekannt als den dumpfigen Kasinosaal mit seinem schwülen, schweißigen Geruch, dem Gedränge seiner häßlichen und verzerrten Menschen und ein unwirsches, graues, lärmendes Meer. Aber nun lag auseinandergefaltet der ungeheure Fächer des übersonnten Strandes vor uns, und das Auge taumelte beglückt von Ferne zu Ferne. Wir fuhren im langsamen Wagen (es gab damals noch keine Automobile) den herrlichen Weg, vorbei an vielen Villen und Blicken: hundertmal, an jedem Haus, an jeder in Piniengrün verschatteten Villa kam es einen an als geheimster Wunsch: hier könnte man leben, still, zufrieden, abseits von der Welt!

Bin ich jemals im Leben glücklicher gewesen als in jener Stunde? Ich weiß es nicht. Neben mir im Wagen saß dieser junge Mensch, gestern noch verkrallt in Tod und Verhängnis, und nun staunend vom weißen Sturz der Sonne übersprüht: ganze Jahre schienen von ihm gleichsam weggeglitten. Er schien ganz Knabe geworden, ein schönes, spielendes Kind mit übermütigen und gleichzeitig ehrfurchtsvollen Augen, an dem nichts mich mehr entzückte als sein wachsinniges Zartgefühl: klomm der Wagen zu steil aufwärts und hatten die Pferde Mühe, so sprang er gelenkig ab, von rückwärts nachzuschieben. Nannte ich eine Blume oder deutete ich auf eine am Wege, so eilte er, sie abzupflücken. Eine kleine Kröte, die, vom gestrigen Regen verlockt, mühselig auf dem Wege kroch, hob er auf und trug sie sorgsam ins grüne Gras, damit sie nicht vom nachfahrenden Wagen zerdrückt werde; und zwischendurch erzählte er übermütig die lachendsten, anmutigsten Dinge: ich glaube, in diesem Lachen war eine Art Rettung für ihn, denn sonst hätte er singen müssen oder springen oder Tolles tun, so beglückt, so berauscht gebärdete sich sein plötzlicher Überschwang.

Als wir dann auf der Höhe ein winziges Dörfchen langsam durchfuhren, lüftete er plötzlich im Vorübergehen höflich den Hut. Ich staunte: wen grüßte er da, der Fremde unter Fremden? Er errötete leicht bei meiner Frage und erklärte, beinahe sich entschuldigend, wir seien an einer Kirche vorbeigefahren, und bei ihnen in Polen, wie in allen streng katholischen Ländern, werde es von Kindheit an geübt, vor jeder Kirche und jedem Gotteshaus den Hut zu senken. Diese schöne Ehrfurcht vor dem Religiösen ergriff mich tief, gleichzeitig erinnerte ich mich auch jenes Kreuzes, von dem er gesprochen, und fragte ihn, ob er gläubig sei. Und als er mit einer ein wenig verschämten Gebärde bescheiden zugab, er hoffe, der Gnade teilhaftig zu sein, überkam mich plötzlich ein Gedanke. ‚Halten Sie!' rief ich dem Kutscher zu und stieg eilig aus dem Wagen. Er folgte mir verwundert. ‚Wohin gehen wir?' Ich antwortete nur: ‚Kommen Sie mit.'

Ich ging, von ihm begleitet, zurück zur Kirche, einem kleinen Landgotteshaus aus Backstein. Kalkig, grau und leer dämmerten innere Wände, die Tür stand offen, so daß ein gelber Kegel von Licht scharf hinein ins Dunkel schnitt, darin Schatten einen kleinen Altar blau umbauschten. Zwei Kerzen blickten, verschleierten Auges, aus der weihrauchwarmen Dämmerung. Wir traten ein, er lüftete den Hut, tauchte die Hand in den Kessel der Entsündigung, bekreuzte sich und beugte das Knie. Und kaum war er aufgestanden, so faßte ich ihn an. ‚Gehen Sie hin', drängte ich, ‚zu einem Altar oder irgendeinem Bild hier, das Ihnen heilig ist, und leisten Sie dort das Gelöbnis, das ich Ihnen vorsprechen werde.' Er sah mich an, erstaunt, beinahe erschreckt. Aber schnell verstehend, trat er hin zu einer Nische, schlug das Kreuz und kniete gehorsam nieder. ‚Sprechen Sie mir nach', sagte ich, selbst zitternd vor Erregung, ‚sprechen Sie mir nach: Ich schwöre...' – ‚Ich schwöre', wiederholte er, und ich setzte fort: ‚daß ich niemals mehr an einem Spiel um Geld teilnehme, welcher Art es immer sei, daß ich nie mehr mein Leben und meine Ehre dieser Leidenschaft aussetzen werde.'

Er wiederholte zitternd die Worte: deutlich und laut hafteten sie in der vollkommenen Leere des Raumes. Dann ward es einen Augenblick still, so still, daß man von außen das leise Brausen der Bäume hören konnte, denen der Wind durch die Blätter griff. Und plötzlich warf er sich wie ein Büßender hin und sprach mit einer Ekstase, wie ich es nie gehört hatte, rasche und wirr hintereinandergejagte Worte polnischer Sprache, die ich nicht verstand. Aber es mußte ein ekstatisches Gebet sein, ein Gebet des Dankes und der Zerknirschung, denn immer wieder beugte die stürmische Beichte sein Haupt demütig zum Pulte herab, immer leidenschaftlicher wiederholten sich die fremden Laute, und immer heftiger ein und dasselbe mit unsäglicher Inbrunst herausgeschleuderte Wort. Nie vordem, nie nachdem habe ich in einer Kirche der Welt so beten gehört. Seine Hände umklammerten krampfig dabei das hölzerne Betpult, sein ganzer Körper war geschüttelt von einem inneren Orkan, der ihn manchmal aufriß, manchmal wieder niederwarf. Er sah, er fühlte nichts mehr: alles in ihm schien in einer andern Welt, in einem Fegefeuer der Verwandlung oder in einem Aufschwung zu einer heiligeren Sphäre. Endlich stand er langsam auf, schlug das Kreuz und wandte sich mühsam um. Seine Knie zitterten, sein Antlitz war blaß wie das eines schwer Erschöpften. Aber als er mich sah, strahlte sein Auge auf, ein reines, ein wahrhaft *frommes* Lächeln hellte sein fortgetragenes Gesicht; er trat näher heran, beugte sich russisch tief, faßte meine beiden Hände, sie ehrfürchtig mit den Lippen zu berühren. ,Gott hat Sie mir gesandt. Ich habe ihm dafür gedankt.' Ich wußte nichts zu sagen. Aber ich hätte gewünscht, daß plötzlich über dem niederen Gestühl die Orgel anhebe zu brausen, denn ich fühlte, mir war alles gelungen: diesen Menschen hatte ich für immer gerettet.

Wir traten aus der Kirche in das strahlende, strömende Licht dieses maihaften Tages zurück: nie war mir die Welt schöner erschienen. Zwei Stunden fuhren wir noch im Wagen langsam den panoramenhaften, an jeder Kehre neuen Ausblick schenkenden Weg über die Hügel entlang. Aber wir sprachen nicht mehr. Nach diesem Aufwand des Gefühls schien jedes Wort Verminderung. Und wenn mein Blick zufällig den seinen traf, so mußte ich beschämt ihn wegwenden: es erschütterte mich zu sehr, mein eigenes Wunder zu sehen.

Gegen fünf Uhr nachmittags kehrten wir nach Monte Carlo zurück. Nun forderte mich noch eine Verabredung mit Verwandten, die abzusagen mir nicht mehr möglich war. Und eigentlich begehrte ich im Innersten eine Pause, ein Entspannen des zu gewaltsam aufgerissenen Gefühls. Denn es war zuviel des Glückes. Ich spürte, ich mußte ausruhen von diesem überheißen, diesem ekstatischen Zustand, wie ich ihn ähnlich nie in meinem Leben gekannt. So bat ich meinen Schützling, nur für einen Augenblick zu mir ins Hotel zu kommen; dort in meinem Zimmer übergab ich ihm das Geld für die Reise und die Auslösung des Schmuckes. Wir vereinbarten, daß er während meiner Verabredung sich die Fahrkarte besorge; dann wollten wir uns abends um sieben Uhr an der Eingangshalle des Bahnhofes treffen, eine halbe

Stunde, ehe der Zug über Genua ihn nach Hause brachte. Als ich ihm die fünf Banknoten hinreichen wollte, wurden seine Lippen merkwürdig blaß: ‚Nein . . . kein Geld . . . ich bitte Sie, kein Geld!' stieß er zwischen den Zähnen heraus, während seine Finger nervös und fahrig zurückzitterten. ‚Kein Geld . . . kein Geld . . . ich kann es nicht sehen', wiederholte er noch einmal, gleichsam von Ekel oder Angst körperlich überwältigt. Aber ich beruhigte seine Scham, es sei doch bloß geliehen, und fühle er sich bedrückt, so möge er mir eine Quittung ausstellen. ‚Ja . . . ja . . . eine Quittung', murmelte er abgewandten Blickes, knitterte die Banknoten, wie etwas, das klebrig an den Fingern schmutzt, unbesehen in die Tasche, und schrieb auf ein Blatt mit fliegend hingejagten Zügen ein paar Worte. Als er aufsah, stand feuchter Schweiß auf seiner Stirne: etwas schien von innen empor stoßhaft in ihm aufzuwürgen, und kaum daß er jenes lose Blatt mir zugeschoben, zuckte es ihn durch, und plötzlich – ich trat unwillkürlich erschrocken zurück – fiel er in die Knie und küßte mir den Saum des Kleides. Unbeschreibliche Geste: ich zitterte am ganzen Leib von ihrer übermächtigen Gewalt. Ein merkwürdiger Schauer kam über mich, ich wurde verwirrt und konnte nur stammeln: ‚Ich danke Ihnen, daß Sie so dankbar sind. Aber bitte, gehen Sie jetzt! Abends sieben Uhr an der Eingangshalle des Bahnhofes wollen wir dann Abschied nehmen.'
Er sah mich an, Glanz von Rührung durchfeuchtete seinen Blick; einen Augenblick meinte ich, er wolle etwas sagen, einen Augenblick schien es, als ob er mir entgegendrängte. Aber dann verbeugte er sich plötzlich noch einmal tief, ganz tief, und verließ das Zimmer."

Wieder unterbrach Mrs. C. ihre Erzählung. Sie war aufgestanden und zum Fenster gegangen, blickte hinaus und stand lange unbewegt: an dem shilhouettenhaft hingezeichneten Rücken sah ich ein leichtes, zitterndes Schwanken. Mit einemmal wandte sie sich entschlossen um, ihre Hände, bisher ruhig und unbeteiligt, machten plötzlich eine heftige, abteilende Bewegung, gleichsam als wollten sie etwas zerreißen. Dann sah sie mich hart, beinahe kühn an und begann wieder mit einem Ruck.
„Ich habe Ihnen versprochen, ganz aufrichtig zu sein. Und

ich sehe jetzt, wie notwendig dies Gelöbnis gewesen ist. Denn erst nun, da ich mich zwinge, zum erstenmal im geregelten Zusammenhang den ganzen Ablauf jener Stunde zu schildern und klare Worte zu suchen für ein damals ganz ineinandergefaltetes und verworrenes Gefühl, jetzt erst verstehe ich vieles deutlich, was ich damals nicht wußte oder vielleicht nur nicht wissen wollte. Und deshalb will ich hart und entschlossen mir selbst und auch Ihnen die Wahrheit sagen: damals, in jener Sekunde, als der junge Mensch das Zimmer verließ und ich allein zurückblieb, hatte ich – wie eine Ohnmacht fiel es dumpf über mich – das Empfinden eines harten Stoßes gegen mein Herz: irgend etwas hatte mir tödlich weh getan, aber ich wußte nicht – oder ich weigerte mich, zu wissen –, in welcher Art die doch rührend respektvolle Haltung meines Schützlings mich so schmerzhaft verwundete.

Aber jetzt, da ich mich zwinge, hart und ordnungshaft alles Vergangene aus mir heraus wie ein Fremdes zu holen, und Ihre Zeugenschaft kein Verbergen, keinen feigen Unterschlupf eines beschämenden Gefühls duldet, heute weiß ich klar: was damals so wehe tat, war die Enttäuschung... die Enttäuschung, daß... daß dieser junge Mensch so fügsam gegangen war... so ohne jeden Versuch, mich zu halten, bei mir zu bleiben..., daß er demütig und ehrfurchtsvoll meinem ersten Wunsch, abzureisen, sich fügte, statt... statt einen Versuch zu machen, mich an sich zu reißen..., daß er mich einzig als eine Heilige verehrte, die ihm auf seinem Wege erschienen..., und nicht... nicht mich fühlte als eine Frau.

Das war jene Enttäuschung für mich... eine Enttäuschung, die ich mir nicht eingestand, damals nicht und später nicht, aber das Gefühl einer Frau weiß alles, ohne Worte und Bewußtsein. Denn... jetzt betrüge ich mich nicht länger – hätte dieser Mensch mich damals umfaßt, mich damals gefordert, ich wäre mit ihm gegangen bis ans Ende der Welt, ich hätte meinen Namen entehrt und den meiner Kinder... ich wäre, gleichgültig gegen das Gerede der Leute und die innere Vernunft, mit ihm fortgelaufen, wie jene Madame Henriette mit dem jungen Franzosen, den sie tags zuvor noch nicht kannte... ich hätte nicht gefragt, wohin und wie lange, nicht mich umgewandt mit einem Blick zurück in mein früheres Leben . . . ich hätte mein Geld, meinen Namen, mein Vermögen, meine Ehre diesem Menschen geopfert . . . ich wäre betteln gegangen, und wahrscheinlich gibt es keine Niedrigkeit dieser Welt, zu der er mich nicht hätte verleiten können. Alles, was man Scham nennt und Rücksicht unter den Menschen, hätte ich weggeworfen, wäre er nur mit einem Wort, mit einem Schritt auf mich zugetreten, hätte er versucht, mich zu fassen, so verloren war ich an ihn in dieser Sekunde. Aber . . . ich sagte es Ihnen ja . . . dieser sonderbar benommene Mensch sah mich und die Frau in mir mit keinem Blick mehr . . . und wie sehr, wie ganz hingegeben ich ihm entgegenbrannte, das fühlte ich erst, als ich allein mit mir war, als die Leidenschaft, die eben noch sein erhelltes, sein geradezu seraphisches Gesicht emporriß, dunkel in mich zurückfiel und nun im Leeren einer verlassenen Brust wogte. Mühsam raffte ich mich auf, doppelt widrig lastete jene Verabredung. Mir war, als sei meiner Stirne ein schwerer eiserner, drückender Helm übergestülpt, unter dessen Gewicht ich schwankte: meine Gedanken fielen lose auseinander wie meine Schritte, als ich endlich hinüber in das andere Hotel zu meinen Verwandten ging. Dort saß ich dumpf inmitten regen Geplauders und erschrak immer wieder von neuem, blickte ich zufällig auf und sah in ihre unbewegten Gesichter, die, im Vergleich mit jenem wie von licht- und schattenwerfendem Wolkenspiel belebten, mir maskenhaft oder erfroren dünkten. Als ob ich zwischen lauter Gestorbenen säße, so grauenhaft unbelebt war diese gesellige Gegenwart; und während ich Zucker in die Tasse warf und abwesend mitkonversierte, stieg immer innen, wie vom Flackern des Blutes hochgetrieben, jenes eine Antlitz auf, das zu beobachten mir inbrünstige Freude geworden war und das ich – entsetzlich zu denken! – in einer, in zwei Stunden zum letztenmal gesehen haben sollte. Unwillkürlich mußte ich leise geseufzt oder aufgestöhnt haben, denn plötzlich beugte die Cousine meines Mannes sich mir zu: was mir sei, ob ich mich denn nicht ganz wohl fühle, ich blicke so blaß und bedrängt. Diese unvermutete Frage half nun rasch und mühelos in eine rasche Ausrede, mich quäle in der Tat eine Migräne, sie möge mir darum erlauben, mich unauffällig zu entfernen.

So mir selbst zurückgegeben, eilte ich unverzüglich in mein

Hotel. Und kaum dort allein, überkam mich neuerdings das Gefühl der Leere, des Verlassenseins und, hitzig damit verklammert, das Verlangen nach jenem jungen Menschen, den ich heute für immer verlassen sollte. Ich fuhr hin und her im Zimmer, riß unnütz Laden auf, wechselte Kleid und Band, um mich mit einmal vor dem Spiegel zu finden, prüfenden Blickes, ob ich, dermaßen geschmückt, nicht doch den seinen zu binden vermöchte. Und jählings verstand ich mich selbst: alles tun, nur ihn nicht lassen! Und innerhalb einer gewalttätigen Sekunde wurde dieser Wille zum Entschluß. Ich lief hinunter zum Portier, kündigte ihm an, daß ich heute mit dem Abendzug abreise. Und nun galt es, eilig zu sein: ich klingelte dem Mädchen, daß sie mir behilflich sei, meine Sachen zu packen – die Zeit drängte ja; und während wir gemeinsam in wetteifernder Hast Kleider und kleines Gebrauchsgerät in die Koffer verstauten, träumte ich mir die ganze Überraschung aus: wie ich ihn an den Zug begleiten würde, um dann im letzten, im allerletzten Moment, wenn er mir die Hand schon zum Abschied geboten, plötzlich zu dem Erstaunten in den Wagen zu steigen, mit ihm für diese Nacht, für die nächste – solange er mich wollte. Eine Art entzückter, begeisterter Taumel wirbelte mir im Blut, manchmal lachte ich, zur Befremdung des Mädchens, indes ich Kleider in die Koffer warf, unvermutet laut auf: meine Sinne waren, ich fühlte es zwischendurch, in Unordnung geraten. Und als der Lohndiener kam, die Koffer zu holen, starrte ich ihn erst fremd an: es war zu schwer, an Sachliches zu denken, indes von innen her die Erregung mich so stark überwogte.

Die Zeit drängte, knapp an sieben mochte es sein, bestenfalls blieben da zwanzig Minuten bis zum Abgang des Zuges – freilich, tröstete ich mich, nun zählte mein Kommen ja nicht mehr als Abschied, seit ich entschlossen war, ihn auf seiner Fahrt zu begleiten, solange, soweit er es duldete. Der Diener trug die Koffer voraus, ich hastete zur Hotelkasse, meine Rechnung zu begleichen. Schon reichte mir der Manager das Geld zurück, schon wollte ich weiter, da rührte eine Hand zärtlich an meine Schulter. Ich zuckte auf. Es war meine Cousine, die, beunruhigt durch mein angebliches Unwohlsein, gekommen war, nach mir zu sehen. Mir dunkelte es vor den Augen. Ich konnte sie jetzt nicht brauchen, jede Sekunde Verzögerung bedeutete verhängnisvolles Versäumnis, aber doch verpflichtete mich Höflichkeit, ihr wenigstens eine Zeitlang Rede und Antwort zu stehen. ‚Du mußt zu Bett‘, drängte sie, ‚du hast bestimmt Fieber.‘ Und so mochte es wohl auch sein, denn die Pulse trommelten mir hart auf die Schläfen, und manchmal spürte ich jene vorschwebenden blauen Schatten naher Ohnmacht über den Augen. Aber ich wehrte ab, bemühte mich, dankbar zu scheinen, indes jedes Wort mich brannte und ich am liebsten ihre unzeitgemäße Fürsorge mit dem Fuße weggestoßen hätte. Doch die unerwünscht Besorgte blieb, blieb, blieb, bot mir Eau de Cologne, ließ sich's nicht nehmen, mir selbst das kühle um die Schläfen zu streichen: ich aber zählte indes die Minuten, dachte gleichzeitig an ihn und wie ich einen Vorwand finden könnte, dieser quälenden Anteilnahme zu entkommen. Und je unruhiger ich ward, desto mehr erschien ich ihr verdächtig: beinahe mit Gewalt wollte sie mich schließlich veranlassen, auf mein Zimmer zu gehen und mich niederzulegen. Da – inmitten ihres Zuspruches – sah ich auf einmal in der Mitte der Halle die Uhr: zwei Minuten vor halb acht, und um 7 Uhr 35 ging der Zug. Und brüsk, schußhaft, mit der brutalen Gleichgültigkeit einer Verzweifelten stieß ich meiner Cousine die Hand geradewegs zu. ‚Adieu, ich muß fort!‘ und ohne mich um ihren erstarrten Blick zu kümmern, ohne mich umzusehen, stürmte ich an den verwunderten Hoteldienern vorbei und zur Türe hinaus, auf die Straße und dem Bahnhof zu. Bereits an der erregten Gestikulation des Lohndieners, er stand dort wartend mit dem Gepäck, nahm ich von ferne wahr, es müsse höchste Zeit sein. Blindwütig stürmte ich hin zur Schranke, aber da wehrte wieder der Schaffner: ich hatte vergessen, ein Billett zu nehmen. Und während ich mit Gewalt beinahe ihn bereden wollte, mich dennoch auf den Perron zu lassen, setzte sich der Zug bereits in Bewegung: ich starrte hin, zitternd an allen Gliedern, wenigstens noch einen Blick von irgendeinem der Waggonfenster zu erhaschen, ein Winken, einen Gruß. Aber ich konnte inmitten des eilfertigen Geschiebes sein Antlitz nicht mehr wahrnehmen. Immer rascher rollten die Wagen vorbei, und nach einer Minute blieb nichts als qualmendes, schwarzes Gewölk vor meinen verdunkelten Augen.

Ich muß wie versteinert dort gestanden haben, Gott weiß wie lange, denn der Lohndiener hatte mich wohl vergeblich mehrmals angesprochen, ehe er wagte, meinen Arm zu berühren. Da erst schrak ich auf. Ob er das Gepäck wieder in das Hotel zurückbringen sollte. Ich brauchte ein paar Minuten Zeit, mich zu besinnen; nein, das war nicht möglich, ich konnte nach jener lächerlichen, überstürzten Abreise nicht wieder zurück und wollte auch nicht zurück, nie mehr; so befahl ich ihm, ungeduldig, schon allein zu sein, das Gepäck im Depot zu verstauen. Danach erst, mitten in dem unablässig erneuten Gequirl von Menschen, das sich in der Halle lärmend zusammenschob und wieder zerkleinerte, versuchte ich zu denken, klar zu denken, mich herauszuretten aus diesem verzweifelten, schmerzenden Gewürge von Zorn, Reue und Verzweiflung, denn – warum es nicht eingestehen? – der Gedanke, durch eigene Schuld die letzte Begegnung vertan zu haben, wühlte in mir mit glühender Schärfe unbarmherzig herum. Ich hätte aufschreien können, so weh tat diese immer erbarmungsloser vordringende, rotgehitzte Schneide. Nur ganz leidenschaftsfremde Menschen haben ja in ihren einzigen Augenblicken vielleicht solche lawinenhaft plötzliche, solche orkanische Ausbrüche der Leidenschaft: da stürzen ganze Jahre mit dem stürzenden Geröll nichtgenützter Kräfte die eigene Brust hinab. Nie vordem, nie nachdem hatte ich ähnliches an Überraschung und wütender Machtlosigkeit erlebt als in dieser Sekunde, da ich, zum Verwegensten bereit – bereit, mein ganzes gespartes, gehäuftes, zusammengehaltenes Leben mit einem Ruck hinzuwerfen –, plötzlich vor mir eine Mauer von Sinnlosigkeit fand, gegen die meine Leidenschaft ohnmächtig mit der Stirne stieß.

Was ich dann tat, wie konnte es anders als gleichfalls ganz sinnlos sein; es war töricht, sogar dumm, fast schäme ich mich, es zu erzählen – aber ich habe mir, ich habe Ihnen versprochen, nichts zu verschweigen: nun, ich ... ich suchte ihn mir wieder ... das heißt, ich suchte mir jeden Augenblick zurück, den ich mit ihm verbracht ... es zog mich gewaltsam hin zu allen Orten, wo wir gemeinsam gestern gewesen, zu der Bank im Garten, von der ich ihn weggerissen, in den Spielsaal, wo ich ihn zum erstenmal gesehen, ja in jene Spelunke sogar, nur um noch einmal, noch einmal das Vergangene wieder zu erleben. Und morgen wollte ich dann im Wagen die Corniche entlang den gleichen Weg, damit jedes Wort, jede Geste noch einmal wieder in mir erneuert sei – ja, so sinnlos, so kindisch war meine Verwirrung. Aber bedenken Sie, wie blitzhaft jene Geschehnisse mich überstürmten – ich hatte kaum anderes gefühlt als einen einzigen betäubenden Schlag. Nun aber, zu rauh aus jenem Tumult erweckt, wollte ich mich auf dies hinfliehend Erlebte noch einmal Zug um Zug nachgenießend besinnen, dank jenem magischen Selbstbetrug, den wir Erinnerung nennen – freilich: das sind Dinge, die man begreift oder nicht begreift. Vielleicht braucht man ein brennendes Herz, um sie zu verstehen.

So ging ich zunächst in den Spielsaal, den Tisch zu suchen, wo er gesessen, und dort unter all den Händen die seinen mir zu erdenken. Ich trat ein: es war, ich wußte es noch, der linke Tisch gewesen im zweiten Zimmer, wo ich ihn zuerst erblickt. Noch deutlich stand jede seiner Gesten vor mir: traumwandlerisch, mit geschlossenen Augen und vorgestreckten Händen hätte ich seinen Platz gefunden. Ich trat also ein, ging gleich quer durch den Saal. Und da ... wie ich von der Tür aus den Blick gegen das Gewühl wandte ... da geschah mir etwas Sonderbares ... da saß genau an der Steelle, an die ich mir ihn hingeträumt, da saß – Halluzination des Fiebers! – ... er wirklich ... Er ... Er ... genau so, wie ich ihn eben träumend gesehen ... genau so wie gestern, stier die Augen auf die Kugel gerichtet, geisterhaft bleich ... aber Er ... Er ... unverkennbar Er ...

Mir war, als müßte ich aufschreien, so erschrak ich. Aber ich bezähmte meinen Schrecken vor dieser unsinnigen Vision und schloß die Augen. Du bist wahnsinnig ... du träumst ... du fieberst, sagte ich mir. Es ist ja unmöglich, du halluzinierst ... Er ist vor einer halben Stunde von hier weggefahren. Dann erst tat ich die Augen wieder auf. Aber entsetzlich: genau so wie vordem saß er dort, leibhaft unverkennbar ... unter Millionen hätte ich diese Hände erkannt ... nein, ich träumte nicht, er war es wirklich. Er war nicht weggefahren, wie er mir geschworen, der Wahnwitzige saß da, er hatte das Geld, das ich ihm zur Heimreise gegeben, hierhergetragen an den grünen Tisch und voll-

kommen selbstvergessen in seiner Leidenschaft hier gespielt, indes ich verzweifelt mir das Herz nach ihm ausge-
rungen.

Ein Ruck stieß mich vorwärts: Wut überschwemmte mir die
Augen, rasende rotblickende Wut, den Eidbrüchigen, der
mein Vertrauen, mein Gefühl, meine Hingabe so schänd-
lich betrogen hatte, an der Gurgel zu fassen. Aber ich be-
zwang mich noch. Mit gewollter Langsamkeit (wieviel Kraft
kostete sie mich!) trat ich an den Tisch gerade ihm gegenüber, ein Herr machte mir höflich Platz. Zwei Meter grünes
Tuch standen zwischen uns beiden, und ich konnte, wie
von einem Balkon herab in ein Schauspiel, hinstarren in
sein Gesicht, in eben dasselbe Gesicht, das ich vor zwei
Stunden überstrahlt gesehen hatte von Dankbarkeit, erleuchtet von der Aura der göttlichen Gnade, und das nun
ganz wieder in allen Höllenfeuern der Leidenschaft zuk-
kend verging. Die Hände, dieselben Hände, die ich noch
nachmittags im heiligsten Eid an das Holz des Kirchenge-
stühls verklammert gesehen, sie krallten jetzt wieder gekrümmt im Geld herum wie wollüstige Vampire. Denn er
hatte gewonnen, er mußte viel, sehr viel gewonnen haben:
vor ihm glitzerte ein wirrer Haufen von Jetons und Louis-
dors und Banknoten, ein schütteres, achtloses Durcheinander, in dem die Finger, seine zitternden, nervösen Finger
sich wohlig streckten und badeten. Ich sah, wie sie strei-
chelnd die einzelnen Noten festhielten und falteten, die
Münzen drehten und liebkosten, um dann plötzlich mit
einem Ruck eine Faustvoll zu fassen und mitten auf eines
der Karrees zu werfen. Und sofort begannen die Nasenflügel jetzt wieder diese fliegenden Zuckungen, der Ruf des
Croupiers riß ihm die Augen, die gierig flackernden, vom
Gelde weg und hin zu der splitternden Kugel, er strömte
gleichsam von sich selber fort, indes die Ellenbogen dem
grünen Tisch mit Nägeln angehämmert schienen. Noch
furchtbarer, noch grauenhafter offenbarte sich sein vollkommenes Besessensein als am vergangenen Abend, denn
jede seiner Bewegungen mordete in mir jenes andere, wie
auf Goldgrund leuchtende Bild, das ich leichtgläubig nach
innen genommen.

Zwei Meter voneinander atmeten wir so beide; ich starrte
auf ihn, ohne daß er meiner gewahr wurde. Er sah nicht auf

112

mich, er sah niemanden; sein Blick glitt nur hin zu dem Geld, flackerte unstet mit der zurückrollenden Kugel: in diesem einen rasenden grünen Kreise waren alle seine Sinne eingeschlossen und hetzten hin und zurück. Die ganze Welt, die ganze Menschheit war diesem Spielsüchtigen zusammengeschmolzen in diesen viereckigen Fleck gespannten Tuches. Und ich wußte, daß ich hier Stunden und Stunden stehen konnte, ohne daß er eine Ahnung meiner Gegenwart in seine Sinne nehmen würde.

Aber ich ertrug es nicht länger. Mit einem plötzlichen Entschluß ging ich um den Tisch, trat hinter ihn und faßte hart mit der Hand seine Schulter. Sein Blick taumelte auf – eine Sekunde starrte er mit glasigen Augäpfeln mich fremd an, genau einem Trunkenen gleich, den man mühsam aus dem Schlaf rüttelt und dessen Blicke noch grau und dösig vom inneren Qualme dämmern. Dann schien er mich zu erkennen, sein Mund tat sich zitternd auf, beglückt sah er zu mir empor und stammelte leise mit einer wirr-geheimnisvollen Vertraulichkeit: ‚Es geht gut ... Ich habe es gleich gewußt, wie ich hereinkam und sah, daß Er hier ist ... Ich habe es gleich gewußt ...‘

Ich verstand ihn nicht. Ich merkte nur, daß er betrunken war vom Spiel, daß dieser Wahnwitzige alles vergessen hatte, sein Gelöbnis, seine Verabredung, mich und die Welt. Aber selbst in dieser Besessenheit war seine Ekstase für mich so hinreißend, daß ich unwillkürlich seiner Rede mich unterwarf und betroffen fragte, wer denn hier sei.

‚Dort, der alte russische General mit dem einen Arm‘, flüsterte er, ganz an mich gedrückt, damit niemand das magische Geheimnis erlausche. ‚Dort, der mit den weißen Kotelettes und dem Diener hinter sich. Er gewinnt immer, ich habe ihn schon gestern beobachtet, er muß ein System haben, und ich setze immer das gleiche ... Auch gestern hat er immer gewonnen ... nur habe ich den Fehler gemacht, weiterzuspielen, als er wegging ... das war mein Fehler ... er muß gestern zwanzigtausend Franken gewonnen haben ... und auch heute gewinnt er mit jedem Zug ... jetzt setze ich ihm immer nach ... Jetzt ...‘

Mitten in der Rede brach er plötzlich ab, denn der Croupier rief sein schnarrendes ‚Faites votre jeu!‘ und schon taumelte sein Blick fort, und gierte hin zu dem Platz, wo gravitätisch und gelassen der weißbärtige Russe saß und bedächtig erst ein Goldstück, dann zögernd ein zweites auf das vierte Feld hinlegte. Sofort griffen die hitzigen Hände vor mir den Haufen und warfen eine Handvoll Goldstücke auf die gleiche Stelle. Und als nach einer Minute der Croupier ‚Zéro!‘ rief und sein Rechen mit einer einzigen Drehung den ganzen Tisch blankfegte, starrte er wie einem Wunder dem wegströmenden Gelde nach. Aber meinen Sie, er hätte sich nach mir umgewendet: nein, er hatte mich vollkommen vergessen; ich war herausgesunken, verloren, vergangen aus seinem Leben, seine ganzen angespannten Sinne starrten nur hin zu dem russischen General, der, vollkommen gleichgültig, wieder zwei Goldstücke in der Hand wog, unschlüssig, auf welche Zahl er sie placieren sollte.

Ich kann Ihnen meine Erbitterung, meine Verzweiflung nicht schildern. Aber denken Sie sich mein Gefühl: für einen Menschen, dem man sein ganzes Leben hingeworfen hat, nicht mehr als eine Fliege zu sein, die man lässig mit der lockeren Hand wegscheucht. Wieder kam diese Welle von Wut über mich. Mit vollem Griff packte ich seinen Arm, daß er auffuhr.

‚Sie werden sofort aufstehen!‘ flüsterte ich ihm leise, aber befehlend zu. ‚Erinnern Sie sich, was Sie heute in der Kirche geschworen, Sie eidbrüchiger, erbärmlicher Mensch.‘

Er starrte mich an, betroffen und ganz blaß. Seine Augen bekamen plötzlich den Ausdruck eines geschlagenen Hundes, seine Lippen zitterten. Er schien sich mit einemmal alles Vergangenen zu erinnern, und ein Grauen vor sich selbst ihn zu überkommen.

‚Ja . . . ja . . .‘, stammelte er. ‚O mein Gott, mein Gott . . . Ja . . . ich komme schon, verzeihen Sie . . .‘

Und schon raffte seine Hand das ganze Geld zusammen, schnell zuerst, mit einem zusammenreißenden, vehementen Ruck, aber dann allmählich träger werdend und wie von einer Gegenkraft zurückgeströmt. Sein Blick war neuerdings auf den russischen General gefallen, der eben pointierte.

‚Einen Augenblick noch . . .‘, er warf rasch fünf Goldstücke auf das gleiche Feld . . . ‚Nur noch dieses eine Spiel . . . Ich schwöre Ihnen, ich komme sofort . . . nur noch dieses eine Spiel . . . nur noch . . .‘

Und wieder verlosch seine Stimme. Die Kugel hatte zu rollen begonnen und riß ihn mit sich. Wieder war der Besessene mir, war er sich selber entglitten, hinabgeschleudert mit dem Kreisel in die glatte Mulde, innerhalb derer die winzige Kugel kollerte und sprang. Wieder rief der Croupier, wieder scharrte der Rechen die fünf Goldstücke von ihm weg; er hatte verloren. Aber er wandte sich nicht um. Er hatte mich vergessen, wie den Eid, wie das Wort, das er mir vor einer Minute gegeben. Schon wieder zuckte seine gierige Hand nach dem eingeschmolzenen Gelde, und nur zu dem Magnet seines Willens, zu dem glückbringenden Gegenüber hin, flackerte sein betrunkener Blick.

Meine Geduld war zu Ende. Ich rüttelte ihn nochmals, aber jetzt gewaltsam. ‚Auf der Stelle stehen Sie jetzt auf! Sofort! . . . Sie haben gesagt, dieses Spiel noch . . .'

Aber da geschah etwas Unerwartetes. Er riß sich plötzlich herum, doch das Gesicht, das mich ansah, war nicht mehr das eines Demütigen und Verwirrten, sondern eines Rasenden, eines Bündels Zorn mit brennenden Augen und vor Wut zitternden Lippen. ‚Lassen Sie mich in Ruhe!' fauchte er mich an. ‚Gehen Sie weg! Sie bringen mir Unglück. Immer, wenn Sie da sind, verliere ich. So haben Sie es gestern gemacht und heute wieder. Gehen Sie fort!'

Ich war einen Augenblick starr. Aber an seiner Tollheit wurde nun auch mein Zorn zügellos.

‚Ich bringe Ihnen Unglück?' fuhr ich ihn an. ‚Sie Lügner, Sie Dieb, der Sie mir geschworen haben . . .' Doch ich kam nicht weiter, denn der Besessene sprang von seinem Platze auf, stieß mich, gleichgültig um den sich regenden Tumult, zurück. ‚Lassen Sie mich in Frieden', schrie er hemmungslos laut. ‚Ich stehe nicht unter Ihrer Kuratel . . . da . . . da . . . da haben Sie Ihr Geld', und er warf mir ein paar Hundertfrankenscheine hin . . . ‚Jetzt aber lassen Sie mich in Ruhe!'

Ganz laut, wie ein Besessener hatte er das gerufen, gleichgültig gegen die hundert Menschen ringsum. Alles starrte, zischelte, deutete, lachte, ja vom Nachbarsaal selbst drängten neugierige Leute herein. Mir war, als würden mir die Kleider vom Leibe gerissen und ich stünde nackt vor allen diesen Neugierigen . . . ‚Silence, Madame, s'il vous plaît!' sagte laut und herrisch der Croupier und klopfte mit dem

Rechen auf den Tisch. Mir galt das, mir, das Wort dieses erbärmlichen Gesellen. Erniedrigt, von Scham übergossen, stand ich vor der zischelnd aufflüsternden Neugier wie eine Dirne, der man Geld hingeschmissen hat. Zweihundert, dreihundert unverschämte Augen griffen mir ins Gesicht, und da ... wie ich ausweichend ganz geduckt vor dieser Jauche von Erniedrigung und Scham mit dem Blick zur Seite bog, da stieß er gradwegs in zwei Augen, gleichsam schneidend vor Überraschung – es war meine Cousine, die mich entgeistert anblickte, aufgegangenen Mundes und mit einer wie im Schreck erhobenen Hand.

Das schlug in mich hinein: noch ehe sie sich regen konnte, sich erholen von ihrer Überraschung, stürmte ich aus dem Saale; es trug mich noch gerade hin bis zu der Bank, zu ebenderselben Bank, auf die gestern jener Besessene hingestürzt war. Und ebenso kraftlos, ebenso ausgeschöpft und zerschmettert fiel ich hin auf das harte, unbarmherzige Holz. –

Das ist jetzt vierundzwanzig Jahre her, und doch, wenn ich an diesen Augenblick, wo ich dort, niedergepeitscht von seinem Hohn, vor tausend fremden Menschen stand, mich erinnere, wird mir das Blut kalt in den Adern. Und ich spüre wieder erschrocken, eine wie schwache, armselige und quallige Substanz das doch sein muß, was wir immer großspurig Seele, Geist, Gefühl, was wir Schmerzen nennen, da all dies selbst im äußersten Übermaß nicht vermag, den leidenden Leib, den zerquälten Körper völlig zu zersprengen – weil man ja doch solche Stunden mit weiterpochendem Blut überdauert, statt hinzusterben und hinzustürzen wie ein Baum unterm Blitz. Nur für einen Ruck, für einen Augenblick hatte dieser Schmerz mir die Gelenke durchgerissen, daß ich hinfiel auf jene Bank, atemlos, stumpf und mit einem geradezu wollüstigen Vorgefühl des Absterbenmüssens. Aber ich sagte es eben, aller Schmerz ist feige, er zuckt zurück vor der übermächtigen Forderung nach Leben, die stärker in unserem Fleisch verhaftet scheint als alle Todesleidenschaft in unserem Geiste. Unerklärlich mir selbst noch solcher Zerschmetterung der Gefühle: aber doch, ich stand wieder auf, nicht wissend freilich, was zu tun. Und plötzlich fiel mir ein, daß ja meine Koffer am Bahnhof bereitstanden, und schon jagte es durch mich hin: fort, fort, nur fort von hier, von diesem verfluchten Höllenhaus. Ich lief, ohne auf jemand achtzugeben, an die Bahn, fragte, wann der nächste Zug nach Paris ginge; um zehn Uhr, sagte mir der Portier, und sofort ließ ich mein Gepäck aufgeben. Zehn Uhr – dann waren genau vierundzwanzig Stunden vorbei seit jener entsetzlichen Begegnung, vierundzwanzig Stunden, so gefüllt vom wechselnden Wetterschlag der widersinnigsten Gefühle, daß meine innere Welt für immer zerschmettert war. Aber zunächst spürte ich nichts als ein Wort in diesem ewig hämmernden, zuckenden Rhythmus: fort! fort! fort! Mein Puls hinter der Stirn schlug wie ein Keil es immer wieder in die Schläfen hinein: fort! fort! fort! Fort von dieser Stadt, fort von mir selbst, nach Hause, zu meinen Menschen, zu meinem früheren, zu meinem eigenen Leben! Ich fuhr die Nacht durch nach Paris, dort von einem Bahnhof zum andern und direkt nach Boulogne, von Boulogne nach Dover, von Dover nach London, von London zu meinem Sohn – alles in diesem einzigen jagenden Flug, ohne zu überlegen, ohne zu denken, achtundvierzig Stunden, ohne Schlaf, ohne Wort, ohne Essen, achtundvierzig Stunden, während derer alle Räder nur dieses eine Wort ratterten: fort! fort! fort! Als ich endlich, unerwartet für jeden einzelnen, bei meinem Sohn im Landhaus eintrat, schraken sie alle auf: irgend etwas muß in meinem Wesen, in meinem Blick gestanden haben, das mich verriet. Mein Sohn wollte mich umarmen und küssen. Ich bog mich zurück: der Gedanke war mir unerträglich, daß er Lippen berühren sollte, die ich als geschändet empfand. Ich wehrte jeder Frage, verlangte nur ein Bad, denn dies war mir Bedürfnis, mit dem Schmutz der Reise auch alles andere von meinem Körper wegzuwaschen, was noch von der Leidenschaft dieses Besessenen, dieses Unwürdigen ihm anzuhaften schien. Dann schleppte ich mich hinauf in mein Zimmer und schlief zwölf, vierzehn Stunden einen dumpfen, steinernen Schlaf, wie ich ihn nie zuvor und nie seitdem geschlafen habe, einen Schlaf, nach dem ich nun weiß, wie das sein muß, in einem Sarg zu liegen und tot zu sein. Meine Verwandten kümmerten sich um mich wie um eine Kranke, aber ihre Zärtlichkeit tat mir nur weh, ich schämte mich ihrer Ehrfurcht, ihres Respekts, und unablässig mußte ich mich hüten, nicht plötzlich herauszuschreien, wie sehr ich sie alle verraten, vergessen und schon verlassen hatte um einer tollen und wahnwitzigen Leidenschaft willen.

Ziellos fuhr ich dann wieder in eine kleine französische Stadt, wo ich niemanden kannte, denn mich verfolgte der Wahn, jeder Mensch könne mir von außen beim ersten Blick meine Schande, meine Veränderung ansehen, so sehr fühlte ich mich verraten und beschmutzt bis in die tiefste Seele. Manchmal, wenn ich morgens aufwachte in meinem Bett, hatte ich eine grauenhafte Angst, die Augen zu öffnen. Wieder überfiel mich das Erinnern an diese Nacht, wo ich plötzlich neben einem fremden, halbnackten Menschen erwachte, und dann hatte ich immer nur, ganz wie damals, den einen Wunsch, sofort zu sterben.

Aber schließlich, die Zeit hat doch tiefe Macht und das Alter eine sonderbare entwertende Gewalt über alle Gefühle. Man spürt den Tod näher herankommen, sein Schatten fällt schwarz über den Weg, da scheinen die Dinge weniger grell, sie fahren einem nicht mehr so in die innern Sinne und verlieren viel von ihrer gefährlichen Gewalt. Allmählich kam ich über den Schock hinweg; und als ich nach langen Jahren einmal in einer Gesellschaft dem Attaché der österreichischen Gesandtschaft begegnete, einem jungen Polen, und er mir auf meine Erkundung nach jener Familie erzählte, daß ein Sohn dieses seines Vetters sich vor zehn Jahren in Monte Carlo erschossen habe – da zitterte ich nicht einmal mehr. Es tat kaum mehr weh: vielleicht – warum seinen Egoismus verleugnen? – tat es mir sogar wohl, denn nun war die letzte Furcht vorbei, noch jemals ihm zu begegnen: ich hatte keinen Zeugen mehr wider mich als die eigene Erinnerung. Seitdem bin ich ruhiger geworden. Altwerden heißt ja nichts anderes, als keine Angst mehr haben vor der Vergangenheit.

Und jetzt werden Sie es auch verstehen, wie ich plötzlich dazu kam, mit Ihnen über mein eigenes Schicksal zu sprechen. Als Sie Madame Henriette verteidigten und leidenschaftlich sagten, vierundzwanzig Stunden könnten das Schicksal einer Frau vollkommen bestimmen, fühlte ich mich selbst damit gemeint: ich war Ihnen dankbar, weil ich zum erstenmal mich gleichsam bestätigt fühlte. Und da dachte ich mir: einmal sich's wegsprechen von der Seele, vielleicht löst das den lastenden Bann und die ewig rückblickende Starre; dann kann ich morgen vielleicht hinübergehen und ebendenselben Saal betreten, in dem ich meinem Schicksal begegnet, und doch ohne Haß sein gegen ihn und gegen mich selbst. Dann ist der Stein von der Seele gewälzt, liegt mit seiner ganzen Wucht über aller Vergangenheit und verhütet, daß sie noch einmal aufersteht. Es war gut für mich, daß ich Ihnen all dies erzählen konnte: mir ist jetzt leichter und beinahe froh zumute . . . ich danke Ihnen dafür."

Bei diesen Worten war sie plötzlich aufgestanden, ich fühlte, daß sie zu Ende war. Etwas verlegen suchte ich nach einem Wort. Aber sie mußte meine Bemühung gefühlt haben und wehrte rasch ab.
„Nein, bitte, sprechen Sie nicht . . ., ich möchte nicht, daß Sie mir etwas antworten oder sagen . . . Seien Sie bedankt, daß Sie mir zugehört haben, und reisen Sie wohl."
Sie stand mir gegenüber und reichte mir die Hand zum Abschied. Unwillkürlich sah ich auf zu ihrem Gesicht, und es schien mir rührend wunderbar, das Antlitz dieser alten Frau, die gütig und gleichzeitig leicht beschämt vor mir stand. War es der Widerschein vergangener Leidenschaft, war es Verwirrung, die da plötzlich mit aufsteigendem Rot die Wangen bis zum weißen Haar empor unruhig überglühte – aber ganz wie ein Mädchen stand sie da, bräutlich verwirrt von Erinnerungen und beschämt von dem eigenen Geständnis. Unwillkürlich ergriffen, drängte es mich sehr, ihr durch ein Wort meine Ehrfurcht zu bezeugen. Doch die Kehle wurde mir eng. Und da beugte ich mich nieder und küßte respektvoll ihre welke, wie Herbstlaub leicht zitternde Hand.

Verwirrung der Gefühle

Private Aufzeichnungen des Geheimrates R. v. D.

Sie haben es gut gemeint, meine Schüler und Kollegen
von der Fakultät: da liegt, feierlich überbracht und kostbar
gebunden, das erste Exemplar jener Festschrift, die zu meinem sechzigsten Geburtstag und zum dreißigsten meiner
akademischen Lehrtätigkeit die Philologen mir gewidmet
haben. Eine wahrhaftige Biographie ist es geworden; kein
kleiner Aufsatz fehlt, keine Festrede, keine nichtige Rezen-
sion in irgendeinem gelehrten Jahrbuch, die nicht bibliogra-
phischer Fleiß dem papiernen Grabe entrissen hätte – mein
ganzer Werdegang, säuberlich klar, Stufe um Stufe, einer
wohlgefegten Treppe gleich, ist er aufgebaut bis zur gegenwärtigen Stunde – wirklich, ich wäre undankbar, wollte ich
mich nicht freuen an dieser rührenden Gründlichkeit. Was
ich selbst verlebt und verloren gemeint, kehrt in diesem
Bilde geeint und geordnet zurück: nein, ich darf es nicht
leugnen, daß ich alter Mann die Blätter mit gleichem Stolz
betrachtete wie einst der Schüler jenes Zeugnis seiner Lehrer, das ihm Fähigkeit und Willen zur Wissenschaft erstmalig bekundete.
Aber doch: als ich die zweihundert fleißigen Seiten durch-
blättert und meinem geistigen Spiegelbild genau ins Auge
gesehen, mußte ich lächeln. War das wirklich mein Leben,
stieg es tatsächlich in so behaglich zielvollen Serpentinen
von der ersten Stunde bis an die heutige heran, wie sich's
hier aus papiernem Bestand der Biograph zurechtschichtet?
Mir ging's genau so, als da ich zum erstenmal meine eigene
Stimme aus einem Grammophon sprechen hörte: ich erkannte sie vorerst gar nicht; denn wohl war dies meine
Stimme, aber doch nur jene, wie die andern sie vernehmen
und nicht ich selbst sie gleichsam durch mein Blut und im
innern Gehäuse meines Seins höre. Und so ward ich, der

ein Leben daran gewandt, Menschen aus ihrem Werke darzustellen und das geistige Gefüge ihrer Welt wesenhaft zu machen, gerade am eigenen Erlebnis wieder gewahr, wie undurchdringlich in jedem Schicksal der eigentliche Wesenskern bleibt, die plastische Zelle, aus der alles Wachstum dringt. Wir erleben Myriaden Sekunden, und doch wird's immer nur eine, eine einzige, die unsere ganze innere Welt in Wallung bringt, die Sekunde, da (Stendhal hat sie beschrieben) die innere, mit allen Säften schon getränkte Blüte blitzhaft in Kristallisation zusammenschießt – eine magische Sekunde, gleich jener der Zeugung und gleich ihr verborgen im warmen Innern des eigenen Leibes, unsichtbar, untastbar, unfühlbar, einzig erlebtes Geheimnis. Keine Algebra des Geistes kann sie errechnen, keine Alchimie der Ahnung sie erraten, und selten errafft sie das eigene Gefühl.

Von jenem Geheimsten meiner geistigen Lebensentfaltung weiß jenes Buch kein Wort: darum mußte ich lächeln. Alles ist wahr darin – nur das Wesenhafte fehlt. Es beschreibt mich nur, aber es sagt mich nicht aus. Es spricht bloß von mir, aber es verrät mich nicht. Zweihundert Namen umfaßt das sorgfältig geklitterte Register – nur der eine fehlt, von dem aller schöpferische Impuls ausging, der Name des Mannes, der mein Schicksal bestimmte und nun wieder mit doppelter Gewalt mich in meine Jugend ruft. Von allen ist gesprochen, nur von ihm nicht, der mir die Sprache gab und in dessen Atem ich rede: und mit einemmal fühle ich dieses feige Verschweigen als eine Schuld. Ein Leben lang habe ich Bildnisse von Menschen gezeichnet, aus Jahrhunderten her Gestalten zurückerweckt für gegenwärtiges Gefühl, und gerade des mir Gegenwärtigsten, seiner habe ich niemals gedacht: so will ich ihm, dem geliebten Schatten, wie in homerischen Tagen zu trinken geben vom eigenen Blute, damit er wieder zu mir spreche und der längst schon Weggealterte bei mir, dem Alternden, sei. Ich will ein verschwiegenes Blatt legen zu den offenbaren, ein Bekenntnis des Gefühls neben das gelehrte Buch und mir selbst um seinetwillen die Wahrheit meiner Jugend erzählen.

Noch einmal, ehe ich beginne, blättere ich in jenem Buche, das mein Leben darzustellen vorgibt. Und wiederum muß ich lächeln. Denn wie wollten sie ans wahrhaft Innere mei-

nes Wesens heran, da sie einen falschen Einstieg wählten?
Schon ihr erster Schritt geht fehl! Da fabelt ein mir wohlge-
sinnter Schulgenosse, gleichfalls Geheimrat heute, schon im
Gymnasium hätte mich eine leidenschaftliche Liebe für die
Geisteswissenschaften vor allen andern Pennälern ausgezeichnet. Falsch erinnert, lieber Geheimrat! Für mich war
alles Humanistische schlecht ertragener, zähneknirschend
durchgeschäumter Zwang. Gerade weil ich als Rektorssohn
in jener norddeutschen Kleinstadt von Tisch und Stube her
Bildung immer als Brotgeschäft betreiben sah, haßte ich alle
Philologie von Kindheit an: immer setzt ja die Natur, ihrer
mystischen Aufgabe gemäß, das Schöpferische zu bewahren, dem Kinde Stachel und Hohn ein gegen die Neigung
des Vaters. Sie will kein gemächliches kraftloses Erben,
kein bloßes Fortsetzen und Weitertun von einem zum andern Geschlecht: immer stößt sie erst Gegensatz zwischen
die Gleichgearteten und gestattet nur nach mühseligem und
fruchtbarem Umweg dem Späteren Einkehr in der Vorel-
tern Bahn. Genug daß mein Vater die Wissenschaft heilig-
sprach, und schon empfand meine Selbstbehauptung sie als
bloßes Klügeln mit Begriffen; weil er die Klassiker als Muster pries, schienen sie mir lehrhaft und darum verhaßt.
Von Büchern rings umgeben, verachtete ich die Bücher; immer zum Geistigen vom Vater gedrängt, empörte ich mich
gegen jede Form schriftlich überlieferter Bildung; so war es
nicht verwunderlich, daß ich nur mühsam bis zum Abi-
turium mich durchrang und dann mit Heftigkeit jede Fort-
setzung des Studiums abwehrte. Ich wollte Offizier werden,
Seemann oder Ingenieur; zu keinem dieser Berufe drängte
mich eigentlich zwingende Neigung. Einzig der Widerwille
gegen das Papierne und Didaktische der Wissenschaft ließ
mich Praktisch-Tätiges statt des Akademischen fordern.
Doch mein Vater bestand mit seiner fanatischen Ehrfurcht
vor allem Universitätlichen auf meiner akademischen Ausbildung, und nichts als die Abschwächung gelang es mir
durchzusetzen, daß ich statt der klassischen Philologie die
englische wählen durfte (welche Zwitterlösung ich schließlich mit dem geheimen Hintergedanken hinnahm, dank der
Kenntnis dieser maritimen Sprache dann leichter ausbrechen zu können in die unbändig ersehnte Seemannslauf-
bahn).

Nichts ist also unrichtiger darum in jenem curriculum vitae als die freundliche Behauptung, ich hätte im ersten Berliner Semester, dank der Führung verdienstlicher Professoren, die Grundlagen der philologischen Wissenschaft gewonnen – was wußte meine ungestüm ausbrechende Freiheitsleidenschaft damals von Kollegien und Dozenten! Bei dem ersten flüchtigen Besuch des Hörsaals schon übermannte die muffige Luft, der pastorenhaft-monotone und gleichzeitig breitspurige Vortrag mich dermaßen mit Müdigkeit, daß ich mich anstrengen mußte, den Kopf nicht schläfernd auf die Bank zu legen – das war ja nochmals die Schule, der ich glücklich entronnen zu sein glaubte, der mitgeschleppte Klassenraum mit dem überhöhten Katheder und der silbenstecherischen Kleinsachlichkeit: unwillkürlich war mir, als ob Sand aus den dünn aufgetanen Lippen des Geheimrats rinne, so zerrieben, so gleichmäßig rieselten die Worte des schleißigen Kollegienheftes in die dicke Luft. Der schon dem Schulknaben fühlbare Verdacht, in eine Leichenkammer des Geistes geraten zu sein, wo gleichgültige Hände an Abgestorbenem anatomisierend herumfingerten, schreckhaft erneute er sich in diesem Betriebsraum eines längst antiquarisch gewordenen Alexandrinertums – und wie intensiv erst wurde dieser abwehrende Instinkt, sobald ich von der mühsam ertragenen Lehrstunde hinaustrat in die Straßen der Stadt, jenes Berlin von damals, das, ganz überrascht von seinem eigenen Wachstum, strotzend von einer allzu plötzlich aufgeschossenen Männlichkeit, aus allen Steinen und Straßen Elektrizität versprühte und ein hitzig pulsierendes Tempo jedem unwiderstehlich aufnötigte, das mit seiner raffenden Gier dem Rausch meiner eigenen, eben erst bemerkten Männlichkeit höchst ähnlich war. Beide, sie und ich, plötzlich aufgeschossen aus einer protestantisch ordnungshaften und umschränkten Kleinbürgerlichkeit, vorschnell hingegeben einem neuen Taumel von Macht und Möglichkeiten – beide, die Stadt und ich junger ausfahrender Bursche, vibrierten wir wie ein Dynamo von Unruhe und Ungeduld. Nie habe ich Berlin so verstanden, so geliebt wie damals, denn genau wie in dieser überfließenden warmen Menschenwabe, so drängte in mir jede Zelle nach plötzlicher Erweiterung – das Ungeduldigsein jeder starken Jugend, wo hätte es dermaßen sich entladen können als in dem zuckenden Schoße dieses heißen Riesenweibes, in dieser ungeduldigen, kraftausströmenden Stadt! Mit einem Ruck riß sie mich an, ich warf mich in sie, stieg hinab in ihre Adern, meine Neugier umlief hastig ihren ganzen steinernen und doch warmen Leib – von früh bis nachts trieb ich mich um in den Straßen, fuhr bis an die Seen, durchpirschte ihre Verstecke: wirklich, Besessenheit war es, mit der ich mich, statt des Studiums zu achten, in das Lebendig-Abenteuerliche des Auskundschaftens warf. Aber in dieser Übertreiblichkeit gehorchte ich freilich nur einer Besonderheit meiner Natur: von Kind auf schon unfähig zu Gleichzeitigkeiten, wurde ich immer sofort gefühlsblind für jede andere Beschäftigung; immer und überall hatte ich diesen bloß einlinig vorstoßenden Impetus, und noch heute in meiner Arbeit verbeiße ich mich meist so fanatisch in ein Problem, daß ich's nicht eher lasse, ehe ich nicht das Letzte, das Allerletzte seines Marks in den Zähnen fühle.

Damals nun wurde mir in Berlin das Freiheitsgefühl zu einem so übermächtigen Rausch, daß ich selbst die flüchtige Klausur der Vorlesungsstunde, ja die Umschlossenheit meines eigenen Zimmers nicht ertrug: alles schien mir Versäumnis, was nicht Abenteuer brachte. Und gewaltsam zäumte sich der ohrenfeuchte, eben erst vom Halfter gelassene Provinzjunge auf, recht männlich zu gelten: ich hospitierte in einer Verbindung, suchte meinem (eigentlich scheuen) Wesen etwas Keckes, Schmissiges, Ludriges zu geben, spielte, kaum acht Tage eingewöhnt, schon den Großstädter und Großdeutschen, lernte das Flegeln und Rekeln in den Caféhausecken als rechter Miles gloriosus mit verblüffender Geschwindigkeit. In dies Kapitel der Männlichkeit gehörten natürlich auch die Frauen – oder vielmehr: die Weiber, wie es in unserer studentischen Überheblichkeit hieß –, und da kam mir's zupaß, daß ich ein auffallend hübscher Junge war. Hochgewachsen, schlank, die bronzene Patina des Meeres noch frisch auf den Wangen, turnerisch gelenk in jeder Bewegung, fand ich leichtes Spiel gegenüber den käsigen, von der Stubenluft wie Heringe ausgedörrten Ladenschwengeln, die gleich uns allsonntags auf Beute in die Tanzlokale von Halensee und Hundekehle (damals noch weit außerhalb der Stadt) loszo-

gen. Bald war es eine strohblonde Mecklenburger Dienst-
magd mit milchweißer Haut, die ich, heiß vom Tanz, knapp
vor ihrem Urlaubsheimgang noch in meine Bude schleppte,
bald eine zappelige, nervöse kleine Jüdin aus Posen, die
bein Tietz Strümpfe verkaufte – billige Beute zumeist,
leicht genommen und rasch den Kommilitonen weitergege-
ben. Aber in dieser unvermuteten Leichtigkeit des Gewin-
nens lag für den gestern noch ängstlichen Pennäler eine
berauschende Überraschung – die billigen Erfolge steiger-
ten meine Verwegenheit, und allmählich betrachtete ich die
Straße einzig noch als Jagdplatz dieser vollkommen wahllo-
sen, nur mehr sportlichen Abenteuerei. Als ich so einmal,
einem hübschen Mädchen nachsteigend, unter die Linden
kam und – wirklich zufällig – vor die Universität, mußte
ich lachen bei dem Gedanken, wie lange ich keinen Fuß
über jene respektable Schwelle gesetzt. Aus Übermut trat
ich mit einem gleichgesinnten Freunde ein; wir lüfteten nur
die Tür, sahen (unglaublich lächerlich wirkte das) hundertfünfzig über die Bänke gebeugte skribelnde Rücken gleichsam mitbetend vor der Litanei eines psalmodierenden
Weißbartes. Und schon klinkte ich wieder zu, ließ weiterhin das Bächlein jener trüben Beredsamkeit über die Schultern der Fleißigen rinnen und strotterte übermutig mit dem
Genossen hinaus in die sonnige Allee.
Manchmal will mir dünken, niemals habe ein junger
Mensch dümmer seine Zeit vertan als ich in jenen Monaten. Ich las kein Buch, ich bin gewiß, kein vernünftiges
Wort geredet, keinen wirklichen Gedanken gedacht zu haben – aus Instinkt wich ich aller kultivierten Geselligkeit
aus, nur um mit dem wach gewordenen Leibe stärker die
Reize des Neuen und bislang Verbotenen zu fühlen. Nun
mag ja dies Besaufen am eigenen Saft, dies zeitverschwen-
derische Wider-sich-selber-Wüten irgendwie zum Wesen
jeder starken und plötzlich freigegebenen Jugend gehören
– dennoch machte meine besondere Besessenheit diese Art
Lotterie schon gefährlich, und nichts wahrscheinlicher, als
daß ich völlig verbummelt oder zumindest in einer Dumpfheit des Gefühls untergegangen wäre, hätte nicht ein Zufall
plötzlich den inneren Absturz gedämpft.
Dieser Zufall – heute nenne ich ihn dankbar einen glücklichen – bestand darin, daß unvermuteterweise mein Vater

zu einer Rektorenkonferenz für einen Tag nach Berlin ins Ministerium beordert wurde. Als professioneller Pädagoge nutzte er die Gelegenheit, um ohne Ankündigung seines Kommens eine Stichprobe auf mein Betragen zu versuchen und mich Ahnungslosen zu überraschen. Dieser Überfall, vortrefflich gelang er ihm. Wie meistens, hatte ich um die Abendstunde in meiner billigen Studentenbude im Norden – der Zugang ging durch die mittels eines Vorhangs abgeteilte Küche der Hausfrau – ein Mädel zu höchst vertraulichem Besuch, als vernehmlich an die Tür gepocht wurde. Einen Kollegen vermutend, murrte ich unwillig zurück: „Bin nicht zu sprechen." Aber nach einer kurzen Pause wiederholte sich das Klopfen, einmal, zweimal und dann mit hörbarer Ungeduld ein drittes Mal. Zornig fuhr ich in die Hose, um den impertinenten Störer ausgiebig abzufertigen, und so, das Hemd halb offen, die Hosenträger niederpendelnd, die Füße nackt, riß ich die Tür auf, um sofort, wie mit der Faust über die Schläfe geschlagen, im Dunkel des Vorraums die Silhouette meines Vaters zu erkennen. Von seinem Gesicht nahm ich im Schatten kaum mehr wahr als die Brillengläser, die im Rückschein funkelten. Aber dieser Schattenriß genügte schon, daß jenes bereits frech vorbereitete Wort mir wie eine scharfe Gräte würgend in der Kehle steckenblieb; einen Augenblick stand ich betäubt. Dann mußte ich ihn – entsetzliche Sekunde! – demütig bitten, einige Minuten in der Küche zu warten, bis ich mein Zimmer in Ordnung gebracht hätte. Wie gesagt: ich sah sein Gesicht nicht, aber ich spürte, er verstand. Ich spürte es an seinem Schweigen, an der verhaltenen Art, wie er, ohne mir die Hand zu reichen, mit einer angewiderten Geste hinter den Vorhang in die Küche trat. Und dort, vor einem nach aufgewärmtem Kaffee und Rüben dunstenden Eisenherd, mußte der alte Mann zehn Minuten stehend warten, zehn für mich und ihn gleicherweise erniedrigende Minuten, bis ich das Mädel aus dem Bett in ihre Kleider getrieben und an dem wider Willen Lauschenden vorbei aus der Wohnung. Er mußte ihren Schritt hören und wie die Falten des Vorhangs bei ihrem eiligen Verschwinden im Luftzug vorschlugen; und noch immer konnte ich den alten Mann nicht aus dem entwürdigenden Versteck holen: zuvor mußte die überdeutliche Unordnung des Bettes beseitigt sein. Dann erst trat ich – nie war ich beschämter in meinem Leben gewesen – vor ihn hin.

Mein Vater hat Haltung gehabt in dieser argen Stunde, noch heute danke ich ihm innerlich dafür. Denn immer wenn ich des längst Hingeschiedenen mich erinnern will, verweigere ich mir, ihn aus der Perspektive des Schülers zu sehen, der ihn einzig als Korrigiermaschine, als unablässig mäkelnden, auf Genauigkeit versessenen Schulfuchs zu verachten beliebte, sondern immer nehme ich mir sein Bild von diesem seinem menschlichsten Augenblick, da der alte Mann zutiefst angewidert und doch sich bezähmend wortlos hinter mir in das durchschwülte Zimmer trat. Er trug den Hut und die Handschuhe in der Hand: unwillkürlich wollte er sie ablegen, aber dann kam eine Geste des Ekels, als hätte er Widerwillen, mit irgendeinem Teil seines Wesens an diesen Schmutz zu rühren. Ich bot ihm einen Sessel; er antwortete nicht, nur eine wegwerfende Gebärde stieß alle Gemeinschaft mit Gegenständen dieses Raumes von sich fort.

Nach einigen eiskalten Augenblicken abgewandten Dastehens nestelte er endlich die Brille herab und putzte sie umständlich, was bei ihm, ich wußte es, Verlegenheit verriet; auch entging mir's nicht, wie der alte Mann, als er sie wieder aufsetzte, mit dem Handrücken über das Auge fuhr. Er schämte sich vor mir, und ich schämte mich vor ihm, keiner fand ein Wort. Im geheimen fürchtete ich, er wurde einen Sermon, eine schönrednerische Ansprache in jenem gutturalen Ton beginnen, den ich von der Schule her an ihm haßte und höhnte. Aber – und heute danke ich ihm noch dafür – der alte Mann blieb stumm und vermied, mich anzusehen. Endlich ging er hin zu dem wackligen Gestell, wo meine Studienbücher standen, schlug sie auf – der erste Blick mußte ihn schon überzeugen, sie seien unberührt und meist unaufgeschnitten. „Deine Kollegienhefte!" – Dieser Befehl war sein erstes Wort. Zitternd reichte ich sie ihm hin, wußte ich doch, die stenographischen Notizen umfaßten bloß eine einzige Lehrstunde. Er überflog die zwei Seiten mit einer raschen Wendung, legte, ohne das mindeste Zeichen von Erregung, die Hefte auf den Tisch. Dann zog er einen Stuhl heran, setzte sich nieder, sah mich ernst, aber ohne jeden Vorwurf an und fragte: „Nun, wie denkst du über das alles? Was soll da werden?"

127

Diese ruhige Frage stampfte mich in den Boden. Alles war in mir schon gekrampft gewesen: hätte er mich gescholten, ich wäre anmaßend losgefahren, hätte er rührselig mich ermahnt, ich hätte ihn verhöhnt. Aber diese sachliche Frage brach meinem Trotz die Gelenke: ihr Ernst forderte Ernst, ihre erzwungene Ruhe Respekt und innere Bereitschaft. Was ich antwortete, wage ich mich kaum zu erinnern, wie auch das ganze Gespräch, das nun folgte, mir noch heute nicht in die Feder will: es gibt plötzliche Erschütterungen, eine Art innern Aufschwalls, der, wiedererzählt, wahrscheinlich sentimental klingen würde, gewisse Worte, die nur ganz einmalig wahr sind, zwischen vier Augen und auffahrend aus einem unvermuteten Tumult des Gefühls. Es war das einzige wirkliche Gespräch, das ich jemals mit meinem Vater führte, und ich hatte keine Bedenken, mich freiwillig zu demütigen: ich legte alle Entscheidung in seine Hände. Er aber bot mir nur den Rat, ich möchte Berlin verlassen und das nächste Semester an einer kleinen Universität studieren, er sei gewiß, tröstete er beinahe, ich würde von nun ab mit Leidenschaft das Versäumte nachholen. Sein Vertrauen erschütterte mich; in dieser einen Sekunde fühlte ich alles Unrecht, das ich dem in eine kalte Förmlichkeit verbarrikadierten alten Mann eine ganze Jugend lang angetan. Ich mußte vehement in die Lippen beißen, um die Tränen zu zwingen, nicht heiß aus den Augen zu stürzen. Aber auch er mochte Ähnliches fühlen, denn er reichte mir plötzlich die Hand, hielt sie zitternd einen Augenblick und hastete dann hinaus. Ich wagte ihm nicht zu folgen, blieb unruhig und verwirrt und wischte mir mit dem Taschentuch das Blut von der Lippe: so sehr hatte ich, um mein Gefühl zu bemeistern, die Zähne in sie eingebissen.

Das war die erste Erschütterung, die ich, der Neunzehnjährige, erfuhr – sie warf das ganze bombastische Kartenhaus von Männischkeit, Studenterei, Selbstherrlichkeit, das ich in drei Monaten gebaut, ohne den Hauch eines starken Wortes zusammen. Ich fühlte mich fest genug, nun auf alle mindern Vergnüglichkeiten dank des herausgeforderten Willens zu verzichten, Ungeduld überkam mich, die verschwendete Kraft am Geistigen zu erproben, eine Gier nach Ernst, Nüchternheit, Zucht und Strenge. In dieser Zeit verschwor ich mich ganz dem Studium wie einem klösterlichen Opferdienst, freilich unkund des hohen Rausches, der mich in der Wissenschaft erwartete, und ahnungslos, daß auch in jener gesteigerten Welt des Geistes Abenteuer und Fährnis dem Ungestümen immer bereitet sind.

Die kleine Provinzstadt, die ich im Einverständnis mit meinem Vater für das nächste Semester gewählt, lag in Mitteldeutschland. Ihr weiter akademischer Ruhm stand in krassem Mißverhältnis zu dem dünnen Häufchen von Häusern, die das Universitätsgebäude umlagerten. Ich hatte nicht viel Mühe, vom Bahnhof, wo ich vorerst mein Gepäck ließ, zur Alma mater mich durchzufragen, und auch innerhalb des altertümlich weitläufigen Hauses spürte ich sofort, um wieviel rascher der innere Kreis sich hier zusammenschloß als in jenem Berliner Taubenschlag. In zwei Stunden war die Inskription besorgt, die meisten Professoren besucht, nur meines Ordinarius, des Lehrers der englischen Philologie, konnte ich nicht sofort habhaft werden, doch wurde mir bedeutet, daß er nachmittags gegen vier Uhr im Seminar anzutreffen sei.

Von jener Ungeduld getrieben, nicht eine Stunde zu versäumen, ebenso leidenschaftlich nun im Anlauf gegen die Wissenschaft wie vordem in ihrer Vermeidung, befand ich mich – nach flüchtigem Rundgang durch die im Vergleich mit Berlin narkotisch schlafende Kleinstadt – um vier Uhr pünktlich an der angegebenen Stelle. Der Pedell wies mir die Tür des Seminars. Ich klopfte an. Und da mir dünkte, von innen hätte eine Stimme geantwortet, trat ich ein.

Aber ich hatte unrichtig gehört. Niemand hatte mich eintreten geheißen, und der undeutliche Laut, den ich vernommen, war nur die erhobene, zu energischer Rede aufgeschwungene Stimme des Professors, der vor dem enggescharten und nah an ihn herangezogenen Kreis von etwa zwei Dutzend Studenten eine offenbar improvisierte Ansprache hielt. Peinlich berührt, durch mein Mißhören ohne Erlaubnis eingetreten zu sein, wollte ich mich wieder leise hinausdrücken, fürchtete aber gerade dadurch Aufmerksamkeit zu erregen, denn bislang hatte mich noch keiner der Zuhörer bemerkt. Ich blieb also, nah der Tür, und hörte unwillkürlich genötigt zu.

Der Vortrag schien offensichtlich aus einem Kolloquium oder einer Diskussion selbsttätig emporgewachsen zu sein, daraufhin deutete wenigstens die lockere und durchaus zufällige Gruppierung des Lehrers und seiner Schüler: er saß nicht dozierend auf distanzierendem Sessel, sondern, das Bein leicht überhängend, in fast burschikoser Weise auf einem der Tische, und um ihn scharten sich die jungen Menschen in unbeabsichtigten Stellungen, deren ursprüngliche Nachlässigkeit erst das interessierte Zuhören zu einer plastischen Unbeweglichkeit fixiert haben mochte. Man sah, sie mußten sprechend beisammengestanden haben, als plötzlich der Lehrer sich auf den Tisch schwang, dort von erhöhter Stellung mit dem Worte wie mit einem Lasso sie an sich heranzog und reglos an ihre Stelle bannte. Und es bedurfte nur weniger Minuten, als ich selbst schon, vergessend das Ungerufene meiner Gegenwart, das faszinierend Starke seiner Rede magnetisch wirkend fühlte; unwillkürlich trat ich näher heran, um über dem Wort die merkwürdig wölbenden und umschließenden Gesten der Hände zu sehen, die manchmal, wenn ein Wort herrisch vorstieß, sich wie Flügel spreizten, zuckend nach oben fuhren, um dann allmählich in der beruhigenden Geste eines Dirigenten musikalisch niederzuschweben. Und immer hitziger stürmte die Rede, indes der Beschwingte, wie von der Kruppe eines galoppierenden Pferdes, von dem harten Tische sich rhythmisch aufhob und atemlos fortjagte in diesen stürmenden, mit blitzenden Bildern durchjagten Gedankenflug. Niemals noch hatte ich einen Menschen so begeistert, so wahrhaft mitreißend reden gehört – zum erstenmal erlebte ich das, was die Lateiner raptus nennen, das Fortgetragensein eines Menschen über sich selbst hinaus: nicht für sich, nicht für die andern sprach hier eine jagende Lippe, es fuhr von ihr weg wie Feuer aus einem innen entzündeten Menschen.

Nie hatte ich dies erlebt, Rede als Ekstase, Leidenschaft des Vortrags als elementares Geschehen, und wie ein Ruck riß dies Unerwartete mich heran. Ohne zu wissen, daß ich ging, hypnotisch herangezogen von einer Macht, die stärker als Neugier war, mit jenen muskellosen Schritten, wie sie Schlafwandler haben, schob es mich magisch in den engen Kreis: unbewußt stand ich plötzlich innen, zehn Zoll von ihm und mitten unter den andern, die gleichfalls zu gebannt waren, um mich oder irgend etwas wahrzunehmen. Ich strömte ein in die Rede, mitgerissen in ihre Strömung, ohne von ihrem Ursprung zu wissen: offenbar mußte einer der Studenten Shakespeare als meteorische Erscheinung gerühmt haben, den Mann da oben aber reizte es, zu zeigen, daß er nur der stärkste Ausdruck, die seelische Aussage einer ganzen Generation war, sinnlicher Ausdruck einer leidenschaftlich gewordenen Zeit. Mit einem einzigen Riß stellte er jene ungeheure Stunde Englands dar, jene einzige Sekunde der Ekstase, wie sie im Leben jedes Volkes gleich wie in dem jedes Menschen unvermutet aufbrechen, alle Kräfte zusammenziehend zu einem mächtigen Stoß ins Ewige hinein. Plötzlich war die Erde breiter geworden, ein neuer Kontinent entdeckt, indes die älteste Macht des alten, das Papsttum, zusammenzubrechen drohte: hinter den Meeren, die ihnen nun gehören, seit die Armada Spaniens in Wind und Wellen zerschellte, rauschen neue Möglichkeiten auf, die Welt ist weit geworden, und unwillkürlich spannt sich die Seele, ihr gleich zu sein – auch sie will weit sein, auch sie bis ins Äußerste dringen im Guten und im Bösen; sie will entdecken, erobern, jenen Konquistadoren gleich, sie braucht eine neue Sprache, eine neue Kraft. Und über Nacht sind die Sprecher dieser Sprache, die Dichter, da, fünfzig, hundert in einem Jahrzehnt, wilde, unbändige Gesellen, die nicht wie die höfischen Poetlein vor ihnen arkadische Gärtchen bestellen und eine erlesene Mythologie versifizieren – sie stürmen das Theater, sie schlagen im Bretterbau, wo vordem nur Tierhatzen und blutrünstige Spiele tobten, ihre Walstatt auf, und der heiße Durst von Blut ist noch in ihren Werken, ihr Drama selbst ein solcher Circus maximus, in dem die wilden Bestien des Gefühls heißhungrig übereinander herfallen. Löwenhaft tobt sich der Unband dieser leidenschaftlichen Herzen aus, einer will den andern überbieten in Wildheit und Überschwang, alles ist der Darstellung gestattet, alles erlaubt: Blutschande, Mord, Untat, Verbrechen, der maßlose Tumult alles Menschlichen feiert seine heiße Orgie; wie vordem aus ihrem Gefängnis die hungrigen Bestien, so stürzen nun brüllend und gefährlich die trunkenen Leidenschaften in die holzumgürtete Arena. Ein einziger Ausbruch explodiert wie eine Petarde, fünfzig Jahre dauert er an, ein Blutsturz, eine Ejakulation, ein einmalig Wildes, das die ganze Welt umprankt und zerreißt: kaum spürt man die einzelne Stimme, die einzelne Gestalt in dieser Orgie der Kraft. Einer hitzt sich an dem andern, jeder lernt, jeder stiehlt von dem andern, jeder kämpft, ihn zu überbieten, ihn zu übertreffen, und doch alle nur geistige Gladiatoren eines einzigen Festes, losgekettete Sklaven, vorwärts gepeitscht vom Genius der Stunde. Aus schiefen dunklen Vorstadtbuden holt er sie her und aus Palästen, Ben Jonson, den Maurerenkel, Marlowe, den Schuhmachersohn, Massinger, den Kammerdienersproß, Philipp Sidney, den reichen gelehrten Staatsmann, aber der heiße Wirbel wühlt alle zusammen; heute sind sie gefeiert, morgen krepieren sie, Kyd, Heywoods, im tiefsten Elend, fallen verhungert, wie Spenser, in King Street zusammen, alles unbürgerliche Existenzen, Raufbolde, Hurentreiber, Komödianten, Betrüger, aber Dichter, Dichter sie alle. Shakespeare ist nur ihre Mitte: „the very age and body of the time", aber man hat gar nicht Zeit, ihn zu sondern, so stürmt dieser Tumult, so üppig schießt Werk an Werk, Leidenschaft über Leidenschaft heran. Und plötzlich, zuckend, wie sie aufstieg, diese herrlichste Eruption der Menschheit, bricht sie wieder zusammen, das Drama ist zu Ende, England erschöpft, und Hunderte Jahre dumpft wieder das nebelnasse Grau der Themse auch über dem Geist: in einem einzigen Ansturm hat ein ganzes Geschlecht alle Gipfel und Tiefen der Leidenschaft erstiegen, die übervolle, die tolle Seele sich heiß aus der Brust gespien – nun liegt das Land da, müde, erschöpft: ein silbenstecherischer Puritanismus schließt die Theater und verschließt damit die passionierte Rede, die Bibel nimmt wieder das Wort, das göttliche, wo das allermenschlichste die feurigste Beichte aller Zeiten gesprochen und ein einzig glühendes Geschlecht einmalig für Tausende gelebt.

Und mit plötzlicher Wendung fuhr unvermutet das Blinkfeuer der Rede auf uns zu: „Versteht ihr nun, warum ich meine Vorlesung nicht in historischer Folge bei den Anfängen beginne, beim King Arthur und Chaucer, sondern aller Regel zum Trotz bei den Elisabethanern? Und versteht ihr, daß ich vor allem Vertrautheit mit ihnen verlange, Einleben in diese höchste Lebendigkeit? Denn es gibt kein philologisches Verstehen ohne Erleben, kein bloß grammatikalisches Wort ohne Erkenntnis der Werte, und ihr jungen Menschen sollt ein Land, eine Sprache, die ihr euch erobern wollt, zuerst in ihrer höchsten Schönheitsform sehen, in der starken Form seiner Jugend, seiner äußersten Leidenschaft. Erst müßt ihr bei den Dichtern die Sprache hören, bei ihnen, die sie schaffen und vollenden, ihr müßt Dichtung einmal atmend und warm am Herzen gespürt haben, ehe wir sie zu anatomisieren anfangen. Darum beginne ich immer mit den Göttern, denn England ist Elisabeth, ist Shakespeare und die Shakespearianer, alles Frühere Vorbereitung, alles Spätere lahmes Nachlaufen diesem eigenen kühnen Sprung ins Unendliche zu – hier aber, fühlt es, fühlt es selbst, ihr jungen Menschen, hier die lebendigste Jugend unserer Welt. Immer erkennt man ja jede Erscheinung, jeden Menschen nur in ihrer Feuerform, nur in der Leidenschaft. Denn aller Geist steigt aus dem Blut, alles Denken aus Leidenschaft, alle Leidenschaft aus Begeisterung – darum Shakespeare und die Seinen zuerst, die euch junge Menschen erst wahrhaftig jung machen! Erst der Enthusiasmus, dann erst der Fleiß, erst *er*, der Höchste, der Äußerste, Shakespeare, dies herrlichste Repetitorium der Welt, vor dem Studium des Worts!"

„Und nun genug für heute – lebt wohl!" – Mit jäh abschließender Geste wölbte sich die Hand und taktierte herrisch unvermutet ab, indes er gleichzeitig vom Tische absprang. Wie auseinandergerüttelt fuhr mit einmal das dicht zusammengedrückte Bündel der Studenten schütter auf, Sessel knackten und polterten, Tische rückten, zwanzig verschlossene Kehlen huben mit einmal an zu reden, sich zu räuspern, breitströmig zu atmen – jetzt erst sah man, wie magnetisch die Bannung gewesen, die alle diese atmenden Lippen verschloß. Um so hitziger und hemmungsloser wogte nun im engen Raume das Durcheinander; einige traten auf den Lehrer zu, um ihm Dank oder ein anderes zu sagen, indes die übrigen heißen Gesichts untereinander ihre Eindrücke austauschten; keiner aber stand ruhig, keiner unberührt von der elektrischen Spannung, deren Kontakt brüsk gerissen war und von der doch Hauch und Feuer noch in der gedrängten Luft zu knistern schienen.

Ich selbst konnte mich nicht rühren: ich war wie auf das

Herz getroffen. Leidenschaftlich ich selbst und fähig, alles nur passioniert, mit einem vorstürzenden Stoß aller Sinne zu begreifen, hatte ich zum erstenmal von einem Lehrer, von einem Menschen mich gefaßt gefühlt, eine Übermacht empfunden, vor der sich zu beugen Pflicht und Wollust sein mußte. Meine Adern gingen warm, ich spürte es, mein Atem schneller, bis in meinen Körper hinein hämmerte sich dieser jagende Rhythmus und riß ungeduldig an jedem Gelenk. Endlich gab ich mir nach, drängte langsam in die vordere Reihe, das Gesicht dieses Mannes zu sehen, denn – sonderbar! – während er sprach, hatte ich seine Züge gar nicht wahrgenommen, so sehr waren sie vergangen, so sehr eingegangen in die Rede. Auch jetzt konnte ich vorerst nur ein ungenaues Profil schattenhaft erblicken: er stand, einem Studenten halb zugewandt, die Hand vertraulich auf die Schulter gelegt, im Zwielicht des Fensters. Aber selbst diese flüchtige Bewegung hatte eine Innigkeit und Anmut, wie ich sie niemals bei einem Schulmann für möglich gehalten.

Inzwischen waren einige Studenten auf mich aufmerksam geworden; und um nicht als unberufener Eindringling zu gelten, trat ich noch einige Schritte an den Professor heran und wartete, bis er sein Gespräch beendet. Nun erst gewann ich Zublick in sein Gesicht: ein Römerkopf, marmorn die Stirn gewölbt und die blankschimmernde an den Seiten überbuscht von rückschlagender Welle weißen schopfigen Haares: ein imponierend kühner Oberbau geistiger Fraktur – unterhalb der tiefen Augenschatten aber rasch weich, fast weibisch werdend durch die glatte Rundung des Kinns, die unruhige Lippe, um die, ein Lächeln bald und bald ein unruhiger Riß, die Nerven flatterten. Was oben die Stirne mannhaft schön zusammenhielt, löste die nachgiebigere Plastik des Fleischlichen in etwas schlaffe Wangen und einen unsteten Mund; vorerst imposant und herrscherisch, wirkte von der Nähe gesehen sein Antlitz mühsam zusammengestrafft. Auch die körperliche Haltung sprach ein ähnlich Zwiefältiges aus. Seine Linke ruhte nachlässig auf dem Tisch oder schien wenigstens zu ruhen, denn unausgesetzt vibrierten kleine zitternde Triller über die Knöchel hin; und die schmalen, für eine Männerhand ein wenig zu zarten, ein wenig zu weichen Finger malten ungeduldig unsichtbare Figuren über die leere Holzplatte, indes seine von schweren Lidern gedeckten Augen anteilnehmend sich ins Gespräch beugten. War er unruhig, oder zitterte die Erregung noch in den aufgetriebenen Nerven nach: jedenfalls widersprach die fahrige Unbeherrschtheit der Hand dem ruhig Lauschenden und Abwartenden seines Gesichts, das ermattet und doch aufmerksam in die Zwiesprache mit dem Studenten vertieft schien.

Endlich kam die Reihe an mich, ich trat heran, nannte Namen und Absicht, und sofort hellte sich der Stern des Auges in der fast blau leuchtenden Pupille mir zu. Zwei, drei volle fragende Sekunden überkreiste dieser Glanz mein Gesicht vom Kinn bis ins Haar: ich mochte wohl errötet sein, und unter dieser mild inquisitorischen Betrachtung, denn er quittierte meine Verwirrung mit einem geschwinden Lächeln. „Also Sie wollen bei mir inskribieren: da müssen wir noch ausführlicher miteinander sprechen. Entschuldigen Sie mich, daß ich's nicht sofort tue. Ich habe jetzt noch einiges zu erledigen; vielleicht erwarten Sie mich unten vor dem Tor und begleiten mich dann nach Hause." Dabei bot er mir die Hand, die zarte, schmale Hand, die sich leichter als ein Handschuh an meine Finger legte, schon dem Nächstwartenden freundlich zugewandt.

Zehn Minuten harrte ich vor dem Tor klopfenden Herzens. Was sagen, wenn er nach meinen Studien fragte, wie ihm bekennen, daß alles Dichterische weder meine Arbeit noch meine Mußestunden je beschäftigt? Würde er mich nicht mißachten oder am Ende von vornherein ausschließen aus jenem feurigen Kreis, der mich heute magisch umfangen? Aber kaum daß er, rasch genähert und guten Lächelns, jetzt vortrat, nahm schon seine Gegenwart alle Befangenheit, ja, ohne daß er mich gedrängt, beichtete ich (unfähig, vor ihm mich zu verbergen), mein erstes Semester so ziemlich versäumt zu haben. Wieder umfing mich jener warme anteilnehmende Blick. „Auch die Pause gehört zur Musik", lächelte er ermutigend, und offenbar um mich nicht weiter in meiner Unwissenheit zu beschämen, erkundigte er sich nach bloß persönlichen Dingen, nach meiner Heimat und wo ich hier zu wohnen gedächte. Als ich ihm mitteilte, ich hätte bislang noch kein Zimmer gefunden, bot er mir seine Hilfe an und riet, ich möchte vorerst in seinem Hause mich erkundigen, dort vermiete eine alte, halbtaube Frau ein nettes Zimmerchen, mit dem jeder seiner Schüler jeweils zufrieden gewesen sei. Und für alles andere wolle er selber sorgen: erfülle ich wirklich die Absicht, das Studium ernst zu nehmen, so betrachte er es als liebste Pflicht, mir in jeder Weise förderlich zu sein.

Wieder bot er mir, vor seiner Wohnung angelangt, die Hand und lud mich ein, ihn am nächsten Abend zu Hause zu besuchen, damit wir einen Studienplan gemeinsam ausarbeiteten. Und so groß war meine Dankbarkeit für die unverhoffte Güte dieses Menschen, daß ich nur ehrfürchtig seine Hand ertastete, verworren den Hut zog und vergaß, ihm mit einem Worte zu danken.

Selbstverständlich mietete ich sogleich das Zimmerchen im gleichen Hause. Ich hätte es nicht minder genommen, hätte es mir auch durchaus nicht zugesagt, und dies einzig aus dem naiv dankbaren Gefühl, diesem zauberischen Lehrer, der mir in einer Stunde mehr gegeben als alle andern, räumlich näher zu sein. Aber das Zimmerchen war reizend: das Dachgeschoß über der Wohnung meines Lehrers, ein wenig dunkel vom überhängenden Holzgiebel, gestattete es weitgerundeten Fensterblick auf die nachbarlichen Dächer und den Kirchturm; ferne sah man schon grünes Geviert und darüber die Wolken, die heimatgeliebten. Ein altes stocktaubes Frauchen sorgte mit rührender Mütterlichkeit für ihre jeweiligen Pfleglinge; in zwei Minuten war ich einig mit ihr, und eine Stunde später knirschte schon mein Koffer die knarrende Holztreppe hinauf.

An jenem Abend ging ich nicht mehr aus, ja ich vergaß zu essen, zu rauchen. Mit dem ersten Griff hatte ich aus dem Koffer den zufällig beigepackten Shakespeare geholt, ungeduldig, ihn (seit Jahren wieder zum erstenmal) zu lesen; meine Neugier war durch jenen Vortrag leidenschaftlich entzündet, und ich las gedichtetes Wort, wie ich es nie gelesen. Kann man derartige Verwandlungen erklären? Aber mit einemmal ging mir eine Welt im Geschriebenen auf, die Worte zuckten nur so auf mich zu, als suchten sie mich seit Jahrhunderten; eine Feuerwoge, lief der Vers, mich mitreißend, bis ins Adernwerk hinein, daß ich jene seltsame Gelockertheit in den Schläfen fühlte wie bei einem Flugtraum.

Ich zuckte, ich zitterte, ich fühlte das Blut wärmer mich durchwogen, wie Fieber flog's mich an – all das war mir vordem nie geschehen, und ich hatte doch nichts erlebt als das Hören einer passionierten Rede. Aber von dieser Rede mußte wohl noch Rausch in mir sein, ich hörte, wenn ich eine Zeile laut wiederholte, wie meine Stimme seine Stimme unbewußt nachahmte, die Sätze stürmten in gleichem fortschießendem Rhythmus, und meine Hände hatten Lust, genau wie die seinen wölbend auszufahren – wie durch Magie hatte ich in einer Stunde die Mauer, die bislang zwischen mir und der geistigen Welt stand, durchstoßen und entdeckte, der Leidenschaftliche, mir eine neue Leidenschaft, die mir treu geblieben ist bis zum heutigen Tage: die Lust am Mitgenießen alles Irdischen im beseelten Wort. Zufällig war ich auf den „Coriolan" gestoßen, und wie ein Taumel kam's über mich, als ich in mir alle Elemente dieses fremdesten aller Römer fand: Stolz, Hochmut, Zorn, Hohn, Spott, alles Salz, alles Blei, alles Gold, alle Metalle des Gefühls. Was für eine neue Lust, dies magisch mit einmal zu ahnen, zu verstehen! Ich las und las, bis mir die Augen brannten; als ich auf die Uhr sah, zeigte sie halb vier. Beinahe erschreckt über die neue Gewalt, die sechs Stunden mir alle Sinne erregt und betäubt zugleich, löschte ich das Licht. Aber innen glühten und zuckten die Bilder noch weiter, ich konnte kaum schlafen vor Sehnsucht und Erwartung nach dem nächsten Tag, der die so zauberisch aufgetane Welt mir erweitern und ganz zu eigen machen sollte.

Aber der nächste Morgen brachte Enttäuschung. Ungeduldig hatte ich mich als einer der ersten im Hörsaal eingefunden, wo mein Lehrer (denn so will ich ihn fortab nennen) sein Kolleg über englische Lautlehre lesen sollte. Schon als er eintrat, erschrak ich: war dies denn derselbe von gestern, oder hatte ihn nur meine erregte Stimmung und Erinnerung befeuert zu einem Coriolan, der auf dem Forum das Wort als Blitzstrahl führt, heldenhaft kühn, niederschlagend und bezwingend? Der hier mit leisem schleppendem Schritt eintrat, war ein alter, müder Mann. Als sei eine leuchtende Mattscheibe von seinem Antlitz weggenommen, so merkte ich jetzt von der ersten Bankreihe seine fast kränklich matten Züge von scharfen Runzeln und breiten Schrunden durchackert; blaue Schatten höhlten Rinnsale querhin in das schlaffe Grau der Wangen. Über die Augen schatteten dem Lesenden zu schwere Lider, auch der Mund mit den zu blassen, zu schmalen Lippen gab dem Wort kein Metall: wo war seine Heiterkeit, der sich selbst aufjubelnde Überschwang? Selbst die Stimme schien mir fremd; gleichsam vom grammatikalischen Thema ernüchtert, ging sie steif durch trocken knirschenden Sand in monoton ermüdendem Schritt.

Unruhe überkam mich. Das war ja gar nicht der Mann, auf den ich seit der ersten wachen Stunde heute gewartet: wohin war sein Antlitz vergangen, sein gestern so astralisch mir erhelltes? Hier spulte ein abgenützter Professor sachlich sein Thema ab; immer horchte ich mit neuer Angst in sein Wort hinein, ob nicht doch jener Ton von gestern wiederkehren wollte, die warme Vibration, die wie eine klingende Hand in mein Gefühl gegriffen und es zur Leidenschaft emporgestimmt. Immer unruhiger stieg mein Blick zu ihm auf, voll Enttäuschung das entfremdete Gesicht übertastend: das Antlitz hier, unleugbar, es war dasselbe, aber gleichsam entleert, enthöhlt aller zeugenden Kräfte, müde, alt, eines alten Mannes pergamentene Larve. Aber war derlei möglich? Konnte man so jung sein eine Stunde und so unjugendlich die nächste schon? Gab es derart plötzliche Wallungen des Geistes, daß sie mit dem Wort auch das Antlitz durchformen und um Jahrzehnte verjüngen?

Die Frage quälte mich. Wie ein Durst brannte mir's innen, mehr von diesem zwiefältigen Manne zu wissen. Und einer plötzlichen Eingebung folgend, eilte ich, kaum daß er blicklos an uns vorbei das Katheder verlassen, in die Bibliothek und forderte seine Werke. Vielleicht war er nur müde gewesen heute, sein Elan von einem Unbehagen des Leibes gedämpft: hier aber, im dauernd Niedergelegten der Gestaltung mußten doch Einstieg und Schlüssel sein in seine mich merkwürdig anfordernde Erscheinung. Der Diener brachte die Bücher: ich erstaunte, wie wenige. In zwanzig Jahren hatte der alternde Mann also nicht mehr veröffentlicht als diese dünne Reihe loser Bändchen, Einleitungen, Vorreden, eine Diskussion über die Echtheit des Shakespeareschen „Perikles", ein Vergleich zwischen Hölderlin und Shelley (dies freilich zu einer Zeit, wo weder der eine noch der andere seinem Volke als Genius galt) und sonst nur philologischen Kleinkram? Freilich: in allen Schriften war als vorbereitet ein zweibändiges Werk angekündigt: „Das Globe-Theater, seine Geschichte, seine Darstellung, seine Dichter", doch trotzdem jene erste Voranzeige bereits zwei Jahrzehnte rückdatierte, bestätigte mir der Bibliothekar auf eine nochmalige Anfrage, niemals sei es erschienen. Ein wenig zaghaft und schon nur mehr mit halbem Mut blätterte ich die Schriften an, sehnsüchtig, aus ihnen die rauschende Stimme, jenes Hinbrausen des Rhythmus mir zu erneuern. Aber der Schritt dieser Schriften pendelte beharrlichen Ernstes, nirgends zitterte der heiß taktierte, sich selbst wie Welle die Welle überspringende Rhythmus jener rauschenden Rede. Wie schade! seufzte etwas in mir. Ich hätte mich selbst schlagen können, so bebte ich vor Zorn und Mißtrauen gegen mein allzu rasch und leichtgläubig ihm hingeliehenes Gefühl.

Aber nachmittags im Seminar erkannte ich ihn wieder. Diesmal sprach er zunächst nicht selber. Nach englischer College-Sitte waren diesmal zwei Dutzend Studenten zur Diskussion in Redner und Widerredner geteilt, als Thema neuerdings eins aus seinem geliebten Shakespeare gesetzt, nämlich, ob „Troilus und Cressida" (sein Lieblingswerk) als parodistische Figuren zu gelten hätten, das Werk selbst als Satyrspiel oder eine hinter Hohn verdeckte Tragödie. Bald entzündete sich, von seiner geschickten Hand angefacht, aus bloß geistigem Gespräch eine elektrische Erregung – Argument sprang schlagkräftig gegen lässige Behauptung, Zwischenrufe stachelten scharf und schneidend die Diskussion zur Hitzigkeit, bis die jungen Menschen fast feindlich aufeinander losfuhren. Dann erst, als die Funken klirrten, sprang er dazwischen, lockerte den allzu heftigen Zugriff, die Diskussion geschickt auf das Thematische zurückführend, um ihr aber gleichzeitig durch einen heimlichen Ruck ins Zeitlose verstärkten geistigen Schwung zu geben – und so stand er plötzlich inmitten dieses dialektischen Flammenspiels, selber heiter erregt, den Hahnenkampf der Meinungen in einem anstachelnd und zurückkreißend, Meister dieser aufgestürmten Welle von jugendlichem Enthusiasmus und selber überströmt von ihr. An den Tisch gelehnt, die

Arme über der Brust gekreuzt, blickte er von einem zum andern, diesen anlächelnd, jenen mit einem heimlichen Wink zur Gegenrede ermunternd, und angeregt wie gestern glänzte sein Auge: ich spürte, er mußte sich bändigen, um nicht selbst ihnen allen mit einem Griff das Wort vom Munde zu reißen. Aber er hielt sich gewaltsam zurück, ich sah's an den Händen, die sich immer fester über der Brust als eine Daube anpreßten, ich erriet's an den springenden Mundwinkeln, die mit Mühe das schon aufzuckende Wort niederdrückten. Und plötzlich gelang es ihm nicht mehr, er warf sich wie ein Schwimmer rauschend hinein in die Diskussion – mit einer wuchtigen Geste der losfahrenden Hand zerhieb er den Tumult wie mit einem Taktstock: sofort verstummten alle, und nun faßte er in seiner wölbenden Art alle Argumente zusammen. Und auf stieg, indem er sprach, jenes Gesicht von gestern, die Falten vergingen hinter dem flatternden Nervenspiel, zu kühner herrschender Geste reckten sich Hals und Statur, und aus seiner lauschend geduckten Haltung warf er sich in die Rede wie in einen stürzenden Strom. Die Improvisation riß ihn hin: nun begann ich zu ahnen, daß er, nüchtern mit sich allein, im sachlichen Kolleg oder in der einsamen Schreibstube jenes Zündstoffs entbehrte, der ihm hier, in unserer gepreßten atemlosen Gebanntheit, die innere Wand aufsprengte; er brauchte, oh, wie fühlte ich das, unseren Enthusiasmus für den seinen, unser Aufgetansein für seine Verschwendung, uns Jugend für das Jungsein in der Begeisterung. Wie ein Zimbelschläger sich berauscht an dem immer wilderen Rhythmus seiner eifernden Hände, so wurde seine Rede immer besser, immer flammender, immer farbiger im heißeren Wort, und je tiefer wir schwiegen (man fühlte unwillkürlich unsere Atemlosigkeit im Raum), um so höher, um so spannender, um so hymnischer schwang seine Darstellung sich auf. Und alle gehörten wir einzig ihm in diesen Minuten, ganz eingelauscht, eingerauscht in jenen Überschwang.

Und wieder, als er plötzlich mit einem Anruf aus Goethes Shakespeare-Rede endigte, brach unsere Erregung ungestüm entzwei. Und wieder, wie gestern, lehnte er erschöpft an dem Tisch, das Gesicht bleich, aber noch überrieselt von kleinen zuckenden Läufen und Trillern der Nerven, und im

Auge glimmerte merkwürdig die weiter strömende Wollust der Ergießung wie bei einer Frau, die eben sich übermächtiger Umarmung entrungen. Ich hatte Scheu, jetzt mit ihm zu sprechen; aber zufällig traf mich sein Blick. Und offenbar fühlte er meine begeisterte Dankbarkeit, denn er lächelte mir freundlich zu, und leicht mir zugeneigt, die Hand meiner Schulter umlegend, erinnerte er mich, heute abend, wie vereinbart, zu ihm zu kommen.

Pünktlich um sieben Uhr war ich dann bei ihm; mit welchem Zittern überschritt ich Knabe diese Schwelle zum erstenmal! Nichts ist ja leidenschaftlicher als die Verehrung eines Jünglings, nichts scheuer, nichts frauenhafter als ihre unruhige Scham. Man führte mich in sein Arbeitszimmer, einen halbdunklen Raum, in dem ich vorerst nur, ihre gläsernen Scheiben durchblinkend, die farbigen Rücken vieler Bücher sah. Über dem Schreibtisch hing Raffaels „Schule von Athen", ein Bild, von ihm (wie er mir später ausführte) besonders geliebt, weil alle Arten des Lehrens, alle Gestaltungen des Geistes sich hier symbolisch zu vollkommener Synthese einen. Ich sah es zum erstenmal: unwillkürlich meinte ich in Sokrates' eigenwilligem Gesicht eine Ähnlichkeit mit seiner Stirn zu entdecken. Von rückwärts leuchtete, etwas weißmarmorn, die Büste des Pariser Ganymed in schöner Verkleinerung, daneben der heilige Sebastian eines altdeutschen Meisters, tragische Schönheit neben die genießende wohl nicht zufällig gestellt. Pochenden Herzens wartete ich, atemstumm wie all die ringsum edel-schweigsamen Kunstgestalten; aus diesen Dingen sprach symbolisch eine mir neue Art der geistigen Schönheit, die ich nie geahnt und die mir noch nicht deutlich war, wenn ich auch sie brüderhaft zu spüren mich schon bereitet fühlte. Aber der Betrachtung blieb nur knappe Frist, denn eben trat der Erwartete ein und auf mich zu; wieder berührte mich jener weichumhüllende, jener wie verdecktes Feuer schwelende Blick, der zum eigenen Staunen das Geheimste in mir auftaute. Ich sprach sofort ganz frei zu ihm wie zu einem Freunde, und als er nach meinem Berliner Studiengang fragte, drängte sich mir plötzlich – ich erschrak in der gleichen Sekunde – jene Erzählung von dem Besuche meines Vaters auf die Lippe, und ich bekräftigte dem Fremden jenes geheime Gelöbnis, mit äußerstem Ernst mich dem Studium hinzugeben. Er sah mich bewegt an. „Nicht nur mit Ernst, mein Junge", sagte er dann, „vor allem mit Leidenschaft. Wer nicht passioniert ist, wird bestenfalls ein Schulmann – von innen her muß man an die Dinge kommen, immer, immer von der Leidenschaft her."

Immer wärmer wurde seine Stimme, immer dunkler das Zimmer. Er erzählte viel von seiner eigenen Jugend, wie auch er töricht begonnen und erst spät sich die eigene Neigung entdeckt: ich solle nur Mut haben, und soweit es an ihm liege, wolle er mir förderlich sein; unbesorgt möge ich mit allen Wünschen und Fragen mich an ihn wenden. Noch nie hatte jemand so anteilnehmend, so tiefverständig in meinem Leben zu mir geredet; ich zitterte vor Dankbarkeit und war des Dunkels froh, daß es meine nassen Augen barg.

Stundenlang hätte ich, unachtsam der Zeit, so verweilen können, da klopfte es leise. Die Tür ging, eine schmale Gestalt trat herein, schattenhaft. Er stand auf und stellte vor: „Meine Frau". Der schlanke Schatten kam undeutlich heran, legte eine schmale Hand in die meine und mahnte dann, an ihn gewandt: „Das Abendessen ist bereit." – „Ja, ja, ich weiß", antwortete er hastig und (so dünkte es mich zumindest) ein wenig ärgerlich. Etwas Kaltes schien plötzlich in seine Stimme geraten, und wie jetzt das elektrische Licht aufflammte, war er wieder der gealterte Mann des nüchternen Schulsaals, der mit lässiger Gebärde mir Abschied bot.

Die nächsten beiden Wochen verbrachte ich in einem leidenschaftlichen Furor des Lesens und Lernens. Ich verließ kaum das Zimmer, nahm, um keine Zeit zu verlieren, stehend meine Mahlzeiten, ich studierte ohne Innehalten, ohne Pause, beinahe ohne Schlaf. Mir ging es wie jenem Prinzen im morgenländischen Zaubermärchen, der, ein Siegel nach dem andern von der Tür verschlossener Zimmer lösend, in jedem Zimmer immer noch mehr Juwelen und Edelsteine gehäuft findet und immer gieriger nun die ganze Flucht dieser Gemächer durchforscht, ungeduldig, zum letzten zu gelangen. Genau so stürzte ich aus einem Buch ins andere, von jedem berauscht, von keinem gesättigt: meine Unbändigkeit war nun ins Geistige gefahren. Eine erste Ahnung von der weglosen Weite der geistigen Welt hatte mich überkommen, ebenso verführerisch für mich als die abenteuerliche der Städte, zugleich aber auch die knabenhafte Angst, sie nicht bewältigen zu können; so sparte ich mit Schlaf, mit Vergnügen, mit Gespräch, mit jeder Form der Ablenkung, nur um die Zeit, die zum erstenmal als kostbar verstandene, zu nützen. Doch was vor allem meinen Fleiß dermaßen hitzte, war die Eitelkeit, vor meinem Lehrer zu bestehen, sein Vertrauen nicht zu enttäuschen, ein zustimmendes Lächeln zu erobern, von ihm gespürt zu werden, wie ich ihn spürte. Jeder flüchtigste Anlaß diente als Probe; unablässig spornte ich die ungelenken, nun aber merkwürdig beschwingten Sinne, ihm zu imponieren, ihn zu überraschen: nannte er im Vortrage einen Dichter, dessen Werk mir fremd war, so warf ich mich nachmittags auf die Suche, um tags darauf eitel meine Kenntnis in der Diskussion vorprahlen zu können. Ein zufällig geäußerter Wunsch, von den andern kaum bemerkt, verwandelte sich mir zu Befehl: so genügte eine lässig hingeworfene Bemerkung wider das ewige Qualmen der Studenten, daß ich sofort die brennende Zigarette wegwarf und mit einem Ruck die gerügte Gewohnheit für immer unterdrückte. Wie eines Evangelisten Wort war mir das seine gleichzeitig Gnade und Gesetz; unablässig auf der Lauer, griff meine stark gespannte Aufmerksamkeit jede seiner gleichgültig hingestreuten Bemerkungen gierig auf. Jedes Wort, jede Geste sackte ich habgierig ein, zu Hause das Erraffte mit allen Sinnen leidenschaftlich betastend und bewahrend; und wie ihn einzig als Führer, so empfand meine unduldsame Passioniertheit alle Kameraden einzig als Feinde, die zu überrennen und zu übertreffen tagtäglich sich der eifersüchtige Wille aufs neue beschwor.

Fühlte er nun, wieviel er mir bedeutete, oder hatte er dies Ungestüme meines Wesens liebgewonnen – jedenfalls zeichnete mich mein Lehrer bald durch offensichtliche Anteilnahme besonders aus. Er beriet meine Lektüre, schob den Neuling, fast ungebührlich, in den gemeinschaftlichen Diskussionen vor, und oftmals durfte ich abends zu vertraulichem Gespräche ihn besuchen. Dann nahm er meist eins der Bücher von der Wand und las mit jener sonoren Stimme, die in der Erregung immer um eine Skala heller und klingender wurde, aus Gedichten und Tragödien oder erklärte strittige Probleme; in diesen ersten beiden Wochen des Rausches habe ich mehr gelernt vom Wesenhaften der Kunst als bisher in neunzehn Jahren. Immer waren wir allein in dieser mir zu kurzen Stunde. Gegen acht klopfte es dann leise an die Tür: seine Frau mahnte zum Abendessen. Aber nie mehr betrat sie das Zimmer, offenbar einer Weisung gehorchend, unser Gespräch nicht zu unterbrechen.

So waren vierzehn Tage vergangen, prall gefüllte, durchhitzte Frühsommertage, als eines Morgens wie eine überspannte Stahlfeder die Arbeitskraft in mir absprang. Schon vordem hatte mich mein Lehrer gewarnt, ich solle den Eifer nicht übertreiben, ab und zu einen Tag aussetzen und ins Freie gehen – nun erfüllte sich plötzlich jene Voraussage: ich wachte dumpf von dumpfem Schlafe auf, alle Lettern flirrten stecknadelköpfig, sobald ich zu lesen versuchte. Auch dem geringsten Wort meines Lehrers sklavisch treu, beschloß ich sofort, zu gehorchen und einen freien, spielhaften Tag zwischen die bildungsgierigen einzuschalten. Ich zog gleich morgens los, besah zum erstenmal die teilweise altertümliche Stadt, stieg, nur um den Körper zu spannen, die Hunderte von Stufen zum Kirchturm hinauf, um dort von der Plattform im grünen Umkreis einen kleinen See zu entdecken. Nun liebte ich wasserkantiger Nordländer leidenschaftlich den Schwimmsport, und gerade hier oben auf dem Turme, zu dem selbst wie grünes Teichgelände die gesprenkelten Wiesen emporschimmerten, überkam mich, als wäre es hergestürmt von heimatlichem Wind, plötzlich ein unbändiges Verlangen, mich wieder in das geliebte Element zu werfen. Und kaum daß ich nach Tisch jene Badeanstalt aufgefunden und mich im Wasser getummelt, begann mein Körper sich wieder lustvoll zu spüren, die Muskeln an meinen Armen streckten sich seit Wochen wieder in biegsamer Kraft, Sonne und Wind an meiner nackten Haut rückverwandelten mich innerhalb einer halben Stunde in den ungestümen Burschen von vordem, der sich wild mit Kameraden balgte, für eine Tollkühnheit sein Leben wagte; ich wußte nichts mehr, wild herumplusternd und mich reckend, von Büchern und Wissenschaft. Mit jener mir eigenen Besessenheit nun wieder der lang entbehrten Passion verfallen, hatte ich zwei Stunden in dem wie-

144

dergefundenen Element gewühlt, dreißigmal vielleicht war ich vom Brett gesprungen, um im Sturz den Überschwall von Kraft zu entladen, zweimal war ich quer über den See geschwommen, und noch immer mein Unband nicht erschöpft. Prustend und an allen aufgespannten Muskeln gerüttelt, suchte ich herum nach irgendeiner neuen Probe, ungeduldig, etwas Starkes, Verwegenes, Übermütiges zu tun.

Da knatterte drüben vom Damenbad her das Sprungbrett, ich spürte nachzitternd bis heran ins Gebälk den Schwung kräftigen Abstoßes. Und schon schnellte, von der Kurve des Sprungs zu stählernem Halbbogen wie ein Türkensäbel geformt, ein schlanker Frauenkörper hoch und kopfüber hinab. Einen Augenblick höhlte der Sprung einen klatschenden und gleich weiß aufschäumenden Wirbel, dann tauchte die straffe Gestalt wieder auf, mit nervigen Schwimmstößen der Teichinsel zustrebend. „Ihr nach! Einholen!" – Sportlust riß meine Muskeln an, mit einem Ruck schnellte ich mich ins Wasser und stieß, die Schulter vorgestemmt, mit erbitterten Tempos ihrer Spur nach. Aber offenbar die Verfolgung bemerkend und gleichfalls sportbereit, nützte die Verfolgte wacker ihren Vorsprung, schrägte geschickt an der Insel vorbei, um dann hastig zurückzusteuern. Ich, ihre Absicht rasch erkennend, warf mich gleichfalls rechtsüber und paddelte so kräftig, daß meine vorstoßende Hand schon ihr ins Kielwasser kam, bloß eine Spanne trennte uns noch – da tauchte herzhaft listig die Verfolgte plötzlich unter, um dann, eine kleine Weile später, knapp an der Barriere der Damenabteilung emporzukommen, die weiterer Verfolgung wehrte. Triefend stieg die Siegerin die Treppe hinauf: einen Augenblick mußte sie innehalten, die Hand an die Brust gepreßt, offenbar versagte ihr der Atem; dann aber wandte sie sich um, und als sie mich an der Grenze gehemmt sah, lachte sie mit blanken Zähnen triumphierend herüber. Ihr Gesicht konnte ich gegen die schroffe Sonne und unter der Schwimmhaube nicht recht wahrnehmen, nur das Lachen glänzte höhnisch und blank auf den Besiegten zu.

Ich ärgerte mich und freute mich zugleich: zum erstenmal seit Berlin hatte ich wieder jenen anerkennenden Blick einer Frau gespürt – vielleicht winkte da ein Abenteuer.

Mit drei Stößen schwamm ich hinüber ins Herrenbad, riß mir die Kleidung flink über die noch nasse Haut, nur um rechtzeitig beim Ausgang sie abpassen zu können. Zehn Minuten mußte ich warten, dann kam – durch die knabenhaft schmalen Formen unverkennbar – meine übermütige Gegnerin leichten Schrittes und beschleunigte ihn noch, sobald sie mich warten sah, in der offenbaren Absicht, mir die Möglichkeit eines Ansprechens abzuschneiden. Sie lief ebenso muskelhaft behend, wie sie vordem geschwommen, alle Gelenke gehorchten sehnig diesem ephebisch schmalen, vielleicht etwas zu schmalen Körper: ich hatte wahrhaftig keuchende Not, die fliegend Ausschreitende einzuholen, ohne mich auffällig zu machen. Endlich gelang's; an einer Wegwende querte ich geschickt vor, lüftete nach studentischer Art weit ausholend den Hut und fragte, ehe ich ihr noch recht ins Auge gesehen, ob ich sie begleiten dürfe. Sie warf von der Seite einen spöttischen Blick, und ohne daß sich das hitzige Tempo verlangsamte, antwortete mir fast aufreizende Ironie: „Wenn ich Ihnen nicht zu rasch gehe, warum nicht! Ich habe große Eile." Durch diese Unbefangenheit ermutigt, wurde ich zudringlicher, stellte ein Dutzend neugieriger, meist alberner Fragen, die sie aber bereitwillig und mit so verblüffender Freiheit beantwortete, daß meine Absichten eigentlich mehr verwirrt als gefördert wurden. Denn mein Berliner Ansprechkodex war mehr auf Widerstand und Spöttischkeit eingestellt als auf dermaßen franke Aussprache während eines Geschwindschrittes: so hatte ich zum zweitenmal das Gefühl, recht ungeschickt an eine überlegene Gegnerin geraten zu sein.

Aber es sollte noch schlimmer kommen. Denn als ich, meine indiskreten Eindringlichkeiten vermehrend, sie fragte, wo sie wohne – da wandten sich plötzlich scharf zwei haselbraune übermütige Augen herüber und blitzten, ein Lachen gar nicht mehr verbergend: „In Ihrer allernächsten Nähe." Verblüfft starrte ich auf. Sie sah von der Seite noch einmal herüber, ob der Partherpfeil sitze. Und wirklich, er stak mir in der Kehle. Mit einemmal war es vorbei mit dem frech berlinerischen Ansprechton, ganz unsicher, ja devot stammelte ich, ob ihr meine Begleitung dann nicht lästig sei. „Aber wieso denn", lächelte sie von neuem, „wir haben ja nur mehr zwei Straßen, und die können wir doch gemeinsam laufen." In diesem Augenblick schwirrte mir das Blut, ich konnte kaum weiter, aber was half's, ein Abschwenken wäre noch beleidigender gewesen: so mußte ich mit bis zu dem Hause, wo ich wohnte. Da hielt sie plötzlich inne, bot mir die Hand und sagte leichthin: „Dank für die Begleitung! Sie kommen ja heute um sechs Uhr zu meinem Mann."

Ich muß blutrot geworden sein vor Scham. Aber noch ehe ich mich entschuldigen konnte, war sie schon flink die Treppe hinauf, und ich stand da, mit Schrecken die einfältigen Reden bedenkend, deren ich mich tölpelhaft erfrecht. Zum Sonntagsausflug hatte ich flunkernder Narr sie wie ein Nähmädel eingeladen, in schleißiger Weise ihren Körper gerühmt, dann die sentimentale Walze des vereinsamten Studenten gedreht – mir war, als müßte ich erbrechen vor Scham, so würgte mich der Ekel. Und nun ging sie lachend, bis zu den Ohren voll Übermut zu ihrem Mann, meine Albernheiten zu verraten an ihn, dessen Urteil mir am meisten von allen Menschen wog und vor dem lächerlich zu erscheinen mir qualvoller ankam, als nackt auf dem offenen Marktplatz ausgepeitscht zu sein.

Entsetzliche Stunden bis zum Abend: tausendmal malte ich mir's aus, wie er mich empfangen würde mit seinem feinen ironischen Lächeln – oh, ich wußte ja, er meisterte die Kunst des sardonischen Wortes und wußte einen Scherz rotglühend zu spitzen, daß er stach bis aufs Blut. Ein Verurteilter kann nicht gewürgter das Schafott hinaufsteigen als ich damals die Treppe, und kaum ich, ein dickes Schlucken in der Kehle mühsam niederwürgend, sein Zimmer betrat, mehrte sich noch meine Verwirrung, war mir doch, als hätte ich vom Nebenraum flüsterndes Rauschen eines Frauenkleides gehört. Gewiß horchte sie da, die Übermütige, sich an meiner Verlegenheit zu weiden, die Blamage des mauldrescherischen Jungen mitzugenießen. Endlich kam mein Lehrer: „Was ist Ihnen denn?" fragte er besorgt, „Sie sind so blaß heute." Ich wehrte ab, innerlich den Streich erwartend. Aber die gefürchtete Exekution blieb aus, er sprach ganz wie sonst von wissenschaftlichen Dingen: kein Wort, so ängstlich ich jedes anhorchte, barg Anspielung oder Ironie. Und – erst erstaunt und dann beglückt – erkannte ich: sie hatte geschwiegen.

Um acht Uhr pochte es wieder an der Tür. Ich verabschiedete mich: das Herz stand mir wieder gerade in der Brust. Als ich aus der Tür trat, kam sie vorbei: ich grüßte, und ihr Blick lächelte mir leicht zu. Und strömenden Blutes deutete ich mir dies Verzeihen als ein Versprechen, auch weiterhin zu schweigen.

Von jener Stunde begann für mich eine neue Art der Aufmerksamkeit; bisher hatte meine knabenhaft andächtige Verehrung den vergötterten Lehrer dermaßen als Genius einer andern Welt empfunden, daß ich sein privates, sein irdisches Leben vollkommen zu beachten vergaß. In der übertreiblichen Art, die jeder wahren Schwärmerei innewohnt, hatte ich sein Dasein mir vollkommen weggesteigert von allen täglichen Verrichtungen unserer methodisch geordneten Welt. Und sowenig etwa ein zum erstenmal Verliebter wagt, das vergötterte Mädchen in Gedanken zu entkleiden und als ebenso natürlich wie die tausend andern rocktragenden Wesen zu betrachten, sowenig wagte ich einen schleicherischen Blick in seine private Existenz: nur sublimiert empfand ich ihn immer, abgelöst von allem Gegenständlich-Gemeinen als Boten des Worts, als Hülle des schöpferischen Geistes. Nun, da jenes tragikomische Abenteuer mir plötzlich seine Frau in den Weg stieß, konnte ich nicht umhin, seine familiäre, seine häusliche Existenz intimer zu beobachten; eigentlich wider meinen Willen schlug eine unruhig spährische Neugier in mir die Augen auf. Und kaum daß dieser spürende Blick in mir begann, verwirrte er sich schon, denn dieses Mannes Existenz innerhalb des eigenen Gevierts war eigentümlich und von beinahe beängstigender Rätselhaftigkeit. Beim erstenmal schon, als ich kurz nach jener Begegnung zu Tische geladen wurde und ihn nicht allein, sondern mit seiner Frau sah, regte sich merkwürdiger Verdacht einer eigenartig krausen Lebensgemeinschaft, und je mehr ich dann in den innern Kreis des Hauses vordrang, um so verwirrender wurde mir dies Gefühl. Nicht daß in Wort oder Geste sich eine Spannung oder Verstimmung zwischen beiden kundgetan hätte: im Gegenteil, das Nichts war es, das Nichtvorhandensein irgendeiner Spannung zu- oder gegeneinander, das so seltsam sie beide verhüllte und undurchsichtig machte, eine schwere föhnige Windstille des Gefühls, die jene At-

mosphäre drückender machte als Sturm eines Streits oder
Wetterleuchten verborgenen Grolls. Äußerlich verriet
nichts eine Reizung oder Spannung; nur Entfernung von
innen her fühlte sich stärker und stärker. Denn Frage und
Antwort in ihrem seltenen Gespräch berührten sich nur
gleichsam mit hastigen Fingerspitzen, nie ging es herzlich
ineinander, Hand in Hand, und selbst mir gegenüber blieb
bei den Mahlzeiten seine Rede stockig und gebunden. Und
manchmal frostete das Gespräch, solange wir nicht wieder
zur Arbeit zurückkehrten, zu einem einzigen breiten
Blocke Schweigens zusammen, den schließlich keiner mehr
anzubrechen wagte und dessen kalte Last mir noch stundenlang auf der Seele drückend blieb.

Vor allem erschreckte mich sein vollkommenes Alleinsein.
Dieser aufgetane, durchaus expansiv veranlagte Mann hatte
keinerlei Freund, seine Schüler allein waren ihm Umgang
und Trost. An die Kollegen der Universität band ihn keine
Beziehung als jene der höflichen Korrektheit, Gesellschaf-
ten besuchte er niemals; oft verließ er tagelang das Haus
nicht zu anderm Weg als die zwanzig Schritte zur Universität. Alles grub er stumm in sich ein, sich weder Menschen
noch der Schrift vertrauend. Und nun verstand ich auch das
Eruptive, das Fanatisch-Überströmende seiner Reden im
Kreise der Studenten: da brach aus tagelanger Stauung die
Mittelsamkeit hervor, alle Gedanken, die er schweigend in
sich trug, stürzten mit jener Unbändigkeit, die der Reiter
bei Pferden sinnvoll Stallfeuer nennt, brausend aus der
Hürde des Schweigens in diese Wettjagd der Worte.

Zu Hause sprach er ganz selten, am wenigsten zu seiner
Frau. Und mit einem ängstlichen, beinahe schamvollen
Staunen erkannte selbst ich unerfahrener junger Bursche,
daß hier zwischen zwei Menschen ein Schatten schwebte,
ein wehender, immer gegenwärtiger Schatten aus unfühlba-
rem Stoff, aber doch vollkommen einen vom andern ab-
schließend, und zum erstenmal ahnte ich, wieviel Geheimes eine Ehe nach außen verbirgt. Als sei ein Drudenfuß
auf die Schwelle gezeichnet, so wagte niemals die Frau sein
Arbeitszimmer ohne besondere Aufforderung zu betreten:
damit markierte sich sichtbar ihre völlige Ausgesperrtheit
von seiner geistigen Welt. Und niemals duldete mein Lehrer, daß von seinen Plänen und Arbeiten in ihrer Gegen-

wart gesprochen werde, ja, die Art war mir geradezu peinlich, wie er, kaum daß sie eintrat, mit einem Riß mittendurch den leidenschaftlich geschwungenen Satz zerbrach. Etwas fast Beleidigendes und offenkundig Mißachtendes entbehrte da selbst der höflichen Verhüllung, brüsk und offen lehnte er ihre Teilnahme ab – sie aber schien das Beleidigende nicht zu bemerken oder daran schon gewöhnt. Mit ihrem übermütigen Jungengesicht, leicht und behend, muskelfreudig und rank, flog sie treppauf und -ab, hatte immer alle Hände voll zu tun und immer doch Zeit, ging in Theater, versäumte keine sportliche Betätigung – dagegen für Bücher, für den Hausstand, für alles Versperrte, Ruhige, Bedächtige fehlte der etwa fündunddreißigjährigen Frau jeglicher Sinn. Ihr schien nur wohl zu sein, wenn sie – immer trällernd, gern lachend und stets zu spitzem Gespräch bereit – ihre Glieder im Tanz, im Schwimmen, im Lauf, in irgend etwas Vehementem ausfahren lassen konnte; mit mir sprach sie niemals ernst, immer nur neckte sie mich wie einen halbwüchsigen Jungen, nahm mich bestenfalls als Partner übermütiger Kraftproben. Und diese ihre behende hellsinnliche Art stand in so verwirrend gegensätzlichem Kontrast zu der dunklen, ganz in sich gezogenen, nur vom Geistigen zu beflügelnden Lebensform meines Lehrers, daß ich mit immer neuem Staunen mich fragte, was jemals diese beiden urfremden Naturen hatte zusammenbinden können. Freilich, mich selbst förderte nur dieser merkwürdige Kontrast: trat ich von entnervender Arbeit in ein Gespräch mit ihr, so war's, als sei mir ein drückender Helm von der Stirne genommen; alle Dinge ordneten sich aus ekstatischer Erhitzung wieder tagfarben und klar ins Irdische zurück, das heiter Umgängliche des Lebens forderte spielhaft seine Rechte, und was ich beinahe in seiner anspannenden Gegenwart verlernte, das Lachen, entlastete wohltätig den übermächtigen Druck des Geistigen. Eine Art jungenhafter Kameradschaft knüpfte sich zwischen ihr und mir; gerade weil wir immer nur Gleichgültiges lässig plauderten oder gemeinsam ins Theater gingen, entbehrte unser Beisammensein jeder Spannung. Ein einziges bloß unterbrach peinlich die völlige Unbesorgtheit unserer Gespräche, jedesmal mich verwirrend: und das war die Nennung seines Namens. Da stemmte sie unabänderlich meiner fragenden

Neugier ein gereiztes Schweigen oder, wenn ich mich in Enthusiasmus redete, ein merkwürdig verdecktes Lächeln entgegen. Aber ihre Lippen blieben verschlossen: in anderer Art, aber mit gleich heftiger Gebärde stellte sie diesen Mann aus ihrem Leben wie er sie aus dem seinen. Und doch deckte beide schon fünfzehn Jahre das gleiche verschwiegene Dach.

Je undurchdringlicher aber dieses Geheimnis, um so mehr Verführung für meine leidenschaftliche Ungeduld. Hier war ein Schatten, ein Schleier, sonderbar nah bei jedem Windzug des Wortes fühlte ich ihn schwanken; mehrmals schon meinte ich, seine Spur zu fassen, da glitt es wieder fort, dieses verwirrende Gewebe, um im nächsten Augenblick mich neu zu überrieseln, doch niemals ward es tastbares Wort, faßbare Form. Nichts aber wirkt aufstörender, aufweckender bei einem jungen Menschen als das entnervende Spiel vager Vermutungen; der Phantasie, müßig sonst umschweifend, plötzlich offenbart sich ihr jagdhaftes Ziel, und schon fiebert sie in der neuentdeckten pürschenden Lust der Verfolgung. Ganz neue Sinne wuchsen mir bislang dumpfem Jungen in jenen Tagen zu, eine dünnhäutige Membran des Lauschens, die jeden Tonfall verräterisch abfing, ein spähender, weidhafter Blick voll Mißtrauen und Schärfe, eine umstöbernde, im Dunkel umgrabende Neugier – bis zur Schmerzhaftigkeit dehnten sich elastisch die Nerven, immer erregt vom Zugriff einer Ahnung und nie abklingend zu klarem Gefühl.

Doch ich mag sie nicht schelten, meine atemlos vorgebeugte Neugier, war sie doch rein. Was dermaßen alle Sinne in mir aufhob, dankte seine Erregtheit nicht lüsterner Schaulust, die hämisch ein Niedrig-Menschliches an einem Überlegenen zu ertappen liebt – im Gegenteil, sie färbte heimliche Angst, ein ratlos zögerndes Mitleid, das mit ungewisser Bangigkeit an diesen Schweigenden ein Leiden ahnte. Denn je näher ich seinem Leben trat, um so fühlsamer bedrückte mich der schon plastisch eingedrungene Schatten über meines Lehrers geliebtem Gesicht, jene edle, weil edel bemeisterte Melancholie, die niemals sich erniederte zu unwirscher Mürrischkeit oder fahrlässigem Zorn; hatte er mich, den Fremden, in erster Stunde angezogen durch das vulkanisch vorbrechende Geleucht seines Worts, nun erschütterte den Vertrauten noch tiefer seine Schweigsamkeit, die über seine Stirne wandernde Wolke der Trauer. Nichts ergreift ja derart mächtig einen jugendlichen Sinn als erhaben männliche Düsternis: Michelangelos in den eigenen Abgrund niederstarrender Denker, Beethovens bitter nach innen gezogener Mund, diese tragischen Masken des Weltleidens rühren stärker als ungeformte Gemüt als Mozarts silberne Melodie und das klingende Licht um Leonardos Gestalten. Schönheit sie selbst, hat Jugend der Verklärung nicht not: im Übermaß lebendiger Kräfte drängt sie dem Tragischen zu, und gern gestattet sie der Schwermut, süßen Zuges an ihrem noch unerfahrenen Blute zu saugen: darum auch die ewige Bereitschaft aller Jugend für die Gefahr und ihre brüderlich entbotene Hand zu jedem Leiden im Geiste.

Und eines solchen wahrhaft Leidenden Antlitz, hier erlebte ich es zum erstenmal. Kleiner Leute Sohn, aus bürgerlicher Behaglichkeit ungefährdet entwachsen, kannte ich die Sorge nur in den lächerlichen Masken des Alltags, als Ärger gekleidet, im gelben Gewand des Neids, klirrend mit dem Kleinkram des Geldes – dieses Gesichtes Verstörung, sie aber entstammte, sofort fühlte ich's, heiligerem Element. Aus Dunkelheiten kam dies Dunkel, von innen hatte hier ein grausamer Griffel Falten und Schrunden in vorzeitig zermorschte Wangen gezeichnet. Manchmal, wenn ich sein Zimmer betrat (immer mit der Scheu eines Kindes, das einem Hause naht, in dem Dämonen hausen) und seine Versunkenheit mein Klopfen überhörte, wenn ich dann plötzlich, schamvoll und bestürzt, vor dem Selbstvergessenen stand, dann war mir, als sitze hier bloß Wagner, die leibliche Larve, in Faustens Gewand, indes der Geist umschweifte in rätselhaftem Geklüft und schaurigen Walpurgisnächten. In solchen Augenblicken waren seine Sinne vollkommen verschlossen, er hörte weder nahenden Schritt noch einen schüchternen Gruß. Fuhr er dann, jählings sich besinnend, auf, so versuchte hastiges Wort die Verlegenheit zu überdecken: er ging auf und nieder und mühte sich, durch Fragen den beobachtenden Blick von sich abzulenken. Aber lange hing dann noch immer das Dunkel über seiner Stirne, und erst das erglühende Gespräch vermochte dies von innen gesammelte Gewölk zu zerstreuen.

Er mußte es manchmal spüren, wie sehr sein Anblick mich bewegte, an meinen Augen vielleicht, an meinen unruhigen Händen, mochte ahnen etwa, daß auf meinen Lippen unsichtbar eine Bitte schwebte um Zutrauen, oder in meiner vortastenden Haltung die heimliche Inbrunst erkennen, seinen Schmerz an mich, in mich zu nehmen. Sicherlich, er mußte es spüren, denn unvermutet unterbrach er das rege Gespräch und sah mich ergriffen an, ja es überströmte mich dieser merkwürdig warme, von seiner eigenen Fülle verdunkelte Blick. Dann faßte er oft meine Hand, hielt sie unruhig lange – immer erwartete ich: jetzt, jetzt, jetzt wird er zu mir sprechen. Aber statt dessen fuhr dann meist eine brüske Gebärde vor, manchmal sogar ein kaltes, absichtlich ernüchterndes oder ironisches Wort. Er, der den Enthusiasmus lebte, der ihn in mir genährt und erweckt, strich ihn dann plötzlich mir weg wie einen Fehler in einer schlecht geschriebenen Aufgabe, und je mehr er mich innig aufgetan sah, lechzend nach seinem Vertrauen, um so grimmiger stieß er mit solchen eiskalten Worten vor wie: „Das verstehen Sie nicht" oder „Lassen Sie doch derlei Übertreibungen", Worte, die mich aufreizten und zur Verzweiflung brachten. Wie habe ich gelitten unter diesem wetterleuchtend grellen, vom Heißen zum Kalten fahrenden Menschen, der mich unbewußt hitzte, um mich plötzlich mit Frost zu übergießen, der mit seinem Ungestüm das eigene anstachelte, um dann plötzlich die Peitsche einer ironischen Bemerkung zu fassen – ja, ich hatte das grausame Gefühl, je mehr ich zu ihm drängte, desto härter, ja angstvoller stieß er mich zurück. Nichts sollte, nichts durfte an ihn heran, an sein Geheimnis.

Denn Geheimnis, immer brennender ward's mir bewußt, Geheimnis hauste fremd und unheimlich in seiner magisch anziehenden Tiefe. Ich ahnte ein Verschwiegenes an seinem merkwürdig flüchtenden Blick, der glühend vordrang und scheu wegwich, wenn man ihm dankbar sich ergab; ich spürte es an den bitter gefälteten Lippen seiner Frau, an der merkwürdig kalten Zurückhaltung der Menschen in der Stadt, die beinahe indigniert blickten, wenn man ihn rühmte – an hundert Sonderbarkeiten und plötzlichen Verstörtheiten. Und welche Qual dabei, sich schon in dem innern Kreis eines solchen Lebens zu vermeinen und doch irr dort im Kreise zu gehen wie in einem Labyrinth, unwissend des Weges zu seinem Ursprung und Herzen!

Das Unerkärlichste, das Erregendste aber waren für mich seine Eskapaden. Eines Tages, als ich ins Kolleg kam, hing dort ein Zettel, die Vorlesung sei für zwei Tage unterbrochen. Die Studenten schienen nicht verwundert, ich aber, der noch gestern bei ihm gewesen, eilte nach Hause, von Angst getrieben, er möchte erkrankt sein. Seine Frau lächelte nur trocken, als mein Hereinstürmen solche Aufregung verriet. „Das kommt öfter vor", sagte sie merkwürdig kalt; „das kennen Sie nur noch nicht." Und tatsächlich erfuhr ich von den Kollegen, daß er öfters so über Nacht verschwinde, manchmal nur telegraphisch sich entschuldigend: einmal hatte ihn ein Student um vier Uhr morgens in einer Berliner Straße getroffen, ein anderer in der Wirtsstube fremder Stadt. Er schnellte plötzlich fort wie ein Pfropf aus der Flasche, kam wieder zurück, und niemand wußte, wo er gewesen.

Dieses plötzliche Ausbrechen erregte mich wie eine Krankheit: ich ging geistesabwesend, unruhig, fahrig diese zwei Tage herum. Unsinnig leer war mir plötzlich das Studium ohne seine gewohnte Gegenwart, ich verzehrte mich in wirren, eifersüchtigen Vermutungen, ja, etwas von Haß und Zorn gegen seine Verschlossenheit stieg in mir auf, daß er mich, den glühend Zudrängenden, so außen ließ von seinem wirklichen Leben wie einen Bettler im Frost. Vergebens beredete ich mich, daß mir, dem Knaben, dem Schüler, doch kein Recht zustünde, Rechenschaft und Auskunft zu fordern, da seine Güte mir hundertfach mehr Vertrauen gewährte, als einen akademischen Lehrer sein Amt verpflichtete. Aber Vernunft hatte keine Macht über die brennende Leidenschaft: zehnmal des Tages kam ich tölpischer Junge fragen, ob er schon zurückgekommen sei, bis ich schließlich an den immer brüsker werdenden Verneinungen seiner Frau schon Erbitterung spürte. Ich wachte die halbe Nacht und horchte nach seinem heimkehrenden Schritt, umschlich morgens unruhig die Tür, nun nicht mehr die Frage wagend. Und als er endlich am dritten Tage unvermutet in mein Zimmer trat, jappte ich auf: mein Erschrecken muß übermäßig gewesen sein, wenigstens merkte ich's am Widerschein seiner verlegenen Befremdung, die hastig ein paar gleichgültige Fragen übereinander jagte. Sein Blick wich mir aus. Zum ersten Male ging unser Gespräch krumm im Kreise, ein Wort stolperte über das andere, und indes wir beide jede Anspielung auf sein Fernbleiben gewaltsam vermieden, sperrte eben dies Ungesprochene jeder Aussprache den Weg. Als er mich ließ, schlug die brennende Neugier wie eine Lohe auf: allmählich verzehrte sie mir Schlaf und Wachen.

Wochenlang währte dieser Kampf um Aufschluß und tieferes Erkennen: starrsinnig schraubte ich mich gegen den feurigen Kern, den ich unter dem felsigen Schweigen vulkanisch zu fühlen meinte. Endlich, in glücklicher Stunde, gelang mir erster Einbruch in seine innere Welt. Ich hatte wieder einmal in seinem Zimmer bis zur Dämmerung gesessen, da holte er einige Shakespearesche Sonette aus verschlossener Lade, las erst in eigener Übertragung diese gleichsam in Bronze gegossenen knappen Gebilde, um dann ihre scheinbar undurchdringliche Chiffreschrift so magisch zu erleuchten, daß mich mitten in meiner Beglückung ein Bedauern ankam, all dies, was dieser strömende Mensch schenkte, sollte verloren sein im vergänglich fließenden Wort. Da – wo holte ich ihn nur her? – packte mich plötzlicher Mut, ihn zu fragen, warum er sein großes Werk „Die Geschichte des Globe-Theaters" nicht vollendet habe – kaum aber daß ich das Wort gewagt, wurde ich schon erschrocken gewahr, wider Willen eine geheime und offenbar schmerzhafte Wunde grob angefaßt zu haben. Er stand auf, wandte sich ab und schwieg lange. Das Zimmer schien plötzlich überfüllt von Dämmerung und Schweigen. Endlich kam er auf mich zu, sah mich ernst an, und die Lippen zuckten mehrmals, ehe sie schmal aufgingen; schmerzlich stieß dann ihr Geständnis vor: „Ich kann nichts Großes arbeiten. Das ist vorbei: nur die Jugend plant so verwegen. Jetzt habe ich keine Ausdauer mehr. Ich bin – warum es verbergen? – ein Mensch der kurzen Augenblicke geworden, ich kann nicht durchhalten. Früher hatte ich mehr Kraft, jetzt ist sie weg. Ich kann nur reden: da trägt mich's manchmal, da reißt mich etwas über mich fort. Aber stillsitzend arbeiten, immer allein, immer allein, das gelingt mir nicht mehr."

Seine resignierte Gebärde erschütterte mich. Und aus innerster Überzeugung drängte ich, er möchte doch, was er uns mit lockerer Hand täglich hinstreue, endlich in harter Faust festhalten, nicht immer bloß austeilen, sondern das Eigene gestaltend bewahren. „Ich kann nicht schreiben", wiederholte er müde, „ich bin nicht konzentriert genug." – „So diktieren Sie!" Und hingerissen von dem Gedanken, fiel ich ihn beinahe flehend an: „So diktieren Sie mir. Versuchen Sie es einmal. Vielleicht nur den Beginn – dann werden Sie selbst nicht mehr zurück können. Versuchen Sie das Diktat, ich bitte Sie darum, mir zuliebe!"

Er sah auf, verblüfft zuerst und dann nachdenklicher. Der Gedanke schien ihn irgendwie zu beschäftigen. „Ihnen zuliebe?" wiederholte er. „Meinen Sie wirklich, es könnte noch irgendeinem Menschen Freude machen, wenn ich alter Mann etwas unternehme?" Ich spürte, hier begann schon zögernd ein Nachgeben, an seinem Blick spürte ich's, der noch eben wolkig nach innen gegangen, nun aber, von warmer Hoffnung gelöst, allmählich vortrat und an ihr sich erhellend. „Meinen Sie wirklich?" wiederholte er; schon spürte ich innere Bereitschaft in seinen Willen strömen, und dann kam ein Ruck: „Also versuchen wir's! Die Jugend hat immer recht. Wer ihr nachgibt, ist klug." Meine wild ausbrechende Freude, mein Triumph schien ihn zu beleben: er ging hastig auf und ab, beinahe jugendlich erregt, und wir vereinbarten: allabendlich um neun Uhr, unmittelbar nach dem Abendessen, wollten wir es täglich eine Stunde zunächst versuchen. Und am nächsten Abend begannen wir mit dem Diktat.

Diese Stunden, wie soll ich sie schildern! Ich wartete ihnen entgegen den ganzen Tag. Schon nachmittags drückte eine schwüle, nervenauslaugende Unruhe elektrisch auf meine ungeduldigen Sinne, kaum konnte ich die Stunden ertragen, bis endlich der Abend kam. Wir gingen dann sofort von beendeter Mahlzeit in sein Arbeitszimmer, ich setzte mich an den Schreibtisch, den Rücken ihm zugekehrt, indes er unruhigen Schrittes im Raume auf und ab ging, bis der Rhythmus in ihm sich gleichsam gesammelt hatte und von erhobenem Wort der Auftakt absprang. Denn alles gestaltete dieser merkwürdige Mann aus einer Musikalität des Gefühls: er bedurfte immer eines Anschwunges, um seine

Ideen in Bewegung zu bringen. Meist war es ein Bild, eine kühne Metapher, eine plastische Situation, die er, unwillkürlich am raschen Fortschreiten sich erregend, zu dramatischer Szene erweiterte. Etwas von dem großartig Naturhaften alles Schöpferischen wetterleuchtete dann oft aus dem stürzenden Geleucht dieser Improvisationen: ich erinnere mich an Zeilen, die Strophen schienen eines jambisch taktierten Gedichts, und an andere, die kataraktisch sich ergossen in großartig gedrängten Aufzählungen wie der Schiffskatalog Homers und die barbarischen Hymnen Walt Whitmans. Zum erstenmal war es mir jungem, werdendem Menschen gegeben, in das Geheimnis der Produktion einzudringen: ich sah, wie der Gedanke, farblos noch, nichts als eine reine flüssige Hitze, wie eine Glockenspeise aus dem Kessel der impulsiven Erregung vorströmte, dann allmählich erkaltend seine Form fand, und wie diese Form sich dann machtvoll rundete und enthüllte, bis endlich klar das Wort aus ihr schlug und, wie der Klöppel die Glocke erst tönend macht, dem dichterisch Erfühlten die Sprache der Menschen gab. Und so wie jeder einzelne Absatz aus Rhythmus, jede Darstellung aus szenisch gestaltetem Bild, so erhob sich das ganze groß angelegte Werk vollkommen unphilologisch aus einem Hymnus, einem Hymnus an das Meer als die irdisch sichtbare, irdisch fühlbare Form des Unendlichen, wogend von Ferne zu Ferne, zu Höhen aufschauend und Tiefen verbergend, dazwischen sinnlos-sinnvoll spielend mit irdischem Geschick, den schwanken Kähnen der Menschen: diesem Bildnis des Meeres erwuchs in großartig gestaltetem Vergleich eine Darstellung des Tragischen als der elementaren Macht, die unser Blut rauschend und zerstörend durchwaltet. Dann rollte die bildnerische Woge einem einzelnen Lande zu: England stieg auf, die Insel, ewig umbrandet von dem unruhigen Element, das alle Ränder der Erde, alle Breiten und Zonen des Erdballs gefährlich umschließt. Dort, in England, formt es den Staat: bis ins gläserne Gehäuse des Auges, das graue, das blaue, dringt dort der kalte und klare Blick des Elements; jeder einzelne ist Meermensch und Insel zugleich, wie sein Land, und von Stürmen und Gefahr sind starke stürmische Leidenschaften lufthaft gegenwärtig in diesem Geschlecht, das in Hunderten Jahren Wikingerfahrt unablässig seine Kräfte geprobt. Nun aber dünstet Friede über das wasserumbrandete Land: sie jedoch, an Stürme gewöhnt, wollen noch weiter das Meer, den harten Sturz des Geschehens mit seiner täglichen Gefahr, und so schaffen sie sich die aufpeitschende Spannung noch einmal im blutigen Spiel. Erst wird für Tierhatz und Zwiekampf das hölzerne Gerüst erstellt. Bären verbluten, Hahnenkämpfe reizen die Wollust des Grauens bestialisch vor; doch bald will gesteigerter Sinn reiner aufwühlende Spannung aus menschlich-heroischem Widerstreit. Und da ersteht aus frommen Schaubühnen, aus kirchlichen Mysterien jenes andere große wogende Spiel von Menschen, Wiederkehr all jener Abenteuer und Fahrten, nun aber auf den innern Meeren des Herzens; neue Unendlichkeit, ein anderer Ozean mit Springfluten der Leidenschaft und Aufschwall des Geistes, den erregt zu durchsteuern, in dem atemlos umhergeschleudert zu sein die neue Lust ist dieses späten und noch immer starken angelsächsischen Geschlechts: es entsteht das Drama der englischen Nation, das Drama der Elisabethaner.

Und volltönig aufrauschte, da er sich fanatisch in die Schilderung dieses barbarisch urweltlichen Anfangs warf, das bildnerische Wort. Seine Stimme, die anfangs flüsternd hineilte, spannte sonore Muskeln und Bänder, wurde metallen schimmerndes Flugzeug, das immer freier und höher forttrieb: zu eng ward ihr das Zimmer, die antwortend gedrängten Wände, so weit brauchte sie Raum. Ich fühlte Sturm über mir wehen, die brausende Lippe des Meeres schrie mächtig ihr dröhnendes Wort: hingeduckt an den Schreibtisch, war mir, als stünde ich wieder in meiner Heimat an der Düne und dies große Rauschen von tausend Wellen und sprühendem Wind käme atmend heran. Aller Schauer, der die Geburt so eines Menschen wie eines Wortes schmerzhaft umwittert, damals brach er zum erstenmal in mein staunend erschrecktes und schon beglücktes Gemüt.

Endete mein Lehrer dann in dem Diktate, wo mächtige Inspiration herrlich der wissenschaftlichen Absicht das Wort entriß und Denken zur Dichtung wurde, so taumelte ich auf. Feurige Müdigkeit durchströmte mich schwer und stark, eine Ermattung sehr unähnlich der seinen, die eine Erschöpfung war, ein Schon-entladen-Sein, indes ich, der

Überwogte, noch bebte von jener eingeströmten Fülle. Beide aber brauchten wir dann immer noch ein abklingendes Gespräch, um zu Schlaf oder Ruhe zurückzufinden: gewöhnlich wiederholte ich noch das Stenogramm; und seltsam, kaum die Zeichen sich zu Worten verwandelten, redete, atmete und hob sich aus meiner Stimme eine andere, als hätte mir ein Wesen die Sprache im Munde vertauscht. Und dann erkannte ich's: wiederholend skandierte und formte ich seine Intonierung derart hingegeben nach, so gleichartig, daß es war, als spräche er aus mir und nicht ich selbst – so sehr war ich schon Resonanz seines Wesens geworden, Widerklang seines Worts. Das alles ist vierzig Jahre her: und doch noch heute, mitten in einem Vortrag, wenn die Rede sich mir losreißt und schwingend wird, spüre ich plötzlich befangen, daß nicht ich selber spreche, sondern jemand anderer gleichsam aus meinem redenden Munde. Eines teuren Toten Stimme erkenne ich dann, eines Toten, der einzig noch Atem hat an meiner Lippe: immer wenn Enthusiasmus mich überflügelt, bin ich er. Und ich weiß: jene Stunden haben mich geprägt.

Die Arbeit wuchs, und sie wuchs um mich wie ein Wald, allmählich allen Ausblick in die äußere Welt verschattend; nur innen lebte ich im Dunkel des Hauses, im rauschenden, immer voller brausenden Geäst des sich verbreiternden Werkes, in der umfangenden, wärmenden Gegenwart dieses Menschen.
Außer den wenigen Lehrstunden an der Universität gehörte ihm mein ganzer Tag. Ich speiste an ihrem Tische, nachts und tags kletterte Botschaft von ihrer Wohnung die Treppe zu der meinen auf und nieder: ich hatte ihren Türschlüssel und er den meinen, so daß er zu jeder Stunde mich finden konnte, ohne die halbtaube alte Wirtsfrau heranzuschreien. Je mehr ich mich aber dieser neuen Gemeinschaft verband, um so vollkommener wurde ich der Außenwelt abwendig: mit der Wärme jener inneren Sphäre teilte ich gleichzeitig die frostige Abgeschlossenheit ihrer ausgesperrten Existenz. Meine Kollegen kehrten einhellig eine gewisse Kälte und Verächtlichkeit gegen mich heraus: war es geheime Feme oder bloß gereizte Eifersucht über meine sichtliche Bevorzugung – jedenfalls isolierten sie mich von ihrem

Umgang, und in den Diskussionen des Seminars vermied mich, scheinbar verabredet, Ansprache und Gruß. Selbst die Professoren verbargen nicht ihre feindselige Abneigung; einmal, als ich bei dem Dozenten der romanischen Philologie eine nichtige Auskunft erbat, fertigte er mich ironisch ab. „Sie als Intimus von Professor ... sollten doch darüber Bescheid wissen." Vergeblich suchte ich so unverschuldete Ächtung mir zu erklären. Aber Wort und Blick wichen jeder Erklärung aus. Seit ich ganz mit den beiden Einsamen lebte, war ich selbst vollkommen vereinsamt.

Diese gesellschaftliche Aussperrung hätte mich nun weiter nicht bekümmert, war doch meine Aufmerksamkeit ganz dem Geistigen verschworen; aber der steten Zerrung hielten allmählich die Nerven nicht stand. Man lebt nicht ungestraft wochenlang in einem unaufhörlichen geistigen Exzeß, zudem hatte ich wohl allzu plötzlich mein Leben umgestülpt, war zu wild von einem Extrem ins andere gefahren, um nicht jenes uns geheim zugewogene Gleichgewicht der Natur zu gefährden. Denn indes in Berlin das lockere Umschweifen meine Muskeln wohlig entspannte, Abenteuer mit Frauen alles unruhig Gestaute spielhaft lockerten, preßte hier eine föhnig niederdrückende Atmosphäre so unablässig die gereizten Sinne, daß sie nur zuckend, mit elektrisch springenden Spitzen in mir umfuhren; ich verlernte den tiefen gesunden Schlaf, obwohl oder vielleicht weil ich immer bis zur Morgenfrühe das Diktat jedes Abends zu meiner eigenen Lust kopierte (fiebernd vor eitler Ungeduld, meinem geliebten Lehrer die Blätter ehestens zu überbringen). Dann forderte mich die Universität, die hastig betriebene Lektüre zu erhöhter Bereitwilligkeit, und nicht zum mindesten erregte mich die Art des Gesprächs mit meinem Lehrer, weil ja jeder Nerv spartanisch sich straffte, niemals anteillos mich vor ihm erscheinen zu lassen. Der beleidigte Leib zögerte für diese Übertreiblichkeit nicht lange mit seiner Rache. Mehrmals überfielen mich kurze Ohnmachten, Warnungssignale der gefährdeten Natur, die ich tollwütig überrannte – aber die hypnotischen Müdigkeiten mehrten sich, jede Äußerung des Gefühls wurde vehement, und die geschärften Nerven wuchsen mit ihren Spitzen nach innen, den Schlaf zerreißend und bisher verhaltene wirre Gedanken aufstachelnd.

Die erste, die eine deutsame Gefährdung meines Zustandes bemerkte, war die Frau meines Lehrers. Oftmals schon hatte ich ihren beunruhigten Blick mich übertasten gefühlt, mit Absicht streute sie immer häufiger mahnende Bemerkungen in unsere Gespräche, wie etwa, ich möchte nicht in einem Semester die Welt erobern wollen. Schließlich wurde sie deutlich. „Genug jetzt", fuhr sie eines Sonntags auf mich zu, als ich bei schönstem Sonnenschein Grammatik büffelte, und riß mir das Buch weg; „wie kann man sich als junger lebendiger Mensch dermaßen vom Ehrgeiz versklaven lassen? Nehmen Sie sich nicht immer ein Vorbild an meinem Mann: er ist alt, und Sie sind jung, Sie müssen anders leben." Immer funkelte, wenn sie von ihm sprach, dieser Unterton von Verächtlichkeit vor, gegen den ich Hingegebener mich immer wieder entrüstet empörte. Mit Absicht, ich spürte es, ja vielleicht in einer Art fehlgängerischer Eifersucht suchte sie mich immer mehr von ihm wegzuhalten und mit ironischen Paraden meine Übertreiblichkeiten zu queren; saßen wir abends zu lange beim Diktat, so klopfte sie energisch an die Tür und erzwang, gleichgültig gegen seine zornige Abwehr, den Abbruch der Arbeit. „Er wird Ihnen noch Ihre Nerven verderben, er wird Sie noch ganz zerstören", sagte sie mir einmal erbittert, als sie mich niedergebrochen fand. „Was hat er aus Ihnen schon gemacht in diesen paar Wochen! Ich kann es nicht länger mit ansehen, wie Sie gegen sich selber wüten. Und dabei . . ." Sie stockte und redete den Satz nicht zu Ende. Aber die Lippe bebte ihr blaß von niedergepreßtem Zorn.

Und wirklich, mein Lehrer machte es mir nicht leicht: je leidenschaftlicher ich ihm diente, um so gleichgültiger schien er meine hilfsbereite Verehrung zu werten. Selten, daß er mir dankte; brachte ich ihm morgens die bis in die Nacht geförderte Arbeit, so äußerte er trocken abwehrend: „Es hätte Zeit bis morgen gehabt." Überbot sich mein ehrgeiziger Eifer zu unerbetener Gefälligkeit, so wurde plötzlich mitten im Gespräch die Lippe schmal, und ein ironisches Wort drängte mich ab. Freilich, saß er mich dann gedemütigt und verwirrt zurückweichen, so strömte wieder jener warme umfangene Blick meiner Verzweiflung tröstend zu, aber wie selten geschah das, wie selten! Und dieses Heiß und Kalt, dieses bald Aufwühlend-Nahe, bald Ärgerlich-

Rückstoßende seines Wesens verwirrte vollkommen mein unbändiges Gefühl, das sich sehnte – nein, nie vermochte ich jemals deutlich zu benennen, was ich eigentlich ersehnte, was ich wünschte, forderte, anstrebte, welches Zeichen seiner Teilnahme meine enthusiastische Hingabe sich erhoffte. Denn ist verehrende Leidenschaft selbst reiner Weise einer Frau zugewandt, so strebt sie doch unbewußt einer körperlichen Erfüllung zu, ihr hat die Natur eine höchste Vereinung im Besitz des Körpers bildnerisch zugeformt – Leidenschaft des Geistes aber, von Mann zu Mann dargeboten, wie will sie, die unerfüllbare, volle Erfüllung? Ruhelos umwandert sie die verehrte Gestalt, immer sich aufflackernd zur neuen Ekstase und nie noch beruhigt durch eine letzte Hingabe. Immer strömt sie und kann doch nie ganz sich entströmen, ewig ungenügsam wie immer der Geist. So wurde mir seine Nähe niemals nah genug, seine Gegenwart nie ganz sich enthüllend und erfüllend in den langen Gesprächen; selbst wenn er vertrauend alle Fremdheit von sich abwarf, wußte ich doch, der nächste Augenblick könne mit schneidender Geste diese atemnahe Gebundenheit zerteilen. Immer wieder verwirrte der Wetterwendische von neuem mein Gefühl, und ich übertreibe nicht, wenn ich sage, daß ich in meiner Überreiztheit oft unsinniger Tat schon nahe war, nur weil er mit lockerem Handgriff ein Buch, auf das ich ihn aufmerksam gemacht, gleichgültig beiseite geschoben oder plötzlich, wenn abends vertieftes Gespräch uns band und ich ganz eingeströmt in seine Gedanken atmete, mit einem Ruck – nachdem er noch eben zärtlich die Hand mir auf die Schulter gelehnt – aufstand und brüsk sagte: „Nun gehen Sie aber! Es ist spät. Gute Nacht." Solche Nichtigkeiten genügten schon, um Stunden, um Tage mir zu verstören. Vielleicht sah, unablässig zur Erregung herausgefordert, mein überreiztes Gefühl auch Kränkungen, wo sie gar nicht beabsichtigt waren – doch was hilft alle nachdeutende Selbstbeschwichtigung gegen eine Verstörung des innern Gemüts? Nur dies erneute sich täglich: ich litt glühend an seiner Nähe und frostete an seiner Ferne, immer enttäuscht an seiner Verhaltenheit, von keinem Zeichen beruhigt, von jeder Zufälligkeit verwirrt.

Und seltsam: immer wenn meine Empfindlichkeit von ihm

sich beleidigt fühlte, flüchtete ich hin zu seiner Frau. Unbewußter Drang vielleicht, da einen Menschen zu finden, der
gleichfalls unter diesem wortlosen Weghalten litt, vielleicht
Bedürfnis bloß, zu irgend jemandem sprechen zu können
und wenn schon nicht Hilfe, so doch Verständnis zu finden
– jedenfalls flüchtete ich ihr wie einem heimlichen Bundes-
genossen zu. Gewöhnlich spöttelte sie mir meine Empfindlichkeit weg oder erklärte mit achselzuckender Kälte, ich
sollte schon diese schmerzhaften Sonderlichkeiten gewöhnt
sein. Manchmal aber sah sie mich merkwürdig ernst, geradezu mit verwundertem Blick an, wenn plötzliche Verzweiflung mit einem Ruck so ein ganzes zuckendes Bündel
von Vorwürfen, gestammelten Tränen, verkrampften Worten vor sie hinschleuderte, aber sie sprach kein Wort; nur
um ihre Lippen ging dann verhaltenes Wetterspiel, und ich
spürte, sie bedurfte aller Kraft, nicht etwas Zorniges oder
Unbedachtes vorzustoßen. Auch sie hatte, kein Zweifel, mir
etwas zu sagen, auch sie verschloß ein Geheimnis, vielleicht
das gleiche wie er; indes er aber in brüsker Abwehr mich
zurückstieß, sobald mein Wort ihm zu nahe kam, über-
sprang sie meistens mit einem Scherz oder einer improvisierten Eulenspiegelei jede weitere Aussprache.
Nur ein einziges Mal war ich nahe, ihr das Wort zu entreißen. Ich hatte morgens, als ich das Diktat überbrachte, nicht
umhinkönnen, meinem Lehrer begeistert zu erzählen, wie
sehr mich gerade diese Darstellung (es war Marlowes Bildnis) erschüttert habe. Und heiß noch von meinem Überschwang, fügte ich bewundernd hinzu, niemand schreibe
ihm ein derart meisterliches Porträt nach; da biß er, schroff
sich abkehrend, die Lippe, warf das Blatt hin und murrte
verächtlich: „Reden Sie nicht solchen Unsinn! Was verstehen Sie denn schon von Meisterschaft." Dies brüske Wort
(hastig vorgeholte Maske wohl nur für eine ungeduldige
Schamhaftigkeit) genügte, um mir den Tag zu zerschlagen. Und nachmittags, eine Stunde allein mit seiner Frau,
fiel ich sie plötzlich in einer Art hysterischen Ausbruchs
an, faßte sie bei den Händen. „Sagen Sie mir, warum haßt
er mich so? Warum verachtet er mich so? Was habe ich
ihm getan, warum reizt jedes Wort von mir ihn dermaßen
auf? Was soll ich tun, helfen Sie mir! Warum kann er mich
nicht leiden – sagen Sie es mir, ich bitte Sie darum."

Da starrte, überfallen von diesem wilden Ausbruch, ein grelles Auge mich an. „Sie nicht leiden?" – und ein Lachen klirrte aus den Zähnen, ein Lachen, das in so böser schriller Spitze ausfuhr, daß ich unwillkürlich zurückwich. „Sie nicht leiden?" wiederholte sie noch einmal und sah mir zornvoll in die verwirrten Augen. Dann aber beugte sie sich näher heran – ihre Blicke wurden allmählich weich und weicher, beinahe mitleidig wurden sie –, und plötzlich strich sie mir (zum erstenmal) über das Haar. „Sie sind wirklich ein Kind, ein dummes Kind, das nichts merkt und nichts sieht und nichts weiß. Aber es ist besser so – sonst würden Sie noch unruhiger sein."

Und mit einem plötzlichen Ruck wandte sie sich um. Vergebens suchte ich Beruhigung: wie verschnürt in den schwarzen Sack eines unzerreißbaren Angsttraumes rang ich um eine Deutung, um ein Erwachen aus der geheimnisvollen Verwirrung dieser widerstreitenden Gefühle.

Vier Monate waren so vergangen, Wochen der ungeahnten Selbststeigerung und Verwandlung. Das Semester sprang seinem Ende zu, mit Furchtgefühl sah ich den nahen Ferien entgegen, denn ich liebte mein Fegefeuer, und die nüchtern ungeistige Häuslichkeit meiner Heimat drohte mir wie Verbannung und Raub. Schon bosselte ich heimliche Pläne, meinen Eltern vorzutäuschen, wichtige Arbeit hielte mich hier zurück, schon flocht ich Lüge und Ausflucht geschickt ineinander, um die Dauer dieser verzehrenden Gegenwart zu verlängern. Aber längst waren Zeit und Stunde in anderer Sphäre mir vorgezählt. Und diese Stunde stand über mir unsichtbar, wie der Glockenschlag des Mittags in dem Erze hängt, um dann unvermutet und ernst die müßig Weilenden zu Arbeit oder Abschied zu rufen.

Wie schön begann jener schicksalhafte Abend, wie verräterisch schön! Ich hatte mit beiden bei Tisch gesessen – die Fenster standen offen, und in ihren verdunkelten Rahmen trat allmählich dämmriger Himmel mit weißen Wolken langsam herein: ein Lindes und Klares ging von ihrem majestätisch hinschwebenden Widerleuchten wesenhaft weiter, bis tief hinab mußte man's fühlen. Wir hatten lässiger, friedfertiger, geschäftiger geplaudert, die Frau und ich, als

sonst. Mein Lehrer schwieg über unser Gespräch hinweg;
aber sein Schweigen stand gleichsam mit stillgefalteten Flügeln über unserem Gespräch. Verstohlen sah ich ihn von
der Seite an: etwas merkwürdig Erhelltes war heute in seinem Wesen, eine Unruhe, aber ohne alle Fahrigkeit, ganz
wie in jenen Wolken, den sommerlichen. Manchmal hob er
das Weinglas und hielt es gegen das Licht, sich der Farbe zu
freuen; und als mein Blick diese Geste freudig begleitete,
lächelte er leicht und wendete das Glas mir zum Gruß. Selten hatte ich sein Gesicht dermaßen klar gesehen, seine Bewegungen so rund und gefaßt: beinahe feierlich froh saß er
da, als hörte er Musik von der Straße her oder lauschte
einem unsichtbaren Gespräch. Seine Lippen, sonst ständig
umflattert von winzigen Wellen, lagen still und weich wie
eine aufgeschälte Frucht, und die Stirne, nun da er sie sanft
gegen die Fenster wandte, nahm jene gelinde Helligkeit
spiegelnd an sich und dünkte mir schön wie nie. Wunderbar, ihn so befriedet zu sehen: war es Abglanz des reinen
Sommerabends, drang von der Mildigkeit der abgetönten
Luft ein Wohltätiges in ihn ein, oder leuchtete von innen
ein Tröstliches ihm zu – ich wußte es nicht. Aber vertraut,
in seinem Antlitz wie in aufgeschlagener Schrift zu lesen,
spürte ich nur: heute hatte ein milder Gott ihm die Schrunden und Falten des Herzens geglättet.

Und seltsam feierlich auch, wie er nun aufstand und mit gewohnter Kopfwendung einlud, ihm in sein Studio zu folgen: er ging, der sonst Hastige, sonderbar ernst. Dann
wandte er sich noch einmal um, holte – auch dies ungewohnterweise – eine geschlossene Flasche Wein aus dem
Spind und trug sie bedächtig hinüber. Genau wie ich schien
seine Frau ein Wunderliches in seiner Art zu bemerken,
mit staunendem Blick blickte sie von ihrer Näharbeit
auf und beobachtete stumm neugierig, da wir nun zur
Arbeit hinübergingen, seine ungewohnt gemessene Haltung.

Das Zimmer, wie immer vollkommen abgedunkelt, erwartete uns mit vertrauter Dämmerung, nur die Lampe rundete
goldenen Kreis um dies wartende Weiß der gehäuften Blätter. Ich setzte mich an meinen gewohnten Platz und wiederholte die letzten Sätze aus dem Manuskript; immer bedurfte er zur innern Abstimmung den Rhythmus als einer

Stimmgabel, um das Wort weiterströmen zu lassen. Aber indes er sonst unmittelbar an den ausschwingenden Satz ansetzte, blieb diesmal der Fortklang aus. Das Schweigen stellte sich breit in den Raum, schon drückte es von den Wänden auf uns als Spannung zurück. Noch schien er nicht ganz gesammelt, denn ich hörte hinter meinem Rücken seinen nervös auf und nieder schreitenden Schritt. „Lesen Sie es noch einmal" – seltsam, wie unruhig mit einmal die Stimme vibrierte. Ich wiederholte die letzten Absätze: nun setzte er unmittelbar an mein Wort an, ruckhaft, rascher und geschlossener diktierend als sonst. In fünf Sätzen war die Szene gebaut; was er bislang dargestellt, waren die kulturellen Vorbedingungen des Dramas gewesen, ein Fresko zur Zeit, ein Abriß der Geschichte. Nun wandte er mit plötzlichem Ruck sich dem Theater selbst zu, das aus Vagabundentum und Karrenfahrt endlich seßhaft wird und sich eine Heimstatt baut, verbrieft mit Recht und Privilegium, das „Rose-Theater" zuerst und die „Fortuna", hölzerne Bretterbuden für selbst hölzerne Spiele; dann aber zimmern, der weiteren Brust der mannhaft wachsenden Dichtung gemäß, die Werkleute ein neues bretternes Kleid: am Strand der Themse, eingepfählt dem feuchten, wertlosen Schlammgrund, ersteht der ungefüge Holzbau mit dem ungeschlachten sechseckigen Turm, das Globe-Theater, auf dessen Szene Shakespeare, der Meister, erscheint. Wie ausgeworfen vom Meere, ein seltsames Schiff, piratisch rote Flagge am obersten Mast, steht es dort fest angeankert im schlammigen Grund. Im Parterre drängt sich lärmend wie in einem Hafen das niedere Volk, von den Galerien lächelt und plaudert eitel die vornehme Welt herab zu den Schauspielern. Ungeduldig fordern sie den Beginn. Sie stampfen und poltern, klirren mit dem Degenknauf lärmend gegen die Bretter, bis endlich sich zum erstenmal an ein paar flackernd vorgetragenen Kerzen die niedere Szene erleuchtet, Gestalten, lässig kostümierte, vortreten zu scheinbar improvisierter Komödie. Und da, ich erinnere mich noch heute seiner Worte, „braust plötzlich der Sturm der Worte auf, jenes Meer, das unendliche, der Leidenschaft, das von dieser bretternen Grenze zu allen Zeiten und allen Zonen des menschlichen Herzens seine bluthafte Welle hinschlägt, unerschöpflich, unergründlich, heiter und tragisch, aller Viel-

falt voll und der Menschen ureigenstes Bild – das Theater
Englands, das Drama Shakespeares"
Bei diesen erhobenen Worten riß die Rede plötzlich durch.
Ein langes dumpfes Schweigen kam. Beunruhigt wandte ich
mich um: mein Lehrer stand, mit einer Hand den Tisch an-
krampfend, in jener ausgeschöpften Gebärde da, die ich an
ihm kannte. Aber diesmal hatte die Starre etwas Erschrek-
kendes. Ich sprang auf in der Besorgnis, etwas sei ihm zugestoßen, und fragte ängstlich, ob ich aufhören solle. Er sah
mich nur an, atemlos, unverwandt, starr vorerst. Aber dann
stieg der Stern seines Auges wieder blau leuchtend vor, ent-
spannter Lippe trat er auf mich zu – „Nun, haben Sie nichts
bemerkt?" –, eindringlich sah er mich an. „Was denn?"
stammelte ich unsicher. Da tat er einen tiefen Atemzug, lächelte ein wenig; seit Monaten spürte ich wieder jenen umfangenden, weichen, zärtlichen Blick: „Der erste Teil ist fertig." Ich hatte Mühe, einen Freudenschrei zu unterdrücken,
so heiß durchfuhr mich die Überraschung. Wie hatte ich's
übersehen können, ja, das war der ganze Bau, herrlich em-
porgestuft vom Urgrund der Vergangenheit bis zur Schwelle
der Gestaltung: nun konnten sie kommen, Marlowe, Ben
Jonson, Shakespeare, sie sieghaft zu überschreiten. Das
Werk feierte seinen ersten Geburtstag: hastig eilte ich hin,
zählte die Blätter. Hundertsiebzig enggeschriebene Seiten
umfaßte dieser erste Teil, der schwerste; denn was nun kam,
war freie nachbildende Gestaltung; indes bis nun die Darstellung an historisches Zeugnis eng gefesselt war. Kein
Zweifel, er würde es vollenden, sein Werk, unser Werk!
Habe ich gelärmt, bin ich umhergetanzt vor Freude, vor
Stolz, vor Glück – ich weiß es nicht. Aber meine Begeisterung muß unvorhergesehene Formen des Überschwangs an-
genommen haben, denn sein Blick wanderte mir lächelnd
nach, indes ich bald die letzten Worte überlas, bald eilfertig
die Blätter zählte, sie befaßte, wog und verliebt befühlte
und schon in voreiligen Berechnungen phantasierte, wann
wir das ganze Werk vollendet haben könnten. Sein gestau-
ter, tief verborgener Stolz, in meiner Freude sah er sich gespiegelt: gerührt, lächelnd blickte er mir zu. Dann kam er
langsam ganz, ganz nahe, beide Hände vorgestreckt, heran,
faßte die meinen; unbewegt sah er mich an. Allmählich füllten sich seine Pupillen, die sonst nur ein zuckendes Blink-

feuer von Farbe hatten, mit jenem klaren beseelten Blau, das von allen Elementen nur die Tiefe des Wassers und die Tiefe menschlichen Gefühls zu bilden vermögen. Und dieses glanzhafte Blau stieg auf aus den Augensternen, trat vor, drang in mich ein; ich fühlte, wie diese warme Welle von ihnen weich bis in mein Innerstes ging, strömend sich dort verbreiternd und zu seltsamer Lust das Gefühl mir dehnend: die ganze Brust ward mit einmal weit von dieser wölbenden quellenden Gewalt, und ich spürte einen großen Mittag italisch in mir aufgehen. „Ich weiß", überflog nun seine Stimme diesen Glanz, „daß ich niemals diese Arbeit begonnen hätte ohne Sie, nie werde ich es Ihnen vergessen. Sie haben meiner Mattigkeit den rettenden Schwung gegeben, und was von meinem verstreuten, verlorenen Leben nun zurückbleibt, das haben Sie gerettet, Sie allein! Niemand hat mehr für mich getan, keiner so treulich mir geholfen. Und darum sage ich nicht, *Ihnen* habe ich es zu danken, sondern . . . *dir* habe ich es zu danken. Komm! Nun wollen wir eine Stunde ganz brüderlich sein!"
Er zog mich sanft zu dem Tisch und nahm die bereitgestellte Flasche. Auch zwei Gläser standen da: als offenkundigen Dank hatte er mir diesen symbolischen Trunk zugedacht. Ich zitterte vor Freude, nichts verwirrt ja gewalttätiger unsern innern Sinn als eines glühenden Wünschens plötzliche Erfüllung. Das Zeichen, dieses offenbarste des Vertrauens, jenes Zeichen, nach dem ich unbewußt mich sehnte, sein Dank hatte das Schönste gefunden: das brüderliche Du, hingeboten über die Kluft der Jahre und siebenfach kostbar durch so schwierige Ferne. Schon klirrte die Flasche, die noch stumme Täuferin, die mein ängstliches Gefühl nun für immer im Glauben beschwichtigen wollte, schon klang's mir innen gleich hell wie dieser zitternde klare Ton – da hemmte noch ein kleines Hindernis verzögernd den festlichen Augenblick: die Flasche war verkorkt und kein Pfropfenzieher zur Stelle. Er wollte auf, ihn zu holen, aber seine Absicht erratend, stürmte ich ungeduldig ins Eßzimmer voraus – brannte ich doch dieser Sekunde entgegen als der endlichen Beruhigung meines Herzens, als der offensichtlichsten Beglaubigung seiner Zuneigung. Wie ich so stürmisch durch die Tür in den unbeleuchteten Gang hinüberfuhr, stieß ich im Dunkel mit etwas Weichem

zusammen, das hastig nachgab: es war die Frau meines Lehrers, die offenbar an der Tür gelauscht hatte. Aber sonderbar: so wuchtig ich auch gegen sie angerannt, sie gab keinen
Ton, sie wich nur stumm zurück, und auch ich, unfähig
einer Bewegung, schwieg erschrocken. Das dauerte einen
Augenblick; beide standen wir stumm, einer vor dem andern beschämt, sie im Lauschen ertappt, ich starr vor der zu
unvermuteten Entdeckung. Aber dann ging leiser Schritt im
Dunkel, Licht flammte auf, und ich sah sie blaß und herausfordernd mit dem Rücken an den Schrank gelehnt; ihr Blick
maß mich ernst, und ein Dunkles, Mahnendes und Drohendes war in ihrer unbeweglichen Haltung. Aber sie sprach
kein Wort.
Meine Hände zitterten, als ich nach längerem nervösem,
halbblindem Tasten endlich den Pfropfenzieher fand; zweimal mußte ich an ihr vorbei, und jedesmal, wenn ich aufsah,
stieß ich an gegen diesen starren Blick, der hart und dunkel
glänzte wie poliertes Holz. Nichts an ihr verriet Beschämung, bei dem heimlichen Lauschen an der Tür erspäht
worden zu sein; im Gegenteil, schroff und entschlossen
funkelte jetzt ihr Auge eine mir unverständliche Drohung
zu, und ihre trotzige Gebärde zeigte, daß sie gesonnen sei,
nicht von dieser unziemlichen Stelle zu weichen und weiter
horchende Wacht zu halten. Und diese Überlegenheit des
Willens verwirrte mich, unbewußt duckte ich mich unter
diesem fest und warnend auf mich gehefteten Blick. Und als
ich endlich mit unsicherem Schritt in das Zimmer zurück-
schlich, wo mein Lehrer schon ungeduldig die Flasche in
Händen hielt, war die eben noch maßlose Freudigkeit ganz
eingefrostet zu einer sonderbaren Angst.
Er aber, wie sorglos er mich erwartete, wie heiter sein Blick
mir entgegenging: immer hatte ich geträumt, ihn einmal so
sehen zu dürfen, die Wolke entwandert von der schwermü-
tigen Stirn! Aber nun sie zum ersten Male so von Frieden
leuchtete, innig mir zugewandt, stockte mir jedes Wort; wie
durch geheime Poren rieselte die ganze geheime Freude
aus. Verworren, ja beschämt vernahm ich, wie er mir nochmals dankte, nun mit dem vertrauten Du, silbern klangen
die Gläser zusammen. Den Arm mir freundschaftlich um-
breitend, führte er mich zu den Fauteuils, wir saßen einander gegenüber, locker lag seine Hand in der meinen: zum

erstenmal fühlte ich ihn ganz offen und frei im Gefühl. Aber mir versagte das Wort; unwillkürlich tastete ich immer mit dem Blick an die Tür, voll Angst, daß sie dort noch horchend stünde. Sie horcht, dachte ich unablässig, sie horcht auf jedes Wort, das er zu mir spricht, auf jedes, das ich sage: warum gerade heute, warum gerade heute? Und als er, mit jenem warmen Blick mich umfangend, plötzlich sagte: „Ich möchte dir heute von mir, von meiner eigenen Jugend erzählen", da fuhr ich dermaßen erschreckt mit abwehrend bittender Hand gegen ihn auf, daß er verwundert emporsah. „Nicht heute", stammelte ich, „nicht heute ... verzeihen Sie." Der Gedanke war mir zu furchtbar, er könnte sich einem Lauscher verraten, dessen Gegenwart ich ihm verschweigen mußte.

Unsicher sah mein Lehrer mich an. „Was ist dir denn?" fragte er in leiser Verstimmung. „Ich bin müde ... verzeihen Sie ... es hat mich irgendwie überwältigt ... ich glaubte" – und dabei stand ich zitternd auf –, „ich glaube, es ist besser, daß ich gehe." Unwillkürlich bog mein Blick an ihm vorbei zur Tür, wo ich, verborgen im Gebälk, noch immer jene feindliche Neugier auf eifersüchtiger Lauer vermuten mußte.

Schwerfällig hob er sich nun gleichfalls aus dem Fauteuil. Ein Schatten flog über sein mit einmal müd gewordenes Gesicht. „Willst du wirklich schon gehen ... heute ... gerade heute?" Er hielt meine Hand: ein unmerklicher Zug machte sie schwer. Aber plötzlich ließ er sie brüsk wie einen Stein fallen. „Schade", stieß er enttäuscht heraus, „ich hatte mich so gefreut, einmal freimütig mir dir zu sprechen! Schade!" Einen Augenblick schwang der tiefe Seufzer wie ein dunkler Schmetterling durch das Zimmer. Ich war voll Scham und einer ratlos unerklärlichen Angst; unsicher trat ich zurück und schloß leise hinter mir die Tür.

Ich tastete mich mühsam hinauf in mein Zimmer und warf mich auf das Bett. Aber ich konnte nicht schlafen. Nie hatte ich so stark gespürt, daß nur mit dünner Mauerwand meine Wohnwelt über der ihren hing, einzig abgehoben durch das undurchlässige dunkle Gebälk. Und nun spürte ich magisch mit spitzgeschliffenen Sinnen sie beide jetzt unten wachen, ich sah ohne zu sehen, ich hörte ohne zu hören, wie er jetzt unten in seinem Zimmer unruhig auf und ab ging, indes sie irgendwo anders stumm saß oder horchend umhergeisterte. Aber ich spürte ihre beiden Augen offen, und ihr Wachsein ging grauenvoll in mich ein: ein Alp, lag plötzlich das ganze schwere schweigende Haus mit seinen Schatten und Schwärze auf mir.

Ich warf die Decke ab. Meine Hände glühten. Wohin war ich geraten? Ganz nahe hatte ich das Geheimnis gespürt, seinen heißen Atem schon hart im Gesicht, und nun war es wieder fern, aber sein Schatten, sein schweigender undurchsichtiger Schatten, noch ging er raunend um, ich fühlte ihn gefährlich im Haus, schleichend wie eine Katze auf leisen Pfoten, immer da, zuspringend und abspringend, immer mit seinem elektrischen Fell ansteifend und verwirrend, warm und doch gespensterhaft. Und immer spürte ich aus dem Dunkeln seinen umfangenden Blick, weich wie seine dargebotene Hand, und jenen andern, den scharfen, drohenden und erschreckten seiner Frau. Was sollte ich in ihrem Geheimnis, was stellten die beiden mich in die Mitte ihrer Leidenschaft mit verbundenen Augen, was jagten sie mich in ihren unfaßbaren Zwist und drängten mir jeder sein brennendes Bündel von Zorn und Haß in die Sinne?

Noch immer glühte mir die Stirn. Ich warf mich hoch und stieß das Fenster auf. Draußen lag friedlich unter sommerlichem Gewölk die Stadt; noch leuchteten Fenster vom Scheine der Lampe, aber die dort saßen, einte friedliches Gespräch, wärmte ein Buch oder häusliche Musik. Und wo hinter den weißen Fensterrahmen schon Dunkel stand, gewiß, dort atmete beruhigter Schlaf. Über allen diesen ruhenden Dächern schwebte wie der Mond in silbrigem Dunste ein mildes Ruhn, eine entlockerte, sanft niedergeschwebte Stille, und die elf Schläge der Turmuhr fielen ihnen allen ohne Wucht in das zufällig lauschende oder träumende Ohr. Nur ich hier im Haus spürte noch Wachsein, böse Umlagerung fremder Gedanken. Fiebernd mühte sich ein innerer Sinn, dies wirre Raunen zu verstehen.

Plötzlich schrak ich zurück. War das nicht Schritt auf der Treppe? Ich richtete mich lauschend auf. Und wirklich, es tappte da etwas wie blind, Stufen steigend, vorsichtigen, zögernden, unsicheren Schritts: ich kannte dies Ächzen und Stöhnen im ausgetretenen Holz. Nur zu mir konnte dieser Schritt kommen, nur zu mir, wohnte doch keiner sonst hier oben im Giebel außer der tauben alten Frau, die längst schlief und niemanden empfing. War es mein Lehrer? Nein, das war nicht sein stolprig hastiger Gang; dieser Schritt da zögerte und zottelte feig – jetzt wiederum! – bei jeder Stufe: ein Einschleicher, ein Verbrecher mochte so nahen, nicht aber ein Freund. Ich horchte dermaßen angespannt, daß mir die Ohren dröhnten. Und mit einmal fuhr es wie Frost mir die nackten Beine empor.

Da knackte leise das Schloß: schon mußte er bei der Tür sein, der unheimliche Gast. Ein dünner Luftzug auf meine nackten Zehen zeigte, daß die äußere Tür geöffnet war, den Schlüssel aber hatte er, nur er, mein Lehrer. Doch wenn er – warum so zaghaft, so fremd? War er besorgt, wollte er nach mir sehen? Und warum zögerte dieser unheimliche Gast jetzt draußen im Vorraum, denn erstarrt war mit einmal der diebisch anschleichende Schritt. Und ebenso erstarrt stand ich selbst vor Grauen. Mir war, als müßte ich schreien, doch die Kehle klebte mir schleimig zu. Ich wollte aufschließen; die Füße staken starr mir im Boden. Nur eine dünne Wand war jetzt noch zwischen uns beiden, zwischen mir und dem unheimlichen Gast, aber nicht er tat einen Schritt und nicht ich einen, dem andern entgegen.

Da schlug die Glocke vom Turm: einen Schlag nur, Viertel zwölf. Aber er löste meine Starre. Ich riß die Tür auf.

Und wirklich, da stand mein Lehrer, die Kerze in der Hand. Der Luftzug der brüsk aufgeschwungenen Tür ließ die Flamme blau emporspringen, und hinter ihm taumelte, riesenhaft losgerissen von seinem starren Dastehen, der zukkende Schatten wie ein Trunkenbold quer über die Wand. Aber auch er selbst machte, als er mich sah, eine Bewegung; er zog sich zusammen wie ein Mensch, der, von einem jähen Luftzug aus dem Schlaf geschreckt, unwillkürlich die Decke fröstelnd an sich heranzieht. Dann erst wich er zurück, die Kerze schwankte tropfend in seiner Hand.

Ich zitterte, tödlich erschrocken. „Was ist Ihnen?" konnte ich nur stammeln. Er sah mich an, ohne zu sprechen, auch ihm würgte etwas das Wort. Endlich stellte er die Kerze auf die Kommode, und sofort beruhigte sich das fledermaushaft im Raum umflatternde Schattenspiel. Schließlich stammelte er: „Ich wollte ... ich wollte ..."

Wieder blieb die Stimme ihm stecken. Er stand und sah zu

Boden wie ein ertappter Dieb. Unerträglich war diese Angst, dieses Dastehen, ich im Hemd, zitternd vor Frost, er, in sich hineingebückt, wirr vor Beschämung.

Plötzlich gab sich die schwache Gestalt einen Ruck. Er trat auf mich zu: ein Lächeln, böse, faunisch, ein Lächeln, das nur aus den Augen gefährlich glitzerte, indes die Lippen sich enge verpreßten, ein Lächeln grinste mich wie eine fremde Maske erst starr an einen Augenblick – dann stieß spitz wie gespaltene Schlangenzunge die Stimme vor: „Ich wollte Ihnen nur sagen ... wir lassen lieber das Du ... Das ... das ... paßt sich nicht zwischen einem Mulus und seinem Lehrer ... verstehen Sie? ... Man muß Distanz halten ... Distanz ... Distanz."

Und dabei sah er mich an, so voll Haß, so voll beleidigender ohrfeigender Bosheit, daß seine Hand sich unwillkürlich krallte. Ich taumelte zurück. War er wahnsinnig? War er betrunken? Er stand da, die Faust geballt, als ob er sich auf mich werfen wollte oder mir ins Gesicht schlagen.

Aber eine Sekunde nur währte dies Grauen, dann stürzte dieser stoßhafte Blick in sich krumm zusammen. Er wandte sich um, murmelte etwas, das wie eine Entschuldigung klang, faßte die Kerze. Ein schwarzer, dienstfertiger Teufel, fuhr der schon zu Boden geduckte Schatten wieder auf und wirbelte ihm voraus zur Tür. Und dann ging er selbst, ehe ich die Kraft beisammen hatte, ein Wort zu erdenken. Die Tür fiel hart ins Schloß; und schwer und gequält knirschte die Treppe unter seinen gleichsam stürzenden Schritten.

Ich werde diese Nacht nicht vergessen; ein kalter Zorn wechselte wild mit einer ratlos glühenden Verzweiflung. Wie Raketen fuhren mir die Gedanken grell durcheinander. Warum martert er mich, fragte meine zerrende Qual sich hundertmal, warum haßt er mich so, daß er eigens des Nachts die Treppe sich emporschleicht, nur um mir dann feindselig solche Beleidigung ins Gesicht zu schlagen? Was hatte ich ihm getan, was sollte ich tun? Wie ihn versöhnen, ohne zu wissen, wie ich ihn gekränkt? Ich warf mich glühend ins Bett, stand auf, grub mich wieder unter die Decke: immer aber stand jenes gespenstige Bild vor mir, mein Lehrer, schleichend und von meiner Gegenwart verwirrt, und hinter ihm, rätselhaft fremd, dieser ungeheure Schatten, hintaumelnd an der Wand. Als ich dann morgens nach kurzer schwacher Versunkenheit erwachte, beredete ich mich zuerst, geträumt zu haben. Aber auf der Kommode klebten noch rund und gelb die abgetropften Stearinflecken der Kerze. Und mitten in das strahlend helle Zimmer stellte immer wieder und wieder mein gräßliches Erinnern den diebisch emporgeschlichenen Gast dieser Nacht.

Ich ging den ganzen Vormittag nicht aus. Der Gedanke, ihm zu begegnen, zerknickte meine Kraft. Ich versuchte zu schreiben, zu lesen; nichts gelang. Meine Nerven waren unterminiert, jeden Augenblick konnten sie ausfahren in einen schütternden Krampf, ein Schluchzen, ein Brüllen – sah ich doch meine eigenen Finger zittern wie fremdes Geblätter an einem Baum, unfähig, ihnen Ruhe zu gebieten, und die Kniekehlen wankten, als seien ihre Sehnen durchschnitten. Was tun? Was tun? Ich durchfragte mich bis zur Erschöpfung; das Blut flirrte mir schon in den Schläfen und blau unter dem Blick. Aber nur nicht fort, nur nicht hinab, nur nicht plötzlich ihm gegenüberstehen, ohne sicher zu sein, ohne wieder Kraft in den Nerven zu haben. Von neuem warf ich mich auf das Bett, hungrig, verwirrt, ungewaschen, verstört, und wieder versuchten meine Sinne sich hindurchzudenken durch das dünne Mauerwerk: wo saß er jetzt, was tat er, war er wach wie ich, verzweifelt wie ich selbst?

Es wurde Mittag, und noch lag ich im Feuerbett meiner Verworrenheit, da hörte ich endlich einen Schritt auf der Treppe. Alle Nerven klirrten Alarm: dieser Schritt jedoch ging leicht, unbesorgt, nahm zwei Stufen auf einmal in fliegendem Sprung – jetzt rührte eine Hand schon pochend die Tür. Ich sprang auf, ohne zu öffnen. „Wer ist es?" fragte ich. „Warum kommen Sie denn nicht zum Essen?" antwortete etwas ärgerlich die Stimme seiner Frau. „Sind Sie krank?" – „Nein, nein", stotterte ich verwirrt, „ich komme schon, ich komme schon." Und nun blieb mir nichts übrig, als rasch in meine Kleider zu fahren und hinunterzugehen. Aber ich mußte mich an das Geländer der Treppe halten, so taumelten mir die Glieder.

Ich trat ins Speisezimmer. Vor dem einen der beiden Gedecke wartete die Frau meines Lehrers und grüßte mit leichtem Vorwurf, daß ich mich mahnen ließe. Sein eigener Platz war leer. Ich fühlte das Blut mir zu Kopf steigen. Was bedeutete dieses unvermutete Wegbleiben? Fürchtete er die Begegnung noch mehr als ich selbst? Schämte er sich oder wollte er hinfort nicht mehr den Tisch mit mir teilen? Endlich entschloß ich mich zu fragen, ob der Professor nicht käme.

Erstaunt blickte sie empor: „Wissen Sie denn nicht, daß er heute morgen weggefahren ist?" – „Weggefahren", stammelte ich, „wohin?" Sofort spannte sich ihr Gesicht: „Das hat mein Mann nicht geruht mir mitzuteilen, wahrscheinlich – wieder einer seiner üblichen Ausflüge." Dann wandte sie sich plötzlich scharf und fragend mir zu. „Aber daß _Sie_ das nicht wissen? Er ist doch gestern nachts noch eigens zu Ihnen hinaufgegangen – ich dachte, das sei, um Abschied zu nehmen ... Seltsam, wirklich seltsam ... daß er auch Ihnen nichts gesagt hat."

„Mir" – nur einen Schrei konnte ich herausstoßen. Und dieser Schrei riß zu meiner Scham, zu meiner Schande alles mit, was die letzten Stunden so gefährlich aufgestaut. Plötzlich fuhr es aus mir heraus, ein Schluchzen, ein heulender, tobender Krampf – ich erbrach einen gurgelnden Schwall von übereinanderstürzenden Worten und Schreien als eine einzige ineinandergequirlte Masse wirrer Verzweiflung, ich weinte, nein, ich schüttelte, ich schwemmte in hysterischem Schluchzen die ganze zurückgestaute Qual aus zuckendem Munde. Die Fäuste trommelten irr auf dem Tisch; ein reizbar rasendes Kind, tobte ich aus, das Gesicht von Tränen überströmt, was seit Wochen wie ein Gewitter über mir hing. Und indes ich Erleichterung empfand in diesem tobenden Vorsturz, spürte ich zugleich grenzenlose Scham, vor ihr dermaßen mich zu verraten.

„Was haben Sie! Um Gottes willen!" Sie war aufgesprungen, fassungslos. Dann aber eilte sie rasch herzu, führte mich vom Tisch zum Sofa. „Legen Sie sich hin! Beruhigen Sie sich." Sie streichelte meine Hände, sie fuhr über mein Haar, indes nachwellende Stöße noch immer meinen zitternden Leib rüttelten. „Quälen Sie sich nicht, Roland – lassen Sie sich nicht quälen. Ich kenne das alles, ich habe es kommen gefühlt." Sie strich noch immer mein Haar. Aber plötzlich wurde ihre Stimme hart. „Ich weiß es selbst, wie er einen verwirren kann, niemand weiß es besser. Aber glauben Sie mir, immer wollte ich Sie warnen, als ich sah, daß Sie sich ganz an ihn hielten, der selbst ohne Halt ist. – Sie kennen ihn nicht, Sie sind blind, Sie sind ein Kind – Sie ahnen nichts, ja heute, heute noch immer nichts. Oder vielleicht haben Sie heute zum erstenmal begonnen, etwas zu verstehen – um so besser dann für ihn und für Sie."

Sie blieb warm über mich gebeugt, ich fühlte wie aus einer gläsernen Tiefe ihre Worte und den schmerzeinschläfernden Strich beruhigender Hände. Das tat wohl, endlich, endlich wieder einmal einen Hauch Mitleid zu fühlen, und dann auch dies, endlich wieder eine Frauenhand zärtlich nah zu spüren, beinahe mütterlich. Vielleicht auch das hatte ich allzulange entbehrt, und nun ich, durch den Schleier der Trübnis, Teilnahme einer zärtlich bemühten Frau empfing, überkam mich Wohliges mitten im Schmerz. Aber doch, wie schämte ich mich dieses verräterischen Anfalles, dieser preisgegebenen Verzweiflung! Und wider meinen Willen geschah's, daß ich, mühsam mich aufrichtend, nun in stürzender stockender Flut nochmals anklagend herausschrie, was er alles an mir getan – wie er mich zurückgestoßen und verfolgt und wieder angezogen, wie er sich hart stellte wider mich ohne Grund, ohne Ursache – ein Peiniger, an den ich doch liebend gebunden war, den ich liebend haßte und hassend liebte. Wieder begann ich dermaßen mich zu erregen, daß sie von neuem mich beruhigen mußte. Wieder drückten mich weiche Hände sachte auf die Ottomane zurück, von der ich eifernd aufgesprungen. Endlich ward ich ruhiger. Sie schwieg merkwürdig nachdenklich: ich spürte, daß sie alles verstand und vielleicht noch mehr als ich selbst . . .

Ein paar Minuten band uns dieses Schweigen. Dann stand die Frau auf. „So – jetzt waren Sie lang genug Kind, jetzt seien Sie wieder Mann. Setzen Sie sich her an den Tisch und essen Sie. Es ist nichts Tragisches geschehen – ein Mißverständnis, das sich klären wird", und als ich irgendwie abwehrte, fügte sie heftig hinzu: „Es wird sich klären, denn ich lasse Sie nicht länger so hinziehen und verwirren. Da muß ein Ende sein, er muß schließlich ein wenig sich beherrschen lernen. Sie sind zu gut für seine abenteuerlichen Spiele. Ich werde mit ihm sprechen, verlassen Sie sich auf mich. Jetzt aber kommen Sie zu Tisch."

Beschämt und willenlos ließ ich mich zurückführen. Sie redete mit einer gewissen Hast und Eilfertigkeit von gleichgültigen Dingen, und ich war ihr innerlich dankbar dafür, daß sie meinen unbeherrschten Ausbruch gleichsam überhört und schon wieder vergessen zu haben schien. Morgen sei Sonntag, drängte sie, da mache sie gemeinsam mit dem Dozenten W. und seiner Braut einen Ausflug an einen nachbarlichen See, ich solle mitkommen, mich erheitern, mich von den Büchern befreien. All mein Unbehagen verrate nur Überarbeitung und Überreiztheit der Nerven; einmal im Wasser oder in Wanderschaft, würde mein Körper sofort wieder das Gleichgewicht finden.

Ich versprach zu kommen. Alles, nur jetzt nicht Einsamkeit, nur nicht mein Zimmer, nur nicht diese im Dunkel umkreisenden Gedanken. „Und bleiben Sie auch nachmittags heute nicht zu Hause! Gehen Sie spazieren, rennen Sie sich aus, amüsieren Sie sich!" drängte sie nach. Seltsam, dachte ich, wie sie meine innersten Gefühle errät, wie sie immer, die mir doch fremd ist, weiß, was mir not tut und weh tut, indes er, der Wissende, mich verkennt und zerschlägt. Auch dies versprach ich ihr. Und dankbar aufsehend, fand ich ein neues Gesicht: das Spöttische, Übermütige, das ihr sonst etwas von einem frechen, lockeren Jungen gab, war vergangen in einem weichen teilnehmenden Blick; niemals hatte ich sie derart ernst gesehen. Warum blickt er mich nie so gütig an? fragte sich sehnsüchtig in mir ein verworrenes Gefühl, warum fühlt er niemals, wenn er mir weh tut? Warum hat er nicht so hilfreiche, so zärtliche Hände an mein Haar, an die meinen gelegt? Dankbar küßte ich die ihre, die sie unruhig, fast heftig mir entzog. „Quälen Sie sich nicht", wiederholte sie noch einmal, und ihre Stimme beugte sich nah heran.

Aber dann kam wieder das Harte in ihre Lippen; schroff sich aufrichtend, stieß sie leise heraus: „Glauben Sie mir, er verdient es nicht."

Und dieses Wort, kaum hörbar geflüstert, stieß wieder Schmerz in das beinahe schon beruhigte Herz.

Was ich an jenem Nachmittag und Abend zunächst begann, scheint derart lächerlich und kindisch, daß ich mich jahrelang geschämt habe, daran zu denken – ja daß eine innere

Zensur mir jedes Erinnern daran sofort hastig abblendete. Nun, heute schäme ich mich jener ungeschickten Tölpeleien nicht mehr – im Gegenteil, wie sehr verstehe ich heute den unbändigen, wirr leidenschaftlichen Jungen, der sich gewaltsam hinüberturnen wollte über die eigene Unsicherheit seines Gefühls.

Wie vom Ende eines ungeheuer langen Ganges, wie durch ein Teleskop sehe ich mich selbst: den zerfahrenen, verzweifelten Jungen, der in sein Zimmer hinaufsteigt und nicht weiß, was er gegen sich selbst beginnen will. Und der plötzlich in den Rock fährt, sich einen andern Gang anstrafft, wild entschlossen Gesten aus sich holt und dann plötzlich mit gewaltsam energischem Schritt auf die Straße geht. Ja, das bin ich, ich erkenne mich, ich weiß jeden Gedanken dieses dummen, verquälten, armen Jungen von damals, ich weiß: plötzlich habe ich mich aufgestrafft, vor dem Spiegel sogar, und mir gesagt: „Ich pfeif auf ihn! Hol ihn der Teufel! Was quäle ich mich wegen des alten Narren! Sie hat recht: lustig sein, sich einmal amüsieren! Vorwärts!"

Wirklich, so bin ich damals auf die Straße gegangen. Es war ein Ruck, um mich zu befreien – und dann ein Rennen, ein einziges feiges Davonlaufen vor der Erkenntnis, daß diese fröhliche Festigkeit gar nicht so fröhlich sei und der Eisblock, der starre, mir noch ebenso schwer über dem Herzen hing. Ich weiß noch, wie ich ging, den schweren Stock fest in der Hand, scharf jeden Studenten fixierend; in mir wütete eine gefährliche Lust, mit irgend jemand Streit vom Zaun zu brechen, den ohne Ausweg umirrenden Zorn in den erstbesten hineinzuprügeln, der mir gerade in den Weg kam. Aber günstigerweise würdigte mich niemand einer Aufmerksamkeit. So steuerte ich zu jenem Café, wo meist meine Kameraden aus dem Seminar beisammensaßen, bereit, mich unaufgefordert an ihren Tisch zu setzen und die geringste Stichelei zum Anlaß einer Provokation zu nehmen. Doch wiederum stieß meine rauferische Bereitschaft ins Leere – der schöne Tag hatte die meisten zu Ausflügen verlockt, und die zwei oder drei, die dort beisammensaßen, grüßten höflich und boten meiner fiebrigen Gereiztheit nicht den geringsten Vorwand. Verärgert stand ich bald auf und ging, nun in ein gar nicht mehr zweifelhaftes Lokal der

Vorstadt, wo bei dröhnender Damenkapellenmusik der Abhub der amüsierlustigen Kleinstädter zwischen Bier und Qualm knollig beisammendrängte. Ich stürzte zwei, drei Gläser hastig hinunter, lud mir eine übelberüchtigte Weibsperson und ihre Freundin, gleichfalls eine geschminkte dürre Halbweltlerin, an meinen Tisch und hatte eine krankhafte Freude, mich recht auffallend zu benehmen. Jeder kannte mich in der kleinen Stadt, jeder wußte, daß ich der Schüler des Professors war; jene wiederum machten sich durch freche Tracht und ihr Benehmen unverkennbar – so genoß ich die läppische verlogene Lust, mich und (wie ich tölpisch meinte) damit auch ihn zu kompromittieren; mögen sie nur sehen, dachte ich, daß ich auf ihn pfeife, daß ich mich nicht kümmre um ihn – und vor allen Leuten hofierte ich diese dickbusige Weibsperson in der taktlosesten, schamlosesten Art. Es war ein Rausch wütiger Bosheit und bald auch ein wirklicher Rausch, denn wir tranken alles wild durcheinander, Wein, Schnaps, Bier, und stießen so wüst um uns, daß Sessel zu Boden fielen und die Nachbarn vorsichtig abrückten. Aber ich schämte mich nicht, im Gegenteil; er soll es nur erfahren, wütete ich Narr, er soll sehen, wie gleichgültig er mir ist, ah, ich bin nicht traurig, nicht gekränkt – im Gegenteil. „Wein her, Wein!" klirrte ich mit der Faust auf den Tisch, daß die Gläser zitterten. Schließlich zog ich mit beiden ab, rechts die eine am Arm, links die andere, quer durch die Hauptstraße, wo die gewohnte Korsostunde um neun Uhr Studenten und Mädchen, Bürger und Militär zu still-behaglichem Bummel vereinte: ein schwankes, schmieriges Kleeblatt, randalierten wir drei auf dem Fahrdamm derart laut daher, daß endlich ein Schutzmann geärgert herantrat und uns energisch Ruhe gebot. Was dann weiter geschah, vermag ich nicht mehr genau zu schildern – ein blauer fuseliger Dunst verqualmt mir die Erinnerung, ich weiß nur, daß ich, angeekelt von den beiden betrunkenen Weibsbildern und selbst kaum mehr mächtig meiner Sinne, mich von ihnen loskaufte, noch irgendwo Kaffee und Kognak trank, vor dem Gebäude der Universität zum Gaudium herbeigelaufener Burschen eine Philippika gegen die Professoren hielt. Dann wollte ich, aus dem dumpfen Instinkt, mich noch mehr zu besudeln und ihm – wahnwitziger Gedanke eines wirr-leidenschaftlichen Zornes! – einen Tort zu tun, in ein öffentliches Haus, aber ich fand nicht den Weg und torkelte schließlich verdrossen heim. Das Tor aufzuschließen bereitete meiner talperigen Hand Mühe, mit arger Not schleppte ich mich die ersten Stufen hinauf.

Aber dann, vor seiner Tür, fiel, als sei mir der Kopf plötzlich in eiskaltes Wasser getaucht, der ganze dumpfe Rausch ab. Mit einmal nüchtern, starrte ich meiner eigenen, ohnmächtig wütenden Narrheit ins verzerrte Gesicht. Scham duckte mich zusammen. Und ganz leise, ganz kriecherisch wie ein geprügelter Hund, nur daß niemand mich höre, schlich ich in mein Zimmer hinauf.

Wie ein Toter hatte ich geschlafen; als ich aufwachte, überschwemmte Sonne schon den Fußboden und stieg langsam bis zum Bettrand empor, mit einem Ruck stieß ich mich heraus. Im schmerzenden Kopf zuckte allmählich Erinnerung an den gestrigen Abend auf; aber ich drückte die Scham zurück, ich wollte mich nicht mehr schämen. Seine Schuld war es doch, redete ich mir geflissentlich zu, seine Schuld allein, wenn ich so mich verluderte. Ich beruhigte mich, dies Gestrige sei nur ein rechter studentischer Spaß gewesen, wohl erlaubt einem, der seit Wochen und Wochen nichts als Arbeit und Arbeit gekannt; aber mir ward nicht wohl bei der eigenen Rechtfertigung, und ziemlich beklommen stieg ich in kleinmütiger Haltung hinab zu der Frau meines Lehrers, meines gestrigen Ausflugversprechens gedenkend.

Seltsam: kaum daß ich an die Klinke seiner Tür rührte, war *er* wieder gegenwärtig in mir, damit aber auch schon jener brennende, unvernünftig wühlende Schmerz, jene wütige Verzweiflung. Ich klopfte leise, seine Frau kam mir entgegen mit seltsam weichem Blick. „Was treiben Sie für Unsinn, Roland?" sagte sie, doch eher mitleidig als vorwurfsvoll. „Warum quälen Sie sich so!" Ich stand bestürzt: so hatte auch sie bereits von meinem narrenhaften Treiben gehört. Doch sie munterte sofort meine Verlegenheit auf: „Heute aber wollen wir vernünftig sein. Um zehn Uhr kommt Dozent W. und seine Braut, dann fahren wir hinaus und rudern und schwimmen alle Dummheiten tot." Noch wagte ich ganz ängstlich die unnötige Frage, ob der Profes-

180

sor zurückgekommen sei. Sie sah mich an, ohne zu antworten, wußte ich doch selbst, daß die Frage vergeblich war.

Pünktlich um zehn Uhr rückte der Dozent an, ein junger Physiker, der, als Jude in der akademischen Gesellschaft ziemlich isoliert, eigentlich der einzige verblieb, der mit uns Abgesonderten verkehrte; ihn begleitete seine Braut, wahrscheinlich wohl eher seine Geliebte, ein junges Mädel, der das Lachen unablässig vom Mund fuhr, einfältig und ein wenig dalbrig, aber darum die rechte Gesellschaft für solche improvisierte Eskapade. Wir fuhren zuerst, ununterbrochen essend, plaudernd und einander zulachend, mit der Bahn zu einem nahe gelegenen winzigen See, und die Wochen angestrengten Ernstes hatten mich aller gesprächiger Heiterkeit dermaßen entwöhnt, daß schon diese eine Stunde mich wie ein leichter prickelnder Wein berauschte. Wirklich, es gelang ihnen vollkommen mit ihrem kindisch übermütigen Treiben, meine Gedanken von der dunkel quellenden Wabe wegzulocken, die sie sonst immer summend umkreisten, und kaum daß ich, ins Freie tretend, bei einem zufälligen Wettrennen mit dem jungen Mädchen meine Muskeln wieder spürte, so war ich wieder der straffe, unbesorgte Bursche von ehedem.

Am See nahmen wir zwei Ruderboote, die Frau meines Lehrers steuerte das meine, in dem andern teilte der Dozent mit seiner Freundin den Ruderplatz. Und kaum abgestoßen, kam schon die sporthaft wetteifernde Lust über uns, einander zu überholen, wobei ich freilich im Nachteil war, denn indes jene zu zweit ruderten, mußte ich allein gegen beide ankämpfen; aber den Rock von mir werfend, legte ich mich, ein gelernter Athlet dieses Sports, so mächtig in die Riemen, daß ich immer wieder dem Nachbarboot mit wuchtigen Schlägen vorkam. Ununterbrochen hagelte es hinüber und herüber von anfeuernden Spottreden, einer reizte den andern, und achtlos der glühenden Julihitze, gleichgültig gegen den Schweiß, der uns schmählich überströmte, roboteten wir unbändige Galeerensträflinge unserer Sportlust hitzig gegeneinander. Endlich war das Ziel nahe, eine bewaldete kleine Landzunge am See; noch wütiger legten wir uns ins Zeug, und zum Triumph meiner Mitfahrenden, die selbst von dem wetteifernden Spiel gepackt war, knirschte unser Kiel zuerst an den Strand.

Ich stieg aus, heiß, überströmt, berauscht von der unge-
wohnten Sonne, vom klingend erregten Blut, von der
Freude des Erfolges: das Herz hämmerte mir aus der Brust,
die Kleider klebten schwitzig eng am Körper. Dem Dozenten erging es nicht besser, und statt belobt, wurden wir verbissene Kämpen von den übermütigen Frauen wegen unseres Schnaubens und ziemlich pitoyablen Aussehens noch
ausgiebig belacht. Endlich gewährten sie uns eine Frist, um
uns abzukühlen; unter Scherzworten wurden zwei Abtei-
lungen, ein Herren- und Damenbad, improvisiert – rechts
und links vom Gebüsch. Wir zogen rasch die Schwimmklei-
der an, hinter dem Gebüsch blitzten blanke Wäsche und
nackte Arme, und schon plätscherten, indes wir uns gleichfalls rüsteten, die beiden Frauen wohlig ins Wasser. Der
Dozent, weniger ermattet als ich, der einer gegen sie beide
gesiegt, sprang sofort ihnen nach, ich aber, der ein wenig zu
scharf gerudert und das Herz noch vehement gegen die
Rippen hämmern fühlte, legte mich vorerst gemächlich in
den Schatten und ließ wohlig die Wolken über mich hinziehen, das summende süße Brausen der Müdigkeit wollüstig
genießend im umrollenden Blut.

Doch schon nach wenigen Minuten begann ein stürmisches
Rufen vom Wasser her: „Roland, vorwärts! Wettschwimmen! Preisschwimmen! Preistauchen!" Ich rührte mich
nicht: mir war, als könnte ich tausend Jahre so liegen bleiben, die Haut sanft brennend von der einsickernden Sonne
und gleichzeitig gekühlt von zart anstreifender Luft. Aber
wieder flatterte Lachen her, die Stimme des Dozenten: „Er
streikt! Den haben wir gründlich abgekappt! Holen Sie den
Faulenzer." Und wirklich, schon hörte ich ein Näherplät-
schern und jetzt von ganz nah ihre Stimme: „Roland, vorwärts! Wettschwimmen! Wir müssen's den beiden zeigen!"
Ich antwortete nicht, mir machte es Spaß, mich suchen zu
lassen. „Wo sind Sie denn?" Schon knirschte der Kies, ich
hörte nackte Sohlen suchend den Strand ablaufen, und
plötzlich stand sie vor mir, angestrafft das nasse Schwimm-
kleid um den knabenhaft schlanken Körper. „Da sind Sie.
Ach, wie träge! Aber jetzt vorwärts, Faulenzer, die andern
sind schon fast drüben bei der Insel." Ich lag wohlig auf
dem Rücken, dehnte mich faul: „Es ist viel schöner hier. Ich
komme später nach."

„Er will nicht", trompetete sie lachend durch die hohle Hand in die Richtung des Wassers hinüber. „Hinein mit dem Prahlhans!" hallte von weither die Stimme des Dozenten zurück. „Also kommen Sie", drängte sie ungeduldig, „blamieren Sie mich nicht." Aber ich gähnte nur träge. Da brach sie spaßend und geärgert zugleich eine Gerte vom Strauch. „Vorwärts!" wiederholte sie energisch und strich mir einen aufmunternden Hieb über den Arm. Ich fuhr auf: sie hatte zu scharf getroffen, ein dünner Strich wie von Blut lief rot über meinen Arm. „Jetzt erst recht nicht", sagte ich, gleichfalls spaßend und leicht erbittert zugleich. Aber nun, in wirklichem Zorn, befahl sie: „Kommen Sie! Sofort!", und als ich aus Trotz mich nicht rührte, schlug sie nochmals, und jetzt heftiger, einen scharfen brennenden Hieb. Mit einem Ruck sprang ich wütig auf, ihr die Gerte zu entreißen, sie wich zurück, aber ich packte ihren Arm. Unwillkürlich gerieten in dem Ringen um die Gerte unsere halbnackten Körper nah aneinander. Und als ich jetzt ihren Arm packte und das Gelenk drehte, um sie zu zwingen, die Gerte fallen zu lassen, und die Ausweichende sich weit zurückbog, da knackte es plötzlich – die haltende Achselspange ihres Schwimmkleids war gerissen, die linke Hülle fiel von ihrem entblößten Busen, starr und rot stach mir die Knospe ihrer Brust entgegen. Unwillkürlich blickte ich hin, eine Sekunde bloß, aber es verwirrte mich: zitternd und beschämt ließ ich ihre umklammerte Hand. Sie wandte sich errötend, mit einer Haarnadel die zerrissene Spange notdürftig zusammenzurichten. Ich stand dabei und wußte nichts zu sagen. Auch sie schwieg. Und von diesem Augenblick war eine würgende, erstickte Unruhe zwischen uns beiden.

„Hallo ... Hallo ... Wo seid ihr denn?" – schon vor der kleinen Insel hallten die Stimmen herüber. „Ja, ich komme schon", antwortete ich hastig und warf mich, froh, einer neuen Verwirrung zu entrinnen, mit einem Schwung hinein ins Wasser. Ein paar Tauchstöße, die begeisternde Lust des Sichselber-Fortstoßens, Klarheit und Kälte des umfühlsamen Elements, und schon schien dieses gefährliche Rieseln und Zischen des Blutes wuchtig weggeschwemmt von stärkerer, hellerer Lust. Ich holte bald die beiden ein, forderte den schwächlichen Dozenten zu einer Reihe von

Wettkämpfen, in denen ich obsiegte, wir schwammen zurück zur Landzunge, wo die Zurückgebliebene bereits angekleidet uns erwartete, um dann aus mitgebrachten Körben ein Picknick im Freien heiter zu veranstalten. Aber so übermütig die Scherzrede zwischen uns vieren die Runde ging, unwillkürlich hatten wir beide vermieden, das Wort aneinander zu richten: wir sprachen, wir lachten gleichsam über uns hinweg. Und wenn unsere Blicke sich begegneten, wichen sie in ungesprochener Gleichempfindung hastig aus: die Peinlichkeit jenes Zwischenfalls war noch nicht geglättet, und einer spürte des andern Erinnern mit beschämter Beunruhigung.

Der Nachmittag verging dann rasch mit erneuter Ruderpartie, aber die Hitzigkeit der sportlichen Leidenschaft gab immer mehr einer wohligen Ermüdung nach: der Wein, die Wärme, die eingesogene Sonne filterte sich mählich tiefer ins Blut und gab ihm röteren Gang. Schon erlaubten sich der Dozent und seine Freundin kleine Vertraulichkeiten, die wir beide mit einer gewissen Peinlichkeit dulden mußten, sie rückten immer näher zusammen, während wir um so ängstlicher Distanz bewahrten; aber das Paarhafte formte sich schon dadurch bewußter heraus, daß jene beiden Übermütigen im Waldweg gerne zurückblieben, offenbar um sich ungestörter zu küssen, und während dieses Alleingelassenseins hemmte immer ein Befangensein unser Gespräch. Schließlich waren wir alle vier zufrieden, wieder im Zuge zu sein, jene im Vorgefühl bräutlichen Abends, wir, endlich derart peinlichen Situationen zu entrinnen.

Der Dozent und seine Freundin begleiteten uns bis zur Wohnung. Die Treppe stiegen wir allein hinauf. Kaum ins Haus getreten, spürte ich wieder die quälende, sehnsüchtig wirre Mahnung seiner Gegenwart. Wäre er doch schon zurück! dachte ich ungeduldig. Und gleichsam als ob sie den ungesprochenen Seufzer mir von der Lippe gelesen, sagte sie: „Wir wollen doch sehen, ob er schon zurück ist."

Wir traten ein. Die Wohnung lag still. In seinem Zimmer stand alles verlassen: unbewußt zeichnete mein erregtes Gefühl in den leeren Stuhl seine gedrückte, tragische Gestalt. Aber unberührt lagen die Blätter, wartend wie ich selbst. Und da kam wieder die Erbitterung: warum war er geflüchtet, warum ließ er mich allein? Immer grimmiger stieg mir der eifersüchtige Zorn in die Kehle, wieder wogte dumpf aus mir jenes töricht verworrene Gelüst, etwas Böses, etwas Haßvolles gegen ihn zu tun.

Die Frau war mir gefolgt. „Sie bleiben doch hier zum Abendessen? Sie sollten heute nicht allein sein." Wieso wußte sie's, daß ich mich fürchtete vor dem leeren Zimmer, vor dem Knirschen der Stiege, vor der grübelnden Erinnerung: alles erriet sie immer in mir, jeden ungesprochenen Gedanken, jedes böse Gelüst.

Irgendeine Angst kam mich an, eine Angst vor mir selbst und meinem wirr in mir umfahrenden Haß. Ich wollte ablehnen. Aber ich war feig und wagte kein Nein.

Ich habe von je den Ehebruch verabscheut, nicht aber um einer rechthaberischen Moral willen, aus Prüderie und Sittsamkeit, nicht so sehr, weil er Diebstahl im Dunkeln bedeutet, Besitznahme fremden Leibs, sondern weil fast jede Frau in solchen Augenblicken das Heimlichste ihres Gatten verrät – jede eine Delila, die dem Hintergangenen sein menschlichstes Geheimnis wegstiehlt und einem Fremden hinwirft, das Geheimnis seiner Kraft oder seiner Schwäche. Nicht daß Frauen selber sich geben, scheint mir Verrat, sondern daß sie fast immer dann, um sich zu rechtfertigen, das Schamtuch lüpfen von ihres Mannes Scham und den Ahnungslosen gleichsam im Schlafe einer fremden Neugier, einem höhnisch genießenden Gelächter aufbreiten.

Nicht also, daß ich damals, von blindwütiger Verzweiflung verwirrt, in der anfangs bloß mitleidigen und dann erst zärtlichen Umarmung seiner Frau Zuflucht fand – verhängnisvoll rasch glitt ein Gefühl ins andere hinüber –, nicht dies empfinde ich noch heute als die erbärmlichste Niedrigkeit meines Lebens (denn es geschah ohne Willen, beide stürzten wir unwissend-unbewußt in diesen brennenden Abgrund), sondern daß ich auf gehitzten Kissen mir über ihn noch Vertraulichkeiten erzählen ließ, daß ich der gereizten Frau erlaubte, Geheimstes ihrer Ehe zu verraten. Warum duldete ich, ohne sie wegzustoßen, daß sie mir berichtete, seit Jahren meide er sie körperlich, und in dunklen Andeutungen sich erging: warum hieß ich sie nicht herrisch schweigen über dies Geheimste seines Geschlechts? Aber ich brannte so sehr nach seinem Geheimnis, ich dürstete

185

dermaßen, ihn schuldig zu wissen gegen mich, gegen sie, gegen alle, daß ich taumlig dies zornige Bekenntnis ihrer Vernachlässigung aufnahm – war es doch so ähnlich meinem eigenen Gefühl des Zurückgestoßenseins! So geschah, daß wir beide aus wirrem, gemeinsamem Haß etwas taten, das wie Liebe sich gebärdete; aber indes unsere Körper sich suchten und ineinanderdrängten, dachten wir beide, sprachen wir beide immer wieder und immer nur von ihm. Manchmal tat mir ihr Wort weh, und ich schämte mich, daß ich verstrickt blieb, wo ich verabscheute. Aber der Körper unter mir gehorchte nicht mehr dem Willen, er wühlte wild in seiner eigenen Lust. Und schauernd küßte ich die Lippe, die meinen liebsten Menschen verriet.

Am nächsten Morgen schlich ich, die Zunge bitter von Ekel und Scham, hinauf in mein Zimmer. In der Minute, wo das Warme ihres Leibes nicht mehr mir die Sinne trübte, empfand ich die grelle Wirklichkeit und Widerlichkeit meines Verrats. Nie wieder, sofort wußte ich's, würde ich ihm vor Augen treten können, nie mehr seine Hand nehmen: nicht ihn, mich selbst hatte ich um mein Bestes bestohlen.

Jetzt gab es nur eine Rettung: Flucht. Im Fieber packte ich alle meine Sachen, schichtete meine Bücher, bezahlte meiner Wirtin: er durfte mich nicht mehr finden, auch ich sollte verschwunden sein, grundlos und geheimnisvoll, genau wie er mir.

Aber inmitten des geschäftigen Tuns erstarrte mir plötzlich die Hand. Ich hatte das Knirschen der Holztreppe gehört, ein Schritt hastete die Stiege herauf – sein Schritt.

Ich muß leichenfahl geworden sein. Denn kaum eingetreten, schrak er schon auf. „Was ist dir, Junge? Bist du krank?"

Ich wich zurück. Ich bog ihm aus, als er jetzt näher wollte und mich helfend anfassen.

„Was hast du?" fragte er erschreckt. „Ist dir etwas zugestoßen? Oder . . . oder . . . bist du mir noch böse?"

Krampfhaft hielt ich mich zum Fenster hin. Ich konnte ihn nicht ansehen. Seine teilnehmende warme Stimme riß in mir etwas auf wie eine Wunde: einer Ohnmacht nahe, fühlte ich es aufströmen in mir, heiß, ganz heiß, brennend und verbrennend, einen glühenden Guß von Scham.

Aber auch er stand verwundert, verwirrt. Und plötzlich –

ganz klein, ganz zaghaft duckte sich seine Stimme – flüsterte er eine sonderbare Frage: „Hat dir ... hat dir jemand ... etwas über mich gesagt?"

Ich machte, ohne mich ihm zuzuwenden, eine abwehrende Bewegung. Aber irgendein ängstlicher Gedanke schien ihn zu beherrschen, er wiederholte hartnäckig: „Sag mir's ... gesteh mir's ... hat irgend jemand über mich etwas gesagt ... irgend jemand, ich frage nicht, wer."

Ich verneinte wieder. Er stand ratlos. Aber mit einmal schien er bemerkt zu haben, daß meine Koffer gepackt, meine Bücher zusammengerafft waren und sein Kommen gerade meine letzten Reisevorbereitungen unterbrochen hatte. Erregt trat er heran: „Du willst fort, Roland, ich sehe es ... sag mir die Wahrheit."

Da raffte ich mich auf. „Ich muß fort ... verzeihen Sie mir ... aber ich kann darüber nicht sprechen ... ich werde Ihnen schreiben." Mehr würgte ich nicht aus der verklemmten Kehle, und jedes Wort schlug mir das Herz.

Er blieb starr. Dann plötzlich kam wieder jene müde Art über ihn. „Es ist vielleicht besser so, Roland ... ja gewiß, es ist besser so ... für dich und für alle. Aber ehe du gehst, möchte ich dich noch einmal sprechen. Komm um sieben Uhr, zur gewohnten Stunde ... dann wollen wir Abschied nehmen, Mann zu Mann ... Nur keine Flucht vor sich selber, nur keine Briefe ... das wäre kindisch und unser nicht würdig ... und dann, was ich dir sagen möchte, will in keine Feder ... Also, du kommst, nicht wahr?"

Ich nickte nur. Mein Blick wagte sich noch immer nicht vom Fenster weg. Aber ich sah nichts von der Helligkeit des Morgens mehr, ein dichter dunkler Schleier stand zwischen mir und der Welt.

Um sieben Uhr betrat ich zum letztenmal den geliebten Raum: verfrühtes Dunkel dämmerte durch die Portieren, kaum glänzte von der Tiefe noch der fließende Stein der Marmorgestalten, und die Bücher schliefen alle schwarz hinter ihren perlmuttern flimmernden Gläsern. Geheimnisort meiner Erinnerungen, wo das Wort mir magisch geworden und ich Rausch und Verzückung des Geistigen wie nirgends erlebt – immer sehe ich dich aus dieser Abschiedsstunde und immer die verehrte Gestalt, wie sie jetzt der

Lehne des Sessels sich langsam, langsam enthebt und mir schattend entgegenkommt: bloß die Stirne glänzt rund wie eine alabasterne Lampe im Dunkel, und drüber wogt, ein wehender Rauch, das weiße Haar des alten Mannes. Jetzt steigt, mühsam gehoben, von unten eine Hand empor, sie sucht die meine, jetzt erkenne ich die Augen, ernst mir zugewandt, und schon fühle ich sanft meinen Arm umfaßt und mich niedergeleitet zu einem Stuhl.

„Setz dich nieder, Roland, und sprechen wir klar. Wir sind Männer und müssen aufrichtig sein. Ich dränge dich nicht – aber wäre es nicht besser, die letzte Stunde schaffe auch volle Klarheit zwischen uns? Also sag, warum willst du weg? Bist du böse auf mich wegen jener unsinnigen Beleidigung?"

Ich verneinte mit einer Gebärde. Entsetzlich der Gedanke, daß er noch, er, der Betrogene, der Verratene, die Schuld auf sich nehmen wollte!

„Habe ich dir sonst bewußt oder unbewußt eine Kränkung zugefügt? Ich bin manchmal sonderbar, ich weiß es. Und ich habe dich gereizt, gequält wider meinen eigenen Willen. Ich habe dir nie genug gedankt für alle deine Anteilnahme – ich weiß es, ich weiß es, ich habe es immer gewußt, selbst in den Minuten, wo ich dir wehe tat. Ist das der Grund? Sag es mir, Roland – denn ich möchte, daß wir ehrlich voneinander Abschied nehmen."

Wieder schüttelte ich den Kopf: ich konnte nicht sprechen. Noch immer ging seine Stimme fest: jetzt begann sie sich leicht zu verwirren.

„Oder . . . ich frage dich nochmals . . . hat irgend jemand dir irgend etwas über mich zugetragen . . . etwas, das du als niedrig, als . . . abstoßend empfindest . . . etwas, was dich . . . was dich mich verachten läßt?"

„Nein! nein! . . . nein! . . ." Wie ein Schluchzen fuhr mir der Protest heraus: ich ihn verachten! Ich ihn!

Ungeduldig wurde jetzt seine Stimme. „Was ist es dann? . . . Was kann es denn sonst sein? . . . Bist du der Arbeit müde? . . . Oder zieht dich sonst etwas fort? . . . Eine Frau . . . ist es eine Frau?" Ich schwieg. Und dies Schweigen war wohl derart anders, daß er die Bejahung spürte. Er beugte sich näher heran und flüsterte ganz leise, aber ohne Erregung, ganz ohne Erregung und Zorn:

„Ist es eine Frau? . . . *meine* Frau?"

Ich schwieg noch immer. Und er verstand. Ein Zittern lief mir über den Leib: jetzt, jetzt, jetzt würde er ausbrechen, mich anfallen, mich schlagen, mich züchtigen . . . und . . . ich sehnte mich beinahe danach, daß er mich peitschte, mich, den Dieb, den Verräter, daß er mich wie einen räudigen Hund wegpeitschte aus seinem geschändeten Haus.

Aber seltsam . . . er blieb vollkommen still . . . und beinahe wie eine Erleichterung klang's, als er zu sich selber sinnend murmelte: „Das hätte ich mir eigentlich denken können." Zweimal ging er im Zimmer auf und ab. Dann blieb er vor mir stehen und sagte, fast schien mir's, verächtlich: „Und das . . . das nimmst du so schwer? Hat sie dir denn nicht gesagt, daß sie frei ist, zu tun, zu nehmen, was ihr beliebt, daß ich kein Recht habe über sie? . . . Kein Recht, ihr etwas zu verbieten, und auch nicht die geringste Lust dazu . . . Und warum hätte sie sich beherrschen sollen, wem zuliebe, und gerade gegen dich . . . Du bist jung, du bist hell und schön . . . du warst uns nah . . . wie sollte sie dich nicht lieben, du . . . du Schöner, du Junger, wie sollte sie dich nicht lieben . . . Ich . . ." Plötzlich begann seine Stimme zu zittern. Und er beugte sich nahe, so nah, daß ich seinen Atem spürte. Wieder fühlte ich die warme Umfangung seiner Blicke, wieder dies seltsame Licht, so . . . so wie in jenen seltenen sonderbaren Sekunden zwischen ihm und mir. Immer näher kam er heran.

Und dann flüsterte er leise, kaum regten sich die Lippen. „Ich . . . ich liebe dich doch auch."

War ich aufgefahren? Hatte mich es unwillkürlich zurückgeschreckt? Aber irgendeine Geste der Überraschung, der Flucht mußte aus meinem Körper vorgefahren sein, denn er taumelte weg wie ein Zurückgestoßener. Ein Schatten dunkelte über sein Gesicht. „Verachtest du mich jetzt?" fragte er ganz leise. „Bin ich dir jetzt widerlich?"

Warum fand ich damals kein Wort? Warum saß ich nur stumm da, lieblos, verlegen, betäubt, statt auf den Liebenden zuzutreten und ihm die irrige Sorge zu nehmen? Aber in mir wogten wild alle Erinnerungen; als hätte eine Chiffre mit einmal die Sprache all jener unfaßbaren Botschaften gelöst, so verstand ich alles jetzt in furchtbarer Klarheit, sein zärtliches Kommen und seine brüske Verteidigung, ich verstand erschüttert jenen Besuch in der Nacht und die verbissene Flucht vor meiner begeistert zudrängenden Leidenschaft. Liebe, ich hatte sie ja immer bei ihm gefühlt, zärtlich und scheu, bald anflutend, bald wieder übermächtig gehemmt, ich hatte sie geliebt und genossen in jedem flüchtig mir zugefallenen Strahl – aber doch, wie Liebe, das Wort, jetzt vom bärtigen Munde kam, sinnlich-zärtlichen Klangs, da dröhnte mir ein Grauen süß und furchtbar zugleich in den Schläfen. Und sosehr ich brannte in Demut und Mitleid für ihn, ich fand, ich verwirrter, zitternder, überfallener Knabe, kein Wort für seine unvermutet mir aufgetane Leidenschaft.

Er saß zernichtet und starrte in mein Schweigen. „So furchtbar also ist dir's, so furchtbar", murmelte er, „auch du... auch du verzeihst mir's also nicht, auch du, gegen den ich meine Lippen verpreßt, daß ich beinahe erstickte... dem ich mich verborgen habe, wie ich mich keinem verbarg... Aber besser, du weißt es jetzt, nun erdrückt's mich nicht mehr... Denn es war schon zuviel für mich... oh, viel zuviel... besser, besser ein Ende als dies Schweigen und Verschweigen..."

Wie das voll Trauer war, voll Zärtlichkeit und Scham; bis ins Innerste drang mir der zuckende Ton. Ich schämte mich, dermaßen kalt, derart fühllos frostig vor dem Manne zu schweigen, von dem ich mehr empfangen als von irgendeinem Menschen und der so unsinnig vor mir sich erniedrigte. Die Seele brannte mir, ihm ein Tröstliches zu sagen, aber die Lippe, die zitternde, gehorchte nicht. Und so verlegen, so jämmerlich klein hockte ich da und bog mich im Sessel herum, daß er, beinahe unwillig, mich aufmunterte. „Sitz doch nicht so da, Roland, so grauenhaft stumm... Faß dich doch... Ist es dir wirklich so fürchterlich? Schämst du dich meiner so sehr?... Jetzt ist ja doch alles vorbei, ich habe dir alles gesagt... laß uns doch wenigstens anständig Abschied nehmen, wie es zwei Männern, zwei Freunden geziemt."

Aber ich hatte noch immer nicht Macht über mich. Da rührte er meinen Arm: „Komm, Roland, setz dich zu mir!... Mir ist leichter, seitdem du es weißt, seit endlich Klarheit zwischen uns besteht... Erst habe ich immer ge-

fürchtet, du möchtest erraten, wie lieb du mir bist . . . dann
habe ich wieder gehofft, du selbst würdest es spüren, nur
damit mir dies Geständnis erspart sei . . . Aber nun ist's geschehen, nun bin ich frei . . . nun kann ich zu dir sprechen
wie nie zu einem andern Menschen. Denn du warst mir näher als irgendeiner in all diesen Jahren . . . wie keinen habe
ich dich geliebt . . . Wie keiner hast du, Kind, das Letzte
meines Wesens mir wach gemacht . . . So sollst du auch zum
Abschied mehr wissen von mir als irgendein anderer
Mensch, ich habe ja in all diesen Stunden dein Fragen, dein
stummes, so deutlich gespürt . . . Du allein sollst mein ganzes Leben kennen. Willst du, daß ich dir's erzähle?"
An meinen Blicken, an meinen verwirrten und erschütterten Blicken sah er mein Ja.
„So komme nahe . . . hierher zu mir . . . Ich kann diese
Dinge nicht laut sagen." Ich beugte mich – fromm, muß
ich's nennen. Aber kaum daß ich wartend, lauschend ihm
gegenübersaß, stand er wieder auf. „Nein, so geht es
nicht . . . Du darfst mich nicht ansehen dabei . . . sonst . . .
sonst kann ich nicht sprechen." Und mit einem Griff
löschte er das Licht.
Dunkel fiel über uns. Ich fühlte, daß er nahe war, fühlte es
an seinem Atem, der schwer und wie röchelnd irgendwo im
Unsichtbaren ging. Und plötzlich stand zwischen uns eine
Stimme auf und erzählte mir sein ganzes Leben.

Seit jenem Abend, wo dieser verehrteste Mann mir sein
Schicksal wie eine harte Muschel aufschloß, seit jenem
Abend vor vierzig Jahren scheint mir noch immer alles
spielhaft und belanglos, was unsere Schriftsteller und Dichter in Büchern als außerordentlich erzählen, was Schau-
spiele den Bühnen als tragisch maskieren. Ist es Bequem-
lichkeit, Feigheit oder ein zu kurzes Gesicht, daß sie alle
immer nur den obern, erhellten Lichtrand des Lebens
zeichnen, wo die Sinne offen und gesetzhaft spielen, indes
unten in den Kellergewölben, in den Wurzelhöhlen und
Kloaken des Herzens phosphorhaft funkelnd die wahren,
die gefährlichen Bestien der Leidenschaft umfahren, im
Verborgenen sich paarend und zerfleischend in allen phantastischen Formen der Verstrickung? Schreckt sie der Atem,
der heiße und zehrende, der dämonischen Triebe, der

Dunst des brennenden Blutes, fürchten sie die Hände zu schmutzen, die allzu zarten, an den Schwären der Menschheit, oder findet ihr Blick, an mattere Helligkeiten gewöhnt, nicht hinab diese glitschigen, gefährlichen, von Fäulnis triefenden Stufen? Und doch ist dem Wissenden keine Lust gleich als jene am Verborgenen, kein Schauer so urmächtig stark, als der das Gefährliche umfröstelt, und kein Leiden heiliger, als das sich aus Scham nicht zu entäußern vermag.

Hier aber schlug ein Mensch sich mir auf in äußerster Nacktheit, hier zerriß sich einer die innerste Brust, gierig bereit, das zerhämmerte, vergiftete, verbrannte, vereiterte Herz zu entblößen. Eine wilde Wollust folterte sich flagellantisch frei in diesem durch Jahre und Jahre verhaltenen Geständnis. Nur wer ein Leben lang sich geschämt, sich geduckt und verdeckt, nur der konnte so rauschhaft überwältigt ausfahren in die Unerbittlichkeit eines solchen Gestehens. Stück für Stück brach sich hier ein Mensch sein Leben aus der Brust, und in dieser Stunde starrte ich Knabe zum erstenmal hinab in die unausdenkbaren Tiefen des irdischen Gefühls.

Erst wogte seine Stimme nur körperlos im Raum, unklarer Qualm der Erregung, unsichere Andeutung geheimen Geschehens, und doch fühlte man gerade an dieser mühsamen Beherrschung der Leidenschaft ihre kommende Gewalt, so wie man an gewissen gewaltsam verlangsamten Takten, die einem jagenden Rhythmus vorausgehen, das Furioso schon in den Nerven voraus spürt. Dann aber begannen Bilder aufzuflackern, vom innern Sturm der Leidenschaft zuckend emporgerissen und allmählich erst sich erhellend. Einen Knaben sah ich zuerst, einen scheuen, in sich geduckten Knaben, der kein Wort zu den Kameraden wagt, den aber ein wirres, körperlich-forderndes Verlangen gerade den Schönsten der Schule leidenschaftlich zudrängt. Doch mit erbittertem Rückstoß hat der eine ihn bei allzu zärtlicher Annäherung von sich weggejagt, ein zweiter ihn mit gräßlich deutlichem Wort verspottet, und ärger noch: beide haben sie das abwegige Gelüst den andern verprangert. Und sofort schließt eine einhellige Feme von Hohn und Erniedrigung den Verwirrten wie einen Aussätzigen von ihrer heitern Gemeinschaft aus. Täglicher Kreuzgang wird der Weg zur Schule, und die Nächte von Selbstekel dem früh Gezeichneten verstört: als Wahnwitz und entehrendes Laster empfindet der Ausgestoßene sein abwegiges und doch vorerst nur in Träumen verdeutlichtes Gelüst.

Unsicher schwankt die erzählende Stimme: einen Augenblick ist's, als wollte sie verlöschen im Dunkel. Aber ein Seufzer stößt sie wieder empor, und aus dem düstern Qualm flackern nun neue Bilder, schattenhaft und gespenstisch gereiht. Der Knabe ist Student in Berlin geworden, zum erstenmal gewährt ihm die untergründige Stadt Erfüllung der langbeherrschten Neigung, aber wie beschmutzt sind sie von Ekel, wie vergiftet von Angst, diese zwinkernden Begegnungen an dunklen Straßenecken, im Schatten von Bahnhöfen und Brücken, wie arm in ihrer zuckenden Lust und wie grauenhaft durch Gefahr, meist erbärmlich in Epressungen endend und jede noch wochenlang eine schleimige Schneckenspur kalter Furcht hinter sich ziehend! Höllenwege zwischen Schatten und Licht: indes am hellen arbeitsamen Tag das kristallene Element des Geistigen den Forschenden durchläutert, stößt der Abend immer wieder den Leidenschaftlichen in den Abhub der Vorstädte hinab, in die Gemeinschaft fragwürdiger, vor der Pickelhaube jedes Schutzmannes wegflüchtender Gesellen, in dünstige Bierkeller, deren mißtrauische Tür nur einem gewissen Lächeln sich auftut. Und eisern muß der Wille sich straffen, diese Doppelschichtigkeit des täglichen Lebens vorsichtig zu verbergen, das medusische Geheimnis fremdem Blick zu verhüllen, tagsüber die ernst-würdehafte Haltung eines Dozenten untadelig bewahrend, um dann nachts die Unterwelt jener verschämten, im Schatten flackernder Laternen geschlossenen Abenteuer ungekannt zu durchwandern. Immer wieder spannt sich der Gequälte auf, mit der Peitsche der Selbstbeherrschung die von gewohnter Bahn ausbrechende Leidenschaft in die Hürde zurückzutreiben, immer wieder reißt ihn der Trieb zum Dunkel-Gefährlichen hin. Zehn, zwölf, fünfzehn Jahre nervenzerreißenden Ringens wider die unsichtbar magnetische Kraft unheilbarer Neigung spannen sich wie ein einziger Krampf, Genießen ohne Genuß, würgende Scham und allmählich der verdunkelte, in sich scheu verborgne Blick der Furcht vor der eignen Leidenschaft.

Endlich, spät schon, nach dem dreißigsten Lebensjahr, ein gewaltsamer Versuch, das Gespann auf die rechte Bahn zu reißen. Bei einer Verwandten lernt er seine spätere Frau kennen, ein junges Mädchen, die, vom Geheimnisvollen seines Wesens unklar angezogen, ihm aufrichtige Neigung entgegenbringt. Und zum erstenmal vermag dieser knabenhafte Körper und ihr jungenhaft übermütiges Gebaren seine Leidenschaft für kurze Zeit zu täuschen. Ein flüchtiges Verhältnis bezwingt den Widerstand gegen das Weibliche, zum erstenmal ist er überwunden, und in der Hoffnung, dank dieser geraden Beziehung Herr seiner fehlgängerischen Neigung zu werden, ungeduldig, sich festzuketten, wo er erstmalig Halt gegen dies innere Ziehen ins Gefährliche gefunden, heiratet er rasch – nach vorherigem freiem Geständnis – das junge Mädchen. Nun meint er den Rückweg in die schreckhaften Zonen versperrt. Ein paar knappe Wochen lassen ihn sorglos sein; aber bald erweist sich der neue Reiz als wirkungslos, das urtümliche Verlangen wieder eigensinnig übermächtig. Und von nun ab dient die enttäuschende Enttäuschte nur mehr als Attrappe, um gesellschaftlich die rückfälligen Neigungen zu maskieren. Wieder geht der Weg halsbrecherisch am Rand des Gesetzes und der Gesellschaft hinab ins Dunkel der Gefährlichkeiten.

Und besondere Qual zu der inneren Verwirrung: eine Stellung ist ihm ausersehen, wo solche Neigung zum Fluche wird. Dem Dozenten und bald darauf dem wohlbestallten Professor wird der ständige Umgang mit jungen Menschen amtliche Pflicht, immer wieder schiebt ihm die Versuchung atemnah neue Blüte der Jugend her, Epheben eines unsichtbaren Gymnasions innerhalb der preußischen Paragraphenwelt. Und alle – neuer Fluch! neue Gefährdung! – lieben ihn leidenschaftlich, ohne das Antlitz des Eros hinter der Maske des Lehrenden zu erkennen, sie sind beglückt, wenn jovial seine Hand (die heimlich erzitternde) sie anstreift, sie verschwenden ihre Begeisterung an einen, der ständig wider sie sich bemeistern muß. Qualen des Tantalus: hart zu sein gegen zudrängende Neigung, unablässig mit der eigenen Schwäche in nie endendem Kampf! Und immer, wenn er einer Versuchung sich fast erliegen fühlte, dann ergriff er plötzlich die Flucht. Das waren jene Eskapaden, deren blitzhaftes Kommen und Wiederkommen mich damals so verwirrt: nun sah ich den grausigen Weg dieser Flucht vor sich selbst, Flucht in das Grauen der Winkelwege und Abgründe. Er reiste dann immer in eine Großstadt, wo er an abseitiger Stelle Vertraute fand, Menschen niederen Standes, deren Begegnung beschmutzte, hurenhafte Jugend statt der heilig hingegebenen, aber dieser Ekel, dieser Sumpf, diese Widrigkeit, diese giftige Beize der Enttäuschung tat ihm not, um dann daheim, im vertrauend gescharten Kreise der Studenten seine Sinne wieder standhaft gewiß zu sein. Oh, was für Begegnungen – welche gespenstische und doch stinkend irdische Gestalten, die sein Geständnis mir beschwor! Denn dieser hohe geistige Mann, dem Schönheit der Formen ureingeboren und atemhaft notwendig war, dieser lautere Meister aller Gefühle, er mußte den letzten Erniedrigungen der Erde begegnen in jenen rauchigen, verschwelten Kaschemmen, die nur Eingeweihte einlassen: er kannte die frechen Forderungen geschminkter Promenadejungen, die süßliche Vertraulichkeit parfümierter Friseurgehilfen, das erregte Kichern der Transvestiten aus ihren Weiberröcken, die rabiate Geldgier vazierender Schauspieler, die plumpe Zärtlichkeit tabakkauender Matrosen – alle diese verkrümmten, verängstigten, verkehrten und phantastischen Formen, in denen das fehlwandernde Geschlecht sich am untersten Rand der Städte sucht und erkennt. Alle Erniedrigungen, alle Schmach und Gewaltsamkeit waren ihm auf diesen glitschigen Wegen begegnet: mehrmals war er vollkommen ausgestohlen worden (zu schwach, zu edel, sich mit einem Reitknecht zu balgen), ohne Uhr, ohne Mantel und dazu noch ausgehöhnt von dem betrunkenen Kameraden jenes üblen Vorstadthotels heimgekehrt. Erpresser hatten sich an seine Fersen geheftet, Schritt für Schritt hatte ihn einer monatelang bis in die Universität verfolgt, frech sich in die erste Bank seiner Hörer gesetzt und mit schuftigem Lächeln zu dem stadtbekannten Professor aufgesehen, der, zitternd unter seinem vertraulichen Augenzwinkern, das Kolleg nur mit letzter Mühe vorwürgte. Einmal – das Herz stand mir still, da er auch dieses mir beichtete – war er mitternachts in Berlin mit einem ganzen Klüngel in einer anrüchigen Bar von der Polizei ausgehoben worden; mit jenem bauchblähenden höhnischen Lächeln des Subalternen, der sich einmal aufspielen kann über einen Intellektuellen, notierte ein feister, rotbackiger Wachtmeister des Zitternden Namen und Stand, schließlich ihm gnädig bedeutend, für diesmal sei er noch straflos entlassen, doch bleibe von nun ab sein Name auf der gewissen Liste. Und wie an eines Menschen Gewand, der lange in fuseligen Stuben gesessen, schließlich jener Geruch fühlbar anhaftet, so mußte allmählich hier in der eigenen Stadt, an irgendeiner unerfindlichen Stelle beginnend, schon munkelndes Gerede durchgesickert sein, denn genau wie damals in der Schulklasse frostete jetzt im Kreise der Kollegen immer ostentativer Rede und Gruß, bis auch hier schließlich jener gläserne, durchsichtige Raum von Fremdheit den immer Einsamen von allen absonderte. Und in all seiner Verborgenheit im siebenfach verschlossenen Haus fühlte er sich noch immer bespäht und erkannt.

Nie aber war diesem gequälten, verängstigten Herzen die Gnade des reinen Freundes, des Edelgesinnten widerfahren, würdige Erwiderung männlich-übermächtiger Zärtlichkeit: immer mußte er sein Gefühl zerteilen in ein Unten und Oben, in den zart sehnsüchtigen Verkehr mit den jungen geistigen Gefährten der Universität und jenen im Dunkel geworbenen Genossen, deren er morgens sich nur mehr schauernd besann. Nie hatte dem schon Alternden das Erlebnis einer reinen Zuneigung, der seelenvollen eines Jünglings, sich geschenkt, und matt von Enttäuschung, die Nerven zermürbt von dieser Dornenjagd im Dickicht, hatte der Resignierte schon sich verschüttet gemeint – da trat noch einmal ein junger Mensch in sein Leben, leidenschaftlich auf ihn, den Gealterten, zu, brachte mit seinem Wort, seinem Wesen opferfreudig sich selber dar, ihm zuglühend, dem ahnungslos Übermannten, der erschreckt vor nicht mehr erhofftem Wunder stand, nicht mehr sich würdig fühlend so reinen, so unbewußt dargebotenen Geschenks. Noch einmal war ein Bote der Jugend gekommen, schöne Gestalt und leidenschaftlicher Sinn, glühend für ihn in geistigem Feuer, zärtlich an ihn gebunden durch sympathetisches Band, dürstend nach seiner Neigung und ohne Gefühl ihrer Gefahr. Die Fackel des Eros in der unwissenden Seele, kühn und ahnungslos wie Parzival, der Tor, beugte er sich nah über die vergiftete Wunde, unkund des Zaubers und daß schon sein Kommen die Heilung trug – der Langerwartete eines Lebens, zu spät, in der letzten sinkenden Abendstunde trat er ins Haus.

Und mit dieser geschilderten Gestalt stieg auch die Stimme aus dem Dunkel. Ein Helles schien sie zu durchläutern, eine tiefe mitschwingende Zärtlichkeit gab ihr Musik, da dieser sprachmächtige Mund von diesem jungen Menschen sprach, dem Spätgeliebten. Ich zitterte mit vor Erregung und mitfühlender Beglückung, aber plötzlich – da schlug es mir wie ein Hammer aufs Herz. Denn dieser junge glühende Mensch, von dem mein Lehrer sprach, das war ja... das war ja... – Scham fuhr mir über die Wangen –, das war ja ich selbst: wie aus brennendem Spiegel sah ich mich vortreten, gehüllt in einen solchen Glanz ungeahnter Liebe, daß ihr Widerschein mich noch versengte. Ja, das war ich – immer näher erkannte ich mich, meine andrängende, begeisterte Art, dies fanatische Ihm-nahe-sein-Wollen, die begehrliche Ekstase, der ein Geistiges nicht genügte, mich, den törichten, wilden Jungen, der, unkund seiner Macht, den quellenden Samen des Schöpferischen noch einmal in dem Verschlossenen erweckt, noch einmal die schon müd hingesunkene Fackel des Eros in seiner Seele entzündet. Staunend erkannte ich's nun, was ich, der Schüchterne, ihm bedeutet, dessen zudrängenden Überschwang er als heiligste Überraschung seines Alters liebte – und schauernd erkannte ich zugleich, wie übermächtig hier sein Wille mir entgegengerungen: denn gerade von mir, dem rein Geliebten, wollte er nicht Hohn und Rückstoß, den Schauer beleidigter Leiblichkeit erfahren, gerade diese letzte Gnade unwilligen Geschicks nicht den Sinnen zum lusthaften Spiele geben. Darum setzte er meinem Zudrängen so erbitterten Widerstand entgegen, scheuchte mein flutendes Gefühl mit jähem Guß eiskalter Ironie, spitzte das weich flutende Freundeswort zu konventioneller Härte, bändigte die zärtlich umfassende Hand – nur um meinetwillen erzwang er von sich all die Schroffheiten, die mich ernüchtern sollten und ihn bewahren und die mir durch Wochen die Seele verstörten. Grauenhaft klar ward mir nun das wüste Wirrsal jener Nacht, da er, Traumwandler seiner übermächtigen Sinne, die knirschende Treppe emporgestiegen, um dann mit jenem beleidigenden Wort sich selbst und unsere Freundschaft zu retten. Und schauernd, ergriffen, erregt wie im Fieber, zergehend in Mitleid, verstand ich, wie sehr er um meinetwillen gelitten, wie heldisch er sich um meinetwillen bemeistert.

Diese Stimme im Dunkel, diese Stimme im Dunkel, wie fühlte ich sie eindringen bis in das innerste Gebälk meiner Brust! Es war ein Ton in ihr, wie ich ihn nie vordem vernommen, nie vordem, nie nachdem – ein Ton aus Tiefen, die mittleres Schicksal nie ertastet. So sprach ein Mensch nur einmal in seinem Leben zu einem Menschen, um dann für immer zu schweigen, so wie in der Sage vom Schwane gesagt ist, daß er bloß sterbend ein einziges Mal die rauhe Stimme aufheben könne zum Gesang. Und ich nahm diese heiß vorstoßende, diese glühend eindringende Stimme in mich auf, schauernd und schmerzhaft, wie ein Weib den Mann in sich empfängt ...

Und mit einemmal schwieg diese Stimme, und es war nur noch Dunkel zwischen uns. Ich wußte ihn nah. Nur die Hand mußte ich heben, und die ausgestreckte rührte ihn an. Und mächtig drang's aus mir, dem Leidenden tröstlich zu sein.

Aber da machte er eine Bewegung. Licht zuckte auf. Müde, alt, verquält raffte vom Sessel eine Gestalt sich empor – ein alter, ein erschöpfter Mann ging langsam auf mich zu.

„Leb wohl, Roland ... jetzt kein Wort mehr zwischen uns! Es war gut, daß du gekommen bist ... und es ist gut für uns beide, daß du gehst ... Lebe wohl ... Und laß ... dich küssen zum Abschied!"

Wie von magischer Macht gerissen, schwankte ich ihm entgegen. Jenes schwelende, sonst wie von wirrem Rauch niedergehaltene Licht glomm jetzt offen in seinen Augen: brennende Flamme schlug aus ihnen hoch. Er zog mich nahe, seine Lippen preßten durstig die meinen, nervig, in einem zuckenden Krampf drängte er meinen Körper an sich.

Es war ein Kuß, wie ich ihn nie von einer Frau empfing, ein Kuß, wild und verzweifelt wie ein Todesschrei. Der zitternde Krampf seines Leibes ging in mich über. Ich schauerte, von einem fremd-furchtbaren Empfinden zwiefältig gefaßt – hingegeben mit meiner Seele und doch zutiefst er-

schreckt von einem widrigen Wehren des männlich berührten Körpers – unheimliche Verwirrung des Gefühls, die
mir verpreßte Sekunde zu betäubender Dauer zerdeh-
nend.
Da ließ er mich los – es war ein Ruck, als risse gewaltsam
ein Leib auseinander –, wandte sich mühsam um und warf
sich in den Sessel, den Rücken mir zugewandt: ganz starr
lehnte er einige Minuten vor sich ins Leere. Allmählich
aber ward ihm der Kopf zu schwer, er beugte sich erst müder und matter, dann aber, so wie ein Übergewicht, ein
lange schwankendes, plötzlich zur Tiefe stürzt, fiel mit
einem dumpfen trockenen Ton die gebeugte Stirn schwer
über den Schreibtisch hin.
Unendlich durchwogte mich Mitleid. Unwillkürlich trat ich
nah. Aber da krampfte sich plötzlich der eingestürzte Rükken noch einmal auf, und sich rückwendend, heiser und
dumpf aus der Höhle seiner verklammerten Hände stöhnte
er drohend: „Weg! . . . weg! . . . Nicht! . . . nicht nahe kommen! . . . um Gottes willen . . . um unser beider willen . . .
geh jetzt . . . geh!"
Ich verstand. Und schauernd trat ich zurück: wie ein Flüch-
tender verließ ich den geliebten Raum.

Nie wieder habe ich ihn gesehen. Nie einen Brief empfangen oder eine Botschaft. Sein Werk ist nie erschienen, sein
Name vergessen; niemand weiß mehr um ihn als ich allein.
Aber noch heute, wie einstmals der ungewisse Knabe, fühl
ich: Vater und Mutter vor ihm, Frau und Kindern nach ihm,
keinem danke ich mehr. Keinen habe ich mehr geliebt.

Leporella

Sie hieß mit ihrem bürgerlichen Namen Crescentia Anna Aloisia Finkenhuber, war neununddreißig Jahre alt, stammte aus unehelicher Geburt und einem kleinen Gebirgsdorf im Zillertal. In der Rubrik „Besondere Kennzeichen" ihres Dienstbotenbuches stand ein querer, verneinender Strich; wären aber Beamte zu charakterologischer Schilderung verpflichtet, so hätte ein bloß flüchtiger Aufblick an jener Stelle unbedingt vermerken müssen: ähnlich einem abgetriebenen, starkknochigen, dürren Gebirgspferd. Denn etwas unverkennbar Pferdhaftes lag in dem Ausdruck der schwerfallenden Unterlippe, dem zugleich länglichen und harten Oval des gebräunten Gesichtes, dem dumpfen, wimperlosen Blick und besonders dem filzigen, dicken, mit Fett an die Stirn angesträhnten Haar. Auch aus ihrem Gang stieß die Stützigkeit, die störrische Mauleselart eines älplerischen Paßgaules vor, wie sie dort über steinige Saumpfade Sommer und Winter die gleichen hölzernen Tragen mit dem gleichen holperigen Trott mürrisch bergauf und talab schaffen. Vom Halfter der Arbeit gelöst, pflegte Crescenz, die knochigen Hände lose ineinander gefaltet, mit abgeschrägten Ellbogen dumpf vor sich hinzudösen, wie Tiere im Stalle stehen, mit gleichsam eingezogenen Sinnen. Alles an ihr war hart, hölzern und schwer. Sie dachte mühselig und begriff langsam: jeder neue Gedanke troff nur dumpf wie durch ein dickes Sieb in ihren innern Sinn; hatte sie aber einmal etwas Neues endlich in sich gezogen, so hielt sie es zäh und habgierig fest. Sie las nie, weder Zeitungen noch im Gebetbuch, Schreiben bereitete ihr Mühe, und die ungelenken Buchstaben in ihrem Küchenbuch erinnerten merkwürdig an ihre eigene klobige, überallhin spitz ausfahrende Gestalt, die aller handgreiflichen

Formen der Weiblichkeit sichtlich entbehrte. Ebenso hart wie Knochen, Stirn, Hüften und Hände war ihre Stimme, die trotz den dicken tirolischen Kehllauten immer eingerostet knarrte – dies eigentlich nicht verwunderlich, denn Crescenz sprach zu niemandem ein unnötiges Wort. Und niemand hatte sie jemals lachen sehen; auch darin war sie vollkommen tierhaft, denn, grausamer vielleicht als der Verlust der Sprache: den unbewußten Kreaturen Gottes ist das Lachen, dieser selig frei vorbrechende Ausdruck des Gefühls, nicht gegönnt.

Als uneheliches Kind zu Lasten der Gemeinde aufgezogen, mit zwölf Jahren bereits als Magd verdingt, späterhin Scheuerin in einer Gaststube, war sie endlich aus jener Fuhrwerkerkneipe, wo sie durch ihre zähe, stiernackige Arbeitswut auffiel, in ein angesehenes Touristengasthaus als Köchin vorgedrungen. Um fünf Uhr morgens stand die Crescenz dort tagtäglich auf, werkte, fegte, putzte, feuerte, bürstete, räumte, kochte, knetete, walkte, preßte, wusch und prasselte bis spät hinein in die Nacht. Niemals nahm sie Urlaub, nie betrat sie, außer für den Kirchgang, die Straße: das runde hitzende Stück Feuer im Herd war für sie Sonne, die Tausende und aber Tausende Holzscheite, die sie im Laufe der Jahre zerschlug, ihr Wald.

Die Männer ließen ihr Ruhe, es sei, weil dies Vierteljahrhundert verbissenen Robotens alles Weibliche von ihr weggeschunden, sei es, weil sie stockig und maulfaul jede Annäherung abwirschte. Ihre einzige Freude fand sie im baren Geld, das sie mit dem hamsterhaften Instinkt der Bäurischen und Einschichtigen zäh zusammenraffte, um nicht, alt geworden, im Armenhaus noch einmal das bittere Brot der Gemeinde würgen zu müssen.

Einzig des Geldes halber hatte auch dies dumpfe Geschöpf mit siebenunddreißig Jahren seine tirolische Heimat zum erstenmal verlassen. Eine berufsmäßige Vermittlerin, die sie während der Sommerfrische von früh bis nachts in Küche und Stube berserkern gesehen, lockte sie mit der Verheißung doppelter Löhnung nach Wien. Während der Eisenbahnfahrt sprach Crescenz keine Silbe zu keinem, hielt den schweren Strohkorb mit ihrer Habe trotz der freundlich angebotenen Hilfe der Mitreisenden, die ihn im Gepäcknetz verstauen wollten, waagrecht auf den schon schmerzenden Knien, denn Betrug und Diebstahl waren die einzigen Gedanken, die ihre klotzige Bauernstirn mit dem Begriff der Großstadt vermörtelten. In Wien mußte man sie dann während der ersten Tage auf den Markt begleiten, weil sie sich vor den Wagen fürchtete wie die Kuh vor dem Automobil. Sobald sie aber einmal die vier Straßen bis zum Markt hin kannte, brauchte sie niemanden mehr, trottete mit ihrem Korb, ohne den Blick zu heben, von der Haustüre zum Verkaufsstand und wieder heim, fegte, feuerte und räumte an dem neuen wie an dem früheren Herd, ohne eine Veränderung zu bemerken. Um neun Uhr, zur Stunde des Dorfes, ging sie zu Bett und schlief wie ein Tier mit offenem Mund, bis der Wecker sie morgens aufkrachte. Niemand wußte, ob sie sich wohl befinde, vielleicht sie selber nicht, denn sie ging keinem zu, antwortete auf Befehle bloß mit dumpfem „Woll, woll" oder, wenn sie andern Sinnes war, mit einem stützigen Aufbocken der Schultern. Nachbarn und Mägde im Hause beachtete sie nicht: die spöttelnden Blicke ihrer leichtlebigeren Gefährtinnen glitschten wie Wasser an dem ledernen Fell ihrer Gleichgültigkeit ab. Nur einmal, als ein Mädchen ihre tirolische Mundart nachspottete und nicht abließ, die Maulfaule zu hänseln, riß sie plötzlich ein brennendes Holzscheit aus dem Herd und fuhr damit auf die entsetzt Schreiende los. Von diesem Tage an wichen alle der Wütigen aus, und niemand wagte mehr, sie zu höhnen.

Jeden Sonntagmorgen aber ging Crescenz in ihrem gefältelten, weitgeplusterten Rock und der bäurischen Tellerhaube zur Kirche. Und ein einziges Mal, an ihrem ersten Wiener Ausgangstag, versuchte sie einen Spaziergang. Aber da sie die Trambahn nicht benutzen wollte und längs ihrer vorsichtigen Wanderung durch die wirblig sie umschütternden Straßen immer nur steinerne Wände sah, gelangte sie bloß bis zum Donaukanal: dort starrte sie das strömende Wasser an wie etwas Bekanntes, machte kehrt und stapfte auf demselben Wege, immer an den Häusern entlang und die Fahrstraße ängstlich vermeidend, wieder zurück. Dieser erste und einzige Erkundigungsgang mußte sie offenbar enttäuscht haben, denn seitdem verließ sie nie mehr das Haus, sondern saß sonntags lieber mit dem Nähzeug beschäftigt oder mit leeren Händen beim Fenster. So brachte die Großstadt keinerlei Veränderung in die alteingewerkelte Tretmühle ihrer Tage, außer daß sie nun an jedem Monatsende vier blaue Zettel statt vordem zwei in ihre verwitterten, zerkochten und zerstoßenen Hände bekam. Diese Banknoten prüfte sie jedesmal lange und mißtrauisch. Sie fältete sie umständlich auseinander und glättete sie schließlich beinahe zärtlich flach, ehe sie die neuen Blätter zu den andern in das gelbe geschnitzte Holzkästchen legte, das sie vom Dorfe her mitgebracht. Diese ungefüge, klobige kleine Truhe war das ganze Geheimnis, der Sinn ihres Lebens. Nachts legte sie den Schlüssel unter ihr Kopfkissen. Wo sie ihn tagsüber verwahrte, erfuhr niemand im Hause.

So war dies sonderbare Menschenwesen beschaffen (wie sie genannt sein möge, obwohl eben das Menschliche nur in ganz abgedumpfter und verschütteter Weise aus ihrem Gehaben zutage trat) – aber vielleicht bedurfte es gerade eines Geschöpfes mit dermaßen scheuklappenhaft verschlossenen Sinnen, um den Dienst in dem gleichfalls höchst sonderbaren Haushalt des jungen Freiherrn von F... aushalten zu können. Denn im allgemeinen vermochten Dienstleute dort die zänkische Atmosphäre nicht länger zu ertragen als die gesetzlich bemessene Frist von Einstand und Kündigung. Der gereizte, bis zum Hysterischen hochgejagte Schreiton kam von der Hausfrau. Ältliche Tochter eines schwerreichen Essener Fabrikanten, hatte sie in einem Kurort den bedeutend jüngeren Freiherrn (von schlechtem Adel und noch schlechterer Geldsituation) kennengelernt und den bildhübschen, auf aristokratischen Charme zugespitzten Windhund hastig geheiratet. Aber kaum waren die Flitterwochen abgeklungen, so mußte die Neuvermählte schon die Berechtigung des Widerstandes zugeben, den ihre mehr auf Solidität und Tüchtigkeit drängenden Eltern der eiligen Eheschließung entgegengesetzt hatten. Denn nebst zahlreichen verschwiegenen Schulden trat bald zutage, daß der rasch lässig gewordene Ehemann seinen junggeselligen Schlendereien bedeutend mehr Interesse zuwandte als den ehelichen Pflichten; nicht gerade ungutmütig, im Innersten sogar jovial wie alle Leichtfertigen, aber durchaus laß und hemmungslos in seiner Welteinstellung, verachtete dieser hübsche Halbkavalier jede zinsrechnende Kapitalisierung des Geldes als eine knauserische Borniertheit plebejischer Herkunft. Er wollte ein leichtes Leben, sie eine solide ordentliche Häuslichkeit rheinisch-bürgerlicher Art: das stieg ihm in die Nerven. Und als er trotz ihrem Reichtum jede größere Summe erfeilschen mußte und die rechnerische Gattin ihm sogar seine liebste Forderung, einen Rennstall, verweigerte, sah er wenig Anlaß mehr, sich weiterhin um die breitnackige massive Norddeutsche ehelich zu bekümmern, deren lauter herrischer Ton ihm unangenehm in die Ohren fiel. So legte er sie, wie man zu sagen pflegt, still aufs Eis, schob ohne jede harte Gebärde, aber darum nicht minder gründlich die Enttäuschte von sich ab. Machte sie ihm Vorwürfe, so hörte er höflich und scheinbar teilnehmend zu, blies aber, sobald ihr Sermon zu Ende war, mit dem Dampf seiner Zigarette die leidenschaftlichen Ermahnungen weit von sich weg und tat ungehemmt, was ihm beliebte. Diese glatte, beinahe amtliche Liebenswürdigkeit erbitterte die enttäuschte Frau mehr als jeder Widerstand. Und da sie gegen seine guterzogene, niemals ausfällige, gegen seine geradezu penetrante Höflichkeit vollkommen ohnmächtig blieb, brach sich der gestaute Zorn in anderer Richtung gewaltsam Bahn: sie wetterte mit den Dienstboten, an den Unschuldigen ihre im Grunde gerechte, hier aber unangebrachte Empörung ungestüm entladend. Die Folgen blieben nicht aus: innerhalb zweier Jahre mußte sie nicht weniger als sechzehnmal ihre Mädchen wechseln, einmal sogar nach einer vorausgegangenen Handgreiflichkeit, die nur durch eine namhafte Entschädigung geregelt werden konnte.

Einzig Crescenz stand, wie ein Droschkengaul im Regen, unerschütterlich inmitten dieses stürmischen Tumults. Sie nahm niemandes Partei, kümmerte sich um keine Veränderung, schien nicht zu bemerken, daß die ihr zugesellten fremden Wesen, mit denen sie die Mägdekammer teilte, fortwährend Rufnamen, Haarfarbe, Körperdunst und Benehmen wechselten. Denn sie selbst sprach mit keiner, kümmerte sich nicht um die krachend zufallenden Türen, die unterbrochenen Mittagsmahlzeiten, die ohnmächtigen und hysterischen Ausbrüche. Sie ging teilnahmslos geschäftig von ihrer Küche zum Markt, vom Markt wieder in ihre Küche: was jenseits dieses abgemauerten Kreises geschah, beschäftigte sie nicht. Wie ein Dreschflegel hart und fühllos werkend, schlug sie Tag um Tag entzwei, und derart flossen zwei Großstadtjahre ereignislos an ihr vorüber, keine Weiterung ihrer innern Welt bewirkend, es sei denn, daß die gehäuften blauen Banknoten in ihrem Kästchen um einen Zoll breit sich hoben und, wenn sie mit feuchtem Finger Zettel um Zettel am Jahresende durchzählte, die magische Tausendzahl nicht mehr ferne war.

Doch der Zufall hat diamantene Bohrer, und das Schicksal, gefährlich listenreich, weiß oft von unvermutetster Stelle sich Zugang und vollkommene Erschütterung auch in die felsigste Natur zu sprengen. Bei Crescenz kleidete sich der äußere Anlaß beinahe so banal wie sie selbst: nach zehnjähriger Pause hatte es dem Staat wieder einmal beliebt, eine Volkszählung zu verordnen, und in alle Wohnhäuser wurden wegen genauer Ausfüllung der Personalien äußerst komplizierte Bogen gesandt. Mißtrauisch gegen die kraxigen und nur phonetisch richtigen Schreibkünste der Dienstpersonen, zog der Baron vor, eigenhändig die Rubriken auszufüllen, und hatte zu diesem Behufe auch Crescenz in sein Zimmer beordert. Als er ihr nun Namen, Alter und Geburtsort abfragte, ergab sich, daß er, als passionierter Jäger und Freund des dortigen Revierbesitzers, gerade in ihrem älplerischen Winkel öfters Gemsen geschossen und ein Führer gerade aus ihrem Heimatsdorf ihn zwei Wochen lang begleitet hatte. Und da kurioserweise ebendieser Führer sich noch als Oheim der Crescenz und der Baron lockerer Laune erwies, wickelte sich vom zufälligen Anlaß ein längeres Gespräch los, bei dem eine abermalige Überraschung zutage trat, nämlich daß er damals in ebendemselben Wirtshaus, wo sie kochte, einen ausgezeichneten Hirschbraten gegessen hatte – Lappalien dies alles, aber doch sonderbar durch Zufälligkeit, und für Crescenz, die hier zum erstenmal einen Menschen sah, der etwas von ihrer Heimat wußte, geradezu wunderhaft. Sie stand vor ihm mit rotem, interessiertem Gesicht, bog sich unbeholfen und geschmeichelt, als er zu Späßen überging und, die Tiroler Mundart nachahmend, sie ausfragte, ob sie jodeln könne und dergleichen knabenhaften Unfug mehr. Schließlich, von sich selbst amüsiert, klatschte er ihr nach allumgänglicher Bauernart eine mit der flachen Hand auf den harten Hintern und entließ sie lachend: „Jetzt geh, brave Cenzi, und da hast du noch zwei Kronen dafür, weil du aus dem Zillertal bist."

Gewiß: das war an und für sich kein pathetischer und bedeutsamer Anlaß. Aber auf das fischhaft unterirdische Gefühl dieses dumpfen Wesens wirkte dies Fünfminutengespräch wie ein Stein in einem Sumpf: erst allmählich und träge bilden sich bewegte Kreise, die schwermassig weiterwellend ganz langsam den Rand des Bewußtseins erreichen. Zum erstenmal seit Jahren hatte die hartnäckige Maulfaule mit irgendeinem Menschen wieder ein persönliches Gespräch geführt, und übernatürlich wollte ihr die Fügung erscheinen, daß gerade dieser erste Mensch, der zu ihr gesprochen, mitten hier im steinernen Gewirr von ihren Bergen wußte und sogar schon einmal einen von ihr zubereiteten Hirschbraten gegessen. Dazu kam noch jener burschikose Schlag auf den Hintern, der ja in der Bauernsprache eine Art lakonischer Anfrage und Werbung an das Weibsbild darstellt. Und wenn Crescenz auch nicht sich zu meinen erkühnte, dieser elegante, vornehme Herr habe damit tatsächlich ein derartiges Verlangen an sie gestellt – die körperliche Vertraulichkeit wirkte doch irgendwie aufrüttelnd in ihre schläfrigen Sinne.

So begann durch diesen zufälligen Anstoß nun Schicht um Schicht ein Ziehen und Bewegen in ihrem innern Erdreich, bis endlich, erst klotzhaft und dann immer deutlicher, ein neues Gefühl sich ablöste, jenem plötzlichen Erkennen gleich, mit dem ein Hund unter allen den zweibeinigen Gestalten, die ihn umgeben, eines unvermuteten Tages sich eine dieser Gestalten als Herrn zuerkennt: von dieser Stunde an läuft er ihm nach, grüßt schweifwedelnd oder mit Gebell den ihm vom Schicksal Übergeordneten, wird ihm freiwillig hörig und folgt seiner Spur gehorsam Schritt um Schritt. Genau so war in den abgestumpften Kreis der Crescenz, den bisher nur die fünf gewohnten Begriffe: Geld, Markt, Herd, Kirche und Bett restlos umgrenzten, ein neues Element gedrungen, das Raum forderte und mit brüsker Gewalt alles Frühere zur Seite drängte. Und mit jener bäuerischen Habgier, die das einmal Ergriffene nie mehr aus den harten Händen läßt, zog sie dieses neue Element tief hinein unter die Haut bis in die verworrene Triebwelt ihrer stumpfen Sinne. Es dauerte freilich einige Zeit, ehe die Verwandlung sichtlich zutage trat; auch diese ersten Zeichen waren durchaus unscheinbare, wie zum Beispiel diese: sie putzte die Kleider des Barons und seine Schuhe mit einer besonderen fanatischen Sorgfalt, während sie Kleider und Schuhwerk der Baronin weiterhin der Sorge des Stubenmädchens überließ. Oder sie war öfters in Gang und Zimmern zu sehen, hastete, kaum daß sie den Schlüssel an der äußern Tür knacken hörte, beflissen entgegen, um ihm Mantel und Stock abzunehmen. Der Küche wandte sie verdoppelte Aufmerksamkeit zu, fragte sich sogar mühsam den fremden Weg zur Großmarkthalle durch, eigens um einen Hirschbraten zu erstehen. Und auch an ihrer äußeren Gewandung waren Anzeichen verstärkter Sorgfalt zu bemerken.

Eine oder zwei Wochen hatte es gedauert, bis diese ersten Schößlinge ihres neuen Gefühls aus ihrer inneren Welt sich durchrangen. Und es bedurfte noch Wochen und Wochen, bis ein zweiter Gedanke diesem ersten Trieb zuwuchs und aus unsicherem Wachstum klare Farbe und Gestalt bekam. Dieses zweite Gefühl war nichts anderes als ein Komplementärgefühl des ersten: ein vorerst dumpfer, allmählich aber unverhüllt und nackt vorspringender Haß gegen die Gattin des Barons, gegen die Frau, die mit ihm wohnen, schlafen, sprechen durfte und dennoch nicht die gleiche hingegebene Ehrfurcht vor ihm hatte wie sie selbst. Sei es, daß sie – unwillkürlich jetzt achtsamer – einer jener beschämenden Szenen beigewohnt hatte, wobei der vergötterte Herr von seiner gereizten Frau in widerwärtiger Weise gedemütigt wurde, sei es, daß der Gegensatz seiner jovialen Vertraulichkeit sie die hochmütige Reserve der norddeutsch gehemmten Frau doppelt fühlen ließ – jedenfalls setzte sie mit einemmal der Ahnungslosen eine gewisse Bockigkeit entgegen, eine stachlige, mit tausend kleinen Spitzen und Bosheiten widerstrebende Feindseligkeit. So mußte die Baronin zumindest immer zweimal klingeln, ehe Crescenz mit absichtlicher Langsamkeit und deutlich vorgeschobener Unwilligkeit dem Rufe Folge leistete, und ihre hochgestemmten Schultern drückten dann immer schon von vornherein entschlossene Gegenwehr aus. Aufträge und Befehle nahm sie wortlos mürrisch entgegen, so daß die Baronin niemals wußte, ob sie richtig verstanden sei;

fragte sie aber zur Vorsicht noch einmal, so bekam sie nur ein verdrossenes Nicken oder ein verächtliches „Hob jo scho ghört" zur Antwort. Oder es erwies sich knapp vor dem Theaterbesuch, wenn die Frau schon nervös durch die Zimmer fuhr, ein wichtiger Schlüssel als unauffindbar, um eine halbe Stunde später unvermutet in einem Winkel entdeckt zu werden. Botschaften und Telephonanrufe an die Baronin beliebte sie regelmäßig zu vergessen: ausgefragt, warf sie ihr dann, ohne das geringste Zeichen eines Bedauerns, nur ein hartes „I hob holt vergess'n" vor die Füße. In die Augen blickte sie ihr nie, vielleicht aus Furcht, den Haß nicht verhalten zu können.

Unterdessen führten die häuslichen Mißhelligkeiten zu immer unerfreulicheren Szenen zwischen den Eheleuten: möglicherweise hatte auch die unbewußt aufreizende Mürrischkeit der Crescenz ihren Anteil an der Erregtheit der von Woche zu Woche mehr exaltierten Frau. Durch allzulangen Mädchenstand in ihren Nerven schwank, dazu noch erbittert durch die Gleichgültigkeit ihres Gatten, die frechen Feindseligkeiten der Dienstboten, verlor die Gepeinigte immer mehr das Gleichgewicht. Vergeblich wurde ihre Erregtheit mit Brom und Veronal gefüttert; um so heftiger riß dann in Diskussionen der überspannte Strang ihrer Nerven durch, sie bekam Weinkrämpfe und hysterische Zustände, ohne damit aber bei irgend jemandem den geringsten Anteil oder auch nur den Anschein einer gutmütigen Hilfe zu erfahren. Schließlich empfahl der zugezogene Arzt einen zweimonatigen Aufenthalt in einem Sanatorium, ein Vorschlag, der von dem sonst höchst gleichgültigen Gatten mit so plötzlicher Besorgtheit gutgeheißen wurde, daß die Frau, von neuem mißtrauisch, sich zunächst dagegen wehrte. Aber zuletzt wurde die Reise dennoch beschlossen, die Kammerjungfer zur Begleitung bestimmt, indes Crescenz zur Bedienung des Herrn allein in der geräumigen Wohnung zurückbleiben sollte.

Diese Nachricht, daß ihr allein der gnädige Herr zur Behütung anvertraut sein solle, wirkte auf die schweren Sinne der Crescenz wie eine plötzliche Aufpulverung. Als hätte man all ihre Säfte und Kräfte, einer magischen Flasche gleich, wild durcheinandergeschüttelt, so kam jetzt vom Grunde ihres Wesens ein verborgener Bodensatz von Leidenschaft herauf und durchfärbte vollkommen ihr ganzes Gehaben. Das Benommene, Schwerfällige taute mit einemmal ab von ihren harten, eingefrorenen Gliedern; es schien, als hätte sie seit dieser elektrisierenden Nachricht plötzlich leichte Gelenke, einen raschen, geschwinden Gang bekommen. Sie lief durch Zimmer hin und her, Treppen auf und ab, kaum daß es galt, die Reisevorbereitungen zu treffen, packte unaufgefordert alle Koffer und schleppte sie mit eigener Hand zum Wagen. Und als dann spätabends der Baron von der Bahn zurückkam und der dienstfertig ihm Entgegeneilenden Stock und Mantel in die Hände gab und mit einem Seufzer der Erleichterung sagte: „Glücklich expediert!", da geschah etwas Merkwürdiges. Denn mit einemmal setzte um die verkniffenen Lippen der Crescenz, die sonst, wie alle Tiere, niemals lachte, ein gewaltsames Zerren und Dehnen ein. Der Mund wurde schief, schob sich breit in die Quere, und plötzlich quoll mitten aus ihrem idiotisch erhellten Gesicht ein Grinsen dermaßen offen und tierisch hemmungslos hervor, daß der Baron, von diesem Anblick peinlich überrascht, sich der übel angebrachten Vertraulichkeit schämte und wortlos in sein Zimmer trat.

Aber diese flüchtige Sekunde des Unbehagens ging rasch vorüber, und schon in den nächsten Tagen verband die beiden, Herrn und Magd, das einhellige Aufatmen einer köstlich empfundenen Stille und wohltuenden Ungebundenheit. Die Abwesenheit der Frau hatte die Atmosphäre gleichsam von überhängendem Gewölk entlüftet: der befreite Ehemann, glücklich entledigt des unablässigen Rechenschafterstattens, kam gleich am ersten Abend spät nach Hause, und die schweigsame Beflissenheit der Crescenz bot ihm wohltuenden Kontrast zu den allzu beredten Empfängen seiner Frau. Crescenz wieder stürzte sich mit begeisterter Leidenschaft in ihr Tagewerk, stand extra früh auf, putzte alles blitzblank, scheuerte Klinken und Schnallen wie eine Besessene, zauberte besonders leckere Menüs hervor, und zu seiner Überraschung bemerkte der Baron bei dem ersten Mittagstisch, daß für ihn allein das kostbare Service gewählt war, das sonst nur zu besonderen Anlässen den Silberschrank verließ. Im allgemeinen unachtsam, konnte er doch nicht umhin, die wachsame, beinahe zartsinnige Sorge dieses sonderbaren Geschöpfes zu bemerken; und gutmütig, wie er im Grunde war, sparte er nicht mit dem Ausdruck seiner Zufriedenheit. Er rühmte ihre Speisen, warf ihr hie und da ein paar freundliche Worte hin, und als er am nächsten Morgen, es war sein Namenstag, eine Torte mit seinen Initialen und überzuckertem Wappen kunstvoll bereitet fand, lachte er ihr übermütig zu: „Du wirst mich noch verwöhnen, Cenzi! Und was fange ich dann an, wenn Gott behüte, meine Frau wieder zurückkommt?"

Immerhin: einen gewissen Zwang legte er sich noch einige Tage auf, ehe er die letzten Rücksichten von sich warf. Dann aber, aus mehrfachen Anzeichen ihrer Verschwiegenheit gewiß, begann er, wieder ganz Junggeselle, sich's in seiner eigenen Wohnung bequem zu machen. Ohne weitere Erklärung rief er Crescenz am vierten Tage seiner Strohwitwerschaft zu sich herein und ordnete in gleichmütigstem Tonfall an, sie möge abends ein kaltes Nachtmahl für zwei Personen bereitstellen und sich dann zu Bett legen; alles andere werde er selbst besorgen. Stumm nahm Crescenz den Auftrag entgegen. Kein Blick, kein Blinzeln ließ durchschimmern, ob der eigentliche Sinn dieser Worte bis hinter ihre niedrige Stirn gedrungen sei. Aber wie gut sie seine eigentliche Absicht verstanden, bemerkte ihr Herr baldigst mit amüsierter Überraschung, denn nicht nur, daß er, spätabends mit einer kleinen Opernelevin nach dem Theater heraufkommend, den Tisch erlesen gerichtet und mit Blumen geschmückt fand: auch im Schlafzimmer erwies sich neben seinem eigenen Bett frech einladend das nachbarliche aufgeschlagen, und der seidene Schlafrock sowie die Pantoffel seiner Frau waren erwartungsvoll bereitgestellt. Unwillkürlich mußte der freigelassene Ehemann über die weitgehende Sorge dieses Geschöpfes lachen. Und damit fiel von selbst die letzte Hemmung vor ihrer helfenden Mitwisserschaft. Morgens schon schellte er, daß sie dem galanten Eindringling beim Ankleiden behiflich sei; damit war das schweigende Einvernehmen zwischen beiden völlig besiegelt.

In diesen Tagen erhielt Crescenz auch ihren neuen Namen. Jene muntere Opernelevin, die gerade die Donna Elvira studierte und scherzhaft ihren zärtlichen Freund zum Don Juan zu erheben beliebte, hatte einmal lachend zu ihm gesagt: „Ruf doch deine Leporella herein!" Dieser Name machte ihm Spaß, eben weil er so grotesk die dürre Tirolerin parodierte, und von nun an rief er sie niemals mehr anders als Leporella. Crescenz, das erste Mal verwundert aufstarrend, dann aber verlockt von dem vokalischen Wohlklang dieses ihr unverständlichen Namens, genoß die Umtaufe geradezu als Nobilitierung: jedesmal, wenn der Übermütige sie so anrief, schoben sich ihre dünnen Lippen auseinander, die braunen Pferdezähne breit entblößend, und unterwürfig, gleichsam schweifwedelnd drückte sie sich heran, um die Befehle des gnädigen Gebieters entgegenzunehmen.

Als eine Parodie war der Name gedacht: aber in ungewollter Treffsicherheit hatte die angehende Operndiva mit diesem Namen dem eigenartigen Geschöpf ein geradezu zauberhaft passendes Wortkleid umgeworfen: denn ähnlich Dapontes mitgenießerischem Spießgesellen empfand diese liebesfremde verknöcherte alte Jungfer eine eigentümlich stolze Freude an den Abenteuern ihres Herrn. War es bloß die Genugtuung, das Bett der brennend gehaßten Frau jeden Morgen bald von diesem, bald von jenem jungen Körper umgewühlt und entehrt zu finden, oder knisterte ein geheimes Mitgenießen in ihren Sinnen – jedenfalls legte das bigotte, strenge alte Mädchen eine geradezu leidenschaftliche Beflissenheit an den Tag, allen Abenteuern ihres Herrn dienstbar zu sein. In ihrem eigenen abgerackerten, durch jahrzehntelange Arbeit geschlechtlos gewordenen Körper längst nicht mehr bedrängt, wärmte sie sich wohlig an der kupplerischen Lust, nach ein paar Tagen schon einer zweiten und bald auch der dritten Frau in den Schlafraum nachblinzeln zu können: wie eine Beize wirkte diese Mitwisserschaft und das prickelnde Parfüm der erotischen Atmosphäre auf ihre verschlafenen Sinne. Crescenz wurde wahrhaftig Leporella und wie jener muntere Bursche beweglich, zuspringig und frisch; seltsame Eigenschaften kamen, gleichsam emporgetrieben von der flutenden Hitze dieser brennenden Anteilnahme, in ihrem Wesen zum Vorschein, allerhand kleine Listen, Verschmitztheiten und Spitzfindigkeiten, etwas Horcherisches, Neugieriges, Lauerndes und Umtummlerisches. Sie horchte an der Tür, spähte durch die Schlüssellöcher, durchstöberte Zimmer und Betten, flog, von einer merkwürdigen Erregtheit gestoßen, treppauf und treppab, kaum daß sie eine neue Beute jagdhaft witterte, und allmählich formte diese Wachheit, diese neugierige, schaulustige Anteilnahme eine Art lebendigen Menschen aus der hölzernen Hülle ihrer früheren Dösigkeit. Zum allgemeinen Erstaunen der Nachbarn wurde Crescenz mit einmal umgänglich, sie schwatzte mit den Mädchen, scherzte in plumper Weise mit dem Briefträger, begann sich mit den Verkäuferinnen in Tratsch und Gerede einzulassen; und einmal abends, als die Lichter im Hofe gelöscht waren, hörten die Dienstmädchen gegenüber ihrem Zimmer ein merkwürdiges Summen aus dem sonst längst verstummten Fenster: ungefüge, mit halblauter, knarrender Stimme sang Crescenz eines jener älplerischen Lieder, wie sie die Sennerinnen auf den Weiden am Abend singen. Mit ganz zerbrochenem Ton, verbogen von den ungeübten Lippen, holperte die eintönige Melodie mühsam heraus; aber doch: es tönte merkwürdig ergreifend und fremd. Zum erstenmal seit ihrer Kinderzeit versuchte Crescenz wieder zu singen, und es war etwas Rührendes in diesen stolpernden Tönen, die aus der Finsternis verschütteter Jahre mühsam aufstiegen ins Licht.

Von dieser merkwürdigen Verwandlung der ihm Verfallenen nahm ihr unbewußter Urheber, der Baron, am wenigsten wahr, denn wer wendet sich je um nach seinem Schatten? Man spürt ihn treu nachschleichend und stumm hinter den eigenen Schritten, manchmal voreilend wie einen noch nicht bewußten Wunsch, aber wie selten müht man sich, seine parodistischen Formen zu beobachten und sein Ich in dieser Verzerrung zu erkennen! Der Baron bemerkte nichts anderes an Crescenz, als daß sie immer zum Dienst bereit war, vollkommen schweigsam, verläßlich und bis zur Aufopferung ergeben. Und gerade dieses Stummsein, diese selbstverständliche Distanz in allen diskreten Situationen wirkte auf ihn als besondere Wohltat; manchmal streifte er ihr lässig, wie man einen Hund streichelt, ein paar freundliche Worte über, ein oder das andere Mal scherzte er auch mit ihr, kniff sie großmütig ins Ohrläppchen, schenkte ihr eine Banknote oder ein Theaterbillett – Kleinigkeiten für ihn, die er gedankenlos aus der Westentasche griff, für sie aber Reliquien, die sie ehrfürchtig in ihrer Holzkassette auf-

bewahrte. Allmählich gewöhnte er sich daran, laut vor ihr
zu denken und ihr sogar komplizierte Aufträge anzuvertrauen – und je höhere Zeichen seines Zutrauens er gab,
desto dankbarer und beflissener spannte sie sich empor.
Ein merkwürdig schnuppernder, suchender und spürender
Instinkt trat allmählich bei ihr zutage, all seinen Wünschen
jagdhaft nachspähend und ihnen sogar vorauslaufend; ihr
ganzes Leben, Trachten und Wollen schien gleichsam heraus aus ihrem eigenen Leib in den seinen hinübergefahren;
alles sah sie mit seinen Augen, horchte sie für seine Sinne,
alle seine Freuden und Eroberungen genoß sie dank einer
beinahe lasterhaften Begeisterung mit. Sie strahlte, wenn
ein neues weibliches Wesen die Schwelle betrat, blickte enttäuscht und wie in einer Erwartung gekränkt, kehrte er
abends ohne zärtliche Begleitung zurück – ihr früher so
verschlafenes Denken arbeitete jetzt ebenso behende und
ungestüm wie vordem nur ihre Hände, und aus ihren
Augen funkelte und glänzte ein neues, wachsames Licht.
Ein Mensch war erwacht in dem abgetriebenen, müden Ar-
beitstier – ein Mensch, dumpf, verschlossen, listig und gefährlich, nachsinnend und beschäftigt, unruhig und ränke-
voll.

Einmal, als der Baron vorzeitig nach Hause kam, blieb er
verwundert im Gange stehen: hatte da nicht hinter der Kü-
chentür der sonst unweigerlich Stummen sonderbares Kichern und Lachen geknistert? Und schon schob sich, schief
die Hände an der Schürze herumreibend, Leporella aus der
halboffenen Tür, frech und verlegen zugleich. „Entschuldigen scho, gnä Herr", sagte sie mit dem Blick auf dem Boden
herumwischend. „Ober die Tochter von Khonditor is
drin ... ein hübsches Mäddel ... die hätt so gern den gnä
Herrn kenneng'lernt." Der Baron sah überrascht auf, ungewiß, ob er an einer solchen unverschämten Vertraulichkeit
sich erbittern oder über ihre kupplerische Dienstfertigkeit
sich amüsieren sollte. Schließlich überwog seine männliche
Neugier: „Laß sie einmal anschaun."

Das Mädel, ein knuspriger, blonder sechzehnjähriger Fratz,
den Leporella mit schmeichlerischem Zureden allmählich
an sich herangelockt, kam errötend und mit verlegenem Kichern, von der Magd immer wieder dringlich vorgeschoben,
aus der Tür und drehte sich ungeschickt vor dem eleganten

Mann, den sie tatsächlich von dem gegenüberliegenden Geschäft oft mit halb kindhafter Bewunderung betrachtet hatte. Der Baron fand sie hübsch und schlug ihr vor, in seinem Zimmer mit ihm Tee zu trinken. Ungewiß, ob sie annehmen dürfe, wandte sich das Mädel nach Crescenz um. Die aber war mit auffälliger Hast bereits in der Küche verschwunden, und so blieb der ins Abenteuer Verlockten nichts übrig, als, errötend und neugierig erregt, der gefährlichen Einladung Folge zu leisten.

Aber die Natur macht keine Sprünge: war auch durch den Druck einer krausen und verkrümmten Leidenschaft aus diesem hartknochigen, verdumpften Wesen eine gewisse geistige Bewegung herausgetrieben worden, so reichte bei Crescenz dieses neuerlernte und engstirnige Denken doch nicht über den nächsten Anlaß hinaus, darin noch immer dem kurzfristigen Instinkt der Tiere verwandt. Ganz eingemauert in ihre Besessenheit, dem hündisch geliebten Herrn in allem zu dienen, vergaß Crescenz vollkommen die abwesende Frau. Um so furchtbarer wurde deshalb ihr Erwachen: wie Donner aus klarem Himmel fiel es über sie, als eines Morgens, unwirsch und verärgert, der Baron, einen Brief in der Hand, eintrat und ihr ankündigte, sie möge alles im Hause zurechtmachen, seine Frau komme morgen aus dem Sanatorium. Crescenz blieb fahl stehen, den Mund offen im Schreck: die Nachricht hatte in sie hineingestoßen wie ein Messer. Sie starrte und starrte nur, als ob sie nicht verstanden hätte. Und so maßlos, so erschreckend zerriß der Wetterschlag ihr Gesicht, daß der Baron meinte, sie mit einem lockern Wort ein wenig beruhigen zu müssen: „Mir scheint, dich freut's auch nicht, Cenzi. Aber da kann man halt nichts machen."

Doch schon begann sich wieder etwas zu regen in dem steinstarren Gesicht. Es arbeitete sich von tief unten, gleichsam von den Eingeweiden, herauf, ein gewaltsamer Krampf, der allmählich die eben noch schlohweißen Wangen dunkelrot färbte. Ganz langsam, mit harten Herzstößen heraufgepumpt, quoll etwas empor: die Kehle zitterte unter der zwängenden Anstrengung. Und endlich war es oben und stieß dumpf aus den verknirschten Zähnen: „Da ... da ... khönnt ... da khönnt ma scho was machen ..."

Hart, wie ein tödlicher Schuß war das herausgefahren. Und

so böse, so finster entschlossen verpreßte sich das verzerrte Gesicht nach dieser gewaltsamen Entladung, daß der Baron unwillkürlich aufschreckte und erstaunt zurückwich. Aber schon hatte Crescenz sich wieder abgewandt und begann mit derart krampfigem Eifer einen Kupfermörser zu scheuern, als wollte sie sich die Finger zerbrechen.

Mit der heimgekehrten Frau wetterte wieder Sturm ins Haus, schlug krachend die Türen, sauste unwirsch durch die Zimmer und fegte wie Zugluft die schwül-behagliche Atmosphäre aus der Wohnung weg. Mochte die Betrogene durch Zuträgereien der Nachbarschaft und anonyme Briefe erfahren haben, in wie unwürdiger Weise der Mann das Hausrecht mißbraucht hatte, oder verdroß sie sein nervöser, hemmungslos offenkundiger Mißmut beim Empfang – jedenfalls, die zwei Monate Sanatorium schienen ihren zum Reißen gespannten Nerven wenig gedient zu haben, denn Weinkrämpfe wechselten strichweise mit Drohungen und hysterischen Szenen. Die Beziehungen wurden unleidlicher von Tag zu Tag. Einige Wochen lang trotzte der Baron noch mannhaft dem Ansturm der Vorwürfe mittels seiner bislang bewährten Höflichkeit und erwiderte ausweichend und vertröstend, sobald sie mit Scheidung oder Briefen an ihre Eltern drohte. Aber gerade diese seine lieblos-kühle Indifferenz trieb die freundlose, rings von geheimer Feindseligkeit umstellte Frau immer tiefer hinein in immer nervösere Erregung.

Crescenz hatte sich ganz in ihr altes Schweigen verpanzert. Aber dies Schweigen war aggressiv und gefährlich geworden. Bei der Ankunft ihrer Herrin blieb sie trotzig in der Küche und vermied, schließlich herausgerufen, die Heimgekehrte zu grüßen. Die Schultern bockig vorgestemmt, stand sie hölzern da und beantwortete dermaßen unwirsch alle Fragen, daß sich die Ungeduldige bald von ihr abwandte: in den Rücken der Ahnungslosen aber stieß Crescenz mit einem einzigen Blick den ganzen aufgespeicherten Haß. Ihr habgieriges Gefühl empfand sich durch diese Rückkehr widerrechtlich bestohlen, aus der Freude leidenschaftlich genossener Dienstbarkeit war sie wieder zurückgestoßen in die Küche und an den Herd, der vertrauliche Leporella-Name ihr genommen. Denn vorsichtig hütete sich der Baron vor seiner Frau, Crescenz irgendwelche Sympathie zu bezeigen. Aber manchmal, wenn er, erschöpft von den widerlichen Szenen und irgendeines Zuspruches bedürftig, sich Luft machen wollte, schlich er hinein in die Küche zu ihr, setzte sich auf einen der harten Holzsessel, nur um herauszustöhnen zu können: „Ich halte es nicht mehr aus."

Diese Augenblicke, da der vergötterte Herr aus übermäßiger Spannung bei ihr Zuflucht suchte, waren die seligsten Leporellas. Niemals wagte sie eine Antwort oder einen Trost; stumm in sich selbst gekehrt, saß sie da, blickte nur manchmal mit einem zuhörenden Blick mitleidig und gequält zu dem geknechteten Gotte auf, und diese wortlose Anteilnahme tat ihm wohl. Verließ er aber dann die Küche, so kroch jene rabiate Falte gleich wieder bis in die Stirn hinauf, und ihre schweren Hände schlugen den Zorn in wehrloses Fleisch hinein oder zerrieben ihn scheuernd an Schüsseln und Bestecken.

Endlich brach die dumpfgeballte Atmosphäre der Rückkehr in gewitterhafter Entladung los: bei einer der unwirtlichen Szenen hatte der Baron schließlich die Geduld verloren, war ruckhaft aus der demütig gleichgültigen Schuljungenstellung aufgesprungen und hatte knatternd die Tür hinter sich zugeschlagen. „Jetzt habe ich es satt", schrie er dermaßen wütig, daß die Fenster bis in das letzte Zimmer klirrten. Und noch ganz zornheiß, mit blutrotem Gesicht, fuhr er hinaus in die Küche zu der wie ein gespannter Bogen zitternden Crescenz: „Sofort richt mir meinen Koffer her und mein Gewehr! Ich fahr für eine Woche auf die Jagd. In dieser Hölle hält es selbst der Teufel nicht länger aus: da muß einmal ein Ende gemacht werden."

Crescenz blickte ihn begeistert an: so war er wieder Herr! Und ein rauhes Lachen kollerte aus der Kehle herauf: „Recht hat der gnä Herr, da muß ein End gemacht werden." Und zuckend vor Eifer, hinjagend von Zimmer zu Zimmer, raffte sie mit fliegender Hast aus Schränken und von Tischen alles zusammen, jeder Nerv des grobschlächtigen Geschöpfes zitterte vor Spannung und Gier. Eigenhändig trug sie dann den Koffer und das Gewehr zum Wagen hinab. Aber als er nun nach einem Wort suchte, um ihr für ihren Eifer zu danken, fuhr sein Blick erschreckt zurück. Denn über die verkniffenen Lippen war wieder dieses tückische

Lachen breit aufgekrochen, das ihn immer von neuem erschreckte. Unwillkürlich mußte er an die zusammengekrallte Geste eines Tieres im Ansprung denken, als er sie so lauern sah. Aber da duckte sie sich schon wieder zusammen und flüsterte nur heiser, mit einer fast beleidigenden Vertraulichkeit: „Fahrn der gnä Herr nur guet, i wer scho alles mochn."

Drei Tage später wurde der Baron durch ein dringendes Telegramm von der Jagd zurückgerufen. Am Bahnhof erwartete ihn sein Vetter. Und mit dem ersten Blick erkannte der Beunruhigte, daß irgend etwas Peinliches sich ereignet haben müsse, denn der Vetter blickte nervös und fahrig. Nach einigen Worten schonender Vorbereitung erfuhr er: seine Frau sei morgens tot in ihrem Bett aufgefunden worden, das ganze Zimmer mit Leuchtgas erfüllt. Ein unachtsamer Zufall sei leider ausgeschlossen, berichtete der Vetter, denn der Gasofen sei jetzt im Mai längst außer Gebrauch und die selbstmörderische Absicht schon daran erkenntlich, daß die Unglückliche abends Veronal zu sich genommen. Dazu käme noch die Aussage der Köchin Crescenz, die allein an diesem Abend daheim geblieben sei und gehört habe, wie die Unglückliche noch nachts in das Vorzimmer gegangen sei, anscheinend um den sorgfältig geschlossenen Gasometer absichtlich zu öffnen. Auf diese Mitteilung hin habe auch der beigezogene Polizeiarzt jeden Zufall für ausgeschlossen erklärt und den Selbstmord zu Protokoll genommen.
Der Baron begann zu zittern. Als sein Vetter das Zeugnis der Crescenz erwähnte, spürte er mit einemmal das Blut in den Händen kalt werden: ein unangenehmer, widerlicher Gedanke wogte wie eine Übelkeit in ihm auf. Aber er drückte dieses gärende, quälende Gefühl gewaltsam hinab und ließ sich willenlos von seinem Vetter in die Wohnung führen. Die Leiche war bereits fortgeschafft, im Empfangszimmer warteten seine Verwandten mit düster feindseligen Mienen: ihre Kondolenz war kalt wie ein Messer. Mit einer gewissen anklägerischen Nachdrücklichkeit meinten sie erwähnen zu müssen, bedauerlicherweise sei es nicht mehr möglich gewesen, den „Skandal" zu vertuschen, weil das Mädchen des Morgens grell schreiend auf die Stiege hinausgestürzt sei: „Die gnädige Frau hat sich umbracht!" Und sie

hätten ein stilles Begräbnis angeordnet, da – wieder kehrte sich die messerscharfe Schneide kalt gegen ihn – ja leider schon vordem durch allerhand Gerede die Neugier der Gesellschaft unangenehm gereizt worden sei. Der Verdüsterte hörte verworren zu, hob einmal unwillkürlich den Blick gegen die verschlossene Tür zum Schlafzimmer und duckte ihn feige wieder zurück. Er wollte irgend etwas zu Ende denken, das unablässig in ihm quälend wogte, aber diese leeren und gehässigen Reden verwirrten ihn. Noch eine halbe Stunde standen die Verwandten schwarz und schwatzend um ihn herum, dann empfahlen sie sich einer nach dem andern. Er blieb allein zurück in dem leeren halbdunklen Zimmer, zitternd wie unter einem dumpfen Schlag, mit schmerzender Stirn und müden Gelenken.

Da pochte es an die Tür. „Herein", schrak er auf. Und schon kam von hinten ein zögernder Schritt, ein harter, schleichender, schlurfender Schritt, den er kannte. Plötzlich überfiel ihn ein Grauen: er fühlte seinen Halswirbel wie festgeschraubt und gleichzeitig die Haut von den Schläfen herab bis in die Knie überrieselt von eiskalten Schauern. Er wollte sich umwenden, aber die Muskeln versagten. So blieb er mitten im Zimmer stehen, zitternd und ohne Laut, mit herabgefallenen steinstarren Händen, und fühlte dabei ganz genau, wie feige dieses schuldbewußte Dastehen wirken müsse. Aber vergebens, daß er alle Kraft aufbot: die Muskeln gehorchten ihm nicht. Da sagte ganz gleichmütig, in unbewegtester, trockenster Sachlichkeit die Stimme hinter ihm: „Ich wollt nur fragen, ob der gnä Herr zu Hause speist oder außer Haus." Der Baron bebte immer heftiger, nun fuhr das Eiskalte schon bis in die Brust hinab. Und dreimal setzte er vergeblich an, ehe es ihm endlich gelang, herauszustoßen: „Nein, ich esse jetzt nichts." Dann schlurfte der Schritt hinaus: er hatte nicht den Mut, sich umzuwenden. Und plötzlich brach die Starre: es schüttelte ihn durch und durch, ein Ekel oder ein Krampf. Mit einem Ruck sprang er hin gegen die Tür, drehte zuckend den Schlüssel um, damit dieser Schritt, dieser ihm gespenstisch nachfolgende verhaßte Schritt nicht noch einmal an ihn herankäme. Dann warf er sich in den Sessel, um einen Gedanken niederzuwürgen, den er nicht denken wollte und der doch immer wieder kalt und klebrig wie eine Schnecke in ihm aufkroch.

Und dieser zwanghafte Gedanke, den anzufassen er sich ekelte, füllte sein ganzes Gefühl, unabwehrbar, schleimig und widerlich, und blieb bei ihm die ganze schlaflose Nacht und alle folgenden Stunden, selbst, da er schwarz gekleidet und schweigend während des Begräbnisses zu Häupten des Sarges stand.

Am Tage nach dem Begräbnis verließ der Baron hastig die Stadt: zu unerträglich waren ihm jetzt alle Gesichter; mitten in ihrer Teilnahme hatten sie (oder dünkte es ihn nur so?) einen merkwürdig beobachtenden, einen quälend inquisitorischen Blick. Und selbst die toten Dinge sprachen böse und anklägerisch: jedes Möbelstück in der Wohnung, insbesondere aber des Schlafzimmers, wo noch der süßliche Geruch von Gas an allen Gegenständen zu haften schien, stieß ihn fort, wenn er unwillkürlich nur die Türe aufklinkte. Aber der unerträgliche Alp seines Schlafes und Wachens war die unbekümmerte, kalte Gleichgültigkeit seiner ehemaligen Vertrauten, die, als wäre nicht das mindeste vorgefallen, im leeren Hause umherging. Seit jener Sekunde auf dem Bahnhof, da der Vetter ihren Namen genannt, zitterte er vor jeder Begegnung mit ihr. Kaum daß er ihren Schritt hörte, bemächtigte sich seiner eine fluchthaft nervöse Unruhe: er konnte es nicht mehr sehen, nicht mehr ertragen, dieses schlürfende, gleichgültige Gehen, diese kalte, stumme Gelassenheit. Ekel faßte ihn schon, wenn er nur an sie dachte, an ihre knarrige Stimme, das fettige Haar, das dumpfe, tierische, unbarmherzige Fühllossein, und in seinem Zorn war Zorn gegen sich selbst, daß ihm die Kraft fehlte, dies Band, das ihn an der Kehle würgte, wie einen Strick gewaltsam zu zerreißen. So sah er nur einen Ausweg: die Flucht. Er packte heimlich, ohne ihr ein Wort zu sagen, die Koffer, nichts als einen hastigen Zettel hinterlassend, daß er zu Freunden nach Kärnten gefahren sei.

Der Baron blieb den ganzen Sommer weg. Einmal zur Regelung der Verlassenschaft dringend nach Wien gerufen, zog er vor, heimlich zu kommen, im Hotel zu wohnen und den Totenvogel, der da harrend im Hause saß, gar nicht zu verständigen. Crescenz erfuhr nichts von seiner Anwesenheit, weil sie mit niemandem sprach. Unbeschäftigt, finster wie eine Eule, saß sie den ganzen Tag starr in der Küche, ging zweimal, statt wie vordem einmal, in die Kirche, empfing durch den Anwalt des Barons Aufträge und Geld zur Verrechnung: von ihm selbst hörte sie nichts. Er schrieb nicht und ließ ihr nichts sagen. So saß sie stumm und wartete: ihr Gesicht wurde härter und hagerer, ihre Bewegungen verholzten wieder, und so, wartend und wartend, verbrachte sie viele Wochen hindurch in einem geheimnisvollen Zustand von Starre.

Im Herbst aber erlaubten dringende Erledigungen dem Baron nicht länger, seinen Urlaub hinauszuziehen, er mußte in seine Wohnung zurück. An der Hausschwelle blieb er stehen und zögerte. Zwei Monate im Kreise vertrauter Freunde hatten ihn vieles beinahe vergessen lassen – aber nun, da er seinem Alp, seiner vielleicht Mitschuldigen körperlich wieder entgegentreten sollte, fühlte er genau denselben drückenden, Brechreiz verursachenden Krampf. Mit jeder Stufe, die er, immer langsamer, die Treppe hinaufstieg, griff auch die unsichtbare Hand höher hinauf an die Kehle. Schließlich benötigte er eine gewaltsame Zusammenfassung aller Willenskräfte, um die starren Finger zu zwingen, den Schlüssel im Schloß umzudrehen.

Überrascht fuhr Crescenz aus der Küche heraus, kaum daß sie den Schlüssel im Schlosse knacken hörte. Als sie ihn sah, stand sie einen Augenblick bleich, griff dann, gleichsam, um sich zu ducken, nieder zur Handtasche, die er hingestellt hatte. Aber sie vergaß ein Wort des Grußes. Auch er sagte kein Wort. Stumm trug sie die Handtasche in sein Zimmer, stumm folgte er ihr nach. Stumm wartete er, zum Fenster hinausblickend, bis sie den Raum verlassen hatte. Dann drehte er hastig den Schlüssel der Zimmertür um.

Das war ihre erste Begrüßung nach Monaten.

Crescenz wartete. Und ebenso wartete der Baron, ob dieser gräßliche Krampf von Grauen bei ihrem Anblick weichen würde. Aber es wurde nicht besser. Noch ehe er sie sah, wenn er nur ihren Schritt vom Gang draußen hörte, fuhr schon das Unbehagen flattrig in ihm auf. Er rührte das Frühstück nicht an, entwich, ohne ein Wort an sie zu richten, allmorgendlich hastig dem Haus und blieb bis spät nachts fort, nur um ihre Gegenwart zu vermeiden. Die zwei, drei Aufträge, die er ihr zu erteilen genötigt war, gab er abgewandten Gesichts. Es würgte ihm die Kehle, die Luft desselben Raumes mit diesem Gespenst zu atmen.

Crescenz saß indes stumm den ganzen Tag auf ihrem Holzschemel. Für sich selber kochte sie nicht mehr. Jede Speise widerte sie, jedem Menschen wich sie aus. Sie saß nur und wartete mit scheuen Augen auf den ersten Pfiff ihres Herrn wie ein verprügelter Hund, der weiß, daß er Schlechtes getan hat. Ihr dumpfer Sinn verstand nicht genau, was geschehen war; nur daß ihr Gott und Herr ihr auswich und sie nicht mehr wollte, nur dies drang wuchtig in sie ein.

Am dritten Tage der Rückkehr des Barons ging die Klingel. Ein grauhaariger, ruhiger Mann mit gut rasiertem Gesicht, einen Koffer in der Hand, stand vor der Tür. Crescenz wollte ihn wegweisen. Aber der Eindringling beharrte darauf, er sei der neue Diener, der Herr habe ihn für zehn Uhr bestellt, sie solle ihn anmelden. Crescenz wurde kalkweiß, einen Augenblick lang blieb sie stehen, die weggespreizten Finger starr in der Luft. Dann fiel die Hand wie ein durchschossener Vogel herab. „Gehn S' selbst hinein", wirschte sie den Erstaunten an, drehte sich der Küche zu und schlug die Tür klirrend ins Schloß.

Der Diener blieb. Von diesem Tage an brauchte der Herr kein Wort mehr an sie zu richten, alle Botschaften an sie gingen durch den ruhigen, alten Herrschaftsdiener. Was im Hause geschah, erfuhr sie nicht, alles floß wie die Welle über einen Stein kalt über sie hinweg.

Dieser drückende Zustand dauerte zwei Wochen und zehrte an Crescenz wie eine Krankheit. Ihr Gesicht war spitz und kantig geworden, das Haar an den Schläfen plötzlich grau. Ihre Bewegungen versteinerten vollkommen. Fast immer saß sie wie ein hölzerner Klotz stumm auf ihrem Holzschemel und starrte leer gegen das leere Fenster; arbeitete sie aber, so geschah es in einer wütigen, einem Zornausbruch ähnlichen gewalttätigen Art.

Nach diesen zwei Wochen trat einmal der Diener eigens in das Zimmer seines Herrn, und an seinem bescheidenen Warten erkannte der Baron, daß er ihm besondere Mitteilung zu machen wünsche. Schon einmal hatte der Diener Klage geführt über das mürrische Wesen des „Tiroler Trampels", wie er sie verächtlich nannte, und vorgeschlagen, ihr zu kündigen. Aber irgendwie peinlich berührt, schien der Baron seinen Vorschlag zunächst zu überhören. Doch während damals sich der Diener mit einer Verbeugung entfernte, blieb er diesmal hartnäckig bei seiner Meinung, zog ein merkwürdiges, beinahe verlegenes Gesicht und stammelte dann schließlich heraus, der gnädige Herr möge ihn nicht lächerlich finden, aber ... er könne ... ja, er könne es nicht anders sagen ... er *fürchte* sich vor ihr. Dieses verschlossene, bösartige Ding sei unerträglich, und der Herr Baron wisse gar nicht, eine wie gefährliche Person er da im Hause habe.

Unwillkürlich schrak der Gewarnte auf. Wie er das meine und was er damit sagen wolle? Da schwächte der Diener nun allerdings seine Behauptung ab, etwas Bestimmtes könne er ja nicht sagen, aber er habe so das Gefühl, diese Person sei ein wütiges Tier – die könne einem leicht irgendwas antun. Gestern, als er sich umwandte, um ihr eine Weisung zu geben, da habe er unvermutet einen Blick aufgefangen – nun, man könne ja nichts sagen über einen Blick, aber es sei so gewesen, als ob sie ihm an den Hals springen wolle. Und seitdem fürchte er sich vor ihr, ja er habe Angst, die Speisen anzurühren, die sie zubereite. „Herr Baron wissen gar nicht", schloß er seinen Bericht, „was für eine gefährliche Person das ist. Sie redt nichts, sie deut nichts, aber ich mein halt, die wär einen Mord imstande." Aufschreckend warf der Baron einen jähen Blick auf den Ankläger. Hatte er etwas Bestimmtes gehört? War ihm ein Verdacht zugetragen worden? Er spürte, wie seine Finger zu zittern begannen, und hastig legte er die Zigarre weg, damit sie die Erregung seiner Hände nicht in der Luft nachzeichne. Aber das Gesicht des alten Mannes war vollkommen arglos – nein, er konnte nichts wissen. Der Baron zögerte. Dann plötzlich raffte er seinen eigenen Wunsch zusammen und entschloß sich: „Wart noch ab. Aber wenn sie dir noch einmal unfreundlich begegnet, dann kündige ihr einfach in meinem Auftrag."

Der Diener verbeugte sich, und erlöst wich der Baron zurück. Jede Erinnerung an dieses geheimnisvoll gefährliche Geschöpf verdüsterte ihm den Tag. Am besten, es geschah, überlegte er, während er weg war, zu Weihnachten vielleicht – schon der Gedanke an die erhoffte Befreiung tat ihm innerlich wohl. Ja, so ist es am besten, zu Weihnachten, bekräftigte er sich, wenn ich fort bin.

Aber am nächsten Tage schon, kaum daß er nach Tisch in sein Zimmer getreten war, klopfte es an die Tür. Gedankenlos von der Zeitung aufblickend, murrte er „Herein!" Und da schlurfte schon dieser verhaßte, harte Schritt, der immer in seinen Träumen umging, herzu. Er schrak auf: wie ein Totenschädel, bleich und käsig, schlotterte das verknöcherte Gesicht über der hagern, schwarzen Gestalt. Etwas von Mitleid mengte sich in sein Grauen, als er sah, wie der geängstigte Schritt dieses ganz in sich zertretenen Wesens am Rande des Teppichs demütig stehenblieb. Und um diese Benommenheit zu verbergen, bemühte er sich, arglos zu erscheinen. „Nun, was ist denn, Crescenz?" fragte er. Aber es kam nicht, wie beabsichtigt, jovial und herzlich heraus; wider seinen Willen klang die Frage wegstoßend und böse.

Crescenz rührte sich nicht. Sie starrte in den Teppich hinein. Endlich stieß sie, wie man mit dem Fuß etwas wegpoltert, heraus: „Der Diener hot mir aufgsogt. Er hat gsogt, daß der gnä Herr mir khündigt."

Peinlich berührt stand der Baron auf. Daß es so rasch kommen würde, hatte er nicht erwartet. So begann er stotterig herumzureden, es werde nicht so scharf gemeint sein, sie solle doch trachten, sich mit dem andern Personal zu verständigen, und derlei zufällige Dinge mehr, wie sie ihm gerade vom Munde fielen.

Aber Crescenz blieb stehen, unbeweglich den Blick in den Teppich gebohrt, die Schultern hochgezogen. Mit erbitterter Beharrlichkeit hielt sie stierhaft den Kopf gesenkt, hörte an allen seinen verbindlichen Reden vorbei, einzig ein Wort erwartend, das nicht kam. Und als er endlich, leicht angewidert von der verächtlichen Rolle des Beschwätzers, die er hier vor einem Dienstboten spielen mußte, ermüdet schwieg, blieb sie bockig und stumm. Dann rang sie ungefüg heraus: „Nur das wollt ich wissen, ob der Herr Baron selber dem Anton Auftrag gebn hat, er soll mir khündigen?"

Sie stieß es heraus, hart, unwillig, gewalttätig. Und wie einen Stoß empfand es der in seinen Nerven schon Gereizte. War das eine Drohung? Forderte sie ihn heraus? Und mit einemmal verflog alle Feigheit, alles Mitleid in ihm. Der ganze, in Wochen aufgestaute Haß und Ekel schoß brennend zusammen mit dem Wunsch, endlich ein

Ende zu machen. Und plötzlich, völlig umschlagend im Ton, mit jener im Ministerium erlernten kühlen Sachlichkeit, bestätigte er gleichgültig, ja, ja, es sei richtig, er habe in der Tat dem Diener freie Hand gelassen, in allen Dingen des Haushalts zu verfügen. Er persönlich wolle ja ihr Bestes und sich auch bemühen, die Kündigung rückgängig zu machen. Wenn sie aber weiterhin darauf bestehe, sich mit dem Diener nicht freundschaftlich zu stellen, ja, dann müsse er allerdings auf ihre Dienste verzichten.

Und stark den ganzen Willen zusammenfassend, fest entschlossen, nicht zurückzuschrecken vor irgendeiner heimlichen Andeutung oder Vertraulichkeit, stemmte er bei den letzten Worten den Blick gegen die vermeintlich Drohende und sah sie entschlossen an.

Aber der Blick, den Crescenz jetzt scheu vom Boden hob, war nur der eines weidwunden Tieres, das knapp vor sich aus dem Gebüsch die Meute herausbrechen sieht. „Ich dankhe . . .“, rang sie noch ganz schwach hervor. „Ich geh schon . . . ich will dem gnä Herrn nicht mehr lästig sein . . .“

Und langsam, ohne sich umzuwenden, schlurfte sie mit sinkenden Schultern und steifen, hölzernen Schritten zur Türe hinaus.

Abends, als der Baron aus der Oper kam und auf dem Schreibtisch nach den eingelangten Briefen griff, bemerkte er dort etwas Fremdes und Viereckiges. Im aufgeflammten Licht erkannte er eine holzgeschnittene Kassette bäurischer Arbeit. Sie war nicht verschlossen: in säuberlicher Ordnung lagen darin alle Kleinigkeiten, die Crescenz jemals von ihm erhalten, ein paar Karten von der Jagd, zwei Theaterbillette, ein Silberring, das ganze gehäufte Rechteck ihrer Banknoten und zwischendurch noch eine Momentphotographie, vor zwanzig Jahren in Tirol aufgenommen, auf der ihre Augen, offenbar vom Blitzlicht erschreckt, mit demselben getroffenen und verprügelten Ausdruck starrten wie vor wenigen Stunden bei ihrem Abschied.

Etwas ratlos schob der Baron die Kassette beiseite und ging hinaus, den Diener zu fragen, was denn diese Sachen der Crescenz auf seinem Schreibtisch zu schaffen hätten. Der Diener erbot sich sofort, seine Feindin zur Rechenschaftslegung hereinzuholen. Aber Crescenz war weder in der Küche noch in irgendeinem der anderen Zimmer zu finden. Und erst als der Polizeibericht am nächsten Tage den selbstmörderischen Sturz einer etwa vierzigjährigen Frau von der Brücke des Donaukanals meldete, mußten die beiden nicht länger fragen, wohin Leporella geflohen sei.

Die unsichtbare Sammlung

Eine Episode aus der deutschen Inflation

Zwei Stationen hinter Dresden stieg ein älterer Herr in unser Abteil, grüßte höflich und nickte mir dann, aufblickend, noch einmal ausdrücklich zu wie einem guten Bekannten. Ich vermochte mich seiner im ersten Augenblick nicht zu entsinnen; kaum nannte er dann aber mit einem leichten Lächeln seinen Namen, erinnerte ich mich sofort: es war einer der angesehensten Kunstantiquare Berlins, bei dem ich in Friedenszeit öfters alte Bücher und Autographen besehen und gekauft. Wir plauderten zunächst von gleichgültigen Dingen. Plötzlich sagte er unvermittelt: „Ich muß Ihnen doch erzählen, woher ich gerade komme. Denn diese Episode ist so ziemlich das Sonderbarste, was mir altem Kunstkrämer in den siebenunddreißig Jahren meiner Tätigkeit begegnet ist. Sie wissen wahrscheinlich selbst, wie es im Kunsthandel jetzt zugeht, seit sich der Wert des Geldes wie Gas verflüchtigt: die neuen Reichen haben plötzlich ihr Herz entdeckt für gotische Madonnen und Inkunabeln und alte Stiche und Bilder; man kann ihnen gar nicht genug herzaubern, ja wehren muß man sich sogar, daß einem nicht Haus und Stube kahl ausgeräumt wird. Am liebsten kauften sie einem noch den Manschettenknopf vom Ärmel weg und die Lampe vom Schreibtisch. Da wird es nun eine immer härtere Not, stets neue Ware herbeizuschaffen – verzeihen Sie, daß ich für diese Dinge, die unsereinem sonst etwas Ehrfürchtiges bedeuteten, plötzlich Ware sage –, aber diese üble Rasse hat einen ja selbst daran gewöhnt, einen wunderbaren Venezianer Wiegendruck nur als Überzug von soundso viel Dollars zu betrachten und eine Handzeichnung des Guercino als Inkarnation von ein paar Hundertfrankenscheinen. Gegen die penetrante Eindringlichkeit dieser plötzlich Kaufwütigen hilft kein Widerstand. Und so war ich über Nacht wieder einmal ganz ausgepowert und hätte am liebsten die Rolladen heruntergelassen, so schämte ich mich, in unserem alten Geschäft, das schon mein Vater vom Großvater übernommen, nur noch erbärmlichen Schund herumkümmeln zu sehen, den früher kein Straßentrödler im Norden sich auf den Karren gelegt hätte.

In dieser Verlegenheit kam ich auf den Gedanken, unsere alten Geschäftsbücher durchzusehen, um einstige Kunden aufzustöbern, denen ich vielleicht ein paar Dubletten wieder abluchsen könnte. Eine solche alte Kundenliste ist immer eine Art Leichenfeld, besonders in jetziger Zeit, und sie lehrte mich eigentlich nicht viel: die meisten unserer früheren Käufer hatten längst ihren Besitz in Auktionen abgeben müssen oder waren gestorben, und von den wenigen Aufrechten war nichts zu erhoffen. Aber da stieß ich plötzlich auf ein ganzes Bündel Briefe von unserem wohl ältesten Kunden, der mir nur darum aus dem Gedächtnis gekommen war, weil er seit Anbruch des Weltkrieges, seit 1914, sich nie mehr mit irgendeiner Bestellung oder Anfrage an uns gewandt hatte. Die Korrespondenz reichte – wahrhaftig keine Übertreibung! – auf beinahe sechzig Jahre zurück; er hatte schon von meinem Vater und Großvater gekauft, dennoch konnte ich mich nicht entsinnen, daß er in den siebenunddreißig Jahren meiner persönlichen Tätigkeit jemals unser Geschäft betreten hätte. Alles deutete darauf hin, daß er ein sonderbarer, altväterischer, skurriler Mensch gewesen sein mußte, einer jener verschollenen Menzel- oder Spitzweg-Deutschen, wie sie sich noch knapp bis in unsere Zeit hinein in kleinen Provinzstädten als seltene Unika hier und da erhalten haben. Seine Schriftstücke waren Kalligraphika, säuberlich geschrieben, die Beträge mit dem Lineal und roter Tinte unterstrichen, auch wiederholte er immer zweimal die Ziffer, um ja keinen Irrtum zu erwecken: dies sowie die ausschließliche Verwendung von abgelösten Respektblättern und Sparkuverts deuteten auf die Kleinlichkeit und fanatische Sparwut eines rettungslosen Provinzlers. Unterzeichnet waren diese sonderbaren Dokumente außer mit seinem Namen stets noch mit dem umständlichen Titel: Forst- und Ökonomierat a. D., Leutnant a. D., Inhaber des Eisernen Kreuzes erster Klasse. Als

Veteran aus dem siebenziger Jahr mußte er also, wenn er noch lebte, zumindest seine guten achtzig Jahre auf dem Rücken haben. Aber dieser skurrile, lächerliche Sparmensch zeigte als Sammler alter Graphiken eine ganz ungewöhnliche Klugheit, vorzügliche Kenntnis und feinsten Geschmack: als ich mir so langsam seine Bestellungen aus beinahe sechzig Jahren zusammenlegte, deren erste noch auf Silbergroschen lautete, wurde ich gewahr, daß sich dieser kleine Provinzmann in den Zeiten, da man für einen Taler noch ein Schock schönster deutscher Holzschnitte kaufen konnte, ganz im stillen eine Kupferstichsammlung zusammengetragen haben mußte, die wohl neben den lärmend genannten der neuen Reichen in höchsten Ehren bestehen konnte. Denn schon was er bei uns allein in kleinen Mark- und Pfennigbeträgen im Laufe eines halben Jahrhunderts erstanden hatte, stellte heute einen erstaunlichen Wert dar, und außerdem ließ sich's erwarten, daß er auch bei Auktionen und anderen Händlern nicht minder wohlfeil gescheffelt. Seit 1914 war allerdings keine Bestellung mehr von ihm gekommen, ich jedoch wiederum zu vertraut mit allen Vorgängen im Kunsthandel, als daß mir die Versteigerung oder der geschlossene Verkauf eines solchen Stapels hätte entgehen können: so mußte dieser sonderbare Mann wohl noch am Leben oder die Sammlung in den Händen seiner Erben sein.

Die Sache interessierte mich, und ich fuhr sofort am nächsten Tage, gestern abend, direkt drauflos, geradewegs in eine der unmöglichsten Provinzstädte, die es in Sachsen gibt; und als ich so vom kleinen Bahnhof durch die Hauptstraße schlenderte, schien es mir fast unmöglich, daß da, inmitten dieser banalen Kitschhäuser mit ihrem Kleinbürgerplunder, in irgendeiner dieser Stuben ein Mensch wohnen sollte, der die herrlichsten Blätter Rembrandts neben Stichen Dürers und Mantegnas in tadelloser Vollständigkeit besitzen könnte. Zu meinem Erstaunen erfuhr ich aber im Postamt auf die Frage, ob hier ein Forst- oder Ökonomierat dieses Namens wohne, daß tatsächlich der alte Herr noch lebe, und machte mich – offen gestanden, nicht ohne etwas Herzklopfen – noch vor Mittag auf den Weg zu ihm.

Ich hatte keine Mühe, seine Wohnung zu finden. Sie war im zweiten Stock eines jener sparsamen Provinzhäuser, die irgendein spekulativer Maurerarchitekt in den sechziger Jahren hastig aufgekellert haben mochte. Den ersten Stock bewohnte ein biederer Schneidermeister, links glänzte im zweiten Stock das Schild eines Postverwalters, rechts endlich das Porzellantäfelchen mit dem Namen des Forst- und Ökonomierates. Auf mein zaghaftes Läuten tat sofort eine ganz alte, weißhaarige Frau mit sauberem schwarzem Häubchen auf. Ich überreichte ihr meine Karte und fragte, ob Herr Forstrat zu sprechen sei. Erstaunt und mit einem gewissen Mißtrauen sah sie zuerst mich und dann die Karte an: in diesem weltverlorenen Städtchen, in diesem altväterischen Haus schien ein Besuch von außen her ein Ereignis zu sein. Aber sie bat mich freundlich, zu warten, nahm die Karte, ging hinein ins Zimmer; leise hörte ich sie flüstern und dann plötzlich eine laute, polternde Männerstimme: ‚Ah, der Herr R... aus Berlin, von dem großen Antiquariat... soll nur kommen, soll nur kommen... freue mich sehr!' Und schon trippelte das alte Mütterchen wieder heran und bat mich in die gute Stube.

Ich legte ab und trat ein. In der Mitte des bescheidenen Zimmers stand hochaufgerichtet ein alter, aber noch markiger Mann mit buschigem Schnurrbart in verschnürtem, halb militärischem Hausrock und hielt mir herzlich beide Hände entgegen. Doch dieser offenen Geste unverkennbar freudiger und spontaner Begrüßung widersprach eine merkwürdige Starre in seinem Dastehen. Er kam mir nicht einen Schritt entgegen, und ich mußte – ein wenig befremdet – bis an ihn heran, um seine Hand zu fassen. Doch als ich sie fassen wollte, merkte ich an der waagerecht unbeweglichen Haltung dieser Hände, daß sie die meinen nicht suchten, sondern erwarteten. Und im nächsten Augenblick wußte ich alles: dieser Mann war blind.

Schon von Kindheit an, immer war es mir unbehaglich, einem Blinden gegenüberzustehen, niemals konnte ich mich einer gewissen Scham und Verlegenheit erwehren, einen Menschen ganz als lebendig zu fühlen und gleichzeitig zu wissen, daß er mich nicht so fühlte wie ich ihn. Auch jetzt hatte ich ein erstes Erschrecken zu überwinden, als ich diese toten, starr ins Leere hineingestellten Augen unter den aufgesträubten weißbuschigen Brauen sah. Aber der Blinde ließ mir nicht lange Zeit zu solcher Befremdung,

denn kaum daß meine Hand die seine berührte, schüttelte
er sie auf das kräftigste und erneute den Gruß mit stürmi-
scher, behaglich-polternder Art. ‚Ein seltener Besuch‘,
lachte er mir breit entgegen, ‚wirklich ein Wunder, daß sich
einmal einer der Berliner großen Herren in unser Nest ver-
irrt ... Aber da heißt es vorsichtig sein, wenn sich einer der
Herren Händler auf die Bahn setzt ... Bei uns zu Hause
sagt man immer: Tore und Taschen zu, wenn die Zigeuner
kommen ... Ja, ich kann mir's schon denken, warum Sie
mich aufsuchen ... Die Geschäfte gehen jetzt schlecht in
unserem armen, heruntergekommenen Deutschland, es gibt
keine Käufer mehr, und da besinnen sich die großen Herren wieder einmal auf ihre alten Kunden und suchen ihre
Schäflein auf ... Aber bei mir, fürchte ich, werden Sie kein
Glück haben, wir armen, alten Pensionisten sind froh, wenn
wir unser Stück Brot auf dem Tische haben. Wir können
nicht mehr mittun bei den irrsinnigen Preisen, die ihr jetzt
macht ... unsereins ist ausgeschaltet für immer.‘
Ich berichtigte sofort, er habe mich mißverstanden, ich sei
nicht gekommen, ihm etwas zu verkaufen, ich sei nur gerade hier in der Nähe gewesen und hätte die Gelegenheit
nicht versäumen wollen, ihm als vieljährigem Kunden unseres Hauses und einem der größten Sammler Deutschlands
meine Aufwartung zu machen. Kaum hatte ich das Wort
‚einer der größten Sammler Deutschlands‘ ausgesprochen,
so ging eine seltsame Verwandlung im Gesichte des alten
Mannes vor. Noch immer stand er aufrecht und starr inmitten des Zimmers, aber jetzt kam ein Ausdruck plötzlicher
Helligkeit und innersten Stolzes in seine Haltung, er
wandte sich in die Richtung, wo er seine Frau vermutete,
als wollte er sagen: ‚Hörst du‘, und voll Freudigkeit in der
Stimme, ohne eine Spur jenes militärisch barschen Tones,
in dem er sich noch eben gefallen, sondern weich, geradezu
zärtlich, wandte er sich zu mir:
‚Das ist wirklich sehr, sehr schön von Ihnen ... Aber Sie
sollen auch nicht umsonst gekommen sein. Sie sollen etwas
sehen, was Sie nicht jeden Tag zu sehen bekommen, selbst
nicht in Ihrem protzigen Berlin ... ein paar Stücke, wie sie
nicht schöner in der »Albertina« und in dem gottverfluch-
ten Paris zu finden sind ... Ja, wenn man sechzig Jahre
sammelt, da kommen allerhand Dinge zustande, die sonst

nicht gerade auf der Straße liegen. Luise, gib mir mal den Schlüssel zum Schrank!'

Jetzt aber geschah etwas Unerwartetes. Das alte Mütterchen, das neben ihm stand und höflich, mit einer lächelnden, leise lauschenden Freundlichkeit an unserem Gespräch teilgenommen, hob plötzlich zu mir bittend beide Hände auf, und gleichzeitig machte sie mit dem Kopfe eine heftig verneinende Bewegung, ein Zeichen, das ich zunächst nicht verstand. Dann erst ging sie auf ihren Mann zu und legte ihm leicht beide Hände auf die Schulter: ,Aber Herwarth', mahnte sie, ,du fragst ja den Herrn gar nicht, ob er jetzt Zeit hat, die Sammlung zu besehen, es geht doch schon auf Mittag. Und nach Tisch mußt du eine Stunde ruhen, das hat der Arzt ausdrücklich verlangt. Ist es nicht besser, du zeigst dem Herrn alle die Sachen nach Tisch, und wir trinken dann gemeinsam Kaffee? Dann ist auch Annemarie hier, die versteht ja alles viel besser und kann dir helfen!'

Und nochmals, kaum daß sie die Worte ausgesprochen hatte, wiederholte sie gleichsam über den Ahnungslosen hinweg jene bittend eindringliche Gebärde. Nun verstand ich sie. Ich wußte, daß sie wünschte, ich solle eine sofortige Besichtigung ablehnen, und erfand schnell eine Verabredung zu Tisch. Es wäre mir ein Vergnügen und eine Ehre, seine Sammlung besehen zu dürfen, aber dies sei mir kaum vor drei Uhr möglich, dann aber würde ich mich gern einfinden.

Ärgerlich wie ein Kind, dem man sein liebstes Spielzeug genommen, wandte sich der alte Mann herum. ,Natürlich', brummte er, ,die Herren Berliner, die haben nie für etwas Zeit. Aber diesmal werden Sie sich schon Zeit nehmen müssen, denn das sind nicht drei oder fünf Stücke, das sind siebenundzwanzig Mappen, jede für einen anderen Meister, und keine davon halb leer. Also um drei Uhr; aber pünktlich sein, wir werden sonst nicht fertig.'

Wieder streckte er mir die Hand ins Leere entgegen. ,Passen Sie auf, Sie dürfen sich freuen – oder ärgern. Und je mehr Sie sich ärgern, desto mehr freue ich mich. So sind wir Sammler ja schon: alles für uns selbst und nichts für die andern!'

Und nochmals schüttelte er mir kräftig die Hand.

Das alte Frauchen begleitete mich zur Tür. Ich hatte ihr schon die ganze Zeit eine gewisse Unbehaglichkeit angemerkt, einen Ausdruck verlegener Ängstlichkeit. Nun aber, schon knapp am Ausgang, stotterte sie mit einer ganz niedergedrückten Stimme: ‚Dürfte Sie ... dürfte Sie ... meine Tochter Annemarie abholen, ehe Sie zu uns kommen? ... Es ist besser aus ... aus mehreren Gründen ... Sie speisen doch wohl im Hotel?‘

‚Gewiß, ich werde mich freuen, es wird mir ein Vergnügen sein‘, sagte ich.

Und tatsächlich, eine Stunde später, als ich in der kleinen Gaststube des Hotels am Marktplatz die Mittagsmahlzeit gerade beendet hatte, trat ein ältliches Mädchen, einfach gekleidet, mit suchendem Blick ein. Ich ging auf sie zu, stellte mich vor und erklärte mich bereit, gleich mitzugehen, um die Sammlung zu besichtigen. Aber mit einem plötzlichen Erröten und der gleichen wirren Verlegenheit, die ihre Mutter gezeigt hatte, bat sie mich, ob sie nicht zuvor noch einige Worte mit mir sprechen könnte. Und ich sah sofort, es wurde ihr schwer. Immer, wenn sie sich einen Ruck gab und zu sprechen versuchte, stieg diese unruhige, diese flatternde Röte ihr bis zur Stirn empor, und die Hand verbastelte sich im Kleid. Endlich begann sie, stockend und immer wieder von neuem verwirrt:

‚Meine Mutter hat mich zu Ihnen geschickt ... Sie hat mir alles erzählt, und ... wir haben eine große Bitte an Sie ... Wir möchten Sie nämlich informieren, ehe Sie zu Vater kommen ... Vater wird Ihnen natürlich seine Sammlung zeigen wollen, und die Sammlung ... die Sammlung ... ist nicht mehr ganz vollständig ... es fehlen eine Reihe Stücke daraus ... leider sogar ziemlich viele ...‘

Wieder mußte sie Atem holen, dann sah sie mich plötzlich an und sagte hastig:

‚Ich muß ganz aufrichtig zu Ihnen reden ... Sie kennen die Zeit, Sie werden alles verstehen ... Vater ist nach dem Ausbruch des Krieges vollkommen erblindet. Schon vorher war seine Sehkraft öfters gestört, die Aufregung hat ihn dann gänzlich des Lichtes beraubt – er wollte nämlich durchaus, trotz seinen sechsundsiebzig Jahren, noch nach Frankreich mit, und als die Armee nicht gleich wie 1870 vorwärts kam, da hat er sich entsetzlich aufgeregt, und da ging es furchtbar rasch abwärts mit seiner Sehkraft. Sonst ist er ja noch vollkommen rüstig, er konnte bis vor kurzem noch stundenlang gehen, sogar auf seine geliebte Jagd. Jetzt ist es aber mit seinen Spaziergängen aus, und da blieb ihm als einzige Freude die Sammlung, die sieht er sich jeden Tag an ... das heißt, er sieht sie ja nicht, er sieht ja nichts mehr, aber er holt sich doch jeden Nachmittag alle Mappen hervor, um wenigstens die Stücke anzutasten, eins nach dem andern, in der immer gleichen Reihenfolge, die er seit Jahrzehnten auswendig kennt ... Nichts anderes interessiert ihn heute mehr, und ich muß ihm immer aus der Zeitung vorlesen von allen Versteigerungen, und je höhere Preise er hört, desto glücklicher ist er ... denn ... das ist ja das Furchtbare, Vater versteht nichts mehr von den Preisen und von der Zeit ... er weiß nicht, daß wir alles verloren haben und daß man von seiner Pension nicht mehr zwei Tage im Monat leben kann ... dazu kam noch, daß der Mann meiner Schwester gefallen ist und sie mit vier kleinen Kindern zurückblieb ... Doch Vater weiß nichts von allen unseren materiellen Schwierigkeiten. Zuerst haben wir gespart, noch mehr gespart als früher, aber das half nichts. Dann begannen wir zu verkaufen – wir rührten natürlich nicht an seine geliebte Sammlung ... Man verkaufte das bißchen Schmuck, das man hatte, doch, mein Gott, was war das, hatte doch Vater seit sechzig Jahren jeden Pfennig, den er erübrigen konnte, einzig für seine Blätter ausgegeben. Und eines Tages war nichts mehr da ... wir wußten nicht weiter ... und da ... da ... haben Mutter und ich ein Stück verkauft. Vater hätte es nie erlaubt, er weiß ja nicht, wie schlecht es geht, er ahnt nicht, wie schwer es ist, im Schleichhandel das bißchen Nahrung aufzutreiben, er weiß auch nicht, daß wir den Krieg verloren haben und daß Elsaß und Lothringen abgetreten sind, wir lesen ihm aus der Zeitung alle diese Dinge nicht mehr vor, damit er sich nicht aufregt.

Es war ein sehr kostbares Stück, das wir verkauften, eine Rembrandt-Radierung. Der Händler bot uns viele, viele tausend Mark dafür, und wir hofften, damit auf Jahre versorgt zu sein. Aber Sie wissen ja, wie das Geld einschmilzt ... Wir hatten den ganzen Rest auf die Bank gelegt, doch nach zwei Monaten war alles weg. So mußten wir noch ein Stück verkaufen und noch eins, und der Händler sandte das Geld immer so spät, daß es schon entwertet war. Dann versuchten wir es bei Auktionen, aber auch da betrog man uns trotz den Millionenpreisen ... Bis die Millionen zu uns kamen, waren sie immer schon wertloses Papier. So ist allmählich das Beste seiner Sammlung bis auf ein paar gute Stücke weggewandert, nur um das nackte, kärglichste Leben zu fristen, und Vater ahnt nichts davon.

Deshalb erschrak auch meine Mutter so, als Sie heute kamen ... denn wenn er Ihnen die Mappen aufmacht, so ist alles verraten ... wir haben ihm nämlich in die alten Passepartouts, deren jedes er beim Anfühlen kennt, Nachdrucke oder ähnliche Blätter statt der verkauften eingelegt, so daß er nichts merkt, wenn er sie antastet. Und wenn er sie nur antasten und nachzählen kann (er hat die Reihenfolge genau in Erinnerung), so hat er genau dieselbe Freude, wie wenn er sie früher mit seinen offenen Augen sah. Sonst ist ja niemand in diesem kleinen Städtchen, den Vater je für würdig gehalten hätte, ihm seine Schätze zu zeigen ... und er liebt jedes einzelne Blatt mit einer so fanatischen Liebe, ich glaube, das Herz würde ihm brechen, wenn er ahnte, daß alles das unter seinen Händen längst weggewandert ist. Sie sind der erste in all diesen Jahren, seit der frühere Vorstand des Dresdner Kupferstichkabinetts tot ist, dem er seine Mappen zu zeigen meint. Darum bitte ich Sie ...'

Und plötzlich hob das alternde Mädchen die Hände auf, und ihre Augen schimmerten feucht.

,... bitten wir Sie ... machen Sie ihn nicht unglücklich ... nicht uns unglücklich ... zerstören Sie ihm nicht diese letzte Illusion, helfen Sie uns, ihn glauben zu machen, daß alle diese Blätter, die er Ihnen beschreiben wird, noch vorhanden sind ... er würde es nicht überleben, wenn er es nur mutmaßte. Vielleicht haben wir ein Unrecht an ihm getan, aber wir konnten nicht anders: man mußte leben ... und Menschenleben, vier verwaiste Kinder, wie die meiner Schwester, sind doch wichtiger als bedruckte Blätter ... Bis zum heutigen Tage haben wir ihm ja auch keine Freude genommen damit; er ist glücklich, jeden Nachmittag drei Stunden seine Mappen durchblättern zu dürfen, mit jedem Stück wie mit einem Menschen zu sprechen. Und heute ... heute wäre vielleicht sein glücklichster Tag, wartet er doch seit Jahren darauf, einmal einem Kenner seine Lieblinge zeigen zu dürfen; bitte ... ich bitte Sie mit aufgehobenen Händen, zerstören Sie ihm diese Freude nicht!'

Das war alles so erschütternd gesagt, wie es mein Nacherzählen gar nicht ausdrücken kann. Mein Gott, als Händler hat man ja viele dieser niederträchtig ausgeplünderten, von der Inflation hundsföttisch betrogenen Menschen gesehen, denen kostbarster, jahrhundertealter Familienbesitz um ein Butterbrot weggegaunert war – aber hier schuf das Schicksal ein Besonderes, das mich besonders ergriff. Selbstverständlich versprach ich ihr, zu schweigen und mein Bestes zu tun.

Wir gingen nun zusammen hin – unterwegs erfuhr ich noch voll Erbitterung, mit welchen Kinkerlitzchen von Beträgen man diese armen, unwissenden Frauen betrogen hatte, aber das festigte nur meinen Entschluß, ihnen bis zum letzten zu helfen. Wir gingen die Treppe hinauf, und kaum daß wir die Türe aufklinkten, hörten wir von der Stube drinnen schon die freudigpolternde Stimme des alten Mannes: ‚Herein! herein!' Mit der Feinhörigkeit eines Blinden mußte er unsere Schritte schon von der Treppe vernommen haben.

‚Herwarth hat heute gar nicht schlafen können vor Ungeduld, Ihnen seine Schätze zu zeigen', sagte lächelnd das alte Mütterchen. Ein einziger Blick ihrer Tochter hatte sie bereits über mein Einverständnis beruhigt. Auf dem Tische lagen ausgebreitet und wartend die Stöße der Mappen, und kaum daß der Blinde meine Hand fühlte, faßte er schon ohne weitere Begrüßung meinen Arm und drückte mich auf den Sessel.

‚So, und jetzt wollen wir gleich anfangen – es ist viel zu sehen, und die Herren aus Berlin haben ja niemals Zeit. Diese erste Mappe da ist Meister Dürer und, wie Sie sich überzeugen werden, ziemlich komplett – dabei ein Exemplar schöner als das andere. Na, Sie werden ja selber urteilen, da sehen Sie einmal!' – er schlug das erste Blatt der Mappe auf – ‚das große Pferd'.

Und nun entnahm er mit jener zärtlichen Vorsicht, wie man sonst etwas Zerbrechliches berührt, mit ganz behutsam anfassenden schonenden Fingerspitzen der Mappe ein Passepartout, in dem ein leeres vergilbtes Papierblatt eingerahmt lag, und hielt den wertlosen Wisch begeistert vor sich hin. Er sah es an, minutenlang, ohne doch wirklich zu sehen, aber er hielt ekstatisch das leere Blatt mit ausgespreizter Hand in Augenhöhe, sein ganzes Gesicht drückte magisch die angespannte Geste eines Schauenden aus. Und in seine Augen, die starren mit ihren toten Sternen, kam mit einemmal – schuf dies der Reflex des Papiers oder ein Glanz von innen her? – eine spiegelnde Helligkeit, ein wissendes Licht.

‚Nun‘, sagte er stolz, ‚haben Sie schon jemals einen schöneren Abzug gesehen? Wie scharf, wie klar da jedes Detail herauswächst – ich habe das Blatt verglichen mit dem Dresdner Exemplar, aber das wirkte ganz flau und stumpf dagegen. Und dazu das Pedigree! Da‘ – und er wandte das Blatt um und zeigte mit dem Fingernagel auf der Rückseite haargenau auf einzelne Stellen des leeren Blattes, so daß ich unwillkürlich hinsah, ob die Zeichen nicht doch noch da waren – ‚da haben Sie den Stempel der Sammlung Nagler, hier den von Remy und Esdaile; die haben auch nicht geahnt, diese illustren Vorbesitzer, daß ihr Blatt einmal hierher in die kleine Stube käme.‘ Mir lief es kalt über den Rükken, als der Ahnungslose ein vollkommen leeres Blatt so begeistert rühmte, und es war gespenstisch mitanzusehen, wie er mit dem Fingernagel bis zum Millimeter genau auf alle die nur in seiner Phantasie noch vorhandenen unsichtbaren Sammlerzeichen hindeutete. Mir war die Kehle vor Grauen zugeschnürt, ich wußte nichts zu antworten; aber als ich verwirrt zu den beiden aufsah, begegnete ich wieder den flehentlich aufgehobenen Händen der zitternden und aufgeregten Frau. Da faßte ich mich und begann mit meiner Rolle.

‚Unerhört!‘ stammelte ich endlich heraus. ‚Ein herrlicher Abzug.‘ Und sofort erstrahlte sein ganzes Gesicht vor Stolz. ‚Das ist aber noch gar nichts‘, triumphierte er, ‚da müssen Sie erst die »Melancholia« sehen oder da die »Passion«, ein illuminiertes Exemplar, wie es kaum ein zweites Mal vorkommt in gleicher Qualität. Da sehen Sie nur‘ – und wieder strichen zärtlich seine Finger über eine imaginäre Darstellung hin – ‚diese Frische, dieser körnige, warme Ton. Da würde Berlin kopfstehen mit allen seinen Herren Händlern und Museumsdoktoren.‘

Und so ging dieser rauschende, redende Triumph weiter, zwei ganze geschlagene Stunden lang. Nein, ich kann es Ihnen nicht schildern, wie gespenstisch das war, mit ihm diese hundert oder zweihundert leeren Papierfetzen oder schäbigen Reproduktionen anzusehen, die aber in der Erinnerung dieses tragisch Ahnungslosen so unerhört wirklich waren, daß er ohne Irrtum in fehlloser Aufeinanderfolge jedes einzelne mit den präzisesten Details rühmte und beschrieb: die unsichtbare Sammlung, die längst in alle Winde zerstreut sein mußte, sie war für diesen Blinden, für diesen rührend betrogenen Menschen noch unverstellt da, und die Leidenschaft seiner Vision so überwältigend, daß beinahe auch ich schon an sie zu glauben begann. Nur einmal unterbrach schreckhaft die Gefahr eines Erwachens die somnambule Sicherheit seiner schauenden Begeisterung: er hatte bei der Rembrandtschen ‚Antiope‘ (einem Probeabzug, der tatsächlich einen unermeßlichen Wert gehabt haben mußte) wieder die Schärfe des Druckes gerühmt, und dabei war sein nervös hellsichtiger Finger, liebevoll nachzeichnend, die Linie des Eindruckes nachgefahren, ohne daß aber die geschärften Tastnerven jene Vertiefung auf dem fremden Blatte fanden. Da ging es plötzlich wie ein Schatten über seine Stirne hin, die Stimme verwirrte sich. ‚Das ist doch . . . das ist doch die »Antiope«? murmelte er, ein wenig verlegen, worauf ich mich sofort ankurbelte, ihm eilig das gerahmte Blatt aus den Händen nahm und die auch mir gegenwärtige Radierung in allen möglichen Einzelheiten begeistert beschrieb. Da entspannte sich das verlegen gewordene Gesicht des Blinden wieder. Und je mehr ich rühmte, desto mehr blühte in diesem knorrigen, vermorschten Manne eine joviale Herzlichkeit, eine biederheitere Innigkeit auf. ‚Da ist einmal einer, der etwas versteht‘, jubelte er, triumphierend zu den Seinen hingewandt. ‚Endlich, endlich einmal einer, von dem auch ihr hört, was meine Blätter da wert sind. Da habt ihr mich immer mißtrauisch gescholten, weil ich alles Geld in meine Sammlung gesteckt: es ist ja wahr, in sechzig Jahren kein Bier, kein Wein, kein Tabak, keine Reise, kein Theater, kein Buch, nur immer gespart und gespart für diese Blätter. Aber ihr werdet einmal sehen, wenn ich nicht mehr da bin – dann seid ihr reich, reicher als alle in der Stadt, und so reich wie die Reichsten in Dresden, dann werdet ihr meiner Narrheit noch einmal froh sein. Doch solange ich lebe, kommt kein einziges Blatt aus dem Haus – erst müssen sie mich hinaustragen, dann erst meine Sammlung.'

Und dabei strich seine Hand zärtlich, wie über etwas Lebendiges, über die längst geleerten Mappen – es war grauenhaft und doch gleichzeitig rührend für mich, denn in all den Jahren des Krieges hatte ich nicht einen so vollkommenen, so reinen Ausdruck von Seligkeit auf einem deutschen Gesichte gesehen. Neben ihm standen die Frauen, geheimnisvoll ähnlich den weiblichen Gestalten auf jener Radierung des deutschen Meisters, die, gekommen, um das Grab des Heilands zu besuchen, vor dem erbrochenen, leeren Gewölbe mit einem Ausdruck fürchtigen Schreckens und zugleich gläubiger, wunderfreudiger Ekstase stehen. Wie dort auf jenem Bilde die Jüngerinnen von der himmlischen Ahnung des Heilands, so waren diese beiden alternden, zermürbten, armseligen Kleinbürgerinnen angestrahlt von der kindlich-seligen Freude des Greises, halb in Lachen, halb in Tränen, ein Anblick, wie ich ihn nie ähnlich erschütternd erlebt. Aber der alte Mann konnte nicht satt werden an meinem Lob, immer wieder häufte und wendete er die Blätter, durstig jedes Wort trinkend: so war es für mich eine Erholung, als endlich die lügnerischen Mappen zur Seite geschoben wurden und er widerstrebend den Tisch freigeben mußte für den Kaffee. Doch was war dies mein schuldbewußtes Aufatmen gegen die aufgeschwellte, tumultuöse Freudigkeit, gegen den Übermut des wie um dreißig Jahre verjüngten Mannes! Er erzählte tausend Anekdoten von seinen Käufen und Fischzügen, tappte, jede Hilfe abweisend, immer wieder auf, um noch und noch ein Blatt herauszuholen: wie von Wein war er übermütig und trunken. Als ich aber endlich sagte, ich müsse Abschied nehmen, erschrak er geradezu, tat verdrossen wie ein eigensinniges Kind und stampfte trotzig mit dem Fuße auf, das ginge nicht an, ich hätte kaum die Hälfte gesehen. Und die Frauen hatten harte Not, seinem starrsinnigen Unmut begreiflich zu machen, daß er mich nicht länger zurückhalten dürfe, weil ich sonst meinen Zug versäume.

Als er sich endlich nach verzweifeltem Widerstand gefügt hatte und es an den Abschied ging, wurde seine Stimme ganz weich. Er nahm meine beiden Hände, und seine Finger strichen liebkosend mit der ganzen Ausdrucksfähigkeit eines Blinden an ihnen entlang bis zu den Gelenken, als wollten sie mehr von mir wissen und mir mehr Liebe sagen, als es Worte vermochten. ‚Sie haben mir eine große, große Freude gemacht mit Ihrem Besuch‘, begann er mit einer von innen her aufgewühlten Erschütterung, die ich nie vergessen werde. ‚Das war mir eine wirkliche Wohltat, endlich, endlich, endlich einmal wieder mit einem Kenner meine geliebten Blätter durchsehen zu können. Doch Sie sollen sehen, daß Sie nicht vergebens zu mir altem, blindem Manne gekommen sind. Ich verspreche Ihnen hier vor meiner Frau als Zeugin, daß ich in meine Verfügungen noch eine Klausel einsetzen will, die Ihrem altbewährten Hause die Auktion meiner Sammlung überträgt. Sie sollen die Ehre haben, diesen unbekannten Schatz‘ – und dabei legte er die Hand liebevoll auf die ausgeraubten Mappen – ‚verwalten zu dürfen bis an den Tag, da er sich in die Welt zerstreut. Versprechen Sie mir nur, einen schönen Katalog zu machen: er soll mein Grabstein sein, ich brauche keinen besseren.‘

Ich sah auf Frau und Tochter, sie hielten sich eng zusammen, und manchmal lief ein Zittern hinüber von einer zur andern, als wären sie ein einziger Körper, der da bebte in einmütiger Erschütterung. Mir selbst war es ganz feierlich zumute, da mir der rührend Ahnungslose seine unsichtbare, längst zerstobene Sammlung wie eine Kostbarkeit zur Verwaltung zuteilte. Ergriffen versprach ich ihm, was ich niemals erfüllen konnte; wieder ging ein Leuchten in den toten Augensternen auf, ich spürte, wie seine Sehnsucht von innen suchte, mich leibhaftig zu fühlen: ich spürte es an der Zärtlichkeit, an dem liebenden Anpressen seiner Finger, die die meinen hielten in Dank und Gelöbnis.

Die Frauen begleiteten mich zur Türe. Sie wagten nicht zu sprechen, weil seine Feinhörigkeit jedes Wort erlauscht hätte, aber wie heiß in Tränen, wie strömend voll Dankbarkeit strahlten ihre Blicke mich an! Ganz betäubt tastete ich mich die Treppe hinunter. Eigentlich schämte ich mich: da war ich wie der Engel des Märchens in eine Armeleutestube getreten, hatte einen Blinden sehend gemacht für eine Stunde nur dadurch, daß ich einem frommen Betrug Helferdienst bot und unverschämt log, ich, der in Wahrheit doch als ein schäbiger Krämer gekommen war, um ein paar kostbare Stücke jemandem listig abzujagen. Was ich aber mitnahm, war mehr: ich hatte wieder einmal reine Begeisterung lebendig spüren dürfen in dumpfer, freudloser Zeit, eine Art geistig durchleuchteter, ganz auf die Kunst gewandter Ekstase, wie sie unsere Menschen längst verlernt zu haben scheinen. Und mir war – ich kann es nicht anders sagen – ehrfürchtig zumute, obgleich ich mich noch immer schämte, ohne eigentlich zu wissen, warum.

Schon stand ich unten auf der Straße, da klirrte oben ein Fenster, und ich hörte meinen Namen rufen: wirklich, der alte Mann hatte es sich nicht nehmen lassen, mit seinen blinden Augen mir in der Richtung nachzusehen, in der er mich vermutete. Er beugte sich so weit vor, daß die beiden Frauen ihn vorsorglich stützen mußten, schwenkte sein Taschentuch und rief: ‚Reisen Sie gut!‘ mit der heiteren, aufgefrischten Stimme eines Knaben. Unvergeßlich war mir der Anblick: dies frohe Gesicht des weißhaarigen Greises da oben im Fenster, hoch schwebend über all den mürrischen, gehetzten, geschäftigen Menschen der Straße, sanft aufgehoben aus unserer wirklichen widerlichen Welt von der weißen Wolke eines gütigen Wahns. Und ich mußte wieder an das alte wahre Wort denken – ich glaube, Goethe hat es gesagt –: ‚Sammler sind glückliche Menschen.‘“

Buchmendel

Wieder einmal in Wien und heimkehrend von einem
Besuch in den äußeren Bezirken, geriet ich unvermutet in
einen Regenguß, der mit nasser Peitsche die Menschen hur-
tig in Haustore und Unterstände jagte, und auch ich selbst
suchte schleunig nach einem schützenden Obdach. Glücklicherweise wartet nun in Wien an jeder Ecke ein Kaffeehaus
– so flüchtete ich in das gerade gegenüberliegende, mit
schon tropfendem Hut und arg durchnäßten Schultern. Es
erwies sich von innen als Vorstadtcafé hergebrachter, fast
schematischer Art, ohne die neumodischen Attrappen der
Deutschland nachgeahmten innerstädtischen Musikdielen,
altwienerisch bürgerlich und vollgefüllt mit kleinen Leuten,
die mehr Zeitungen konsumierten als Gebäck. Jetzt um die
Abendstunde war zwar die ohnehin schon stickige Luft mit
blauen Rauchkringeln dick marmoriert, dennoch wirkte
dies Kaffeehaus sauber mit seinen sichtlich neuen Samtso-
fas und seiner aluminiumhellen Zahlkasse: in der Eile hatte
ich mir gar nicht die Mühe genommen, seinen Namen
außen abzulesen, wozu auch? – Und nun saß ich warm und
blickte ungeduldig durch die blaüberflossenen Scheiben,
wann es dem lästigen Regen belieben würde, sich ein paar
Kilometer weiter zu verziehen.
Unbeschäftigt saß ich also da und begann schon jener trä-
gen Passivität zu verfallen, die narkotisch jedem wirklichen
Wiener Kaffeehaus unsichtbar entströmt. Aus diesem leeren Gefühl blickte ich mir einzeln die Leute an, denen das
künstliche Licht dieses Rauchraums ein ungesundes Grau
um die Augen schattete, schaute dem Fräulein an der
Kasse zu, wie sie mechanisch Zucker und Löffel für jede
Kaffeetasse dem Kellner austeilte, las halbwach und unbewußt die höchst gleichgültigen Plakate an den Wänden, und

diese Art Verdumpfung tat beinahe wohl. Aber plötzlich ward ich auf merkwürdige Weise aus meiner Halbschläferei gerissen, eine innere Bewegung begann unbestimmt unruhig in mir, so wie ein kleiner Zahnschmerz beginnt, von dem man noch nicht weiß, ob er von links, von rechts, vom untern oder obern Kiefer seinen Ausgang nimmt; nur ein dumpfes Spannen fühlte ich, eine geistige Unruhe. Denn plötzlich – ich hätte es nicht sagen können, wodurch – wurde mir bewußt, hier mußte ich schon einmal vor Jahren gewesen und durch irgendeine Erinnerung diesen Wänden, diesen Stühlen, diesen Tischen, diesem fremden, rauchigen Raum verbunden sein.

Aber je mehr ich den Willen vortrieb, diese Erinnerung zu fassen, desto boshafter und glitschiger wich sie zurück – wie eine Qualle ungewiß leuchtend auf dem untersten Grunde des Bewußtseins und doch nicht zu greifen, nicht zu packen. Vergeblich klammerte ich den Blick an jeden Gegenstand der Einrichtung; gewiß, manches kannte ich nicht, wie die Kasse zum Beispiel mit ihrem klirrenden Zahlungsautomaten und nicht diesen braunen Wandbelag aus falschem Palisanderholz, alles das mußte erst später aufmontiert worden sein. Aber doch, aber doch, hier war ich einmal gewesen vor zwanzig Jahren und länger, hier haftete, im Unsichtbaren versteckt wie der Nagel im Holz, etwas von meinem eigenen, längst überwachsenen Ich. Gewaltsam streckte und stieß ich alle meine Sinne vor in den Raum und gleichzeitig in mich hinein – und doch, verdammt! ich konnte sie nicht erreichen, diese verschollene, in mir selbst ertrunkene Erinnerung.

Ich ärgerte mich, wie man sich immer ärgert, wenn irgendein Versagen einen die Unzulänglichkeit und Unvollkommenheit der geistigen Kräfte gewahr werden läßt. Aber ich gab die Hoffnung nicht auf, diese Erinnerung doch noch zu erreichen. Nur einen winzigen Haken, das wußte ich, mußte ich in die Hand kriegen, denn mein Gedächtnis ist sonderbar geartet, gut und schlecht zugleich, einerseits trotzig und eigenwillig, aber dann wieder unbeschreiblich getreu. Es schluckt das Wichtigste sowohl an Geschehnissen als auch an Gesichtern, an Gelesenem wie an Erlebtem oft völlig hinab in seine Dunkelheiten und gibt nichts aus dieser Unterwelt ohne Zwang, bloß auf den Anruf des Willens heraus. Aber nur den flüchtigsten Halt muß ich fassen, eine Ansichtskarte, ein paar Schriftzüge auf einem Briefkuvert, ein verräuchertes Zeitungsblatt, und sofort zuckt das Vergessene wie an der Angel der Fisch aus der dunkel strömenden Fläche völlig leibhaft und sinnlich wieder hervor. Jede Einzelheit weiß ich dann eines Menschen, seinen Mund und im Mund wieder die Zahnlücke links bei seinem Lachen, und den brüchigen Tonfall dieses Lachens und wie dabei der Schnurrbart ins Zucken kommt und wie ein anderes, neues Antlitz heraustaucht aus diesem Lachen – alles das sehe ich dann sofort in völliger Vision und weiß auf Jahre zurück jedes Wort, das dieser Mensch mir jemals erzählte. Immer aber bedarf ich, um Vergangenes sinnlich zu sehen und zu fühlen, eines sinnlichen Anreizes, eines winzigen Helfers aus der Wirklichkeit. So schloß ich die Augen, um angestrengter nachdenken zu können, um jenen geheimnisvollen Angelhaken zu formen und zu fassen. Aber nichts! Abermals nichts! Verschüttet und vergessen! Und ich erbitterte mich derart über den schlechten, eigenwilligen Gedächtnisapparat zwischen meinen Schläfen, daß ich mit den Fäusten mir die Stirne hätte schlagen können, so wie man einen verdorbenen Automaten anrüttelt, der widerrechtlich das Geforderte zurückbehält. Nein, ich konnte nicht länger ruhig sitzen bleiben, so erregte mich dieses innere Versagen, und ich stand vor lauter Ärger auf, mir Luft zu machen. Aber sonderbar – kaum daß ich die ersten Schritte durch das Lokal getan, da begann es schon, flirrend und funkelnd, dieses erste phosphoreszierende Dämmern in mir. Rechts von der Zahlkasse, erinnerte ich mich, mußte es hinübergehen in einen fensterlosen und nur von künstlichem Licht erhellten Raum. Und tatsächlich: es stimmte. Da war es, anders tapeziert als damals, aber doch genau in den Proportionen, dies in seinen Konturen verschwimmende rechteckige Hinterzimmer, das Spielzimmer. Instinktiv sah ich mich um nach den einzelnen Gegenständen, mit schon freudig vibrierenden Nerven (gleich würde ich alles wissen, fühlte ich). Zwei Billarde lungerten als grüne lautlose Schlammteiche darin, in den Ecken hockten Spieltische, an deren einem zwei Hofräte oder Professoren Schach spielten. Und in der Ecke, knapp beim eisernen Ofen, dort, wo man zur Telefonzelle ging, stand ein kleiner viereckiger

Tisch. Und da blitzte es mich plötzlich durch und durch. Ich wußte sofort, sofort, mit einem einzigen heißen, beglückt erschütterten Ruck: mein Gott, das war ja Mendels Platz, Jakob Mendels, Buchmendels, und ich war nach zwanzig Jahren wieder in sein Hauptquartier, in das Café Gluck in der obern Alserstraße, geraten. Jakob Mendel, wie hatte ich ihn vergessen können, so unbegreiflich lange, diesen sonderbarsten Menschen und sagenhaften Mann, dieses abseitige Weltwunder, berühmt an der Universität und in einem engen, ehrfürchtigen Kreis – wie ihn aus der Erinnerung verlieren, ihn, den Magier und Makler der Bücher, der hier täglich unentwegt saß von morgens bis abends, ein Wahrzeichen des Wissens, Ruhm und Ehre des Café Gluck!

Und nur diese eine Sekunde lang mußte ich den Blick nach innen wenden hinter die Lider, und aufstieg schon aus dem bildnerisch erhellten Blut seine unverkennbare, plastische Gestalt. Ich sah ihn sofort leibhaftig, wie er dort immer saß an dem viereckigen Tischchen mit der grauschmutzigen Marmorplatte, der allzeit mit Büchern und Schriften überhäuften. Wie er dort unentwegt und unerschütterlich saß, den bebrillten Blick hypnotisch starr auf ein Buch geheftet, wie er dort saß und im Lesen summend und brummend seinen Körper und die schlecht polierte, fleckige Glatze vor- und zurückschaukelte, eine Gewohnheit, mitgebracht aus dem Cheder, der jüdischen Kleinkinderschule des Ostens. Hier an diesem Tisch und nur an ihm las er seine Kataloge und Bücher, so wie man ihn das Lesen in der Talmudschule gelehrt, leise singend und sich schwingend, eine schwarze, schaukelnde Wiege. Denn wie ein Kind in Schlaf fällt und der Welt entsinkt durch dieses rhythmisch hypnotische Auf und Nieder, so geht nach der Meinung jener Frommen auch der Geist leichter ein in die Gnade der Versenkung dank diesem Sichwiegen und Sichschwingen des müßigen Leibes. Und tatsächlich, dieser Jakob Mendel sah und hörte nichts von allem um sich her. Neben ihm lärmten und krakeelten die Billardspieler, liefen die Marköre, rasselte das Telefon; man scheuerte den Boden, man heizte den Ofen, er merkte nichts davon. Einmal war eine glühende Kohle aus dem Ofen gefallen, schon brenzelte und qualmte zwei Schritt von ihm das Parkett, da erst, am infernalischen Gestank, bemerkte ein Gast die Gefahr und stürzte zu, hastig das Qualmen zu löschen: er selbst aber, Jakob Mendel, nur zwei Zoll weit und schon angebeizt vom Rauch, er hatte nichts wahrgenommen. Denn er las, wie andere beten, wie Spieler spielen und Trunkene betäubt ins Leere starren, er las mit einer so rührenden Versunkenheit, daß alles Lesen von andern Menschen mir seither immer profan erschien. In diesem kleinen galizischen Büchertrödler Jakob Mendel hatte ich zum erstenmal als junger Mensch das große Geheimnis der restlosen Konzentration gesehen, das den Künstler macht wie den Gelehrten, den wahrhaft Weisen wie den vollkommen Irrwitzigen, dieses tragische Glück und Unglück vollkommener Besessenheit.

Hingeführt zu ihm hatte mich ein älterer Kollege von der Universität. Ich forschte damals dem selbst heute noch nur wenig erkannten paracelsischen Arzt und Magnetiseur Mesmer nach, allerdings mit wenig Glück; denn die einschlägigen Werke erwiesen sich als unzulänglich, und der Bibliothekar, den ich argloser Neuling um Auskunft gebeten, murrte mich unfreundlich an, Literaturnachweise seien meine Sache, nicht die seine. Damals nannte mir nun jener Kollege zum erstenmal seinen Namen. „Ich geh mir dir zu Mendel", versprach er mir, „der weiß alles und verschafft alles, der holt dir das entlegenste Buch aus dem vergessensten deutschen Antiquariat heran. Der tüchtigste Mann in Wien und überdies noch ein Original, ein vorweltlicher Bücher-Saurier aussterbender Rasse."

So gingen wir zu zweit ins Café Gluck, und siehe, da saß er, Buchmendel, bebrillt, bartumschludert, schwarz angetan, und wiegte sich lesend wie ein dunkler Busch im Wind. Wir traten heran, er merkte es nicht. Er saß nur und las und wiegte den Oberkörper pagodenhaft hin und zurück über den Tisch, und hinter ihm pendelte am Haken sein brüchiger schwarzer Paletot, gleichfalls breit angestopft mit Zeitschriften und Zettelwerk. Um uns anzukündigen, hustete mein Freund kräftig. Aber Mendel, die dicke Brille hart ans Buch gedrückt, merkte noch nichts. Endlich klopfte mein Freund auf die Tischplatte, genau so laut und kräftig, wie man an eine Türe pocht – da starrte Mendel endlich auf, schob die ungefüge stahlgeränderte Brille mechanisch rasch die Stirn empor, und unter den weggesträubten aschgrauen

Brauen stachen uns zwei merkwürdige Augen entgegen, kleine, schwarze, wache Augen, flink, spitz und flippend wie eine Schlangenzunge. Mein Freund präsentierte mich, und ich erläuterte mein Anliegen, wobei ich zuerst – diese List hatte mein Freund ausdrücklich anempfohlen – mich scheinzornig über den Bibliothekar beklagte, der mir keine Auskunft hatte geben wollen. Mendel lehnte sich zurück und spuckte sorgfältig aus. Dann lachte er nur kurz mit stark östlichem Jargon: „Nicht gewollt hat er? Nein – nicht gekonnt hat er! Ein Parch is er, ein geschlagener Esel mit graue Haar. Ich kenn ihn, Gott sei's geklagt, zu gutem schon zwanzig Jahr, aber gelernt hat er seitdem noch immer nix. Gehalt einstecken, dos is das einzige, was die können! Ziegelsteine sollten sie lieber schupfen, diese Herrn Doktors, statt bei die Bücher sitzen."

Mit dieser kräftigen Herzentladung war das Eis gebrochen, und eine gutmütige Handbewegung lud mich zum erstenmal an den viereckigen, mit Notizen überschmierten Marmortisch, diesen mir noch unbekannten Altar bibliophiler Offenbarungen. Ich erklärte rasch meine Wünsche: die zeitgenössischen Werke über Magnetismus sowie alle späteren Bücher und Polemiken für und gegen Mesmer; sobald ich fertig war, kniff Mendel eine Sekunde das linke Auge zusammen, genau wie ein Schütze vor dem Schuß. Aber wahrhaftig, nur eine Sekunde dauerte diese Geste konzentrierter Aufmerksamkeit, dann zählte er sofort, wie aus einem unsichtbaren Katalog lesend, zwei oder drei Dutzend Bücher fließend auf, jedes mit Verlagsort, Jahreszahl und ungefährem Preis. Ich war verblüfft. Obwohl vorbereitet, dies hatte ich nicht erwartet. Aber meine Verdutztheit schien ihm wohlzutun; denn sofort spielte er auf der Klaviatur seines Gedächtnisses die wunderbarsten bibliothekarischen Paraphrasen meines Themas weiter. Ob ich auch über die Somnambulisten etwas wissen wolle und über die ersten Versuche mit Hypnose und über Gaßner, die Teufelsbeschwörungen und die Christian Science und die Blavatsky? Wieder prasselten die Namen, die Titel, die Beschreibungen; jetzt er begriff ich, an ein wie einzigartiges Wunder von Gedächtnis ich bei Jakob Mendel geraten war, tatsächlich an ein Lexikon, an einen Universalkatalog auf zwei Beinen. Ganz benommen starrte ich dieses bibliographische Phänomen an, eingespult in die unansehnliche, sogar etwas schmierige Hülle eines galizischen kleinen Buchtrödlers, der, nachdem er mir etwa achtzig Namen heruntergerasselt, scheinbar achtlos, aber innerlich wohlgefällig über seinen ausgespielten Trumpf, sich die Brille mit einem vormals vielleicht weiß gewesenen Taschentuch putzte. Um mein Staunen ein wenig zu bemänteln, fragte ich zaghaft, welche von diesen Büchern er mir allenfalls besorgen könne. „Nu, man wird ja sehen, was sich machen läßt", brummte er. „Kommen Sie nur morgen wieder her, der Mendel wird Ihnen inzwischen schon eppes auftreiben, und was sich nicht findet, werd sich anderswo finden. Wenn einer Sechel hat, hat er auch Glück." Ich dankte höflich und stolperte aus lauter Höflichkeit sofort in eine dicke Dummheit hinein, indem ich vorschlug, ihm meine gewünschten Buchtitel auf einen Zettel zu notieren. Im gleichen Augenblick spürte ich schon einen warnenden Ellbogenstoß meines Freundes. Aber zu spät! Schon hatte mir Mendel einen Blick zugeworfen – welch einen Blick! –, einen gleichzeitig triumphierenden und beleidigten, einen höhnischen und überlegenen, einen geradezu königlichen Blick, den shakespearischen Blick Macbeths, wenn Macduff dem unbesiegbaren Helden zumutet, sich kampflos zu ergeben. Dann lachte er abermals kurz, der große Adamsapfel an seiner Kehle kollerte merkwürdig hin und her, anscheinend hatte er ein grobes Wort mühsam verschluckt. Und er wäre im Recht gewesen mit jeder erdenklichen Grobheit, der gute, brave Buchmendel; denn nur ein Fremder, ein Ahnungsloser (ein „Amhorez", wie er sagte) konnte eine derart beleidigende Zumutung stellen, ihm, Jakob Mendel, ihm, Jakob Mendel, einen Buchtitel aufzunotieren wie einem Buchhandlungslehrling oder Bibliotheksdiener, als ob dieses unvergleichliche, dieses diamantene Buchgehirn solch grober Hilfsmittel jemals bedurft hätte. Erst später begriff ich, wie sehr ich sein abseitiges Genie mit diesem höflichen Angebot gekränkt haben mußte; denn dieser kleine, zerdrückte, ganz in seinen Bart eingewickelte und überdies bucklige galizische Jude Jakob Mendel war ein Titan des Gedächtnisses. Hinter dieser kalkigen, schmutzigen, von grauem Moos überwucherten Stirn stand in der unsichtbaren Geisterschrift jeder Name und Titel wie mit Stahlguß eingestanzt, der je auf einem Titelblatt eines Buches gedruckt war. Er wußte von jedem Werk, dem gestern erschienenen wie von einem zweihundert Jahre alten, auf den ersten Hieb genau den Erscheinungsort, den Verfasser, den Preis, neu und antiquarisch, und erinnerte sich bei jedem Buch mit fehlloser Vision zugleich an Einband und Illustrationen und Faksimilebeigaben, er sah jedes Werk, ob er es selbst in den Händen gehabt oder nur von fern in einer Auslage oder Bibliothek einmal erspäht hatte, mit der gleichen optischen Deutlichkeit wie der schaffende Künstler sein inneres und der andern Welt noch unsichtbares Gebilde. Er erinnerte sich, wenn etwa ein Buch im Katalog eines Regensburger Antiquariats um sechs Mark angeboten wurde, sofort, daß ebendasselbe in einem anderen Exemplar vor zwei Jahren in einer Wiener Auktion um vier Kronen zu haben gewesen war, und zugleich auch des Erstehers; nein: Jakob Mendel vergaß nie einen Titel, eine Zahl, er kannte jede Pflanze, jedes Infusorium, jeden Stern in dem ewig schwingenden und ständig umgerüttelten Kosmos des Bücherweltalls. Er wußte in jedem Fach mehr als die Fachleute, er beherrschte die Bibliotheken besser als die Bibliothekare, er kannte die Lager der meisten Firmen auswendig besser als ihre Besitzer, trotz ihren Zetteln und Kartotheken, indes ihm nichts zu Gebote stand als Magie des Erinnerns, als dies unvergleichliche, dies nur an hundert einzelnen Beispielen wahrhaft zu explizierende Gedächtnis. Freilich, dieses Gedächtnis hatte nur so dämonisch unfehlbar sich schulen und gestalten können durch das ewige Geheimnis jeder Vollendung: durch Konzentration. Außerhalb der Bücher wußte dieser merkwürdige Mensch nichts von der Welt; denn alle Phänomene des Daseins begannen für ihn erst wirklich zu werden, wenn sie in Lettern sich umgossen, wenn sie in einem Buche sich gesammelt und gleichsam sterilisiert hatten. Aber auch diese Bücher selbst las er nicht auf ihren Sinn, auf ihren geistigen und erzählerischen Gehalt: nur ihr Name, ihr Preis, ihre Erscheinungsform, ihr erstes Titelblatt zog seine Leidenschaft an. Unproduktiv und unschöpferisch im letzten, bloß ein hunderttausendstelliges Verzeichnis von Titeln und Namen, in die weiche Gehirnrinde eines Säugetieres eingestempelt statt wie sonst in einen Buchkatalog geschrieben, war dies spezifisch antiquarische Gedächtnis Jakob Mendels jedoch in seiner einmaligen Vollendung als Phänomen nicht geringer als jenes Napoleons für Physiognomien, Mezzofantis für Sprachen, eines Lasker für Schachanfänge, eines Busoni für Musik. Eingesetzt in ein Seminar, an eine öffentliche Stelle, hätte das Gehirn Tausende, Hunderttausende von Studenten und Gelehrte belehrt und erstaunt, fruchtbar für die Wissenschaften, ein unvergleichlicher Gewinn für jene öffentlichen Schatzkammern, die wir Bibliotheken nennen. Aber diese obere Welt war ihm, dem kleinen, ungebildeten galizischen Buchtrödler, der nicht viel mehr als seine Talmudschule bewältigt, für ewig verschlossen; so vermochten diese phantastischen Fähigkeiten sich nur als Geheimwissenschaft auszuwirken an jenem Marmortische des Café Gluck. Doch wenn einmal der große Psychologe kommt (dies Werk fehlt noch immer unserer geistigen Welt), der so beharrlich und geduldig, wie Buffon die Abarten der Tiere ordnete und klassierte, seinerseits alle Spielarten, Spezies und Urformen der magischen Macht, die wir Gedächtnis nennen, vereinzelt schildern und in ihren Varianten darlegt, dann müßte er Jakob Mendels gedenken, dieses Genies der Preise und Titel, dieses namenlosen Meisters der antiquarischen Wissenschaft.

Dem Berufe nach und für die Unwissenden galt Jakob Mendel freilich nur als kleiner Buchschacherer. Allsonntags erschienen in der „Neuen Freien Presse" und im „Neuen Wiener Tagblatt" dieselben sterotypen Anzeigen: „Kaufe alte Bücher, zahle beste Preise, komme sofort, Mendel, obere Alserstraße", und dann eine Telefonnummer, die in Wirklichkeit jene des Café Gluck war. Er stöberte Lager durch, schleppte mit einem alten kaiserbärtigen Dienstmann allwöchentlich neue Beute in sein Hauptquartier und von dort wieder weg, denn für einen ordnungsmäßigen Buchhandel fehlte ihm die Konzession. So blieb es beim kleinen Schacher, bei einer wenig einträglichen Tätigkeit. Studenten verkauften ihm ihre Lehrbücher, durch seine Hände wanderten sie vom älteren Jahrgang zum jeweils jüngeren, außerdem vermittelte und besorgte er jedes gesuchte Werk mit geringem Zuschlag. Bei ihm war guter Rat billig. Aber das Geld hatte keinen Raum innerhalb seiner Welt; denn nie hatte man ihn anders gesehen als im gleichen abgeschabten Rock, früh, nachmittags und abends seine Milch verzehrend und zwei Brote, mittags eine Kleinigkeit essend, die man ihm vom Gasthaus herüberholte. Er rauchte nicht, er spielte nicht, ja man darf sagen, er lebte nicht, nur die beiden Augen lebten hinter der Brille und fütterten jenes rätselhafte Wesen Gehirn unablässig mit Worten, Titeln und Namen. Und die weiche, fruchtbare Masse sog diese Fülle gierig in sich ein wie eine Wiese die tausend und aber tausend Tropfen eines Regens. Die Menschen interessierten ihn nicht, und von allen menschlichen Leidenschaften kannte er vielleicht nur die eine, freilich allermenschlichste, der Eitelkeit. Wenn jemand zu ihm um eine Auskunft kam, an hundert andern Stellen schon müde gesucht, und er konnte auf den ersten Hieb ihm Bescheid geben, dies allein wirkte auf ihn als Genugtuung, als Lust, und vielleicht noch dies, daß in Wien und auswärts ein paar Dutzend Menschen lebten, die seine Kenntnisse ehrten und brauchten. In jedem dieser ungefügen Millionenkonglomerate, die wir Großstadt nennen, sind immer an wenigen Punkten einige kleine Facetten eingesprengt, die ein und dasselbe Weltall auf kleinwinziger Fläche spiegeln, unsichtbar für die meisten, kostbar bloß dem Kenner, dem Bruder in der Leidenschaft. Und diese Kenner der Bücher kannten alle Jakob Mendel. So wie man, wenn man über ein Musikblatt Rat holen wollte, zu Eusebius Mandyczewski in die Gesellschaft der Musikfreunde ging, der dort mit grauem Käppchen freundlich inmitten seiner Akten und Noten saß und mit dem ersten aufschauenden Blick die schwierigsten Probleme lächelnd löste, so wie heute noch jeder, der über Altwiener Theater und Kultur Aufschluß braucht, unfehlbar sich an den allwissenden Vater Glossy wendet, so pilgerten mit der gleichen vertrauenden Selbstverständlichkeit die paar strenggläubigen Wiener Bibliophilen, sobald es eine besonders harte Nuß zu knacken gab, ins Café Gluck zu Jakob Mendel. Bei einer solchen Konsultation Mendel zuzusehen bereitete mir jungen neugierigem Menschen eine Wollust besonderer Art. Während er sonst, wenn man ihm ein minderes Buch vorlegte, den Deckel verächtlich zuklappte und nur murrte: „Zwei Kronen", rückte er vor irgendeiner Rarität oder einem Unikum respektvoll zurück, legte ein Papierblatt unter, und man sah, daß er sich auf einmal seiner schmutzigen, tintigen, schwarznägeligen Finger schämte. Dann begann er zärtlich-vorsichtig, mit einer ungeheuren Hochachtung das Rarum anzublättern, Seite für Seite. Niemand konnte ihn in einer solchen Sekunde stören, so wenig wie einen wirklich Gläubigen im Gebet, und tatsächlich hatte dies Anschauen, Berühren, Beriechen und Abwägen, hatte jede dieser Einzelhandlungen etwas von dem Zeremoniell, von der kultisch geregelten Aufeinanderfolge eines religiösen Aktes. Der krumme Rücken schob sich hin und her, dabei murrte und knurrte er, kratzte sich im Haar, stieß merkwürdige vokalische Urlaute aus, ein gedehntes, fast erschrockenes „Ah" und „Oh" hingerissener Bewunderung und dann wieder ein rapid erschrecktes „Oi" oder „Oiweh", wenn sich eine Seite als fehlend oder ein Blatt als vom Holzwurm zerfressen erwies. Schließlich wog er die Schwarte respektvoll auf der Hand, beschnüffelte und beroch das ungefügige Quadrat mit halbgeschlossenen Augen nicht minder ergriffen als ein sentimentalisches Mädchen eine Tuberose. Während dieser etwas umständlichen Prozedur mußte selbstredend der Besitzer seine Geduld zusammenhalten. Nach beendetem Examen aber gab Mendel bereitwillig, ja geradezu begeistert, jede Auskunft, an die sich unfehlbar weitspurige Anekdoten und dramatische Preisberichte von ähnlichen Exemplaren anschlossen. Er schien heller, jünger, lebendiger zu werden in solchen Sekunden, und nur eines konnte ihn maßlos erbittern: wenn etwa ein Neuling ihm für diese Schätzung Geld anbieten wollte. Dann wich er gekränkt zurück wie etwa ein Galeriehofrat, dem ein durchreisender Amerikaner für seine Erklärung ein Trinkgeld in die Hand drücken will; denn ein kostbares Buch in der Hand haben zu dürfen bedeutete für Mendel, was für einen andern die Begegnung mit einer Frau. Diese Augenblicke waren seine platonischen Liebesnächte. Nur das Buch, niemals Geld hatte über ihn Macht. Vergebens versuchten darum große Sammler, darunter auch der Gründer der Universität in Princeton, ihn für ihre Bibliothek als Berater und Einkäufer zu gewinnen – Jakob Mendel lehnte ab; er war nicht anders zu denken als im Café Gluck. Vor dreiunddreißig Jahren, mit noch weichem, schwarzflaumigem Bart und geringelten Stirnlocken, war er, ein kleines schiefes Jüngel, aus dem Osten nach Wien gekommen, um Rabbinat zu studieren; aber bald hatte er den harten Eingott Jehovah verlassen, um sich der funkelnden und tausendfältigen Vielgötterei der Bücher zu ergeben. Damals hatte er zuerst ins Café Gluck gefunden, und allmählich wurde es seine Werkstatt, sein Hauptquartier, sein Postamt, seine Welt. Wie ein Astronom einsam auf seiner Sternwarte durch den winzigen Rundspalt des Teleskops allnächtlich die Myriaden Sterne betrachtet, ihre geheimnisvollen Gänge, ihr wandelndes Durcheinander, ihr Verlöschen und Sichwiederentzünden, so blickte Jakob Mendel durch seine Brille von diesem viereckigen Tisch in das andere Universum der Bücher, das gleichfalls ewig kreisende und sich umgebärende, in diese Welt über unserer Welt.

Selbstverständlich war er hoch angesehen im Café Gluck, dessen Ruhm sich für uns mehr an sein unsichtbares Katheder knüpfte als an die Patenschaft des hohen Musikers, des Schöpfers der „Alceste" und der „Iphigenia": Christoph Willibald Gluck. Er gehörte dort ebenso zum Inventar wie die alte Kirschholzkasse, wie die beiden arg geflickten Billarde, der kupferne Kaffeekessel, und sein Tisch wurde gehütet wie ein Heiligtum. Denn seine zahlreichen Kundschaften und Auskundschafter wurden von dem Personal jedesmal freundlich zu irgendeiner Bestellung gedrängt, so daß der größere Gewinnteil seiner Wissenschaft eigentlich dem Oberkellner Deubler in die breite, hüftwärts getragene Ledertasche floß. Dafür genoß Buchmendel vielfache Privilegien. Das Telephon stand ihm frei, man hob ihm seine Briefe auf und besorgte alle Bestellungen; die alte, brave Toilettenfrau bürstete ihm den Mantel, nähte Knöpfe an und trug ihm jede Woche ein kleines Bündel zur Wäsche. Ihm allein durfte aus dem nachbarlichen Gasthaus eine Mittagsmahlzeit geholt werden, und jeden Morgen kam der Herr Standhartner, der Besitzer, in persona an seinen Tisch und begrüßte ihn (freilich meist, ohne daß Jakob Mendel, in seine Bücher vertieft, diesen Gruß bemerkte). Punkt halb acht Uhr morgens trat er ein, und erst wenn man die Lichter auslöschte, verließ er das Lokal. Zu den andern Gästen sprach er nie, er las keine Zeitung, bemerkte keine Veränderung, und als der Herr Standhartner ihn einmal höflich fragte, ob er bei dem elektrischen Licht nicht besser lese als früher bei dem fahlen, zuckenden Schein der Auerlampen,

starrte er verwundert zu den Glühbirnen auf: diese Veränderung war trotz dem Lärm und Gehämmer einer mehrtägi-
gen Installation vollkommen an ihm vorbeigegangen. Nur
durch die zwei runden Löcher der Brille, durch diese beiden blitzenden und saugenden Linsen filterten sich die Mil-
liarden schwarzer Infusorien der Lettern in sein Gehirn, alles andere Geschehen strömte als leerer Lärm an ihm vorbei. Eigentlich hatte er mehr als dreißig Jahre, also den
ganzen wachen Teil seines Lebens, einzig hier an diesem
viereckigen Tisch lesend, vergleichend, kalkulierend verbracht, in einem unablässig fortgesetzten, nur vom Schlaf
unterbrochenen Dauertraum.

Deshalb überkam mich eine Art Schrecken, als ich den ora-
kelspendenden Marmortisch Jakob Mendels leer wie eine
Grabplatte in diesem Raum dämmern sah. Jetzt erst, älter
geworden, verstand ich, wieviel mit jedem solchen Menschen verschwindet, erstlich weil alles Einmalige von Tag
zu Tag kostbarer wird in unserer rettungslos einförmiger
werdenden Welt. Und dann: der junge, unerfahrene
Mensch in mir hatte aus einer tiefen Ahnung diesen Jakob
Mendel sehr lieb gehabt. Und doch, ich hatte vergessen
können – allerdings in den Jahren des Krieges und in einer
der seinen ähnlichen Hingabe an das eigene Werk. Jetzt
aber, vor diesem leeren Tische, fühlte ich eine Art Scham
vor ihm und eine erneuerte Neugier zugleich.

Denn wo war er hin, was war mit ihm geschehen? Ich rief
den Kellner und fragte. Nein, einen Herrn Mendel, bedaure, den kenne er nicht, ein Herr dieses Namens verkehre nicht im Café. Aber vielleicht wisse der Oberkellner
Bescheid. Dieser schob seinen Spitzbauch schwerfällig
heran, zögerte, dachte nach, nein, auch ihm sei ein Herr
Mendel nicht bekannt. Aber ob ich vielleicht den Herrn
Mandl meine, den Herrn Mandl vom Kurzwarengeschäft in
der Florianigasse? Ein bitterer Geschmack kam mir auf die
Lippen, Geschmack von Vergänglichkeit: wozu lebt man,
wenn der Wind hinter unserm Schuh schon die letzte Spur
von uns wegträgt? Dreißig Jahre, vierzig vielleicht, hatte ein
Mensch in diesen paar Quadratmetern Raum geatmet, gelesen, gedacht, gesprochen, und bloß drei Jahre, vier Jahre
mußten hingehen, ein neuer Pharao kommen, und man
wußte nichts mehr von Joseph, man wußte im Café Gluck

nichts mehr von Jakob Mendel, dem Buchmendel! Beinahe zornig fragte ich den Oberkellner, ob ich nicht Herrn Standhartner sprechen könne, oder ob nicht sonst wer im Hause sei vom alten Personal? Oh, der Herr Standhartner, o mein Gott, der habe längst das Café verkauft, der sei gestorben, und der alte Oberkellner, der lebe jetzt auf seinem Gütel bei Krems. Nein, niemand sei mehr da ... oder doch! Ja doch – die Frau Sporschil sei noch da, die Toilettenfrau (vulgo Schokoladefrau). Aber die könne sich gewiß nicht mehr an die einzelnen Gäste erinnern. Ich dachte gleich: einen Jakob Mendel vergißt man nicht, und ließ sie mir kommen.

Sie kam, die Frau Sporschil, weißhaarig, zerrauft, mit ein wenig wassersüchtigen Schritten aus ihren hintergründigen Gemächern und rieb sich noch hastig die roten Hände mit einem Tuch: offenbar hatte sie gerade ihr trübes Gelaß gefegt oder Fenster geputzt. An ihrer unsicheren Art merkte ich sofort: ihr war's unbehaglich, so plötzlich nach vorn unter die großen Glühbirnen in den noblen Teil des Cafés gerufen zu werden. So sah sie mich zunächst mißtrauisch an, mit einem Blick von unten herauf, einem sehr vorsichtig geduckten Blick. Was konnte ich Gutes von ihr wollen? Aber kaum daß ich nach Jakob Mendel fragte, starrte sie mich mit vollen, geradezu strömenden Augen an, die Schultern fuhren ihr ruckhaft auf. „Mein Gott, der arme Herr Mendel, daß an den noch jemand denkt! Ja, der arme Herr Mendel" – fast weinte sie, so gerührt war sie, wie alte Leute es immer werden, wenn man sie an ihre Jugend, an irgendeine gute vergessene Gemeinsamkeit erinnert. Ich fragte, ob er noch lebe. „O mein Gott, der arme Herr Mendel, fünf oder sechs Jahre, nein, sieben Jahre muß der schon tot sein. So a lieber, guter Mensch, und wenn ich denk, wie lang ich ihn kennt hab, mehr als fünfundzwanzig Jahr, er war doch schon da, wie ich eintreten bin. Und eine Schand war's, wie man ihn hat sterben lassen." Sie wurde immer aufgeregter, fragte, ob ich ein Verwandter sei. Es hätte sich ja nie jemand um ihn gekümmert, nie jemand nach ihm erkundigt – und ob ich denn nicht wisse, was mit ihm passiert sei?

Nein, ich wüßte nichts, versicherte ich; sie solle mir erzählen, alles erzählen. Die gute Person tat scheu und geniert und wischte immer wieder an ihren nassen Händen. Ich begriff: ihr war es peinlich, als Toilettenfrau mit ihrer schmutzigen Schürze und ihren zerstrubbelten weißen Haaren hier mitten im Kaffeehausraum zu stehen, außerdem blickte sie immer ängstlich nach rechts und links, ob nicht einer der Kellner zuhöre. So schlug ich ihr vor, wir wollten hinein in das Spielzimmer, an Mendels alten Platz: dort solle sie mir alles berichten. Gerührt nickte sie mir zu, dankbar, daß ich sie verstand, und ging voraus, die alte, schon ein wenig schwankende Frau, und ich hinter ihr. Die beiden Kellner staunten uns nach, sie spürten da einen Zusammenhang, und auch einige Gäste verwunderten sich über uns ungleiches Paar. Und drüben an seinem Tisch erzählte sie mir (manche Einzelheit ergänzte mir später anderer Bericht) von Jakob Mendels, von Buchmendels Untergang.

Ja also, er sei, so erzählte sie, auch nachher noch, als der Krieg schon begonnen, immer noch gekommen, Tag um Tag um halb acht Uhr früh, und genau so sei er gesessen und habe er den ganzen Tag studiert wie immer, ja, sie hätten alle das Gefühl gehabt und oft darüber geredet, ihm sei's gar nicht zum Bewußtsein gekommen, daß Krieg sei. Ich wisse doch, in eine Zeitung habe er nie geschaut und nie mit wem andern gesprochen; aber auch wenn die Ausrufer ihren Mordslärm mit den Extrablättern machten und alle andern zusammenliefen, nie sei er da aufgestanden oder hätte zugehört. Er habe auch gar nicht gemerkt, daß der Franz fehlte, der Kellner (der bei Gorlice gefallen sei), und nicht gewußt, daß sie den Sohn vom Herrn Standhartner bei Przemysl gefangen hatten, und nie kein Wort habe er gesagt, wie das Brot immer miserabler geworden ist und man ihm statt der Milch das elende Feigenkaffeegschlader hat geben müssen. Nur einmal habe er sich gewundert, daß jetzt so wenig Studenten kämen, das war alles. – „Mein Gott, der arme Mensch, den hat doch nichts gefreut und gekümmert als seine Bücher."

Aber dann eines Tags, da sei das Unglück geschehen. Um elf Uhr vormittags, am hellichten Tag, sei ein Wachmann gekommen mit einem Geheimpolizisten, der hätte die Rosette gezeigt im Knopfloch und gefragt, ob hier ein Jakob Mendel verkehre. Dann wären sie gleich an den Tisch gegangen zum Mendel, und der hätte ahnungslos noch geglaubt, sie wollten Bücher verkaufen oder ihn was fragen.

Aber gleich hätten sie ihn aufgefordert, mitzukommen, und ihn weggeführt. Eine rechte Schande sei es für das Kaffeehaus gewesen, alle Leute hätten sich herumgestellt um den armen Herrn Mendel, wie er dagestanden ist zwischen den beiden, die Brille unterm Haar, und hin und her geschaut hat von einem zum andern und nicht recht gewußt, was sie eigentlich von ihm wollten. Sie aber habe stante pede dem Gendarmen gesagt, das müsse ein Irrtum sein, ein Mann wie Herr Mendel könne keiner Fliege was tun; aber da habe der Geheimpolizist sie gleich angeschrien, sie solle sich nicht in Amtshandlungen einmischen. Und dann hätten sie ihn weggeführt, und er sei lange nicht mehr gekommen, zwei Jahre lang. Noch heute wisse sie nicht recht, was die damals von ihm gewollt hätten. „Aber ich leist ein Jurament", sagte sie erregt, die alte Frau, „der Herr Mendel kann nichts Unrechtes getan haben. Die haben sich geirrt, da leg ich meine Hand ins Feuer. Es war ein Verbrechen an dem armen, unschuldigen Menschen, ein Verbrechen!"
Und sie hatte recht, die gute, rührende Frau Sporschil. Unser Freund Jakob Mendel hatte wahrhaftig nichts Unrechtes begangen, sondern nur (erst später erfuhr ich alle Einzelheiten) eine rasende, eine rührende, eine selbst in jenen irrwitzigen Zeiten ganz unwahrscheinliche Dummheit, erklärbar bloß aus der vollkommenen Versunkenheit, aus der Mondfernheit seiner einmaligen Erscheinung. Folgendes hatte sich ereignet: auf dem militärischen Zensuramt, das verpflichtet war, jede Korrespondenz mit dem Ausland zu überwachen, war eines Tages eine Postkarte abgefangen worden, geschrieben und unterschrieben von einem gewissen Jakob Mendel, ordnungsgemäß nach dem Ausland frankiert, aber – unglaublicher Fall – in das feindliche Ausland gerichtet, eine Postkarte an Jean Labourdaire, Buchhändler, Paris, Quai de Grenelle, adressiert, in der ein gewisser Jakob Mendel sich beschwerte, die letzten acht Nummern des monatlichen „Bulletin bibliographique de la France" trotz vorausbezahltem Jahresabonnement nicht erhalten zu haben. Der eingestellte untere Zensurbeamte, ein Gymnasialprofessor, in Privatneigung Romanist, dem man einen blauen Landsturmrock umgestülpt hatte, staunte, als ihm dieses Schriftstück in die Hände kam. Ein dummer Spaß, dachte er. Unter den zweitausend Briefen, die er allwö-

chentlich auf dubiose Mitteilungen und spionageverdächtige Wendungen durchstöberte und durchleuchtete, war ihm ein so absurdes Faktum noch nie unter die Finger gekommen, daß jemand aus Österreich einen Brief nach Frankreich ganz sorglos adressierte, also ganz gemütlich eine Karte in das kriegführende Ausland so einfach in den Postkasten warf, als ob diese Grenzen seit 1914 nicht umnäht wären mit Stacheldraht und an jedem von Gott geschaffenen Tage Frankreich, Deutschland, Österreich und Rußland ihre männliche Einwohnerzahl gegenseitig um ein paar tausend Menschen kürzten. Zunächst legte er deshalb die Postkarte als Kuriosum in seine Schreibtischlade, ohne von dieser Absurdität weitere Meldung zu erstatten. Aber nach einigen Wochen kam abermals eine Karte desselben Jakob Mendel an einen Bookseller John Aldridge, London, Holborn Square, ob er ihm nicht die letzten Nummern des „Antiquarian" besorgen könnte, und abermals war sie unterfertigt von ebendemselben merkwürdigen Individuum Jakob Mendel, das mit rührender Naivität seine volle Adresse beischrieb. Nun wurde es dem in die Uniform eingenähten Gymnasialprofessor doch ein wenig eng unter dem Rock. Steckte am Ende irgendein rätselhafter chiffrierter Sinn hinter diesem vertölpelten Spaß? Jedenfalls, er stand auf, klappte die Hacken zusammen und legte dem Major die beiden Karten auf den Tisch. Der zog beide Schultern hoch: sonderbarer Fall! Zunächst avisierte er die Polizei, sie solle ausforschen, ob es diesen Jakob Mendel tatsächlich gäbe, und eine Stunde später war Jakob Mendel bereits dingfest gemacht und wurde, noch ganz taumelig von der Überraschung, vor den Major geführt. Der legte ihm die mysteriösen Postkarten vor, ob er sich als Absender erkenne. Erregt durch den strengen Ton und vor allem, weil man ihn bei der Lektüre eines wichtigen Katalogs aufgestöbert hatte, polterte Mendel beinahe grob, natürlich habe er diese Karten geschrieben. Man habe wohl noch das Recht, ein Abonnement für sein gezahltes Geld zu reklamieren. Der Major drehte sich im Sessel schief hinüber zu dem Leutnant am Nebentisch. Die beiden blinzelten sich einverständlich an: ein gebrannter Narr! Dann überlegte der Major, ob er den Einfaltspinsel nur scharf anbrummen und wegjagen sollte oder den Fall ernst aufziehen. In solchen unschlüssigen Verlegenheiten entschließt man sich bei jedem Amt fast immer, zunächst ein Protokoll aufzunehmen. Ein Protokoll ist immer gut. Nützt es nichts, so schadet es nichts, und nur ein sinnloser Papierbogen mehr unter Millionen ist vollgeschrieben.

In diesem Falle aber schadete es leider einem armen, ahnungslosen Menschen, denn schon bei der dritten Frage kam etwas sehr Verhängnisvolles zutage. Man forderte zuerst seinen Namen: Jakob, recte Jainkeff Mendel. Beruf: Hausierer (er besaß nämlich keine Buchhändlerlizenz, nur einen Hausierschein). Die dritte Frage wurde zur Katastrophe: der Geburtsort. Jakob Mendel nannte einen kleinen Ort bei Petrikau. Der Major zog die Brauen hoch. Petrikau, lag das nicht in Russisch-Polen, nahe der Grenze? Verdächtig! Sehr verdächtig! So inquirierte er nun strenger, wann er die österreichische Staatsbürgerschaft erworben habe. Mendels Brille starrte ihn dunkel und verwundert an: er verstand nicht recht. Zum Teufel, ob und wo er seine Papiere habe, seine Dokumente? Er habe keine andern als den Hausierschein. Der Major schob die Stirnfalten immer höher. Also wie es mit seiner Staatsbürgerschaft stehe, solle er endlich einmal erklären. Was sein Vater gewesen sei, ob Österreicher oder Russe? Seelenruhig erwiderte Jakob Mendel: natürlich Russe. Und er selbst? Ach, er hätte sich schon vor dreiunddreißig Jahren über die russische Grenze geschmuggelt, seither lebe er in Wien. Der Major wurde immer unruhiger. Wann er hier das österreichische Staatsbürgerrecht erworben habe? Wozu? fragte Mendel. Er habe sich um solche Sachen nie gekümmert. So sei er also noch russischer Staatsbürger? Und Mendel, den diese öde Fragerei innerlich längst langweilte, antwortete gleichgültig: „Eigentlich ja."

Der Major warf sich so brüsk erschrocken zurück, daß der Sessel knackte. Das gab es also! In Wien, in der Hauptstadt Österreichs, ging mitten im Kriege, Ende 1915, nach Tarnow und der großen Offensive, ein Russe unbehelligt spazieren, schrieb Briefe nach Frankreich und England, und die Polizei kümmerte sich um nichts. Und da wundern sich die Dummköpfe in den Zeitungen, daß Conrad von Hötzendorf nicht gleich nach Warschau vorwärtsgekommen ist, da staunen sie im Generalstab, wenn jede Truppenbewegung durch Spione nach Rußland weitergemeldet wird.

258

Auch der Leutnant war aufgestanden und stellte sich an den Tisch: das Gespräch schaltete sich scharf um zum Verhör. Warum er sich nicht sofort gemeldet habe als Ausländer? Mendel, noch immer arglos, antwortete in seinem singenden jüdischen Jargon: „Wozu hätt ich mich melden sollen auf einmal?" In dieser umgedrehten Frage erblickte der Major eine Herausforderung und fragte drohend, ob er nicht die Ankündigungen gelesen habe? Nein! Ob er etwa auch keine Zeitungen lese? Nein!

Die beiden starrten den vor Unsicherheit schon leicht schwitzenden Jakob Mendel an, als sei der Mond mitten in ihr Bürozimmer gefallen. Dann rasselte das Telefon, knackten die Schreibmaschinen, liefen die Ordonnanzen, und Jakob Mendel wurde dem Garnisonsgefängnis überantwortet, um mit dem nächsten Schub in ein Konzentrationslager abgeführt zu werden. Als man ihm bedeutete, den beiden Soldaten zu folgen, starrte er ungewiß. Er verstand nicht, was man von ihm wollte, aber eigentlich hatte er keinerlei Sorge. Was konnte der Mann mit dem goldenen Kragen und der groben Stimme schließlich Böses mit ihm vorhaben? In seiner obern Welt der Bücher gab es keinen Krieg, kein Nichtverstehen, sondern nur das ewige Wissen und Nochmehrwissenwollen von Zahlen und Worten, von Titeln und Namen. So trollte er gutmütig zwischen den beiden Soldaten die Treppe hinunter. Erst als man ihm auf der Polizei alle Bücher aus den Manteltaschen nahm und die Brieftasche abforderte, in der er hundert wichtige Zettel und Kundenadressen stecken hatte, da erst begann er wütend um sich zu schlagen. Man mußte ihn bändigen. Aber dabei klirrte leider seine Brille zu Boden, und dies sein magisches Teleskop in die geistige Welt brach in mehrere Stücke. Zwei Tage später expedierte man ihn im dünnen Sommerrock in ein Konzentrationslager russischer Zivilgefangener bei Komorn.

Was Jakob Mendel in diesen zwei Jahren Konzentrationslager an seelischer Schrecknis erfahren, ohne Bücher, seine geliebten Bücher, ohne Geld, inmitten der gleichgültigen, groben, meist analphabetischen Gefährten dieses riesigen Menschenkotters, was er dort leidend erlebte, von seiner obern und einzigen Bücherwelt abgetrennt wie ein Adler mit zerschnittenen Schwingen von seinem ätherischen Element' – hierüber fehlt jede Zeugenschaft. Aber allmählich weiß schon die von ihrer Tollheit ernüchterte Welt, daß von allen Grausamkeiten und verbrecherischen Übergriffen dieses Krieges keine sinnloser, überflüssiger und darum moralisch unentschuldbarer gewesen als das Zusammenfangen und Einhürden hinter Stacheldraht von ahnungslosen, längst dem Dienstalter entwachsenen Zivilpersonen, die viele Jahre in dem fremden Lande als in einer Heimat gewohnt und aus Treugläubigkeit an das selbst bei Tungusen und Araukanern geheiligte Gastrecht versäumt hatten, rechtzeitig zu fliehen – ein Verbrechen an der Zivilisation, gleich sinnlos begangen in Frankreich, Deutschland und England, auf jeder Scholle unseres irrwitzig gewordenen Europa. Und vielleicht wäre Jakob Mendel wie hundert andere Unschuldige in dieser Hürde dem Wahnsinn verfallen oder an Ruhr, an Entkräftung, an seelischer Zerrüttung erbärmlich zugrunde gegangen, hätte nicht knapp rechtzeitig ein Zufall, ein echt österreichischer, ihn noch einmal in seine Welt zurückgeholt. Es waren nämlich mehrmals nach seinem Verschwinden an seine Adresse Briefe von vornehmen Kunden gekommen; der Graf Schönberg, der ehemalige Statthalter von Steiermark, fanatischer Sammler heraldischer Werke, der frühere Dekan der theologischen Fakultät Siegenfeld, der an einem Kommentar des Augustinus arbeitete, der achtzigjährige pensionierte Flottenadmiral Edler von Pisek, der noch immer an seinen Erinnerungen herumbesserte – sie alle, seine treuen Klienten, hatten wiederholt an Jakob Mendel ins Café Gluck geschrieben, und von diesen Briefen wurden dem Verschollenen einige in das Konzentrationslager nachgeschickt. Dort fielen sie dem zufällig gutgesinnten Hauptmann in die Hände, und der erstaunte, was für vornehme Bekanntschaften dieser kleine halbblinde, schmutzige Jude habe, der, seit man ihm seine Brille zerschlagen (er hatte kein Geld, sich eine neue zu verschaffen), wie ein Maulwurf, grau, augenlos und stumm in einer Ecke hockte. Wer solche Freunde besaß, mußte immerhin etwas Besonderes sein. So erlaubte er Mendel, diese Briefe zu beantworten und seine Gönner um Fürsprache zu bitten. Die blieb nicht aus. Mit der leidenschaftlichen Solidarität aller Sammler kurbelten die Exzellenz sowie der Dekan ihre Verbindungen kräftig an, und ihre vereinte Bürgschaft erreichte, daß Buchmendel im Jahre 1917 nach mehr als zweijähriger Konfinierung wieder nach Wien zurückdurfte, freilich unter der Bedingung, sich täglich bei der Polizei zu melden. Aber doch, er durfte wieder in die freie Welt, in seinen alten, kleinen, engen Mansardenraum, er konnte wieder an seinen geliebten Bücherauslagen vorbei und vor allem zurück in sein Café Gluck.

Diese Rückkehr Mendels aus seiner höllischen Unterwelt in das Café Gluck konnte mir die brave Frau Sporschil aus eigener Erfahrung schildern. „Eines Tages – Jessas, Marand Joseph, ich glaub, ich trau meine Augen nicht – da schiebt sich die Tür auf, Sie wissen ja, in der gewissen schiefen Art, nur grad einen Spalt weit, wie er immer hereingekommen ist, und schon stolpert er ins Café, der arme Herr Mendel. Einen zerschundenen Militärmantel voller Stopfen hat er angehabt und irgendwas am Kopf, was vielleicht einmal ein Hut war, ein weggeworfener. Keinen Kragen hat er angehabt, und wie der Tod hat er ausgeschaut, grau im Gesicht und grau das Haar und so mager, daß es einen derbarmt hat. Aber er kommt herein, grad, als ob nix gwesen wär, er fragt nix, er sagt nix, geht hin zu dem Tisch da und zieht den Mantel aus, aber nicht wie früher so fix und leicht, sondern schwer schnaufen müssen hat er dabei. Und kein Buch hat er mitghabt wie sonst – er setzt sich nur hin und sagt nix, und tut nur hinstarren vor sich mit ganz leere, ausgelaufene Augen. Erst nach und nach, wie wir ihm dann den ganzen Pack bracht haben von die Schriften, die was für ihn kommen waren aus Deutschland, da hat er wieder angfangen zu lesen. Aber er war nicht derselbige mehr."

Nein, er war nicht derselbe, nicht das Miraculum mundi mehr, die magische Registratur aller Bücher: alle, die ihn damals sahen, haben mir wehmütig das gleiche berichtet. Irgend etwas schien rettungslos zerstört in seinem sonst stillen, nur wie schlafend lesenden Blick; etwas war zertrümmert: der grauenhafte Blutkomet mußte in seinem rasenden Lauf schmetternd hineingeschlagen haben auch in den abseitigen, friedlichen, in diesen alkyonischen Stern seiner Bücherwelt. Seine Augen, jahrzehntelang gewöhnt an die zarten, lautlosen, insektenfüßigen Lettern der Schrift, sie mußten Furchtbares gesehen haben in jener stacheldrahtumspannten Menschenhürde, denn die Lider schatteten schwer über den einst so flinken und ironisch funkelnden Pupillen, schläfrig und rotrandig dämmerten die vordem so lebhaften Blicke unter der reparierten, mit dünnem Bindfaden mühsam zusammengebundenen Brille. Und furchtbarer noch: in dem phantastischen Kunstbau seines Gedächtnisses mußte irgendein Pfeiler eingestürzt und das ganze Gefüge in Unordnung geraten sein; denn so zart ist ja unser Gehirn, dies aus subtilster Substanz gestaltete Schaltwerk, dies feinmechanische Präzisionsinstrument unseres Wissens zusammengestimmt, daß ein gestautes Äderchen, ein erschütterter Nerv, eine ermüdete Zelle, daß ein solches verschobenes Molekül schon zureicht, um die herrlich umfassendste, die sphärische Harmonie eines Geistes zum Verstummen zu bringen. Und in Mendels Gedächtnis, dieser einzigen Klaviatur des Wissens, stockten bei seiner Rückkunft die Tasten. Wenn ab und zu jemand um Auskunft kam, starrte er ihn erschöpft an und verstand nicht mehr genau, er verhörte sich und vergaß, was man ihm sagte – Mendel war nicht mehr Mendel, wie die Welt nicht mehr die Welt war. Nicht mehr wiegte ihn völlige Versunkenheit beim Lesen auf und nieder, sondern meist saß er starr, die Brille nur mechanisch gegen das Buch gewandt, ohne daß man wußte, ob er las oder nur vor sich hin dämmerte. Mehrmals fiel ihm, so erzählte die Sporschil, der Kopf schwer nieder auf das Buch, und er schlief ein am hellichten Tag, manchmal starrte er wieder stundenlang in das fremde stinkende Licht der Azetylenlampe, die man ihm in jener Zeit der Kohlennot auf den Tisch gestellt. Nein, Mendel war nicht mehr Mendel, nicht mehr ein Wunder der Welt, sondern ein müd atmender, nutzloser Pack Bart und Kleider, sinnlos auf dem einst pythischen Sessel hingelastet, nicht mehr der Ruhm des Café Gluck, sondern eine Schande, ein Schmierfleck, übelriechend, widrig anzusehen, ein unbequemer, unnötiger Schmarotzer.

So empfand ihn auch der neue Besitzer, namens Florian Gurtner aus Retz, der, an Mehl- und Butterschiebungen im Hungerjahr 1919 reich geworden, dem biedern Standhartner für achtzigtausend rasch zerblätterte Papierkronen das Café Gluck abgeschwatzt hatte. Er griff mit seinen festen Bauernhänden scharf zu, krempelte das altehrwürdige Kaffeehaus hastig auf nobel um, kaufte für schlechte Zettel rechtzeitig neue Fauteuils, installierte ein Marmorportal und verhandelte bereits wegen des Nachbarlokals, um eine Musikdiele anzubauen. Bei dieser hastigen Verschönerung störte ihn natürlich sehr dieser galizische Schmarotzer, der tagsüber von früh bis nachts allein einen Tisch besetzt hielt und dabei im ganzen nur zwei Schalen Kaffee trank und fünf Brote verzehrte. Zwar hatte Standhartner ihm seinen alten Gast besonders ans Herz gelegt und zu erklären versucht, was für ein bedeutender und wichtiger Mann dieser Jakob Mendel sei, er hatte ihn sozusagen bei der Übergabe mit dem Inventar als ein auf dem Unternehmen lastendes Servitut mitübergeben. Aber Florian Gurtner hatte sich mit den neuen Möbeln und der blanken Aluminiumzahlkasse auch das massive Gewissen der Verdienerzeit zugelegt und wartete nur auf einen Vorwand, um diesen letzten lästigen Rest vorstädtischer Schäbigkeit aus seinem vornehm gewordenen Lokal hinauszukehren. Ein guter Anlaß schien sich bald einzustellen; denn es ging Jakob Mendel schlecht. Seine letzten gesparten Banknoten waren zerpulvert in der Papiermühle der Inflation, seine Kunden hatten sich verlaufen. Und wieder als kleiner Buchtrödler Treppen zu steigen, Bücher hausierend zusammenzuraffen, dazu fehlte dem Müdgewordenen die Kraft. Es ging ihm elend, man merkte das an hundert kleinen Zeichen. Selten ließ er sich mehr vom Gasthaus etwas herüberholen, und auch das kleinste Entgelt für Kaffee und Brot blieb er immer länger schuldig, einmal sogar drei Wochen lang. Schon damals wollte ihn der Oberkellner auf die Straße setzen. Da erbarmte sich die brave Frau Sporschil, die Toilettenfrau, und bürgte für ihn.

Aber im nächsten Monat ereignete sich dann das Unglück. Bereits mehrmals hatte der neue Oberkellner bemerkt, daß es bei der Abrechnung nie recht mit dem Gebäck stimmen wollte. Immer mehr Brote erwiesen sich als fehlend, als angesagt und bezahlt waren. Sein Verdacht lenkte sich selbstverständlich gleich auf Mendel; denn mehrmals war schon der alte wacklige Dienstmann gekommen, um sich zu beschweren, Mendel sei ihm seit einem halben Jahre die Bezahlung schuldig, und er könne keinen Heller herauskriegen. So paßte der Oberkellner jetzt besonders auf, und schon zwei Tage später gelang es ihm, hinter dem Ofenschirm versteckt, Jakob Mendel zu ertappen, wie er heimlich von seinem Tische aufstand, in das andere vordere Zimmer hinüberging, rasch aus einem Brotkorb zwei Semmeln nahm und sie gierig in sich hineinstopfte. Bei der Abrechnung behauptete er, keine gegessen zu haben. Nun war das Verschwinden geklärt. Der Kellner meldete sofort den Vorfall Herrn Gurtner, und dieser, froh des langgesuchten Vorwands, brüllte Mendel vor allen Leuten an, beschuldigte ihn des Diebstahls und tat sogar noch dick, daß er nicht sofort die Polizei rufe. Aber er befahl ihm, sogleich und für immer sich zum Teufel zu scheren. Jakob Mendel zitterte nur, sagte nichts, stolperte auf von seinem Sitz und ging.

„Ein Jammer war's", schilderte die Frau Sporschil diesen seinen Abschied. „Nie werd ich's vergessen, wie er aufgestanden ist, die Brille hinaufgeschoben in die Stirn, weiß wie ein Handtuch. Nicht Zeit hat er sich genommen, den Mantel anzuziehen, obwohl's Januar war, Sie wissen ja, damals im kalten Jahr. Und sein Buch hat er liegen lassen auf dem Tisch in seinem Schreck, ich hab's erst später bemerkt und wollt's ihm noch nachtragen. Aber da war er schon hinabgestolpert zur Tür. Und weiter auf die Straßen hätt ich mich nicht traut; denn an die Tür hat sich der Herr Gurtner hingestellt und ihm nachgschrien, daß die Leut stehenblieben und zusammengelaufen sind. Ja, eine Schand war's, gschämt hab ich mich bis in die unterste Seel! So was hätt nicht passieren können bei dem alten Herrn Standhartner, daß man einen ausjagt nur wegen ein paar Semmeln, bei dem hätt er umsonst essen können noch sein Leben lang. Aber die Leute von heut, die haben ja kein Herz. Einen wegzutreiben, der über dreißig Jahre wo gsessen ist Tag für Tag – wirklich, eine Schand war's, und ich möcht's nicht zu verantworten haben vor dem lieben Gott – ich nicht."

Ganz aufgeregt war sie geworden, die gute Frau, und mit der leidenschaftlichen Geschwätzigkeit des Alters wiederholte sie immer wieder das von der Schand und vom Herrn Standhartner, der zu so was nicht imstande gewesen wäre. So mußte ich sie schließlich fragen, was denn aus unserm Mendel geworden sei und ob sie ihn wiedergesehen. Da rappelte sie sich zusammen und wurde noch erregter. „Jeden Tag, wenn ich vorübergegangen bin an seinem Tisch, jedesmal, das können S' mir glauben, hat's mir einen Stoß geben. Immer hab ich denken müssen, wo mag er jetzt sein, der arme Herr Mendel, und wenn ich gwußt hätt, wo er wohnt, ich wär hin, ihm was Warmes bringen; denn wo hätt er denn das Geld hernehmen sollen zum Heizen und zum Essen? Und Verwandte hat er auf der Welt, soviel ich weiß, niemanden ghabt. Aber schließlich, wie ich immer und immer nix gehört hab, da hab ich mir schon denkt, es muß vorbei mit ihm sein, und ich würd ihn nimmer sehen. Und schon hab ich überlegt, ob ich nicht sollt eine Messe für ihn lesen lassen; denn ein guter Mensch war er, und man hat sich doch gekannt, mehr als fünfundzwanzig Jahr.

Aber einmal in der Früh, um halb acht Uhr im Februar, ich putz grad das Messing an die Fensterstangen, auf einmal (ich mein, mich trifft der Schlag), auf einmal tut sich die Tür auf, und herein kommt der Mendel. Sie wissen ja: immer ist er so schief und verwirrt hereingeschoben, aber diesmal war's noch irgendwie anders. Ich merk gleich, den reißt's hin und her, ganz glanzige Augen hat er gehabt, und mein Gott, wie er ausgschaut hat, nur Bein und Bart! Sofort kommt's mir entrisch vor, wie ich ihn so seh: ich denk mir gleich, der weiß von nichts, der geht am hellichten Tag umeinand als ein Schlafeter, der hat alles vergessen, das von die Semmeln und das vom Herrn Gurtner und wie schandbar sie ihn hinausgschmissen haben, der weiß nichts von sich selber. Gott sei Dank! der Herr Gurtner war noch nicht da, und der Oberkellner hat grad seinen Kaffee trunken. Da spring ich rasch hin, damit ich ihm klarmach, er solle nicht dableiben, sich nicht noch einmal hinauswerfen lassen von dem rohen Kerl" (und dabei sah sie sich scheu um und korrigierte rasch) „ich mein, vom Herrn Gurtner. Also ‚Herr Mendel', ruf ich ihn an. Er starrt auf. Und da, in dem Augenblick, mein Gott, schrecklich war das, in dem Augenblick muß er sich an alles erinnert habn; denn er fahrt sofort zusammen und fangt an zu zittern, aber nicht bloß mit die Finger zittert er, nein, als ein Ganzer hat er gescheppert, daß man's bis an die Schultern kennt hat, und schon stolpert er wieder rasch auf die Tür zu. Dort ist er dann zusammgfallen. Wir haben gleich um die Rettungsgesellschaft telephoniert, und die hat ihn weggeführt, fiebrig, wie er war. Am Abend ist er gestorben, Lungenentzündung, hochgradige, hat der Doktor gesagt, und auch, daß er schon damals nicht mehr recht gewußt hat von sich, wie er noch einmal zu uns kommen ist. Es hat ihn halt nur so hergetrieben, als einen Schlafeten. Mein Gott, wenn man sechsunddreißig Jahr einmal so gesessen ist jeden Tag, dann ist eben so ein Tisch einem sein Zuhaus."

Wir sprachen noch lange von ihm, die beiden letzten, die diesen sonderbaren Menschen gekannt, ich, dem er als jungem Mann trotz seiner mikrobenhaft winzigen Existenz die erste Ahnung eines vollkommen umschlossenen Lebens im Geiste gegeben – sie, die arme, abgeschundene Toilettenfrau, die nie ein Buch gelesen, die diesem Kameraden ihrer untern armen Welt nur verbunden war, weil sie ihm durch fünfundzwanzig Jahre den Mantel gebürstet und die Knöpfe angenäht hatte. Und doch, wir verstanden einander wunderbar gut an seinem alten, verlassenen Tisch in der Gemeinschaft des vereint heraufbeschworenen Schattens; denn Erinnerung verbindet immer, und zwiefach jede Erinnerung in Liebe. Plötzlich, mitten im Schwatzen, besann sie sich: „Jessas, wie ich vergessig bin – das Buch hab ich ja noch, das was er damals am Tisch liegen lassen hat. Wo hätt ich's ihm denn hintragen sollen? Und nachher, wie sich niemand gemeldet hat, nachher hab ich gmeint, ich dürft's mir behalten als Andenken. Nicht wahr, da ist doch nix Unrechts dabei?" Hastig brachte sie's heran aus ihrem rückwärtigen Verschlag. Und ich hatte Mühe, ein kleines Lächeln zu unterdrücken; denn gerade dem Erschütternden mengt das immer spielfreudige und manchmal ironische Schicksal das Komische gerne boshaft zu. Es war der zweite Band von Hayns Bibliotheca Germanorum erotica et curiosa, das jedem Buchsammler wohlbekannte Kompendium galanter Literatur. Gerade dies skabröse Verzeichnis – habent sua fata libelli – war als letztes Vermächtnis des hingegangenen Magiers zurückgefallen in diese abgemürbten, rot aufgesprungenen, unwissenden Hände, die wohl nie ein anderes als das Gebetbuch gehalten. Ich hatte Mühe, meine Lippen festzuklemmen gegen das unwillkürlich von innen aufdrängende Lächeln, und dies kleine Zögern verwirrte die brave Frau. Ob's am Ende was Kostbares wär, oder ob ich meinte, daß sie's behalten dürft?

Ich schüttelte ihr herzlich die Hand. „Behalten Sie's nur ruhig, unser alter Freund Mendel hätte nur Freude, daß wenigstens einer von den vielen Tausenden, die ihm ein Buch danken, sich noch seiner erinnert." Und dann ging ich und schämte mich vor dieser braven alten Frau, die in einfältiger und doch menschlichster Art diesem Toten treu geblieben. Denn sie, die Unbelehrte, sie hatte wenigstens ein Buch bewahrt, um seiner besser zu gedenken, ich aber, ich hatte jahrelang Buchmendel vergessen, gerade ich, der ich doch wissen sollte, daß man Bücher nur schafft, um über den eigenen Atem hinaus sich Menschen zu verbinden und sich so zu verteidigen gegen den unerbittlichen Widerpart alles Lebens: Vergänglichkeit und Vergessensein.

Unvermutete Bekanntschaft
mit einem Handwerk

Herrlich an jenem merkwürdigen Aprilmorgen 1931 war schon die nasse, aber bereits wieder durchsonnte Luft. Wie ein Seidenbonbon schmeckte sie süß, kühl, feucht und glänzend, gefilterter Frühling, unverfälschtes Ozon, und mitten auf dem Boulevard de Strasbourg atmete man überrascht einen Duft von aufgebrochenen Wiesen und Meer. Dieses holde Wunder hatte ein Wolkenbruch vollbracht, einer jener kapriziösen Aprilschauer, mit denen der Frühling sich oftmals auf ungezogenste Weise anzukündigen pflegt. Unterwegs schon war unser Zug einem dunklen Horizont nachgefahren, der vom Himmel schwarz in die Felder schnitt; aber erst bei Meaux – schon streuten sich die Spielzeugwürfel der Vorstadthäuser ins Gelände, schon bäumten sich schreiend die ersten Plakattafeln aus dem verärgerten Grün, schon raffte die betagte Engländerin mir gegenüber im Coupé ihre vierzehn Taschen und Flaschen und Reiseetuis zusammen – da platzte sie endlich auf, jene schwammige, vollgesogene Wolke, die bleifarben und böse seit Epernay mit unserer Lokomotive um die Wette lief. Ein kleiner blasser Blitz gab das Signal, und sofort stürzten mit Trompetengeprassel kriegerische Wassermassen herab, um unseren fahrenden Zug mit nassem Maschinengewehrfeuer zu bestreichen. Schwer getroffen weinten die Fensterscheiben unter den klatschenden Schlägen des Hagels, kapitulierend senkte die Lokomotive ihre graue Rauchfahne zur Erde. Man sah nichts mehr, man hörte nichts als dies erregt triefende Geprassel auf Stahl und Glas, und wie ein gepeinigtes Tier lief der Zug, dem Wolkenbruch zu entkommen, über die blanken Schienen. Aber siehe da, noch stand man, glücklich angelangt, unter dem Vorbau des Gare de l'Est und wartete auf den Gepäckträger, da blitzte hinter dem grauen Schnürboden des Regens schon wieder hell der Prospekt des Boulevards auf; ein scharfer Sonnenstrahl stieß seinen Dreizack durch das entflüchtende Gewölk, und sofort blinkten die Häuserfassaden wie poliertes Messing und der Himmel leuchtete in ozeanischem Blau. Goldnackt wie Aphrodite Anadyomene aus den Wogen, so stieg die Stadt aus dem niedergestreiften Mantel des Regens, ein göttlicher Anblick. Und sofort, mit einem Flitz, stoben rechts und links aus hundert Unterschlupfen und Verstecken die Menschen auf die Straße, schüttelten sich, lachten und liefen ihren Weg, der zurückgestaute Verkehr rollte, knarrte, schnarrte und fauchte wieder mit hundert Vehikeln quirlend durcheinander, alles atmete und freute sich des zurückgegebenen Lichtes. Selbst die hektischen Bäume des Boulevards, festgerammt im harten Asphalt, griffen, noch ganz begossen und betropft, wie sie waren, mit ihren kleinen, spitzen Knospenfingern in den neuen, sattblauen Himmel und versuchten ein wenig zu duften. Wahrhaftig, es gelang ihnen. Und Wunder über Wunder: man spürte deutlich ein paar Minuten das dünne, ängstliche Atmen der Kastanienblüten mitten im Herzen von Paris, mitten auf dem Boulevard de Strasbourg.

Und zweite Herrlichkeit dieses gesegneten Apriltages: ich hatte, frisch angekommen, keine einzige Verabredung bis tief hinein in den Nachmittag. Niemand von den viereinhalb Millionen Stadtbürgern von Paris wußte von mir oder wartete auf mich, ich war also göttlich frei, zu tun, was ich wollte. Ich konnte ganz nach meinem Belieben entweder spazieren schlendern oder Zeitung lesen, konnte in einem Café sitzen oder essen oder in ein Museum gehen, Auslagen anschauen oder die Bücher des Quais, ich konnte Freunde antelephonieren oder bloß in die laue, süße Luft hineinstarren. Aber glücklicherweise tat ich aus wissendem Instinkt das Vernünftigste: nämlich nichts. Ich machte keinerlei Plan, ich gab mich frei, schaltete jeden Kontakt auf Wunsch und Ziel ab und stellte meinen Weg ganz auf die rollende Scheibe des Zufalls, das heißt, ich ließ mich treiben, wie mich die Straße trieb, locker vorbei an den blitzenden Ufern der Geschäfte und rascher über die Stromschnellen der Straßenübergänge. Schließlich warf mich die Welle hinab in die großen Boulevards; ich landete wohlig müde auf der Terrasse eines Cafés, Ecke Boulevard Haussmann und Rue Drouot.

Da bin ich wieder, dachte ich, locker in den nachgiebigen Strohsessel gelehnt, während ich mir eine Zigarre anzündete, und da bist du, Paris! Zwei ganze Jahre haben wir alten Freunde einander nicht gesehen, jetzt wollen wir uns fest in die Augen schauen. Also vorwärts, leg los, Paris, zeig, was du seitdem dazugelernt hast, vorwärts, fang an, laß deinen unübertrefflichen Tonfilm „Les Boulevards de Paris" vor mir abrollen, dies Meisterwerk von Licht und Farbe und Bewegung mit seinen tausend und tausend unbezahlten und unzählbaren Statisten, und mach dazu deine unnachahmliche, klirrende, ratternde, brausende Straßenmusik! Spar nicht, gib Tempo, zeig, was du kannst, zeig, wer du bist, schalte dein großes Orchestrion ein mit atonaler, pantonaler Straßenmusik, laß deine Autos fahren, deine Camelots brüllen, deine Plakate knallen, deine Hupen dröhnen, deine Geschäfte funkeln, deine Menschen laufen – hier sitze ich, aufgetan wie nur je, und habe Zeit und Lust dir zuzuschauen, dir zuzuhören, bis mir die Augen schwirren und das Herz dröhnt. Vorwärts, vorwärts, spar nicht, verhalte dich nicht, gib mehr und immer mehr, wilder und immer wilder, immer andere und immer neue Schreie und Rufe, Hupen und zersplitterte Töne, mich macht es nicht müd, denn alle Sinne stehen dir offen, vorwärts und vorwärts, gib dich ganz mir hin, so wie ich bereit bin, ganz mich dir hinzugeben, du unerlernbare und immer wieder neu bezaubernde Stadt!

Denn – und dies war die dritte Herrlichkeit dieses außerordentlichen Morgens – ich fühlte schon an einem gewissen Prickeln in den Nerven, daß ich wieder einmal meinen Neugiertag hatte, wie meist nach einer Reise oder einer durchwachten Nacht. An solchen Neugiertagen bin ich gleichsam doppelt und sogar vielfach ich selbst; ich habe dann nicht genug an meinem eigenen umgrenzten Leben, micht drängt, mich spannt etwas von innen, als müßte ich aus meiner Haut herausschlüpfen wie der Schmetterling aus seiner Puppe. Jede Pore dehnt sich, jeder Nerv krümmt sich zu einem feinen, glühenden Enterhaken, eine fanatische Hellhörigkeit, Hellsichtigkeit überkommt mich, eine fast unheimliche Luzidität, die mir Pupille und Trommelfell schärfer spannt. Alles wird mir geheimnisvoll, was ich mit dem Blick berühre. Stundenlang kann ich einem Straßenarbeiter zusehen, wie er mit dem elektrischen Bohrer den Asphalt aufstemmt, und so stark spüre ich aus dem bloßen Beobachten sein Tun, daß jede Bewegung seiner durchschütterten Schulter unwillkürlich in die meine übergeht. Endlos kann ich vor irgendeinem fremden Fenster stehen und mir das Schicksal des unbekannten Menschen ausphantasieren, der vielleicht hier wohnt oder wohnen könnte, stundenlang irgendeinem Passanten zusehen und nachgehen, von Neugier magnetisch-sinnlos nachgezogen und voll bewußt dabei, daß dieses Tun völlig unverständlich und narrhaft wäre für jeden anderen, der mich zufällig beobachtete, und doch ist diese Phantasie und Spiellust berauschender für mich als jedes schon gestaltete Theaterstück oder das Abenteuer eines Buches. Mag sein, daß dieser Überreiz, diese nervöse Hellsichtigkeit sehr natürlich mit der plötzlichen Ortsveränderung zusammenhängt und nur Folge ist der Umstellung des Luftdruckes und der dadurch bedingten chemischen Umschaltung des Blutes – ich habe nie versucht, mir diese geheimnisvolle Erregtheit zu erklären. Aber immer, wenn ich sie fühle, scheint mir mein sonstiges Leben wie ein blasses Hindämmern und alle anderen durchschnittlichen Tage nüchtern und leer. Nur in solchen Augenblicken spüre ich mich und die phantastische Vielfalt des Lebens völlig.

So ganz aus mir herausgebeugt, so spiellüstern und angespannt saß ich auch damals an jenem gesegneten Apriltag auf meinem Sesselchen am Ufer des Menschenstromes und wartete, ich wußte nicht worauf. Aber ich wartete mit dem leisen fröstelnden Zittern des Anglers auf jenen gewissen Ruck, ich wußte instinkthaft, daß mir irgend etwas, irgend jemand begegnen mußte, weil ich so tauschgierig, so rauschgierig war, meiner Neugierlust etwas zum Spielen heranzuholen. Aber die Straße warf mir vorerst nichts zu, und nach einer halben Stunde wurden meine Augen der vorbeigewirbelten Massen müde, ich nahm nichts einzelnes mehr deutlich wahr. Die Menschen, die der Boulevard vorbeispülte, begannen für mich ihre Gesichter zu verlieren, sie wurden ein verschwommener Schwall von gelben, braunen, schwarzen, grauen Mützen, Kappen und Käppis, leeren und schlecht geschminkten Ovalen, ein langweiliges Spülicht schmutzigen Menschenwassers, das immer farbloser und grauer strömte, je ermüdeter ich blickte. Und schon war ich erschöpft, wie von einem undeutlich zuckenden und schlecht kopierten Film, und wollte aufstehen und weiter. Da endlich, da endlich entdeckte ich ihn.

Er fiel mir zuerst auf, dieser fremde Mensch, dank der simplen Tatsache, daß er immer wieder in mein Blickfeld kam. Alle die andern Tausende und Tausende Menschen, welche mir diese halbe Stunde vorüberschwemmte, stoben wie von unsichtbaren Bändern weggerissen fort, sie zeigten hastig ein Profil, einen Schatten, einen Umriß, und schon hatte die Strömung sie für immer mitgeschleppt. Dieser eine Mensch aber kam immer wieder und immer an dieselbe Stelle; deshalb bemerkte ich ihn. So wie die Brandung manchmal mit unbegreiflicher Beharrlichkeit eine einzige schmutzige Alge an den Strand spült und sofort mit ihrer nassen Zunge wieder zurückschluckt, um sie gleich wieder hinzuwerfen und zurückzunehmen, so schwemmte diese eine Gestalt immer wieder mit dem Wirbel heran, und zwar jedesmal in gewissen, fast regelmäßigen Zeitabständen und immer an derselben Stelle und immer mit dem gleichen geduckten, merkwürdig überdeckten Blick. Ansonsten erwies sich dieses Stehaufmännchen als keine große Sehenswürdigkeit; ein dürrer, ausgehungerter Körper, schlecht eingewickelt in ein kanariengelbes Sommermäntelchen, das ihm sicher nicht eigens auf den Leib geschneidert war, denn die Hände verschwanden ganz unter den überhängenden Ärmeln; es war in lächerlichem Maße zu weit, überdimensional, dieses kanariengelbe Mäntelchen einer längstverschollenen Mode, für dies dünne Spitzmausgesicht mit den blassen, fast ausgelöschten Lippen, über denen ein blondes Bürstchen wie ängstlich zitterte. Alles an diesem armen Teufel schlotterte falsch und schlapp – schiefschultrig mit dünnen Clownbeinen schlich er bekümmerten Gesichts bald von rechts, bald von links aus dem Wirbel, blieb dann anscheinend ratlos stehen, sah ängstlich auf wie ein Häschen aus dem Hafer, schnupperte, duckte sich und verschwand neuerdings im Gedränge. Außerdem – und dies war das zweite, das mir auffiel – schein dieses abgeschabte Männchen, das mich irgendwie an einen Beamten aus einer

Gogolschen Novelle erinnerte, stark kurzsichtig oder besonders ungeschickt zu sein, denn zweimal, dreimal, viermal beobachtete ich, wie eiligere, zielbewußtere Passanten dies kleine Stückchen Straßenelend anrannten und beinahe umrannten. Aber dies schien ihn nicht sonderlich zu bekümmern; demütig wich er zur Seite, duckte sich und schlüpfte neuerdings vor und war immer da, immer wieder, jetzt vielleicht schon zum zehnten- oder zwölftenmal in dieser knappen halben Stunde.

Nun, das interessierte mich. Oder vielmehr, ich ärgerte mich zuerst, und zwar über mich selbst, daß ich, neugierig, wie ich an diesem Tage war, nicht gleich erraten konnte, was dieser Mensch hier wollte. Und je vergeblicher ich mich bemühte, desto ärgerlicher wurde meine Neugier. Donnerwetter, was suchst du eigentlich, Kerl? Auf was, auf wen wartest du da? Ein Bettler, das bist du nicht, der stellt sich nicht so tolpatschig mitten ins dickste Gewühl, wo niemand Zeit hat, in die Tasche zu greifen. Ein Arbeiter bist du auch nicht, denn die haben Schlag elf Uhr vormittags keine Gelegenheit, hier so lässig herumzulungern. Und auf ein Mädchen wartest du schon gar nicht, mein Lieber, denn solch einen armseligen Besenstiel sucht sich nicht einmal die Älteste und Abgetakeltste aus. Also Schluß, was suchst du da? Bist du vielleicht einer jener obskuren Fremdenführer, die, von der Seite leise anschleichend, unter dem Ärmel obszöne Photographien herausvoltigieren und dem Provinzler alle Herrlichkeiten Sodoms und Gomoras für einen Bakschisch versprechen? Nein, auch das nicht, denn du sprichst ja niemanden an, im Gegenteil, du weichst jedem ängstlich aus mit deinem merkwürdig geduckten und gesenkten Blick. Also zum Teufel, was bist du, Duckmäuser? Was treibst du da in meinem Revier? Schärfer und schärfer nahm ich ihn aufs Korn, in fünf Minuten war es für mich schon Passion, schon Spiellust geworden, herauszubekommen, was dieses kanariengelbe Stehaufmännchen hier auf dem Boulevard wollte. Und plötzlich wußte ich es: es war ein Detektiv.

Ein Detektiv, ein Polizist in Zivil, ich erkannte das instinktiv an einer ganz winzigen Einzelheit, an jenem schrägen Blick, mit dem er jeden einzelnen Vorübergehenden hastig visitierte, jenem unverkennbaren Agnoszierungsblick, den die Polizisten gleich im ersten Jahre ihrer Ausbildung lernen müssen. Dieser Blick ist nicht einfach, denn einerseits muß er rapid wie ein Messer die Naht entlang von unten den ganzen Körper herauflaufen bis zum Gesicht und mit diesem erhellenden Blinkfeuer einerseits die Physiognomie erfassen und anderseits innerlich mit dem Signalelement bekannter und gesuchter Verbrecher vergleichen. Zweitens aber – und das ist vielleicht noch schwieriger – muß dieser Beobachtungsblick ganz unauffällig eingeschaltet werden, denn der Spähende darf sich nicht als Späher vor dem andern verraten. Nun, dieser mein Mann hatte seinen Kurs ausgezeichnet absolviert; duselig wie ein Träumer schlich und strich er scheinbar gleichgültig durch das Gedränge, ließ sich lässig stoßen und schieben, aber zwischendurch schlug er dann immer plötzlich – es war wie der Blitz eines photographischen Verschlusses – die schlaffen Augenlider auf und stieß zu wie mit einer Harpune. Niemand ringsum schien ihn bei seinem amtlichen Handwerk zu beobachten, und auch ich selber hätte nichts bemerkt, wäre dieser gesegnete Apriltag nicht glücklicherweise auch mein Neugiertag gewesen und ich so lange und ingrimmig auf der Lauer gelegen.

Aber auch sonst mußte dieser heimliche Polizist ein besonderer Meister seines Faches sein, denn mit wie raffinierter Täuschungskunst hatte er es verstanden, Gehaben, Gang, Kleidung oder vielmehr die Lumpen eines richtigen Straßentrotters für seinen Vogelfängerdienst nachzuahmen. Ansonsten erkennt man Polizisten in Zivilkleidung unweigerlich auf hundert Schritte Distanz, weil diese Herren sich in allen Verkleidungen nicht entschließen können, den letzten Rest ihrer amtlichen Würde abzulegen, niemals lernen sie bis zur täuschenden Vollkommenheit jenes scheue, ängstliche Geducktsein, das all den Menschen ganz natürlich in den Gang fällt, denen jahrzehntelange Armut die Schultern drückt. Dieser aber, Respekt, hatte die Verlotterung eines Stromers geradezu stinkend wahrgemacht und bis ins letzte Detail die Vagabundenmaske durchgearbeitet. Wie psychologisch richtig schon dies, daß der kanariengelbe Überzieher, der etwas schiefgelegte braune Hut mit letzter Anstrengung eine gewisse Eleganz markierte, während unten die zerfransten Hosen und oben der abgesto-

ßene Rock das nackte Elend durchschimmern ließen: als ge-
übter Menschenjäger mußte er beobachtet haben, daß die
Armut, diese gefräßige Ratte, jedes Kleidungsstück zunächst an den Rändern anknabbert. Auf eine derart triste
Garderobe war auch die verhungerte Physiognomie vortrefflich charakteristisch abgestimmt, das dünne Bärtchen
(wahrscheinlich angeklebt), die schlechte Rasur, die künstlich verwirrten und zerknitterten Haare, die jeden Unvor-
eingenommenen hätten schwören lassen, dieser arme Teufel habe die letzte Nacht auf einer Bank verbracht oder auf
einer Polizeipritsche. Dazu noch ein kränkliches Hüsteln
mit vorgehaltener Hand, das frierende Zusammenziehen
des Sommermäntelchens, die schleicherisch leise Gehen, als
stecke Blei in den Gliedern; beim Zeus: hier hatte ein Ver-
wandlungskünstler ein vollendetes klinisches Bild von
Schwindsucht letzten Grades geschaffen.
Ich schäme mich nicht einzugestehen: ich war begeistert
von der großartigen Gelegenheit, hier einen offiziellen Poli-
zeibeobachter privat zu beobachten, obwohl ich es in einer
anderen Schicht meines Gefühls zugleich niederträchtig
fand, daß an einem solchen gesegneten Azurtag mitten unter Gottes freundlicher Aprilsonne hier ein verkleideter
pensionsberechtigter Staatsangestellter nach irgendeinem
armen Teufel angelte, um ihn aus diesem sonnenzitternden
Frühlingslicht in irgendeinen Kotter zu schleppen. Immerhin, es war erregend, ihm zu folgen, immer gespannter beobachtete ich jede seiner Bewegungen und freute sich jedes
neuentdeckten Details. Aber plötzlich zerfloß meine Ent-
deckungsfreude wie Gefrornes in der Sonne. Denn etwas
stimmte mir nicht in meiner Diagnose, etwas paßte mir
nicht. Ich wurde wieder unsicher. War das wirklich ein Detektiv? Je schärfer ich diesen sonderbaren Spaziergänger
aufs Korn nahm, desto mehr bestärkte sich der Verdacht,
diese seine zur Schau getragene Armseligkeit sei doch um
einen Grad zu echt, zu wahr, um bloß eine Polizeiattrappe
zu sein. Da war vor allem, erstes Verdachtsmoment, der
Hemdkragen. Nein, etwas dermaßen Verdrecktes hebt man
nicht einmal vom Müllhaufen auf, um sich's mit eigenen
nackten Fingern um den Hals zu legen; so etwas trägt man
nur in wirklicher verzweifeltster Verwahrlosung. Und dann
– zweite Unstimmigkeit – die Schuhe, sofern es überhaupt

erlaubt ist, derlei kümmerliche, in völliger Auflösung befindliche Lederfetzen noch Schuhe zu nennen. Der rechte Stiefel war statt mit schwarzen Senkeln bloß mit grobem Bindfaden zugeschnürt, während beim linken die abgelöste Sohle bei jedem Schritt aufklappte wie ein Froschmaul. Nein, auch ein solches Schuhwerk erfindet und konstruiert man sich nicht zu einer Maskerade. Vollkommen ausgeschlossen, schon gab es keinen Zweifel mehr, diese schlotterige, schleichende Vogelscheuche war kein Polizist und meine Diagnose ein Fehlschluß. Aber wenn kein Polizist, was dann? Wozu dieses ewige Kommen und Gehen und Wiederkommen, dieser von unten her geschleuderte, hastig spähende, suchende, kreisende Blick? Eine Art Zorn packte mich, daß ich diesen Menschen nicht durchschauen konnte, und am liebsten hätte ich ihn an der Schulter gefaßt: Kerl, was willst du? Kerl, was treibst du hier?

Aber mit einemmal, wie eine Zündung schlug es die Nerven entlang, ich zuckte auf, so kernschußhaft fuhr die Sicherheit in mich hinein – auf einmal wußte ich alles und nun ganz bestimmt, nun endgültig und unwiderleglich. Nein, das war kein Detektiv – wie hatte ich mich so narren lassen können? –, das war, wenn man so sagen darf, das Gegenteil eines Polizisten: es war ein Taschendieb, ein echter und rechter, ein geschulter, professioneller, veritabler Taschendieb, der hier auf dem Boulevard nach Brieftaschen, Uhren, Damentaschen und anderen Beutestücken krebsen ging. Diese seine Handwerkszugehörigkeit stellte ich zuerst fest, als ich merkte, daß er gerade dort dem Gedränge zutrieb, wo es am dicksten war, und nun verstand ich auch seine scheinbare Tolpatschigkeit, sein Anrennen und Anstoßen an fremde Menschen. Immer klarer, immer eindeutiger wurde mir die Situation. Denn daß er sich gerade diesen Posten vor dem Kaffeehaus und ganz nahe der Straßenkreuzung ausgesucht, hatte seinen Grund in dem Einfall eines klugen Ladenbesitzers, der sich für sein Schaufenster einen besonderen Trick ausgesonnen hatte. Die Ware dieses Geschäftes bestand an sich zwar bloß aus ziemlich uninteressanten und wenig verlockenden Gegenständen, aus Kokosnüssen, türkischen Zuckerwaren und verschiedenen bunten Karamels, aber der Besitzer hatte die glänzende Idee gehabt, die Schaufenster nicht nur mit falschen Palmen und tropischen Prospekten orientalisch auszustaffieren, sondern mitten in dieser südlichen Pracht ließ er – vortrefflicher Einfall – drei lebendige Äffchen sich herumtreiben, die in den possierlichsten Verrenkungen hinter der Glasscheibe voltigierten, die Zähne fletschten, einander Flöhe suchten, grinsten und spektakelten und sich nach echter Affenart ungeniert und unanständig benahmen. Der kluge Verkäufer hatte richtig gerechnet, denn in dicken Trauben blieben die Vorübergehenden vor diesem Fenster kleben, insbesondere die Frauen schienen nach ihren Ausrufen und Schreien an diesem Schauspiel unermeßliches Ergötzen zu haben. Jedesmal nun, wenn sich ein gehöriges Bündel neugieriger Passanten vor diesem Schaufenster besonders dicht zusammenschob, war mein Freund schnell und schleicherisch zur Stelle. Sanft und in falsch bescheidener Art drängte er sich mitten hinein unter die Drängenden; so viel aber wußte ich immerhin schon von dieser bisher nur wenig erforschten und meines Wissens nie recht beschriebenen Kunst des Straßendiebstahls, das Taschendiebe zum guten Griff ein gutes Gedränge ebenso notwendig brauchen wie die Heringe zum Laichen, denn nur im Gepreßt- und Geschobensein spürt das Opfer nicht die gefährliche Hand, indes sie die Brieftasche oder die Uhr mardert. Außerdem aber – das lernte ich erst jetzt zu – gehört offenbar zum rechten Coup etwas Ablenkendes, etwas, das die unbewußte Wachsamkeit, mit der jeder Mensch sein Eigentum schützt, für eine kurze Pause chloroformiert. Diese Ablenkung besorgten in diesem Falle die drei Affen mit ihrem possierlichen und wirklich amüsanten Gebaren auf unüberbietbare Art. Eigentlich waren sie, die feixenden, grinsenden, nackten Männchen, ahnungsloserweise die ständig tätigen Hehler und Komplicen dieses meines neuen Freundes, des Taschendiebes.

Ich war, man verzeihe es mir, von dieser meiner Entdeckung geradezu begeistert. Denn noch nie in meinem Leben hatte ich einen Taschendieb gesehen. Oder vielmehr, um ganz ehrlich zu bleiben, einmal in meiner Londoner Studentenzeit, als ich, um mein Englisch zu verbessern, öfters in Gerichtsverhandlungen des Zuhörens halber ging, kam ich zurecht, wie man einen rothaarigen, pickligen Burschen zwischen zwei Policemen vor den Richter führte. Auf dem Tisch lag eine Geldbörse, Corpus delicti, ein paar Zeugen redeten und schworen, dann murmelte der Richter einen englischen Brei und der rothaarige Bursche verschwand – wenn ich recht verstand, für sechs Monate. Das war der erste Taschendieb, den ich sah, aber – dies der Unterschied – ich hatte dabei keineswegs feststellen können, daß dies wirklich ein Taschendieb sei. Denn nur die Zeugen behaupteten seine Schuld, ich hatte eigentlich nur der juristischen Rekonstruktion der Tat beigewohnt, nicht der Tat selbst. Ich hatte bloß einen Angeklagten, einen Verurteilten gesehen und nicht wirklich den Dieb. Denn ein Dieb ist doch Dieb nur eigentlich in dem Augenblick, da er diebt, und nicht zwei Monate später, da er für seine Tat vor dem Richter steht, so wie der Dichter wesenhaft nur Dichter ist, während er schafft, und nicht etwa, wenn er ein paar Jahre hernach am Mikrophon sein Gedicht vorliest; wirklich und wahrhaft ist der Täter einzig nur im Augenblick seiner Tat. Jetzt aber war mir Gelegenheit dieser seltensten Art gegeben, ich sollte einen Taschendieb in seinem charakteristischsten Augenblick erspähen, in der innersten Wahrheit seines Wesens, in jener knappen Sekunde, die sich so selten belauschen läßt wie Zeugung und Geburt. Und schon der Gedanke dieser Möglichkeit erregte mich.

Selbstverständlich war ich entschlossen, eine so gloriose Gelegenheit nicht zu verpassen, nicht eine Einzelheit der Vorbereitung und der eigentlichen Tat zu versäumen. Ich gab sofort meinen Sessel am Kaffeehaustisch preis, hier fühlte ich mich zu sehr im Blickfeld behindert. Ich brauchte jetzt einen übersichtlichen, einen sozusagen ambulanten Posten, von dem ich ungehemmt zuspähen konnte, und wählte nach einigen Proben einen Kiosk, auf dem Plakate aller Theater von Paris buntfarbig klebten. Dort konnte ich unauffällig in die Ankündigungen vertieft scheinen, während ich in Wahrheit hinter dem Schutz der gerundeten Säule jede seiner Bewegungen auf das genaueste verfolgte. Und so sah ich mit einer mir heute kaum mehr begreiflichen Zähigkeit zu, wie dieser arme Teufel hier seinem schweren und gefährlichen Geschäft nachging, sah ihm gespannter zu, als ich mich entsinnen kann, je im Theater oder bei einem Film einem Künstler gefolgt zu sein. Denn in ihrem konzentriertesten Augenblick übertrifft und übersteigert die Wirklichkeit jede Kunstform. Vive la réalité!

Diese ganze Stunde von elf bis zwölf Uhr vormittags mitten auf dem Boulevard von Paris verging mir demnach auch wirklich wie ein Augenblick, obwohl – oder vielmehr weil – sie derart erfüllt war von unablässigen Spannungen, von unzähligen kleinen aufregenden Entscheidungen und Zwischenfällen; ich könnte sie stundenlang schildern, diese eine Stunde, so geladen war sie mit Nervenenergie, so aufreizend durch ihre Spielgefährlichkeit. Denn bis zu diesem Tage hatte ich niemals und nie auch nur in annähernder Weise geahnt, ein wie ungemein schweres und kaum erlernbares Handwerk – nein, was für eine furchtbare und grauenhaft anspannende Kunst der Taschendiebstahl auf offener Straße und bei hellem Tageslicht ist. Bisher hatte ich mit der Vorstellung: Taschendieb nichts verbunden als einen undeutlichen Begriff von großer Frechheit und Handfertigkeit, ich hatte dies Metier tatsächlich nur für eine Angelegenheit der Finger gehalten, ähnlich der Jongliertüchtigkeit oder der Taschenspielerei. Dickens hat einmal im „Oliver Twist" geschildert, wie dort ein Diebmeister die kleinen Jungen anlernt, ganz unmerkbar ein Taschentuch aus einem Rock zu stehlen. Oben an dem Rock ist ein Glöckchen befestigt, und wenn, während der Neuling das Tuch aus der Tasche zieht, dieses Glöckchen klingelt, dann war der Griff falsch und zu plump getan. Aber Dickens, das merkte ich jetzt, hatte nur auf das Grobtechnische der Sache geachtet, auf die Fingerkunst, wahrscheinlich hatte er einen Taschendiebstahl niemals am lebendigen Objekt beobachtet – er hatte wahrscheinlich nie Gelegenheit gehabt, zu bemerken (wie es mir jetzt durch einen glückhaften Zufall gegeben war), daß bei einem Taschendieb, der am hellichten Tage arbeitet, nicht nur eine wendige Hand im Spiele sein muß, sondern auch geistige Kräfte der Bereitschaft, der Selbstbeherrschung, eine sehr geübte, gleichzeitig kalte und blitzgeschwinde Psychologie und vor allem ein unsinniger, ein geradezu rasender Mut. Denn ein Taschendieb, dies begriff ich jetzt schon, nach sechzig Minuten Lehrzeit, muß die entscheidende Raschheit eines Chirurgen besitzen, der – jede Verzögerung um eine Sekunde ist tödlich – eine Herznaht vornimmt; aber dort, bei einer solchen Operation, liegt der Patient wenigstens schön chloroformiert, er kann sich nicht rühren, er kann sich nicht wehren, indes hier der leichte jähe Zugriff an den völlig wachen Leib eines Menschen fahren muß – und gerade in der Nähe ihrer Brieftasche sind die Menschen besonders empfindlich. Während der Taschendieb aber seinen Griff ansetzt, während seine Hand unten blitzhaft vorstößt, in eben diesem angespanntesten, aufregendsten Moment der Tat muß er überdies noch gleichzeitig in seinem Gesicht alle Muskeln und Nerven völlig beherrschen, er muß gleichgültig, beinahe gelangweilt tun. Er darf seine Erregung nicht verraten, darf nicht, wie der Gewalttäter, der Mörder, während er mit dem Messer zustößt, den Grimm seines Stoßes in der Pupille spiegeln – er muß, der Taschendieb, während seine Hand schon vorfährt, seinem Opfer klare, freundliche Augen hinhalten und demütig beim Zusammenprall sein „Pardon, Monsieur" mit unauffälligster Stimme sagen. Aber noch nicht genug an dem, daß er im Augenblick der Tat klug und wach und geschickt sein muß – schon *ehe* er zugreift, muß er seine Intelligenz, seine Menschenkenntnis bewähren, er muß als Psychologe, als Physiologe seine Opfer auf die Tauglichkeit prüfen. Denn nur die Unaufmerksamen, die Nichtmißtrauischen sind überhaupt in Rechnung zu stellen und unter diesen abermals bloß jene, die den Oberrock nicht zugeknöpft tragen, die nicht zu rasch gehen, die man also unauffällig anschleichen kann; von hundert, von fünfhundert Menschen auf der Straße, ich habe es in jener Stunde nachgezählt, kommen kaum mehr als einer oder zwei ins Schußfeld. Nur bei ganz wenigen Opfern wird sich ein vernünftiger Taschendieb überhaupt an die Arbeit wagen, und bei diesen wenigen mißlingt der Zugriff infolge der unzähligen Zufälle, die zusammenwirken müssen, meist noch in letzter Minute. Eine riesige Summe von Menschenerfahrung, von Wachsamkeit und Selbstbeherrschung ist (ich kann es bezeugen) für dieses Handwerk vonnöten, denn auch dies ist zu bedenken, daß der Dieb, während er bei seiner Arbeit mit angespannten Sinnen seine Opfer wählen und beschleichen muß, gleichzeitig mit einem anderen Sinn seiner krampfhaft angestrengten Sinne darauf zu achten hat, daß er nicht zugleich selbst bei seiner Arbeit beobachtet werde. Ob nicht ein Polizist oder ein Detektiv um die Ecke schielt oder einer der ekelhaft vielen Neugierigen, die ständig die

Straße bevölkern; all dies muß er stets im Auge behalten, und ob nicht eine in der Hast übersehene Auslage seine Hand spiegelt und ihn entlarvt, ob nicht von innen aus einem Geschäft oder aus einem Fenster jemand sein Treiben überwacht. Ungeheuer ist also die Anstrengung und kaum in vernünftiger Proportion zur Gefahr, denn ein Fehlgriff, ein Irrtum kann drei Jahre, vier Jahre Pariser Boulevard kosten, ein kleines Zittern der Finger, ein vorschneller nervöser Griff die Freiheit. Taschendiebstahl am hellichten Tage auf einem Boulevard, ich weiß es jetzt, ist eine Mutleistung höchsten Ranges, und ich empfinde es seitdem als gewisse Ungerechtigkeit, wenn die Zeitungen diese Art Diebe gleichsam als die Belanglosen unter den Übeltätern in einer kleinen Rubrik mit drei Zeilen abtun. Denn von allen Handwerken, den erlaubten und unerlaubten unserer Welt, ist dies eines der schwersten, der gefährlichsten: eines, das in seinen Höchstleistungen beinahe Anspruch hat, sich Kunst zu nennen. Ich darf dies aussprechen, ich kann es bezeugen, denn ich habe es einmal, an jenem Apriltage, erlebt und mitgelebt.

Mitgelebt: ich übertreibe nicht, wenn ich dies sage, denn nur anfangs, nur in den ersten Minuten gelang es mir, rein sachlich kühl diesen Mann bei seinem Handwerk zu beobachten; aber jedes leidenschaftliche Zuschauen erregt unwiderstehlich Gefühl, Gefühl wiederum verbindet, und so begann ich mich allmählich, ohne daß ich es wußte und wollte, mit diesem Dieb zu identifizieren, gewissermaßen in seine Haut, in seine Hände zu fahren, ich war aus dem bloßen Zuschauer seelisch sein Komplice geworden. Dieser Umschaltungsprozeß begann damit, daß ich nach einer Viertelstunde Zuschauens zu meiner eigenen Überraschung bereits alle Passanten auf Diebstauglichkeit oder -untauglichkeit abmusterte. Ob sie den Rock zugeknöpft trugen oder offen, ob sie zerstreut blickten oder wach, ob sie eine beleibte Brieftasche erhoffen ließen, kurzum, ob sie arbeitswürdig für meinen neuen Freund waren oder nicht. Bald mußte ich mir sogar eingestehen, daß ich längst nicht mehr neutral war in diesem beginnenden Kampfe, sondern innerlich unbedingt wünschte, ihm möge endlich ein Griff gelingen, ja ich mußte sogar den Drang, ihm bei seiner Arbeit zu helfen, beinahe mit Gewalt niederhalten. Denn so wie der

Kiebitz heftig versucht ist, mit einem leichten Ellbogenstoß den Spieler zur richtigen Karte zu mahnen, so juckte es mich geradezu, wenn mein Freund eine günstige Gelegenheit übersah, ihm zuzublinzeln: den dort geh an! Den dort, den Dicken, der den großen Blumenstrauß im Arm trägt. Oder als einmal, da mein Freund wieder einmal im Geschiebe untergetaucht war, unvermutet um die Ecke ein Polizist segelte, schien es mir meine Pflicht, ihn zu warnen, denn der Schreck fuhr mir so sehr ins Knie, als sollte ich selber gefaßt werden, ich spürte schon die schwere Pfote des Polizisten auf seiner, auf meiner Schulter. Aber – Befreiung! Da schlüpfte schon das dünne Männchen wieder herrlich schlicht und unschuldig aus dem Gedränge heraus und an der gefährlichen Amtsperson vorbei. All das war spannend, aber mir noch nicht genug, denn je mehr ich mich in diesen Menschen einlebte, je besser ich aus nun schon zwanzig vergeblichen Annäherungsversuchen sein Handwerk zu verstehen begann, desto ungeduldiger wurde ich, daß er noch immer nicht zugriff, sondern immer nur tastete und versuchte. Ich begann mich über sein tölpisches Zögern und ewiges Zurückweichen ganz redlich zu ärgern. Zum Teufel, faß doch endlich einmal straff zu, Hasenfuß! Hab doch mehr Mut! Den dort nimm, den dort! Aber nur endlich einmal los!

Glücklicherweise ließ sich mein Freund, der von meiner unerwünschten Anteilnahme nichts wußte und ahnte, keineswegs durch meine Ungeduld beirren. Denn dies ist ja allemal der Unterschied zwischen dem wahren, bewährten Künstler und dem Neuling, dem Amateur, dem Dilettanten, daß der Künstler aus vielen Erfahrungen um das notwendig Vergebliche weiß, das vor jedes wahrhafte Gelingen schicksalhaft gesetzt ist, daß er geübt ist im Warten und Sichgedulden auf die letzte, die entscheidende Möglichkeit. Genau wie der dichterisch Schaffende an tausend scheinbar lockenden und ergiebigen Einfällen gleichgültig vorübergeht (nur der Dilettant faßt gleich mit verwegener Hand zu), um alle Kraft für den letzten Einsatz zu sparen, so ging auch dieses kleine, mickrige Männchen an hundert einzelnen Chancen vorbei, die ich, der Dilettant, der Amateur in diesem Handwerk, schon als erfolgversprechend ansah. Er probte und tastete und versuchte, er drängte sich heran und hatte sicher gewiß schon hundertmal die Hand an fremden Taschen und Mänteln. Aber er griff niemals zu, sondern, unermüdlich in seiner Geduld, pendelte er mit der gleichen gut gespielten Unauffälligkeit immer wieder die dreißig Schritte zur Auslage hin und zurück, immer dabei mit einem wachen, schrägen Blick alle Möglichkeiten ausmessend und mit irgendwelchen mir, dem Anfänger, gar nicht wahrnehmbaren Gefahren vergleichend. In dieser ruhigen, unerhörten Beharrlichkeit war etwas, das mich trotz aller Ungeduld begeisterte und mir Bürgschaft bot für ein letztes Gelingen, denn gerade seine zähe Energie verriet, daß er nicht ablassen würde, ehe er nicht den siegreichen Griff getan. Und ebenso ehern war ich entschlossen, nicht früher wegzugehen, ehe ich seinen Sieg gesehen, und müßte ich warten bis Mitternacht.

So war es Mittag geworden, die Stunde der großen Flut, da plötzlich alle die kleinen Gassen und Gäßchen, die Treppen und Höfe viele kleine einzelne Wildbäche von Menschen in das breite Strombett des Boulevards schwemmten. Aus den Ateliers, den Werkstuben, den Bureaux, den Schulen, den Ämtern stürzen mit einem Stoß die Arbeiter und Nähmädchen und Verkäufer der unzähligen im zweiten, im dritten, im vierten Stock zusammengepreßten Werkstätten ins Freie; wie ein dunkler, zerflatternder Dampf quillt dann die gelöste Menge auf die Straße, Arbeiter in weißen Blusen oder Werkmänteln, die Midinettes zu zweien und dreien sich im Schwatzen unterfassend, Veilchensträußchen ans Kleid gespendelt, die kleinen Beamten mit ihren glänzenden Bratenröcken oder der obligaten Ledermappe unter dem Arm, die Packträger, die Soldaten in bleu d'horizon, alle die unzähligen, undefinierbaren Gestalten der unsichtbaren und unterirdischen Großstadtgeschäftigkeit. All das hat lange und allzulange in stickigen Zimmern gesessen, jetzt reckt es die Beine, läuft und schwirrt durcheinander, schnappt nach Luft, bläst sie mit Zigarrenrauch voll, drängt heraus-herein, eine Stunde lang bekommt die Straße von ihrer gleichzeitigen Gegenwart einen starken Schuß freudiger Lebendigkeit. Denn eine Stunde nur, dann müssen sie wieder hinauf hinter die verschlossenen Fenster, drechseln oder nähen, an Schreibmaschinen hämmern und Zahlenkolonnen addieren oder drucken oder schneidern und schustern. Das wissen die Muskeln, die Sehnen im Leib, darum spannen sie sich so froh und stark, und das weiß die Seele, darum genießt sie so heiter und voll die knapp bemessene Stunde; neugierig tastet und greift sie nach Helle und Heiterkeit, alles ist ihr willkommen für einen rechten Witz und eiligen Spaß. Kein Wunder, daß vor allem die Affenauslage von diesem Wunsch nach kostenloser Unterhaltung kräftig profitierte. Massenhaft scharten sich die Menschen um die verheißungsvolle Glasscheibe, voran die Midinettes, man hörte ihr Zwitschern wie aus einem zänkischen Vogelkäfig, spitz und scharf, und an sie drängten sich mit salzigen Witzen und festem Zugriff Arbeiter und Flaneure, und je dikker und dichter die Zuschauerschaft sich zum festen Klumpen ballte, desto munterer und geschwinder schwamm und tauchte mein kleiner Goldfisch im kanariengelben Überzieher bald da, bald dort durch das Geschiebe. Jetzt hielt es mich nicht länger auf meinem passiven Beobachtungsposten – jetzt galt es, ihm scharf und von nah auf die Finger zu blicken, um den eigentlichen Herzgriff des Handwerks kennenzulernen. Dies aber gab harte Mühe, denn dieser geübte Windhund hatte eine besondere Technik, sich glitschig zu machen und sich wie ein Aal durch die kleinsten Lücken eines Gedränges durchzuschlängeln – so sah ich ihn jetzt plötzlich, während er noch eben neben mir ruhig abwartend gestanden hatte, magisch verschwinden und im selben Augenblick schon ganz vorn an der Fensterscheibe. Mit einem Stoß mußte er sich durchgeschoben haben durch drei oder vier Reihen.

Selbstverständlich drängte ich ihm nach, denn ich befürchtete, er könnte, ehe ich meinerseits bis vorne ans Schaufenster gelangt sei, bereits wieder nach rechts oder links auf die ihm eigentümliche taucherische Art verschwunden sein. Aber nein, er wartete dort ganz still, merkwürdig still. Aufgepaßt! das muß einen Sinn haben, sagte ich mir sofort und musterte seine Nachbarn. Neben ihm stand eine gewöhnlich dicke Frau, eine sichtlich arme Person. An der rechten Hand hielt sie zärtlich ein etwa elfjähriges blasses Mädchen, am linken Arm trug sie eine offene Einkaufstasche aus billigem Leder, aus der zwei der langen französischen Weißbrotstangen unbekümmert herausstießen; ganz offensichtlich war in dieser Tragtasche das Mittagessen für den Mann verstaut. Diese brave Frau aus dem Volk – kein Hut, ein greller Schal, ein kariertes selbstgeschneidertes Kleid aus grobem Kattun – war von dem Affenschauspiel in kaum zu beschreibender Weise entzückt, ihr ganzer breiter, etwas schwammiger Körper schüttelte sich dermaßen vor Lachen, daß die weißen Brote hin und her schwankten, sie schmetterte so kollernde, juchzende Stöße von Lachen aus sich heraus, daß sie bald den andern ebensoviel Spaß bereitete wie die Äffchen. Mit der naiven Urlust einer elementaren Natur, mit der herrlichen Dankbarkeit all jener, denen im Leben wenig geboten ist, genoß sie das seltene Schauspiel: ach, nur die Armen können so wahrhaft dankbar sein, nur sie, denen es höchster Genuß des Genusses ist, wenn er nichts kostet und gleichsam vom Himmel geschenkt wird. Immer beugte sich die Gutmütige zwischendurch zu dem Kind herab, ob es nur recht genau sehe und ihm keine der Possierlichkeiten entgehe. „Rrregarrde doonc, Maargueriete" munterte sie in ihrem breiten, meridionalen Akzent das blasse Mädchen immer wieder auf, das unter so viel fremden Menschen zu scheu war, sich laut zu freuen. Herrlich war diese Frau, diese Mutter anzusehen, eine wahre Gäatochter, Urstamm der Erde, gesunde, blühende Frucht des französischen Volkes, und man hätte sie umarmen können, diese Treffliche, für ihre schmetternde, heitere, sorglose Freude. Aber plötzlich wurde mir etwas unheimlich. Denn ich merkte, wie der Ärmel des kanariengelben Überziehers immer näher an die Einkaufstasche heranpendelte, die sorglos offen stand (nur die Armen sind sorglos).

Um Gottes willen! Du willst doch nicht dieser armen, braven, dieser unsagbar gutmütigen und lustigen Frau die schmale Börse aus dem Einkaufskorb klauen? Mit einemmal revoltierte etwas in mir. Bisher hatte ich diesen Taschendieb mit Sportfreude beobachtet, ich hatte, aus seinem Leib, aus seiner Seele heraus denkend und mitfühlend, gehofft, ja gewünscht, es möge ihm endlich für einen so ungeheuren Einsatz an Mühe, Mut und Gefahr ein kleiner Coup gelingen. Aber jetzt, da ich zum erstenmal nicht nur den Versuch des Stehlens, sondern auch den Menschen leibhaftig sah, der bestohlen werden sollte, diese rührend naive, diese selig ahnungslose Frau, die wahrscheinlich für ein paar Sous stundenlang Stuben scheuerte und Stiegen schrubbte, da kam mich Zorn an. Kerl, schieb weg! hätte ich ihm am liebsten zugeschrien, such dir jemand anderen als diese arme Frau! Und schon drängte ich mich scharf vor und an die Frau heran, um den gefährdeten Einkaufskorb zu schützen. Aber gerade während meiner vorstoßenden Bewegung wandte sich der Bursche um und drängte glatt an mir vorbei. „Pardon, Monsieur", entschuldigte sich beim Anstreifen eine sehr dünne und demütige Stimme (zum erstenmal hörte ich sie), und schon schlüpfte das gelbe Mäntelchen aus dem Gedränge. Sofort, ich weiß nicht warum, hatte ich das Gefühl: er hat bereits zugegriffen. Nur ihn jetzt nicht aus den Augen lassen! Brutal – ein Herr fluchte hinter mir, ich hatte ihn hart auf den Fuß getreten – drückte ich mich aus dem Quirl und kam gerade noch zurecht, um zu sehen, wie das kanariengelbe Mäntelchen bereits um die Ecke des Boulevards in eine Seitengasse wehte. Ihm nach jetzt, ihm nach! Festbleiben an seinen Fersen! Aber ich mußte scharfe Schritte einschalten, denn – ich traute zuerst kaum meinen Augen –: dieses Männchen, das ich eine Stunde lang beobachtet hatte, war mit einemmal verwandelt. Während es vordem scheu und beinahe beduselt zu torkeln schien, flitzte es jetzt leicht wie ein Wiesel die Wand entlang mit dem typischen Angstschritt eines mageren Kanzlisten, der den Omnibus versäumt hat und sich eilt, ins Bureau zurecht zu kommen. Nun bestand kein Zweifel mehr für mich. Das war die Gangart nach der Tat, die Diebsgangart Nummer zwei, um möglichst schnell und unauffällig dem Tatort zu entflüchten. Nein, es bestand kein Zweifel: der Schuft hatte dieser hundearmen Person die Geldbörse aus der Einkaufstasche geklaut.

In erster Wut hätte ich beinahe Alarmsignal gegeben: Au voleur! Aber dann fehlte mir der Mut. Denn immerhin, ich hatte den faktischen Diebstahl nicht beobachtet, ich konnte ihn nicht voreilig beschuldigen. Und dann – es gehört ein gewisser Mut dazu, einen Menschen anzupacken und in Vertretung Gottes Justiz zu spielen: diesen Mut habe ich nie gehabt, einen Menschen anzuklagen und anzugeben. Denn ich weiß genau, wie gebrechlich alle Gerechtigkeit ist und welche Überheblichkeit es ist, von einem problematischen Einzelfall das Recht ableiten zu wollen in unserer verworrenen Welt. Aber während ich noch mitten im scharfen Nacheilen überlegte, was ich tun solle, wartete meiner eine neue Überraschung, denn kaum zwei Straßen weiter schaltete 'plötzlich dieser erstaunliche Mensch eine dritte Gangart ein. Er stoppte mit einemmal den scharfen Lauf, er duckte und drückte sich nicht mehr zusammen, sondern ging plötzlich ganz still und gemächlich, er promenierte gleichsam privat. Offenbar wußte er die Zone der Gefahr überschritten, niemand verfolgte ihn, also konnte niemand mehr ihn überweisen. Ich begriff, nun wollte er nach der ungeheuren Spannung locker atmen, er war gewissermaßen Taschendieb außer Dienst, Rentner seines Berufes, einer von den vielen Tausenden Menschen in Paris, die still und gemächlich mit einer frisch angezündeten Zigarette über das Pflaster gehen; mit einer unerschütterlichen Unschuld schlenderte das dünne Männchen ganz ausgeruhten, bequemen, lässigen Ganges über die Chaussée d'Antin dahin, und zum erstenmal hatte ich das Gefühl, es musterte sogar die vorübergehenden Frauen und Mädchen auf ihre Hübschheit oder Zugänglichkeit.

Nun, und wohin jetzt, Mann der ewigen Überraschungen? Siehe da: in den kleinen, von jungem, knospendem Grün umbuschten Square vor der Trinité? Wozu? Ach, ich verstehe! Du willst dich ein paar Minuten ausruhen auf einer Bank, und wie auch nicht? Dieses unablässige Hinundherjagen muß dich gründlich müde gemacht haben. Aber nein, der Mann der unablässigen Überraschungen setzte sich nicht hin auf eine der Bänke, sondern steuerte zielbewußt – ich bitte jetzt um Verzeihung! – auf ein kleines, für allerprivateste Zwecke öffentlich bestimmtes Häuschen zu, dessen breite Tür er sorgfältig hinter sich schloß.

Im ersten Augenblick mußte ich blank herauslachen: endet Künstlertum an solch allmenschlicher Stelle? Oder ist dir der Schreck so arg in die Eingeweide gefahren? Aber wieder sah ich, daß die ewig possentreibende Wirklichkeit immer die amüsanteste Arabeske findet, weil sie mutiger ist als der erfindende Schriftsteller. Sie wagt unbedenklich, das Außerordentliche neben das Lächerliche zu setzen und boshafterweise das unvermeidbar Menschliche neben das Erstaunliche. Während ich – was blieb mir übrig? – auf einer Bank auf sein Wiederkommen aus dem grauen Häuschen

wartete, wurde mir klar, daß dieser erfahrene und gelernte
Meister seines Handwerks hierin nur mit der selbstverständlichen Logik seines Metiers handelte, wenn er vier si-
chere Wände um sich stellte, um seinen Verdienst abzuzäh-
len, denn auch dies (ich hatte es vorhin nicht bedacht) gehörte zu den von uns Laien gar nicht erwägbaren
Schwierigkeiten für einen berufsmäßigen Dieb, daß er
rechtzeitig daran denken muß, sich der Beweisstücke seiner
Beute völlig unkontrollierbar zu entledigen. Und nichts ist
ja in einer so ewig wachen, mit Millionen Augen spähenden
Stadt schwerer zu finden als vier schützende Wände, hinter
denen man sich völlig verbergen kann; auch wer nur selten
Gerichtsverhandlungen liest, erstaunt jedesmal, wie viele
Zeugen bei dem nichtigsten Vorfall, bewaffnet mit einem
teuflisch genauen Gedächtnis, prompt zur Stelle sind. Zer-
reiße auf der Straße einen Brief und wirf ihn in die Gosse:
Dutzende schauen dir dabei zu, ohne daß du es ahnst, und
fünf Minuten später wird irgendein müßiger Junge sich
vielleicht den Spaß machen, die Fetzen wieder zusammen-
zusetzen. Mustere deine Brieftasche in einem Hausflur:
morgen, wenn irgendeine in dieser Stadt als gestohlen gemeldet ist, wird eine Frau, die du gar nicht gesehen hast,
zur Polizei laufen und eine so komplette Personsbeschreibung von dir geben wie ein Balzac. Kehr ein in ein Gasthaus, und der Kellner, den du gar nicht beachtest, merkt
sich deine Kleidung, deine Schuhe, deinen Hut, deine
Haarfarbe und die runde oder flache Form deiner Fingernä-
gel. Hinter jedem Fenster, jeder Auslagenscheibe, jeder
Gardine, jedem Blumentopf blicken dir ein paar Augen
nach, und wenn du hundertmal selig meinst, unbeobachtet
und allein durch die Straßen zu streifen, überall sind unbe-
rufene Zeugen zur Stelle, ein tausendmaschiges, täglich er-
neuertes Netz von Neugier umspannt unsere ganze Existenz. Vortrefflicher Gedanke darum, du gelernter Künstler, für fünf Sous dir vier undurchsichtige Wände für ein
paar Minuten zu kaufen. Niemand kann dich bespähen,
während du die gepaschte Geldbörse ausweidest und die
anklägerische Hülle verschwinden läßt, und sogar ich, dein
Doppelgänger und Mitgänger, der hier gleichzeitig erhei-
tert und enttäuscht wartet, wird dir nicht nachrechnen können, wieviel du erbeutet hast.

So dachte ich zumindest, aber abermals kam es anders. Denn kaum daß er mit seinen dünnen Fingern die Eisentür aufgeklinkt hatte, wußte ich schon um sein Mißgeschick, als hätte ich innen das Portemonnaie mitgezählt: erbärmlich magere Beute! An der Art, wie er die Füße enttäuscht vorschob, ein müder, ausgeschöpfter Mensch, schlaff und dumpf die Augenlider über dem gesenkten Blick, erkannte ich sofort: Pechvogel, du hast umsonst gerobotet den ganzen langen Vormittag. In jener geraubten Geldtasche war zweifellos (ich hätte es dir voraussagen können) nichts Rechtes gewesen, im besten Falle zwei oder drei zerknitterte Zehnfrancsscheine – viel, viel zu wenig für diesen ungeheuren Einsatz an handwerklicher Leistung und halsbrecherischer Gefahr – viel nur leider für die unselige Aufwartefrau, die jetzt wahrscheinlich weinend in Belleville schon zum siebentenmal den herbeigeeilten Nachbarsfrauen von ihrem Mißgeschick erzählte, auf die elende Diebskanaille schimpfte und immer wieder mit zitternden Händen die ausgeraubte Einkaufstasche verzweifelt vorzeigte. Aber für den gleichfalls armen Dieb, das merkte ich mit einem Blick, war der Fang eine Niete, und nach wenigen Minuten sah ich meine Vermutung bereits bestätigt. Denn dieses Häufchen Elend, zu dem er jetzt, körperlich wie seelisch ermüdet, zusammengeschmolzen war, blieb vor einem kleinen Schuhgeschäft sehnsüchtig stehen und musterte lange die billigsten Schuhe in der Auslage. Schuhe, neue Schuhe, die brauchte er doch wirklich statt der zerlöcherten Fetzen an seinen Füßen, er brauchte sie notwendiger als die hunderttausend anderen, die heute mit guten, ganzen Sohlen oder leisem Gummidruck über das Pflaster von Paris flanierten, er benötigte sie doch geradezu für sein trübes Handwerk. Aber der hungrige und zugleich vergebliche Blick verriet deutlich: zu einem solchen Paar, wie es da, blankgewichst und mit vierundfünfzig Francs angezeichnet, in der Auslage stand, hatte jener Griff nicht gereicht: mit bleiernen Schultern bog er sich weg von dem spiegelnden Glas und ging weiter.

Weiter, wohin? Wieder auf solch halsbrecherische Jagd? Noch einmal die Freiheit wagen für eine so erbärmliche, unzulängliche Beute? Nein, du Armer, ruh wenigstens ein bißchen aus. Und wirklich, als hätte er meinen Wunsch magnetisch gefühlt, bog er jetzt ein in eine Seitengasse und blieb endlich stehen vor einem billigen Speisehaus. Für mich war es selbstverständlich, ihm nachzufolgen. Denn alles wollte ich von diesem Menschen wissen, mit dem ich jetzt seit zwei Stunden mit pochenden Adern, mit bebender Spannung lebte. Zur Vorsicht kaufte ich mir rasch noch eine Zeitung, um mich besser hinter ihr verschanzen zu können, dann trat ich, den Hut mit Absicht tief in die Stirn gedrückt, in die Gaststube ein und setzte mich einen Tisch hinter ihn. Aber unnötige Vorsicht – dieser arme Mensch hatte zur Neugier keine Kraft mehr. Ausgeleert und matt starrte er mit einem stumpfen Blick auf das weiße Gedeck, und erst als der Kellner das Brot brachte, wachten seine mageren, knochigen Hände auf und griffen gierig zu. An der Hast, mit der er zu kauen begann, erkannte ich erschüttert alles: dieser arme Mensch hatte Hunger, richtigen, ehrlichen Hunger, einen Hunger seit frühmorgens und vielleicht seit gestern schon, und mein plötzliches Mitleid für ihn wurde ganz brennend, als ihm der Kellner das bestellte Getränk brachte: eine Flasche Milch. Ein Dieb, der Milch trinkt! Immer sind es ja einzelne Kleinigkeiten, die wie ein aufflammendes Zündholz mit einem Blitz die ganze Tiefe eines Seelenraumes erhellen, und in diesem einen Augenblick, da ich ihn, den Taschendieb, das unschuldigste, das kindlichste aller Getränke, da ich ihn weiße, sanfte Milch trinken sah, hörte er sofort für mich auf, Dieb zu sein. Er war nur mehr einer von den unzähligen Armen und Gejagten und Kranken und Jämmerlichen dieser schief gezimmerten Welt, mit einmal fühlte ich mich in einer viel tieferen Schicht als jener der Neugierde ihm verbunden. In allen Formen der gemeinsamen Irdischkeit, in der Nacktheit, im Frost, im Schlaf, in der Ermüdung, in jeder Not des leidenden Leibes fällt zwischen Menschen das Trennende ab, die künstlichen Kategorien verlöschen, welche die Menschheit in Gerechte und Ungerechte, in Ehrenwerte und Verbrecher teilen, nichts bleibt übrig als das arme ewige Tier, die irdische Kreatur, die Hunger hat, Durst, Schlafbedürfnis und Müdigkeit wie du und ich und alle. Ich sah ihm zu wie gebannt, während er mit vorsichtigen kleinen und doch gierigen Schlucken die dicke Milch trank und schließlich noch die Brotkrumen zusammenscharrte, und gleichzeitig schämte ich mich dieses meines Zuschauens, ich schämte mich, jetzt schon zwei Stunden diesen unglücklichen gejagten Menschen wie ein Rennpferd für meine Neugier seinen dunklen Weg laufen zu lassen, ohne den Versuch, ihn zu halten oder ihm zu helfen. Ein unermeßliches Verlangen ergriff mich, auf ihn zuzutreten, mit ihm zu sprechen, ihm etwas anzubieten. Aber wie dies beginnen? Wie ihn ansprechen? Ich forschte und suchte bis aufs schmerzhafteste nach einer Ausrede, nach einem Vorwand, und fand ihn doch nicht. Denn so sind wir! Taktvoll bis zur Erbärmlichkeit, wo es ein Entscheidendes gilt, kühn im Vorsatz und doch jämmerlich mutlos, die dünne Luftschicht zu durchstoßen, die einen von einem anderen Menschen trennt, selbst wenn man ihn in Not weiß. Aber was ist, jeder weiß es, schwerer, als einem Menschen zu helfen, solange er nicht um Hilfe ruft, denn in diesem Nichtanrufen hat er noch einen letzten Besitz: seinen Stolz, den man nicht zudringlich verletzen darf. Nur die Bettler machen es einem leicht, und man sollte ihnen danken dafür, weil sie einem nicht den Weg zu sich sperren – dieser aber war einer von den Trotzigen, die lieber ihre persönliche Freiheit in gefahrvollster Weise einsetzen, statt zu betteln, die lieber stehlen, statt Almosen zu nehmen. Würde es ihn nicht seelenmörderisch erschrecken, drängte ich mich unter irgendeinem Vorwand und ungeschickt an ihn heran? Und dann, er saß so maßlos müde da, daß jede Störung eine Roheit gewesen wäre. Er hatte den Sessel ganz an die Mauer geschoben, so daß gleichzeitig der Körper am Sesselrücken und der Kopf an der Wand lehnte, die bleigrauen Lider für einen Augenblick geschlossen: ich verstand, ich fühlte, am liebsten hätte er jetzt geschlafen, nur zehn, nur fünf Minuten lang. Geradezu körperlich drang seine Ermüdung und Erschöpfung in mich ein. War diese fahle Farbe des Gesichtes nicht weißer Schatten einer gekalkten Gefängniszelle? Und dieses Loch im Ärmel, bei jeder Bewegung aufblitzend, verriet es nicht, daß keine Frau besorgt und zärtlich in seinem Schicksal war? Ich versuchte mir sein Leben vorzustellen: irgendwo im fünften Mansardenstock ein schmutziges Eisenbett im ungeheizten Zimmer, eine zerbrochene Waschschale, ein kleines Kofferchen als ganzen Besitz und in diesem engen Zimmer noch immer die Angst vor dem schweren Schritt des Polizisten, der die knarrenden Stufen treppauf steigt; alles sah ich in diesen zwei oder drei Minuten, da er erschöpft seinen dünnen knochigen Körper und seinen leicht greisenhaften Kopf an die Mauer lehnte. Aber der Kellner scharrte bereits auffällig die gebrauchten Gabeln und Messer zusammen: er liebte derart späte und langwierige Gäste nicht. Ich zahlte als erster und ging rasch, um seinen Blick zu vermeiden; als er wenige Minuten später auf die Straße trat, folgte ich ihm; um keinen Preis wollte ich mehr diesen armen Menschen sich selbst überlassen.

Denn jetzt war es nicht mehr wie vormittags eine spielerische und nervenmäßige Neugier, die mich an ihn heftete, nicht mehr die verspielte Lust, ein unbekanntes Handwerk kennenzulernen, jetzt spürte ich bis in die Kehle eine dumpfe Angst, ein fürchterlich drückendes Gefühl, und würgender wurde dieser Druck, sobald ich merkte, daß er den Weg abermals zum Boulevard hin nahm. Um Gottes willen, du willst doch nicht wieder vor dieselbe Auslage mit den Äffchen? Mach keine Dummheiten! Überleg's doch, längst muß die Frau die Polizei verständigt haben, gewiß wartet sie dort schon, dich gleich an deinem dünnen Mäntelchen zu fassen. Und überhaupt: laß für heute von der Arbeit! Versuch nichts Neues, du bist nicht in Form. Du hast keine Kraft mehr in dir, keinen Elan, du bist müde, und was man in der Kunst mit Müdigkeit beginnt, ist immer schlecht getan. Ruh dich lieber aus, leg dich ins Bett, armer Mensch: nur heute nichts mehr, nur nicht heute! Unmöglich zu erklären, wieso dieser Angstgedanke über mich kam, diese geradezu halluzinatorische Gewißheit, daß er beim ersten Versuch heute unbedingt ertappt werden müßte. Immer stärker wurde meine Besorgnis, je mehr wir uns dem Boulevard näherten, schon hörte man das Brausen seines ewigen Katarakts. Nein, um keinen Preis mehr vor jene Auslage, ich dulde es nicht, du Narr! Schon war ich hinter ihm und hatte die Hand bereit, ihn am Arm zu fassen, ihn zurückzureißen. Aber als hätte er abermals meinen inneren Befehl verstanden, machte mein Mann unvermuteterweise eine Wendung. Er überquerte in der Rue Drouot, eine Straße vor dem Boulevard, den Fahrdamm und ging mit einer plötzlich sicheren Haltung, als hätte er dort seine Wohnung, auf ein Haus zu. Ich erkannte sofort dieses Haus: es war das Hôtel Drouot, das bekannte Versteigerungsinstitut von Paris.

Ich war verblüfft, nun, ich weiß nicht mehr zum wievielten Mal, durch diesen erstaunlichen Mann. Denn indes ich sein Leben zu erraten mich bemühte, mußte gleichzeitig eine Kraft in ihm meinen geheimsten Wünschen entgegenkommen. Von den hunderttausend Häusern dieser fremden Stadt Paris hatte ich mir heute morgens vorgenommen, gerade in dieses eine Haus zu gehen, weil es mir immer die anregendsten, kenntnisreichsten und zugleich amüsantesten Stunden schenkt. Lebendiger als ein Museum und an manchen Tagen ebenso reich an Schätzen, jederzeit abwechslungsvoll, immer anders, immer dasselbe, liebe ich dieses äußerlich so unscheinbare Hôtel Drouot als eines der schönsten Schaustücke, denn es stellt in überraschender Verkürzung die ganze Sachwelt des Pariser Lebens dar. Was sonst in den verschlossenen Wänden einer Wohnung sich zu einem organischen Ganzen bindet, liegt hier zu zahllosen Einzeldingen zerhackt und aufgelöst wie in einem Fleischerladen der zerstückelte Leib eines riesigen Tieres, das Fremdeste und Gegensätzlichste, das Heiligste und das Alltäglichste ist hier durch die gemeinste aller Gemeinsamkeiten gebunden: alles, was hier zur Schau liegt, will zu Geld werden. Bett und Kruzifix und Hut und Teppich, Uhr und Waschschüssel, Marmorstatuen von Houdon und Tombakbestecke, persische Miniaturen und versilberte Zigarettendosen, schmutzige Fahrräder neben Erstausgaben von Paul Valéry, Grammophone neben gotischen Madonnen, Bilder von van Dyck Wand an Wand mit schmierigen Öldrucken, Sonaten Beethovens neben zerbrochenen Öfen, das Notwendigste und das Überflüssigste, der niedrigste Kitsch und die kostbarste Kunst, groß und klein und echt und falsch und alt und neu, alles, was je von Menschenhand und Menschengeist erschaffen wurde, das Erhabenste wie das Stupideste, strömt in diese Auktionsretorte, die grausam gleichgültig alle Werte dieser riesigen Stadt in sich zieht und wieder ausspeit. Auf diesem unbarmherzigen Umschlagplatz aller Werte zu Münze und Zahl, auf diesem riesigen Krammarkt menschlicher Eitelkeiten und Notwendigkeiten, an diesem phantastischen Ort spürt man stärker als irgendwo sonst die ganze verwirrende Vielfalt unserer materiellen Welt. Alles kann der Notstand hier verkaufen, der Besitzende erkaufen, aber nicht Gegenstände allein erwirbt man hier, sondern auch Einblicke und Kenntnisse. Der Achtsame kann hier durch Zuschauen und Zuhören jede Materie besser verstehen lernen, Kenntnis der Kunstgeschichte, Archäologie, Bibliophilie, Briefmarkenbewertung, Münzkunde und nicht zum mindesten auch Menschenkunde. Denn ebenso vielfältig wie die Dinge, die aus diesen Sälen in andere Hände wandern wollen und sich nur für eine kurze Frist ausruhen von der Knechtschaft des Besitzes, ebenso vielfältig sind die Menschenrassen und -klassen, die neugierig und kaufgierig sich um die Versteigerungstische drängen, die Augen unruhig von der Leidenschaft des Geschäftes, dem geheimnisvollen Brand der Sammelwut. Hier sitzen die großen Händler in ihren Pelzen und sauber gebürsteten Melonenhüten neben kleinen schmutzigen Antiquaren und Bric-à-brac-Trödlern der Rive Gauche, die billig ihre Buden füllen wollen, zwischendurch schwirren und schwatzen die kleinen Schieber und Zwischenhändler, die Agenten, die Aufbieter, die „Racailleurs", die unvermeidlichen Hyänen des Schlachtfeldes, um rasch ein Objekt, ehe es billig zu Boden fällt, aufzuhaschen oder, wenn sie einen Sammler in ein kostbares Stück richtig verbissen sehen, ihn mit gegenseitigem Augenzwinkern hochzuwippen. Selber zu Pergament gewordene Bibliothekare schleichen hier bebrillt herum wie schläfrige Tapire, dann rauschen wieder bunte Paradiesvögel, hochelegante, beperlte Damen herein, die ihre Lakaien vorausgeschickt haben, um ihnen einen Vorderplatz am Auktionstisch frei zu halten, in einer Ecke stehen unterdes wie Kraniche still und mit zurückhaltendem Blick die wirklichen Kenner, die Freimaurerschaft der Sammler. Hinter all diesen Typen aber, die das Geschäft oder die Neugier oder die Kunstliebe aus wirklicher Anteilnahme heranlockt, wogt jedesmal eine zufällige Masse von bloß Neugierigen, die sich einzig an der kostenlos gegebenen Heizung wärmen wollen oder sich an den funkelnden Fontänen der emporgeschleuderten Zahlen freuen. Jeden aber, der hierher kommt, treibt eine Absicht, jene des Sammelns, des Spielens, des Verdienens, des Besitzenwollens oder bloß des Sichwärmens, Sicherhit-

zens an fremder Hitze, und dieses gedrängte Menschen-
chaos teilt und ordnet sich in eine ganz unwahrscheinliche
Fülle von Physiognomien. Eine einzige Spezies aber hatte
ich niemals hier vertreten gesehen oder gedacht: die Gilde
der Taschendiebe. Doch jetzt, da ich meinen Freund mit si-
cherem Instinkt einschleichen sah, verstand ich sofort, daß
dieser eine Ort auch das ideale, ja vielleicht das idealste Revier von Paris für seine hohe Kunst sein müsse. Denn hier
sind alle notwendigen Elemente aufs wunderbarste vereinigt, das gräßliche und kaum erträgliche Gedränge, die unbedingt erforderliche Ablenkung durch die Gier des Schau-
ens, des Wartens, des Lizitierens. Und drittens: ein Versteigerungsinstitut ist, außer dem Rennplatz, beinahe der letzte
Ort unserer heutigen Welt, wo alles noch bar auf den Tisch
bezahlt werden muß, so daß anzunehmen ist, unter jedem
Rock runde sich die weiche Geschwulst einer gefüllten
Brieftasche. Hier oder niemals wartet große Gelegenheit für
eine flinke Pfote, und wahrscheinlich, jetzt begriff ich's,
war die kleine Probe am Vormittag für meinen Freund bloß
eine Fingerübung gewesen. Hier aber rüstete er zum
eigentlichen Meisterstreich.
Und doch: am liebsten hätte ich ihn am Ärmel zurückgeris-
sen, als er jetzt lässig die Stufen zum ersten Stock hinaufstieg. Um Gottes willen, siehst du denn nicht dort das Plakat
in drei Sprachen: „Beware of pickpockets!", „Attention aux
pickpockets!", „Achtung vor Taschendieben!"? Siehst du das
nicht, du leichtfertiger Narr? Man weiß hier um deinesglei-
chen, gewiß schleichen Dutzende von Detektiven hier
durchs Gedränge, und nochmals, glaub mir, du bist heute
nicht in Form! Aber kühlen Blickes das ihm anscheinend
wohlbekannte Plakat streifend, stieg der ausgepichte Kenner
der Situation ruhig die Stufen empor, ein taktischer Entschluß, den ich an sich nur billigen konnte. Denn in den un-
teren Sälen wird meist nur grober Hausrat verkauft, Woh-
nungseinrichtungen, Kasten und Schränke, dort drängt und
quirlt die unergiebige und unerfreuliche Masse der Altwa-
renhändler, die vielleicht noch nach guter Bauernsitte sich
die Geldkatze sicher um den Bauch schnüren und die anzu-
gehen weder ergiebig noch ratsam sein dürfte. In den Sälen
des ersten Stockes aber, wo die subtileren Gegenstände versteigert werden, Bilder, Schmuck, Bücher, Autographen, Ju-

welen, dort sind zweifellos die volleren Taschen und sorgloseren Käufer.

Ich hatte Mühe, hinter meinem Freund zu bleiben, denn kreuz und quer paddelte er vom Haupteingang aus in jeden einzelnen Saal, vor und wieder zurück, um in jedem die Chancen auszumessen; geduldig und beharrlich wie ein Feinschmecker ein besonderes Menü las er zwischendurch die angeschlagenen Plakate. Endlich entschied er sich für den Saal sieben, wo „La célèbre collection de porcelaine chinoise et japonaise de Mme. la Comtesse Yves de G . . .“ versteigert wurde. Zweifellos, hier gab es heute sensationell kostspielige Ware, denn die Leute standen derart dicht gedrängt, daß man vom Eingang zunächst den Auktionstisch hinter den Mänteln und Hüten überhaupt nicht wahrnehmen konnte. Eine enggeschlossene vielleicht zwanzig- oder dreißigreihige Menschenmauer sperrte jede Sicht auf den langen, grünen Tisch, und von unserem Platz an der Eingangstür erhaschte man gerade noch die amüsanten Bewegungen des Auktionators, des Commissairepriseur, der von seinem erhöhten Pult aus, den weißen Hammer in der Hand, wie ein Orchesterchef das ganze Versteigerungsspiel dirigierte und über beängstigend lange Pausen immer wieder zu einem Prestissimo führte. Wahrscheinlich wie andere kleine Angestellte irgendwo in Ménilmontant oder sonst einer Vorstadt wohnhaft, zwei Zimmer, ein Gasherdchen, ein Grammophon als köstlichste Habe und ein paar Pelargonien vor dem Fenster, genoß er hier vor einem illustren Publikum, mit einem schnittigen Cutaway angetan, das Haar mit Pomade sorgfältig gescheitelt, sichtbar selig die unerhörte Lust, jeden Tag durch drei Stunden mit einem kleinen Hammer die kostbarsten Werte von Paris zu Geld zerschlagen zu dürfen. Mit der eingelernten Liebenswürdigkeit eines Akrobaten fing er von links, von rechts, vom Tisch und von der Tiefe des Saales die verschiedenen Angebote – „six-cents, six-cents-cinq, six-cents-dix“ – graziös auf wie einen bunten Ball und schleuderte, die Vokale rundend, die Konsonanten auseinanderziehend, dieselben Ziffern gleichsam sublimiert zurück. Zwischendurch spielte er das Animiermädchen, mahnte, wenn ein Angebot ausblieb und der Zahlenwirbel stockte, mit einem verlockenden Lächeln, „Personne à droite? Personne à gauche?“, oder er drohte, eine kleine dramatische Falte zwischen die Augenbrauen schiebend und den entscheidenden Elfenbeinhammer mit der rechten Hand erhebend: „J'adjuge", oder er lächelte ein „Voyons, Messieurs, c'est pas du tout cher". Dazwischen grüßte er kennerisch einzelne Bekannte, blinzelte manchen Bietern schlau aufmunternd zu, und während er die Ansage jedes neuen Auktionsstückes mit einer sachlich notwendigen Feststellung, „le numéro trente-trois", ganz trocken begann, stieg mit dem wachsenden Preis sein Tenor immer bewußter ins Dramatische empor. Er genoß es sichtlich, daß durch drei Stunden drei- oder vierhundert Menschen atemlos gierig bald seine Lippen anstarrten, bald das magische Hämmerchen in seiner Hand. Dieser trügerische Wahn, er selbst habe zu entscheiden, indes er nichts als das Instrument der zufälligen Angebote war, gab ihm ein berauschendes Selbstbewußtsein; wie ein Pfau schlug er seine vokalischen Räder, was mich aber keineswegs hinderte, innerlich festzustellen, daß er mit all seinen übertriebenen Gesten meinem Freunde eigentlich nur denselben notwendigen Ablenkedienst erwies wie die drei possierlichen Äffchen des Vormittags.

Vorläufig konnte mein wackerer Freund aus dieser Komplicenhilfe noch keinen Vorteil ziehen, denn wir standen noch immer hilflos in der letzten Reihe, und jeder Versuch, sich durch diese kompakte, warme und zähe Menschenmasse bis zum Auktionstisch vorzukeilen, schien mir vollkommen aussichtslos. Aber wieder bemerkte ich, wie sehr ich noch Eintagsdilettant war in diesem interessanten Gewerbe. Mein Kamerad, der erfahrene Meister und Techniker, wußte längst, daß immer im Augenblick, da der Hammer endgültig niederfiel – siebentausendzweihundertsechzig Francs jubelte eben der Tenor –, daß sich in dieser kurzen Sekunde der Entspannung die Mauer lockerte. Die aufgeregten Köpfe sanken nieder, die Händler notierten die Preise in die Kataloge, ab und zu entfernte sich ein Neugieriger, für einen Augenblick kam Luft in die gepreßte Menge. Und diesen Moment benutzte er genial geschwind, um mit niedergedrücktem Kopf wie ein Torpedo sich vorzustoßen. Mit einem Ruck hatte er sich durch vier, fünf Menschenreihen gezwängt, und ich, der ich mir doch geschworen hatte, den Unvorsichtigen nicht sich selbst zu überlassen, stand plötzlich allein und ohne ihn. Ich drängte zwar jetzt gleichfalls vor, aber schon nahm die Auktion wieder ihren Gang, schon schloß sich die Mauer wieder zusammen, und ich blieb im prallsten Gedränge hilflos stecken wie ein Karren im Sumpf. Entsetzlich war diese heiße, klebrige Presse, hinter, vor mir, links, rechts fremde Körper, fremde Kleider und so nah heran, daß jedes Husten eines Nachbars in mich hineinschütterte. Unerträglich dazu noch die Luft, es roch nach Staub, nach Dumpfem und Saurem, und vor allem nach Schweiß wie überall, wo es um Geld geht; dampfend vor Hitze, versuchte ich den Rock zu öffnen, um mit der Hand nach meinem Taschentuch zu fassen. Vergeblich, zu eng war ich eingequetscht. Aber doch, aber doch, ich gab nicht nach, langsam und stetig drängte ich weiter nach vorn, eine Reihe weiter und wieder eine. Jedoch zu spät! Das kanariengelbe Mäntelchen war verschwunden. Es steckte irgendwo unsichtbar in der Masse, niemand wußte von seiner gefährlichen Gegenwart, nur ich allein, dem alle Nerven bebten von einer mystischen Angst, diesem armen Teufel müsse heute etwas Entsetzliches zustoßen. Jede Sekunde erwartete ich, jemand würde aufschreien: Au voleur, ein Getümmel, ein Wortwechsel würde entstehen, und man würde ihn hinausschleifen, an beiden Ärmeln seines Mäntelchens gepackt – ich kann es nicht erklären, wieso diese grauenhafte Gewißheit in mich kam, es müsse ihm heute und gerade heute sein Zugriff mißlingen.

Aber siehe, nichts geschah, kein Ruf, kein Schrei; im Gegenteil, das Gerede, Gescharre und Gesurre hörte jählings auf. Mit einemmal wurde es merkwürdig still, als preßten diese zwei-, dreihundert Menschen alle auf Verabredung den Atem nieder, alle blickten sie jetzt mit verdoppelter Spannung zu dem Commissaire-priseur, der einen Schritt zurücktrat unter den Leuchter, so daß seine Stirn besonders feierlich erglänzte. Denn das Hauptstück der Auktion war an die Reihe gekommen, eine riesige Vase, die der Kaiser von China höchst persönlich vor dreihundert Jahren dem König von Frankreich mit einer Gesandtschaft als Präsent geschickt und die wie viele andere Dinge während der Revolution auf geheimnisvolle Weise Urlaub aus Versailles genommen hatte. Vier livrierte Diener hoben das kostbare

Objekt – weißleuchtende Rundung mit blauem Adernspiel – mit besonderer und zugleich demonstrativer Vorsicht auf den Tisch, und nach einem feierlichen Räuspern verkündete der Auktionär den Ausrufpreis: „Einhundertunddreißigtausend Francs! Einhundertunddreißigtausend Francs" – ehrfürchtige Stille antwortete dieser durch vier Nullen geheiligten Zahl. Niemand wagte sofort daraufloszubieten, niemand zu sprechen oder nur den Fuß zu rühren; die dicht und heiß ineinandergekeilte Menschenmasse bildete einen einzigen starren Block von Respekt. Dann endlich hob ein kleiner weißhaariger Herr am linken Ende des Tisches den Kopf und sagte schnell, leise und fast verlegen: „Einhundertfünfunddreißigtausend", worauf sofort der Commissaire-priseur entschlossen „Einhundertvierzigtausend" zurückschlug.

Nun begann aufregendes Spiel: der Vertreter eines großen amerikanischen Auktionshauses beschränkte sich darauf, immer nur den Finger zu heben, worauf wie bei einer elektrischen Uhr die Ziffer des Anbotes sofort um fünftausend vorsprang, vom anderen Tischende bot der Privatsekretär eines großen Sammlers (man raunte leise den Namen) kräftig Paroli; allmählich wurde die Auktion zum Dialog zwischen den beiden Bietern, die einander quer gegenübersaßen und störrisch vermieden, sich gegenseitig anzublicken: beide adressierten sie einzig ihre Mitteilungen an den Commissaire-priseur, der sie mit sichtlicher Befriedigung empfing. Endlich, bei zweihundertsechzigtausend, hob der Amerikaner zum erstenmal nicht mehr den Finger; wie ein eingefrorner Ton blieb die ausgerufene Zahl leer in der Luft hängen. Die Erregung wuchs, viermal wiederholte der Commissaire-priseur: „Zweihundertsechzigtausend ... zweihundertsechzigtausend ..." Wie einen Falken nach Beute warf er die Zahl hoch in den Raum. Dann wartete er, blickte gespannt und leise enttäuscht nach rechts und links (ach, er hätte noch gern weitergespielt!): „Bietet niemand mehr?" Schweigen und Schweigen. „Bietet niemand mehr?" Es klang fast wie Verzweiflung. Das Schweigen begann zu schwingen, eine Saite ohne Ton. Langsam erhob sich der Hammer. Jetzt standen dreihundert Herzen still ... „Zweihundertsechzigtausend Francs zum ersten ... zum zweiten ... zum ..."

Wie ein einziger Block lag das Schweigen auf dem verstummten Saal, niemand atmete mehr. Mit fast religiöser Feierlichkeit hob der Commissaire-priseur den Elfenbeinhammer über die verstummte Menge. Noch einmal drohte er: „J'adjuge." Nichts! Keine Antwort. Und dann: „Zum drittenmal." Der Hammer fiel mit trockenem und bösem Schlag. Vorbei! Zweihundertsechzigtausend Francs! Die Menschenmauer schwankte und zerbrach von diesem kleinen, trockenen Schlag wieder in einzelne lebendige Gesichter, alles regte sich, atmete, schrie, stöhnte, räusperte sich. Wie ein einziger Leib rührte und entspannte sich die zusammengekeilte Menge in einer erregten Welle, in einem einzigen fortgetragenen Stoß.

Auch zu mir kam dieser Stoß, und zwar von einem fremden Ellbogen mitten in die Brust. Zugleich murmelte jemand mich an: „Pardon, Monsieur." Ich zuckte auf. Diese Stimme! O freundliches Wunder, er war es, der schwer Vermißte, der lang Gesuchte, die auflockernde Welle hatte ihn – welch glücklicher Zufall – gerade zu mir hergeschwemmt. Jetzt hatte ich ihn, gottlob, wieder ganz nahe, jetzt konnte ich ihn endlich, endlich genau überwachen und beschirmen. Natürlich hütete ich mich wohl, ihm offen ins Antlitz zu sehen; nur von der Seite schielte ich leise hinüber, und zwar nicht nach seinem Gesicht, sondern nach seinen Händen, nach seinem Handwerkszeug, aber die waren merkwürdigerweise verschwunden: er hatte, bald merkte ich's, die beiden Unterärmel seines Mäntelchens dicht an den Leib gelegt und wie ein Frierender die Finger unter ihren schützenden Rand gezogen, damit sie unsichtbar würden. Wenn er jetzt ein Opfer antasten wollte, so konnte es nichts anderes als eine zufällige Berührung von weichem, ungefährlichem Stoff spüren, die stoßbereite Diebshand lag unter dem Ärmel verdeckt wie die Kralle in der samtenen Katzenpfote. Ausgezeichnet gemacht, bewunderte ich. Aber gegen wen zielte dieser Griff? Ich schielte vorsichtig zu seiner Rechten hin, dort stand ein hagerer, durchaus zugeknöpfter Herr und vor ihm, mit breitem und uneinnehmbarem Rücken, ein zweiter; so war mir zunächst nicht klar, wie er an einen dieser beiden erfolgreich herankommen könnte. Aber plötzlich, als ich jetzt einen leisen Druck an meinem eigenen Knie fühlte, packte mich der Ge-

danke – und wie ein Schauer rann es eisig durch mich: am
Ende gilt diese Vorbereitung mir selbst? Am Ende willst du
Narr hier den einzigen im Saale angehen, der von dir weiß,
und ich soll jetzt – letzte und verwirrendste Lektion! –
dein Handwerk am eigenen Leibe ausproben? Wahrhaftig,
es schien mir zu gelten, gerade mich, gerade mich hatte der
heillose Unglücksvogel sich anscheinend ausgesucht, gerade mich, seinen Gedankenfreund, den einzigen, der ihn
kannte bis in die Tiefe seines Handwerks!
Ja, zweifellos galt es mir, jetzt durfte ich mich nicht länger
täuschen, denn ich spürte bereits unverkennbar, wie sich
der nachbarliche Ellbogen leise mir in die Seite drückte,
wie Zoll um Zoll der Ärmel mit der verdeckten Hand sich
vorschob, um wahrscheinlich bei der ersten erregten Bewegung innerhalb des Gedränges mit flinkem Griff mir wippend zwischen Rock und Weste zu fahren. Zwar: mit einer
kleinen Gegenbewegung hätte ich mich jetzt noch völlig sichern können; es hätte genügt, mich zur Seite zu drehen
oder den Rock zuzuknöpfen, aber sonderbar, dazu hatte ich
keine Kraft mehr, denn mein ganzer Körper war hypnotisiert von Erregung und Erwartung. Wie angefroren stockte
mir jeder Muskel, jeder Nerv, und während ich unsinnig
aufgeregt wartete, überdachte ich rasch, wieviel ich in der
Brieftasche hatte, und während ich an die Brieftasche
dachte, spürte ich (jeder Teil unseres Körpers wird ja sofort
gefühlsempfindlich, sobald man ihn denkt, jeder Zahn, jede
Zehe, jeder Nerv) den noch warmen und ruhigen Druck
der Brieftasche gegen die Brust. Sie war also vorläufig noch
zur Stelle, und derart vorbereitet konnte ich seinen Angriff
unbesorgt bestehen. Aber ich wußte merkwürdigerweise
gar nicht, ob ich diesen Angriff wollte oder nicht wollte.
Mein Gefühl war völlig verwirrt und wie zweigeteilt. Denn
einerseits wünschte ich um seinetwillen, der Narr möge
von mir ablassen, anderseits wartete ich mit der gleichen
fürchterlichen Spannung wie beim Zahnarzt, wenn der Bohrer sich der gepeinigten Stelle nähert, auf seine Kunst-
probe, auf den entscheidenden Stoß. Er aber, als ob er mich
für meine Neugierde strafen wollte, beeilte sich keineswegs
mit seinem Zustoß. Immer wieder hielt er inne und blieb
doch warm nahe. Zoll um Zoll schob er sich bedächtig näher, und obwohl meine Sinne ganz an diese drängende Be-

rührung gebunden waren, hörte ich gleichzeitig mit einem ganz anderen Sinn vollkommen deutlich die steigenden Angebote der Auktion vom Tisch herüber: „Dreitausendsiebenhundertfünfzig ... bietet niemand mehr? Dreitausendsiebenhundertsechzig ... siebenhundertsiebzig ... siebenhundertachtzig ... bietet niemand mehr? Bietet niemand mehr?" Dann fiel der Hammer. Abermals ging der leichte Stoß der Auflockerung nach erfolgtem Zuschlag durch die Masse, und im selben Moment fühlte ich eine Welle davon an mich herankommen. Es war kein wirklicher Griff, sondern etwas wie das Laufen einer Schlange, ein gleitender körperlicher Hauch, so leicht und schnell, daß ich ihn nie gefühlt hätte, wäre nicht alle meine Neugier an jener bedrohten Stelle Posten gestanden; nur eine Falte wie von zufälligem Wind kräuselte meinen Mantel, etwas spürte ich zart wie das Vorüberstreifen eines Vogels und ...

Und plötzlich geschah, was ich nie erwartet hatte: meine eigene Hand war von unten stoßhaft heraufgefahren und hatte die fremde Hand unter meinem Rock gepackt. Niemals hatte ich diese brutale Abwehr geplant. Es war eine mich selbst überrumpelnde Reflexbewegung meiner Muskeln. Aus rein körperlichem Abwehrinstinkt war meine Hand automatisch emporgestoßen. Und jetzt hielt – entsetzlich – zu meinem eigenen Erstaunen und Erschrecken meine Faust eine fremde, eine kalte, eine zitternde Hand um das Gelenk gepreßt: nein, das hatte ich nie gewollt!

Diese Sekunde kann ich nicht beschreiben. Ich war ganz starr vor Schreck, plötzlich ein lebendiges Stück kalten Fleisches eines fremden Menschen gewaltsam zu halten. Und genau so schreckgelähmt war er. So wie ich nicht die Kraft, nicht die Geistesgegenwart hatte, seine Hand loszulassen, so hatte er keinen Mut, keine Geistesgegenwart, sie wegzureißen. „Vierhundertfünfzig ... vierhundertsechzig ... vierhundertsiebzig ...", schmetterte oben pathetisch der Commissaire-priseur – ich hielt noch immer die fremde kaltschauernde Diebshand. „Vierhundertachtzig ... vierhundertneunzig ..." – noch immer merkte niemand, was zwischen uns beiden vorging, niemand ahnte, daß hier zwischen zwei Menschen ein ungeheures Spannungsschicksal bestand: einzig zwischen uns zweien, nur zwischen unseren fürchterlich angestrafften Nerven ging diese namenlose

Schlacht. „Fünfhundert ... fünfhundertzehn ... fünfhundertzwanzig ..." immer geschwinder sprudelten die Zahlen, „fünfhundertdreißig ... fünfhundertvierzig ... fünfhundertfünfzig ..." Endlich – das Ganze hatte kaum mehr als zehn Sekunden gedauert – kam mir der Atem wieder. Ich ließ die fremde Hand los. Sie glitschte sofort zurück und verschwand im Ärmel des gelben Mäntelchens.

„Fünfhundertsechzig ... fünfhundertsiebzig ... fünfhundertachtzig ... sechshundert ... sechshundertzehn ...", rasselte es oben weiter und weiter, und wir standen noch immer nebeneinander, Komplicen der geheimnisvollen Tat, beide gelähmt von dem gleichen Erlebnis. Noch spürte ich seinen Körper ganz warm angedrückt an den meinen, und als jetzt in gelöster Erregung die erstarrten Knie mir zu zittern begannen, meinte ich zu fühlen, wie dieser leichte Schauer in die seinen überlief. „Sechshundertzwanzig ... dreißig ... vierzig ... fünfzig ... sechzig ... siebzig ...", immer höher schnellten sich die Zahlen, und immer noch standen wir, durch diesen eisigen Ring des Grauens aneinandergekettet. Endlich fand ich die Kraft, wenigstens den Kopf zu wenden und zu ihm hinüberzusehen. Im gleichen Augenblick schaute er zu mir herüber. Ich stieß mitten in seinen Blick. Gnade, Gnade! Nicht mich anzeigen! schienen die kleinen wässerigen Augen zu betteln, die ganze Angst seiner zerpreßten Seele, die Urangst aller Kreatur strömte aus diesen runden Pupillen heraus, und das Bärtchen zitterte mit im Sturm seines Entsetzens. Nur diese aufgerissenen Augen nahm ich deutlich wahr, das Gesicht dahinter war vergangen in einem so unerhörten Ausdruck von Schreck, wie ich ihn niemals vorher und nachher bei einem Menschen wahrgenommen. Ich schämte mich unsagbar, daß jemand so sklavisch, so hündisch zu mir aufblickte, als ob ich Macht hätte über Leben und Tod. Und diese seine Angst erniedrigte mich; verlegen drückte ich den Blick wieder zur Seite.

Er aber hatte verstanden. Er wußte jetzt, daß ich ihn nie und nimmer anzeigen würde; das gab ihm seine Kraft zurück. Mit einem kleinen Ruck bog er seinen Körper von mir fort, ich spürte, daß er sich für immer von mir loslösen wollte. Zuerst lockerte sich unten das angedrängte Knie, dann fühlte mein Arm die angepreßte Wärme vergehen, und plötzlich – mir war, als schwände etwas fort, was zu mir gehörte – stand der Platz neben mir leer. Mit einem Taucherstoß hatte mein Unglücksgefährte das Feld geräumt. Erst atmete ich auf im Gefühl, wieder Luft um mich zu haben. Aber im nächsten Augenblick erschrak ich: der Arme, was wird er jetzt beginnen? Er braucht doch Geld, und ich, ich schulde ihm doch Dank für diese Stunden der Spannung, ich, sein Komplice wider Willen, muß ihm doch helfen! Hastig drängte ich ihm nach. Aber Verhängnis! Der Unglücksvogel mißverstand meinen guten Eifer und fürchtete mich, da er mich von der Ferne des Gangs erspähte. Ehe ich ihm beruhigend zuwinken konnte, flatterte das kanariengelbe Mäntelchen schon die Treppe hinab in die Unerreichbarkeit der menschendurchfluteten Straße, und unvermutet, wie sie begonnen, war meine Lehrstunde zu Ende.

Schachnovelle

Auf dem großen Passagierdampfer, der um Mitternacht von New York nach Buenos Aires abgehen sollte, herrschte die übliche Geschäftigkeit und Bewegung der letzten Stunde. Gäste vom Land drängten durcheinander, um ihren Freunden das Geleit zu geben, Telegraphenboys mit schiefen Mützen schossen Namen ausrufend durch die Gesellschaftsräume, Koffer und Blumen wurden geschleppt, Kinder liefen neugierig treppauf und treppab, während das Orchester unerschütterlich zur Deckshow spielte. Ich stand im Gespräch mit einem Bekannten etwas abseits von diesem Getümmel auf dem Promenadendeck, als neben uns zwei- oder dreimal Blitzlicht scharf aufsprühte – anscheinend war irgendein Prominenter knapp vor der Abfahrt noch rasch von Reportern interviewt und photographiert worden. Mein Freund blickte hin und lächelte. „Sie haben da einen raren Vogel an Bord, den Czentovic." Und da ich offenbar ein ziemlich verständnisloses Gesicht zu dieser Mitteilung machte, fügte er erklärend bei: „Mirko Czentovic, der Weltschachmeister. Er hat ganz Amerika von Ost nach West mit Turnierspielen abgeklappert und fährt jetzt zu neuen Triumphen nach Argentinien."

In der Tat erinnerte ich mich nun dieses jungen Weltmeisters und sogar einiger Einzelheiten im Zusammenhang mit seiner raketenhaften Karriere; mein Freund, ein aufmerksamerer Zeitungsleser als ich, konnte sie mit einer ganzen Reihe von Anekdoten ergänzen. Czentovic hatte sich vor etwa einem Jahr mit einem Schlage neben die bewährtesten Altmeister der Schachkunst, wie Aljechin, Capablanca, Tartakower, Lasker, Bogoljubow, gestellt. Seit dem Auftreten des siebenjährigen Wunderkindes Rzecewski bei dem Schachturnier 1922 in New York hatte noch nie der Einbruch eines völlig Unbekannten in die ruhmreiche Gilde derart allgemeines Aufsehen erregt. Denn Czentovics intellektuelle Eigenschaften schienen ihm keineswegs solch eine blendende Karriere von vorneherein zu weissagen. Bald sikkerte das Geheimnis durch, daß dieser Schachmeister in seinem Privatleben außerstande war, in irgendeiner Sprache einen Satz ohne orthographischen Fehler zu schreiben, und wie einer seiner verärgerten Kollegen ingrimmig spottete, „seine Unbildung war auf allen Gebieten gleich universell". Sohn eines blutarmen südslawischen Donauschiffers, dessen winzige Barke eines Nachts von einem Getreidedampfer überrannt wurde, war der damals Zwölfjährige nach dem Tode seines Vaters vom Pfarrer des abgelegenen Ortes aus Mitleid aufgenommen worden, und der gute Pater bemühte sich redlich, durch häusliche Nachhilfe wettzumachen, was das maulfaule, dumpfe, breitstirnige Kind in der Dorfschule nicht zu erlernen vermochte.

Aber alle Anstrengungen blieben vergeblich. Mirko starrte die ihm schon hundertmal erklärten Schriftzeichen immer wieder fremd an; auch für die simpelsten Unterrichtsgegenstände fehlte seinem schwerfällig arbeitenden Gehirn jede festhaltende Kraft. Wenn er rechnen sollte, mußte er noch mit vierzehn Jahren die Finger zu Hilfe nehmen, und ein Buch oder eine Zeitung zu lesen bedeutete für den schon halbwüchsigen Jungen noch besondere Anstrengung. Dabei konnte man Mirko keineswegs unwillig oder widerspenstig nennen. Er tat gehorsam, was man ihm gebot, holte Wasser, spaltete Holz, arbeitete mit auf dem Felde, räumte die Küche auf und erledigte verläßlich, wenn auch mit verärgernder Langsamkeit, jeden geforderten Dienst. Was den guten Pfarrer aber an dem querköpfigen Knaben am meisten verdroß, war seine totale Teilnahmslosigkeit. Er tat nichts ohne besondere Aufforderung, stellte nie eine Frage, spielte nicht mit anderen Burschen und suchte von selbst keine Beschäftigung, sofern man sie nicht ausdrücklich anordnete; sobald Mirko die Verrichtungen des Haushalts erledigt hatte, saß er stur im Zimmer herum mit jenem leeren Blick, wie ihn Schafe auf der Weide haben, ohne an den Geschehnissen rings um ihn den geringsten Anteil zu nehmen. Während der Pfarrer abends, die lange Bauernpfeife schmauchend, mit dem Gendarmeriewachtmeister seine üb-

lichen drei Schachpartien spielte, hockte der blondsträhnige
Bursche stumm daneben und starrte unter seinen schweren
Lidern anscheinend schläfrig und gleichgültig auf das ka-
rierte Brett.

Eines Winterabends klingelten, während die beiden Partner
in ihre tägliche Partie vertieft waren, von der Dorfstraße her
die Glöckchen eines Schlittens rasch und immer rascher
heran. Ein Bauer, die Mütze mit Schnee überstäubt, stapfte
hastig herein, seine alte Mutter läge im Sterben, und der
Pfarrer möge eilen, ihr noch rechtzeitig die letzte Ölung zu
erteilen. Ohne zu zögern folgte ihm der Priester. Der Gendarmeriewachtmeister, der sein Glas Bier noch nicht ausge-
trunken hatte, zündete sich zum Abschied eine neue Pfeife
an und bereitete sich eben vor, die schweren Schafstiefel
anzuziehen, als ihm auffiel, wie unentwegt der Blick Mirkos
auf dem Schachbrett mit der angefangenen Partie haftete.

„Na, willst du sie zu Ende spielen?" spaßte er, vollkommen
überzeugt, daß der schläfrige Junge nicht einen einzigen
Stein auf dem Brett richtig zu rücken verstünde. Der Knabe
starrte scheu auf, nickte dann und setzte sich auf den Platz
des Pfarrers. Nach vierzehn Zügen war der Gendarmeriewachtmeister geschlagen und mußte zudem eingestehen,
daß keineswegs ein versehentlicher nachlässiger Zug seine
Niederlage verschuldet habe. Die zweite Partie fiel nicht
anders aus.

„Bileams Esel!" rief erstaunt bei seiner Rückkehr der Pfarrer
aus, dem weniger bibelfesten Gendarmeriewachtmeister erklärend, schon vor zweitausend Jahren hätte sich ein ähnliches Wunder ereignet, daß ein stummes Wesen plötzlich
die Sprache der Weisheit gefunden habe. Trotz der vorge-
rückten Stunde konnte der Pfarrer sich nicht enthalten, seinen halbanalphabetischen Famulus zu einem Zweikampf
herauszufordern. Mirko schlug auch ihn mit Leichtigkeit.
Er spielte zäh, langsam, unerschütterlich, ohne ein einziges-
Mal die gesenkte breite Stirne vom Brette aufzuheben. Aber
er spielte mit unwiderlegbarer Sicherheit; weder der Gendarmeriewachtmeister noch der Pfarrer waren in den nächsten Tagen imstande, eine Partie gegen ihn zu gewinnen.
Der Pfarrer, besser als irgend jemand befähigt, die sonstige
Rückständigkeit seines Zöglings zu beurteilen, wurde nun
ernstlich neugierig, wie weit diese einseitige sonderbare Be-

gabung einer strengeren Prüfung standhalten würde. Nachdem er Mirko bei dem Dorfbarbier die struppigen strohblonden Haare hatte schneiden lassen, um ihn einigermaßen präsentabel zu machen, nahm er ihn in seinem Schlitten mit in die kleine Nachbarstadt, wo er im Café des Hauptplatzes eine Ecke mit enragierten Schachspielern wußte, denen er selbst erfahrungsgemäß nicht gewachsen war. Es erregte bei ansässigen Runde nicht geringes Staunen, als der Pfarrer den fünfzehnjährigen strohblonden und rotbackigen Burschen in seinem nach innen getragenen Schafspelz und schweren, hohen Schaftstiefeln in das Kaffeehaus schob, wo der Junge befremdet mit scheu niedergeschlagenen Augen in einer Ecke stehenblieb, bis man ihn zu einem der Schachtische hinrief. In der ersten Partie wurde Mirko geschlagen, da er die sogenannte Sizilianische Eröffnung bei dem guten Pfarrer nie gesehen hatte. In der zweiten Partie kam er schon gegen den besten Spieler auf Remis. Von der dritten und vierten an schlug er sie alle, einen nach dem anderen.

Nun ereignen sich in einer kleinen südslawischen Provinzstadt höchst selten aufregende Dinge; so wurde das erste Auftreten dieses bäuerlichen Champions für die versammelten Honoratioren unverzüglich zur Sensation. Einstimmig wurde beschlossen, der Wunderknabe müsse unbedingt noch bis zum nächsten Tage in der Stadt bleiben, damit man die anderen Mitglieder des Schachklubs zusammenrufen und vor allem den alten Grafen Simczic, einen Fanatiker des Schachspiels, auf seinem Schlosse verständigen könne. Der Pfarrer, der mit einem ganz neuen Stolz auf seinen Pflegling blickte, aber über seiner Entdeckerfreude doch seinen pflichtgemäßen Sonntagsgottesdienst nicht versäumen wollte, erklärte sich bereit, Mirko für eine weitere Probe zurückzulassen. Der junge Czentovic wurde auf Kosten der Schachecke im Hotel einquartiert und sah an diesem Abend zum erstenmal ein Wasserklosett. Am folgenden Sonntagnachmittag war der Schachraum überfüllt. Mirko, unbeweglich vier Stunden vor dem Brett sitzend, besiegte, ohne ein Wort zu sprechen oder auch nur aufzuschauen, einen Spieler nach dem andern; schließlich wurde eine Simultanpartie vorgeschlagen. Es dauerte eine Weile, ehe man dem Unbelehrten begreiflich machen konnte, daß bei einer Simultanpartie er allein gegen die verschiedenen Spieler zu kämpfen hätte. Aber sobald Mirko diesen Usus begriffen, fand er sich rasch in die Aufgabe, ging mit seinen schweren, knarrenden Schuhen langsam von Tisch zu Tisch und gewann schließlich sieben von den acht Partien.

Nun begannen große Beratungen. Obwohl diese neue Champion im strengen Sinne nicht zur Stadt gehörte, war doch der heimische Nationalstolz lebhaft entzündet. Vielleicht konnte endlich die kleine Stadt, deren Vorhandensein auf der Landkarte kaum jemand bisher wahrgenommen, zum erstenmal sich die Ehre erwerben, einen berühmten Mann in die Welt zu schicken. Ein Agent namens Koller, sonst nur Chansonetten und Sängerinnen für das Kabarett der Garnison vermittelnd, erklärte sich bereit, sofern man den Zuschuß für ein Jahr leiste, den jungen Menschen in Wien von einem ihm bekannten ausgezeichneten kleinen Meister fachmäßig in der Schachkunst ausbilden zu lassen. Graf Simczic, dem in sechzig Jahren täglichen Schachspieles nie ein so merkwürdiger Gegner entgegengetreten war, zeichnete sofort den Betrag. Mit diesem Tage begann die erstaunliche Karriere des Schiffersohnes.

Nach einem halben Jahre beherrschte Mirko sämtliche Geheimnisse der Schachtechnik, allerdings mit einer seltsamen Einschränkung, die später in den Fachkreisen viel beobachtet und bespöttelt wurde. Denn Czentovic brachte es nie dazu, auch nur eine einzige Schachpartie auswendig – oder wie man fachgemäß sagt: blind – zu spielen. Ihm fehlte vollkommen die Fähigkeit, das Schachfeld in den unbegrenzten Raum der Phantasie zu stellen. Er mußte immer das schwarz-weiße Karree mit den vierundsechzig Feldern und zweiunddreißig Figuren handgreiflich vor sich haben; noch zur Zeit seines Weltruhmes führte er ständig ein zusammenlegbares Taschenschach mit sich, um, wenn er eine Meisterpartie rekonstruieren oder ein Problem für sich lösen wollte, sich die Stellung optisch vor Augen zu führen. Dieser an sich unbeträchtliche Defekt verriet einen Mangel an imaginativer Kraft und wurde in dem engen Kreise ebenso lebhaft diskutiert, wie wenn unter Musikern ein hervorragender Virtuose oder Dirigent sich unfähig gezeigt hätte, ohne aufgeschlagene Partitur zu spielen oder zu dirigieren. Aber diese merkwürdige Eigenheit verzögerte keineswegs Mirkos stupenden Aufstieg. Mit siebzehn Jahren hatte er schon ein Dutzend Schachpreise gewonnen, mit achtzehn sich die ungarische Meisterschaft, mit zwanzig endlich die Weltmeisterschaft erobert. Die verwegensten Champions, jeder einzelne an intellektueller Begabung, an Phantasie und Kühnheit ihm unermeßlich überlegen, erlagen ebenso seiner zähen und kalten Logik wie Napoleon dem schwerfälligen Kutusow, wie Hannibal dem Fabius Cunctator, von dem Livius berichtet, daß er gleichfalls in seiner Kindheit derart auffällige Züge von Phlegma und Imbezillität gezeigt habe. So geschah es, daß in die illustre Galerie der Schachmeister, die in ihren Reihen die verschiedensten Typen intellektueller Überlegenheit vereinigt – Philosophen, Mathematiker, kalkulierende, imaginierende und oft schöpferische Naturen –, zum erstenmal ein völliger Outsider der geistigen Welt einbrach, ein schwerer, maulfauler Bauernbursche, aus dem auch nur ein einziges publizistisch brauchbares Wort herauszulocken selbst den gerissensten Journalisten nie gelang. Freilich, was Czentovic den Zeitungen an geschliffenen Sentenzen vorenthielt, ersetzte er bald reichlich durch Anekdoten über seine Person. Denn rettungslos wurde mit der Sekunde, da er vom Schachbrette aufstand, wo er Meister ohnegleichen war, Czentovic zu einer grotesken und beinahe komischen Figur; trotz seines feierlichen schwarzen Anzuges, seiner pompösen Krawatte mit der etwas aufdringlichen Perlennadel und seiner mühsam manikürten Finger blieb er in seinem Gehaben und seinen Manieren derselbe beschränkte Bauernjunge, der im Dorf die Stube des Pfarrers gefegt. Ungeschickt und geradezu schamlos plump suchte er zum Gaudium und zum Ärger seiner Fachkollegen aus seiner Begabung und seinem Ruhm mit einer kleinlichen und sogar oft ordinären Habgier herauszuholen, was an Geld herauszuholen war. Er reiste von Stadt zu Stadt, immer in den billigsten Hotels wohnend, er spielte in den kläglichsten Vereinen, sofern man ihm sein Honorar bewilligte, er ließ sich abbilden auf Seifenreklamen und verkaufte sogar, ohne auf den Spott seiner Konkurrenten zu achten, die genau wußten, daß er nicht imstande war, drei Sätze richtig zu schreiben, seinen Namen für eine „Philosophie des Schachs", die in Wirklichkeit ein kleiner galizischer Student für den geschäftstüchtigen Verleger geschrieben. Wie allen zähen Naturen fehlte ihm jeder Sinn für das Lächerliche; seit seinem Siege im Weltturnier hielt er sich für den wichtigsten Mann der Welt, und das Bewußtsein, all diese gescheiten, intellektuellen, blendenden Sprecher und Schreiber auf ihrem eigenen Feld geschlagen zu haben, und vor allem die handgreifliche Tatsache, mehr als sie zu verdienen, verwandelte die ursprüngliche Unsicherheit in einen kalten und meist plump zur Schau getragenen Stolz.

„Aber wie sollte ein so rascher Ruhm nicht einen so leeren Kopf beduseln?" schloß mein Freund, der mir gerade einige klassische Proben von Czentovics kindischer Präpotenz anvertraut hatte. „Wie sollte ein einundzwanzigjähriger Bauernbursche aus dem Banat nicht den Eitelkeitskoller kriegen, wenn er plötzlich mit ein bißchen Figurenherumschieben auf einem Holzbrett in einer Woche mehr verdient als sein ganzes Dorf daheim mit Holzfällen und den bittersten Abrackereien in einem ganzen Jahr? Und dann, ist es nicht eigentlich verflucht leicht, sich für einen großen Menschen zu halten, wenn man nicht mit der leisesten Ahnung belastet ist, daß ein Rembrandt, ein Beethoven, ein Dante, ein Napoleon je gelebt haben? Dieser Bursche weiß in seinem vermauerten Gehirn nur das eine, daß er seit Monaten nicht eine einzige Schachpartie verloren hat, und da er eben nicht ahnt, daß es außer Schach und Geld noch andere Werte auf unserer Erde gibt, hat er allen Grund, von sich begeistert zu sein."

Diese Mitteilungen meines Freundes verfehlten nicht, meine besondere Neugierde zu erregen. Alle Arten von monomanischen, in eine einzige Idee verschlossenen Menschen haben mich zeitlebens angereizt, denn je mehr sich einer begrenzt, um so mehr ist er andererseits dem Unendlichen nahe; gerade solche scheinbar Weltabseitigen bauen in ihrer besonderen Materie sich termitenhaft eine merkwürdige und durchaus einmalige Abbreviatur der Welt. So machte ich aus meiner Absicht, dieses sonderbare Spezimen intellektueller Eingleisigkeit auf der zwölftägigen Fahrt bis Rio näher unter die Lupe zu nehmen, kein Hehl.

Jedoch: „Da werden Sie wenig Glück haben", warnte mein Freund. „Soviel ich weiß, ist es noch keinem gelungen, aus

Czentovic das geringste an psychologischem Material herauszuholen. Hinter all seiner abgründigen Beschränktheit verbirgt dieser gerissene Bauer die große Klugheit, sich keine Blößen zu geben, und zwar dank der simplen Technik, daß er außer mit Landsleuten seiner eigenen Sphäre, die er sich in kleinen Gasthäusern zusammensucht, jedes Gespräch vermeidet. Wo er einen gebildeten Menschen spürt, kriecht er in sein Schneckenhaus; so kann niemand sich rühmen, je ein dummes Wort von ihm gehört oder die angeblich unbegrenzte Tiefe seiner Unbildung ausgemessen zu haben."

Mein Freund sollte in der Tat recht behalten. Während der ersten Tage der Reise erwies es sich als vollkommen unmöglich, an Czentovic ohne grobe Zudringlichkeit, die schließlich nicht meine Sache ist, heranzukommen. Manchmal schritt er zwar über das Promenadendeck, aber dann immer die Hände auf dem Rücken verschränkt mit jener stolz in sich versenkten Haltung, wie Napoleon auf dem bekannten Bilde; außerdem erledigte er immer so eilig und stoßhaft seine peripatetische Deckrunde, daß man ihm hätte im Trab nachlaufen müssen, um ihn ansprechen zu können. In den Gesellschaftsräumen wiederum, in der Bar, im Rauchzimmer zeigte er sich niemals; wie mir der Steward auf vertrauliche Erkundigung hin mitteilte, verbrachte er den Großteil des Tages in seiner Kabine, um auf einem mächtigen Brett Schachpartien einzuüben oder zu rekapitulieren.

Nach drei Tagen begann ich mich tatsächlich zu ärgern, daß seine geschickte Abwehrtechnik geschickter war als mein Wille, an ihn heranzukommen. Ich hatte in meinem Leben noch nie Gelegenheit gehabt, die persönliche Bekanntschaft eines Schachmeisters zu machen, und je mehr ich mich jetzt bemühte, mir einen solchen Typus zu personifizieren, um so unvorstellbarer schien mir eine Gehirntätigkeit, die ein ganzes Leben lang ausschließlich um einen Raum von vierundsechzig schwarzen und weißen Feldern rotiert. Ich wußte wohl aus eigener Erfahrung um die geheimnisvolle Attraktion des „königlichen Spiels", dieses einzigen unter allen Spielen, die der Mensch ersonnen, das sich souverän jeder Tyrannis des Zufalls entzieht und seine Siegespalmen einzig dem Geist oder vielmehr einer bestimmten Form geistiger Begabung zuteilt. Aber macht man sich nicht bereits einer beleidigenden Einschränkung schuldig, indem man Schach ein Spiel nennt? Ist es nicht auch eine Wissenschaft, eine Kunst, schwebend zwischen diesen Kategorien wie der Sarg Mohammeds zwischen Himmel und Erde, eine einmalige Bindung aller Gegensatzpaare; uralt und doch ewig neu, mechanisch in der Anlage und doch nur wirksam durch Phantasie, begrenzt in geometrisch starrem Raum und dabei unbegrenzt in seinen Kombinationen, ständig sich entwickelnd und doch steril, ein Denken, das zu nichts führt, eine Mathematik, die nichts errechnet, eine Kunst ohne Werke, eine Architektur ohne Substanz und nichtsdestominder erwiesenermaßen dauerhafter in seinem Sein und Dasein als alle Bücher und Werke, das einzige Spiel, das allen Völkern und allen Zeiten zugehört und von dem niemand weiß, welcher Gott es auf die Erde gebracht, um die Langeweile zu töten, die Sinne zu schärfen, die Seele zu spannen. Wo ist bei ihm Anfang und wo das Ende? Jedes Kind kann seine ersten Regeln erlernen, jeder Stümper sich in ihm versuchen, und doch vermag es innerhalb dieses unveränderbar engen Quadrats eine besondere Spezies von Meistern zu erzeugen, unvergleichbar allen anderen, Menschen mit einer einzig dem Schach zubestimmten Begabung, spezifische Genies, in denen Vision, Geduld und Technik in einer ebenso genau bestimmten Verteilung wirksam sind wie im Mathematiker, im Dichter, im Musiker, und nur in anderer Schichtung und Bindung. In früheren Zeiten physiognomischer Leidenschaft hätte ein Gall vielleicht die Gehirne solcher Schachmeister seziert, um festzustellen, ob bei solchen Schachgenies eine besondere Windung in der grauen Masse des Gehirns, eine Art Schachmuskel oder Schachhöcker sich intensiver eingezeichnet fände als in anderen Schädeln. Und wie hätte einen solchen Physiognomiker erst der Fall eines Czentovic angereizt, wo dies spezifische Genie eingesprengt erscheint in eine absolute intellektuelle Trägheit wie ein einzelner Faden Gold in einem Zentner tauben Gesteins! Im Prinzip war mir die Tatsache von jeher verständlich, daß ein derart einmaliges, ein solches geniales Spiel sich spezifische Matadore schaffen mußte, aber wie schwer, wie unmöglich doch, sich das Leben eines geistig regsamen Menschen vorzustellen, dem sich die Welt einzig auf die enge Einbahn zwischen Schwarz und Weiß reduziert, der in einem bloßen Hin und Her, Vor und Zurück von zweiunddreißig Figuren seine Lebenstriumphe sucht, einen Menschen, dem bei einer neuen Eröffnung, den Springer vorzuziehen, statt des Bauern, schon Großtat und sein ärmliches Eckchen Unsterblichkeit im Winkel eines Schachbuches bedeutet – einen Menschen, einen geistigen Menschen, der, ohne wahnsinnig zu werden, zehn, zwanzig, dreißig, vierzig Jahre lang die ganze Spannkraft seines Denkens immer und immer wieder an den lächerlichen Einsatz wendet, einen hölzernen König auf einem hölzernen Brett in den Winkel zu drängen!

Und nun war ein solches Phänomen, ein solches sonderbares Genie oder ein solcher rätselhafter Narr mir räumlich zum erstenmal ganz nahe, sechs Kabinen weit auf demselben Schiff, und ich Unseliger, für den Neugier in geistigen Dingen immer zu einer Art Passion ausartet, sollte nicht imstande sein, mich ihm zu nähern. Ich begann, mir die absurdesten Listen auszudenken: etwa, ihn in seiner Eitelkeit zu kitzeln, indem ich ihm ein angebliches Interview für eine wichtige Zeitung vortäuschte, oder bei seiner Habgier zu packen, dadurch, daß ich ihm ein einträgliches Turnier in Schottland proponierte. Aber schließlich erinnerte ich mich, daß die bewährteste Technik der Jäger, den Auerhahn an sich heranzulocken, darin besteht, daß sie seinen Balzschrei nachahmen; was konnte eigentlich wirksamer sein, um die Aufmerksamkeit eines Schachmeisters auf sich zu ziehen, als indem man selber Schach spielte?

Nun ich bin zeitlebens nie ein ernstlicher Schachkünstler gewesen, und zwar aus dem einfachen Grunde, weil ich mich mit Schach immer bloß leichtfertig und ausschließlich zu meinem Vergnügen befaßte; wenn ich mich für eine Stunde vor das Brett setze, geschieht dies keineswegs, um mich anzustrengen, sondern im Gegenteil, um mich von geistiger Anspannung zu entlasten. Ich „spiele" Schach im wahrsten Sinne des Wortes, während die anderen, die wirklichen Schachspieler, Schach „ernsten", um ein verwegenes neues Wort in die deutsche Sprache einzuführen. Für Schach ist nun, wie für die Liebe, ein Partner unentbehrlich, und ich wußte zur Stunde noch nicht, ob sich außer

uns andere Schachliebhaber an Bord befanden. Um sie aus ihren Höhlen herauszulocken, stellte ich im Smoking Room eine primitive Falle auf, indem ich mich mit meiner Frau, obwohl sie noch schwächer spielt als ich, vogelstellerisch vor ein Schachbrett setzte. Und tatsächlich, wir hatten noch nicht sechs Züge getan, so blieb schon jemand im Vorübergehen stehen, ein zweiter erbat die Erlaubnis, zusehen zu dürfen; schließlich fand sich auch der erwünschte Partner, der mich zu einer Partie herausforderte. Er hieß McConnor und war ein schottischer Tiefbauingenieur, der, wie ich hörte, bei Ölbohrungen in Kalifornien sich ein großes Vermögen gemacht hatte, von äußerem Ansehen ein stämmiger Mensch mit starken, fast quadratisch harten Kinnbacken, kräftigen Zähnen und einer satten Gesichtsfarbe, deren prononcierte Rötlichkeit wahrscheinlich, zumindest teilweise, reichlichem Genuß von Whisky zu verdanken war. Die auffällig breiten, fast athletisch vehementen Schultern machten sich leider auch im Spiel charaktermäßig bemerkbar, denn dieser Mister McConnor gehörte zu jener Sorte selbstbesessener Erfolgsmenschen, die auch im belanglosesten Spiel eine Niederlage schon als Herabsetzung ihres Persönlichkeitsbewußtseins empfinden. Gewöhnt, sich im Leben rücksichtslos durchzusetzen und verwöhnt vom faktischen Erfolg, war dieser massive Selfmademan derart unerschütterlich von seiner Überlegenheit durchdrungen, daß jeder Widerstand ihn als ungebührliche Auflehnung und beinahe Beleidigung erregte. Als er die erste Partie verlor, wurde er mürrisch und begann umständlich und diktatorisch zu erklären, dies könne nur durch eine momentane Unaufmerksamkeit geschehen sein, bei der dritten machte er den Lärm im Nachbarraum für sein Versagen verantwortlich; nie war er gewillt, eine Partie zu verlieren, ohne sofort Revanche zu fordern. Anfangs amüsierte mich diese ehrgeizige Verbissenheit; schließlich nahm ich sie nur mehr als unvermeidliche Begleiterscheinung für meine eigentliche Absicht hin, den Weltmeister an unseren Tisch zu locken.
Am dritten Tag gelang es und gelang doch nur halb. Sei es, daß Czentovic uns vom Promanadendeck aus durch das Bordfenster vor dem Schachbrett beobachtet oder daß er nur zufälligerweise den Smoking Room mit seiner Anwesenheit beehrte – jedenfalls trat er, sobald er uns Unberu-

fene seine Kunst ausüben sah, unwillkürlich einen Schritt näher und warf aus dieser gemessenen Distanz einen prüfenden Blick auf unser Brett. McConnor war gerade am Zuge. Und schon dieser eine Zug schien ausreichend, um Czentovic zu belehren, wie wenig ein weiteres Verfolgen unserer dilettantischen Bemühungen seines meisterlichen Interesses würdig sei. Mit derselben selbstverständlichen Geste, mit der unsereiner in einer Buchhandlung einen angebotenen schlechten Detektivroman weglegt, ohne ihn auch nur anzublättern, trat er von unserem Tische fort und verließ den Smoking Room. Gewogen und zu leicht befunden, dachte ich mir, ein bißchen verärgert durch diesen kühlen, verächtlichen Blick, und um meinem Unmut irgendwie Luft zu machen, äußerte ich zu McConnor: „Ihr Zug scheint den Meister nicht sehr begeistert zu haben."

„Welchen Meister?"

Ich erklärte ihm, jener Herr, der eben an uns vorübergegangen und mit mißbilligendem Blick auf unser Spiel gesehen, sei der Schachmeister Czentovic gewesen. Nun, fügte ich hinzu, wir beide würden es überstehen und ohne Herzeleid uns mit seiner illustren Verachtung abfinden; arme Leute müßten eben mit Wasser kochen. Aber zu meiner Überraschung übte auf McConnor meine lässige Mitteilung eine völlig unerwartete Wirkung. Er wurde sofort erregt, vergaß unsere Partie, und sein Ehrgeiz begann geradezu hörbar zu pochen. Er habe keine Ahnung gehabt, daß Czentovic an Bord sei, und Czentovic müsse unbedingt gegen ihn spielen. Er habe noch nie im Leben gegen einen Weltmeister gespielt außer einmal bei einer Simultanpartie mit vierzig anderen; schon das sei furchtbar spannend gewesen, und er habe damals beinahe gewonnen. Ob ich den Schachmeister persönlich kenne? Ich verneinte. Ob ich ihn nicht ansprechen wolle und zu uns bitten? Ich lehnte ab mit der Begründung, Czentovic sei meines Wissens für neue Bekanntschaften nicht sehr zugänglich. Außerdem, was für einen Reiz sollte es einem Weltmeister bieten, mit uns drittklassigen Spielern sich abzugeben?

Nun, das mit den drittklassigen Spielern hätte ich zu einem derart ehrgeizigen Manne wie McConnor lieber nicht äußern sollen. Er lehnte sich verärgert zurück und erklärte schroff, er für seinen Teil könne nicht glauben, daß Czentovic die höfliche Aufforderung eines Gentlemans ablehnen werde, dafür werde er schon sorgen. Auf seinen Wunsch gab ich ihm eine kurze Personsbeschreibung des Weltmeisters, und schon stürmte er, unser Schachbrett gleichgültig im Stich lassend, in unbeherrschter Ungeduld Czentovic auf das Promenadendeck nach. Wieder spürte ich, daß der Besitzer dermaßen breiter Schultern nicht zu halten war, sobald er einmal seinen Willen in eine Sache geworfen.

Ich wartete ziemlich gespannt. Nach zehn Minuten kehrte McConnor zurück, nicht sehr aufgeräumt, wie mir schien.

„Nun?" fragte ich.

„Sie haben recht gehabt", antwortete er etwas verärgert. „Kein sehr angenehmer Herr. Ich stellte mich vor, erklärte ihm, wer ich sei. Er reichte mir nicht einmal die Hand. Ich versuchte, ihm auseinanderzusetzen, wie stolz und geehrt wir alle an Bord sein würden, wenn er eine Simultanpartie gegen uns spielen wollte. Aber er hielt seinen Rücken verflucht steif; es täte ihm leid, aber er habe kontraktliche Verpflichtungen gegen seinen Agenten, die ihm ausdrücklich untersagten, während seiner ganzen Tournee ohne Honorar zu spielen. Sein Minimum sei zweihundertfünfzig Dollar pro Partie."

Ich lachte. „Auf diesen Gedanken wäre ich eigentlich nie geraten, daß Figuren von Schwarz auf Weiß zu schieben ein derart einträgliches Geschäft sein kann. Nun, ich hoffe, Sie haben sich ebenso höflich empfohlen."

Aber McConnor blieb vollkommen ernst. „Die Partie ist für morgen nachmittag drei Uhr angesetzt. Hier im Rauchsalon. Ich hoffe, wir werden uns nicht so leicht zu Brei schlagen lassen."

„Wie? Sie haben ihm die zweihundertfünfzig Dollar bewilligt?" rief ich ganz betroffen aus.

„Warum nicht? C'est son métier. Wenn ich Zahnschmerzen hätte und es wäre zufällig ein Zahnarzt an Bord, würde ich auch nicht verlangen, daß er mir den Zahn umsonst ziehen soll. Der Mann hat ganz recht, dicke Preise zu machen; in jedem Fach sind die wirklichen Könner auch die besten Geschäftsleute. Und was mich betrifft: je klarer ein Geschäft, um so besser. Ich zahle lieber in Cash, als mir von einem Herrn Czentovic Gnaden erweisen zu lassen und mich am

Ende noch bei ihm bedanken zu müssen. Schließlich habe ich in unserem Klub schon mehr an einem Abend verloren als zweihundertfünfzig Dollar und dabei mit keinem Weltmeister gespielt. Für ,drittklassige' Spieler ist es keine Schande, von einem Czentovic umgelegt zu werden."

Es amüsierte mich, zu bemerken, wie tief ich McConnors Selbstgefühl mit dem einen unschuldigen Wort „drittklassiger Spieler" gekränkt hatte. Aber da er den teuren Spaß zu bezahlen gesonnen war, hatte ich nichts einzuwenden gegen seinen deplacierten Ehrgeiz, der mir endlich die Bekanntschaft meines Kuriosums vermitteln sollte. Wir verständigten eiligst die vier oder fünf Herren, die sich bisher als Schachspieler deklariert hatten, von dem bevorstehenden Ereignis und ließen, um von durchgehenden Passanten möglichst wenig gestört zu werden, nicht nur unseren Tisch, sondern auch die Nachbartische für das bevorstehende Match im voraus reservieren.

Am nächsten Tage war unsere kleine Gruppe zur vereinbarten Stunde vollzählig erschienen. Der Mittelplatz gegenüber dem Meister blieb selbstverständlich McConnor zugeteilt, der seine Nervosität entlud, indem er eine schwere Zigarre nach der andern anzündete und immer wieder unruhig auf die Uhr blickte. Aber der Weltmeister ließ – ich hatte nach den Erzählungen meines Freundes derlei schon geahnt – gute zehn Minuten auf sich warten, wodurch allerdings sein Erscheinen dann erhöhten Aplomb erhielt. Er trat ruhig und gelassen auf den Tisch zu. Ohne sich vorzustellen – Ihr wißt, wer ich bin, und wer ihr seid, interessiert mich nicht, schien diese Unhöflichkeit zu besagen –, begann er mit fachmännischer Trockenheit die sachlichen Anordnungen. Da eine Simultanpartie hier an Bord mangels verfügbarer Schachbretter unmöglich sei, schlage er vor, daß wir alle gemeinsam gegen ihn spielen sollten. Nach jedem Zug werde er, um unsere Beratungen nicht zu stören, sich zu einem anderen Tisch am Ende des Raumes verfügen. Sobald wir unseren Gegenzug getan, sollten wir, da bedauerlicherweise keine Tischglocke zur Hand sei, mit dem Löffel gegen ein Glas klopfen. Als maximale Zugzeit schlage er zehn Minuten vor, falls wir keine andere Einteilung wünschten. Wir pflichteten selbstverständlich wie schüchterne Schüler jedem Vorschlag bei. Die Farbenwahl

318

teilte Czentovic Schwarz zu; noch im Stehen tat er den ersten Gegenzug und wandte sich dann gleich dem von ihm vorgeschlagenen Warteplatz zu, wo er lässig hingelehnt eine illustrierte Zeitschrift durchblätterte.

Es hat wenig Sinn, über die Partie zu berichten. Sie endete selbstverständlich, wie sie enden mußte: mit unserer totalen Niederlage, und zwar bereits beim vierundzwanzigsten Zuge. Daß nun ein Weltschachmeister ein halbes Dutzend mittlerer oder untermittlerer Spieler mit der linken Hand niederfegt, war an sich wenig erstaunlich; verdrießlich wirkte eigentlich auf uns alle nur die präpotente Art, mit der Czentovic es uns allzu deutlich fühlen ließ, daß er uns mit der linken Hand erledigte. Er warf jedesmal nur einen scheinbar flüchtigen Blick auf das Brett, sah an uns so lässig vorbei, als ob wir selbst tote Holzfiguren wären, und diese impertinente Geste erinnerte unwillkürlich an die, mit der man einem räudigen Hund abgewendeten Blicks einen Brocken zuwirft. Bei einiger Feinfühligkeit hätte er meiner Meinung nach uns auf Fehler aufmerksam machen können oder durch ein freundliches Wort aufmuntern. Aber auch nach Beendigung der Partie äußerte dieser unmenschliche Schachautomat keine Silbe, sondern wartete, nachdem er „Matt" gesagt, regungslos vor dem Tische, ob man noch eine zweite Partie von ihm wünsche. Schon war ich aufgestanden, um hilflos, wie man immer gegen dickfellige Grobheit bleibt, durch eine Geste anzudeuten, daß mit diesem erledigten Dollargeschäft wenigstens meinerseits das Vergnügen unserer Bekanntschaft beendet sei, als zu meinem Ärger neben mir McConnor mit ganz heiserer Stimme sagte: „Revanche!"

Ich erschrak geradezu über den herausfordernden Ton; tatsächlich bot McConnor in diesem Augenblick eher den Eindruck eines Boxers vor dem Losschlagen als den eines höflichen Gentlemans. War es die unangenehme Art der Behandlung, die uns Czentovic hatte zuteil werden lassen, oder nur sein pathologisch reizbarer Ehrgeiz – jedenfalls war McConnors Wesen vollkommen verändert. Rot im Gesicht bis hoch hinauf an das Stirnhaar, die Nüstern von innerem Druck stark aufgespannt, transpirierte er sichtlich, und von den verbissenen Lippen schnitt sich scharf eine Falte gegen sein kämpferisch vorgerecktes Kinn. Ich erkannte beunruhigt in seinem Auge jenes Flackern unbehrrschter Leidenschaft, wie sie sonst Menschen nur am Roulettetische ergreift, wenn zum sechsten- oder siebentenmal bei immer verdoppeltem Einsatz nicht die richtige Farbe kommt. In diesem Augenblick wußte ich, dieser fanatisch Ehrgeizige würde, und sollte es ihn sein ganzes Vermögen kosten, gegen Czentovic so lange spielen und spielen und spielen, einfach oder doubliert, bis er wenigstens ein einziges Mal eine Partie gewonnen. Wenn Czentovic durchhielt, so hatte er an McConnor eine Goldgrube gefunden, aus der er bis Buenos Aires ein paar tausend Dollar schaufeln konnte.

Czentovic blieb unbewegt. „Bitte“, antwortete er höflich. „Die Herren spielen jetzt Schwarz.“

Auch die zweite Partie bot kein verändertes Bild, außer daß durch einige Neugierige unser Kreis nicht nur größer, sondern auch lebhafter geworden war. McConnor blickte so starr auf das Brett, als wollte er die Figuren mit seinem Willen, zu gewinnen, magnetisieren; ich spürte ihm an, daß er auch tausend Dollar begeistert geopfert hätte für den Lustschrei „Matt!“ gegen den kaltschnauzigen Gegner. Merkwürdigerweise ging etwas von seiner verbissenen Erregung unbewußt in uns über. Jeder einzelne Zug wurde ungleich leidenschaftlicher diskutiert als vordem, immer hielten wir noch im letzten Moment einer den andern zurück, ehe wir uns einigten, das Zeichen zu geben, das Czentovic an unseren Tisch zurückrief. Allmählich waren wir beim siebzehnten Zuge angelangt, und zu unserer eigenen Überraschung war eine Konstellation eingetreten, die verblüffend vorteilhaft schien, weil es uns gelungen war, den Bauern der c-Linie bis auf das vorletzte Feld c2 zu bringen; wir brauchten ihn nur vorzuschieben auf c1, um eine neue Dame zu gewinnen. Ganz behaglich war uns freilich nicht bei dieser allzu offenkundigen Chance; wir argwöhnten einmütig, dieser scheinbar von uns errungene Vorteil müsse von Czentovic, der doch die Situation viel weitblickender übersah, mit Absicht uns als Angelhaken zugeschoben sein. Aber trotz angestrengtem gemeinsamem Suchen und Diskutieren vermochten wir die versteckte Finte nicht warzunehmen. Schließlich, schon knapp am Rande der verstatteten Überlegungsfrist, entschlossen wir uns, den Zug zu wagen. Schon

320

rührte McConnor den Bauern an, um ihn auf das letzte Feld zu schieben, als er sich jäh am Arm gepackt fühlte und jemand leise und heftig flüsterte: „Um Gottes willen! Nicht!"

Unwillkürlich wandten wir uns alle um. Ein Herr von etwa fünfundvierzig Jahren, dessen schmales, scharfes Gesicht mir schon vordem auf der Deckpromenade durch seine merkwürdige, fast kreidige Blässe aufgefallen war, mußte in den letzten Minuten, indes wir unsere ganze Aufmerksamkeit dem Problem zuwandten, zu uns getreten sein. Hastig fügte er, unsern Blick spürend, hinzu: „Wenn Sie jetzt eine Dame machen, schlägt er sie sofort mit dem Läufer c1, Sie nehmen mit dem Springer zurück. Aber inzwischen geht er mit seinem Freibauern auf d7, bedroht Ihren Turm, und auch wenn Sie mit dem Springer Schach sagen, verlieren Sie und sind nach neun bis zehn Zügen erledigt. Es ist beinahe dieselbe Konstellation, wie sie Aljechin gegen Bogoljubow 1922 im Pistyaner Großturnier initiiert hat."

McConnor ließ erstaunt die Hand von der Figur und starrte nicht minder verwundert als wir alle auf den Mann, der wie ein unvermuteter Engel helfend vom Himmel kam. Jemand, der auf neun Züge im voraus ein Matt berechnen konnte, mußte ein Fachmann ersten Ranges sein, vielleicht sogar ein Konkurrent um die Meisterschaft, der zum gleichen Turnier reiste, und sein plötzliches Kommen und Eingreifen gerade in einem so kritischen Moment hatte etwas fast Übernatürliches. Als erster faßte sich McConnor.

„Was würden Sie raten?" flüsterte er aufgeregt.

„Nicht gleich vorziehen, sondern zunächst ausweichen! Vor allem mit dem König abrücken aus der gefährdeten Linie von g8 auf h7. Er wird wahrscheinlich den Angriff dann auf die andere Flanke hinüberwerfen. Aber das parieren Sie mit Turm c8–c4; das kostet ihn zwei Tempi, einen Bauern und damit die Überlegenheit. Dann steht Freibauer gegen Freibauer, und wenn Sie sich richtig defensiv halten, kommen Sie noch auf Remis. Mehr ist nicht herauszuholen."

Wir staunten abermals. Die Präzision nicht minder als die Raschheit seiner Berechnung hatte etwas Verwirrendes; es war, als ob er die Züge aus einem gedruckten Buch ablesen würde. Immerhin wirkte die unvermutete Chance, dank seines Eingreifens unsere Partie gegen einen Weltmeister auf

Remis zu bringen, zauberisch. Einmütig rückten wir zur Seite, um ihm freieren Blick auf das Brett zu gewähren. Noch einmal fragte McConnor: „Also König g8 auf h7?" „Jawohl! Ausweichen vor allem!"

McConnor gehorchte, und wir klopften an das Glas. Czentovic trat mit seinem gewohnt gleichmütigen Schritt an unseren Tisch und maß mit einem einzigen Blick den Gegenzug. Dann zog er auf dem Königsflügel den Bauern h2–h4, genau wie es unser unbekannter Helfer vorausgesagt. Und schon flüsterte dieser aufgeregt: „Turm vor, Turm vor, c8 auf c4, er muß dann zuerst den Bauern decken. Aber das wird ihm nichts helfen! Sie schlagen, ohne sich um seinen Freibauern zu kümmern, mit dem Springer c3–d5, und das Gleichgewicht ist wiederhergestellt. Den ganzen Druck vorwärts, statt zu verteidigen!"

Wir verstanden nicht, was er meinte. Für uns war, was er sagte, Chinesisch. Aber schon einmal in seinem Bann, zog McConnor, ohne zu überlegen, wie jener geboten. Wir schlugen abermals an das Glas, um Czentovic zurückzurufen. Zum erstenmal entschied er sich nicht rasch, sondern blickte gespannt auf das Brett. Dann tat er genau den Zug, den der Fremde uns angekündigt, und wandte sich zum Gehen. Jedoch ehe er zurücktrat, geschah etwas Neues und Unerwartetes. Czentovic hob den Blick und musterte unsere Reihen; offenbar wollte er herausfinden, wer ihm mit einemmal so energischen Widerstand leistete.

Von diesem Augenblick an wuchs unsere Erregung ins Ungemessene. Bisher hatten wir ohne ernstliche Hoffnung gespielt, nun aber trieb der Gedanke, den kalten Hochmut Czentovics zu brechen, uns eine fliegende Hitze durch alle Pulse. Schon aber hatte unser neuer Freund den nächsten Zug angeordnet, und wir konnten – die Finger zitterten mir, als ich den Löffel an das Glas schlug – Czentovic zurückrufen. Und nun kam unser erster Triumph. Czentovic, der bisher immer nur im Stehen gespielt, zögerte, zögerte und setzte sich schließlich nieder. Er setzte sich langsam und schwerfällig; damit aber war schon rein körperlich das bisherige Von-oben-Herab zwischen ihm und uns aufgehoben. Wir hatten ihn genötigt, sich wenigstens räumlich auf eine Ebene mit uns zu begeben. Er überlegte lange, die Augen unbeweglich auf das Brett gesenkt, so daß man kaum mehr die Pupillen unter den schwarzen Lidern wahrnehmen konnte, und im angestrengten Nachdenken öffnete sich ihm allmählich der Mund, was seinem runden Gesicht einen etwas einfältigen Ausdruck gab. Czentovic überlegte einige Minuten, dann tat er einen Zug und stand auf. Und schon flüsterte unser Freund: „Ein Hinhaltezug! Gut gedacht! Aber nicht darauf eingehen! Abtausch forcieren, unbedingt Abtausch, dann kommen wir auf Remis, und kein Gott kann ihm helfen."

McConnor gehorchte. Es begann in den nächsten Zügen zwischen den beiden – wir anderen waren längst zu leeren Statisten herabgesunken – ein uns unverständliches Hin und Her. Nach etwa sieben Zügen sah Czentovic nach längerem Nachdenken auf und erklärte: „Remis."

Einen Augenblick herrschte totale Stille. Man hörte plötzlich die Wellen rauschen und das Radio aus dem Salon herüberjazzen, man vernahm jeden Schritt vom Promenadendeck und das leise, feine Sausen des Windes, der durch die Fugen der Fenster fuhr. Keiner von uns atmete, es war zu plötzlich gekommen und wir alle noch geradezu erschrocken über das Unwahrscheinliche, daß dieser Unbekannte dem Weltmeister in einer schon halb verlorenen Partie seinen Willen aufgezwungen haben sollte. McConnor lehnte sich mit einem Ruck zurück, der zurückgehaltene Atem fuhr ihm hörbar in einem beglückten „Ah!" von den Lippen. Ich wiederum beobachtete Czentovic. Schon bei den letzten Zügen hatte mir geschienen, als ob er blässer geworden sei. Aber er verstand sich gut zusammenzuhalten. Er verharrte in seiner scheinbar gleichmütigen Starre und fragte nur in lässiger Weise, während er die Figuren mit ruhiger Hand vom Brette schob: „Wünschen die Herren noch eine dritte Partie?"

Er stellte die Frage rein sachlich, rein geschäftlich. Aber das Merkwürdige war: er hatte dabei nicht McConnor angeblickt, sondern scharf und gerade das Auge gegen unseren Retter erhoben. Wie ein Pferd am festeren Sitz einen neuen, einen besseren Reiter, mußte er an den letzten Zügen seinen wirklichen, seinen eigentlichen Gegner erkannt haben. Unwillkürlich folgten wir seinem Blick und sahen gespannt auf den Fremden. Jedoch ehe dieser sich besinnen oder gar antworten konnte, hatte in seiner ehrgeizigen Erregung McConnor schon triumphierend ihm zugerufen: „Selbstverständlich! Aber jetzt müssen Sie allein gegen ihn spielen! Sie allein gegen Czentovic!"

Doch nun ereignete sich etwas Unvorhergesehenes. Der Fremde, der merkwürdigerweise noch immer angestrengt auf das schon abgeräumte Schachbrett starrte, schrak auf, da er alle Blicke auf sich gerichtet und sich so begeistert angesprochen fühlte. Seine Züge verwirrten sich.

„Auf keinen Fall, meine Herren", stammelte er sichtlich betroffen. „Das ist völlig ausgeschlossen... ich komme gar nicht in Betracht... ich habe seit zwanzig, nein, fünfundzwanzig Jahren vor keinem Schachbrett gesessen... und ich sehe erst jetzt, wie ungehörig ich mich betragen habe, indem ich mich ohne Ihre Verstattung in Ihr Spiel einmengte... Bitte, entschuldigen Sie meine Vordringlichkeit... ich will gewiß nicht weiter stören." Und noch ehe wir uns von unserer Überraschung zurechtfanden, hatte er sich bereits zurückgezogen und das Zimmer verlassen.

„Aber das ist doch ganz unmöglich!" dröhnte der temperamentvolle McConnor, mit der Faust aufschlagend. „Völlig ausgeschlossen, daß dieser Mann fünfundzwanzig Jahre nicht Schach gespielt haben soll! Er hat doch jeden Zug, jede Gegenpointe auf fünf, auf sechs Züge vorausberechnet. So etwas kann niemand aus dem Handgelenk. Das ist doch völlig ausgeschlossen – nicht wahr?"

Mit der letzten Frage hatte sich McConnor unwillkürlich an Czentovic gewandt. Aber der Weltmeister blieb unerschütterlich kühl.

„Ich vermag darüber kein Urteil abzugeben. Jedenfalls hat der Herr etwas befremdlich und interessant gespielt; deshalb habe ich ihm auch absichtlich eine Chance gelassen." Gleichzeitig lässig aufstehend, fügte er in seiner sachlichen Art hinzu: „Sollte der Herr oder die Herren morgen eine abermalige Partie wünschen, so stehe ich von drei Uhr ab zur Verfügung."

Wir konnten ein leises Lächeln nicht unterdrücken. Jeder von uns wußte, daß Czentovic unserem unbekannten Helfer keineswegs großmütig eine Chance gelassen und diese Bemerkung nichts anderes als eine naive Ausflucht war, um sein eigenes Versagen zu maskieren. Um so heftiger wuchs unser Verlangen, einen derart unerschütterlichen Hochmut gedemütigt zu sehen. Mit einemmal war über uns friedliche, lässige Bordbewohner eine wilde, ehrgeizige Kampflust gekommen, denn der Gedanke, daß gerade auf unserem Schiff mitten auf dem Ozean dem Schachmeister die Palme entrungen werden könnte – ein Rekord, der dann von allen Telegraphenbüros über die ganze Welt hingeblitzt würde –, faszinierte uns in herausforderndster Weise. Dazu kam noch der Reiz des Mysteriösen, der von dem unerwarteten Eingreifen unseres Retters gerade im kritischen Moment ausging, und der Kontrast seiner fast ängstlichen Bescheidenheit mit dem unerschütterlichen Selbstbewußtsein des Professionellen. Wer war dieser Unbekannte? Hatte hier der Zufall ein noch unentdecktes Schachgenie zutage gefördert? Oder verbarg uns aus einem unerforschlichen Grunde ein berühmter Meister seinen Namen? Alle diese Möglichkeiten erörterten wir in aufgeregtester Weise, selbst die verwegensten Hypothesen waren uns nicht verwegen genug, um die rätselhafte Scheu und das überraschende Bekenntnis des Fremden mit seiner doch unverkennbaren Spielkunst in Einklang zu bringen. In einer Hinsicht jedoch blieben wir alle einig: keinesfalls auf das Schauspiel eines neuerlichen Kampfes zu verzichten. Wir beschlossen, alles zu versuchen, damit unser Helfer am nächsten Tage eine Partie gegen Czentovic spiele, für deren materielles Risiko McConnor aufzukommen sich verpflichtete. Da sich inzwischen durch Umfrage beim Steward herausgestellt hatte, daß der Unbekannte ein Österreicher sei, wurde mir als seinem Landsmann der Auftrag zugeteilt, ihm unsere Bitte zu unterbreiten.

Ich benötigte nicht lange, um auf dem Promenadendeck den so eilig Entflüchteten aufzufinden. Er lag auf seinem Deckchair und las. Ehe ich auf ihn zutrat, nahm ich die Gelegenheit wahr, in zu betrachten. Der scharfgeschnittene Kopf ruhte in der Haltung leichter Ermüdung auf dem Kissen; abermals fiel mir die merkwürdige Blässe des verhältnismäßig jungen Gesichtes besonders auf, dem die Haare blendend weiß die Schläfen rahmten; ich hatte, ich weiß nicht warum, den Eindruck, dieser Mann müsse plötzlich gealtert sein. Kaum ich auf ihn zutrat, erhob er sich höflich und stellte sich mit einem Namen vor, der mir sofort vertraut war als der einer hochangesehenen altösterreichischen

Familie. Ich erinnerte mich, daß ein Träger dieses Namens zu dem engsten Freundeskreise Schuberts gehört hatte und auch einer der Leibärzte des alten Kaisers dieser Familie entstammte. Als ich Dr. B. unsere Bitte übermittelte, die Herausforderung Czentovics anzunehmen, war er sichtlich verblüfft. Es erwies sich, daß er keine Ahnung gehabt hatte, bei jener Partie einen Weltmeister, und gar den zur Zeit erfolgreichsten, ruhmreich bestanden zu haben. Aus irgendeinem Grunde schien diese Mitteilung auf ihn besonderen Eindruck zu machen, denn er erkundigte sich immer und immer wieder von neuem, ob ich dessen gewiß sei, daß sein Gegner tatsächlich ein anerkannter Weltmeister gewesen. Ich merkte bald, daß dieser Umstand meinen Auftrag erleichterte, und hielt es nur, seine Feinfühligkeit spürend, für ratsam, ihm zu verschweigen, daß das materielle Risiko einer allfälligen Niederlage zu Lasten von McConnors Kasse ginge. Nach längerem Zögern erklärte sich Dr. B. schließlich zu einem Match bereit, doch nicht ohne ausdrücklich gebeten zu haben, die anderen Herren nochmals zu warnen, sie möchten keineswegs auf sein Können übertriebene Hoffnungen setzen.

„Denn", fügte er mit einem versonnenen Lächeln hinzu, „ich weiß wahrhaftig nicht, ob ich fähig bin, eine Schachpartie nach allen Regeln richtig zu spielen. Bitte glauben Sie mir, daß es keineswegs falsche Bescheidenheit war, wenn ich sagte, daß ich seit meiner Gymnasialzeit, also seit mehr als zwanzig Jahren, keine Schachfigur mehr berührt habe. Und selbst zu jener Zeit galt ich bloß als Spieler ohne sonderliche Begabung."

Er sagte dies in einer so natürlichen Weise, daß ich nicht den leisesten Zweifel an seiner Aufrichtigkeit hegen durfte. Dennoch konnte ich nicht umhin, meiner Verwunderung Ausdruck zu geben, wie genau er an jede einzelne Kombination der verschiedensten Meister sich erinnern könne; immerhin müsse er sich doch wenigstens theoretisch mit Schach viel beschäftigt haben. Dr. B. lächelte abermals in jener merkwürdig traumhaften Art.

„Viel beschäftigt! – Weiß Gott, das kann man wohl sagen, daß ich mich mit Schach viel beschäftigt habe. Aber das geschah unter ganz besonderen, ja völlig einmaligen Umständen. Es war dies eine ziemlich komplizierte Geschichte, und sie könnte allenfalls als kleiner Beitrag gelten zu unserer lieblichen großen Zeit. Wenn Sie eine halbe Stunde Geduld haben ..."

Er hatte auf den Deckchair neben sich gedeutet. Gerne folgte ich seiner Einladung. Wir waren ohne Nachbarn. Dr. B. nahm die Lesebrille von den Augen, legte sie zur Seite und begann:

„Sie waren so freundlich, zu äußern, daß Sie sich als Wiener des Namens meiner Familie erinnerten. Aber ich vermute, Sie werden kaum von der Rechtsanwaltskanzlei gehört haben, die ich gemeinsam mit meinem Vater und späterhin allein leitete, denn wir führten keine Causen, die publizistisch in der Zeitung abgehandelt wurden, und vermieden aus Prinzip neue Klienten. In Wirklichkeit hatten wir eigentlich gar keine richtige Anwaltspraxis mehr, sondern beschränkten uns ausschließlich auf die Rechtsberatung und vor allem Vermögensverwaltung der großen Klöster, denen mein Vater als früherer Abgeordneter der klerikalen Partei nahestand. Außerdem war uns – heute, da die Monarchie der Geschichte angehört, darf man wohl schon darüber sprechen – die Verwaltung der Fonds einiger Mitglieder der kaiserlichen Familie anvertraut. Diese Verbindung zum Hof und zum Klerus – mein Onkel war Leibarzt des Kaisers, ein anderer Abt in Seitenstetten – reichte schon zwei Generationen zurück; wir hatten sie nur zu erhalten, und es war eine stille, eine, möchte ich sagen, lautlose Tätigkeit, die uns durch dies ererbte Vertrauen zugeteilt war, eigentlich nicht viel mehr erfordernd als strengste Diskretion und Verläßlichkeit, zwei Eigenschaften, die mein verstorbener Vater im höchsten Maße besaß; ihm ist es tatsächlich gelungen, sowohl in den Inflationsjahren als in jenen des Umsturzes durch seine Umsicht seinen Klienten beträchtliche Vermögenswerte zu erhalten. Als dann Hitler in Deutschland ans Ruder kam und gegen den Besitz der Kirche und der Klöster seine Raubzüge begann, gingen auch von jenseits der Grenze mancherlei Verhandlungen und Transaktionen, um wenigstens den mobilen Besitz vor Beschlagnahme zu retten, durch unsere Hände, und von gewissen geheimen politischen Verhandlungen der Kurie und des Kaiserhauses wußten wir beide mehr, als die Öffentlichkeit je erfahren wird. Aber gerade die Unauffälligkeit unse-

rer Kanzlei – wir führten nicht einmal ein Schild an der Tür
– sowie die Vorsicht, daß wir beide alle Monarchistenkreise
ostentativ mieden, bot sichersten Schutz vor unberufenen
Nachforschungen. De facto hat in all diesen Jahren keine
Behörde in Österreich jemals vermutet, daß die geheimen
Kuriere des Kaiserhauses ihre wichtigste Post immer gerade
in unserer unscheinbaren Kanzlei im vierten Stock abholten
oder abgaben.

Nun hatten die Nationalsozialisten, längst ehe sie ihre Ar-
meen gegen die Welt aufrüsteten, eine andere ebenso gefährliche und geschulte Armee in allen Nachbarländern zu
organisieren begonnen, die Legion der Benachteiligten, der
Zurückgesetzten, der Gekränkten. In jedem Amt, in jedem
Betrieb waren ihre sogenannten ‚Zellen‘ eingenistet, an jeder Stelle bis hinauf in die Privatzimmer von Dollfuß und
Schuschnigg saßen ihre Horchposten und Spione. Selbst in
unserer unscheinbaren Kanzlei hatten sie, wie ich leider
erst zu spät erfuhr, ihren Mann. Es war freilich nicht mehr
als ein jämmerlicher und talentloser Kanzlist, den ich auf
Empfehlung eines Pfarrers einzig deshalb angestellt hatte,
um der Kanzlei nach außen hin den Anschein eines regulären Betriebes zu geben; in Wirklichkeit verwendeten wir
ihn zu nichts anderem als zu unschuldigen Botengängen,
ließen ihn das Telephon bedienen und die Akten ordnen,
das heißt jene Akten, die völlig gleichgültig und unbedenklich waren. Die Post durfte er niemals öffnen, alle wichtigen
Briefe schrieb ich, ohne Kopien zu hinterlegen, eigenhändig mit der Maschine, jedes wesentliche Dokument nahm
ich selbst nach Hause und verlegte geheime Besprechungen
ausschließlich in die Priorei des Klosters oder in das Ordi-
nationszimmer meines Onkels. Dank dieser Vorsichtsmaß-
nahmen bekam dieser Horchposten von den wesentlichen
Vorgängen nichts zu sehen; aber durch einen unglücklichen Zufall mußte der ehrgeizige und eitle Bursche bemerkt haben, daß man ihm mißtraute und hinter seinem
Rücken allerlei Interessantes geschah. Vielleicht hat einmal
in meiner Abwesenheit einer der Kuriere unvorsichtiger-
weise von ‚Seiner Majestät‘ gesprochen, statt, wie vereinbart, vom ‚Baron Bern‘, oder der Lump mußte Briefe widerrechtlich geöffnet haben – jedenfalls holte er sich, ehe ich
Verdacht schöpfen konnte, von München oder Berlin Auf-

trag, uns zu überwachen. Erst viel später, als ich längst in Haft saß, erinnerte ich mich, daß seine anfängliche Lässigkeit im Dienst sich in den letzten Monaten in plötzlichen Eifer verwandelt und er sich mehrfach beinahe zudringlich angeboten hatte, meine Korrespondenz zur Post zu bringen. Ich kann mich von einer gewissen Unvorsichtigkeit also nicht freisprechen, aber sind schließlich nicht auch die größten Diplomaten und Militärs von der Hitlerei heimtückisch überspielt worden? Wie genau und liebevoll die Gestapo mir längst ihre Aufmerksamkeit zugewandt hatte, erwies dann äußerst handgreiflich der Umstand, daß noch am selben Abend, da Schuschnigg seine Abdankung bekannt gab, und einen Tag, ehe Hitler in Wien einzog, ich bereits von SS-Leuten festgenommen war. Es war mir glücklicherweise noch gelungen, die allerwichtigsten Papiere zu verbrennen, kaum ich die Abschiedsrede Schuschniggs gehört, und den Rest der Dokumente mit den unentbehrlichen Belegen für die im Ausland deponierten Vermögenswerte der Klöster und zweier Erzherzöge schickte ich – wirklich in der letzten Minute, ehe die Burschen mir die Tür einhämmerten – in einem Wäschekorb versteckt durch meine alte, verläßliche Haushälterin zu meinem Onkel hinüber."

Dr. B. unterbrach, um sich eine Zigarre anzuzünden. Bei dem aufflackernden Licht bemerkte ich, daß ein nervöses Zucken um seinen rechten Mundwinkel lief, das mir schon vorher aufgefallen war und, wie ich beobachten konnte, sich jede paar Minuten wiederholte. Es war nur eine flüchtige Bewegung, kaum stärker als ein Hauch, aber sie gab dem ganzen Gesicht eine merkwürdige Unruhe.

„Sie vermuten nun wahrscheinlich, daß ich Ihnen jetzt vom Konzentrationslager erzählen werde, in das doch alle jene überführt wurden, die unserem alten Österreich die Treue gehalten, von den Erniedrigungen, Matern, Torturen, die ich dort erlitten. Aber nichts dergleichen geschah. Ich kam in eine andere Kategorie. Ich wurde nicht zu jenen Unglücklichen getrieben, an denen man mit körperlichen und seelischen Erniedrigungen ein lang aufgespartes Ressentiment austobte, sondern jener anderen, ganz kleinen Gruppe zugeteilt, aus der die Nationalsozialisten entwder Geld oder wichtige Informationen herauszupressen hofften. An sich war meine bescheidene Person natürlich der

Gestapo völlig uninteressant. Sie mußte aber erfahren haben, daß wir die Strohmänner, die Verwalter und Vertrauten ihrer erbittertsten Gegner gewesen, und was sie von mir zu erpressen hofften, war belastendes Material: Material gegen die Klöster, denen sie Vermögensschiebungen nachweisen wollten, Material gegen die kaiserliche Familie und all jene, die in Österreich sind aufopfernd für die Monarchie eingesetzt. Sie vermuteten – wahrhaftig nicht zu Unrecht –, daß von jenen Fonds, die durch unsere Hände gegangen waren, wesentliche Bestände sich noch, ihrer Raublust unzugänglich, versteckten; sie holten mich darum gleich am ersten Tag heran, um mit ihren bewährten Methoden mir diese Geheimnisse abzuzwingen. Leute meiner Kategorie, aus denen wichtiges Material oder Geld herausgepreßt werden sollte, wurden deshalb nicht in Konzentrationslager abgeschoben, sondern für eine besondere Behandlung aufgespart. Sie erinnern sich vielleicht, daß unser Kanzler und anderseits der Baron Rotschild, dessen Verwandten sie Millionen abzunötigen hofften, keineswegs hinter Stacheldraht in ein Gefangenenlager gesetzt wurden, sondern unter scheinbarer Bevorzugung in ein Hotel, das Hotel Metropole, das zugleich Hauptquartier der Gestapo war, überführt, wo jeder ein abgesondertes Zimmer erhielt. Auch mir unscheinbarem Mann wurde diese Auszeichnung erwiesen.
Ein eigenes Zimmer in einem Hotel – nicht wahr, das klingt an sich äußerst human? Aber Sie dürfen mir glauben, daß man uns keineswegs eine humanere, sondern nur eine raffiniertere Methode zudachte, wenn man uns ‚Prominente‘ nicht zu zwanzig in eine eiskalte Baracke stopfte, sondern in einem leidlich geheizten und separaten Hotelzimmer behauste. Denn die Pression, mit der man uns das benötigte ‚Material‘ abzwingen wollte, sollte auf subtilere Weise funktionieren als durch rohe Prügel oder körperliche Folterung: durch die denkbar raffinierteste Isolierung. Man tat uns nichts – man stellte uns nur in das vollkommene Nichts, denn bekanntlich erzeugt kein Ding auf Erden einen solchen Druck auf die menschliche Seele wie das Nichts. Indem man uns jeden einzeln in ein völliges Vakuum sperrte, in ein Zimmer, das hermetisch von der Außenwelt abgeschlossen war, sollte, statt von außen durch Prügel und Kälte, jener Druck von innen erzeugt werden,

der uns schließlich die Lippen aufsprengte. Auf den ersten Blick sah das mir angewiesene Zimmer durchaus nicht unbehaglich aus. Es hatte eine Tür, ein Bett, einen Sessel, eine Waschschüssel, ein vergittertes Fenster. Aber die Tür blieb Tag und Nacht verschlossen, auf dem Tisch durfte kein Buch, keine Zeitung, kein Blatt Papier, kein Bleistift liegen, das Fenster starrte eine Feuermauer an; rings um mein Ich und selbst an meinem eigenen Körper war das vollkommene Nichts konstruiert. Man hatte mir jeden Gegenstand abgenommen, die Uhr, damit ich nicht wisse um die Zeit, den Bleistift, daß ich nicht etwa schreiben könne, das Messer, damit ich mir nicht die Adern öffnen könne; selbst die kleinste Betäubung wie eine Zigarette wurde mir versagt. Nie sah ich außer dem Wärter, der kein Wort sprechen und auf keine Frage antworten durfte, ein menschliches Gesicht, nie hörte ich eine menschliche Stimme; Auge, Ohr, alle Sinne bekamen von morgens bis nachts und von nachts bis morgens nicht die geringste Nahrung, man blieb mit sich, mit seinem Körper und den vier oder fünf stummen Gegenständen, Tisch, Bett, Fenster, Waschschüssel, rettungslos allein; man lebte wie ein Taucher unter der Glasglocke im schwarzen Ozean dieses Schweigens und wie ein Taucher sogar, der schon ahnt, daß das Seil nach der Außenwelt abgerissen ist und er nie zurückgeholt werden wird aus der lautlosen Tiefe. Es gab nichts zu tun, nichts zu hören, nichts zu sehen, überall und ununterbrochen war um einen das Nichts, die völlig raumlose und zeitlose Leere. Man ging auf und ab, und mit einem gingen die Gedanken auf und ab, auf und ab, immer wieder. Aber selbst Gedanken, so substanzlos sie scheinen, brauchen einen Stützpunkt, sonst beginnen sie zu rotieren und sinnlos um sich selbst zu kreisen; auch sie ertragen nicht das Nichts. Man wartete auf etwas, von morgens bis abends, und es geschah nichts. Man wartete wieder und wieder. Es geschah nichts. Man wartete, wartete, wartete, man dachte, dachte, man dachte, bis einem die Schläfen schmerzten. Nichts geschah. Man blieb allein. Allein. Allein.

Das dauerte vierzehn Tage, die ich außerhalb der Zeit, außerhalb der Welt lebte. Wäre damals ein Krieg ausgebrochen, ich hätte es nicht erfahren; meine Welt bestand doch nur aus Tisch, Tür, Bett, Waschschüssel, Sessel, Fenster und

Wand, und immer starrte ich auf dieselbe Tapete an derselben Wand; jede Linie ihres gezackten Musters hat sich wie mit ehernem Stichel eingegraben bis in die innerste Falte meines Gehirns, so oft habe ich sie angestarrt. Dann endlich begannen die Verhöre. Man wurde plötzlich abgerufen, ohne recht zu wissen, ob es Tag war oder Nacht. Man wurde gerufen und durch ein paar Gänge geführt, man wußte nicht wohin; dann wartete man irgendwo und wußte nicht wo und stand plötzlich vor einem Tisch, um den ein paar uniformierte Leute saßen. Auf dem Tisch lag ein Stoß Papier: die Akten, von denen man nicht wußte, was sie enthielten, und dann begannen die Fragen, die echten und die falschen, die klaren und die tückischen, die Deckfragen und Fangfragen, und während man antwortete, blätterten fremde, böse Finger in den Papieren, von denen man nicht wußte, was sie enthielten, und fremde, böse Finger schrieben etwas in ein Protokoll, und man wußte nicht, was sie schrieben. Aber das Fürchterlichste bei diesen Verhören für mich war, daß ich nie erraten und errechnen konnte, was die Gestapoleute von den Vorgängen in meiner Kanzlei tatsächlich wußten und was sie erst aus mir herausholen wollten. Wie ich Ihnen bereits sagte, hatte ich die eigentlich belastenden Papiere meinem Onkel in letzter Stunde durch die Haushälterin geschickt. Aber hatte er sie erhalten? Hatte er sie nicht erhalten? Und wieviel hatte jener Kanzlist verraten? Wieviel hatten sie an Briefen aufgefangen, wieviel inzwischen in den deutschen Klöstern, die wir vertraten, einem ungeschickten Geistlichen vielleicht schon abgepreßt? Und sie fragten und fragten. Welche Papiere ich für jenes Kloster gekauft, mit welchen Banken ich korrespondiert, ob ich einen Herrn Soundso kenne oder nicht, ob ich Briefe aus der Schweiz erhalten und aus Steenockerzeel? Und da ich nie errechnen konnte, wieviel sie schon ausgekundschaftet hatten, wurde jede Antwort zur ungeheuersten Verantwortung. Gab ich etwas zu, was ihnen nicht bekannt war, so lieferte ich vielleicht unnötig jemanden ans Messer. Leugnete ich zuviel ab, so schädigte ich mich selbst.

Aber das Verhör war noch nicht das Schlimmste. Das Schlimmste war das Zurückkommen nach dem Verhör in mein Nichts, in dasselbe Zimmer mit demselben Tisch, demselben Bett, derselben Waschschüssel, derselben Tapete. Denn kaum allein mit mir, versuchte ich zu rekonstruieren, was ich am klügsten hätte antworten sollen und was ich das nächste Mal sagen müßte, um den Verdacht wieder abzulenken, den ich vielleicht mit einer unbedachten Bemerkung heraufbeschworen. Ich überlegte, ich durchdachte, ich durchforschte, ich überprüfte meine eigene Aussage auf jedes Wort, das ich dem Untersuchungsrichter gesagt, ich rekapitulierte jede Frage, die sie gestellt, jede Antwort, die ich gegeben, ich versuchte zu erwägen, was sie davon protokolliert haben könnten, und wußte doch, daß ich das nie errechnen und erfahren könnte. Aber diese Gedanken, einmal angekurbelt im leeren Raum, hörten nicht auf, im Kopf zu rotieren, immer wieder von neuem, in immer anderen Kombinationen, und das ging hinein bis in den Schlaf; jedesmal nach einer Vernehmung durch die Gestapo übernahmen ebenso unerbittlich meine eigenen Gedanken die Marter des Fragens und Forschens und Quälens, und vielleicht noch grausamer sogar, denn jene Vernehmungen endeten doch immerhin nach einer Stunde, und diese nie, dank der tückischen Tortur dieser Einsamkeit. Und immer um mich nur der Tisch, der Schrank, das Bett, die Tapete, das Fenster, keine Ablenkung, kein Buch, keine Zeitung, kein fremdes Gesicht, kein Bleisstift, um etwas zu notieren, kein Zündholz, um damit zu spielen, nichts, nichts, nichts. Jetzt erst gewahrte ich, wie teuflisch sinnvoll, wie psychologisch mörderisch erdacht dieses System des Hotelzimmers war. Im Konzentrationslager hätte man vielleicht Steine karren müssen, bis einem die Hände bluteten und die Füße in den Schuhen abfroren, man wäre zusammengepackt gelegen mit zwei Dutzend Menschen in Stank und Kälte. Aber man hätte Gesichter gesehen, man hätte ein Feld, einen Karren, einen Baum, einen Stern, irgend, irgend etwas anstarren können, indes hier immer dasselbe um einen stand, immer dasselbe, das entsetzliche Dasselbe. Hier war nichts, was mich ablenken konnte von meinen Gedanken, von meinen Wahnvorstellungen, von meinem krankhaften Rekapitulieren. Und gerade das beabsichtigten sie – ich sollte doch würgen und würgen an meinen Gedanken, bis sie mich erstickten und ich nicht anders konnte, als sie schließlich ausspeien, als auszusagen, alles auszusagen, was sie wollten, endlich das Material und die Menschen auszuliefern. Allmählich spürte ich, wie meine Nerven unter diesem gräßlichen Druck des Nichts sich zu lockern begannen, und ich spannte, der Gefahr bewußt, bis zum Zerreißen meine Nerven, irgendeine Ablenkung zu finden oder zu erfinden. Um mich zu beschäftigen, versuchte ich alles, was ich jemals auswendig gelernt, zu rezitieren und zu rekonstruieren, die Volkshymne und die Spielreime der Kinderzeit den Homer des Gymnasiums, die Paragraphen des Bürgerlichen Gesetzbuches. Dann versuchte ich zu rechnen, beliebige Zahlen zu addieren, zu dividieren, aber mein Gedächtnis hatte im Leeren keine festhaltende Kraft. Ich konnte mich auf nichts konzentrieren. Immer fuhr und flackerte derselbe Gedanke dazwischen: Was wissen sie? Was habe ich gestern gesagt, was muß ich das nächste Mal sagen?

Dieser eigentlich unbeschreibbare Zustand dauerte vier Monate. Nun – vier Monate, das schreibt sich leicht hin: nicht mehr als ein Buchstabe! Das spricht sich leicht aus: vier Monate – vier Silben. In einer Viertelsekunde hat die Lippe rasch so einen Laut artikuliert: vier Monate! Aber niemand kann schildern, kann messen, kann veranschaulichen, nicht einem andern, nicht sich selbst, wie lange eine Zeit im Raumlosen, im Zeitlosen währt, und keinem kann man erklären, wie es einen zerfrißt und zerstört, dieses Nichts und Nichts und Nichts um einen, dies immer nur Tisch und Bett und Waschschüssel und Tapete, und immer das Schweigen, immer derselbe Wärter, der, ohne einen anzusehen, das Essen hereinschiebt, immer dieselben Gedanken, die im Nichts um das eine kreisen, bis man irre wird. An kleinen Zeichen wurde ich beunruhigt gewahr, daß mein Gehirn in Unordnung geriet. Im Anfang war ich bei den Vernehmungen noch innerlich klar gewesen, ich hatte ruhig und überlegt ausgesagt; jenes Doppeldenken, was ich sagen sollte und was nicht, hatte noch funktioniert. Jetzt konnte ich schon die einfachsten Sätze nur mehr stammelnd artikulieren, denn während ich aussagte, starrte ich hypnotisiert auf die Feder, die protokollierend über das Papier lief, als wollte ich meinen eigenen Worten nachlaufen. Ich spürte, meine Kraft ließ nach, ich spürte, immer näher rückte der Augenblick, in dem ich, um mich zu retten, alles sagen würde, was ich wußte und vielleicht noch mehr, in dem ich, um dem Würgen dieses Nichts zu entkommen, zwölf Menschen und ihre Geheimnisse verraten würde, ohne mir selbst damit mehr zu schaffen als einen Atemzug Rast. An einem Abend war es wirklich schon so weit: als der Wärter zufällig in diesem Augenblick des Erstickens mir das Essen brachte, schrie ich ihm plötzlich nach: ‚Führen Sie mich zur Vernehmung! Ich will alles sagen! Ich will alles aussagen! Ich will sagen, wo die Papiere sind, wo das Geld liegt! Alles werde ich sagen, alles!‘ Glücklicherweise hörte er mich nicht mehr. Vielleicht wollte er mich auch nicht hörren.

In dieser äußersten Not ereignete sich nun etwas Unvorhergesehenes, was Rettung bot, Rettung zum mindesten für eine gewisse Zeit. Es war Ende Juli, ein dunkler, verhangener, regnerischer Tag: ich erinnere mich an diese Einzelheit deshalb ganz genau, weil der Regen gegen die Scheiben im Gang trommelte, durch den ich zur Vernehmung geführt wurde. Im Vorzimmer des Untersuchungszimmers mußte ich warten. Immer mußte man bei jeder Vorführung warten: auch dieses Wartenlassen gehörte zur Technik. Erst riß man einem die Nerven auf durch den Anruf, durch das plötzliche Abholen aus der Zelle mitten in der Nacht, und dann, wenn man schon eingestellt war auf die Vernehmung, schon Verstand und Willen gespannt hatte zum Widerstand, ließen sie einen warten, sinnlos, sinnlos warten, eine Stunde, zwei Stunden, drei Stunden vor der Vernehmung, um den Körper müde und die Seele mürbe zu machen. Und man ließ mich besonders lange warten an diesem Donnerstag, den 27. Juli, zwei geschlagene Stunden im Vorzimmer stehend warten; ich erinnere mich auch an dieses Datum aus einem bestimmten Grunde so genau, denn in diesem Vorzimmer, wo ich – selbstverständlich, ohne mich niedersetzen zu dürfen – zwei Stunden mir die Beine in den Leib stehen mußte, hing ein Kalender, und ich vermag Ihnen nicht zu erklären, wie in meinem Hunger nach Gedrucktem, nach Geschriebenem ich diese eine Zahl, diese wenigen Worte ‚27. Juli‘ an der Wand anstarrte und anstarrte; ich fraß sie gleichsam in mein Gehirn hinein. Und dann wartete ich wie er und wartete und starrte auf die Tür, wann sie sich endlich öffnen würde, und überlegte zugleich, was die Inquisitoren mich diesmal fragen könnten, und wußte doch, daß sie mich etwas ganz anderes fragen würden, als worauf ich mich vorbereitete. Aber trotz alledem war die Qual dieses Wartens und Stehens zugleich eine Wohltat, eine Lust, weil dieser Raum immerhin ein anderes Zimmer war als das meine, etwas größer und mit zwei Fenstern statt einem, und ohne das Bett und ohne die Waschschüssel und ohne den bestimmten Riß am Fensterbrett, den ich millionenmal betrachtet. Die Tür war anders gestrichen, ein anderer Sessel stand an der Wand und links ein Registerschrank mit Akten sowie eine Garderobe mit Aufhängern, an denen drei oder vier nasse Militärmäntel, die Mäntel meiner Folterknechte, hingen. Ich hatte also etwas Neues, etwas anderes zu betrachten, endlich einmal etwas anderes mit meinen ausgehungerten Augen, und sie krallten sich gierig an jede Einzelheit. Ich beobachtete an diesen Mänteln jede Falte, ich bemerkte zum Beispiel einen Tropfen, der von einem der nassen Kragen niederhing, und so lächerlich es für Sie klingen mag, ich wartete mit einer unsinnigen Erregung, ob dieser Tropfen endlich abrinnen wollte, die Falte entlang, oder ob er noch gegen die Schwerkraft sich wehren und länger haften bleiben würde – ja, ich starrte und starrte minutenlang atemlos auf diesen Tropfen, als hinge mein Leben daran. Dann, als er endlich niedergerollt war, zählte ich wieder die Knöpfe an den Mänteln nach, acht an dem einen Rock, acht an dem andern, zehn an dem dritten, dann wieder verglich ich die Aufschläge; alle diese lächerlichen, unwichtigen Kleinigkeiten betasteten, umspielten, umgriffen meine verhungerten Augen mit einer Gier, die ich nicht zu beschreiben vermag. Und plötzlich blieb mein Blick starr an etwas haften. Ich hatte entdeckt, daß an einem der Mäntel die Seitentasche etwas aufgebauscht war. Ich trat näher heran und glaubte an der rechteckigen Form der Ausbuchtung zu erkennen, was diese etwas geschwellte Tasche in sich verbarg: ein Buch! Mir begannen die Knie zu zittern: ein BUCH! Vier Monate lange hatte ich kein Buch in der Hand gehabt, und schon die bloße Vorstellung eines Buches, in dem man aneinandergereihte Worte sehen konnte, Zeilen, Seiten und Blätter, eines Buches, aus dem man andere, neue, fremde, ablenkende Gedanken lesen, verfolgen, sich ins Hirn nehmen könnte, hatte etwas Berauschendes und gleichzeitig Betäubendes. Hypnotisiert starrten meine Augen auf die kleine Wölbung, die jenes Buch innerhalb der Tasche formte, sie glühten diese eine unscheinbare Stelle an, als ob sie ein Loch in den Mantel brennen wollten. Schließlich konnte ich meine Gier nicht verhalten; unwillkürlich schob ich mich näher heran. Schon der Gedanke, ein Buch durch den Stoff mit den Händen wenigstens antasten zu können, machte mir die Nerven in den Fingern bis zu den Nägeln glühen. Fast ohne es zu wissen, drückte ich mich immer näher heran. Glücklicherweise achtete der Wärter nicht auf mein gewiß sonderbares Gehaben; vielleicht auch schien es ihm nur natürlich, daß ein Mensch nach zwei Stunden aufrechten Stehens sich ein wenig an die Wand lehnen wollte. Schließlich stand ich schon ganz nahe bei dem Mantel, und mit Absicht hatte ich die Hände hinter mich auf den Rücken gelegt, damit sie unauffällig den Mantel berühren konnten. Ich tastete den Stoff an und fühlte tatsächlich durch den Stoff etwas Rechteckiges, etwas, das biegsam war und leise knisterte – ein Buch! Ein Buch! Und wie ein Schuß durchzuckte mich der Gedanke: stiehl dir das Buch! Vielleicht gelingt es, und du kannst dir's in der Zelle verstecken und dann lesen, lesen, lesen, endlich wieder einmal lesen! Der Gedanke, kaum in mich gedrungen, wirkte wie ein starkes Gift; mit einemmal begannen mir die Ohren zu brausen und das Herz zu hämmern, meine Hände wurden eiskalt und gehorchten nicht mehr. Aber nach der ersten Betäubung drängte ich mich leise und listig noch näher an den Mantel, ich drückte, immer dabei den Wächter fixierend, mit den hinter dem Rücken versteckten Händen das Buch von unten aus der Tasche höher und höher. Und dann: ein Griff, ein leichter, vorsichtiger Zug, und plötzlich hatte ich das kleine, nicht sehr umfangreiche Buch in der Hand. Jetzt erst erschrak ich vor meiner Tat. Aber ich konnte nicht mehr zurück. Jedoch wohin damit? Ich schob den Band hinter meinem Rücken unter die Hose an die Stelle, wo sie der Gürtel hielt, und von dort allmählich hinüber an die Hüfte, damit ich es beim Gehen mit der Hand militärisch an der Hosennaht festhalten könnte. Nun galt es die erste Probe. Ich trat von der Garderobe weg, einen Schritt, zwei Schritte, drei Schritte. Es ging. Es war möglich, das Buch im Gehen festzuhalten, wenn ich nur die Hand fest an den Gürtel preßte.

Dann kam die Vernehmung. Sie erforderte meinerseits mehr Anstrengung als je, denn eigentlich konzentrierte ich meine ganze Kraft, während ich antwortete, nicht auf meine Aussage, sondern vor allem darauf, das Buch unauffällig festzuhalten. Glücklicherweise fiel das Verhör diesmal kurz aus, und ich brachte das Buch heil in mein Zimmer – ich will Sie nicht aufhalten mit all den Einzelheiten, denn einmal rutschte es von der Hose gefährlich ab mitten im Gang, und ich mußte einen schweren Hustenanfall simulieren, um mich niederzubücken und es wieder heil unter den Gürtel zurückzuschieben. Aber welch eine Sekunde dafür, als ich damit in meine Hölle zurücktrat, endlich allein und doch nie mehr allein!

Nun vermuten Sie wahrscheinlich, ich hätte sofort das Buch gepackt, betrachtet, gelesen. Keineswegs! Erst wollte ich die Vorlust auskosten, daß ich ein Buch bei mir hatte, die künstlich verzögernde und meine Nerven wunderbar erregende Lust, mir auszuträumen, welche Art Buch dies gestohlene am liebsten sein sollte: sehr eng gedruckt vor allem, viele, viele Lettern enthaltend, viele, viele dünne Blätter, damit ich länger daran zu lesen hätte. Und dann wünschte ich mir, es sollte ein Werk sein, das mich geistig anstrengte, nichts Flaches, nichts Leichtes, sondern etwas, das man lernen, auswendig lernen konnte, Gedichte, und am besten – welcher verwegene Traum! – Goethe oder Homer. Aber schließlich konnte ich meine Gier, meine Neugier nicht länger verhalten. Hingestreckt auf das Bett, so daß der Wärter, wenn er plötzlich die Tür aufmachen sollte, mich nicht ertappen könnte, zog ich zitternd unter dem Gürtel den Band heraus.

Der erste Blick war eine Enttäuschung und sogar eine Art erbitterter Ärger: dieses mit so ungeheurer Gefahr erbeutete, mit so glühender Erwartung aufgesparte Buch war nichts anderes als ein Schachrepetitorium, eine Sammlung von hundertfünfzig Meisterpartien. Wäre ich nicht verriegelt, verschlossen gewesen, ich hätte im ersten Zorn das Buch durch ein offenes Fenster geschleudert, denn was sollte, was konnte ich mit diesem Nonsens beginnen? Ich hatte als Knabe im Gymnasium, wie die meisten anderen, mich ab und zu aus Langeweile vor einem Schachbrett versucht. Aber was sollte mir dieses theoretische Zeug? Schach kann man doch nicht spielen ohne einen Partner und schon gar nicht ohne Steine, ohne Brett. Verdrossen blätterte ich die Seiten durch, um vielleicht dennoch etwas Lesbares zu entdecken, eine Einleitung, eine Anleitung; aber ich fand nichts als die nackten quadratischen Diagramme der einzelnen Meisterpartien und darunter mir zunächst unverständliche Zeichen, a2–a3, Sf1–g3 und so weiter. Alles das schien mir eine Art Algebra, zu der ich keinen Schlüssel fand. Erst allmählich enträtselte ich, daß die Buchstaben a, b, c für die Längsreihen, die Ziffern 1 bis 8 für die Querreihen eingesetzt waren und den jeweiligen Stand jeder einzelnen Figur bestimmten; damit bekamen die rein graphischen Diagramme immerhin eine Sprache. Vielleicht, überlegte ich, könnte ich mir in meiner Zelle eine Art Schachbrett konstruieren und dann versuchen, diese Partien nachzuspielen; wie ein himmlischer Wink erschien es mir, daß mein Betttuch sich zufällig als grob kariert erwies. Richtig zusammengefaltet, ließ es sich am Ende so legen, um vierundsechzig Felder zusammenzubekommen. Ich versteckte also zunächst das Buch unter der Matratze und riß die erste Seite heraus. Dann begann ich aus kleinen Krümeln, die ich mir von meinem Brot absparte, in selbstverständlich lächerlich unvollkommener Weise die Figuren des Schachs, König, Königin und so weiter, zurechtzumodeln; nach endlosem Bemühen konnte ich es schließlich unternehmen, auf dem karierten Bettuch die im Schachbuch abgebildeten Positionen zu rekonstruieren. Als ich aber versuchte, die Partie nachzuspielen, mißlang es zunächst vollkommen mit meinen lächerlichen Krümelfiguren, von denen ich zur Unterscheidung die eine Hälfte mit Staub dunkel gefärbt hatte. Ich verwirrte mich in den ersten Tagen unablässig; fünfmal, zehnmal, zwanzigmal mußte ich diese eine Partie immer wieder von Anfang beginnen. Aber wer auf Erden verfügte über so viel ungenutzte und nutzlose Zeit wie ich, der Sklave des Nichts, wem stand so viel unermeßliche Gier und Geduld zu Gebot? Nach sechs Tagen spielte ich schon die Partie tadellos zu Ende, nach weiteren acht Tagen benötigte ich nicht einmal die Krümel auf dem Bettuch mehr, um mir die Positionen aus dem Schachbuch zu vergegenständlichen, und nach weiteren acht Tagen wurde auch das karierte Bettuch entbehrlich; automatisch verwandelten sich die anfangs abstrakten Zeichen des Buches a1, a2, c7, c8 hinter meiner Stirn zu visuellen, zu plastischen Positionen. Die Umstellung war restlos gelungen: ich hatte das Schachbrett mit seinen Figuren nach innen projiziert und überblickte auch dank der bloßen Formeln die jeweilige Position, so wie einem geübten Musiker der bloße Anblick der Partitur schon genügt, um alle Stimmen und ihren Zusammenklang zu hören. Nach weiteren vierzehn Tagen war ich mühelos imstande, jede Partie aus dem Buch auswendig – oder, wie der Fachausdruck lautet: blind – nachzuspielen; jetzt erst begann ich zu verstehen, welche unermeßliche Wohltat mein frecher Diebstahl mir eroberte. Denn ich hatte mit einemmal Tätigkeit – eine sinnlose, eine zwecklose, wenn Sie wollen, aber doch eine, die das Nichts um mich zunichte machte, ich besaß mit den hundertfünfzig Turnierpartien eine wunderbare Waffe gegen die erdrükkende Monotonie des Raumes und der Zeit. Um mir den Reiz der neuen Beschäftigung ungebrochen zu bewahren, teilte ich mir von nun ab jeden Tag genau ein: zwei Partien morgens, zwei Partien nachmittags, abends dann noch eine rasche Wiederholung. Damit war mein Tag, der sich sonst wie Gallert formlos dehnte, ausgefüllt, ich war beschäftigt, ohne mich zu ermüden, denn das Schachspiel besitzt den wunderbaren Vorzug, durch Bannung der geistigen Energien auf ein engbegrenztes Feld selbst bei anstrengendster Denkleistung das Gehirn nicht zu erschlaffen, sondern eher seine Agilität und Spannkraft zu schärfen. Allmählich begann bei dem zuerst bloß mechanischen Nachspielen der Meisterpartien ein künstlerisches, ein lusthaftes Verständnis in mir zu erwachen. Ich lernte die Feinheiten, die Tücken und Schärfen in Angriff und Verteidigung verstehen, ich erfaßte die Technik des Vorausdenkens, Kombinierens, Ripostierens und erkannte bald die persönliche Note jedes einzelnen Schachmeisters in seiner individuellen Führung so unfehlbar, wie man Verse eines Dichters schon aus wenigen Zeilen feststellt; was als bloß zeitfüllende Beschäftigung begonnen, wurde Genuß, und die Gestalten der großen Schachstrategen, wie Aljechin, Lasker, Bogoljubow, Tartakower, traten als geliebte Kamera-

den in meine Einsamkeit. Unendliche Abwechslung be-
seelte täglich die stumme Zelle, und gerade die Regelmä-
ßigkeit meiner Exerzitien gab meiner Denkfähigkeit die
schon erschütterte Sicherheit zurück; ich empfand mein
Gehirn aufgefrischt und durch die ständige Denkdisziplin
sogar noch gleichsam neu geschliffen. Daß ich klarer und
konzentrierter dachte, erwies sich vor allem bei den Vernehmungen; unbewußt hatte ich mich auf dem Schachbrett
in der Verteidigung gegen falsche Drohungen und verdeckte Winkelzüge vervollkommnet; von diesem Zeitpunkt
an gab ich mir bei den Vernehmungen keine Blöße mehr,
und mir dünkte sogar, daß die Gestapoleute mich allmählich mit einem gewissen Respekt zu betrachten begannen.
Vielleicht fragten sie sich im stillen, da sie alle anderen zu-
sammenbrechen sahen, aus welchen geheimen Quellen ich
allein die Kraft solch unerschütterlichen Widerstandes
schöpfte.
Diese meine Glückszeit, da ich die hundertfünfzig Partien
jenes Buches Tag für Tag systematisch nachspielte, dauerte
etwa zweieinhalb bis drei Monate. Dann geriet ich unvermuteterweise an einen toten Punkt. Plötzlich stand ich neuerdings vor dem Nichts. Denn sobald ich jede einzelne Partie zwanzig- oder dreißigmal durchgespielt hatte, verlor sie
den Reiz der Neuheit, der Überraschung, ihre vordem so
aufregende, so anregende Kraft war erschöpft. Welchen
Sinn hatte es, nochmals und nochmals Partien zu wiederholen, die ich Zug um Zug längst auswendig kannte? Kaum
ich die erste Eröffnung getan, klöppelte sich ihr Ablauf
gleichsam automatisch in mir ab, es gab keine Überraschung
mehr, keine Spannungen, keine Probleme. Um mich zu beschäftigen, um mir die schon unentbehrlich gewordene Anstrengung und Ablenkung zu schaffen, hätte ich eigentlich
ein anderes Buch mit anderen Partien gebraucht. Da dies
aber vollkommen unmöglich war, gab es nur einen Weg auf
dieser sonderbaren Irrbahn; ich mußte mir statt der alten
Partien neue erfinden. Ich mußte versuchen, mit mir selbst
oder vielmehr gegen mich selbst zu spielen.
Ich weiß nun nicht, bis zu welchem Grade Sie über die geistige Situation bei diesem Spiel der Spiele nachgedacht haben. Aber schon die flüchtigste Überlegung dürfte ausrei-
chen, um klarzumachen, daß beim Schach als einem reinen,

vom Zufall abgelösten Denkspiel es logischerweise eine Absurdität bedeutet, gegen sich selbst spielen zu wollen. Das Attraktive des Schachs beruht doch im Grunde einzig darin, daß sich seine Strategie in zwei verschiedenen Gehirnen verschieden entwickelt, daß in diesem geistigen Kriege Schwarz die jeweiligen Manöver von Weiß nicht kennt und ständig zu erraten und zu durchkreuzen sucht, während seinerseits wiederum Weiß die geheimen Absichten von Schwarz zu überholen und parieren strebt. Bildeten nun Schwarz und Weiß ein und dieselbe Person, so ergäbe sich der widersinnige Zustand, daß ein und dasselbe Gehirn gleichzeitig etwas wissen und doch nicht wissen sollte, daß es als Partner Weiß funktionierend, auf Kommando völlig vergessen könnte, was es eine Minute vorher als Partner Schwarz gewollt und beabsichtigt. Ein solches Doppeldenken setzt eigentlich eine vollkommene Spaltung des Bewußtseins voraus, ein beliebiges Auf- und Abblendenkönnen der Gehirnfunktionen wie bei einem mechanischen Apparat; gegen sich selbst spielen zu wollen, bedeutet also im Schach eine solche Paradoxie, wie über seinen eigenen Schatten zu springen.

Nun, um mich kurz zu fassen, diese Unmöglichkeit, diese Absurdität habe ich in meiner Verzweiflung monatelang versucht. Aber ich hatte keine Wahl als diesen Widersinn, um nicht dem puren Irrsinn oder einem völligen geistigen Marasmus zu verfallen. Ich war durch meine fürchterliche Situation gezwungen, diese Spaltung in ein Ich Schwarz und ein Ich Weiß zumindest zu versuchen, um nicht erdrückt zu werden von dem grauenhaften Nichts um mich."

Dr. B. lehnte sich zurück in den Liegestuhl und schloß für eine Minute die Augen. Es war, als ob er eine verstörende Erinnerung gewaltsam unterdrücken wollte. Wieder lief das merkwürdige Zucken, das er nicht zu beherrschen wußte, um den linken Mundwinkel. Dann richtete er sich in seinem Lehnstuhl etwas höher auf.

„So – bis zu diesem Punkte hoffe ich Ihnen alles ziemlich verständlich erklärt zu haben. Aber ich bin leider keineswegs gewiß, ob ich das Weitere Ihnen noch ähnlich deutlich veranschaulichen kann. Denn diese neue Beschäftigung erforderte eine so unbedingte Anspannung des Gehirns, daß sie jede gleichzeitige Selbstkontrolle unmöglich machte. Ich deutete Ihnen schon an, daß meiner Meinung nach es an sich schon Nonsens bedeutet, Schach gegen sich selber spielen zu wollen; aber selbst diese Absurdität hätte immerhin noch eine minimale Chance mit einem realen Schachbrett vor sich, weil das Schachbrett durch seine Realität immerhin noch eine gewisse Distanz, eine materielle Exterritorialisierung erlaubt. Vor einem wirklichen Schachbrett mit wirklichen Figuren kann man Überlegungspausen einschalten, man kann sich rein körperlich bald auf die eine Seite, bald auf die andere Seite des Tisches stellen und damit die Situation bald vom Standpunkt Schwarz, bald vom Standpunkt Weiß ins Auge fassen. Aber genötigt, wie ich war, diese Kämpfe gegen mich selbst oder, wenn Sie wollen, mit mir selbst in einem imaginären Raum zu projizieren, war ich gezwungen, in meinem Bewußtsein die jeweilige Stellung auf den vierundsechzig Feldern deutlich festzuhalten und außerdem nicht nur die momentane Figuration, sondern auch schon die möglichen weiteren Züge von beiden Partnern mir auszukalkulieren, und zwar – ich weiß, wie absurd dies alles klingt – mir doppelt und dreifach zu imaginieren, nein, sechsfach, achtfach, zwölffach, für jedes meiner Ich, für Schwarz und Weiß immer schon vier und fünf Züge voraus. Ich mußte – verzeihen Sie, daß ich Ihnen zumute, diesen Irrsinn durchzudenken – bei diesem Spiel im abstrakten Raum der Phantasie als Spieler Weiß vier oder fünf Züge vorausberechnen und ebenso als Spieler Schwarz, also alle sich in der Entwicklung ergebenden Situationen gewissermaßen mit zwei Gehirnen vorauskombinieren, mit dem Gehirn Weiß und dem Gehirn Schwarz. Aber selbst diese Selbstzerteilung war noch nicht das Gefährlichste an meinem abstrusen Experiment, sondern daß ich durch das selbständige Ersinnen von Partien mit einemmal den Boden unter den Füßen verlor und ins Bodenlose geriet. Das bloße Nachspielen der Meisterpartien, wie ich es in den vorhergehenden Wochen geübt, war schließlich nichts als eine reproduktive Leistung gewesen, ein reines Rekapitulieren einer gegebenen Materie und als solches nicht anstrengender, als wenn ich Gedichte auswendig gelernt hätte oder Gesetzesparagraphen memoriert; es war eine begrenzte, eine disziplinierte Tätigkeit und darum ein ausgezeichnetes Exercitium mentale. Meine zwei Partien, die ich morgens, die zwei, die ich nachmittags probte, stellten ein bestimmtes Pensum dar, das ich ohne jeden Einsatz von Erregung erledigte; sie ersetzten mir eine normale Beschäftigung, und überdies hatte ich, wenn ich mich im Ablauf einer Partie irrte oder nicht weiter wußte, an dem Buch noch immer einen Halt. Nur darum war diese Tätigkeit für meine erschütterten Nerven eine so heilsame und eher beruhigende gewesen, weil ein Nachspielen fremder Partien nicht mich selber ins Spiel brachte; ob Schwarz oder Weiß siegte, blieb mir gleichgültig, es waren doch Aljechin oder Bogoljubow, die um die Palme des Champions kämpften, und meine eigene Person, mein Verstand, meine Seele genossen einzig als Zuschauer, als Kenner die Peripetien und Schönheiten jener Partien. Von dem Augenblick an, da ich aber gegen mich zu spielen versuchte, begann ich mich unbewußt herauszufordern. Jedes meiner beiden Ich, mein Ich Schwarz und mein Ich Weiß, hatten zu wetteifern gegeneinander und gerieten jedes für sein Teil in einen Ehrgeiz, in eine Ungeduld, zu siegen, zu gewinnen; ich fieberte als Ich Schwarz nach jedem Zuge, was das Ich Weiß tun würde. Jedes meiner beiden Ich triumphierte, wenn das andere einen Fehler machte, und erbitterte sich gleichzeitig über sein eigenes Ungeschick.

Das alles scheint sinnlos, und in der Tat wäre ja eine solche künstliche Schizophrenie, eine solche Bewußtseinsspaltung mit ihrem Einschuß an gefährlicher Erregtheit bei einem normalen Menschen in normalem Zustand undenkbar. Aber vergessen Sie nicht, daß ich aus aller Normalität gewaltsam gerissen war, ein Häftling, unschuldig eingesperrt, seit Monaten raffiniert mit Einsamkeit gemartert, ein Mensch, der seine aufgehäufte Wut längst gegen irgend etwas entladen wollte. Und da ich nichts anderes hatte als dies unsinnige Spiel gegen mich selbst, fuhr meine Wut, meine Rachelust fanatisch in dieses Spiel hinein. Etwas in mir wollte recht behalten, und ich hatte doch nur dieses andere Ich in mir, das ich bekämpfen konnte ; so steigerte ich mich während des Spieles in eine fast manische Erregung. Im Anfang hatte ich noch ruhig und überlegt gedacht, ich hatte Pausen eingeschaltet zwischen einer und der anderen Partie, um mich von der Anstrengung zu erholen; aber allmählich erlaubten meine gereizten Nerven mir kein Warten mehr. Kaum mein Ich Weiß einen Zug getan, stieß schon mein Ich Schwarz fiebrig vor; kaum war eine Partie beendigt, so forderte ich mich schon zur nächsten heraus, denn jedesmal war doch eines der beiden Schach-Ich von dem andern besiegt und verlangte Revanche. Nie werde ich auch nur annähernd sagen können, wie viele Partien ich infolge dieser irrwitzigen Unersättlichkeit während dieser letzten Monate in meiner Zelle gegen mich selbst gespielt – vielleicht tausend, vielleicht mehr. Es war eine Besessenheit, deren ich mich nicht erwehren konnte; von früh bis nachts dachte ich an nichts als an Läufer und Bauer und Turm und König und a und b und c und Matt und Rochade, mit meinem ganzen Sein und Fühlen stieß es mich in das karierte Quadrat. Aus der Spielfreude war eine Spiellust geworden, aus der Spiellust ein Spielzwang, eine Manie, eine frenetische Wut, die nicht nur meine wachen Stunden, sondern allmählich auch meinen Schlaf durchdrang. Ich konnte nur Schach denken, nur in Schachbewegungen, Schachproblemen; manchmal wachte ich mit feuchter Stirn auf und erkannte, daß ich sogar im Schlaf unbewußt weitergespielt haben mußte, und wenn ich von Menschen träumte, so geschah es ausschließlich in den Bewegungen des Läufers, des Turms, im Vor und Zurück des Rösselsprungs. Selbst wenn ich zum Verhör gerufen wurde, konnte ich nicht mehr konzis an meine Verantwortung denken; ich habe die Empfindung, daß bei den letzten Vernehmungen ich mich ziemlich konfus ausgedrückt haben muß, denn die Verhörenden blickten sich manchmal befremdet an. Aber in Wirklichkeit wartete ich, während sie fragten und berieten, in meiner unseligen Gier doch nur darauf, wieder zurückgeführt zu werden in meine Zelle, um mein Spiel, mein irres Spiel, fortzusetzen, eine neue Partie und noch eine und noch eine. Jede Unterbrechung wurde mir zur Störung; selbst die Viertelstunde, da der Wärter die Gefängniszelle aufräumte, die zwei Minuten, da er mir das Essen brachte, quälten meine fiebrige Ungeduld; manchmal stand abends der Napf mit der Mahlzeit noch unberührt, ich hatte über dem Spiel vergessen zu essen. Das einzige, was ich körperlich empfand, war ein fürchterlicher Durst; es muß wohl schon das Fieber dieses ständigen Denkens und Spielens gewesen sein; ich trank die Flasche leer in zwei Zügen und quälte den Wärter um mehr und fühlte dennoch im nächsten Augenblick die Zunge schon wieder trocken im Munde. Schließlich steigerte sich meine Erregung während des Spielens – und ich tat nichts anderes mehr von morgens bis nachts – zu solchem Grade, daß ich nicht einen Augenblick mehr stillzusitzen vermochte; ununterbrochen ging ich, während ich die Partien überlegte, auf und ab, immer schneller und schneller und schneller auf und ab, auf und ab, und immer hitziger, je mehr sich die Entscheidung der Partie näherte; die Gier, zu gewinnen, zu siegen, mich selbst zu besiegen, wurde allmählich zu einer Art Wut, ich zitterte vor Ungeduld, denn immer war dem einen Schach-Ich in mir das andere zu langsam. Das eine trieb das andere an; so lächerlich es Ihnen vielleicht scheint, ich begann mich zu beschimpfen – ,schneller, schneller!' oder ,vorwärts, vorwärts!' –, wenn das eine Ich in mir dem andern nicht rasch genug ripostierte. Selbstverständlich bin ich mir heute ganz im klaren, daß dieser mein Zustand schon eine durchaus pathologische Form geistiger Überreizung war, für die ich eben keinen anderen Namen finde als den bisher medizinisch unbekannten: eine Schachvergiftung. Schließlich begann diese monomanische Besessenheit nicht nur mein Gehirn, sondern auch meinen Körper zu attackieren. Ich magerte ab, ich schlief unruhig und verstört, ich brauchte beim Erwachen jedesmal eine besondere Anstrengung, die bleiernen Augenlider aufzuzwingen; manchmal fühlte ich mich derart schwach, daß, wenn ich ein Trinkglas anfaßte, ich es nur mit Mühe bis zu den Lippen brachte, so zitterten mir die Hände; aber kaum das Spiel begann, überkam mich eine wilde Kraft: ich lief auf und ab mit geballten Fäusten, und wie durch einen roten Nebel hörte ich manchmal meine eigene Stimme, wie sie heiser und böse ,Schach!' oder ,Matt!' sich selber zuschrie.

Wie dieser grauenhafte, dieser unbeschreibbare Zustand zur Krise kam, vermag ich selbst nicht zu berichten. Alles, was ich darüber weiß, ist, daß ich eines Morgens aufwachte, und es war ein anderes Erwachen als sonst. Mein Körper war gleichsam abgelöst von mir, ich ruhte weich und wohlig. Eine dichte, gute Müdigkeit, wie ich sie seit Monaten nicht gekannt, lag auf meinen Lidern, lag so warm und wohltätig auf ihnen, daß ich mich zuerst gar nicht entschließen konnte, die Augen aufzutun. Minuten lag ich schon wach und genoß noch diese schwere Dumpfheit, dies laue Liegen mit wöllüstig betäubten Sinnen. Auf einmal war mir, als ob ich hinter mir Stimmen hörte, lebendige menschliche Stimmen, die Worte sprachen, und Sie können sich mein Entzücken nicht ausdenken, denn ich hatte doch seit Monaten, seit bald einem Jahr keine anderen Worte gehört als die harten, scharfen und bösen von der Richterbank. ‚Du träumst‘, sagte ich mir. ‚Du träumst! Tu keinesfalls die Augen auf! Laß ihn noch dauern, diesen Traum, sonst siehst du wieder die verfluchte Zelle um dich, den Stuhl und den Waschtisch und den Tisch und die Tapete mit dem ewig gleichen Muster. Du träumst – träume weiter!‘

Aber die Neugier behielt die Oberhand. Ich schlug langsam und vorsichtig die Lider auf. Und Wunder: es war ein anderes Zimmer, in dem ich mich befand, ein Zimmer, breiter, geräumiger als meine Hotelzelle. Ein ungegittertes Fenster ließ freies Licht herein und einen Blick auf die Bäume, grüne, im Wind wogende Bäume statt meiner starren Feuermauer, weiß und glatt glänzten die Wände, weiß und hoch hob sich über mir die Decke – wahrhaftig, ich lag in einem neuen, einem fremden Bett, und wirklich, es war kein Traum, hinter mir flüsterten leise menschliche Stimmen. Unwillkürlich muß ich mich in meiner Überraschung heftig geregt haben, denn schon hörte ich hinter mir einen nahenden Schritt. Eine Frau kam weichen Gelenks heran, eine Frau mit weißer Haube über dem Haar, eine Pflegerin, eine Schwester. Ein Schauer des Entzückens fiel über mich: ich hatte seit einem Jahr keine Frau gesehen. Ich starrte die holde Erscheinung an, und es muß ein wilder, ekstatischer Aufblick gewesen sein, denn ‚Ruhig! Bleiben Sie ruhig!‘ beschwichtigte mich dringlich die Nahende. Ich aber lauschte nur auf ihre Stimme – war das nicht ein Mensch, der sprach? Gab es wirklich noch auf Erden einen Menschen, der mich nicht verhörte, nicht quälte? Und dazu noch – unfaßbares Wunder! – eine weiche, warme, eine fast zärtliche Frauenstimme. Gierig starrte ich auf ihren Mund, denn es war mir in diesem Höllenjahr unwahrscheinlich geworden, daß ein Mensch gütig zu einem andern sprechen könnte. Sie lächelte mir zu – ja, sie lächelte, es gab noch Menschen, die gütig lächeln konnten –, dann legte sie den Finger mahnend auf die Lippen und ging leise weiter. Aber ich konnte ihrem Gebot nicht gehorchen. Ich hatte mich noch nicht sattgesehen an dem Wunder. Gewaltsam versuchte ich mich in dem Bette aufzurichten, um ihr nachzublicken, diesem Wunder eines menschlichen Wesens nachzublicken, das gütig war. Aber wie ich mich am Bettrande aufstützen wollte, gelang es mir nicht. Wo sonst meine rechte Hand gewesen, Finger und Gelenk, spürte ich etwas Fremdes, einen dicken, großen, weißen Bausch, offenbar einen umfangreichen Verband. Ich staunte dieses Weiße, Dicke, Fremde an meiner Hand zuerst verständnislos an, dann begann ich langsam zu begreifen, wo ich war, und zu überlegen, was mit mir geschehen sein mochte. Man mußte mich verwundet haben, oder ich hatte mich selbst an der Hand verletzt. Ich befand mich in einem Hospital.

Mittags kam der Arzt, ein freundlicher älterer Herr. Er kannte den Namen meiner Familie und erwähnte derart respektvoll meinen Onkel, den kaiserlichen Leibarzt, daß mich sofort das Gefühl überkam, er meine es gut mit mir. Im weiteren Verlauf richtete er allerhand Fragen an mich, vor allem eine, die mich erstaunte – ob ich Mathematiker sei oder Chemiker. Ich verneinte.

,Sonderbar‘, murmelte er. ,Im Fieber haben Sie immer so sonderbare Formeln geschrien – c3, c4. Wir haben uns alle nicht ausgekannt.‘

Ich erkundigte mich, was mit mir vorgegangen sei. Er lächelte merkwürdig.

,Nichts Ernstliches. Eine akute Irritation der Nerven‘, und fügte, nachdem er sich zuvor vorsichtig umgeblickt hatte, leise bei: ,Schließlich eine recht verständliche. Seit dem 13. März, nicht wahr?‘

Ich nickte.

,Kein Wunder bei dieser Methode‘, murmelte er. ,Sie sind nicht der erste. Aber sorgen Sie sich nicht.‘

An der Art, wie er mir dies beruhigend zuflüsterte, und dank seines begütigenden Blickes wußte ich, daß ich bei ihm gut geborgen war.

Zwei Tage später erklärte mir der gütige Doktor ziemlich freimütig, was vorgefallen war. Der Wärter hatte mich in meiner Zelle laut schreien gehört und zunächst geglaubt, daß jemand eingedrungen sei, mit dem ich streite. Kaum er sich aber an der Tür gezeigt, hatte ich mich auf ihn gestürzt und ihn mit wilden Ausrufen angeschrien, die ähnlich klangen wie: ‚Zieh schon einmal, du Schuft, du Feigling!‘, ihn bei der Gurgel zu fassen gesucht und schließlich so wild angefallen, daß er um Hilfe rufen mußte. Als man mich in meinem tollwütigen Zustand dann zur ärztlichen Untersuchung schleppte, hätte ich mich plötzlich losgerissen, auf das Fenster im Gang gestürzt, die Scheibe zerschlagen und mir dabei die Hand zerschnitten – Sie sehen noch die tiefe Narbe hier. Die ersten Nächte im Hospital hatte ich in einer Art Gehirnfieber verbracht, aber jetzt finde er mein Sensorium völlig klar. ‚Freilich‘, fügte er leise bei, ‚werde ich das lieber nicht den Herrschaften melden, sonst holt man Sie am Ende noch einmal dorthin zurück. Verlassen Sie sich auf mich, ich werde mein Bestes tun.‘

Was dieser hilfreiche Arzt meinen Peinigern über mich berichtet hat, entzieht sich meiner Kenntnis. Jedenfalls erreichte er, was er erreichen wollte: meine Entlassung. Mag sein, daß er mich als unzurechnungsfähig erklärt hat, oder vielleicht war ich inzwischen schon der Gestapo unwichtig geworden, denn Hitler hatte seitdem Böhmen besetzt, und damit war der Fall Österreich für ihn erledigt. So brauchte ich nur die Verpflichtung zu unterzeichnen, unsere Heimat innerhalb von vierzehn Tagen zu verlassen, und diese vierzehn Tage waren dermaßen erfüllt mit all den tausend Formalitäten, die heutzutage der einstmalige Weltbürger zu einer Ausreise benötigt – Militärpapiere, Polizei, Steuer, Paß, Visum, Gesundheitszeugnis –, daß ich keine Zeit hatte, über das Vergangene viel nachzusinnen. Anscheinend wirken in unserem Gehirn geheimnisvoll regulierende Kräfte, die, was der Seele lästig und gefährlich werden kann, selbsttätig ausschalten, denn immer, wenn ich zurückdenken wollte an meine Zellenzeit, erlosch gewissermaßen in meinem Gehirn das Licht; erst nach Wochen und Wochen, eigentlich erst hier auf dem Schiff, fand ich wieder den Mut, mich zu besinnen, was mir geschehen war.

Und nun werden Sie begreifen, warum ich mich so ungehörig und wahrscheinlich unverständlich Ihren Freunden gegenüber benommen. Ich schlenderte doch nur ganz zufällig durch den Rauchsalon, als ich Ihre Freunde vor dem

Schachbrett sitzen sah; unwillkürlich fühlte ich den Fuß an-
gewurzelt vor Staunen und Schrecken. Denn ich hatte total
vergessen, daß man Schach spielen kann an einem wirklichen Schachbrett und mit wirklichen Figuren, vergessen,
daß bei diesem Spiel zwei völlig verschiedene Menschen
einander leibhaftig gegenübersitzen. Ich brauchte wahrhaftig ein paar Minuten, um mich zu erinnern, daß, was diese
Spieler dort taten, im Grunde dasselbe Spiel war, das ich in
meiner Hilflosigkeit monatelang gegen mich selbst versucht. Die Chiffren, mit denen ich mich beholfen während
meiner grimmigen Exerzitien, waren doch nur Ersatz gewesen und Symbol für diese beinernen Figuren; meine Überraschung, daß dieses Figurenrücken auf dem Brett dasselbe
sei wie mein imaginäres Phantasieren im Denkraum,
mochte vielleicht der eines Astronomen ähnlich sein, der
sich mit den kompliziertesten Methoden auf dem Papier
einen neuen Planeten errechnet hat und ihn dann wirklich
am Himmel erblickt als einen weißen, klaren, substantiellen
Stern. Wie magnetisch festgehalten starrte ich auf das Brett
und sah dort meine Diagramme – Pferd, Turm, König, Königin und Bauern als reale Figuren, aus Holz geschnitzt; um
die Stellung der Partie zu überblicken, mußte ich sie unwillkürlich erst zurückmutieren aus meiner abstrakten Ziffern-
welt in die der bewegten Steine. Allmählich überkam mich
die Neugier, ein solches reales Spiel zwischen zwei Partnern zu beobachten. Und da passierte das Peinliche, daß
ich, alle Höflichkeit vergessend, mich einmengte in Ihre
Partie. Aber dieser falsche Zug Ihres Freundes traf mich
wie ein Stich ins Herz. Es war eine reine Instinkthandlung,
daß ich ihn zurückhielt, ein impulsiver Zugriff, wie man,
ohne zu überlegen, ein Kind faßt, das sich über ein Geländer beugt. Erst später wurde mir die grobe Ungehörigkeit
klar, deren ich mich durch meine Vordringlichkeit schuldig
gemacht."

Ich beeilte mich, Dr. B. zu versichern, wie sehr wir alle uns
freuten, diesem Zufall seine Bekanntschaft zu verdanken,
und daß es für mich nach all dem, was er mir anvertraut,
nun doppelt interessant sein werde, ihm morgen bei dem
improvisierten Turnier zusehen zu dürfen. Dr. B. machte
eine unruhige Bewegung.

„Nein, erwarten Sie wirklich nicht zu viel. Es soll nichts als eine Probe für mich sein ... eine Probe, ob ich ... ob ich überhaupt fähig bin, eine normale Schachpartie zu spielen, eine Partie auf einem wirklichen Schachbrett mit faktischen Figuren und einem lebendigen Partner ... denn ich zweifle jetzt immer mehr daran, ob jene Hunderte und vielleicht Tausende Partien, die ich gespielt habe, tatsächlich regelrechte Schachpartien waren und nicht bloß eine Art Traumschach, ein Fieberschach, ein Fieberspiel, in dem wie immer im Traum Zwischenstufen übersprungen wurden. Sie werden mir doch hoffentlich nicht im Ernst zumuten, daß ich mir anmaße, einem Schachmeister, und gar dem ersten der Welt, Paroli bieten zu können. Was mich interessiert und intrigiert, ist einzig die posthume Neugier, festzustellen, ob das in der Zelle damals noch Schachspiel oder schon Wahnsinn gewesen, ob ich damals noch knapp vor oder schon jenseits der gefährlichen Klippe mich befand – nur dies, nur dies allein."

Vom Schiffsende tönte in diesem Augenblick der Gong, der zum Abendessen rief. Wir mußten – Dr. B. hatte mir alles viel ausführlicher berichtet, als ich es hier zusammenfasse – fast zwei Stunden verplaudert haben. Ich dankte ihm herzlich und verabschiedete mich. Aber noch war ich nicht das Deck entlang, so kam er mir schon nach und fügte sichtlich nervös und sogar etwas stottrig bei:

„Noch eines! Wollen Sie den Herren gleich im voraus ausrichten, damit ich nachträglich nicht unhöflich erscheine: ich spiele nur eine einzige Partie ... sie soll nichts als der Schlußstrich unter eine alte Rechnung sein – eine endgültige Erledigung und nicht ein neuer Anfang ... Ich möchte nicht ein zweites Mal in dieses leidenschaftliche Spielfieber geraten, an das ich nur mit Grauen zurückdenken kann ... und übrigens ... übrigens hat mich damals auch der Arzt gewarnt ... ausdrücklich gewarnt. Jeder, der einer Manie verfallen war, bleibt für immer gefährdet, und mit einer – wenn auch ausgeheilten – Schachvergiftung soll man besser keinem Schachbrett nahekommen ... Also Sie verstehen – nur diese eine Probepartie für mich selbst und nicht mehr."

Pünktlich um die vereinbarte Stunde, drei Uhr, waren wir am nächsten Tag im Rauchsalon versammelt. Unsere Runde hatte sich noch um zwei Liebhaber der königlichen Kunst vermehrt, zwei Schiffsoffiziere, die sich eigens Urlaub vom Borddienst erbaten, um dem Turnier zusehen zu können. Auch Czentovic ließ nicht wie am vorhergehenden Tag auf sich warten, und nach der obligaten Wahl der Farben begann die denkwürdige Partie dieses Homo obscurissimus gegen den berühmten Weltmeister. Es tut mir leid, daß sie nur für uns durchaus unkompetente Zuschauer gespielt wurde und ihr Ablauf für die Annalen der Schachkunde ebenso verloren ist wie Beethovens Klavierimprovisationen für die Musik. Zwar haben wir an den nächsten Nachmittagen versucht, die Partie gemeinsam aus dem Gedächtnis zu rekonstruieren, aber vergeblich; wahrscheinlich hatten wir alle während des Spiels zu passioniert auf die beiden Spieler statt auf den Gang des Spiels geachtet. Denn der geistige Gegensatz im Habitus der beiden Partner wurde im Verlauf der Partie immer mehr körperlich plastisch. Czentovic, der Routinier, blieb während der ganzen Zeit unbeweglich wie ein Block, die Augen streng und starr auf das Schachbrett gesenkt; Nachdenken schien bei ihm eine geradezu physische Anstrengung, die alle seine Organe zu äußerster Konzentration nötigte. Dr. B. dagegen bewegte sich vollkommen locker und unbefangen. Als der rechte Dilettant im schönsten Sinne des Wortes, dem im Spiel nur das Spiel, das „diletto" Freude macht, ließ er seinen Körper völlig entspannt, plauderte während der ersten Pausen erklärend mit uns, zündete sich mit leichter Hand eine Zigarette an und blickte immer nur gerade, wenn an ihn die Reihe kam, eine Minute auf das Brett. Jedesmal hatte es den Anschein, als hätte er den Zug des Gegners schon im voraus erwartet.

Die obligaten Eröffnungszüge ergaben sich ziemlich rasch. Erst beim siebenten oder achten schien sich etwas wie ein bestimmter Plan zu entwickeln. Czentovic verlängerte seine Überlegungspausen; daran spürten wir, daß der eigentliche Kampf um die Vorhand einzusetzen begann. Aber um der Wahrheit die Ehre zu geben, bedeutete die allmähliche Entwicklung der Situation wie jede richtige Turnierpartie für uns Laien eine ziemliche Enttäuschung. Denn je mehr sich die Figuren zu einem sonderbaren Ornament ineinander verflochten, um so undurchdringlicher wurde für uns der eigentliche Stand. Wir konnten weder wahrnehmen, was der eine Gegner noch was der andere beabsichtigte, und wer von den beiden sich eigentlich im Vorteil befand. Wir merkten bloß, daß sich einzelne Figuren wie Hebel verschoben, um die feindliche Front aufzusprengen, aber wir vermochten nicht – da bei diesen überlegenen Spielern jede Bewegung immer auf mehrere Züge vorauskombiniert war – die strategische Absicht in diesem Hin und Wider zu erfassen. Dazu gesellte sich allmählich eine lähmende Ermüdung, die hauptsächlich durch die endlosen Überlegungspausen Czentovics verschuldet war, die auch unseren Freund sichtlich zu irritieren begannen. Ich beobachtete beunruhigt, wie er, je länger die Partie sich hinzog, immer unruhiger auf seinem Sessel herumzurutschen begann, bald aus Nervosität eine Zigarette nach der anderen anzündend, bald nach dem Bleistift greifend, um etwas zu notieren. Dann wieder bestellte er ein Mineralwasser, das er Glas um Glas hastig hinabstürzte; es war offenbar, daß er hundertmal schneller kombinierte als Czentovic. Jedesmal, wenn dieser nach endlosem Überlegen sich entschloß, mit seiner schweren Hand eine Figur vorwärtszurücken, lächelte unser Freund nur wie jemand, der etwas lang Erwartetes eintreffen sieht, und ripostierte bereits. Er mußte mit seinem rapid arbeitenden Verstand im Kopf alle Möglichkeiten des Gegners vorausberechnet haben; je länger darum Czentovics Entschließung sich verzögerte, um so mehr wuchs seine Ungeduld, und um seine Lippen preßte sich während des Wartens ein ärgerlicher und fast feindseliger Zug. Aber Czentovic ließ sich keineswegs drängen. Er überlegte stur und stumm und pausierte immer länger, je mehr sich das Feld von Figuren entblößte. Beim zweiundvierzigsten Zuge, nach geschlagenen zweidreiviertel Stunden, saßen wir schon alle ermüdet und beinahe teilnahmslos um den Turniertisch. Einer der Schiffsoffiziere hatte sich bereits entfernt, ein anderer ein Buch zur Lektüre genommen und blickte nur bei jeder Veränderung für einen Augenblick auf. Aber da geschah plötzlich bei einem Zuge Czentovis das Unerwartete. Sobald Dr. B. merkte, daß Czentovic den Springer faßte, um ihn vorzuziehen, duckte er sich zusammen wie eine Katze vor dem Ansprung. Sein ganzer Körper begann zu zittern, und kaum hatte Czentovic den Springerzug getan, schob er scharf die Dame vor, sagte laut triumphierend: „So! Erledigt!", lehnte sich zurück, kreuzte die

Arme über der Brust und saß mit herausforderndem Blick auf Czentovic. Ein heißes Licht glomm plötzlich in seiner Pupille.

Unwillkürlich beugten wir uns über das Brett, um den so triumphierend angekündigten Zug zu verstehen. Auf den ersten Blick war keine direkte Bedrohung sichtbar. Die Äußerung unseres Freundes mußte sich also auf eine Entwicklung beziehen, die wir kurzdenkenden Dilettanten noch nicht errechnen konnten. Czentovic war der einzige unter uns, der sich bei jener herausfordernden Ankündigung nicht gerührt hatte; er saß so unerschütterlich, als ob er das beleidigende „Erledigt!" völlig überhört hätte. Nichts geschah. Man hörte, da wir alle unwillkürlich den Atem anhielten, mit einemmal das Ticken der Uhr, die man zur Feststellung der Zugzeit auf den Tisch gelegt hatte. Es wurden drei Minuten, sieben Minuten, acht Minuten – Czentovic rührte sich nicht, aber mir war, als ob sich von einer inneren Anstrengung seine dicken Nüstern noch breiter dehnten. Unserem Freunde schien dieses stumme Warten ebenso unerträglich wie uns selbst. Mit einem Ruck stand er plötzlich auf und begann im Rauchzimmer auf und ab zu gehen, erst langsam, dann schneller und immer schneller. Alle blickten wir ihm etwas verwundert zu, aber keiner beunruhigter als ich, denn mir fiel auf, daß seine Schritte trotz aller Heftigkeit dieses Auf und Ab immer nur die gleiche Spanne Raum ausmaßen; es war, als ob er jedesmal mitten im leeren Zimmer an eine unsichtbare Schranke stieße, die ihn nötigte umzukehren. Und schauernd erkannte ich, es reproduzierte unbewußt dieses Auf und Ab das Ausmaß seiner einstmaligen Zelle: genau so mußte er in den Monaten des Eingesperrtseins auf und ab gerannt sein wie ein eingesperrtes Tier im Käfig, genau so die Hände verkrampft und die Schultern eingeduckt; so und nur so mußte er dort tausendmal auf und nieder gelaufen sein, die roten Lichter des Wahnsinns im starren und doch fiebernden Blick. Aber noch schien sein Denkvermögen völlig intakt, denn von Zeit zu Zeit wandte er sich ungeduldig dem Tisch zu, ob Czentovic sich inzwischen schon entschieden hätte. Aber es wurden neun, es wurden zehn Minuten. Dann endlich geschah, was niemand von uns erwartet hatte. Czentovic hob langsam seine schwere Hand, die bisher unbeweglich auf dem Tisch gelegen. Gespannt blickten wir alle auf seine Entscheidung. Aber Czentovic tat keinen Zug, sondern sein gewendeter Handrücken schob mit einem entschiedenen Ruck alle Figuren langsam vom Brett. Erst im nächsten Augenblick verstanden wir: Czentovic hatte die Partie aufgegeben. Er hatte kapituliert, um nicht vor uns sichtbar matt gesetzt zu werden. Das Unwahrscheinliche hatte sich ereignet, der Weltmeister, der Champion zahlloser Turniere hatte die Fahne gestrichen vor einem Unbekannten, einem Manne, der zwanzig oder fünfundzwanzig Jahre kein Schachbrett angerührt. Unser Freund, der Anonymus, der Ignotus, hatte den stärksten Schachspieler der Erde in offenem Kampfe besiegt!

Ohne es zu merken, waren wir in unserer Erregung einer nach dem anderen aufgestanden. Jeder von uns hatte das Gefühl, er müßte etwas sagen oder tun, um unserem freudigen Schrecken Luft zu machen. Der einzige, der unbeweglich in seiner Ruhe verharrte, war Czentovic. Erst nach einer gemessenen Pause hob er den Kopf und blickte unseren Freund mit steinernem Blick an.

„Noch eine Partie?" fragte er.

„Selbstverständlich", antwortete Dr. B. mit einer mir unangenehmen Begeisterung und setzte sich, noch ehe ich ihn an seinen Vorsatz mahnen konnte, es bei einer Partie bewenden zu lassen, sofort nieder und begann mit fiebriger Hast die Figuren neu aufzustellen. Er rückte sie mit solcher Hitzigkeit zusammen, daß zweimal ein Bauer durch die zitternden Finger zu Boden glitt; mein schon früher peinliches Unbehagen angesichts seiner unnatürlichen Erregtheit wuchs zu einer Art Angst. Denn eine sichtbare Exaltiertheit war über den vorher so stillen und ruhigen Menschen gekommen; das Zucken fuhr immer öfter um seinen Mund, und sein Körper zitterte wie von einem jähen Fieber geschüttelt.

„Nicht!" flüsterte ich ihm leise zu. „Nicht jetzt! Lassen Sie's für heute genug sein! Es ist für Sie zu anstrengend."

„Anstrengend! Ha!" lachte er laut und boshaft. „Siebzehn Partien hätte ich unterdessen spielen können statt dieser Bummelei! Anstrengend ist für mich einzig, bei diesem Tempo nicht einzuschlafen! – Nun! Fangen Sie schon einmal an!"

Diese letzten Worte hatte er in heftigem, beinahe grobem Ton zu Czentovic gesagt. Dieser blickte ihn ruhig und gemessen an, aber sein steinerner Blick hatte etwas von einer geballten Faust. Mit einemmal stand etwas Neues zwischen den beiden Spielern; eine gefährliche Spannung, ein leidenschaftlicher Haß. Es waren nicht zwei Partner mehr, die ihr Können spielhaft aneinander proben wollten, es waren zwei Feinde, die sich gegenseitig zu vernichten geschworen. Czentovic zögerte lange, ehe er den ersten Zug tat, und mich überkam das deutliche Gefühl, er zögerte mit Absicht so lange. Offenbar hatte der geschulte Taktiker schon herausgefunden, daß er gerade durch seine Langsamkeit den Gegner ermüdete und irritierte. So setzte er nicht weniger als vier Minuten aus, ehe er die normalste, die simpelste aller Eröffnungen machte, indem er den Königsbauern die üblichen zwei Felder vorschob. Sofort fuhr unser Freund mit seinem Königsbauern ihm entgegen, aber wieder machte Czentovic eine endlose, kaum zu ertragende Pause; es war, wie wenn ein starker Blitz niederfährt und man pochenden Herzens auf den Donner wartet, und der Donner kommt und kommt nicht. Czentovic rührte sich nicht. Er überlegte, still, langsam und, wie ich immer gewisser fühlte, boshaft langsam; damit aber gab er mir reichlich Zeit, Dr. B. zu beobachten. Er hatte eben das dritte Glas Wasser hinabgestürzt; unwillkürlich erinnerte ich mich, daß er mir von seinem fiebrigen Durst in der Zelle erzählte. Alle Symptome einer anomalen Erregung zeichneten sich deutlich ab; ich sah seine Stirne feucht werden und die Narbe auf seiner Hand röter und schärfer als zuvor. Aber noch beherrschte er sich. Erst als beim vierten Zug Czentovic wieder endlos überlegte, verließ ihn die Haltung, und er fauchte ihn plötzlich an: „So spielen Sie doch schon einmal!"

Czentovic blickte kühl auf. „Wir haben meines Wissens zehn Minuten Zugzeit vereinbart. Ich spiele prinzipiell nicht mit kürzerer Zeit."

Dr. B. biß sich die Lippe; ich merkte, wie unter dem Tisch seine Sohle unruhig und immer unruhiger gegen den Boden wippte, und wurde selbst unaufhaltsam nervöser durch das drückende Vorgefühl, daß sich irgend etwas Unsinniges in ihm vorbereitete. In der Tat ereignete sich bei dem achten Zug ein weiterer Zwischenfall. Dr. B., der immer unbeherrschter gewartet hatte, konnte seine Spannung nicht mehr verhalten; er rückte hin und her und begann unbewußt mit den Fingern auf dem Tisch zu trommeln. Abermals hob Czentovic seinen schweren bäurischen Kopf.

„Darf ich Sie bitten, nicht zu trommeln? Es stört mich. Ich kann so nicht spielen."

„Ha!" lachte Dr. B. kurz. „Das sieht man."

Czentovics Stirn wurde rot. „Was wollen Sie damit sagen?" fragte er scharf und böse.

Dr. B. lachte abermals knapp und boshaft. „Nichts. Nur daß Sie offenbar sehr nervös sind."

Czentovic schwieg und beugte seinen Kopf nieder. Erst nach sieben Minuten tat er den nächsten Zug, und in diesem tödlichen Tempo schleppte sich die Partie fort. Czentovic versteinte gleichsam immer mehr; schließlich schaltete er immer das Maximum der vereinbarten Überlegungspause ein, ehe er sich zu einem Zug entschloß, und von einem Intervall zum andern wurde das Benehmen unseres Freundes sonderbarer. Es hatte den Anschein, als ob er an der Partie gar keinen Anteil mehr nehme, sondern mit etwas ganz anderem beschäftigt sei. Er ließ sein hitziges Aufundniederlaufen und blieb an seinem Platz regungslos sitzen. Mit einem stieren und fast irren Blick ins Leere vor sich starrend, murmelte er ununterbrochen unverständliche Worte vor sich hin; entweder verlor er sich in endlosen Kombinationen, oder er arbeitete – dies war mein innerster Verdacht – sich ganz andere Partien aus, denn jedesmal, wenn Czentovic endlich gezogen hatte, mußte man ihn aus seiner Geistesabwesenheit zurückmahnen. Dann brauchte er immer eine einzige Minute, um sich in der Situation wieder zurechtzufinden; immer mehr beschlich mich der Verdacht, er habe eigentlich Czentovic und uns alle längst vergessen in dieser kalten Form des Wahnsinns, der sich plötzlich in irgendeiner Heftigkeit entladen konnte. Und tatsächlich, bei dem neunzehnten Zug brach die Krise aus. Kaum daß Czentovic seine Figur bewegt, stieß Dr. B. plötzlich, ohne recht auf das Brett zu blicken, seinen Läufer drei Felder vor und schrie derart laut, daß wir alle zusammenfuhren: „Schach! Schach dem König!"

Wir blickten in der Erwartung eines besonderen Zuges sofort auf das Brett. Aber nach einer Minute geschah, was keiner von uns erwartet. Czentovic hob ganz, ganz langsam den Kopf und blickte – was er bisher nie getan – in unserem Kreise von einem zum andern. Er schien irgend etwas unermeßlich zu genießen, denn allmählich begann auf seinen Lippen ein zufriedenes und deutlich höhnisches Lächeln. Erst nachdem er diesen seinen uns noch unverständlichen Triumph bis zur Neige genossen, wandte er sich mit falscher Höflichkeit unserer Runde zu.

„Bedaure – aber ich sehe kein Schach. Sieht vielleicht einer von den Herren ein Schach gegen meinen König?"

Wir blickten auf das Brett und dann beunruhigt zu Dr. B. hinüber. Czentovics Königsfeld war tatsächlich – ein Kind konnte das erkennen – durch einen Bauern gegen den Läufer völlig gedeckt, also kein Schach dem König möglich. Wir wurden unruhig. Sollte unser Freund in seiner Hitzigkeit eine Figur danebengestoßen haben, ein Feld zu weit oder zu nah? Durch unser Schweigen aufmerksam gemacht, starrte jetzt auch Dr. B. auf das Brett und begann heftig zu stammeln: „Aber der König gehört doch auf f7 . . . er steht falsch, ganz falsch. Sie haben falsch gezogen! Alles steht ganz falsch auf diesem Brett . . . der Bauer gehört doch auf g5 und nicht auf g4 . . . das ist doch eine ganz andere Partie . . . Das ist . . ."

Er stockte plötzlich. Ich hatte ihn heftig am Arm gepackt oder vielmehr ihn so hart in den Arm gekniffen, daß er selbst in seiner fiebrigen Verwirrtheit meinen Griff spüren mußte. Er wandte sich um und starrte mich wie ein Traumwandler an.

„Was . . . wollen Sie?"

Ich sagte nichts als „Remember!" und fuhr ihm gleichzeitig mit dem Finger über die Narbe seiner Hand. Er folgte unwillkürlich meiner Bewegung, sein Auge starrte glasig auf den blutroten Strich. Dann begann er plötzlich zu zittern, und ein Schauer lief über seinen ganzen Körper.

„Um Gottes willen", flüsterte er mit blassen Lippen. „Habe ich etwas Unsinniges gesagt oder getan . . . bin ich am Ende wieder . . .?"

„Nein", flüsterte ich leise. „Aber Sie müssen sofort die Partie abbrechen, es ist höchste Zeit. Erinnern Sie sich, was der Arzt Ihnen gesagt!"

Dr. B. stand mit einem Ruck auf. „Ich bitte um Entschuldigung für meinen dummen Irrtum", sagte er mit seiner alten höflichen Stimme und verbeugte sich vor Czentovic. „Es ist natürlich purer Unsinn, was ich gesagt habe. Selbstverständlich bleibt es Ihre Partie." Dann wandte er sich zu uns. „Auch die Herren muß ich um Entschuldigung bitten. Aber ich hatte Sie gleich im voraus gewarnt, Sie sollten von mir nicht zuviel erwarten. Verzeihen Sie die Blamage – es war das letztemal, daß ich mich im Schach versucht habe."

Er verbeugte sich und ging, in der gleichen bescheidenen und geheimnisvollen Weise, mit der er zuerst erschienen. Nur ich wußte, warum dieser Mann nie mehr ein Schachbrett berühren würde, indes die anderen ein wenig verwirrt zurückblieben mit dem ungewissen Gefühl, mit knapper Not etwas Unbehaglichem und Gefährlichem entgangen zu sein. „Damned fool!" knurrte McConnor in seiner Enttäuschung. Als letzter erhob sich Czentovic von seinem Sessel und warf noch einen Blick auf die halbbeendete Partie.

„Schade", sagte er großmütig. „Der Angriff war gar nicht so übel disponiert. Für einen Dilettanten ist dieser Herr eigentlich ungewöhnlich begabt."

Nachwort

„Mir scheint, daß wenige ... mit einem so unermeßlichen Mitgefühl für den Menschen geschrieben haben wie Stefan Zweig." Gorkis Urteil über Zweig gilt heute wie 1928. „Der menschlichste der Menschen" zu sein hatte Zweig vom Dichter gefordert; nach diesem Grundsatz hat er gelebt und geschrieben, an der Unbedingtheit und Abstraktheit seines Anspruches ist er gescheitert.

Als Stefan Zweig am 28. November 1881 in Wien geboren wird, herrscht dort jene Fin-de-siècle-Stimmung, die Arthur Schnitzler, der feinsinnige Psychologe des Verfalls, so meisterhaft eingefangen hat. „Fin-de-siècle: agonie de la bourgeoisie" – vielfach gebrochen, über die unterschiedlichsten Vermittlungen, bewußt oder unbewußt bestimmt diese Formel das Lebensgefühl der europäischen Generation um die Jahrhundertwende. In Österreich auf ganz eigene Weise. Auch hier stehen die Flammenzeichen an der Wand. Die Arbeiterbewegung, geführt von Victor Adler, tritt mit mächtigen Streiks und Demonstrationen hervor und fordert bessere Lebensbedingungen und ein allgemeines Wahlrecht. Karl Lueger sammelt mit der Forderung „Dem kleinen Manne muß geholfen werden" große Teile des Kleinbürgertums um sich und führt den organisierten Antisemitismus in die Politik ein. Und verstärkt streben, trotz der raffinierten Politik des konservativen Ministerpräsidenten Graf Taaffe, die Nationalstaaten nach Unabhängigkeit, als Österreich Gebietsansprüche auf dem Balkan anmeldet. Die alte Donaumonarchie geht aus den Fugen, und einzig der anonyme Apparat der Bürokratie hält die immer gespenstischer werdende Kulisse mühevoll zusammen.

Nach außen hin aber lächelte das österreichische Antlitz noch. Die „agonie" kündigte sich zwar allenthalben an, nur äußerte sie sich eben in „Kakanien", wie der ein Jahr vor Zweig geborene Robert Musil die k. u. k. Monarchie ironisch nannte, weniger aufdringlich, charmanter, parfümierter; sie wurde von Walzermusik und Radetzky-Marsch überspielt oder versteckte sich hinter der Maskerade der großen Wiener Faschingsbälle. Der berühmte Wiener Grundsatz „leben und leben lassen" tat seine Wirkung, so daß man „wie im Schlafwagen fuhr und erst durch den Zusammenstoß erwachte" (Musil).

In dieser Atmosphäre auf das Wesen zielende kritische Ansatzpunkte zu finden, in diesem „grotesken Österreich ... einen besonders deutlichen Fall der modernen Welt" (Musil), „die Versuchsanstalt für den Weltuntergang" (Kraus) zu erkennen erforderten Nüchternheit und Distanz. Zweig fehlten der sezierende Blick des Arztes Arthur Schnitzler und die kalte Logik des Mathematikers Robert Musil; Zweig hat Wien zu sehr geliebt. Der Millionärssohn – der Vater besaß Fabriken und ausgedehnte Besitzungen im Böhmischen, die Mutter stammte aus einer einflußreichen Bankiersfamilie – konnte sich ganz den schönen Seiten der alten Kaiserstadt hingeben. Wien war für ihn „die zweitausendjährige übernationale Metropole", deren eigentliches „Genie" darin bestand, die Kontraste des Vielvölkerstaates „harmonisch aufzulösen", Hugo von Hofmannsthal, „ein Viertel Oberösterreicher, ein Viertel Wiener, ein Viertel Jude, ein Viertel Italiener", das lebendige Sinnbild der Stadt. „Es war", schreibt Zweig 1941 in seiner Autobiographie mit einem wehmütigen Blick auf das verlorene Paradies jener „Welt von gestern", „lind hier zu leben, in dieser Atmosphäre geistiger Konzilianz, und unbewußt wurde jeder Bürger dieser Stadt zum Übernationalen, zum Kosmopolitischen, zum Weltbürgertum erzogen." Zweig liebte Wien aber vor allem als die traditionelle Hochburg der Kultur. Gluck, Haydn, Mozart, Beethoven, Schubert, Brahms, den genialen Schöpfern unsterblicher Musik, die der Stadt einst ihren Glanz verliehen, fühlt er sich in Wien brüderlich verbunden, und er begeistert sich ebenso für die neuen Götter des Wiener Parnassos: den Burgtheaterschauspieler Joseph Kainz, die Komponisten Richard Strauss und Arnold Schönberg, die Dichter Hugo von Hofmannsthal und Hermann Bahr. Burgtheater, Bösendorfer Konzertsaal und Café

Griensteidl bilden für den jungen Zweig den Mittelpunkt der Welt.

Im Café Griensteidl versammelte sich zu jener Zeit unter der bärtigen Ägide des „Feuerfressers" Hermann Bahr die literarische Avantgarde des „Jungen Wien", und es gibt kaum einen jungen österreichischen Literaten, der nicht ein Züchtungsprodukt jener eigenartigen „Vegetation" des Wiener Caféhauses genannt werden könnte. „Hier entwikkelte", nach der trefflichen Formulierung Alfred Polgars, „Ohnmacht die ihr eigentümlichen Kräfte, Früchte und Unfruchtbarkeit reifen, und jeder Nichtbesitz verzinst sich." Aus einem verachteten Alltag und der „ärarischen Luft" der verhaßten Schulstube floh man in diese „Heimstätte des geistigen Lebens und Zentrale der zeitgenössischen Kultur" (Bahr) und schwärmte für Baudelaire, Mallarmé und Verlaine – der zwanzigjährige Zweig übersetzte alle drei –, während der rauhe Naturalismus mit seiner direkten Gesellschaftskritik und den für Wien viel zu lauten Theaterskandalen wenig Anklang fand. Als Reflex auf das unwirklichwirkliche Provisorium des Habsburger Staates extrem individualistisch und ästhetizistisch eingestellt, spürten die „Jungen Wiener" „den Rätseln und Wundern der einsamen Seele" nach und schrieben Novellen, „um herauszubringen, was die Adjektive wert sind" (Bahr). Dahinter verbarg sich viel Antibürgerliches. „Den Spießer giften" hieß der Schlachtruf Hermann Bahrs; aber der verfeinerte Seelen- und Schönheitskult trug epigonale Züge. „Es war", urteilte Bahr später, „der Ausdruck einer ermüdeten Zeit, der die großen Gegenstände fehlten, aber von der Vergangenheit, die noch große Gegenstände hatte . . ., lebte; so genoß nun die Sprache sich selbst und brachte, einst selbst aus dem Leben entstanden, nun selber die Täuschung eines Lebens hervor."

Einen „Geruch von parfümiertem Papier" spürt auch Zweig bei der Durchsicht seiner ersten literarischen Versuche, einem schmalen Bändchen Gedichte, „Silberne Saiten" (1901), und der Novellensammlung „Die Liebe der Erika Ewald" (1904). Den Ästhetizismus dieser Arbeiten löst bald eine kräftigere Sprache ab; die Vorliebe für die „Wunder und Rätsel der einsamen Seele", die sie kennzeichnet, wirkt weiter und verbindet sich mit der Wiener Konzilianz. In

Zweig erlebt der Wiener Individualismus seine menschheitliche Variante.

Zwei Begegnungen geben dem schwärmerischen Weanerln des neuromantischen Jünglings die für ihn charakteristische weltanschauliche und künstlerische Prägung: die Bekanntschaft mit Emile Verhaeren und Sigmund Freud. „Mit der Erinnerung an den großen verlorenen Freund erzähle ich meine Jugend", schreibt er 1917 in einem Nachruf auf Verhaeren. Schon als Gymnasiast begeisterte sich Zweig für den Autor der „Hymnen an das Leben", den „Whitman Europas", und faßte dann den „herrlich verwegenen Entschluß", diesem „geistigen Sternbild" zu dienen. Er übersetzt ihn ins Deutsche und schreibt Verhaerens Biographie (1910). Ebendiese begeisterte Hingabe hatte der Belgier gefordert, auf allen Gebieten des Lebens: „sich in Liebe allem hinzugeben . . . möglichst vielen Dingen einmal mit unserem Gefühl nahegetreten zu sein"; „wird etwas im bisherigen Sinne fremd und häßlich sein, so wird es die wundervolle Aufgabe, den neuen Sinn zu finden, in dem es schön ist." Freud, der mit den 1895 publizierten „Studien über Hysterie" die Psychoanalyse begründete, erschloß nun gerade jene Bereiche, die „im bisherigen Sinne fremd und häßlich" waren. Zweig, der den Gelehrten des öfteren in der Sprechstunde besuchte, verehrte in ihm den humanistischen Seelenarzt, der aus „Ehrfurcht vor der Persönlichkeit" die „Verletzlichkeit der Seele" zur Basis seiner Theorien machte. In der Essaysammlung „Heilung durch den Geist" hat Zweig 1931 rückblickend die „herrliche Tat" des Wiener Arztes gewürdigt. Mit der Entdeckung der seelischen Untergründe und Tiefen habe Freud die Menschen „klarer über sich selbst gemacht" und – das vor allem – „die Kunst des gegenseitigen Verstehens, diese wichtigste innerhalb der menschlichen Beziehungen, die immer notwendigere zwischen den Nationen, diese einzige Kunst, die uns zum Aufbau einer höheren Humanität helfen kann, wie nur wenige Geister außer ihm gefördert".

Das Verständnis für den einzelnen Menschen zu wecken und damit die „Kunst des gegenseitigen Verstehens" zu fördern, von Mensch zu Mensch, von Nation zu Nation – „denn was sind Völker anders als kollektive Individuen?" –, wird auch das humanistische Anliegen Stefan Zweigs. Der

Dichter müsse, Dostojewski hat es ihm vorgelebt, „Verteidiger von Beruf" sein, Mitleid empfinden, nicht jenes „schwachmütige und sentimentale", das sich möglichst schnell frei machen will „von der peinlichen Ergriffenheit vor einem fremden Unglück", sondern: „sich steigern, indem man sich jedem Schicksal verbrüdert, jedes Leiden durch Mitleiden versteht und besteht."

Zweigs Liebe und Vorliebe als Schriftsteller gilt deshalb, ganz im Sinne Verhaerens und Freuds, dem bisher Fremden und Häßlichen, im Seelischen und Sozialen. „Was euch verstört, ist's, was mich zu euch gattet", heißt es programmatisch im Titelgedicht der Novellensammlung „Amok". Er will hinuntersteigen in die „Zwielichtfinsternisse", „die Unterwelt der Leidenschaften", ihn interessiert der „Mensch in seiner Feuerform", wo „die Natur ... ihr Heiß und Kalt, Tod und Leben, Entzückung und Verzweiflung in ein paar knappe Atemzüge zusammendrängt". In der Novelle als Erfassung einer „sich ereigneten unerhörten Begebenheit" (Goethe), als Komprimierung eines Schicksals in *einem* entscheidenden Augenblick findet Zweig die ihm gemäße Ausdrucksform. Selbst die historischen und literarischen Biographien, die Essays usw. verraten diesen Hang zum Novellistischen, oft mit einer Vorliebe für Anekdotenhaftes und Pikantes verbunden. Immer fesselt Zweig der extreme Einzelfall, die ausschlaggebende Situation; das Schlaglicht, der individuelle Konflikt, die „Sternstunden der Menschheit" sind ihm wichtiger als die Gesamtsicht einer geschichtlichen Situation. Als Autographensammler kauft er mit Vorliebe solche Stücke, die den Moment des Schöpferischen festhielten, „jene geheimnisvolle *Sekunde* des Übergangs, da ein Vers, eine Melodie aus dem Unsichtbaren ... durch graphische Fixierung ins Irdische tritt"; ja er hat sogar allen Ernstes seinen Verlegern den Vorschlag gemacht, „die ganze Weltliteratur ... mit gründlicher Kürzung des ... Überflüssigen herauszugeben".

Den Kern seines Novellenschaffens bilden die in dem Zyklus „Die Kette" vereinigten „psychologischen" Novellen. Die „Kette" setzt sich zusammen aus den einzelnen „Ringen": „Erstes Erlebnis, vier Geschichten aus dem Kinderland" (1911), „Amok" (1922) und „Verwirrung der Gefühle" (1927).

Die Vorbemerkung zu dem Zyklus weist auf das Anliegen Zweigs hin: „Je einen immer anderen Typus des Gefühls, der Leidenschaft, der Zeit und Alterszone in verschiedenen Abwandlungen deuten und durch Gestaltung zur Welt runden." Diese Novellen sind nicht, nach der klassischen Bestimmung Storms, von einem wesentlichen Konflikt aus organisiert, sondern Charakter- oder besser: Seelenstudien, die einen bestimmten *Typus* des Gefühls *deuten*. Sehr oft verwendet Zweig deshalb die in der Ich-Form gehaltene Seelenbeichte, das letzte Bekenntnis, einen Brief, der alles enthüllt; die Nebenpersonen treten fast völlig zurück und führen ein Statistendasein. So erreicht er die für sein Anliegen wichtige seelische Bindung des Lesers an den geschilderten Typus. Bei den in der Er-Form erzählten Novellen bedient er sich zu dem gleichen Zweck der Perspektive des Erzählers. Dieser nimmt immer mitleidend Anteil an den Leiden der Helden und soll den Leser zur eigenen Anteilnahme bewegen. Der überhitzte Duktus der Sprache – viele Superlative, additive Reihungen, eine Vorliebe für Verben der Bewegung und deren Substantivierungen – unterstützt das noch; die Sprache reißt den Leser ständig mit fort, fesselt ihn an das Geschehen und den beschriebenen Charakter.

Nicht selten aber werden Stil und künstlerische Leistung Opfer des Objektes. Eine fatale Eingleisigkeit der Charaktere, eine Monotonie der Bilder machen sich bemerkbar und deuten den Mangel der Grundkonzeption an. Zweigs Urteil über Marie-Antoinette trifft auch für ihn zu: „Weil sie nur auf den Menschen blickt, ahnt sie nicht die Idee." Thomas Mann, der wie Zweig den gefährlichen Schlüssel Freuds verwendet, gelingt es 1911 im „Tod von Venedig", am Sujet eines der Knabenliebe verfallenden Schriftstellers Symptome des heraufkommenden Faschismus und der untergangsreifen bürgerlichen Gesellschaft in novellistischer Form zu erfassen. Stefan Zweig macht 1927 aus dem gleichen Thema in „Verwirrung der Gefühle" eine psychoanalytische Studie. Thomas Mann vermag durch die „appollinische Ironie" des Erzählers und die zuchtvolle Sprache den Leser ständig vom „dionysischen" Geschehen der Novelle zu distanzieren. Zweigs ergriffener Erzähler ergreift den Leser und wirbt um menschliches Verständnis oder wird der Kritik des Lesers überantwortet, wenn er es an tätigem Mitleid fehlen läßt.

Und dennoch: wir dürfen die kritischen Untertöne in der Zweigschen Darstellung nicht überhören. Zu deutlich ist der Professor von seiner spießig-miefigen Umwelt abgehoben, erscheint er der normalen Bürgerlichkeit weit überlegen. Die Forderung, die Besonderheiten der eigenen Psyche anzuerkennen, enthüllt sich als direkter Affront gegen die moralisch normierenden Verhaltensregeln der bourgeoisen Gesellschaft. Hermann Bahrs Fahnenwort vom „Giften" des Spießers erlebt bei Zweig eine späte Renaissance. Die Ausbruchsversuche verschiedener Helden aus der genormten, inhaltlosen bürgerlichen Welt, die Sehnsucht nach dem einfach-natürlichen Leben des Volkes, der „Freiheitskampf gegen den Feudalismus der Liebe", gegen die verlogene Tabuisierung des Sexuellen als „Heiligkeit der Frau" und „Heiligkeit der Ehe", die Darstellung der verheerenden Macht des Geldes auf die menschlichen Beziehungen, all das legitimiert den Gesellschaftskritiker Zweig. Durch das engmaschige Netz der Psychologie, das er darüber breitet, kommen diese Momente aber nicht immer voll zur Geltung.

Die Mischung aus Ethik des Mitleids und Wiener Konzilianz haben Zweig sehr früh schon in eine europäische Mittlerrolle hineinwachsen lassen, deren Erfüllung er als „moralische Aufgabe" betrachtete. Sie kam seinem mehr nach- als selbstschöpferischen Talent entgegen. Der Einsatz für Verhaeren leitete eine lange Kette von Bemühungen ein, die alle diesem Ziele dienen. Durch Übersetzungen, Essays, Reden stellt er europäische Autoren vor und regt Anton Kippenberg, den Leiter des Insel-Verlages, an, die populäre Insel-Bücherei zu schaffen. Kurz vor dem ersten Weltkrieg plant er den Band „Drei Meister", den späteren ersten Teil der Essaysammlung „Baumeister der Welt" (1936), der „je eine der großen Nationen in ihrem größten Romancier" (Balzac, Dickens, Dostojewski) „zeigen sollte".

Nach dem schmerzhaften Erwachen aus der „Welt der Sicherheit" durch die Schüsse von Sarajevo erhält das Bemühen um internationale Verständigung eine politische Komponente. Die „Ehrfurcht vor der Persönlichkeit" macht Zweig zum Pazifisten von solcher Unbedingtheit, daß diese Haltung selbst Thomas Mann „gequält" hat. „Er schien bereit", schreibt Mann zu Zweigs zehntem Todestag, „die Herrschaft des Bösen zuzulassen, wenn nur das ihm über alles Verhaßte, der Krieg, dadurch vermieden wurde." Zweig aber war einer der wenigen, die in einer Zeit, als in Deutschland jene „törichte" Manifestation der „93 deutschen Intellektuellen" verfaßt wurde und die teutschen Barden Krieg auf Sieg und Not auf Tod reimten, mutig ihre Stimme gegen den Krieg erhoben. Er schreibt ein pazifistisches Drama „Jeremias" (1917) und bespricht Bertha von Suttners „Die Waffen nieder" und „Le feu" von Barbusse. „An die Freunde im Fremdland" wendet er sich mit einem im „Berliner Tageblatt" veröffentlichten Artikel, der, mitten im Kriege, von „geistiger Brüderschaft" und vom „gemeinsamen Aufbau einer europäischen Kultur" spricht. Als er dienstlich – Zweig konnte wie Rilke durch Vermittlung von Freunden im Kriegsarchiv unterkommen – in die Schweiz reisen darf, trifft er dort mit Romain Rolland zusammen. Eine Freundschaft bahnt sich an, die Zweig in der „Welt von gestern", „neben jener mit Freud und Verhaeren", als „fruchtbarste und in manchen Stunden sogar wegentscheidende" seines Lebens bezeichnete. Rolland arbeitete damals für das Schweizer „Rote Kreuz" bei der Beförderung von Feldpostsendungen, und Zweig feiert das als „den einzig richtigen Weg . . ., den der Dichter in solchen Zeiten persönlich zu nehmen hat: nicht mitzutun an der Zerstörung, am Mord, sondern . . . tätig zu sein an Werken der Hilfe und der Menschlichkeit", ohne aber jene „andere Pflicht" des Schriftstellers zu vergessen: „seine Überzeugung auszusprechen, und sei es auch gegen den Widerstand seines Landes". Gemeinsam planen sie, eine gesamteuropäische Konferenz der Geistesschaffenden in die Schweiz einzuberufen, um eventuell eine Antikriegsproklamation zu erreichen. Gerhart Hauptmann, an den sich Zweig über den Freund Walther Rathenau wendet, lehnt von deutscher Seite ab. Die Konferenz kommt nicht zustande.

Obwohl die Erfolglosigkeit seiner Bemühungen Zweig immer wieder entmutigt, setzt er sie nach dem Kriege fort. Er überträgt u. a. Rollands „Clérambault", „Die Geschichte eines freien Geistes im Kriege" (1922), und versucht mit einer Biographie (1921) das humanistische Gedankengut Rollands den deutschen Lesern nahezubringen. Ein „Fliegender Holländer" (Rolland) auf den Straßen Europas, erweitert und vertieft er die Kontakte, die er vor dem ersten Weltkrieg in der Schweiz anbahnen konnte, so daß ihn bald persönliche Freundschaft mit einem großen Teil der europäischen Intelligenz verbindet. Er war befreundet mit Richard Strauss, für den er das Textbuch zur Oper „Die schweigsame Frau" schrieb, mit Béla Bartók, Max Reger und Maurice Ravel, mit Bruno Walter, Arturo Toscanini und Alban Berg, mit Thomas Mann, Romain Rolland, Henri Barbusse und Selma Lagerlöf, mit Arthur Schnitzler, Hermann Bahr, Rainer Maria Rilke, James Joyce und Fritz von Unruh, mit Hermann Hesse, Franz Werfel, Richard Dehmel und Hugo von Hofmannsthal, mit Albert Einstein und Walther Rathenau, mit Franz Theodor Csokor, Alfonds Wille und Anton Wildgans, mit Auguste Rodin und Schalom Asch, mit Konstantin Fedin und Maxim Gorki ... Sein Haus auf dem Kapuzinerberg in Salzburg, wohin er nach dem ersten Weltkrieg übersiedelte, von den Freunden scherzhaft „Villa Europa" genannt, wird zu einer Art europäischem Geisteszentrum.

Die weitreichenden Verbindungen und der stetig wachsende literarische Ruhm – die „Sternstunden der Menschheit" (1927) zum Beispiel erreichen eine Auflagenhöhe von 200 000 Exemplaren – geben den Bemühungen Zweigs jetzt größeres Gewicht. Zwar werden die Töne leiser, und immer häufiger schwingt in den Briefen an die Freunde Resignation mit, aber Zweig scheut sich nicht, trotz gewisser Vorbehalte, jenem „kühnsten sozialen Experiment, das je ein Volk mit sich unternommen", öffentlich Sympathie entgegenzubringen. In einer Zeit wüster antikommunistischer Hetze feiert er den verehrten Meister Maxim Gorki zu dessen sechzigstem Geburtstag am 28. März 1928 als „einen der mächtigsten Sturmvögel der neuen Wirklichkeit", als „den volksgestalteten Dichter und das in ihm selbst zum Dichter gewordene russische Volk". Im gleichen Jahr reist er zu den Tolstoi-Feierlichkeiten in die Sowjetunion. Er zeigt sich tief beeindruckt von dem Bildungsstreben der einfachen Leute und dem Heroismus der russischen Intellektuellen, die unter schwierigen äußeren Bedingungen ihrem Lande dienen. Selten habe er, betont er später, „das Strömende unserer Zeit so stark gefühlt wie in Rußland", und im Wehen der roten Fahne sieht er ein „Fanal der neuen Zeit". Mit der Veröffentlichung seiner Reiseeindrücke („Reise nach Rußland", 1928) will er dem „Unrecht", das man Rußland angetan habe und noch antue „durch Nichtgenugwissen und Nichtgenuggerechtsein", entgegenwirken.

Diese direktere Teilnahme am politischen Geschehen spiegelt sich in einigen Novellen. In ihnen setzt sich Zweig mit konkreten historisch-politischen Ereignissen auseinander, dem ersten Weltkrieg, der Inflation, dem Faschismus u. a., und wendet sich den sozial Entrechteten zu. Gerade hier gelingen ihm die künstlerisch überzeugendsten Gestaltungen. Das psychologische Arrangement dient nicht nur der Aufhellung eines menschlich interessanten Sonderfalls, sondern verbindet sich direkt mit der Entlarvung antihumanistischer Entartungen der Wirklichkeit. Die Anteilnahme des Erzählers kommt einer echten Parteinahme nahe.

Kulmination dieser Tendenzen ist die 1940 geschriebene „Schachnovelle". Die sachliche Sprache fällt ebenso auf wie die Differenzierung der Nebenpersonen, die Verwendung von Nebenhandlungen und das Vorhandensein eines novellistischen Konfliktes, Czentovic gegen Dr. B. Das Schachspiel wird zum Prüfstein der Menschlichkeit: „Für Schach ist nun wie für die Liebe ein Partner unentbehrlich"; Schach ist ein menschliches oder besser zwischenmenschliches Spiel, das echte Partnerbeziehungen verlangt. Czentovic verletzt die Spielregeln durch seine geistige Einseitigkeit und die kalte, hochmütige Art, mit der er die Mitspieler behandelt. Er macht das Schachbrett zum Schlachtfeld, auf dem sich der Kampf zwischen Humanität und Barbarei entscheidet. Die Nebenhandlung, in der Dr. B. von seiner Haft erzählt, stellt die direkte Beziehung von Czentovic zum Faschismus her. Dadurch, daß der Schachweltmeister Dr. B. als Gegner, nicht als Partner behandelt, ruft er dessen Vergangenheit wieder herauf und treibt ihn gleichsam in die furchtbare Einsamkeit der Zelle zurück. Dr. B. verfällt seiner alten Krankheit. Die faschistische Barbarei hat über die Vernunft gesiegt. Czentovic verläßt als höhnischer Sieger das Schachbrett. Die Sympathien des Erzählers aber gelten dem Unterliegenden und provozieren die gleiche Parteinahme beim Leser, so daß, außerhalb der Erzählung, Dr. B. doch noch zum Sieger wird.

Anlage und Lösung des Konfliktes enthalten viel von Zweigs eigener Situation. Da er die wahre Ursache des Faschismus nicht erkennt, kann Zweig ihn nur als geistiges Phänomen, als Entartung der Vernunft erfassen. Dagegen gibt es einzig den Kampf mit geistigen Mitteln. Zweig hat diesen Kampf geführt. Noch 1932 wird vor der römischen Akademie der Wissenschaften ein Vortrag von ihm „Über die moralische Einigung Europas" verlesen. In seiner Erasmus-Biographie (1933) begrüßt er den großen Humanisten als ersten Pazifisten der Weltgeschichte und Verkünder des europäischen Gemeinschaftsgedankens und beschreibt drei Jahre später den heroischen Kampf „Castellios gegen Calvin", „ein Gewissen gegen die Gewalt". Beide Bücher aber können in Deutschland nicht mehr erscheinen.

Durch die braunen Machthaber aus seinem geliebten Österreich vertrieben, dann aus England als „enemy alien" ausgewiesen, lebt er seit 1940 in Brasilien, „einer", wie er in der „Welt von gestern" schreibt, „der lebend hinter seiner eigenen Leiche geht", ein „Mann ohne Land", ein „Prophet ohne Volk", dessen Stimme, seine Bücher, in den Giftschränken der Nazis eingesperrt ist. Der kleine Triumph, mit dem nach seiner Novelle „Brennendes Geheimnis" gedrehten Film den Reichstagsbrand im Volksmund apostrophiert zu haben, kann ihn ebensowenig trösten wie der persönliche Einsatz für politisch Verfolgte. Zweig erreichte von Mussolini die Freigabe politischer Gefangener, zahlte jahrelang für die Emigranten Ernst Weiß und Joseph Roth eine Monatsrente und betätigte sich als „Experte in Visen" für deutsche Schriftsteller, die Hitlerdeutschland verlassen mußten. – Wie Dr. B. ist Zweig ein Besiegter. Als letzte Hoffnung bleibt der Glaube an den unaufhaltsamen Sieg der Vernunft, der Glaube an die „Superiorität der Besiegten".

So hatte Zweig sich schon einmal von Hoffnungslosigkeit zu befreien vermocht, als er 1917 in der Gestalt des Juden Jeremias, des „vergeblichen Warners", den eigentlich Überlegenen gestaltete. Den „alten Jeremias" nennen ihn die

Freunde, die den Sechzigjährigen in Pertropolis besuchen. Am 23. Februar 1942 empfängt die Welt die Nachricht seines Selbstmords. Zweigs Abschiedsbrief lautet: „Ehe ich aus freiem Willen und mit klaren Sinnen aus dem Leben scheide, drängt es mich, eine letzte Pflicht zu erfüllen: diesem wundervollen Lande Brasilien innig zu danken, das mir und meiner Arbeit so gute und gastliche Rast gegeben. Mit jedem Tage habe ich dies Land mehr lieben gelernt, und nirgends hätte ich mir mein Leben lieber vom Grunde aus neu aufgebaut, nachdem die Welt meiner eigenen Sprache für mich untergegangen ist und meine geistige Heimat Europa sich selber vernichtet. Aber nach dem sechzigsten Jahre bedürfte es besonderer Kräfte, um noch einmal völlig neu zu beginnen. Und die meinen sind durch die langen Jahre heimatlosen Wanderns erschöpft. So halte ich es für besser, rechtzeitig und in aufrechter Haltung ein Leben abzuschließen, dem geistige Arbeit immer die lauterste Freude und persönliche Freiheit das höchste Gut dieser Erde gewesen. Ich grüße alle meine Freunde! Mögen sie die Morgenröte noch sehen nach der langen Nacht! Ich, allzu Ungeduldiger, gehe ihnen voraus."

Zweig hat geahnt, daß diese große Liebe zur persönlichen Freiheit und die ihr entsprechende Liebe zum Menschen auch seine entscheidende Schwäche war. In der „Welt von gestern" urteilt er über seine Ablehnung, an der „Clarté" von Barbusse teilzunehmen, als dieser ein „Instrument des Klassenkampfes" aus ihr machen will: „Wieder hatten wir im Kampf um die geistige Freiheit versagt, aus zu großer Liebe zur eigenen Freiheit und Unabhängigkeit." Im vollen Bewußtsein dieser Schwäche achten wir den „menschlichsten der Menschen" in ihm und den Schriftsteller, der „mit einem so unermeßlichen Mitgefühl für den Menschen geschrieben" hat.

Manfred Wolter

Inhalt

BdW
Bibliothek der Weltliteratur

Aus allen Nationalliteraturen
Werke von welthistorischem Rang
in Einzelausgaben

Nachauflagen 1988

Charles Dickens
Dombey und Sohn

Guy de Maupassant
Bel-Ami

Stendhal
Rot und Schwarz

Rütten & Loening · Berlin

BdW

Bibliothek der Weltliteratur ·

Aus allen Nationalliteraturen
Werke von welthistorischem Rang
in Einzelausgaben

Neuerscheinungen 1988

Lion Feuchtwanger · Goya
Theodor Fontane · Cécile · Die Poggenpuhls ·
    Mathilde Möhring
Jane Austen · Emma

Nachauflagen 1988

Hans Jakob Christoffel von Grimmelshausen
Der abenteuerliche Simplicissimus Teutsch
Heinrich Heine · Gedichte
Johann Wolfgang Goethe · Gedichte
E. T. A. Hoffmann · Märchen und Erzählungen
Antike Komödien
Jaroslav Hašek · Die Abenteuer des braven Solda-
    ten Schwejk
Fjodor Dostojewski · Schuld und Sühne
Sinclair Lewis · Babbitt
Daniel Defoe · Robinson Crusoe
Eça de Queiroz · Das Verbrechen des Paters Amaro

Aufbau-Verlag Berlin und Weimar

Aus unserem
bb-Taschenbuchprogramm 1988

Aufbau-Verlag Berlin und Weimar

Taschenbibliothek der Weltliteratur

Eine Taschenbuchreihe mit eigenem Profil

Veröffentlichung von Werken deutscher und internationaler Schriftsteller aus Vergangenheit und Gegenwart

Preiswerte Ausgaben in moderner Paperbackausstattung

1988 erscheinen

Hermann Hesse · Kinderseele
Stefan Zweig · Leporella (Nachauflage)
Hans Fallada · Wer einmal aus dem Blechnapf frißt (Nachauflage)
Tschingis Aitmatow · Dshamila · Abschied von Gülsary · Der weiße Dampfer
Miroslav Krleža · Die Rückkehr des Filip Latinovicz
Hans Christian Andersen · Die Galoschen des Glücks
John Steinbeck · Geld bringt Geld
Tennessee Williams · Glasporträt eines Mädchens
50 Novellen der italienischen Renaissance
Lukian · Der Lügenfreund. Satirische Gespräche und Geschichten

Aufbau-Verlag Berlin und Weimar